残疾人康复咨询教材

全国残疾人康复工作办公室
中国残疾人康复协会 编

华夏出版社

《残疾人康复咨询教材》编委会

名誉主编： 王新宪　汤小泉

主　审： 卓大宏

策　划： 程　凯

主　编： 尤　红　胡向阳

执行主编： 赵悌尊　曹跃进

副 主 编： 许家成　张　栩　冯彦侠

学术顾问： 张　楠（美籍）

编写人员　（以章节先后为序）

朱春林	张　栩	田　宝	李凤珍
郭爱鸽	戴　红	彭霞光	孙知寒
马洪路	乔新生	傅克礼	陈振声
王茂斌	赵悌尊	张金明	杨洪明

编审秘书： 翟　冀

培养更多的康复人才

——《残疾人康复咨询教材》序言

2002年，国家提出到2015年实现残疾人"人人享有康复服务"的目标。中国残联成立20年来，在政府的强力主导，部门的积极配合，社会的努力支持下，已经初步搭建起全国社会化的残疾人康复服务体系，通过实施重点工程得到康复服务的残疾人达到1300多万。

2006年第二次全国残疾人抽样调查表明，我国有8296万残疾人，其中大多数有康复需求，这需要有多少康复人才来为他们提供服务？

在已经建立的康复工作基础上，在已经取得的康复工作成绩面前，我们仍然不能乐观。

要大力推进康复工作，除了在法律政策保障、机构建设和康复知识普及方面加大力度，必须重视康复人才的培养。

人是世间第一个可宝贵的。残疾人要通过康复改善身体条件，以实现他们平等参与的目标，成为社会的建设者；没有帮助残疾人康复的管理和技术人才以及社区康复人员，这个目标就无法实现。有了好的康复管理人才，没有政策可以创新政策，缺乏条件可以创造条件；有了好的康复技术人才，没有设备可以制造设备，缺少设施可以改造设施。

2005年，中国残联下发了《全国残联系统康复人才培养规划（2005－2015）》及其实施细则，现在全国残疾人康复工作办公室和中国残疾人康复协会又正式出版《残疾人康复咨询教材》，都是推进康复人才培养的积极措施，是非常重要的工作。要真正实现残疾人"人人享有康复服务"的目标，人是第一个重要的因素。

我衷心期望，通过我们共同的努力，出版更多符合中国国情的残疾人康复教材，培养出更多合格的残疾人康复人才，建立起一支具有人道主义精神和较高专业水平的队伍，完善我们的康复服务体系，让越来越多的残疾人得到基本的康复服务。

卢世璧

2008年8月

（卢世璧：中国工程院院士、解放军总医院骨科研究所所长、中国残联康复协会理事长）

前　言

2006 年第一次全国残疾人抽样调查统计，我国各类残疾人总数为 8296 万，与 1987 年第一次全国残疾人抽样调查比较，残疾人口总量增加，占总人口的比例上升。残疾人有人的尊严和权利，他们同样是社会财富的创造者。然而，受自身障碍和社会环境的影响，他们与健全人相比有着特殊的困难和需要，康复是残疾人改善功能、调动和发挥潜能、提高参与社会生活能力的先决条件。

我国自 1988 年开始将残疾人康复工作纳入国家计划，通过实施白内障复明手术、低视力者配用助视器、精神病防治康复、肢体残疾矫治手术及功能训练、聋儿听力语言康复训练、智力残疾系统康复训练以及辅助器具供应服务等重点工程，已使 1100 万残疾人得到不同程度的康复，但绝大多数残疾人的康复需求尚未得到解决。为使残疾人与全国人民一道奔小康，2002 年 8 月我国政府提出到 2015 年实现残疾人"人人享有康复服务"的奋斗目标。由于残疾的复杂性和残疾人康复需求的多样性，且随着经济发展和社会进步，残疾人将会有新的康复需求，实现这一目标任务十分艰巨。当今社会已进入"知识经济"和高科技发展时代，康复新知识与残疾人康复相关的业务需要有一批人了解并掌握，但目前我国尚缺乏一支经过系统培训，能为残疾人提供咨询、指导和帮助的专业化队伍。

随着现代康复理论和技术的发展，康复咨询专业应运而生。许多国家都在高等教育机构内设立了康复咨询专业，并对康复咨询师进行资格认证。康复咨询的服务对象主要是残疾人和因各种功能障碍而影响生活、学习和工作的人以及他们的家人、朋友和残疾人所在机构的工作人员。我国有 8000 多万残疾人，随着人口老龄化进程的加快，预计到 2015 年我国 60 岁以上人口将超过 2 亿，需要康复咨询的人数将达到 3 亿以上。

我国政府和有关部门对康复人才的培养工作十分重视。卫生部、民政部、财政部、公安部、教育部、中国残联在《关于进一步加强残疾人康复工作的意见（国办发〔2002〕41号）》中，要求加强专业队伍建设，健全康复专业技术人员任职资格评价体系及管理制度，稳定和发展残疾人康复专业人员队伍，提高专业康复工作者的水平。2005 年中国残联印发《全国残联系统康复人才培养规划（残联发〔2005〕21 号）》，以推进康复人才培养工作科学化、制度化、规范化开展。2006 年中国残联委托中国残疾人康复协会组织专家论证，对建立我国残疾人康复咨询课程的必要性、可行性提出了指导性意见，对康复咨询师的性质、任务、知识结构、素质要求等统一了认识。康复咨询师是指根据残疾人的康复需求，利用专业化知识和技能，为残疾人及其家庭成员和用人单位在医疗康复、教育康复、职业康复和社会康复等方面提供指导、帮助和咨询，以提高残疾人生活自理和参与社会生活能力的人员。康复咨询师是康复人才的重要组成部分，集残疾人康复工作的管理者、实践者和指导者为一体，是保证康复质量、实现残疾人"人人享有康复服务"的不可缺少的人才。

康复咨询是跨学科专业；康复咨询师需具备与残疾和康复相关的全面知识。本书介绍残疾预防、心理康复、医疗康复、教育康复、职业康复、社会康复、辅助器具、无障碍设施及环境改造、康复机构建设、社区康复以及残疾人相关法律与法规等方面的综合知识，读者对象为从事残疾人康复工作的管理人员和专业人员，除残联系统人员外，也适用于卫生、教育、劳动与社会保障等与残疾人康复相关部门和行业的人员。

受全国残疾人康复工作办公室委托，中国残疾人康复协会负责全国残疾人康复咨询师的培训与资格认证工作，并于2007年1月组织国内专家根据我国实际情况并参阅国外相关资料，编写了《残疾人康复咨询教材》（试用本），在近一年的教学实践中不断修订、充实，直至成为本教材。此间倾注了编写者和教学人员的大量心血，但由于这是一项新开拓的业务工作，编者知识水平有限，实际经验不足，难免有不妥和错漏之处，敬请专业工作者和读者批评指正。

编　者

2008 年 6 月

目　　录

第一章　中国残疾人事业发展概况

本章学习重点要求

1. 掌握残疾人定义和残疾标准。
2. 掌握我国残疾人的基本状况。
3. 掌握现代文明社会残疾人观的主要内容。
4. 掌握改革开放以来我国发展残疾人事业采取的重大举措和残疾人事业取得的主要成就。
5. 掌握我国残疾人事业的基本经验和特点。

第一节　残疾人定义和残疾标准

一、残疾人定义

残疾人是指在心理、生理、人体结构上,某种组织、功能丧失或者存在严重障碍,日常生活或者社会活动受到持续性限制的人。残疾人包括视力残疾、听力残疾、言语残疾、肢体残疾、智力残疾、精神残疾、多重残疾和其他残疾人。

残疾人是一个人数众多、特性突出、特别困难的社会群体。由于残疾的影响和外界环境的障碍,残疾人普遍处于弱势地位。

二、残疾标准

2005 年 11 月,国务院批准了《第二次全国残疾人抽样调查残疾标准》,它包括视力残疾标准、听力残疾标准、言语残疾标准、肢体残疾标准、智力残疾标准和精神残疾标准。

【视力残疾标准】

（一）视力残疾的定义

视力残疾,是指由于各种原因导致双眼视力低下并且不能矫正或视野缩小,以致影响其日常生活和社会参与。

视力残疾包括盲及低视力。

（二）视力残疾的分级

类别	级别	最佳矫正视力
盲	一级	无光感 ~ <0.02;或视野半径 <5 度
	二级	0.02 ~ <0.05;或视野半径 <10 度
低视力	三级	0.05 ~ <0.1
	四级	0.1 ~ <0.3

［注］

1. 盲或低视力均指双眼而言,若双眼视力不同,则以视力较好的一眼为准。如仅有单眼为盲或低视力,而另一眼的视力达到或优于0.3,则不属于视力残疾范畴。

2. 最佳矫正视力是指以适当镜片矫正所能达到的最好视力或以针孔镜所测得的视力。

3. 以注视点为中心,视野半径 <10 度者,不论其视力如何均属于盲。

【听力残疾标准】

（一）听力残疾的定义

听力残疾,是指人由于各种原因导致双耳不同程度的永久性听力障碍,听不到或听不清周围环境声及言语声,以致影响其日常生活和社会参与。

（二）听力残疾的分级

听力残疾一级:听觉系统的结构和功能方面极重度损伤,较好耳平均听力损失 ≥91dBHL,在无助听设备帮助下,不能依靠听觉进行言语交流,在理解和交流等活动上极度受限,在参与社会生活方面存在极严重障碍。

听力残疾二级:听觉系统的结构和功能重度损伤,较好耳平均听力损失在 81 ~ 90dBHL 之间,在无助听设备帮助下,在理解和交流等活动上重度受限,在参与社会生活方面存在严重障碍。

听力残疾三级:听觉系统的结构和功能中重度损伤,较好耳平均听力损失在 61 ~ 80dBHL 之间,在无助听设备帮助下,在理解和交流等活动上中度受限,在参与社会生活方面存在中度障碍。

听力残疾四级:听觉系统的结构和功能中度损伤,较好耳平均听力损失在 41 ~ 60dBHL 之间,在无助听设备帮助下,在理解和交流等活动上轻度受限,在参与社会生活方面存在轻度障碍。

【言语残疾标准】

（一）言语残疾的定义

言语残疾,是指由于各种原因导致的不同程度的言语障碍,经治疗一年以上不愈或病程超过两年者,而不能或难以进行正常的言语交往活动,以致影响其日常生活和社会参与(3 岁以下不定残)。

（二）言语残疾包括的范围

1. 失语　是指由于大脑言语区域以及相关部位损伤所导致的获得性言语功能丧失或受损。

2. 运动性构音障碍　是指由于神经肌肉病变导致构音器官的运动障碍,主要表现为不会说话、说话费力、发声和发音不清等。

3. 器官结构异常所致的构音障碍　是指构音器官形态结构异常所致的构音障碍。其代表为腭裂以及舌或颌面部术后造成构音障碍。主要表现为不能说话、鼻音过重、发音不清等。

4. 发声障碍(嗓音障碍)　是指由于呼吸及喉存在器质性病变导致的失声、发声困难、声音嘶哑等。

5. 儿童言语发育迟滞　指儿童在生长发育过程中其言语发育落后于实际年龄的状态。主要表现为不会说话、说话晚、发音不清等。

6. 听力障碍所致的语言障碍　是指由于听觉障碍所致的言语障碍。主要表现为不会说话或者发音不清。

7. 口吃　是指言语的流畅性障碍。常表现为在说话的过程中拖长音、重复、语塞并伴有面部及其他行为变化等。

（三）言语残疾的分级

言语残疾一级：无任何言语功能或语音清晰度≤10%，言语表达能力等级测试未达到一级测试水平，不能进行任何言语交流。

言语残疾二级：具有一定的发声及言语能力。语音清晰度在11%～25%之间，言语表达能力等级测试未达到二级测试水平。

言语残疾三级：可以进行部分言语交流。语音清晰度在26%～45%之间，言语表达能力等级测试未达到三级测试水平。

言语残疾四级：能进行简单会话，但用较长句或长篇表达困难。语音清晰度在46%～65%之间，言语表达能力等级测试未达到四级测试水平。

【肢体残疾标准】

（一）肢体残疾的定义

肢体残疾，是指人体运动系统的结构、功能损伤造成四肢残缺或四肢、躯干麻痹（瘫痪）、畸形等而致人体运动功能不同程度丧失以及活动受限或参与的局限。

（二）肢体残疾包括的范围

1. 上肢或下肢因伤、病或发育异常所致的缺失、畸形或功能障碍。

2. 脊柱因伤、病或发育异常所致的畸形或功能障碍。

3. 中枢、周围神经因伤、病或发育异常造成躯干或四肢的功能障碍。

（三）肢体残疾的分级

〔肢体残疾一级〕不能独立实现日常生活活动。

1. 四肢瘫：四肢运动功能重度丧失。

2. 截瘫：双下肢运动功能完全丧失。

3. 偏瘫：一侧肢体运动功能完全丧失。

4. 单全上肢和双小腿缺失。

5. 单全下肢和双前臂缺失。

6. 双上臂和单大腿（或单小腿）缺失。

7. 双全上肢或双全下肢缺失。

8. 四肢在不同部位缺失。

9. 双上肢功能极重度障碍或三肢功能重度障碍。

〔肢体残疾二级〕基本上不能独立实现日常生活活动。

1. 偏瘫或截瘫，残肢保留少许功能（不能独立行走）。

2. 双上臂或双前臂缺失。

3. 双大腿缺失。

4. 单全上肢和单大腿缺失。

5. 单全下肢和单上臂缺失。

6. 三肢在不同部位缺失(除外一级中的情况)。

7. 二肢功能重度障碍或三肢功能中度障碍。

〔肢体残疾三级〕能部分独立实现日常生活活动。

1. 双小腿缺失。

2. 单前臂及其以上缺失。

3. 单大腿及其以上缺失。

4. 双手拇指或双手拇指以外其他手指全缺失。

5. 二肢在不同部位缺失(除外二级中的情况)。

6. 一肢功能重度障碍或二肢功能中度障碍。

〔肢体残疾四级〕基本上能独立实现日常生活活动。

1. 单小腿缺失。

2. 双下肢不等长,差距在 5 厘米以上(含 5 厘米)。

3. 脊柱强(僵)直。

4. 脊柱畸形,驼背畸形大于 70 度或侧凸大于 45 度。

5. 单手拇指以外其他四指全缺失。

6. 单侧拇指全缺失。

7. 单足跗跖关节以上缺失。

8. 双足趾完全缺失或失去功能。

9. 侏儒症(身高不超过 130 厘米的成年人)。

10. 一肢功能中度障碍或两肢功能轻度障碍。

11. 类似上述的其他肢体功能障碍。

【智力残疾标准】

(一)智力残疾的定义

智力残疾,是指智力显著低于一般人水平,并伴有适应行为的障碍。此类残疾是由于神经系统结构、功能障碍,使个体活动和参与受到限制,需要环境提供全面、广泛、有限和间歇的支持。

(二)智力残疾包括的范围

智力残疾包括:在智力发育期间(18 岁之前),由于各种有害因素导致的精神发育不全或智力迟滞;或者智力发育成熟以后,由于各种有害因素导致的智力损害或智力明显衰退。

(三)智力残疾的分级

级别	分级标准			
	发展商(DQ)0~6 岁	智商(IQ)7 岁以上	适应性行为(AB)	WHO－DASⅡ分值 18 岁及以上
一级	≤25	<20	极重度	≥116 分
二级	26~39	20~34	重度	106~115 分
三级	40~54	35~49	中度	96~105 分
四级	55~75	50~69	轻度	52~95 分

【精神残疾标准】

(一)精神残疾的定义

精神残疾,是指各类精神障碍持续一年以上未痊愈,由于存在认知、情感和行为障碍,影响其日常生活和社会参与。

(二)精神残疾的分级

18岁及以上的精神障碍患者根据《世界卫生组织残疾评定量表Ⅱ》(WHO－DASⅡ)分数和下述的适应行为的表现,18岁以下者依据下述的适应行为表现,把精神残疾划分为四级:

精神残疾一级:WHO－DASⅡ值在≥116分,适应行为严重障碍;生活完全不能自理,忽视自己的生理、心理的基本要求。不与人交往,无法从事工作,不能学习新事物。需要环境提供全面、广泛的支持,生活长期、全部需他人监护。

精神残疾二级:WHO－DASⅡ值在106~115分之间,适应行为重度障碍;生活大部分不能自理,基本不与人交往,只与照顾者简单交往,能理解照顾者的简单指令,有一定学习能力。监护下能从事简单劳动。能表达自己的基本需求,偶尔被动参与社交活动;需要环境提供广泛的支持,大部分生活仍需他人照料。

精神残疾三级:WHO－DASⅡ值在96~105分之间,适应行为中度障碍;生活上不能完全自理,可以与人进行简单交流,能表达自己的情感。能独立从事简单劳动,能学习新事物,但学习能力明显比一般人差。被动参与社交活动,偶尔能主动参与社交活动;需要环境提供部分的支持,即所需要的支持服务是经常性的、短时间的需求,部分生活需由他人照料。

精神残疾四级:WHO－DASⅡ值在52~95分之间,适应行为轻度障碍;生活上基本自理,但自理能力比一般人差,有时忽略个人卫生。能与人交往,能表达自己的情感,体会他人情感的能力较差,能从事一般的工作,学习新事物的能力比一般人稍差;偶尔需要环境提供支持,一般情况下生活不需要由他人照料。

【多重残疾】

存在两种或两种以上残疾为多重残疾。多重残疾应指出其残疾的类别。多重残疾分级按所属残疾中最重类别残疾分级标准进行分级。

第二节　中国残疾人基本状况

一、残疾人口的数量

据联合国统计,全球有6.5亿残疾人,约占总人口的10%。根据2006年第二次全国残疾人抽样调查的结果推算,我国有8296万残疾人,占总人口的比例为6.34%。有残疾人的家庭共有7050万户,占全国家庭总户数的17.80%,残疾人家庭的人口占全国总人口的19.98%。残疾人家庭的平均规模为3.51人。

残疾人口中:男性为4277万人,占51.55%;女性4019万人,占48.45%;男女性别比为106.42:100。

各类残疾人的人数及占残疾人总数的比重分别为:视力残疾1233万人,占14.86%;听力残疾2004万人,占24.16%;言语残疾127万人,占1.53%;肢体残疾2412万人,占29.07%;智力残疾554万人,占6.68%;精神残疾614万人,占7.40%;多重残疾1352万人,占16.30%。

二、残疾人口的年龄构成、城乡分布与残疾等级构成

全国残疾人口中,0~14岁的为387万人,占4.66%;15~59岁的为3493万人,占42.10%;60岁及以上的为4416万人,占53.24%(其中65岁及以上的为3755万人,占45.26%)。

残疾人的城乡分布为:城镇残疾人口2071万人,占24.96%;农村6225万人,占75.04%。

残疾等级为一、二级的重度残疾人2457万人,占29.62%;残疾等级为三、四级的中度和轻度残疾人5839万人,占70.38%。

三、残疾人的受教育状况

全国残疾人口中,具有大学程度(指大专及以上)的为94万人,高中程度(含中专)的为406万人,初中程度的为1248万人,小学程度的为2642万人。15岁及以上残疾人文盲人口(不识字或识字很少)为3591万人,文盲率为43.29%。

6~14岁的学龄残疾儿童为246万人,其中有63.19%正在普通教育或特殊教育学校接受义务教育。

四、残疾人的婚姻状况

全国15岁及以上残疾人口中,未婚人口982万人,占12.42%;在婚有配偶的人口4811万人,占60.82%;离婚及丧偶人口2116万人,占26.76%。

五、残疾人的就业与社会保障状况

城镇就业年龄段的残疾人中,就业的为297万人,不在业的为470万人。

城镇残疾人中,有275万人享受到当地居民最低生活保障,占城镇残疾人总数的13.28%。9.75%的城镇残疾人领取过定期或不定期的救济。

农村残疾人中,有319万人享受到当地居民最低生活保障,占农村残疾人总数的5.12%。11.68%的农村残疾人领取过定期或不定期的救济。

六、残疾人的家庭收入状况

2005年残疾人家庭人均收入,城镇为4864元,农村为2260元(当年全国人均收入城镇为11321元,农村为4631元),12.95%的农村残疾人家庭年人均收入低于683元,7.96%的农村残疾人家庭年人均收入在684元至944元之间。

第三节   正确看待残疾人

一、对待残疾人的态度是社会文明程度的标志

如何看待残疾人和解决残疾人问题,是衡量一个社会文明进步程度的重要标准之一。不同的时代有不同的残疾人观。在中国长期的封建社会和半殖民地半封建社会里,生产力低下,体力劳动者构成生产力的主体,

体壮者被推崇,体弱者被鄙视,迷信思想甚至将残疾看成是"天意",是不祥的象征,是前世作孽的因果报应;残疾人往往被视为"废人",是家庭和社会的累赘。广大残疾人备受歧视和压迫,过着低人一等的生活。尽管历代曾有过某些救助残疾人的善举,但杯水车薪,并非社会主流。

新中国建立后,残疾人在政治上获得了解放,公民权利和人格尊严开始得到承认和尊重,残疾人事业起步并得到一定的发展。但由于社会历史条件的局限,在上个世纪五六十年代,残疾人主要被视为同情照顾和扶助救济的对象,平等参与社会的问题尚未得到应有的重视。

改革开放以来,中国社会发生了深刻变革,人道主义思想在实践中被重新认识,人们对于残疾人的观念发生了深刻变化,以"平等·参与·共享"为核心内容的现代文明社会的残疾人观逐步形成。上个世纪90年代,党的第三代领导集体特别是江泽民同志,运用马克思主义的观点,结合世界和我国残疾人事业的实践,全面深刻地阐述了现代文明社会的残疾人观。

二、现代文明社会的残疾人观

(一)残疾是人类发展进程中不可避免要付出的一种社会代价

在人类社会的发展进程中,由于遗传、疾病、自然灾害、事故、战争和环境污染等自然和社会的原因,残疾的发生是不可避免的。在人类历史的各个阶段,在每个国家、每个社会的各个阶层,都有残疾人存在。残疾人同其他社会成员一样,是人类的组成部分,虽然有某种缺陷,但绝不是异类、另类,而是人的多样性和差异性的一种表现。在残疾人和健全人之间并没有截然分明、不可逾越的界限,健全人可能因某种原因致残,残疾人也可能通过康复脱残。另外,残疾的标准是相对的,而不是绝对的,由于各国国情不同,经济、社会的发展水平存在差异,残疾的标准也就有所不同,在一国较为宽泛的残疾标准下的一些轻度残疾人或者某些类别的残疾人,在另一国比较严格的残疾标准下就不会被视为残疾人。随着人类文明的演进特别是现代科学技术的发展,通过对残疾现象的研究,人们越来越多地认识到残疾发生的原因和规律,从而采取有效的预防措施,在一定程度和一定范围预防残疾的发生,控制残疾的发展,使人类自身不断完善,人类社会得到进步。交通事故造成的残疾,促进了交通法规的完善;工伤造成的残疾,推动了劳动安全法规的制定;脊髓灰质炎造成的残疾,促使人们研制出预防这种疾病的糖丸;出生缺陷的发生,促使人们重视优生优育。社会的这种进步,是以广大残疾人承担了残疾所造成的痛苦和后果为前提的,所以说,残疾人的残疾客观上成为人类发展和社会进步所付出的一种代价。

(二)残疾人的公民权利和人格尊严应受到尊重和保护

残疾人是一个社会弱势群体,尊重他们的公民权利和人格尊严是社会文明进步的体现。我国的社会主义制度为包括残疾人在内的广大人民群众权利的实现提供了根本保障。依照宪法,残疾人享有与其他公民平等的权利。《残疾人保障法》又对残疾人权利作出了进一步的规定,其基本精神之一就是:残疾人在政治、经济、文化、社会和家庭生活等方面,享有同其他公民平等的权利。任何对残疾人的偏见和歧视,任何损害残疾人的权利和尊严的行为,都是违背法律规定和现代文明理念的。一切国家机关、社会团体、企业事业单位以及公民个人在运用法律和进行活动时,必须尊重和保护残疾人的公民权利和人格尊严,禁止任何歧视、侮辱和侵害残疾人的行为,特别是要禁止基于残疾的原因,对残疾人进行排斥、限制和区别对待,从而损害其合法权益。在社会生活中,残疾人的平等权利常常表现为要求机会均等,即在各个方面能够同健全人一样,享有同等的参与社会事务和利用社会资源的机会。

(三)残疾人是社会财富的创造者

看待残疾人,应该着重看他们所具备的能力,而不是他们的残疾。判断残疾人的能力,应该着眼于他们能干什么,而不是不能干什么,这是认识残疾人能力所应有的态度。虽然残疾使残疾人某些方面的功能受到损害和限制,但是通过发挥其他器官的作用,刺激并调动人体自身的代偿功能,扬长避短,可以使被损害和限制的能力得到最大程度的弥补,以适合的方式认知世界,参与社会,创造财富,达到与健全人同等的程度和水平。事实证明,残疾人身上蕴藏着丰富的潜能,同样具有生活能力、劳动能力、接受教育能力、参与能力和创造能力,一些人甚至在某些方面显示出超乎常人的能力。只要对他们施以适合其特性的教育,为其劳动就业创造条件,他们就可以同健全人一样施展才能,创造社会财富,参与社会发展和推动社会进步,最终的受益者不仅是他们自己,而且包括其他社会成员。残疾人中的佼佼者,还对人类文明的发展做出了特别杰出的贡献。孙膑两腿致残,写出了《孙膑兵法》;贝多芬双耳失聪,创作了著名的《第九交响曲》;海伦·凯勒既看不见又听不到,只能靠触觉与外界交流,却写出了一部部感人至深的作品;富兰克林·罗斯福坐着轮椅入主白宫,领导美国人民克服经济危机,进行伟大的反法西斯战争。这样的事例不胜枚举。

(四)造成残疾人问题的根本原因是外界的障碍

外界障碍的存在,使残疾人在社会生活中处于某种不利地位,权利的实现和能力的发挥受到限制。政府和社会有责任消除障碍,对残疾人给予特别扶助。

残疾人问题是社会问题,认识残疾人问题,不能仅仅狭隘地从残疾本身找原因,而应更多地着眼于社会方面。这是因为,任何人权利的实现和能力的发挥都离不开一定的社会补偿条件,社会补偿对于残疾人尤为重要。残疾对残疾人参与社会生活的影响程度,主要取决于外界环境因素。通过提供一定的社会补偿,可以使残疾的实际影响变得比人们想象的小得多。如果不提供相应的社会补偿条件,障碍就会随之产生,残疾人本应享有的均等机会就会丧失或受到影响,权利的实现和能力的发挥就会受到限制,就会在社会生活中处于弱势和不利地位。台阶对于依靠轮椅的肢体残疾人、无字幕影视节目对于聋人、常规印刷文字对于盲人等,障碍是显而易见的。显然,造成残疾人问题的根本原因不是残疾本身,而是外界环境的障碍,解决残疾人问题有赖于国家和社会的行动。因此,国家和社会有责任采取措施,发展残疾人事业,为残疾人提供特别扶助,减轻和消除外界障碍的影响,使残疾人无障碍地出行、使用公共设施、享受社会服务、接受教育、从事生产劳动、参加文体活动、进行信息交流等,以保障残疾人权利的实现。目前,我国对残疾人的特别扶助主要包括法律保障、政策扶持、公共服务、社会扶助和无障碍环境等。应该指出的是,对残疾人的特别扶助措施,是为了减少和消除由于社会补偿条件不足而给残疾人造成的事实上的不平等,并不妨碍和影响其他社会成员实现自己的权利,因而不应视为是对其他人的歧视或不公正,恰恰相反,它体现了社会公正,促进了社会和谐,是文明进步的表现。

(五)残疾人事业的重要性

残疾人事业是崇高的事业,发展残疾人事业是政府和全社会义不容辞的责任;要发扬人道主义精神,发展残疾人事业,实现残疾人"平等·参与·共享"。

残疾人问题关系到人权保障、生产力解放和社会和谐,是一个不容忽视、必须解决好的重要社会问题。人道主义是残疾人事业的旗帜,对残疾人这个困难群体给予帮助,是人道主义的具体体现。解决残疾人问题,必须发扬人道主义精神,大力发展残疾人事业。残疾人事业是体现人文关怀、促进社会文明进步的崇高事业,是社会主义事业的重要组成部分,发展残疾人事业是政府和全社会义不容辞的责任。要通过发展残疾人事业,使残疾人的权利得到更好的实现,保障残疾人以平等的地位和均等的机会,充分参与社会生活和社会发展,共享社会物质文化成果,概括地说就是实现"平等·参与·共享"。

残疾人问题从来就不是孤立存在的,它总是与一定的经济条件和社会发展水平密切相关。解决残疾人问题的根本途径是解放和发展生产力,推进社会的文明进步。经济越发展,社会越进步,越要求发展残疾人事业。残疾人事业的发展也必须融于经济社会的发展之中,并与其相协调。在现阶段,发展残疾人事业要立足于我国的基本国情,与经济社会的发展相适应,既缩小差距又不超越现实;既要立足当前,讲求实效,优先解决残疾人迫切需要而又可能满足的基本需求,又要着眼长远,打好基础,建立残疾人事业持续、健康、稳定发展的长效机制;既要发挥政府主导作用,动员社会力量广泛参与,又要激励残疾人的参与意识和自强精神,充分发挥残疾人在残疾人事业发展中的作用。

（六）残疾人的奋斗与社会的支持

残疾人参与社会生活，需要社会的帮助，也取决于自身的奋斗；残疾人要自强不息，履行应尽义务，实现人生价值。

残疾人是社会人，参与社会离不开良好的外部条件，需要社会的帮助和支持。随着社会的进步、补偿条件的改善，残疾人参与社会生活的程度和成效越来越取决于自身的奋斗。增强自身能力有助于残疾人利用其得到的机会，更好地实现发展。外部条件再好，如果没有自身的努力，平等参与社会也只能是空话。日新月异的社会发展对残疾人提出了更高的要求，呼唤着残疾人的奋斗精神。残疾人只有乐观进取，不懈奋斗，积极参与社会生活，才能克服自卑感和依赖心理，磨练意志，提高素质；才能适应社会，融入社会，展示自身能力，增进社会理解。作为公民，残疾人要遵纪守法，遵守社会公德，增强社会责任感，履行好应尽的社会义务，这也是残疾人参与社会的一个重要方面。

（七）倡导扶残助残的社会风气

扶残助残体现了中华民族助人为乐的传统美德，是社会主义精神文明建设的重要内容，应在全社会大力倡导，健全人在帮助残疾人的过程中，可以使自己的人生价值得到升华。

中华民族自古以来就有扶弱、济困、助残的传统美德。《周礼》中有"慈幼、养老、赈穷、恤贫、宽疾、安富"的思想。孔子提出"大同"思想，主张"使老有所终，壮有所用，幼有所长，鳏寡孤独废疾者皆有所养"。孟子提出"仁爱"，墨子提出"兼爱"。这些思想对后世产生了积极影响，传承至今。到了当代，扶残助残的传统美德作为宝贵的精神财富被赋予新的意义，注入新的内涵，在社会主义精神文明建设中得到提倡和发扬，成为现代人高尚的道德情操和现代文明社会残疾人观的重要思想内容。经济的繁荣和社会的进步，需要道德的发展和完善。帮助残疾人，是一种高尚的行为，是对道德的完善和升华，有利于实现人生价值，促进良好社会风尚的形成。应当在全社会大力倡导理解、尊重、关心、帮助残疾人，广泛开展扶残助活动，为残疾人解决困难和问题。

（八）残疾人的解放是人类文明发展和社会进步的重要标志

人类的解放不仅要消除奴役、压迫和剥削，还要消除歧视、偏见和陈腐观念导致的不平等社会现象，最终实现人的自由而全面的发展。它不但涉及经济基础、社会制度的变革，也要求社会思想文化的全面进步。残疾人的解放，对残疾人而言，是消除障碍，全面发展，实现"平等·参与·共享"；对健全人而言，是消除愚昧、偏见和歧视，实现道德的完善和精神的升华；对社会而言，是追求和谐友爱，实现进步平等。因此，残疾人的解放和民族解放、妇女解放一样，是人类解放的一个重要组成部分，它不仅是对残疾人的解放，也包含了社会解放的意义。残疾人的解放就其终极意义来说，是人类从残疾人的解放中获得新的解放。可以说，残疾人的解放是衡量人类解放的广泛性与深刻性的重要尺度之一。现代社会物质文明和精神文明的发展，特别是残疾人事业的兴起，为残疾人解放提供了可能，创造了条件。以人类解放为最高目标的共产党人，以实现全体人民的富裕幸福为根本目的的社会主义国家，更应为之不懈奋斗。

现代文明社会的残疾人观是人类先进思想文化的一个组成部分，反映了当代社会对残疾人问题的认识提高到了一个新的水平，它为我国残疾人事业的发展奠定了理论基础，是我们认识和解决残疾人问题的指南，对于推动社会的和谐进步也具有重要意义。

第四节　中国残疾人事业发展历程

一、1949~1966年残疾人事业起步并得到一定的发展

在半封建、半殖民地的旧中国,战乱频仍,社会动荡,广大残疾人生活在社会最底层,饱受欺凌、压迫和歧视,许多人流离失所,沿街乞讨,过着悲惨的生活。新中国成立后,苦难深重的残疾人和全国人民一起在政治上获得了解放,开始走向新生活,残疾人状况有了相当程度的改善,残疾人事业开始起步并得到一定的发展。

(一)残疾人的民主权利、人身权利同健全人一样,得到法律保障

1954年通过的《中华人民共和国宪法》规定:劳动者在年老、疾病或丧失劳动能力的时候,有获得物质帮助的权利;国家举办社会保险、社会救济和群众性卫生事业,以保证劳动者享有这种权利。一些政策中也对保障残疾人权益作出规定,如1951年中央政府下发的《关于改革学制的决定》规定:各级人民政府应设立聋哑、盲等特殊教育学校,对生理上有缺陷的儿童、青年和成人施以教育。

(二)广泛开展了社会救济工作

建立了儿童福利院、社会福利院、敬老院、荣军院、精神病院等,无依无靠的重残人、残疾孤儿、残疾老人、伤残军人得到收养安置。生活困难的残疾人得到救济。农村残疾人分得了土地和生产工具,城市残疾人组织起来进行生产自救,以后逐步发展为各种福利工厂。

(三)残疾人文化、教育、体育事业得到了发展

1952年政府组织盲人和语言专家制定了汉语盲文并向全国推行,自此中国盲人有了自己的书面语言。1954年创办了发行全国的《盲人月刊》。1958年拟订了聋人汉语手语方案,逐步在全国施行。残疾人教育得到较快发展,到1959年全国特教学校达到297所。一些地方开展残疾人扫除文盲和业余文化教育。生产了反映残疾人生活的影片,举办了全国盲人、聋人运动会。全国成立了40多个盲人聋哑人俱乐部,举办了文艺汇演,丰富了残疾人业余文化生活。

(四)残疾预防工作起步

开展了计划免疫、盲聋防治等工作。1959年成立了中国耳聋防治委员会筹备会,制定并实施了防盲治盲及防治地方性甲状腺肿规划。

(五)残疾人组织相继建立

1953年成立中国盲人福利会,1956年成立中国聋哑人福利会,1960年两会合并组成中国盲人聋哑人协会。这些组织广泛联系盲聋哑人,反映他们的呼声,协助政府开展劳动就业、教育、康复等工作,组织开展盲人聋人文化体育活动。

二、十年动乱时期残疾人事业受到严重影响

十年动乱时期,国民经济和社会发展遭到严重破坏,残疾人事业受到严重影响,不少人被迫害致残,一些残疾人和残疾人工作者遭到批斗,中国盲人聋哑人协会被迫停止活动。

三、改革开放以来残疾人事业取得了举世瞩目的成就

改革开放以来,我国社会发生深刻变革,残疾人事业迎来了崭新的春天。在经济快速发展、社会全面进步的进程中,国家重视残疾人问题,实施了一系列发展残疾人事业的重大举措,帮助和促进残疾人不断改善状况,平等地参与社会生活,共享社会物质文化成果。这些措施主要有:

(一)加强法制建设,建立残疾人事业法律法规体系

我国重视依法保障残疾人的权利。《宪法》第 45 条规定:"国家和社会帮助安排盲、聋、哑和其他有残疾的公民的劳动、生活和教育。"1990 年全国人大常委会通过了《残疾人保障法》,对保障残疾人各项平等权利作出了全面的规定。各省、自治区、直辖市制定了残疾人保障法实施办法。民法通则、民事诉讼法、律师法、劳动法、教育法、婚姻法、继承法等 40 多部重要法律中有保障残疾人权利的具体规定。1994 年,国务院颁布了《残疾人教育条例》,明确了国家和社会帮助残疾人接受教育的责任和义务。2007 年,国务院又发布了《残疾人就业条例》,对保障和促进残疾人就业的责任和措施作出具体规定。全国大部分的县(市)、乡镇和街道根据法律规定,结合本地实际情况,制定了对残疾人给予优惠、扶助和照顾的具体规定。在许多地方,残疾人可以在救济、就医、职业培训、购买车船机票等方面获得优先安排,进公园、博物馆、展览馆等免收门票或优惠购票。以《宪法》为核心,以《残疾人保障法》为基本法律,包括相关法律、法规、规章以及扶助残疾人、保障残疾人权益、发展残疾人事业的法律法规体系初步确立。

全国人大和各级地方人大积极对残疾人保障法及其实施办法的执行情况开展检查,各级政府及有关部门进行了专项检查,促进了法律的实施。各级人民法院积极为残疾人提供司法救助,法律服务和法律援助机构为残疾人提供大量优先、优质、优惠的法律服务和法律援助,仅 2005 年就有 117891 人次获得司法救助、法律服务和法律援助,有力地维护了残疾人的合法权益。

(二)实施发展残疾人事业的国家计划和行动

1. 开展残疾人抽样调查　1987 年,进行了首次全国残疾人抽样调查,在残疾人的数量、年龄构成、性别与婚姻状况、城乡分布、致残原因、生活、就业、教育、康复状况等方面获得了大量数据和资料,摸清了残疾人的基本情况。2006 年,又实施了第二次全国残疾人抽样调查,摸清了当前残疾人的基本情况和基本需求。这两次调查,为制定发展残疾人事业、保障残疾人权益的法律政策和发展规划提供了科学准确的依据。

2. 实施了发展残疾人事业的国家规划　国家采取有力措施,将残疾人事业纳入经济社会发展大局,不断加大经费投入,1988 年以来国务院相继批准实施了发展残疾人事业的五个五年工作规划(《中国残疾人事业五年工作纲要(1988 年—1992 年)》、《中国残疾人事业"八五"计划纲要(1991 年—1995 年)》、《中国残疾人事业"九五"计划纲要(1996 年—2000 年)》、《中国残疾人事业"十五"计划纲要(2001 年—2005 年)》和《中国残疾人事业"十一五"发展纲要(2006 年—2010 年)》),全面开展了残疾人康复、教育、就业、扶贫、社会保障、维权、文化体育、无障碍环境建设、残疾预防等各项事业。

3. 建立政府残疾人工作协调机构　1993 年建立"国务院残疾人工作协调委员会",综合协调有关残疾人事业方针、政策、法规、规划的制定与实施,协调解决残疾人工作中的重大问题,2006 年更名为"国务院残疾人工作委员会",组成单位达到 38 个。各级政府也相应建立了残工委。

(三)提高公众意识,改善社会环境

1. 弘扬人道主义,宣传现代文明社会的残疾人观　二十多年来,广泛开展社会宣传,传播人道主义思想和现代文明社会的残疾人观,倡导理解、尊重、关心、帮助残疾人的良好风尚,采取措施消除对残疾人的歧视和偏见,营造残疾人平等参与社会生活的环境。这方面的工作已产生明显效果,现在残疾人不再被称为"残废人",对各类残疾人的歧视性称谓已不多见,残疾人的权利越来越多地受到尊重,能力越来越多地得到肯定,歧视和

偏见大为减少。

2. 广泛开展助残活动 在全社会广泛开展了全国助残日、志愿者助残、红领巾助残、文化助残、科技助残、法律助残等形式多样的助残活动,为残疾人解决了大量的实际困难,产生了广泛的社会影响。全国已建立助残志愿者联络站 10 万个,登记在册助残志愿者 287 万名,受助残疾人共计 316 万人。

3. 积极推进无障碍环境建设 实施了《城市道路和建筑物无障碍设计规范》,城市的主要道路和商场、医院、学校、影剧院、博物馆、机场、车站等公共建筑物及居民住宅设置和改建了一大批坡道、盲道、扶手、电梯、交通音响信号装置等无障碍设施,一些电视台开设了手语新闻栏目,许多电视节目、影视作品加配了字幕。这些为残疾人出行、进行信息交流、参与社会生活和享受公共服务提供了便利。

(四)鼓励和推动残疾人广泛参与社会生活

1. 建立残疾人组织,发挥残疾人组织的作用 1978 年,"中国盲人聋哑人协会"恢复工作;1984 年,成立"中国残疾人福利基金会";1988 年,组建了各类残疾人的全国性统一组织——"中国残疾人联合会",它代表残疾人的共同利益,维护残疾人的合法权益,开展各项业务,直接为残疾人服务,履行政府赋予的职责,管理和发展残疾人事业。各省、市(地)、县(区)、乡(镇、街道)普遍成立了"残疾人联合会"。各级残联还设立了代表各类残疾人利益并为他们服务的五个专门协会,开展了丰富多彩的活动。中国残联成立以来,为改善残疾人状况、促进残疾人事业的发展做了大量卓有成效的工作。

2. 激励残疾人的自强精神 为激励残疾人的自尊、自信、自强、自立精神,国家于 1991 年、1997 年和 2003 年对 436 名残疾人自强模范予以表彰。这些自强模范在各个领域做出了突出的贡献,创造了感人的业绩,他们的事迹和奋斗精神在全社会引起巨大反响,在残疾人中产生强烈共鸣。

3. 发挥残疾人的民主参与、民主管理和民主监督作用 随着社会文明程度的不断提高,残疾人越来越多地参与到国家政治生活和社会事务中,目前全国有 3000 余名残疾人及残疾人亲属成为县级以上人大代表和政协委员,他们认真行使民主权力,积极参政议政,就经济社会发展和残疾人状况的改善提出议案和建议。

4. 支持残疾人广泛参与社会文化体育活动 文化馆、图书馆、体育场(馆)等公共文化场所为残疾人提供越来越多的方便和服务,许多地方开辟了残疾人文化活动和体育健身场所,电视台、广播电台、报刊、网络等传媒广泛报道残疾人生活,并开设残疾人专题、专栏节目。各地举办了残疾人艺术汇演、体育比赛及工艺美术、书画、摄影、集邮等各类展览。通过文化体育活动,残疾人增进了身心健康,增添了生活情趣,扩大了生活领域。

(五)开展国际交流与合作

中国积极参与国际残疾人事务,开展国际交流与合作,认真执行《关于残疾人的世界行动纲领》,积极参与"联合国残疾人十年(1983 年—1992 年)"行动,倡导并支持两个"亚太残疾人十年"行动,大力推动"残疾人权利公约"的制定进程,与国际残疾人组织和有关国际机构建立并发展了良好的合作关系,在国际残疾人事务中发挥了重要的建设性作用。在这一过程中,也分享和借鉴了不少国外的有益经验,促进了我国残疾人事业的发展。

在党和政府的关心重视和社会各界的支持帮助下,我国残疾人事业取得了历史性的进展和举世瞩目的成就,残疾人状况明显改善。残疾人康复服务受益面迅速扩大,1300 多万人得到不同程度的康复,残疾人康复训练服务机构发展到 19000 多个;教育得到较快发展,残疾儿童少年义务教育入学率有了较大的提高,特教学校发展到 1662 所,职业教育和高等教育得到长足进步,3 万多名残疾人走进大学接受高等教育;就业状况得到相当程度的改善,就业人数不断增加,残疾人就业服务机构发展到 3048 个;扶贫开发取得重要进展,1000 多万农村贫困残疾人通过扶贫开发解决了温饱问题;社会保障进一步加强,594 万残疾人享受最低生活保障,929 万残疾人得到过救济和补助,58 万残疾人在福利院、敬老院享受集中供养、五保供养或通过院户挂钩方式在居民家中分散供养;文化体育生活日益丰富活跃,建成地市级以上残疾人文化活动场所 1036 个,体育活动场所 1026 个,残疾人运动员在国际比赛中共获得 2400 多枚金牌;残疾人参与社会生活的环境大为改善,社会对残疾人的观念发生深刻变化,扶残助残的良好风尚日益形成;残疾人素质普遍提高,能力得到进一步发挥,为经济建设和社会发展做出了积极贡献。我国残疾人事业的成就赢得国际社会的高度赞誉,联合国和有关国际组织授予中国残联及其领导人"联合国人权奖"、"联合国残疾人十年特别奖"、"联合国和平使者奖"、联合国亚太经社会"亚太残疾人十年特别奖"等十余个奖项。

经过改革开放以来二十多年的发展,我国残疾人事业走上了一条适合国情、具有特色、系统发展的道路,已由过去以福利救济为主的社会福利工作,逐步发展成为包括康复、教育、就业、扶贫、社会保障、文化、体育、无障碍环境建设、残疾预防等领域广阔的综合性社会事业。

第五节　中国残疾人工作业务领域

我国残疾人工作的业务领域主要包括残疾人康复、教育、就业、扶贫、社会保障、文化体育、环境建设、社区残疾人工作、组织建设、维权和残疾预防等。

(一)康复

建立和完善社会化的康复服务体系,广泛利用社会资源,开展各类残疾人康复服务;针对残疾人的迫切需要,实施重点康复工程,开展白内障复明手术、低视力者配用助视器、盲人定向行走训练、聋儿听力语言康复、肢体残疾矫治手术、肢体残疾人功能训练、智力残疾人能力训练、重症精神病患者综合防治等;开发、供应各种残疾人辅助器具;宣传、普及康复知识,提高残疾人的康复意识。

(二)教育

将残疾儿童少年教育纳入义务教育体系,对具有接受普通教育能力的残疾人实施普通教育,对不具备接受普通教育能力的残疾人实施特殊教育;普及和巩固残疾儿童少年义务教育,积极发展高中阶段和高等特殊教育,完善从学前教育到高等教育相互衔接的残疾人特殊教育体系;以就业为导向,开展残疾人职业教育;采取减免有关费用、补助寄宿生生活费、提供助学金和教育贷款、动员社会力量开展助学活动等多种形式,资助贫困残疾学生;加强特教师资队伍建设。

(三)就业

依法全面推行按比例安排残疾人就业,鼓励和支持残疾人个体就业和自愿组织起来就业,做好福利企业等集中就业,扶持农村残疾人参加生产劳动;大力开展残疾人职业技能培训和农村实用技术培训,提高残疾人的劳动就业能力;健全残疾人就业服务制度,完善残疾人就业服务机构,为残疾人就业提供全面服务。

(四)扶贫

将残疾人扶贫开发纳入政府扶贫规划,统筹安排,同步实施;设立专项扶贫贷款,开展残疾人专项扶贫;推行小额信贷、公司加农户、基地扶持等各种行之有效的扶贫方式;动员社会力量开展帮、包、带、扶;帮助农村贫困残疾人家庭进行危房改造。

(五)社会保障

切实将残疾人纳入社会保障体系,给与重点保障和特殊扶助;完善相关帮扶政策,支持和帮助残疾人参加社会保险;实施社会救助,城乡最低生活保障制度对残疾人实行应保尽保,对重度残疾、一户多残等特困残疾人提高救助水平,对不适合参加劳动、无法定扶养义务人(或法定扶养义务人无扶养能力)、无生活来源的重残人予以供养、救济;发展残疾人社会福利事业和慈善事业;制定实施针对残疾人特殊困难和需求的社会保障政策和措施。

（六）文化体育

社会公共文化、体育场所普遍对残疾人开放,并提供优惠和特别服务;开展形式多样、健康有益的群众性文化体育活动,使残疾人愉悦身心,提高素质;发展残疾人特殊艺术和竞技体育,增进残疾人与社会的理解和沟通;扶持残疾人文化艺术产品生产和盲人读物等公益性文化出版事业。

（七）环境建设

社会人文环境的建设就是通过大力弘扬人道主义,宣传现代文明社会的残疾人观和残疾人事业,倡导和谐友爱、团结互助的良好社会风尚,开展多种形式的扶残助残活动,创造有利于残疾人事业发展的社会环境,促进残疾人平等参与社会生活。无障碍环境建设主要是通过在城市道路和建筑物推行无障碍设施建设,在公共交通工具上配置无障碍设备,方便残疾人出行和使用公共设施;通过为电视节目、影视作品加配字幕,出版发行盲文及盲人有声读物,研制推广适合盲人、聋人使用的通讯设备,在公共服务机构和场所推行无障碍服务等措施,发展信息和交流无障碍,为残疾人获取信息、与社会其他成员交流和享受公共服务提供便利。

（八）社区残疾人工作

将各项残疾人工作纳入到社区建设之中;充分利用社区资源,为残疾人提供康复、教育、就业、文化、体育、维权、生活等服务;面向社区人群开展残疾预防宣传工作。

（九）组织建设

完善各级残疾人组织机构,切实履行"代表、服务、管理"职能;专门协会积极开展活动,充分发挥作用;培养、培训残疾人工作者,提高其素质和能力;开展残疾人自强活动;动员社会力量开展志愿者助残服务;做好"残疾人证"的发放与管理工作。

（十）维权

加强法制建设,建立健全残疾人事业法律法规体系,进行法制宣传教育,开展执法检查,实施法律服务、法律援助和司法救助;建立残疾人维权工作机制;制定实施保障残疾人权益的政策措施;查处侵害残疾人权益的案件,打击针对残疾人的违法犯罪活动;做好残疾人信访工作。

（十一）残疾预防

建立综合性、社会化的残疾防控工作体系;制定国家残疾预防行动计划;针对主要致残因素,实施一批重点预防工程;建立健全出生缺陷干预体系,减少先天性缺陷发生;强化计划免疫和初级卫生保健,减少传染病、慢性病致残;规范临床药物使用管理,减少药物致残;做好补碘、改水等工作,减少因缺碘、氟中毒等环境因素致残;加强安全生产、劳动保护和交通安全工作,提高应急处理能力,加强医疗急救工作,减少意外伤害致残;宣传、普及残疾预防知识,提高公众的预防意识。

第六节　中国残疾人事业基本经验及特点

纵观改革开放二十多年来中国残疾人事业的发展,它的基本经验和特点可以概括为以下六个方面:

（一）弘扬人道主义,秉持以人为本的理念

在全社会树立和传播人道主义思想和现代文明社会的残疾人观,倡导尊重残疾人的权利、价值与尊严,建立和谐友爱、团结互助的人际关系,把维护好和发展好残疾人的根本利益作为残疾人工作的出发点和落脚点,

从残疾人的基本需要出发,扎扎实实为残疾人服务,促进残疾人"平等·参与·共享"。

(二)将残疾人事业纳入法制化的发展轨道,依法保障权益和推进事业

建立残疾人事业的法律法规体系,通过立法,确认残疾人的权利和义务,确定政府和社会的责任,明确残疾人事业各领域的指导原则和工作方针,将残疾人事业纳入依法发展的轨道。同时,通过依法行政、执法检查、法制宣传、司法救助、法律服务和法律援助等,保障和促进残疾人权利的实现。

(三)建立政府主导、协调运作的工作机制,将残疾人事业融入经济社会大局协调发展

政府将残疾人事业纳入经济社会发展规划,经费列入财政预算,统筹安排,同步实施,政府残疾人工作委员会充分发挥综合协调作用,各有关部门将相关残疾人工作纳入职责,形成政府主导、部门各司其职、协调运作的工作机制,有效地推动了残疾人事业的发展。

(四)动员社会力量、挖掘社会资源广泛参与和支持残疾人事业

加强社会宣传,增进社会各界对残疾人的关心和帮助;激发社会各界人士的爱心,为残疾人事业捐款捐物;建立广泛的志愿者队伍,为残疾人提供有效的帮助;鼓励社会力量参与和兴办残疾人事业;支持和引导社会利用现有机构、设施、设备及其他社会资源为残疾人提供服务。

(五)坚持适应国情、讲求实效的发展模式

从我国社会主义初级阶段的基本国情出发,建立适应国情的残疾人事业业务体系、组织工作体系和政策法规体系,为事业长远发展打下良好的基础;针对残疾人迫切需要而又可能满足的基本需求,重点抓好康复服务、义务教育、劳动就业、扶贫开发、社会保障、维权等受益面广、适用有效的工作,给残疾人带来实实在在的利益;同时,鼓励各地从实际出发,因地制宜,发挥优势,积极探索,采取灵活有效的做法,创造性地开展工作。

(六)残疾人及残疾人组织积极参与,有效发挥作用

残疾人不仅作为残疾人事业的受益者,更作为事业的参与者,积极参与到各项事业中,提出意见,建言献策,推动工作。残疾人组织充分发挥联系政府、社会和残疾人的桥梁、纽带作用,密切联系广大残疾人,反映诉求,维护权益,做好服务和管理,协调各方面共同推进残疾人事业。

复习题

1. 什么是残疾人? 我国有哪几类残疾人?
2. 什么是视力残疾? 什么是听力残疾? 什么是言语残疾? 什么是肢体残疾? 什么是智力残疾? 什么是精神残疾? 什么是多重残疾?
3. 我国有多少残疾人? 各类残疾人的人数分别是多少?
4. 现代文明社会残疾人观的主要内容是什么?
5. 我国残疾人事业经过了哪些发展历程?
6. 改革开放以来我国实施了哪些发展残疾人事业的重大举措?
7. 改革开放以来我国残疾人事业取得了哪些成就?
8. 我国残疾人工作主要包括哪些业务领域?
9. 我国残疾人事业的基本经验和特点是什么?

(朱春林)

第二章　康复咨询基本知识

本章学习重点要求

一、了解"康复"定义的演化与康复哲学。

二、了解康复咨询师所需具备的知识、技能和能力。

三、了解康复咨询师的工作任务、活动和内容。

四、掌握康复咨询的过程。

第一节　概　述

一、相关定义

"康复"一词的英文原文是"Rehabilitation",意为"复原"、"修复"、"重新获得能力"、"恢复良好的状态"等。"康复"是一个非常活跃的概念,可以被用在不同的地方,用来指人、地方或某样东西的恢复或复原。在这些情况下,它的内涵为恢复到健康的状态或有用的和有建设性的活动状态。

康复有两个被广泛接受的概念。概念之一仅具有医学方面的内涵,把康复视为利用医学的方法加快病人的身体的恢复。这些方法大部分属于物理治疗学的范畴,被医生用作内科或外科治疗的补充。另外一个概念更广泛地为康复专业工作者所接受,即康复是对残障者进行全面的复原或修复,涉及到身体、精神、社会、职业和经济等方面。

根据世界卫生组织医疗康复专家委员会做出的定义(1969):"康复是指综合地和协调地应用医学的、社会的、教育的和职业的措施,对患者进行训练和再训练,使其活动能力达到尽可能高的水平。"Frank H. Krusen (1971)认为:"康复是使患者通过治疗和训练而最大限度地发挥其潜力,以便能在生理上、心理上、社会上和职业上正常地生活。"

进入 20 世纪 80 年代,康复的目标更侧重在帮助残疾人重返社会,过上更加有意义的生活。因此,John Banja 又给出了如下的定义:"康复是一个全面和综合的医学、身体、社会心理和职业干预项目,目的是帮助残障人士可以取得个人成就,过上有意义的社会生活,并在功能上可以有效地与外部世界发生相互作用。"(Banja, 1990, p.615)

随着康复咨询师职业的出现,康复的定义又有了新的表述。在康复咨询的框架内,康复的定义是这样的:"康复的过程是一个综合性的服务序列,由顾客与康复咨询师共同计划,使得残障人士的就业能力、独立生活能力及其在工作场所和社区里面的综合参与能力都达到最大化。"(Jenkins, Patterson, & Szymanski, 1991, p.2)

需要注意的是,此处接受康复服务的残障人士变成了康复咨询师的顾客,而不再被视为接受治疗或康复的病人。

作为一个概念,"康复咨询"远没有康复那样活跃,这个概念所指的是一种职业,是在卫生保健和人类服务领域内的一种实践活动。康复咨询被定义为:"一个帮助残障人士适应环境和帮助环境调整以适应残障人士需要的职业,因而使残障人士可以全面地参与到社会生活的各个方面,特别是就业和工作之中。"(Szymanski,1985,p.3)

作为一个执业范围,康复咨询被定义为一个系统的过程:"通过咨询过程,康复咨询师帮助那些有身体、精神、智力、认知和情感残疾的人士最大可能地实现他们个人的、事业的以及独立生活的目标。"(来自"美国康复咨询师认证委员会")

二、康复咨询服务的范围

康复咨询是残疾人康复职业里面的一个专业,以"咨询"作为其核心,但又有别于其他相关的咨询领域。康复咨询是一种职业,也是一种在不断变化着的立法、社会观念、科技与医学进步之中发展起来的实践。

为了帮助残疾人,康复咨询师首先需要从几个领域中获取知识,其中包括:心理学、医学、精神病学、社会学、社会工作、教育、法律和就业领域。康复咨询师需要与来自这些领域的专业人士共同工作,整合残疾人顾客所拥有的内部和外部资源,以便为其制订出一个成功的康复计划。尽管也有其他一些人类服务和健康保健提供者在为残疾人服务,但只有康复咨询师才唯一有资格为残疾人和他们的家人提供职业指导和心理咨询。

康复服务可以分为非营利性的、营利性的和私人性的。康复咨询师经常是医学康复和精神健康康复团队中的积极成员,也可以作为保险公司、工业和教育项目以及其他与康复服务有关的专业人士的职业康复顾问。

康复咨询师经常需要和其他一些与康复有关的专业人士密切合作,共同工作。顾客所需要的服务可能是职业方面的、技术方面的,或者是学院水平的教育,目的是使自己获得或重新获得职业技能、专业知识和能力。此外,在顾客的康复过程中,来自雇主方面的支持和合作也非常重要,可以帮助其在有竞争力的劳动力市场中就业,成为自给自足的社会成员。

近些年来,康复咨询师的身影开始出现在学校系统内,为残疾儿童的康复和过渡服务作出决策、协调和安排。此外,老年康复服务也开始向那些正经历着生活方式的改变和有健康问题的老年人敞开大门。遭受工业外伤的工人们也更多地接受来自私人康复公司的康复咨询服务。对于那些有严重身体残疾的人,虽然获得全职性和竞争性工作岗位的机会有限,也可以通过独立生活服务、支持性就业和来自康复咨询师的相关康复服务而得到一些必要的支持。

康复咨询的过程包括沟通交流和目标设定,并通过职业、社会和行为的干预,给残障人士带来有益的成长或改变。康复咨询过程中所需要使用的方法可能要包括(但并不限制于):①评估与评价。②诊断和制订治疗计划。③职业咨询。④个人或小组咨询治疗干预(以帮助顾客适应残疾所带来的医学和心理影响)。⑤个案管理、转介和服务协调。⑥项目分析与研究。⑦进行消除环境、就业和态度障碍的干预。⑧工作分析、工作开发和安排就业服务,包括支持就业和工作调整。⑨提供康复科技咨询。

康复咨询师每天所从事的就是以上全部或部分工作,工作的具体内容取决于顾客的需要以及顾客所处的康复个案管理中的某个特定阶段。在整个康复过程中,康复咨询师与身有不同残障的残疾人共同工作,为他们决定和协调所需要的康复服务。康复咨询师的一个主要工作目标是帮助残疾人从一种心理和经济上的"依赖状态"转变为"自立状态"。康复咨询职业支持"能力比残疾更有意义"这一理念,或者说康复咨询师更看中顾客所具备的能力,而不是他们身上的残疾。

三、康复哲学

在以上每一个基本概念里面,都蕴涵着一个哲学观点——康复的哲学。为了明白残疾人康复这个职业,理解康复的哲学理念与理解所有上述的相关定义本身同样重要。

康复哲学的前提就是要相信和承认所有人的尊严和价值。无论是在就业场所还是在社区里面,或者在社会生活的各个方面,康复哲学尊重人的独立,提倡融合和对所有人的包容,其中包括健全人和身有不同残疾的人。康复哲学的观点认为:在任何可能的时候,残疾人都应该被融合进一个最少受到限制的环境之中。这个哲学的内在本质就是承诺残疾人拥有平等机会和平等的基本公民权利。此外,这个哲学观点还承诺支持残疾人的维权活动,使他们可以实现自立,并进而充分行使自己的公民权利。

同时,在康复哲学之内所承诺的服务传送模式,强调的是一种由残疾人(或顾客)和康复咨询师所共同计划的、完整的和综合性的康复服务。康复哲学主张顾客选择和行使权利。强调这一点的目的也是为了说明,顾客在追求生活的意义和自我意识的同时,也需要对自己的选择和行为承担起相应的责任。

涵盖在康复哲学之内的是"知情同意"原则。知情同意的核心有两个方面:首先,是要向顾客公开所有在作出决定时所需要的相关信息;其次,是在没有强迫的情况下,顾客可以自愿地参与康复活动和干预活动内容。知情同意的内在含义是承认顾客作为一个自由的个体,可以完全主导自己的生活。康复哲学信奉的是残疾人个人有选择他们职业关系和目标的权利。

康复哲学是以解决问题为导向的,强调人所拥有的优势和其在环境之中所拥有的资源,从生态学角度上着眼于适应和提供便利的设备,帮助残疾人过上有意义、有质量的生活。

在不同的文化里面,残疾有不同的含义,康复的哲学也不尽相同。因此,以上的概念需要在不同文化的框架之内加以限定和理解。

康复咨询师必须全面掌握有关康复过程方面的知识和综合性的康复技术和技能,因为康复哲学强调多学科、包容性,超越任何个人、小组或单个项目的思维和想法。康复是一个"授权"的过程,目的是帮助残疾人可以行使和控制自己的生活。

康复咨询职业的基础,建立在一些特定的信念和价值观之上。这个职业的基本哲学基础包括:人的整体性概念、康复目标、安康、自我负责、唯一性、卫生保健的平等机会和社会参与等。

人的整体性(Holistic Nature of People):在生态学的框架内,康复工作的重点在于人的整体性,而不仅注重由残疾所带来的身体功能限制。全面的和生态学的观点要包括一个人的身体和精神方面,以及其与家庭、学校、工作和整个环境之间的关系。由此,人不再被割裂开来看待;或者在对其进行评估时,他也不再因为方便而被分割为身体、精神、心理、文化和经济学的部分。

康复目标(Rehabilitation Goals):康复的一个重要目的就是帮助残疾人,使他们在可能的情况下,得到全面的身体、精神、社会、职业和经济上的自立。

安康(Wellness):高层次的安康是一种身体和精神完全健康的状态。身体健康的人一般不会受到残疾压力的影响,会表现出安静、有创造性、精力充沛,对生活充满快乐感。即使一个人可能经历着严重的疾病或残疾,康复咨询师也应该向他倡议这些理想的健康或安康的特点。

自我负责(Self – Responsibility):无论在疾病的治疗和康复方面,还是在一般性的健康维护和改善方面,康复咨询都要最大程度地提升顾客的自我责任感,这是康复咨询的一个基本原则。康复咨询的一个主要目的,就是帮助顾客开发和学会利用他们自身的资源,以应对自己的全部生活状况。

唯一性(Uniqueness):康复咨询强调每个人的遗传、生理和社会心理的唯一性,以及制订个性化康复计划的重要性。每个人或每个家庭对残疾的反应都可能不尽相同。因此,康复计划的设计需要基于每一个人的需要。

平等机会(Equal Opportunity):康复咨询这个职业坚信所有的人,包括残疾人和健全人,都有权利拥有所有的社会机会和社会利益。该职业相信所有公民都具有平等的机会获得卫生保健,并平等地参与到社会和经济生活中去。

这些信念是作为康复咨询师的基本前提。

康复咨询师的一个工作重点就是要为顾客寻找机会,帮助他们获得有意义的就业,赚取收入。康复咨询师相信绝大部分残疾人都希望获得工作技能,以便为家庭和社会做出贡献,这是作为康复咨询师的另一个基本前提。

第二节　历史回顾

一、残疾人康复发展历程

在 19 世纪以前,大部分残疾人所受的待遇,轻者是被人忽视,重者是受到极端的虐待。随着 19 世纪的到来,美国开始有人考虑要实施一些针对残疾人的康复计划。这种兴趣导致了一些针对盲、聋和智障人群教育项目的实施。同时,一些针对有精神疾病和身体残疾人群的医学康复计划也开始实施。相对而言,虽然 19 世纪内所开展的康复活动大部分都是小规模的,但它们所取得的成功却预示了 20 世纪大规模康复项目的存在和发展。

在 19 世纪后期,大规模康复计划的发展至少在部分程度上受到了"市场自由放任式经济"和"社会达尔文主义"的阻碍。而与此同时,即将开始的大规模的康复活动已经在美国奠定了基础。此时,接受教育已经开始被视为每一位美国公民的权利,职业教育计划也越来越普及。与此同时,医学科学也得到了长足的进步和发展,社会福利工作实践也日益发展起来。

对于美国人而言,19 世纪是大规模职业康复计划的播种时期,而 20 世纪则是其成长和兴旺的季节。个中的原因是由于康复事业得到了来自个人、联邦政府和各州政府的财政支持。

随着大规模的工业化和受到第一次世界大战的影响,美国政府开始承担起对伤残士兵和残疾公民的职业康复责任。在第一次世界大战期间,美国于 1917 年在纽约成立了"国际残疾人中心",对受伤的军人进行康复治疗。在 1918 年和 1920 年,美国历史上第一部支持退伍老兵康复计划的联邦法律和支持公民康复计划的联邦 - 州政府法律得以通过。然而,由于多种原因,直到第二次世界大战开始之前,这些法律几乎都没有得到任何发展和改变。

到了 20 世纪 40 年代,情况开始发生转机。在 1943 年,新颁布的一项联邦立法扩展了康复服务的范围,即把服务扩展到了智障或精神疾病人群。在"二战"时期,因为劳动力的短缺,残疾人的就业机会大大增加,因而在很大程度上展现出了这个人群参与工作的潜力。此外,战争所促成医学的发展也很大程度地延长了残疾人的寿命和伤后存活率。

在第二次世界大战结束以后的一段时间里,公众对待残疾人群的态度开始发生变化:一方面,他们被认为在劳动力市场中缺乏竞争力;而在另一方面,他们又有"权利"获得职业康复服务。在战争期间,公众虽然已经可以清楚地看到残疾人在竞争性劳动力市场中所表现出的能力;然而,随着战争的结束,他们的态度却开始转向了负面。参加战争的老兵们纷纷退伍归国,取代了残疾人工人在竞争性工作岗位上的位置。此时,残疾人发现自己再次倒退回次级劳动力市场,一个"萌芽中的庇护工场"正在其中兴起。

在 50 年代,康复服务进入了一个新的成长时期。艾森豪威尔政府大力支持把职业康复发展成为一个面向残疾人群的服务。1956 年通过的《社会保障法修正案》中提供了残疾补助金。接着,在 1965 年,对于那些仅得到"社会保障残疾保险"支持的残疾人,《社会保障法》又增加了负担失业残疾人职业康复所需的费用。

艾森豪威尔、肯尼迪和约翰逊三位总统任内的那段时期,也被称做是"康复的黄金时代"。在那段时期里,投入在残疾人顾客服务方面的资金有所加大,康复专业人员的受训机会增多,各种康复机构得到了很大的发展,许多重要的康复研究项目也得到了实施。

进入 20 世纪 70 年代,"康复的黄金时代"开始衰退。因为资源减少,突然之间,许多康复项目陷入到与其他政府支持项目的竞争处境。与此同时,受到 60 年代黑人民权运动的影响,美国的残疾人也开始了自己争取平等权利的斗争。他们组织各种活动,争取得到自由、平等的生活和追求幸福的权利。他们不愿意再接受"二等公民"的位置。在争取残疾立法的运动中,"残疾顾客组织"起到了非常重要的作用。这些立法所强调的内容包括:职业康复和独立生活服务;顾客参与康复计划的制订;康复服务提供者的责任;相关的康复研究,以及提高残疾人的公民权利等。

在70年代和80年代初期,人们开始考虑要去除环境方面因素所带来的障碍,以帮助残疾人可以全面地参与到社会活动中来。此时,康复活动不再只限于注重对残疾人的改变,同时也开始注重改变那些比残疾更能给残疾人带来不便的环境因素。到了80年代末,那些存在许多障碍因而限制残疾人充分参与社会的环境设计已经得不到法律的批准。环境被改造得对社区中的所有人都更加友好,包括那些身体功能受限的人。在此期间,一些残疾立法也纷纷出台,包括:《康复法案》(1973年)及其修正案、《所有残疾儿童教育法案》(1975年)及其修正案、《发展性身心障碍者援助及权利法案》(1976年)等。然而,这些努力的结果却差强人意,消除环境障碍的努力大部分仍然停留在象征性的层面上。

虽然效果还不尽理想,但在为残疾人群提供医疗保健、财政支持和职业技能培训方面,70年代和80年代所出台的这些公共政策都具有非常积极的意义。

在1990年,《美国残疾人法案》得以通过,体现了美国社会保护有身体或精神残障者的意识所达成的社会共识。这是一个非常重要的法案,有助于消除环境障碍,帮助残疾人完全参与到社会生活的各个方面。

在新的世纪里,康复的重点在于改善残疾人的就业结果。这个目标的实现需要得到政府各部门的支持,因为单凭某一个部门的努力是无法满足残疾人的就业需求的。

近20年来,随着交通事故和其他意外损伤的增多,人口的老龄化,以及慢性病者数量的增加,社会上的残疾人口数量也在随之相应增多。这是许多国家当前都在面临的问题。这些人需要改善生活素质,而这种客观的需求也促进了康复医学的发展。

综上所述,从19世纪开始,康复的发展已有百余年的历史。在第二次世界大战以后,国际上尤其是在西方发达国家里,康复得到了进一步的发展。

与美国等西方发达国家相比,中国的残疾人康复事业仍然处于初级阶段,而且大多仅限于医学康复的层面上。在80年代早期,现代康复医学随着我国的改革开放而被引进国内。在过去的近20年的时间里,我国的康复医学才开始得到重视并迅速发展。但是,我国残疾人康复医学的发展普及面还比较窄,广大基层医院甚至许多三级医院对康复医学的了解还相当肤浅,许多临床医师缺乏对康复医学的认识,在一定程度上限制了临床医学的全面发展,不利于完善临床医学学科的建设;而在帮助残疾人重返社会的全面康复方面,我们还有很长的路要走,任重而道远。

二、康复咨询职业的发展

开始于20世纪初期的职业康复领域因一系列的事件而得到发展,如工业革命、大量移民涌入、大萧条和两次世界大战等。随后,早期的康复咨询工作者逐步调整他们的职业态度,使其适应残疾顾客的需求;在20世纪70年代,"独立生活运动"再次刺激了康复咨询服务的发展。

康复咨询职业的出现绝非偶然。因为残疾人希望获得公平的市场就业,却遇到了态度方面的、社会方面的和经济方面的障碍。因此,他们迫切地需要有一些专业的康复工作者,可以帮助协调各方社会资源,消除这些障碍。康复咨询师的行业也由此应运而生。

起初,康复咨询的专业人士大多是从社会上各种人类服务部门招募而来的,包括医院的护士、社会工作者和康复机构中的工作人员等。美国康复咨询师的学院教育始于20世纪40年代,但是直到1954年国会开始为康复咨询师教育投入资金,康复咨询作为一个职业才开始真正发展起来。

由此可见,康复咨询职业的出现可以追溯到20世纪50年代中期。在那个时候,美国出现了第一个康复咨询硕士学位课程。发展到今天,大约有90个硕士水平的康复咨询师教育项目在运行,有约30个博士水平的教育项目也把康复咨询作为重点,还有大约60个本科水平的康复服务教育项目,其中很多项目的目标就是为康复咨询的硕士教育做积极的准备。在已经有的90个硕士课程里面,大部分都得到了"康复教育委员会(Council on Rehabilitation Education)"的认证。这个委员会是美国康复教育项目的全国性认证机构。

从历史上看,康复咨询师主要是为处于工作年龄的成年残疾人服务的。发展到今天,康复咨询的服务范围已经扩展到老人和儿童。同时,康复咨询师也可以为非残疾人群提供咨询服务。

第三节 成为合格的康复咨询师

在各种可能为残疾人康复过程提供服务的专业人员之中,诸如精神病专家、心理学家、社会工作者、医疗个案管理者等,康复咨询师所处的地位应该是独一无二的。对于有先天或后天残疾的人来说,在其康复过程中医学干预以外的不同阶段里,康复咨询师所起的作用都是关键性和核心性的。

在过去,有智力残障或其他不同残障的人经常会被排斥在工作场所以外。即使在主观上这些残疾人希望参加到工作中去,他们的工作愿望也往往无法得到满足,因为他们已经被社会和环境视为不具备生产能力的人。现在,在发达国家里面,许多这样的残疾人都已经成功地获得了就业。在他们的康复和就业之路上,始终可以看到康复咨询师工作的身影。康复咨询师帮助他们克服各种障碍,使他们可以找到一份适合自己的工作,赚取一定的收入,以实现经济自立。今天,康复咨询师的服务对象除了通常意义上的残疾人以外,也扩展到了有健康问题的老年人、吸毒者或酗酒者等。

残疾人康复是一个复杂的过程,需要康复咨询师具备良好的职业和道德素质。康复咨询师是具备资质的专业人士,有资格为残疾人提供各种专门的康复服务。康复咨询师所需要具备的基本知识和技能包括:与残疾状况有关的医学、心理学和经济学方面的知识,康复服务的服务传递系统,顾客评估和咨询技术,司法、社会和科技对康复的影响,人类行为准则,康复服务协调,职业康复和职业安置等。在顾客的康复过程中,康复咨询师有责任负责全面的工作,其中包括:康复服务的协调、个案管理、宣传维权、咨询/指导工作和其他所需要的服务。康复咨询师需要具备专门的经验和资格来提供这些服务。

康复咨询师可以在不同的部门中工作。然而,不管他的工作环境如何,他们都肩负着职业和伦理方面的义务,去促进和保护顾客的利益。

一、康复咨询师的基本职业素质

在一般情况下,康复咨询师所从事的工作就像信息和服务的守门员,需要眼帮助顾客确定适当的行为、目标、策略和治疗方案。康复咨询师不同于其他种类咨询师的关键之处在于,除了基本的心理咨询技术以外,康复咨询师还需要掌握各种有关残疾的专业知识,了解可以与残疾发生相互影响的各种环境因素。康复咨询师还需要掌握职业和个人康复技能,可以分析职业和工业发展趋势,了解与康复计划有关的立法和法律。此外,康复咨询师还必须要掌握一些管理方面的技能。

一个合格的康复咨询师需要有宽泛的知识面,其中包括:职业咨询服务;医学和心理学知识;个人和小组康复;计划评估和研究;个案管理和服务协调;家庭、性别和跨文化问题;康复基础;环境和态度障碍等。

根据"美国职业信息网络"的介绍,一个康复咨询师所掌握的知识、技能和所应具备的能力可以细化到以下 些方面:

(一)康复咨询师所需掌握的知识

1. 心理学知识(Psychology) 人类的行为和表现;人的能力、个性、兴趣、学识和动机的个体差异;心理学研究方法;行为和情感紊乱的评估和治疗。

2. 治疗与咨询知识(Therapy and Counseling) 有关身体和精神功能障碍的诊断、治疗原则与方法;职业咨询和职业指导。

3. 教育与培训知识(Education and Training) 课程和培训设计的原则与方法;个人和小组教学与指导;培训效果的管理。

4. 顾客和私人服务知识(Customer and Personal Service)　有关为顾客和私人提供服务的原则和过程方面的知识,包括顾客需求评估和顾客满意度的评估。

5. 人力资源知识(Personnel and Human Resources)　人员招募、挑选、培训的原则和过程,赔偿和津贴,劳工关系和谈判,人员信息系统。

6. 语言知识(Language)　所用语言的结构和含义,写作原则和语法。

7. 管理和经营知识(Administration and Management)　商业和管理原则方面的知识,涉及到战略性计划、资源分配、人力资源模型、领导技术、生产方法、人与资源的协调。

8. 社会学和人类学知识(Sociology and Anthropology)　群体行为和动力学、社会趋势和影响、人类迁徙、种族划分、文化及其历史和起源。

9. 公共安全知识(Public Safety and Security)　相关的设备、程序、政策和策略方面的知识,以支持有效的地方和国家安全运作方面的知识,保护顾客、资料、财产和机构的安全。

(二)康复咨询师所需具备的技能

1. 社会理解(Social Perceptiveness)　能够明白他人的反应以及为什么会如此反应。

2. 时间管理(Time Management)　能够管理自己的时间和他人的时间。

3. 阅读理解(Reading Comprehension)　能够理解工作文件中所出现的句子和段落。

4. 谈话技能(Speaking)　能够通过与人交谈,有效地传达自己所要表达的信息。

5. 协调技能(Coordination)　能够根据别人的行为调节自己的行为。

6. 服务定位(Service Orientation)　能够积极寻找方法,为顾客提供帮助。

7. 积极倾听(Active Listening)　能够注意倾听别人讲话,肯花时间理解对方的观点,可以适当地提出问题,并避免在不恰当的时候打断人家。

8. 监控技能(Monitoring)　能够监控和评估自己、他人或机构的表现,以便改进或采取纠正性的行动。

9. 书写技能(Writing)　根据顾客的需要,可以用书面形式与其进行有效的沟通。

10. 评判性思维(Critical Thinking)　应用逻辑和推理,去发现不同方法的长处和短处。

(三)康复咨询师所需具备的能力

1. 口头理解能力(Oral Comprehension)　倾听和理解别人用口头语言表达的观点和信息的能力。

2. 口头表达能力(Oral Expression)　通过口头语言表达沟通观点和信息的能力。

3. 语言识别能力(Speech Recognition)　识别和理解别人讲话的能力。

4. 语言清晰(Speech Clarity)　说话清楚,使别人容易听懂。

5. 书面表达能力(Written Expression)　用书面清楚地交流观点和信息的能力。

6. 归纳推理能力(Inductive Reasoning)　综合零散的信息,归纳出一般性规则或结论的能力,包括在一些貌似不相干的事件中发现某种关系的能力。

7. 问题敏感性(Problem Sensitivity)　能够发现已存在问题或潜在问题的能力,这里并不涉及到解决问题,而仅仅是看出问题的存在。

8. 阅读理解能力(Written Comprehension)　阅读并理解书面文件所表达的信息和观点的能力。

9. 演绎推理能力(Deductive Reasoning)　应用一般性规则就特定问题得出有意义答案的能力。

10. 与顾客建立和保持咨询关系的能力。

11. 评估顾客的智能、技能、兴趣和教育水平的能力。

12. 能够认识顾客身体残疾和精神残疾的表现,以及这些表现与职业调整或调节之间的关系。

13. 能够从工作任务、技术要求和工作本身对身体的要求方面,对一个职业或工作进行分析,以确定顾客是否胜任该项工作。

14. 区分和使用可利用的社区资源,以及与这些资源建立和保持合作性工作伙伴关系的能力。

二、康复咨询师的伦理守则和工作方式

(一)康复咨询师的伦理守则

"伦理所涉及的问题没有最终的答案,然而却对于人们计划人生、判断行为和做出决定非常重要。"(Van Hoose & Kottler,1985)

从事任何职业的专业人士都有自己的道德规范和职业操守,唯此才可以更好地为自己的顾客服务。对于康复专业人士而言,职业道德和职业伦理显得尤为重要,因为接受服务的对象大都是一些有身体或精神障碍的病人或残障人士。在服务过程中,他们始终处于"弱势"地位,需要得到特别的关照和公平的对待。

康复咨询师这个职业也不例外,同样需要具有本专业的职业道德和伦理标准。在这里,康复咨询师的伦理守则被简单地归纳为以下三个方面:

1. 行善原则(Beneficence) 康复咨询师职业行为的目的是要为身有不同残疾的顾客提供帮助,防止其受到伤害。

2. 自主原则(Autonomy) 康复咨询师要尊重顾客的行为和自由选择权,只要这些行为和自由不与别人的类似权利发生冲突。

3. 公义原则(Justice) 康复咨询师需要公正地对待每一个人,不能因为顾客的身份、地位和社会经济状况而有所差异。

(二)康复咨询师的工作方式

此外,由于工作性质和所服务的对象不同,从事不同职业的专业人员也都会有自己本专业特有的工作方式和方法。关于康复咨询师的工作方式,"美国职业信息网络"归纳出了如下几点:

1. 可信任性(Dependability) 这份工作需要康复咨询师肯于负责,并主动履行自己的义务,要值得顾客依赖和信任。

2. 自我控制(Self Control) 即使在非常困难的情形之下,康复咨询师都需要保持镇静、控制情绪和愤怒,避免出现侵犯性的行为。

3. 关心他人(Concern for Others) 在工作中,康复咨询师需要对顾客的感觉和需要保持敏感,愿意理解和帮助他人。

4. 关注细节(Attention to Detail) 康复咨询师在工作中需要关注存在的细节问题。

5. 诚实(Integrity) 这个职业需要诚实;康复咨询师的行为要和合乎道德标准。

6. 社会倾向(Social Orientation) 康复咨询师需要愿意和别人一起,而不是单独地进行工作;要经常与其他人在一起协同工作。

7. 忍受压力(Stress Tolerance) 康复咨询师的工作需要能够接受批评,并能够平静和有效地应对高压力环境。

8. 适应性/灵活性(Adaptability/Flexibility) 康复咨询师的工作需要能够应对改变和工作场所的多样性。

9. 主动性(Initiative) 康复咨询师需要主动承担责任和接受挑战。

10. 独立性(Independence) 康复咨询师需要培养独立做事情的方式,尽量不需要别人监督,可以自己完成工作。

三、康复咨询师的自身就业

在1973年4月,美国"康复咨询师认证委员会(Commission on Rehabilitation Counselor Certification)"成为了全国性的康复咨询师认证机关。因为以上认证机关的工作和努力,康复咨询师已经成为了一个受到美国社

会尊敬的行业。

(一)职业准备

康复咨询是一个专门为有身体、智力和精神残疾的人士服务的职业,目的是要帮助这些人过上自食其力的生活。康复咨询教育和康复咨询服务普遍存在于全美各地,在其他一些发达国家里也都有实践。目前,美国所有的康复咨询师都需要接受硕士水平的培训。当然,现在也有许多本科水平的康复项目在运转。但是,这些从业人员一旦想要成为康复咨询师,就必须接受继续教育,获得康复咨询的硕士学位。

在美国,康复咨询专业的研究生通常已经具备了康复服务、心理学、社会学或其他有关健康和人类服务的本科学历。为了获得研究生学位,大部分的康复咨询师教育计划需要完成18个月至2年的学院教育。在毕业之前,学生还需要有1年的工作实践,实践过程要由有资质的康复咨询师监管。已设定的教育项目通常要得到"美国康复教育委员会(CORE)"的认定。研究生所接受的培训通常包括:咨询理论和技术、精神康复原则、个案管理和康复计划,康复服务中的问题与伦理、辅助科技适应、职业评估和工作调整、职业咨询、职业发展和就业安置等。

在硕士课程结束以后,康复咨询师就有资格在许多与康复有关的部门里面工作。康复咨询师可以以评估员、咨询师、辅助科技专家或就业专家等身份受雇于州立的康复机构和社区的康复机构中,以及其他为残疾人提供康复服务的各种机构里面。

康复咨询师可以为政府机构、私人机构或学校工作,也可以为医院、职业培训中心和社会福利机构工作。康复咨询师需要为顾客提供各种服务,包括与顾客会面,对他们进行评估,教他们使用辅助科技设备,帮助他们找到工作。此外,康复咨询师还需要对他们进行心理和行为方面的辅导。有些康复咨询师也可以侧重于某种专门的残疾情况,诸如精神疾病、失聪或滥用药物等。

一些毕业生会到比较专门的领域中工作,诸如从事聋哑康复、精神健康、预防酒精和药物滥用等方面的工作。康复咨询师的另外一个就业市场是在私营康复场所,为受伤的工人提供康复服务。康复咨询师也同样受雇于学校系统,帮助残疾学生从学校阶段过渡到工作场所中去。

因此,康复咨询师也被赋予了不同的工作头衔,包括:工作安置专家、酒精药物滥用咨询师、精神健康咨询师、婚姻家庭咨询师、职业评估师、残疾学生服务协调员等。

(二)康复咨询师的就业场所

在美国,康复咨询师可以在许多不同的地方找到工作,典型的就业场所为公共康复机构、私人非营利性的和私人营利性的康复机构。其中包括:①各州立职业康复机构。②一些以社区为基础的康复机构(经常为有智力残疾、慢性精神问题或特殊医学残疾的人群提供服务,如HIV/AIDS)。③一些私人康复机构。④保险公司。⑤公立学校。⑥医院。⑦大学和学院。⑧残疾人独立生活中心。⑨一些公司里面的"员工援助计划"。⑩一些工作培训中心。

因为有大批在20世纪70年代就开始从事这方面工作的人正在退休,近年来对认证康复咨询师的需求正在稳步增加。

四、康复咨询师的教育课程

在康复咨询师课程的学习中,学生除了学习心理学、医学、康复基础、职业康复和公共政策方面的课程外,还需要掌握社会研究和统计学等方面的知识。此外,学生还要研究各种不同的残疾情况,以及它们如何对残疾人的精神、身体和情绪产生影响。学生还需要学会如何开展个人或小组治疗,以教育顾客怎样找到理想的工作并更好地生活。

目前,美国要求所有的康复咨询师必须具备硕士学位,但许多在职人员虽然有"康复咨询师"的头衔,其实并没有达到国家所要求的职业学位。所以,许多康复机构都在要求自己的员工必须接受继续教育,以获得这个学位。

为此,乔治亚州立大学、北德克萨斯州立大学和圣迭哥州立大学共同制定了一个大学联盟协定,以提供由"美国康复教育委员会"(CORE)所认可的职业康复咨询师硕士课程和硕士学位。目前,该课程正在美国和加拿大使用。以下就是对这个职业康复咨询师硕士课程的简单介绍。

(一)康复咨询教育课程设置

1. 心理咨询理论与方法(Theory and Process of Counseling in Rehabilitation)。

2. 康复基础(Rehabilitation Foundations)。

3. 康复咨询中的医学和心理问题(Medical & Psychological Aspects of Rehabilitation Counseling)。

4. 康复咨询实地调查(Fieldwork in Rehabilitation)。

5. 康复咨询群体动力学(Group Dynamics in Rehabilitation)。

6. 残疾人就业实践(Placement Practices of Individuals with Disabilities)。

7. 研究与报告方法(Procedures of Investigation and Reporting)。

8. 康复科技应用(Applications in Rehabilitation Technology)。

9. 管理与康复专题研究(Seminar in Administration & Rehabilitation)。

10. 多元社会中的残疾康复(Rehabilitation in a Multicultural Society)。

11. 初级康复咨询见习(Beginning Practicum in Rehabilitation)。

12. 高级康复咨询见习(Advanced Practicum in Rehabilitation)。

13. 评定与职业发展(Assessment & Vocational Development)。

14. 康复专题研究——组织发展(Seminar In Rehabilitation-Organizational Development)。

15. 康复实习课程(Internship)。

16. 康复基金申请(In Rehabilitation-Grant Writing)。

(二)康复咨询教育核心课程

以下对康复咨询师教育中几个比较重要的课程加以简单介绍,这些也称为"核心课程"。

1. 心理咨询理论与方法(Theory and Process of Counseling)

(1)课程说明:本课程涉及到对一些主要心理咨询理论的学习,以及这些理论在康复对象(顾客)中的应用。学生需要了解这些心理咨询理论与康复咨询师工作之间的相关性。此外,学生还需要利用所掌握的传统心理咨询理论,发展出自己的康复咨询体系。康复咨询师常用的心理治疗方法包括:

1)心理分析治疗(Psychoanalytic Therapy)。

2)阿德勒治疗(Adlerian Therapy)。

3)存在主义治疗(Existential Therapy)。

4)个人中心治疗(Person – Centered Therapy)。

5)现实治疗法(Reality Therapy)。

6)认知行为疗法(Cognitive – Behavior Therapy)。

7)家庭系统疗法(Family Systems Therapy)。

(2)课程目标:

1)了解至少7种职业康复咨询师常用的心理治疗方法。

2)了解主要的心理咨询理论和方法,并确定不同的咨询模式与康复咨询的相关性和适用性。

3)了解康复咨询实践中所涉及到的主要伦理问题。

4)在课堂中所学到的传统理论和观点的基础之上,总结出自己的咨询理论体系和观点。

5)发现、探究和澄清那些可能影响到自己康复咨询实践的问题。

6)了解自己作为咨询师所具备的优势和局限,以便发挥优势,消除局限。

7)扩展康复咨询理论的使用,使其适用于来自不同种族和文化背景的顾客。

2. 康复基础(Rehabilitation Foundations)

(1)课程说明:本课程概述了康复的发展过程和有关康复方面的政策法规,在历史和现代的框架内系统地研究了残疾服务的发展。课程所涉及到的内容主要包括:残疾立法、伦理学、宣传倡导、残疾权利、个案管理、公共和私人康复体系、就业障碍,多样性,以及残疾学生从学校到工作场所的过渡。

(2)课程目标:

1)了解那些能影响到残疾态度、残疾服务和残疾政策的历史和立法。

2)掌握目前康复咨询的伦理标准。

3)了解残疾权利和独立生活运动的重要性。

4)解释康复咨询师将如何满足不同族群的需要。

5)对一些职业雇佣的激励和限制措施进行比较。

3. 康复咨询中的医学和心理问题(Medical & Psychological Aspects of Rehabilitation Counseling)

(1)课程说明:本课程为康复专业人士提供知识和技能,以帮助有各种残疾的人士可以经历从某一治疗阶段,成功地过渡到下一阶段的变化过程。课程为学生提供了残障人士个案管理过程中所需要的工具、资源和信息。

本课程深入地阐述了几种残疾情况,包括残疾的特点、诊断过程、医学术语、病因学、治疗选择、预后、典型药物,以及该残疾可能带来的社会心理问题和对未来职业发展的影响。

课程中所涉及到的残疾种类包括:创伤性脑损伤、中风、呼吸残疾、神经肌肉疾病、手外伤/累积性损伤、慢性疼痛、截肢、药物依赖、糖尿病、HIV/AIDS、癫痫、抑郁症、焦虑症、神经症、关节炎、衰老、腰部损伤、视觉损害和畸形等。

(2)课程目标:

1)了解一些残疾种类及与之对应的特有病症。

2)解释顾客身上所存在的病症、损害、残疾与正常生理功能状况的差异,以利于有效的职业康复个案管理。

3)解释和分析由残疾所带来的医学问题,以支持顾客治疗、制订康复计划和作出职业决定。

4)了解医疗专家、不同健康专业人士的职能和他们之间的关系,以及康复小组的作用和组成。

5)了解能给顾客和康复个案管理带来影响的卫生和保健问题。

4. 残疾人就业实践(Placement Practices of Individuals with Disabilities)

(1)课程说明:在本课程的学习过程中,学生将有机会研究残疾人工作开发的基本要素和实践。课堂活动包括对就业理论和残疾人成功就业实践的调查和研究,并对一些康复机构中残疾人就业方面的实践和成功案例进行分析。

学生在本课程中需要掌握的特别技能包括:"可迁移技能分析"(TSA)、"工作分析"(JA)、"劳动力市场分析"(LMA)、"寻工技能培训"(JSST)、"雇主识别"和"个案管理",其中也包括"支持性就业策略"。

其中的"可迁移技能(transferable skills)"意指在具体的专业技能和专业知识以外的,从事任何一种职业都必不可少的基本技能。它强调的是,当职业发生变化时,从业人员所具备的这一技能依然可以起到作用。

(2)课程目标:

1)了解就业安置理论及其与残疾人职业康复实践之间的关系。

2)进行可迁移技能分析。

3)进行工作分析。

4)利用当地的、地区的和全国的数据库进行劳动力市场调查。

5)评估和监督支持性就业服务。

6)与顾客一起制订和实施工作开发计划,过程包括:①培养简历书写和面试技能。②处理困难的或不利的顾客历史信息。③与咨询师/雇主建立关系。

7）利用各种资源为顾客寻找就业机会,进行职业咨询,推销顾客技能。

5. 康复科技应用(Applications of Rehabilitation Technology)

（1）相关概念:

1）辅助科技(Assistive Technology)的定义最早出自于1988年美国颁布的《残障科技法案》(The Tech Act),内容如下:"无论是从商业渠道获得,或者经改造、定制而来,可以被用来维持、增加或改善残障人士功能能力的任何产品、装置或设备。"

2）"通用设计"(Universal Design)指的是所开发的技术具有足够的灵活性,在不牺牲美学或符合成本效益原则的基础上,适用于各种人类活动。根据美国《残障科技法案》(The Tech Act):"通用设计"代表的是一种设计、制造和服务方面的概念或理念,使其可以为最大可能范围人群的功能能力所使用。

"辅助科技"与"通用设计"具有相同的目的,就是减少健全人与残障人士之间的身体和态度障碍。

（2）课程目的:

1）熟练掌握辅助科技的知识和应用。

2）培养"以人为中心"的评估能力,以利于发现潜在的辅助科技并加以使用。

3）利用辅助科技的应用,提升残障人士的就业机会,改善其在职业场所的表现。

4）帮助雇主和其他社区成员熟悉"通用设计"、合理的环境改造和其他无障碍问题。

5）熟悉以下几种辅助科技的使用问题:①日常生活调整(Aptations for Daily Living)。②辅助及另类沟通(Augmentative/Alternative Communication)。③电脑辅具(Alternative Computer Access)。④环境控制系统(Environmental Control Units)。⑤生物工程学(Ergonomics)。⑥通用设计(Universal Design)。⑦移动性和交通(Mobility & Transportation)。⑧休闲设备(Recreational Devices)。⑨开关使用(Switch Use)。

6）利用互联网、书籍、期刊、杂志,或从供应商处获得信息,研究现有的辅助科技。

7）在进行以人为中心的评估时,可以与其他专业人士合作,包括OT/PT、语言专家、康复工程师等。

8）增加对近期一些影响到康复科技使用问题的了解,包括立法、资金、宣传倡导和家庭参与等。

第四节　康复咨询师的作用

一、康复咨询师的地位

在很长的一段时间里,康复界就一直存在这样的争论:康复咨询师的身份究竟是咨询师还是康复服务的协调者? 争论是因为混淆了这样一个事实,即康复咨询师必须同时要掌握咨询和协调技能,而且还需要兼备其他多种能力。不同于其他种类的咨询师,康复咨询师除了需要掌握咨询技能以外,还需要掌握有关各种残疾和慢性疾病的医学方面的知识,并了解可能会与残疾发生相互影响的各种环境因素。

对于那些受到严重残疾影响的康复顾客而言,康复咨询师是他们康复过程中的一位关键人物。咨询师的责任首先是获得和组织顾客的相关信息,并帮助他们参与到自己康复计划的设计过程中来。在有顾客参与的情况下,咨询师必须制订出一个综合有不同康复服务和不同机构专业人士的康复计划。想要制订一个令各方都满意的计划已非易事,而对康复咨询师而言,仅仅制订计划还远远不够,他还需要确保计划得以实施,并且要保证顾客对所获得的服务感到满意。

在康复咨询过程中,咨询师所需要做的是与顾客协同工作,充分了解他们所面临的各种问题、障碍和潜在的可能性(潜力),以便帮助他们在残疾之后的个人、社会和职业调整中,有效地使用所有的个人和环境资源。在咨询过程的实施中,康复咨询师必须做好准备,努力帮助残疾人适应周围的环境,同时也要帮助环境做出必要的改变,以适应残疾人的需要,并向残疾人全面参与社会的方向作出努力。康复咨询师需要帮助残疾人在个人、职业和社会诸方面进行调整,最后帮助残疾人全面地参与到社会生活的各个方面,包括劳动就业。

在整个个性化的康复过程里面,"咨询技能"被认为是所有活动中最基本的部分。在此之外,康复咨询师所具备的有关残疾和相关环境因素方面的专门知识,以及他们所需掌握的各种咨询之外的知识和技能,可以将他们区别于社会工作者、不同种类的咨询师(如精神健康、学校、职业)和其他康复专业人士(如职业评估师、就业安置专家等)。

二、康复咨询师的工作任务和工作活动

根据"美国职业信息网络"介绍,以下一些内容是康复咨询师每天所从事的主要工作任务和工作活动。

(一)工作任务

1. 监控和记录顾客的进展情况,以保证康复目标的实现。

2. 与顾客协商,讨论他们的目的和选择,帮助他们获得所需要的康复计划和服务。

3. 准备、保存个案记录和档案。这些文件包括:顾客的个人信息、所提供的服务、顾客联系人的叙述、相关的信件等。

4. 对顾客进行身体、精神、学识、职业以及其他方面的评估,以获得可以用来了解顾客需要和制订康复计划所需要的信息。

5. 对来自各种不同渠道的信息进行评估,其中包括与顾客会面、学校和医疗记录、其他专业人士的意见、诊断性评价等方面的信息,以估价顾客的能力、需要,以及对服务的适应性。

6. 制订出适合顾客智能、教育水平、身体能力和职业目标的康复计划。

7. 在工作培训和安置期间,与顾客保持密切接触,以便随时解决所出现的问题。

8. 与社区中的转介资源建立和保持关系,诸如一些学校和社区组织。

9. 发现顾客就业中存在的各种障碍,诸如难以到达工作场所、缺乏弹性的工作时间表,以及交通方面存在的问题;与顾客一起制定策略,克服这些障碍。

10. 安排现场指导或提供辅助设备,诸如特别装备的轮椅,以帮助顾客适应工作或学校环境。

(二)工作活动

1. 保存档案/记录信息　以书面或电子/磁带的方式输入、转录、记录、储存或保留各种信息。

2. 获得信息　从所有的相关来源处观察、接受和获得信息。

3. 组织、计划并按优先顺序工作　制定明确的目标和计划,以优先顺序排列组织和完成工作。

4. 与上级、同级和下属进行沟通　通过电话、书面、电子邮件或当面谈话的方式为上级、同级和下属提供信息。

5. 提供咨询和建议　为上级管理部门或其他团体提供指导或专家性的建议。

6. 建立和保持人际关系　与顾客发展建设性和合作的工作关系,并始终保持这种关系。

7. 履行管理性活动　履行日常的管理性任务,诸如保存信息档案和处理文书工作。

8. 制订工作和活动计划　对各种活动和计划进行安排。

三、康复咨询师的工作内容

为能完成自己的工作职责,康复咨询师必须从事下面几个方面的工作:发现个案、明确诊断、顾客资格确认、制订康复计划、提供康复服务、就业安置、随访和就业后服务等。这些工作的内容需要康复咨询师具备宽泛的知识和技能,包括情感咨询、职业评估、职业咨询、个案管理、工作开发和就业咨询等。

(一)情感咨询

情感咨询所着重的是心理咨询过程,目的在于干预顾客对自己和对他人的感觉和看法,内容包括:

1. 通过帮助顾客客观地评估和处理所面临的问题,减轻他们存在的心理压力。

2. 通过心理咨询,帮助顾客在情感和认知上接受残疾所带来的身体限制。

3. 通过进行咨询,帮助顾客明白或改变他们对自己或对别人的感受。

4. 讨论顾客的人际关系,帮助他们更好地认识自己的性格本质和性格特征。

(二)职业评估

康复咨询师需要掌握的另一项基本技能是职业评估。职业评估的过程首先要康复咨询师清楚自己需要收集哪些方面的信息,才可以作出准确的职业诊断。因此,咨询师必须全面了解诊断的内容,包括顾客目前的和潜在的身体功能状况,以及有关顾客受教育情况、职业和社会心理等方面的信息。对于服务计划来说,这些信息的准确性是至关重要的。康复咨询师职业评估的主要工作内容包括:

1. 以各种评估测试结果作为帮助,对顾客进行全面的了解。

2. 向顾客解释职业评估的结果。

3. 在向顾客推荐某个培训或教育项目之前,要先咨询该工作领域的专家,以确定未来顾客在这个领域就业的潜力。

(三)职业咨询

研究认为,职业咨询应该是康复咨询师的主要工作。康复咨询师在职业康复方面的作用主要包括:

1. 根据由会面和评估测试所获信息的职业意义,为顾客提供咨询。

2. 就所得到的职业、心理和社会信息,对顾客的职业领域提出建议,以提高其康复计划选择的适用性。

3. 与顾客一起分析其残疾所带来的各种后果,以及这些后果对职业发展的影响。

4. 与顾客一起研究其职业优势和职业倾向,以确保其对未来的职业有一个现实的理解和接受。

5. 为顾客提供职业教育资料,以帮助他们研究职业选择。

(四)康复个案管理

个案管理需要咨询师有良好的管理和计划能力,诸如使用和协调多方资源的能力,以解决顾客所面临的各种问题。咨询师在个案管理方面所需要做的工作包括:

1. 与顾客一起制订康复计划。

2. 根据康复计划,监督顾客实现所设定的职业目标。

3. 协调康复计划中所涉及到的各个部门的活动,以保证顾客获得最大的利益。

4. 为所提供的各种康复服务设定时间表。

5. 将顾客转诊至医学专家,对其进行医学评估。

6. 将顾客转诊至心理学家,对其进行心理学评估。

7. 将顾客转介至培训机构,对其进行职业技能培训。

8. 向顾客解释现有的残疾人康复权利和福利。

(五)就业咨询

在另一方面,无论在何种工作环境中,以下的就业咨询活动都是康复咨询师工作的重要组成部分:

1. 使用支持性的康复技术,帮助顾客应对寻工过程所带来的情感压力。

2. 指导顾客寻找工作的方法。

3. 与就业目的尚不明确的顾客会面,帮助他明确目的,争取得到有收益的工作。这样的会面可能需要进行数次。

4. 与顾客讨论不同的可供选择的方法,以帮助他回答雇主就其残疾可能提出的问题。

5. 与顾客进行求职会面的角色扮演,预习雇主可能提出的一些常见的问题,以减轻顾客在找工作过程中可能出现的焦虑。

（六）工作开发

如同就业咨询一样，工作开发也被认为是康复咨询师工作的重要组成部分，其内容主要包括：①拜访雇主，为顾客寻找工作机会。②与雇主讨论顾客的工作，逐一清点或列数顾客可以胜任的工作。③工作安置以后，从雇主和顾客那里获得有关顾客在新工作岗位上表现的信息。④为顾客安排在岗培训。

以上清楚地表明，康复咨询师是顾客与雇主、顾客与其他服务提供者之间重要的沟通桥梁和纽带。因此，咨询师必须有很好的语言和文字沟通技巧，以便概括顾客的跳跃性思维，及时把顾客的需要传达给未来的雇主。同时，康复咨询师还需要像推销员一样，具备比较强的说服力。简而言之，康复咨询师需要有能力鼓励雇主雇佣残疾人。

四、康复咨询师与顾客之间的关系

无论在何种情况之下，康复咨询师必须帮助顾客经历复杂的康复过程的四阶段，也就是评估阶段、计划阶段、治疗阶段和服务终止阶段。尽管有效的个案管理依赖于康复咨询师多方面的技能，但最值得注意的是，如果康复咨询师和顾客之间无法建立一个良好的关系，身有严重残疾的顾客就无法成功地完成他们的康复计划。所以，康复咨询师要时刻与顾客保持一种积极和谐的工作关系。

除了一般性的帮助以外，康复咨询师还必须帮助顾客影响或改变生活和活动环境。研究表明，所有顾客都希望自己的咨询师是"经验丰富、真诚、老练和善于接纳"的人。然而，现实和理想总会有差距的，这就要求康复咨询师不断提高自身能力与修养。

第五节　康复咨询过程

正如上面所谈到的，康复咨询师需要为身有不同残障的人士提供服务，其所服务顾客的残障种类可以包括：四肢瘫痪、截瘫、精神疾病、学习障碍、视力障碍、听力障碍、糖尿病、多发残疾和复合残疾等。康复咨询师的服务对象甚至也包括药物和酒精成瘾者、无家可归者和刑满释放人员。康复咨询师工作的最终目标就是要帮助这些人找到工作，过上经济独立的生活。

在过去的一些年里，康复咨询师的基本角色得到了发展，其所需要的知识、技能、能力和功能范围也得到了扩展。不论就业场所或顾客的人群如何变化，大部分咨询师所需要做的无外乎这样一些内容，诸如对顾客进行需求评估；与顾客建立良好的工作关系，确定康复目标和制订出适合顾客的个性化康复计划，以满足所发现的顾客需求；提供或安排治疗性的服务或干预措施（如心理的、医学的、社会的和行为方面的干预），其中也可能包括顾客所需要的就业安置和跟进服务。

一、发现康复顾客

康复咨询的过程始于咨询师发现所需要帮助的残疾人或顾客。在美国，康复咨询师主要通过一些专门的途径寻找帮助对象（或顾客），包括：一些州立就业机构、社会福利机构、医院、康复中心、学院和大学等。这些机构会将有不同残疾的顾客转介给康复咨询师。咨询师需要与这些可能的顾客会面，得到一些相关的信息，包括他们的残疾情况、经济状况、工作历史和医学/情感/精神情况等方面的信息，以确定他们是否符合接受康复咨询服务的条件。

在条件确认以后，康复咨询师还要与顾客再次见面，讨论他们的工作和就业想法。例如：顾客有时希望成为一名计算机专家，这就需要他参加计算机课程，并获得证书或学位，然后才可以获得自己想要的工作。在送顾客去学习或接受类似的培训之前,康复咨询师还需要做许多劳动市场调查,以确保顾客在学成以后可以得到工作。在顾客完成教育或培训之后,康复咨询师需要寻求就业部门的帮助,为其寻找工作。这个过程有时很容易,有时则非常困难。

除此以外,康复咨询师也需要帮助顾客定制或订购必须的康复设备和辅助用具,为他们安排交付学习和培训费用等。

二、初次会面

初次会面是康复咨询师与自己的病人(或顾客)第一次见面。对他们中的大部分人来说,康复的过程可能是一次全新的经历,自然会感到一定程度的紧张、焦虑。因为下面的原因,初次会面是非常重要的:首先,这通常是康复咨询师与病人(顾客)的第一次见面,从这里开始,咨询师就应该把接受康复服务的"病人"看成是自己的"顾客";其次,初次会面对康复咨询师与顾客建立良好的关系是非常重要的,在初次会面中,康复咨询师对待顾客的态度以及后者对前者的回应方式,都将为二者之间今后的关系奠定重要的基础。

为了与顾客建立积极的关系,康复咨询师首先要表现出对他们的尊重,维护他们的尊严,并表现出一定的同情心。但是,这样做并不意味着咨询师要对顾客表现出可怜或施舍的态度,而是要对他们的需要表现出足够的敏感。康复咨询师应当谨记的一点是:在这个时候,顾客除了需要承受残疾给他们带来的各方面影响之外,还需要应对一个自己根本不熟悉的康复过程。这种情况可以引起顾客的焦虑、紧张、挫折感和其他一些症状。因此,康复咨询师需要清楚地说明此次会面的内容,以放松他们紧张的心情,令他们消除不适感。

咨询师应该给顾客提供机会,让他们把自己面临的问题讲出来。除了需要留意顾客的口头语言所表达的内容以外,咨询师还要留心观察他们的身体语言。顾客的身体语言可以传达出一些重要的信息,如他正在经历的紧张、挫折感或者愤怒等。这些信息可以通过上臂和双腿的交叉、脸色变红,或者眼睛变得湿润等这些身体迹象表达出来。在这个时候,康复咨询师就需要巧妙地提出问题,了解顾客出现这种情况的原因。这可能是一个帮助顾客消除误会或误解的机会;或者,它也可以是咨询师亲身审视顾客如何应对压力的良机。

对于咨询师来说,初次会面不单是一个入门介绍的时机,也是一个非常好的收集信息的时机,以便对顾客的康复需要进行最初的评估。康复咨询师可以充分利用这个时机,以通俗易懂的方式,向顾客解释整个康复的过程、康复机构和康复咨询师的功能,以及自己在其中所起的作用,并回答顾客可能提出的所有问题。康复咨询师还需要向顾客解释,康复过程中所涉及到的一切个人信息都会得到保密。

在初次会面中,康复咨询师从顾客那里获得的最有用的信息包括:①顾客的姓名、家庭住址和电话号码。②其他任何可以随时找到顾客的人,其姓名、家庭住址和电话号码。③确定顾客的残疾种类,有的时候可能会是不止一种残疾或疾病。④确定顾客存在的功能限制。⑤为了对顾客的情况有比较完整的了解,康复咨询师还需要了解其他一些有关的信息,如:顾客的支持系统、经济状况和社会地位、受教育程度和工作历史,以及所使用的交通工具等。

康复咨询师需要获得顾客的书面同意,与他们的经治医生取得联系,以获得其残疾、诊断、预后和功能受限等方面的重要信息。这些需要经过顾客同意才能获得的信息可能包括医疗和心理方面的。医疗信息可以为咨询师提供更进一步的信息,诸如学习障碍和精神残疾等顾客自己没有透露的信息。

初次会面通常应该尽量在一个小时之内结束。咨询师应该记住的是,因为身体方面存在的一些症状,这些需要康复的人可能无法忍受时间超过一个小时的初次会面过程。如:他们不能过长时间地坐在那里;或者因为某种身体残疾或注意力缺陷,而无法长时间地专注。在另一方面,因为顾客可能无法专注于某一个话题,就需要康复咨询师在会面的过程中经常调整他的注意力。在这种情况下,康复咨询师需要提醒顾客正在进行的话题,并将其引导回正确的讨论中来。

通过咨询师提出问题和顾客的回答,以及通过观察顾客的身体语言,初次会面的过程将会为康复咨询师提供大量的信息。这是一个绝佳的机会,咨询师可以用巧妙的和非攻击性的方式提出问题,以发现顾客当时面临的问题。这个过程对于咨询师与顾客发展良好的关系非常有益处,因为康复咨询师可能需要和顾客在一起工作数月乃至数年。在初次会面中,通过观察顾客的行为,分析顾客的回答和来自医疗和非医疗文件的信息,康复咨询师可以对自己的顾客有更多的了解。

初次会面发生在康复咨询师开始受理顾客递交的服务申请之时,其目的是为了向顾客解释康复的过程,如:可能发生的事情,顾客与康复咨询师之间的相互责任,隐私的机密性,顾客的权利和申诉的过程等。咨询师需要得到顾客的同意,才可以获取他的医疗和非医疗文件。咨询师还需要获取顾客其他方面的相关信息,诸如有关家庭、婚姻状况、子女情况、受教育水平、以前的工作记录和财务状况等各方面的社会信息。在初次会面的过程中,康复咨询师就能够确定是否需要将顾客转介到其他机构,才能获得所需要的帮助。非常重要的一点是,康复咨询师需要了解和掌握社区中所存在的各种资源。最后,咨询师还要与顾客讨论他们所期待的康复结果。

三、顾客需求评估

在进行了初次会面以后,康复咨询师就应该能够掌握足够量的信息,并可以开始对顾客的康复需求进行评估。在需求评估阶段,康复咨询师的任务是需要对初次会面中获得的所有信息进行回顾、分析、整理,并开始考虑对顾客的康复计划作出一些决定。需求评估的内容涉及到几个方面:①收集信息。②组织信息。③分析信息。④确定顾客的问题所在。⑤形成解决方案。⑥对可供选择的解决方案和/或选择提出建议,以及逐渐形成和执行康复计划。　.

需求评估的目的就是要弄清楚顾客的"强势"和"弱势"所在,了解他们存在的功能限制和所具备的康复潜力,并为其确定明确的服务项目。因而,对于康复咨询师来说,掌握有关残疾医学和心理学方面的知识是至关重要的。

到了这个时候,康复咨询师应该已经比较全面地掌握了顾客的信息,并能够对顾客的康复结果作出准确和合情合理的预测。因为每一位顾客的情况都是不同的,所以咨询师要因人而异,个性化地为每位顾客制订出康复计划。需求评估则可以帮助康复咨询师为每位顾客量身打造出合适的康复计划。

所谓评估,就是要对顾客的个人优势、优先选择、兴趣和康复需求作出评价。评估的结果应该能够帮助咨询师确定顾客的康复目标,以及实现该目标所需要提供的服务。在有些时候,评估过程所需要的信息可能要多于咨询师从初次会面中所得到的和手头现有的医学记录。为了确保得到一个全面和综合的评估结果,康复咨询师所需要得到顾客的信息主要应该包括以下一些方面:①学校的学习成绩。②职业测试结果。③兴趣测试结果。④顾客的人际关系技巧和性格特点。⑤身体功能能力。⑥以往工作经验。⑦支持圈子。⑧休闲兴趣。⑨生活境遇。⑩财务信息。⑪个人和社会调整情况。⑫精神病学信息。⑬心理学信息。⑭顾客的职业技能和智力水平等。此外,所需要的信息也可能涉及到会对顾客的成功就业产生影响的其他一些方面的问题。

为了收集到所需要的信息,康复咨询师必须能够提出许多问题。自信是康复咨询师所应该具备的一个非常重要的个人特点。康复咨询师有责任尽可能多地收集各种相关的信息,包括顾客所面临的问题,以便进行合理的评估,并找到可能的解决问题的方法。

依据所得到的信息,咨询师一旦结束了需求评估过程,就需要与顾客再次会面,一起讨论评估结果,并共同制订一个适合于该顾客的康复计划。因为康复计划是为顾客制订的,所以顾客应该是计划产生过程中的一部分。因此,顾客需要对需求评估的过程有足够的了解,以便在自己的康复计划中作出合理的决定。

顾客和康复咨询师需要在一起,共同确定康复目标以及实现该目标所需要采取的每一个步骤。顾客想要或需要什么?是身体方面的康复还是精神病学方面的服务?或者是工作方面的问题?为了实现顾客的目标,需要提供何种康复服务?刚刚设定的这些目标是否现实?顾客是否需要接受职业兴趣测试?实现目标需要采取哪些步骤?该康复计划需要多少成本?谁将为顾客接受的服务或康复计划支付费用?其中顾客自己需要支付多少费用?怎样确定是否应该由顾客支付费用和所支付的数额?如何确定顾客何时得到了康复?怎样确定结束个案的时间?是否必须提供跟进服务(或者就业后服务)?如果所设定的是一个职业目标,劳动力市场调查就是非常重要的。

在需求评估结束和康复计划被制订出来之前，以上的这些问题必须得到回答。一定不要忘记，康复计划是为顾客设计的，顾客需要充分知情并且全面参与到计划中来。在进行需求评估的时候，康复咨询师需要摒弃任何偏见和个人判断。此外，咨询师需要与顾客一起，明确每个解决方案的利弊两方面。

需求评估可以帮助顾客与一个适当和现实的康复目标相匹配，诸如就业。在就业作为康复目标的时候，咨询师对顾客的工作耐受水平和工作技能的评估会对顾客的成功起到至关重要的作用。一些相关的培训服务，诸如开发必要的工作技能、培养顾客的工作态度、社会和人际关系技巧、工作耐受性和工作习惯等，都是顾客成功就业所不可缺少的。

四、制订职业康复计划

职业康复计划的制订过程始于收集到必要的顾客信息和评估阶段之后。根据与顾客会面时所得到的信息，并参考相关医学和其他方面的资料，咨询师就可以着手康复计划制订的第一步——对顾客的工作能力进行全面的职业分析。在这个过程中，咨询师需要把手头现有的信息与未来的职业目标结合在一起考虑，包括顾客身体方面的、社会心理方面的和智力方面的信息。

为了明确顾客潜在的功能情况，咨询师必须收集和处理大量的信息。只有这样，才可以对适合于顾客的职业目标和达到这些目标所需要的服务作出初步的预测。在康复过程的这个阶段，咨询师最需要回答的问题是：顾客是否有了一个合适的职业目标？这个问题的回答在很大程度上取决于顾客的职业兴趣、智能、身体能力、个性特点，以及已经具备的和潜在的职业技能。有许多原因会导致不适当的职业目标选择。有些顾客可能不了解某职业的准入需求，或者是不了解该职业的工作要求；而有些人则是对自己的职业选择还没有形成概念。

顾客需要参与到康复计划的制订过程中来。有效的康复目标设定可以帮助残疾人选择到适合自己需要和能力的工作，增加其成功的可能性。康复目标的设定需要顾客的积极参与，以便将他们的职业选择考虑在内。在康复咨询的过程中，只有让顾客参与进来，职业计划的设计过程才会变成与康复顾客切身相关的经历。

顾客参与的主动性在很大程度上取决于他是否有积极的"康复观点"，其中包括"返回工作岗位的愿望、对身体能力和限制所做的现实估计，和对未来恢复的乐观态度"（Goldberg，1992，p.170）。因此，为了给即将完成的职业计划打下坚实的基础，康复咨询师必须把顾客包括在计划的制订过程中来。咨询师应该使用所掌握的职业信息，帮助顾客对预期的职业环境有一个清晰准确的了解，包括每日的工作需求、可能的薪酬和可能出现的问题等。

在康复计划的制订过程中，顾客有意义的参与可以帮助他们：①明确所存在的康复目标。②对这些目标进行评估。③选择一个目标。④了解需要采取哪些咨询和康复步骤，以实现这个目标。⑤坚持贯彻目标，直到获得成功的就业和长期稳定的工作。

五、工作安置

在完成职业准备服务之后，康复咨询师就可以开始对顾客进行适当的就业安置了。为了实现就业目标，有些顾客可能需要接受寻工培训，以便独立地寻找工作；有些顾客则需要得到直接的就业安置和工作教练服务（支持性就业）；而有些顾客则可能从上面的任一种方法中获益。

选择的错误可以带来非常不利的后果。例如，如果一个顾客的情况比较符合咨询师为他提供直接就业安置服务，但他却选择了接受寻工培训，然后就自己出去找工作，结果很可能不成功。相反，如果一个顾客本来经过寻工培训就可以自己找到工作，而咨询师过多的直接干预反而会让雇主对他的能力产生疑问，甚至还会导致顾客本人对自己的能力也产生怀疑。

对于有些顾客而言，寻工培训是工作安置过程重要的一环。许多顾客都不清楚自己的教育背景、以往的工作经历和工作技能对于现时的就业有什么意义。许多顾客不懂得怎样向雇主推销自己掌握的工作技能;也有许多顾客不懂得如何解释自己的残疾问题。这些都属于寻工技能的范畴。正是因为缺乏这些技能,导致许多康复顾客无法重新回到劳动力市场中去。对于这些顾客来说,接受寻工培训就显得尤为重要。

寻工培训可以教会顾客如何确定工作的适宜性,评估工作的优点和缺点,准备求职简历,以及如何进行求职会面。寻工培训大致可以包括以下的一些活动:①指导顾客发现工作机会和书写个人简历。②练习填写工作申请表。③邀请在职残疾工人进行工作演示。④邀请雇佣单位的人事部经理分享雇佣需求方面的信息。⑤由咨询师组织进行求职会面的角色扮演,再由受训顾客对表演进行点评,指出里面存在的问题。

大部分雇主都可能会对雇佣残疾人持消极的态度。因此,残疾人需要有机会与雇主进行直接的接触和交流。诸如在求职会面时,残疾人就可以知道雇主所期望的是什么样的工人。同时,也可以有机会让雇主更多地了解自己。在这些接触过程中,残疾人需要懂得怎样去应对对方在不经意间所表现出的对残疾的负面态度。

好的工作安置取决于个人的需要。对于一些顾客来说,适当的寻工训练就足以让他们找到工作;而同样为了获得一份工作,有些残疾人则可能需要由康复咨询师直接与自己未来的雇主交涉,即这些康复顾客需要咨询师更直接的就业安置干预。这类顾客群体包括:诊断有精神分裂症的人、轻度智力障碍的年轻人、有严重身体残障者等。在这种情况下,康复咨询师需要直接为顾客提供支持,帮助他们向雇主主张必要的适应性工作调节和调整,以及可能出现的与顾客残疾情况有关的各种问题。

因为残疾状况或其他一些原因,这些人在就业以后还可能需要许多在岗的支持,以保持自己的岗位,即支持性就业。这种支持的提供可以通过现场的工作教练实现。在工作安置以后,教练可以提供长期的跟进服务。然而,在经过一段时间以后,康复专业人士的责任就可以由跟进和培训转移至自然的工作场所支持。当顾客确实不再需要这些帮助的时候,咨询师与雇主的直接干预反而会产生负面的效果。

工作开发需要康复咨询师对当地的劳动力市场有比较全面的了解。康复咨询师必须知道社区里面都有哪些工厂和公司,这些工厂和单位的工作任务是什么,对员工的身体和智力有哪些要求等。虽然咨询师可以从不同的渠道了解有关的信息,但最好的方法还是亲临现场,与雇主当面交谈,这样才可以得到第一手的信息。咨询师一旦发现了合适的工作岗位并安排好必要的工作调节或调整,就应该安排最适合这个岗位的顾客首先就业。

康复咨询师在鼓励残疾人就业的同时,也不能忽视雇主的担心和态度。一些雇主可能会对残疾人加入所造成的影响产生某种顾虑。这就需要康复咨询师与雇主之间建立起一种稳定的康复伙伴关系。这种伙伴关系可以导致二者之间的相互理解和信任,因而有助于雇主对残疾人的接受。

六、个案记录和文件整理

(一) 个案记录

个案记录可以记载所提供的服务,显示顾客各方面的进展情况。此外,个案记录还利于上级和有关部门的核查。个案记录也是上级或有关部门评判咨询师工作质量的唯一方法。

个案记录需要包括下面几个部分:①初次会面信息。②诊断信息。③顾客的合格性(条件符合享受康复咨询服务)。④所提供的服务。⑤康复咨询服务进展记录。⑥结案。

(二) 文件整理

此处所谓的文件是指组成顾客案卷的所有材料。在这份案卷中,康复咨询师可以看到来自不同康复专家的各种医学和心理学方面的文件,包括临床医生、职业治疗师、物理治疗师、医院、康复中心或者医疗门诊、心理学家或精神病专家。对于一个康复咨询师而言,文件整理是需要掌握的基本技能。康复咨询师对其工作的文件整理,可以向人展示他在顾客的康复计划中所做工作的质量。如果没有这些整理过的文件,就会让人觉得这位咨询师什么事情也没有做。

康复咨询师的文件整理应该做到简明、准确,应该能够反映出咨询师对顾客的残疾以及其他相关情况全面和准确的理解。

七、咨询师和顾客在康复过程中的角色

在康复过程之中,康复咨询师的角色被定位在一个决策控制轴上。在轴的一端,是更加传统的服务模式,即康复咨询师要控制整个康复过程,担当起主要服务决策者的角色;在轴的中间,康复咨询师和顾客形成了一个团队,协同工作,共同担当起决策任务,而在轴的另　端,顾客是主要决策者的角色,咨询师则主要做顾问工作,为顾客提供各种信息和建议,以帮助他作出决定。今天,随着服务从家长式的医学模式向后者的转变,决策控制开始向顾客方面倾斜。这种模式已为许多人所推崇,因为残疾人被赋予了更多的权利。

无论服务和治疗的决定是由咨询师作出的,或是由顾客作出的,或者二者协同努力作出的,评估过程所得出的结果都会成为决策过程的信息基础,而康复咨询师的专业知识可以为决策过程提供这些信息。

复习题

1. 在康复咨询框架内,"康复"的定义是什么? 为什么要将接受康复咨询服务的残疾人视为"顾客",其意义是什么?

2. 康复咨询的定义是什么?

3. 在康复咨询过程中,"知情同意"原则的核心和内在含义各是什么?

4. 构成康复咨询职业的基本哲学基础包括哪些方面? 请逐一阐述。

5. 康复咨询师出现的历史原因是什么?

6. 康复咨询师需要掌握哪些基本知识?

7. 康复咨询师需要具备哪些基本技能?

8. 康复咨询师需要具备哪些基本能力?

9. 康复咨询师需要奉行的基本伦理守则和工作方式是什么?

10. 康复咨询师区别于其他种类咨询师的关键之处是什么?

11. 在康复咨询中,职业咨询包括哪些方面?

12. 在康复个案管理中,咨询师所需要做的工作主要包括哪些方面?

13. 康复咨询师的就业咨询活动包括哪些方面?

14. 在顾客的工作开发过程中,康复咨询师需要做哪些方面的工作?

15. 顾客需求评估的内容包括哪些方面?

16. 在工作安置过程中,康复咨询师对顾客进行的寻工训练一般包括哪些内容?

（张栩）

第三章　领导者管理技能

本章学习重点要求

1. 了解时间管理、生涯管理的内涵。
2. 了解领导者应具备的心理特质。
3. 掌握沟通技能与激励机制。
4. 学会团队建设知识。

第一节　时间管理

美国前总统杜鲁门曾经说："领导就是叫人做一件原本不想做的事,但事后却会喜欢它。"一语道破领导不只是个"职位",而是一种影响的过程。部属并不会追随一个职位,他要追随有能力影响他的人;而且除非他本身愿意,否则领导者无法强求他成就非凡的事情。俗话说,"你可以牵牛到河边,但是你无法强迫牛喝水",就是这个道理。可见领导者管理技能的重要性。

本章介绍时间管理、生涯管理、领导者心理、沟通、激励、团队建设等技能,为的是帮助康复界的领导者学会建立正确的领导思维导向,重视差异性领导模式,完善团队管理,强化领导者沟通意识与提升沟通技能,以及领导者如何对员工进行有效的激励。

成功的领导人都懂得,未来是属于那些今天就已经为之做好准备的人。他们用20%的时间去处理眼前那些大量的紧要事情,这只是为了眼前的工作;而把80%的时间留给那些较少但很重要的事情,抓住重点,这是为了未来。

生涯管理在一个人的人生决策中必不可少,它有助于个人发现自己的人生目标,平衡家庭和朋友、工作和个人爱好之间的需求。它使一个人对自己的人生作出更好的选择,并使个体面对变化的环境时,能根据环境作出恰当的调整。

学习和了解领导者心理,有助于理解领导者应该具备的心理品质以及领导班子优化的心理结构;有助于了解领导过程中的心理机制,为在领导过程中提高领导效能提供心理基础;有助于了解领导者如何运用领导艺术、调动被领导者积极性的心理依据,使领导者不断增强运用领导艺术的针对性和积极性。

领导者与被领导者之间的有效沟通,是管理艺术的精髓。比较完美的领导者习惯用约70%的时间与他人沟通,剩下30%左右的时间用于分析问题和处理相关事务。他们通过广泛的沟通使自己的部下成为团队事务的全面参与者。

作为领导者,搭建一个优秀的核心团队是第一要务,也是领导力的一个重要体现,一个强有力的核心团队能够促使领导力的提升。组织起一个优秀的团队,是一件非常艰难和重要的事情。激发起下属的热情,挖掘出每一位团队成员的聪明与潜力,并将他们协调起来,是成功的领导者必须具备的一种能力。一个成功的领导者必须是一个能激发起团队成员动力的人。

一、时间管理概述

(一)时间的概念

"一寸光阴一寸金,寸金难买寸光阴。"中国人是世界上最早认识时间管理的重要性的。"人生有涯"更是将时间管理与人的生命相提并论。孔子曾经站在江边对着湍急的江水喟然长叹:"逝者如斯夫,不舍昼夜!"可见管理时间是多么重要。西方的管理大师也都对时间管理高度重视。彼德·杜拉克就曾说:"时间是最高贵而有限的资源。"

具体什么是时间,什么又是时间管理呢? 韦氏大辞典中的定义是这样的:

时间是由过去、现在及未来构成的。

时间就是过去、现在及未来的连续线。

时间就是个人成功道路上最稀缺的资源,它制约着其他各种资源效果的发挥,决定着成就的大小。无论是个人还是企业,要想取得更大的成果或者成功,就必须对时间管理予以重视,就必须对时间进行有效的管理。

时间也是世界上最公平的资源,任何人每一天所度过的时间都完全相同。在相同的时间内每一个人都在选择自己想要做的事情,人和人选择的事情不同,导致人和人之间生活质量发生差异。

由于时间不可移动、无法储存、不能增加、借不到、买不到、租不到并以稳定的速度无法阻挡地消失,时间不只是金钱,它比金钱更有价值,时间就是生命。这也就决定了时间管理的重要性。

(二)时间管理的概念

时间管理是在日常事务中执着并有目标地应用可靠的工作技巧,引导并安排管理自己个人的生活,合理有效地利用可以支配的时间。时间管理就是对资源和自我行为的管理;时间管理在于提高效率,对时间进行计划、监督和评估,其关键是把技能转化为习惯。时间管理的目的就是将时间投入与自己目标相关的工作,达到"三效"即效果、效率、效能。

好的时间管理其实就是自我管理。我们必须把自己的时间(每种行动所需的时间长短以及正确的时间点)和别人要求我们做的事(日历、车班时刻、各种约会、各种事务)取得协调一致,这也就是生命领导。要做时间的主宰,不做时间的奴隶,要让每天的时间来为自己服务,而不是活在时钟的"暴政"下。

二、时间管理技术简介

时间是有限的,能否掌握并应用时间管理技能,将会直接影响每个人的工作和生活、生涯规划、中期目标、年度工作安排、月度计划、每日的工作安排等。是否合理运用时间管理技能,都将直接影响到效率。已经去世的管理大师彼得·德鲁克提出了帮助管理者管理时间的方法:第一步是记录其时间耗用的实际情况;第二步是要做有系统的时间管理。

时间管理技术有很多种,下面主要介绍几种应用广泛的时间管理技术:

（一）优先矩阵（图3－1－1）

	紧急	不紧急
重要	A 重要 紧迫	B 重要 不紧迫
不重要	C 紧迫 不重要	D 不紧迫 不重要

	紧急	不紧急
重要	A 危急 紧急情况 有限期压力计划	B 学习新技能 建立人际关系 保持身体健康
不重要	C 某些电话 不速之客 某些会议	D 琐碎的事情 某些信件 无聊的谈话

图3－1－1　时间管理的重要性与紧迫性示意图

操作步骤

第一步：记录。在一段时间内每天用工作日志记录所做的事。

第二步：分析。按照紧迫性与重要性建议时间管理的4D象限，用四象限归类每天所做的事，分析自己每天有哪些事情是不必要做的、哪些事是在不恰当的时间里做的、哪些事还可以花费更多的时间做，哪些事可以让别人帮助做等等。

第三步：改进。用四象限给自己制订每天或每周的做事计划，第一时间安排紧急重要的事，较多的时间分配给重要但不紧急的事，紧急不重要的事可以授权他人，不重要不紧急的事尽量取消。定期回顾自己的时间管理计划实行情况，分析原因并不断改进。

（二）80/20法则（图3－1－2）

这里我们引入一个80/20法则，帕雷托（Pareto）时间原则。19世纪意大利经济学家帕雷托发现：80%的财富掌握在20%的人手中。从此这种80/20规则在许多情况下得到广泛应用。一般表述为：在一个特定的组群或团体内，这组群中一个较小的部分比相对的大部分拥有更多的价值。在时间管理中，在优先顺序里，假定工作项目是以某价值序列排定的，那么80%的价值来自于20%的项目，而20%的价值则来自于80%的项目。

优先顺序就是决定哪件事情必须先做，哪件事情只能摆在第二位，哪些事情可以延缓来处理，即要有意识地设定明确的有限顺序，以便执拗、系统地依照这个顺序处理计划里的任务。

1. 只做重要而且是必要的任务

（1）作为一名职业经理人，他的工作大部分时间是用在规划、组织、用人、指导、控制上。

（2）作为一名销售经理，他的工作可能就是把产品的知识传授给属下，统计整个单位的业绩，走访一些重要的顾客，把下级的一些意见反映给上级等。

（3）作为一个销售人员，他的优先顺序就是打电话约见客户，然后准备销售的工具以及材料，到客户那去，向客户介绍产品，最后签订定单。

2. 每一次只集中在一件事情上。

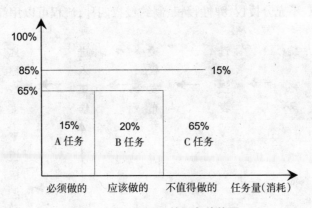

图 3 - 1 - 2　80/20 的任务价值图

（三）　ABC 分析法

美国的 P. F. Drucker 提出了一种非常有效的时间管理技术:ABC 分析法。这个技术来自于经验,也就是要分出重要和次重要的任务。在所有任务的集合中,由不同任务所组成的百分比通常是固定的。字母 A、B、C 将不同的任务,依照它们对达成职业与个人目标的重要性分成三个等级。特别重要的为 A,比较重要的为 B,不重要的为 C。一天里最重要的一件事情,可能占很少数,称为 A 级任务,次等重要的 B 级任务不多,其他都是不重要的,是 C 级任务。从功能有效的达成角度去看,C 级任务的成果比较低,次要任务成果平平,而重要任务的成果比较大,这就是 A 级任务。

在操作时,我们可以用自检法,A、B、C 事件的顺序是通过比较来确认的,对于待办的许多事项,首先分析其重要性,排出优先顺序,然后分配时间,这是一项高效时间管理的方法。针对你要做的事情,利用 ABC 分析法来管理时间。优先顺序就是决定哪件事情必须先做,哪件事情只能摆在第二位,哪些事情可以延缓来处理,即有意识地设定明确的有限顺序,以便执着、系统地依照这个顺序处理计划里的任务。

（四）授权

授权是时间管理的重要技能,是将管理者职责内的任务转移到部属的身上,在托付其完成工作的同时,也一并授权所需要的权限与责任,但管理者保留并承担其管理行为责任。

合理的授权对于提高领导效率、调动下属工作积极性、培养人才等都有十分重要的作用。可以说,授权如果合理的话,管理者就有了"分身术"。个人的时间和精力毕竟有限,如果领导者不能放手管理,事必躬亲,将在日常琐碎的工作中越陷越深,甚至导致很多重要的工作一再拖延,而部属由于长期缺乏锻炼的机会,个人能力得不到提高,工作积极性也受到打击,从而失去工作兴趣和主动性。因此,合理的授权是管理者完成领导活动、实现现代领导目标的重要环节。

在实际工作中,授权的重要环节包括以下几个方面:首先,领导者应选择恰当的授权人员,通过各种类型的培训,指导下属能够独立完成任务,持续发展团队成员在工作上所需的知识和技能,使之渐渐地不必依赖上级。其次,在具体授权过程中,应明确授权的目标和任务,并通过沟通使部属清楚地理解授权内容,能够真正分享决策权和参与权,激发其活力。最后,在授权后的任务实施过程中,应予以适当跟踪,适时鼓励下属的成就,使之持续改善,从而更好地完成任务。

授权可以使一个管理者集中精力关注需要发挥其管理技能的任务,是培养和激励员工的有效方式,有力于团队建设。一个主要领导者必须学会充分授权,把权力授于适当的人。充分授权的真正手段是要能够给人以责任,赋予权力,保证其利益。授权要强调权责利并行,强调授权的结果,而不是过程。授权是为了腾出充分的时间让领导者自己从事更加重要的管理工作。前美国参议员及贝尔公司董事长查理波西谈及他的管理心得时曾说:"在我从事管理工作的早期,曾经得到的一个教训是:'不要想一个人独撑大局,要仔细挑选人才,雇用人才,然后授权给他们去负责,让他们独立作业,并为自己的行动表现负责。'我发现,帮助我的下属成功,便是帮助整个公司成功,当然,这也是我自己个人的最大成就。"

授权的方法有充分授权、不充分授权、弹性授权、制约授权四种,流程可以用简单图表表示(图3-1-3):

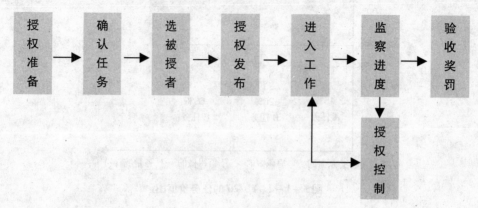

图3-1-3 授权流程

三、时间管理的工具

时间管理主要是指如何支配时间、如何把目标作为路标、如何规划日程安排、如何控制浪费时间的因素以及如何制订时间安排计划并且付诸实践。这是一种对工作和个人都很有用的管理思想和管理办法。下面是几款在线的工具可以参考使用:

Rescuetime 是一个基于 web 的时间管理工具(目前在公开测试),它能准确地判断你花费了多少时间,不用你录入数据,不用你费劲就可以收集你的事务数;作出迅速而即时的数据分析。例如你在 WORD 输入和排版上用了多少时间,你在浏览网页上用了多少时间,你在一些 IM 沟通上用了多少时间等;通过每日或每周对你完成目标的情况作出总结。

Propel'r 是一款基于互联网的时间管理工具,是一种"完成事"的方法学,简称:GTD(Getting Things Done).这款工具不仅可以提高你个人的工作效率,还可以和你的客户和同事协作完成一些项目。Propel'r 可以减少思考安排时间的时间,因为它已经帮你完成了,你只需去做就可以了。Propel'r 提供了一种通过协同工作而从大规模项目运作中解脱出来的办法。

Intervals 为你提供一个能让你集中在你的项目上,跟踪你的工作时间,管理你的任务个性化空间。它的功能很强大,具有这些特点:跟踪时间,做理性的人;管理任务,摆脱混乱的状态;项目管理;文档或文件的存储;动态图表显示;方便易用的集成定时器;每周时间管理意见书;数据导出;个性化且安全可靠;具体的任务和工作历史记录;方便查询;实进的预算管理。

Tick 给我们解释时间的跟踪,就是让你不要做太多的事情,是让你学会用恰当的时间做恰当的事。Tick 给你解决的问题就是通过分析来减少麻痹给你带来的损失;告诉你什么是最重要的事情;在这里你不需要复杂的表格和难懂的理论,只有最简单和你能承受的反馈信息。Tick 除了便签等记事提醒基本功能之余,强调了在时间轴上对时间的管理和预测。

Backpack 是一个简单的网络服务,具有日历和提醒功能,可把你想做的事情做成一个清单给你发送电子邮件或通知到你的手机上,时间可以自己来定。当然,你也可以把你的任务计划发给你的同事或朋友与他们一起共享。

Scheduler 是联想试验室出品的在线时间管理工具。Scheduler 可以帮助用户建立日程并进行跟踪而且可以通过 Email 及 MSN 的方式提醒用户即将到来的日程。Scheduler 还提供了完整的计划制订、跟踪和回顾的机制,帮助用户制订计划并分解长期的目标将之转化成日程。

第二节　生涯管理

一、生涯管理概述

(一)生涯管理概念

生涯管理是一个人尽其可能地规划未来生涯发展的历程,在考虑个人的智能、性向、价值,以及阻力、助力的前提下,做好妥善的安排,并借此调整、摆正自己在人生中的位置,以期自己能适得其所。

(二)生涯管理理论

与生涯管理有关的理论很多,比如特质因素论、"当事人中心"的非指导学派、心理动力论、生涯发展论、类型论等。下面简要介绍生涯发展论。

生涯发展论的代表人物是舒伯(Super),他以差异心理与现象学的观点来解释职业选择的过程,并将发展心理学与自我概念联结。舒伯认为依年龄可将每个人人生阶段与职业发展分期,且每个阶段各有其发展任务,具体分为五个阶段:成长、探索、建立、维持、衰退,每个阶段又各有次阶段发展内容。生涯发展理论加入"时间"大向度,通过时间的透视,将过去、现在、未来都考虑在内,并将生命角色观念融入其中,真正扩展个体生涯辅导的空间。

(三)生涯管理意义

生涯管理在一个人的人生决策中必不可少,它有助于个人发现自己的人生目标,平衡家庭和朋友、工作和个人爱好之间的需求。它使一个人对自己的人生作出更好的选择,并使个体能根据环境变化作出恰当的调整。

生涯管理无论对个人还是对组织都有重要意义。它可以帮助个人实现自己美好的人生理想,并为人生事业的成功提供科学的技术和基本的方法,使组织和个人都得到成长。

二、生涯管理操作

(一)生涯管理模式介绍

生涯管理不仅指单一的人生目标的确定,也不仅指单一的生活事件,而是面临着许多生涯角色、生活目标的选择与建立,面临着一系列认知活动与行动历程。

每个人的生涯管理都有其独特性。在对生涯的管理中,Swain 认为:人们大体上从"自身特点"、"教育与职业资料"、"自己与环境的关系"三个方面来进行自己生涯目标的规划。人在一生当中会面临很多有关未来发展的重大选择,如学业、职业、人生价值、婚姻等。因此,生涯规划主要是要通过生涯探索的历程,增长生涯认知,并逐渐认清其生涯发展方向,以完成具体的生涯规划和准备。

(二)生涯管理操作程序

1. 定期检讨生涯现况　分析"自身特点"、"教育与职业资料"、"自己与环境的关系"三个方面生涯现况,可以帮助自己看到理想与实际的结合程度,帮助个人真正了解自己,并且进一步评估内外环境的优势、限制,设计出合理可行的生涯管理方向。

（1）对自我进行分析，了解自我的兴趣、能力、性向和价值观，能知己知彼，表现出有效的抉择与行动（表3-1）。

表3-1　对自我进行分析

自己	我是：
	我不是：
价值观	我重视：
	我不重视：
兴趣	我的兴趣是：
	我完全没有兴趣的是：
能力与性向	我参加过的培训有：
	我喜欢的科目：

（2）分析自己与环境的关系（表3-2）。

表3-2　分析自己与环境的关系

家庭因素	我的家庭对我未来工作的影响是：
	家人对我的期望是：
社会经济因素	我期望工作的收入是：
	我期望工作的社会地位是：
阻力	我的阻力有：
	阻力来源是：
助力	我的助力有：
	我的助力来源：

（3）对目前的职业资料进行分析（表3-3）。

表3-3　对职业资料进行分析

文书资料	对于我可能从事的工作，我找过的资料有：
	这些资料中，我特别有印象的是：
培训座谈	对于我可能从事的工作，我参加过的培训座谈有：
	这些活动中，我特别有印象的是：
参观访问	我曾正式或非正式参观过的营利或非营利的机构与单位有：
	哪些机构，我特别感兴趣：

（4）拟定出职业目标，并做相关的准备。

2. 制定生涯管理的目标　每个人对人生的看法都不相同，但大都是为了满足自己的需要，以达到安身立命和自我价值的实现。在进行生涯管理时，应进行一系列理性的、系统的思考，明确自己的生活目标，并采取积极的行动措施去实现目标。

生涯目标抉择以自己的最佳才能、最优性格、最大兴趣、最有利的环境等信息为依据。通常目标分为短期目标、中期目标、长期目标和人生目标。短期目标一般为一至二年，短期目标又分为日目标、周目标、月目标、年目标。中期目标一般为三至五年。长期目标一般为五至十年。人生目标是我们的最终理想，进行生涯规划应该首先确立下来的是人生目标。

坎玻尔曾说，每一条路都有一道闸门，但有两个因素影响您是否继续前进或另寻他路。第一，闸门是否为您而开，这要看您是否具备相当的条件。第二，您是否想要走这条路。目标定下来应该有一定的稳定性，并且要注意储备资源，然后为它而努力。选择正确的职业至少应考虑：性格与职业的匹配，兴趣与职业的匹配，特长与职业的匹配以及内外环境与职业相适应。

生涯不是单一的静态事件,而是一系列的动态历程。生涯目标并不是一次成型的,而是不断发展的。随着自身的发展,应不断形成数个暂定的长期生涯目标,以不断探究生涯的意义,并为寻求生涯意义而努力。在起步阶段,可用暂定的自我发展目标和短期的阶段性目标来规划生涯。

3. 实施生涯管理的反馈与评估 在生涯管理过程中,总会面临各种失误、迷失以及取舍的挣扎,这时的反馈与评估就显得很重要。

(1)反馈评估操作:进行生涯评估的根本目的就是让自己时刻保持最佳状态,在通向最终目标的生涯大道上跨越障碍,谋求可持续性发展。因而,进行评估可以遵循优势与差距两条主线来进行。

1)评估意义:在生涯的进程中,经常进行再评估很容易使我们发现改善的途径,包括:①确定精确的位置,判断实际行为效果与期望值的偏差。②探究导致失败结果的根本原因。③采取及时、适当的纠正措施。④调整策略,改变行动。

有些问题,只有在探索途中才能找到答案,经常性的自省是必要的。根据自己的短期规划,宜在每一个阶段进行一次系统全面的评估。即在工作努力一段时间之后,有意识地回顾得失,检查验证前期的策略措施执行效果,纠正分阶段目标中出现的偏差。

评估可以参照各类短期、中期预定目标和实际结果比照而行。通常任何形式的评估都可以归结为自我素质和行为对现实环境的适应性判断,分析自己目前的情况,特别是针对变化的环境,找出偏差,并作出修正。

2)评估要点:评估一般围绕以下几个要点:①抓住最重要的内容。②分离出最新的需求。③找到突破方向。④关注最弱点。

(2)SWOT 分析法:SWOT(strengths,weaknesses,opportunities,threat)分析法是常用的评估工具之一。所谓SWOT 分析,就是将与研究对象密切相关的各种主要内部优势因素(S)、弱点因素(W)、机会因素(O)和威胁因素(T),通过调查罗列出来,并按照一般的次序按矩阵形式排列起来,然后把各种因素相互匹配起来加以分析,从中得到一系列相应的结论(如对策)。

这种研究方法,最早是由美国旧金山大学的管理学教授在 20 世纪 80 年代初提出来的。早在 60 年代,就有人提出过 SWOT 分析中涉及的内部优势、弱点、外部机会、威胁这些变化因素,但只是孤立地对它们加以分析,而 SWOT 法用系统的思想将这些似乎独立的因素相互匹配起来进行综合分析。这个方法有利于人们对组织所处情景进行全面、系统、准确的研究,有助于人们制定发展战略,以及与之相应的发展规划或对策。进行SWOT 分析时,主要有以下几个方面的内容(表 3-4):

1)分析环境因素:运用各种调查研究方法,分析出生涯所处的各种环境因素,即外部环境因素和内部能力因素。外部环境因素包括机会因素和威胁因素,它们是外部环境对生涯发展直接有影响的有利和不利因素,属客观因素;内部环境因素包括优势因素和弱点因素,它们是生涯发展中自身存在的积极和消极因素,属主动因素。

2)构造 SWOT 矩阵:将调查得出的各种因素根据轻重缓急或影响程度等排序方式,构造 SWOT 矩阵。在此过程中,将那些对生涯发展规划有直接的、重要的、大量的、迫切的、久远的影响因素优先排列出来,而将那些间接的、次要的、少许的、不急的、短暂的影响因素排列在后面。

表 3-4 进行 SWOT 分析

内部	优势(S)	机会(O)	外部
	1	1	
	2	2	
	3	3	
个人因素	利用优势和机会的组合	改进劣势和机会的组合	环境因素
	劣势(W)	威胁(T)	
	1	1	
	2	2	
	消除劣势和威胁的组合	监视优势和威胁的组合	

3）制订行动规划：在完成环境因素分析和 SWOT 矩阵的构造后，便可以制订出相应的行动规划。制订规划的基本思路是：发挥优势因素，克服弱点因素，利用机会因素，化解威胁因素；考虑过去，立足当前，着眼未来。运用系统分析的综合分析方法，将排列与考虑的各种环境因素相互匹配起来加以组合，得出一系列生涯发展规划的可选择对策。这些对策包括：

·最小与最小对策（WT 对策）：考虑弱点因素和威胁因素，目的是努力使这些因素都趋向于最小。

·最小与最大对策（WO 对策）：着重考虑弱点因素和机会因素，目的是努力使弱点趋于最小，使机会趋于最大。

·最大与最小对策（ST 对策）：着重考虑优势因素和威胁因素，目的是努力使优势因素趋于最大，使威胁因素趋于最小。

·最大与最大对策（SO 对策）：着重考虑优势因素和机会因素，目的在于努力使这两种因素都趋于最大。

综合以上内容，可以做出更适合自己的生涯规划（表 3 - 5）。

表 3 - 5　综合评价

评价方式	评价者	评价内容	评价标准
自我评价	本人	1. 自己的才能是否充分发展； 2. 是否对自己在企业发展、社会进步中做出的贡献满意； 3. 是否对自己职称、职务、工资待遇的变化满意； 4. 是否对处理职业生涯发展与其他人生活关系的结果满意。	根据个人的价值观念及个人的知识能力水平
家庭评价	父母、配偶、子女、其他家庭重要成员	1. 是否能够理解； 2. 是否能够给予支持和帮助。	根据家庭文化
企业评价	上级、平级、下级	1. 是否有下级、平级同事的赞赏； 2. 是否有上级的肯定和表彰； 3. 是否有职称、职务提升或职务责权范围的扩大； 4. 是否有工资待遇的提高。	根据企业文化及企业总体经验结果

第三节　领导者心理

一、领导者心理概述

（一）领导者心理的概念

领导者心理是一个综合指标体系，是由各种心理活动及其要素构成的整体概念。它包括领导者在领导过程中的认知活动、情感活动和意志活动。领导者心理是领导者与政治体制、经济文化、组织环境交互作用产生的，受客观环境因素的影响和制约。

（二）学习和了解领导者心理的重要性

学习和了解领导者心理，有助于理解领导者职能应该具备的心理品质以及领导班子优化的心理结构；有助于了解领导过程中的心理机制，为在领导过程中提高领导效能提供心理基础；有助于了解领导者如何运用领导艺术、调动被领导者积极性的心理依据，使领导者不断增强运用领导艺术的针对性和积极性。

二、领导者心理理论

(一)特质理论

特质理论认为,某些人天生具有某些特质,而这些特质又会使他们成为"伟大"的领导者。因为特质理论认为领导者和非领导者可以用一系列普遍适用的特质区分开来。在整整一个世纪的时间中,研究人员致力于确定领导者的特质(表3-6)。其间人们又把注意力转向将情境因素和追随者因素综合到影响领导行为的因素中。近年来,特质理论研究好像又回到原位,人们又把兴趣集中在领导者所应具备的关键特质上。在许多类研究中,一直被认为重要的特质有智力水平、自信心、决心、正直以及社会交往能力等。显然,这些方面并不是十分全面,但这些是我们所称的领导者所更应具有的特质。

从实践的层面来看。特质理论认为,如果处于管理层的人具有所特定的领导形象,那么整个组织就会工作得更好。为了寻找合适的人选,人们通常会利用个性测量工具作为选拔领导的手段。按照这一方法我们可以假设,合适的人选将有助于提高整个组织的工作效率。组织可以确定,对本组织的某个职位来说,哪些特征或特质是重要的。然后用个性测量方法来确定某个人是否满足他们的需要。

特质理论也用于个人的自我认识和发展方面,它可以使领导者分析自己的优势和不足,知道如何改变自己以提高领导水平。个性特质测量可以帮助管理者确定,他们在组织中是否有资格得到提升或调动到其他岗位。这会给组织中的领导者一个更加清晰的自我认识,并认识到他们应如何去适应整个组织系统。在他们不具有特质的那些领域,领导者可以改变他们工作的内容和地点,以增加他们所具有的特质的潜在影响。

表3-6 领导者特质研究

斯托格迪尔 (1948)	曼恩 (1959)	斯托格迪尔 (1974)	劳德、戴维得 和埃利杰 (1986)	柯克帕特切克和洛克 (1991)
智力水平	智力水平	成就欲	智力水平	进取性
应变能力	男子气	坚韧性	男子气	积极性
洞察力	适应能力	洞察力	支配能力	正直
责任感	支配能力	创新精神		自信心
创新精神	外向特质	自信心		认知能力
坚韧性	自控能力	责任感		
自信心	合作精神	合作精神		任务知识
社会交往能力		忍耐力		
		影响力		
		社会交往能力		

(二)风格理论

风格理论与特质理论有明显的不同,因为风格理论集中在领导者做什么,而非领导者是什么。它认为领导者有两种主要的行为:任务行为与关系行为。领导者如何将这两种类型的行为结合在一起去影响别人是风格理论的主要目标。

下面的例子可以帮助解释风格理论是如何运作的。想象一下在开学的第一天,两个不同的教室里面,有两个风格迥异的大学教授。王教授来到教室,做自我介绍,点名,介绍了一下教学大纲,解释了第一次作业,然后就下课了。李教授到教室,在自我介绍和分发了大纲以后,让每个学生对自己做一个简单的描述,谈论他们自己的专业和他们喜欢的非学术性活动,来帮助学生互相认识。王教授所做的可视为偏重于任务行为,而李教授所做的可视为关系行为。风格理论让教授们得以了解他们行为的差异。根据学生对他们风格的反应,教授可能希望通过改变他们的行为来改进开学第一天的教学。

总的来说,风格理论提供了评估领导者一般行为的方法,它提醒领导者,他们对他人的影响是通过他们所做的工作以及他们所建立的关系来起作用的。

(三)情境理论

情景理论是围绕这样一种思想构造的,即员工在一条"发展连续体"上前后移动。这条"发展连续体"代表着员工的相对能力和承诺。为了使领导者的领导活动有效,基本的一点就是要判断下属在发展连续体上处于什么地位,同时调整他们的领导类型以便使他们的领导类型与下属的发展水平相匹配。

在特定的情境中,领导者第一位的任务是判断情境的性质。像下列问题是需要明确的:要求下属从事的任务是什么? 任务的复杂性如何? 下属是否有足够的技能完成任务? 他们一旦开始工作后是否有欲望完成它? 回答这些问题将有助于领导者正确地确定他们的下属在工作中的特定发展水平。例如,对工作有热情但对工作要求缺乏了解的新员工应被划入 D1 发展水平。反之,其能力得到证实,对公司充满热爱的经验丰富的人则应该划入 D4 发展水平。

一旦确定了正确的发展水平,领导者的第二个任务就是让他或她的领导类型与 SL Ⅱ 模型中(图 3 - 3 - 1)描述的领导类型相适应。在下属发展(即 D1、D2 等)与领导类型(即 S1、S2 等)之间存在着一一对应的关系。例如,如果下属是处于第一种发展水平(D1),领导者需要采取高指导和低支持的领导类型(S1);如果下属水平更高一点儿,处于第二种发展水平(D2),领导者需要采取教练类型(S2)。对每一种发展水平,都有一种可以采取的特定的领导类型。

由于下属的发展水平是在发展连续体上前后移动的,这就需要领导者的领导行为是灵活的。下属可能会在短时间(例如,一天或一周)内相当快地从一种发展水平移动到另一种发展水平,而在一项需要较长时间(例如,一个月)才能完成的任务中可能发展得相当慢。领导者不能在所有场合都始终采用同一种领导类型,而要使自己的领导类型与下属及他们所处的特定情境相适应。情境理论方法与那些要求领导者用一种固定方法领导的领导品质理论和权变理论不同,它要求领导者表现出一种很强的灵活性。

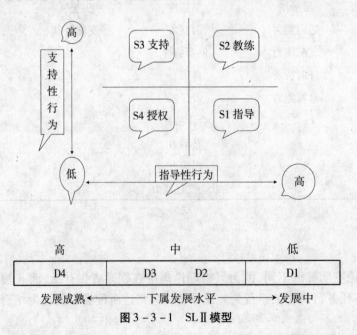

图 3 - 3 - 1　SL Ⅱ 模型

（四）权变理论

权变理论有好多种，但最为人们认可的是菲德勒的权变理论。这是一种领导匹配理论，即试图将领导和适当的情境相匹配。之所以称为权变理论，是因为该理论认为领导的有效性取决于领导者的风格与情境的适应程度。为了了解领导的表现，有必要先了解他们领导行为所处的情境。有效领导是以领导者的风格和情境相匹配的程度而定的。

通过测量一个领导者的LPC（最难共事者，Least Preferred Co - Worker）的分数和三个情境变量，人们就可以预测他是否能在一个独特的情境中有效工作。领导风格和不同情境类型之间的关系在表3 - 7中得到了清晰的说明。通过从上到下逐行进行解释，就能对该表有一个很好的理解。例如，具有良好的领导者 - 成员关系、结构化任务、强的职位权力将属于第1类领导风格。具有较差的领导者 - 成员关系、结构化任务、弱的职位权力将属于第6类领导风格。通过评估这三种情境变量，任何组织情境都能被置于图中的8种情景类型中。

一旦情境类型的性质被确定，领导者的风格和情境之间的匹配程度就可以得到评价。这幅图表表明LPC问卷得低分者（最难共事者）在第1、2、3、8类型的情境中是有效的，而高分者在第4、5、6、7类型的情境中是有效的。中等得分者在第1、2、3类型的情境中是有效的。假如一个人的风格与模式中一个适当的类型相匹配，该领导将是有效的；假如个人的风格与任何一种类型都不匹配，领导活动将不会有效。

权变理论强调，领导者不会在任何情境中都能有效工作。如果你的风格与你工作的情境能得到很好的匹配，你将会工作顺利。如果你的风格不能与情境相匹配，你很有可能会失败。

表3 - 7　权变模式

领导者 - 成员关系	好				差			
任务结构	高结构		低结构		高结构		低结构	
职位权力	强	弱	强	弱	强	弱	强	弱
	1	2	3	4	5	6	7	8
期待的领导风格	低LPCs 中LPCs				高LPCs			低LPCs

（五）路径 - 目标理论

路径 - 目标理论是一种理论上复杂但具有较强实用性的领导方法。它提供的一系列的理论假设都是关于各种领导风格如何与下属特征和工作情境发生相互作用，以影响下属的积极性。实践中，该理论为领导者如何帮助下属以满意的方式完成他们的工作提供了方向。

路径 - 目标理论建议，领导者需要选择最适合于下属和工作需要的领导风格。该理论预测，指导性领导风格最适合的情境为下属是教条的和服从的；任务不明确的；组织的规章和程序不清晰的。在这些情境中，指导性领导通过为下属提供指导和心理结构对工作产生补充作用。

对于结构清晰、令人不满意的或者令人感到灰心的工作，路径 - 目标理论建议领导者应该使用支持性风格。当下属从事于重复性的和没有挑战性的工作时，支持性风格为下属提供其所缺少的营养成分。支持性领导为从事于机械重复工作的下属提供"人性感觉"。

当任务不明确时，参与性领导被认为是最佳的，因为参与活动澄清了如何达到某些目标的路径——它帮助下属懂得什么导致什么。另外，当下属具有独立性和强烈的控制欲时，参与性领导有着积极的效果，因为这种下属喜欢参与到决策和工作的建构中去。

而且，路径 - 目标理论预测，当下属被要求去完成模棱两可的任务时，成就导向性领导是最有效的。在这些情境中，领导者激发出下属的挑战性并设置高标准，可以提高下属对自己有能力达到目标的自信心。事实上，成就导向领导帮助下属感到他们的努力将会导致有效的绩效。然而，在任务结构性比较强和模棱两可程度比较低的情境中,成就导向性领导表现出与下属对工作努力的期望无关。

从实际效果的角度上说,路径 - 目标理论是简明易懂的。有效的领导必须注意下属的需要。领导应该帮助下属明确他们的目标和达到这些目标的路径。当产生了障碍时,领导需要帮助下属处理这些障碍。这意味着帮助下属绕过障碍,或者帮助下属排除这些障碍。领导者的工作就是通过指导、引导和培训下属,以帮助下属实现目标。

(六)领导者 - 成员交换理论

领导者 - 成员交换也即 LMX(Leader - Member Exchange)理论,又称"垂直双向关系理论"。LMX 理论认为,领导是集中于领导与追随者间相互作用的过程。它将领导者 - 成员关系看成是领导过程中的重要概念。

在 LMX 理论的早期研究中,领导者与整个工作小组的关系被视为一系列垂直双向关系,并归为两种类型。在扩展角色关系基础上的领导者 - 成员双向关系称为领导的内集团关系,在正式的工作描述基础上的双向关系称为外集团关系。下属能否成为内集团成员,取决于他们与领导者相处得如何,以及他们是否愿意扩展他们的职责。仅仅与领导者保持正式关系的下属是外集团成员。内集团成员能得到额外的影响力、机会和报酬;而外集团成员只得到一般的工作报酬。

LMX 理论的后续研究方向主要是领导者 - 成员交换如何影响组织绩效。研究者发现,领导者与追随者间的高质量交换能产生多种积极效果(如较少的雇员流失、更多的组织承诺、更多的提升等等)。一般来说,研究者认为好的领导者 - 成员交换可以使追随者感觉更好,完成更多工作,这有助于组织繁荣。

LMX 理论最近的研究重点是领导制作,强调领导者应努力与其所有下属开展高质量的交换活动。领导制作的发展经历三个阶段:陌生阶段、相识阶段和合作阶段。通过承担和完成新的角色职责,追随者历经这三个阶段的发展,从而与他的领导者建立起相互合作关系。这种相互合作,以高度的相互信任、尊重和责任为特征,这种合作关系对个人有积极的回报,同时也使组织运行的效率更高。

第四节　沟通技能

一、沟通技能概述

(一)沟通的含义

沟通的概念可以分为广义和狭义两种。广义的沟通是指人与信息的相互作用,人与机器之间的相互作用,人与大自然的信息交流。狭义的沟通主要指在社会生活中的人际沟通,指人与人之间通过语言、文字、符号或类似的表现形式,进行信息、知识与海报等交流的过程。人际沟通可以发生在组织内的个人与个人之间,也可以发生在个人与群体或群体与群体之间,还可以发生在组织与外部环境的交流过程中。据一项研究报道,企业中的管理者在信息沟通方面用掉的时间占全部工作时间的50% ~90%。

沟通有多种形式。按照组织管理系统和沟通体制的规范程度,可以分为正式沟通和非正式沟通。正式沟通是通过组织管理渠道进行的信息交流,传递和分享组织中的"官方"工作信息。例如,上级文件按组织系统逐级向下级传达,或下级情况逐级向上级反映等。非正式沟通则是在正式沟通之外进行的信息交流,像员工私下交换意见,传播小道消息等。按照沟通方向的特点,可分为单向沟通和双向沟通。按沟通方法,可分为口头沟通、书面沟通和电子沟通等。

在 20 世纪 50 年代期间,Festinger 曾将意见沟通依其功能分为两类:一类为工具式沟通,其主要目的在于传达情报,同时传达者将自己的知识、经验、意见等告知接受者,企图影响接受者的知觉、思想及态度体系,进而改变其行为;另一类为满足需求式沟通,其目的在于表达情绪状态,解除内心紧张,争得对方的同情、共鸣,确定与对方的人际关系等。

在沟通过程中有三个基本要素:信息源,即信息的发送者;信息,即传递的内容;接受者。在信息传递过程中,我们要将信息编码成适合在通道中传输的形式,而在接收端又要将信息解码成原来的形式,这样才能实现信息沟通的全过程(图3-4-1)。

例如,一个中国人要向一个英国人交流信息,那么他要将自己想表达的信息编码成能被对方理解的英语的结构形式,然后将此信息通过通道传给对方。这样英国人将信息编码为能理解的概念信息,同时,给中国人一定的反馈。于是信息沟通的过程得以循环,而最终完成。

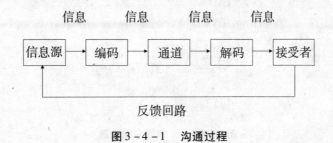

图3-4-1　沟通过程

(二)沟通的意义

管理学界有一个重要的法则:"蜂舞"法则。即蜜蜂群体是以"跳舞"的方式,与同伴沟通,告知蜂蜜信息。自然界中没有一种动物个体能真正单独生活。在人类的管理工作中,更应重视沟通的功效。著名管理学家巴纳德认为:"沟通是一个把组织的成员联系在一起,以实现共同目标的手段。"有效的沟通是提高生产效率、增强员工满意感的重要手段。

沟通之于组织,就好比血液循环之于机体。血液向机体细胞提供氧气,没有氧气,细胞就要失常甚至死亡;而沟通则确保组织内的各部门、各个人获得工作所需的各种信息,并增加相互间的了解与合作。缺乏必要的沟通,组织内各部门、各个人的工作将要发生紊乱,这样整个组织的运转也要发生障碍。研究表明,管理中的70%的错误是由于不善于沟通造成的。可见,沟通是有效管理的重要途径和关键条件。

(三)管理活动中的沟通

沟通是现代管理活动的瓶颈,通过信息沟通有助于组织内的协同工作,各部门分享信息,表达感情。如果信息沟通不畅,甚至瓶颈堵塞,那么任何一个管理者的任何管理活动都无法实施(图3-4-2)。

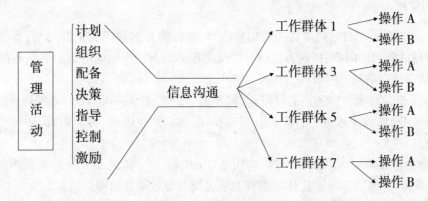

图3-4-2　沟通瓶颈模型

在组织中的沟通包括管理层之间的沟通,以及管理者与员工之间的沟通(图3-4-3)。

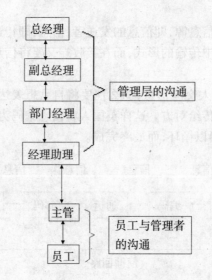

图 3 - 4 - 3　组织中的沟通

图 3 - 7 说明,管理者本身就需要沟通,管理层之间的沟通是管理者与员工进行有效沟通的前提。管理者只有通过管理层及与员工的信息沟通才能作出正确的决策。

具体来说,作为一个组织,通过信息沟通可以达到以下四个目的:①通过组织外的沟通,可能获得有关外部环境各种变化的信息。如政府经济政策的变动等。②通过组织内的沟通,可以了解办公人员的需求、工作的士气、各部门的关系、管理的效能等,为决策提供参考。③沟通还有助于改变态度。当企业组织需要推行一种政策,需要作出某些改变时,与职工之间的意见沟通有助于改变他们原有的态度,而表现合作的行为。④有效的沟通是建立和改善人际关系的重要条件。信息沟通不仅能增进彼此的了解,同时也因为思想和情绪得以表达,而使人感到心情舒畅,可减少人与人之间的冲突。

二、沟通障碍

信息沟通中的障碍,是指导致信息在传递过程中出现的噪声、失真或停止的原因或因素。各种沟通要素以及沟通子因素都可能造成信息沟通的障碍。

(一)传送者的障碍

1. 目的不明　若传送者对自己将要传递的信息内容、交流的目的缺乏真正的理解,那么信息沟通的第一步便碰到了无法逾越的障碍。因此,传送者在信息交流之前必须有一个明确的目的和清楚的概念,即"我要通过什么渠道、向谁传递什么信息、达到什么目的"。

2. 表达模糊　无论是口头演讲还是书面报告,都要表达清楚,使人一目了然,心领神会。若传送者口齿不清、语无伦次、闪烁其辞,或辞不达意、文理不通、字迹模糊,都会产生噪声、传递失真,使接受者无法了解对方所要传递的真实信息。

首先,语音差异会造成隔阂。以方言为例,四川话中的"鞋子",在北方人听起来颇像"孩子";广东人说"郊区",北方人常听成"娇妻",等等。这样的语音误听无疑会导致沟通障碍。

其次,语义不明也会造成歧义。考虑一下一位上级对下级所说的话:"下半年的计划报告怎么样了? 我想马上要它!"这个上级在其话中可能意指下列几种含义中的一种。

直接:你应该现在就把报告交给我,这是一个命令。

暗示:我建议我们现在把这个报告写出来。

要求:你能现在为我做这个报告吗? 如果不能,请告诉我。

告知:立即需要这个报告。

3. 形式不当　在不同的情境下,要选择恰当的表达和传送形式。设想一下,当我们要传递一些十万火急的信息,若不采用电话、传真或因特网等现代化的快速通道,而通过邮寄信件的方式,那么接受者收到的信息往往会由于时过境迁而成为一纸空文。

同时需注意,我们在使用言语(即文字或口语)和非言语(即形体语言如手势、表情、体态等)表达同样的信息时,一定要相互协调,否则会让信息接受者无所适从。如我们一边要求员工抓紧时间进入办公室开会,一边却拿着办公室的钥匙不开门,就会让前来开会的员工十分困惑。

(二)接受者的障碍

1. 主观加工　接受者在信息交流过程中,有时会按照自己的主观意愿,对信息进行"过滤"和"添加"。在机关里,由下属发起的向上司汇报的上行沟通,某些下属"投其所好",报喜不报忧,传递的信息往往经过层层"过滤"后或变得支离破碎,或变得完美无缺;又如由管理层和执行层往下进行的下行沟通,经过逐级领会而"添枝加叶",使得传递的信息或面目全非或断章取义,从而导致信息的模糊或失真。

2. 个性障碍　主要指由于人们不同的个性倾向和个性心理特征所造成的沟通障碍。气质、能力、性格、兴趣等的不同,会造成人们对同一信息的不同理解,为沟通带来困难。例如,同样面对上级批评的一句话:"你怎么做事的? 这么低能!"。胆汁质的人可能会暴跳如雷,拒绝进一步的沟通;而黏液质的人则会平静地分析一下原因,和上级进行理性的交谈,达到很好的沟通效果。

3. 心理障碍　沟通活动还常为人的认知、情感等心理因素所左右。如第一印象、近因效应、晕轮效应、定势效应、社会刻板效应等,都会使信息的加工产生误差。同时,如果在沟通过程中,人们不能很好地驾驭情感,就会有碍正常的沟通。例如,抑郁状态的人很难与人交流;感情冲动之人,则很难听进不同的意见。

在信息交流或人际沟通中,还存在这样一种现象,即人们总习惯于以自己为准则,对不利于自己的信息要么视而不见,要么熟视无睹,甚至颠倒黑白,以达到防御的目的。有人曾经做过一个实验,请一家公司的 23 位主管回答"假如你是公司的总裁,你认为哪一个问题最重要?"结果每个主管都认为从全公司角度出发,自己所负责的部门最重要。这个试验说明,人们只看到他们擅长的东西,并且很容易从此角度上去理解各种给出的问题。

4. 角色障碍　由于接受者社会地位的不同,会导致认知水平、价值标准和思维方式上的差异,往往会出现传送者用心良苦而仅仅换来"对牛谈琴"的局面,或者造成思想隔阂或误解,引发冲突,导致细细交流的中断及人际关系的断裂。

例如,不同党派的成员对同一政治事件往往持不同的看法;不同教派的信徒,其信仰、观点迥异;"隔行如隔山"以及"代沟",则形象地说明了职业和年龄所造成的沟通障碍。

(三)编码与译码的障碍

1. 缺乏共同经验　在沟通时,沟通双方具有共同的经验很重要,这样他们就可以用相同的方式准确地进行编码和译码。如一位具有长期跨国公司管理实践的管理人员与另一位一直从事本土企业管理的人员讨论管理的跨文化问题,由于后者缺乏跨文化管理的经验,俩人的交流就很难深入。在我国的外企和合资企业中,由于语言不同、文化背景不同、观念不同、工作经验不同等产生的沟通问题非常常见,以至于在这些单位中,管理就成了沟通的同义词。

2. 语义不同　由于沟通双方对于语意的理解不同,也会产生许多沟通问题。在语意的理解中,特别要注意术语和俚语的问题,它是指在某一行业、某一领域、某一学科、某一社会群体里特定的语言或技术性语言。如果沟通者和接收者都了解术语的含义,那么在沟通中使用术语就没有问题;一旦一方对于术语的理解不同,沟通就会产生问题。例如,人力资源管理人员经常会提到 HRM(人力资源管理)和 AC(评价中心)等术语,对于非专业人士而言,往往是听了半天也不明白是什么意思。

3. 媒介问题　媒介问题主要指沟通的渠道问题。如果沟通的渠道不畅,沟通就肯定不能完成,因为在这种情况下,接受者根本就接受不到信息。例如,向不懂英语的管理人员讲英语,向一位文盲员工发一张书面通知等等。

三、克服沟通障碍的策略

尽管存在上述那么多的沟通障碍，然而沟通现状并非那么令人绝望。俗话说"不怕做不到，只怕想不到"。只要认识到沟通障碍的存在，就给我们妥善处理并排除沟通障碍带来了希望。研究表明，沟通既是科学问题，同时也是艺术问题。

(一)领导者和管理者要重视沟通的作用

沟通对于现代社会中的组织，其重要性是不言而喻的。没有沟通，员工就不能了解工作的进度，管理者也无法输入信息，无法发出指令；没有沟通，工作协作就不会发生，组织也会因此解体。在沟通中，领导和管理者是成功的员工沟通中的重要因素。尤其是对于高层管理者而言，必须从思想和行为上认可这样一个观念：与员工进行沟通对实现组织目标是十分重要的。如果这一观念能够通过高层的言行而得到认可，它就有可能逐步渗透到组织中去。管理者的行动是至关重要的，自觉地抽时间与员工交谈，解答他们的问题，倾听他们的问题，并传达组织的前景规划，这将为公司营造出良好的沟通环境。许多优秀公司的做法都体现了这一点。例如惠普，实行"全方位、多途径"的沟通，他们的所有金玉良言全与加强沟通有关，即使是惠普的环境设备和精神信条，也都更多地强调沟通。

(二)使用恰当的沟通方式

当面对不同的沟通对象，或面临不同的沟通形式时，应该采取不同的沟通方式，因人而异，因事而异，因时而异，取得理想的沟通效果。

如在一个刚组建的项目团体中，团队成员之间彼此会小心翼翼，各自独立，若此时采取快速沟通与参与决策的方式，可能会由于成员间的不适应而导致失败；一旦一个团队组织营造了学习的文化氛围，即组建了学习型组织，就可以导入深度会谈、脑力激荡等开放式的沟通放式。

在选择沟通方式时，口头沟通和书面沟通的差异需要加以注意。一般来说，对于比较重要的、需要长期保存的信息，应当选用书面沟通方式；而传递一般性的、暂时性的、有关例证工作的信息，采用口头沟通方式则较为简便。此外，当信息接受者为一人或少数人时，一般采用口头沟通方式；而给很多人发送消息时，则适合采用书面沟通方式。

美国的组织行为学家戴尔(T. L. Dahle)通过比较研究，认为兼用口头和书面沟通的混合方式效果最好；其次是口头沟通；再次才是书面沟通。

(三)善于倾听，即时反馈

进行沟通时，要注意双向沟通，避免出现"只传递而没有反馈"的情况。一个完整的沟通过程，既要包括信息传送者对于信息的编码和传送，又要包括信息接收者对于信息的解码和反应，只有确认接收者理解了传递者发送的信息，一个完整的沟通过程才算完成。

柯达公司曾发生过这样一件事：一名普通工人写了一封建议书给董事长乔治·尹士曼，内容简单得令人吃惊，只是呼吁生产部门"将玻璃擦干净"。这事虽然微不足道，但尹士曼却认真倾听了这个建议，并认为这是员工积极性的表现，立即公开表彰。这是一个很好的倾听、反馈的实例。

在沟通中，组织中的很多员工都希望能够向他人倾诉自己的不满和怨言，这需要为员工提供一个充满信任的沟通氛围。倾听是一项重要的技巧，需要个体全神贯注的投入。

表3-8是一个有关倾听艺术的小测验，读者可以对自身的情况进行一个简单的考核。

测验指导语："请仔细思考后，回答下列问题。这些问题是要让您了解您听的习惯，并评估您在专心倾听上达到什么水平，也就是让您知道，哪些项目您已经做得很好，哪些项目您还可以再加强些。本表仅供参考，不做任何评价,请您以最真实的感受在这些表格里打对号,并谢谢您的合作。"

表 3-8　有关倾听艺术的小测验

问题项次	总是如此	经常	偶尔	几乎没有
1. 当听到别人讲您不同意或不想听的事情时,您立即反驳他?				
2. 即使您并不感兴趣,您也专心听人家把话讲完?				
3. 自以为已经知道对方要说什么,因而不予注意?				
4. 把讲话者的话摘要重述一次?				
5. 即使对方的看法与您的不同,也专心听他说明他的意见?				
6. 从每一位与您相遇交谈的人那里学到一些什么,即使对方只是一个地位卑微的人。				
7. 听不懂对方的某一句话或某一个字词时,立刻问清楚?				
8. 对别人讲的话怀有抗拒心?				
9. 即使您实际上没有听,也表现出听得很有兴趣的样子?				
10. 边听别人讲话边作白日梦?				
11. 听出一段话的中心思想,而不只是它的表面意思?				
12. 了解哪些话对不同的人会造成不同的意义?				
13. 只听您想听的部分,忽视讲话者全部的意思?				
14. 眼睛看着讲话者?				
15. 专心听一段话的意义,而不是只对讲话者的表情感兴趣?				
16. 知道哪些话自己只是一时冲动而回答出来的?				
17. 考虑您在某项沟通中要完成的目标?				
18. 计划最好的时光去说您要说的话?				
19. 考虑到别人对您说的话会有什么反应?				
20. 考虑用什么方式可以达到最成功的沟通(写字条,打电话等)				
21. 可以让对方顺利了解您?				
22. 假设对方已了解某些事,因而省略不说?				
23. 考虑到你要说话的对象是什么样的人?(害羞的,不耐烦的,顽固的等)				
24. 允许听话者提出反对您的意见而不立刻辩白?				
25. 经常锻炼自己专心倾听的能力?				
26. 在必要情况下边听边做笔记?				
27. 听话时不被不相干的声音打扰?				
28. 听话时不轻易批评或判断讲话者的意思?				
29. 重述对方的话,以确定对方的意思?				
30. 告诉讲话者,您了解他的感受?				

(四)正确使用语言文字

无论是口头沟通还是书面沟通,都必须使用沟通双方都能理解的语言。至于具体要求,应当包括以下几个方面:使用对方易懂的语言;要意思明确,不可模棱两可;尽量少对非同行讲"行话";说话时应尽量多用简明的短句;尽量做到深入浅出、条理清晰;重要的人名地名要重复;尽量借助手势、表情;不讲空话、套话。

四、良好沟通十要素

1. 沟通前先澄清概念 沟通者应先有系统地把沟通内容予以充分的考虑,务必先澄清概念,做到"心中有数"。

2. 检查沟通的目的 只有沟通的目的明确了,才能对沟通的内容进行有效的规划。

3. 考虑沟通时的一切环境因素 这些因素包括沟通的背景、社会背景以及过去的沟通情况等。只有把这些情况都搞清楚了,才能使沟通的信息和客观情况相符。

4. 计划沟通内容时,要听取他人意见 这样既可以获得他人的好意见,又可以获得他人的积极支持。

5. 沟通时既要注意内容,又要注意语调 语调的轻重缓急、抑扬顿挫都会对接收者产生一定的影响。

6. 尽可能传递有效的信息 凡是与接收者有关的有效信息,接收者会注意接收,而无效的信息会被拒绝接收。如果无效信息过多,降低了接收者的注意力,则会使有效信息也受到影响,导致沟通的失败。

7. 应有必要的反馈 信息发出后,必须同时设法获得反馈,以弄清楚信息的接收者是否已经理解了沟通的内容和意愿,执行并采取了适当的行动。

8. 沟通不仅要着眼于现在,还要着眼于未来 大多数的沟通,均求切合当前情况的需要,但是,沟通也应与长远的目标相配合。

9. 言行一致 如果管理者口头上说的是一回事,行动上是另一回事,那就是自己推翻了自己的指令,员工自然会对其指令的贯彻大打折扣。

10. 成为一个好听众 在听取他人意见时,应当专心致志,这样不仅能确切了解对方的真实意图,而且能给对方好的感觉,促进沟通。

第五节 激励技能

一、激励概述

(一)激励的概念

激励就是通过满足员工的需要而使其努力工作,从而实现组织目标的过程。这个定义中的 3 个关键因素是:努力、组织目标和需要。

努力要素是强度指标。当一个人被激励时,他会努力工作。但是高水平的努力不一定能带来高的工作绩效,除非努力指向有利于组织的方向。因此,我们不仅要考虑努力的强度,还必须考虑努力的质量。指向组织目标并且和组织目标保持一致的努力是我们所追求的。最后,我们把激励看作一个满足需要的过程(图 3 - 5 - 1)。

需要(need)在我们的专业术语中意味着使特定的结果具有吸引力的某种内部状态。一种未满足的需要会带来紧张,进而在躯体内部产生内驱力。这些内驱力会产生寻求行为,去寻找能满足需要的特定目标,如果目标达到,需要就会满足,并进而降低紧张程度。

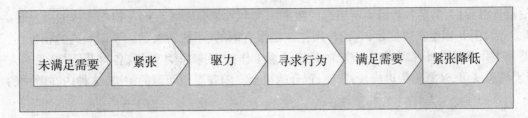

未满足需要　紧张　驱力　寻求行为　满足需要　紧张降低

图 3 - 5 - 1　激励过程

所以我们可以说被激励的员工处于一种紧张状态。为缓解紧张他们会努力工作。紧张强度越大,努力程度越高。如果这种努力成功地满足了需要,紧张感将会减轻。但是,由于我们感兴趣的是与工作有关的行为,所以这种减轻紧张程度的努力必须是指向组织目标的。因此,激励的定义中隐含着个体需要必须和组织目标一致的要求。

(二)激励的重要性

1. 吸引优秀的人才到企事业单位来　在发达国家的许多企事业单位中,特别是那些竞争力强、实力雄厚的企事业单位,总是通过各种优惠政策、丰厚的福利待遇、快捷的晋升途径来吸引企事业单位需要的人才。

2. 开发员工的潜在能力,促进在职员工充分发挥才能和智慧　美国哈佛大学的詹姆士(W. James)教授在对员工激励的研究中发现,按时计酬的分配制度仅能让员工发挥20% ~ 30%的能力,如果受到充分激励的话,员工的能力可以发挥出80% ~ 90%,两种情况之间60%的差距就是有效激励的结果。管理学家的研究表明,员工的工作绩效是员工能力和受激励程度的函数,即绩效 = F(能力·激励)。如果把激励制度对员工创造性、革新精神和主动提高自身素质的意愿的影响考虑进去的话,激励对工作绩效的影响就更大了。

3. 留住优秀人才　德鲁克(P. Druker)认为,每一个组织都需要三个方面的绩效:直接的成果、价值的实现和未来的人力发展。缺少任何一方面的绩效,组织注定非垮不可。因此,每一位管理者都必须在这三个方面均有贡献。在三方面的贡献中,对"未来的人力发展"的贡献就是来自激励工作。

4. 造就良性的竞争环境　科学的激励制度包含有一种竞争精神,它的运行能够创造出一种良性的竞争环境,进而形成良性的竞争机制。在具有竞争性的环境中,组织成员就会受到环境的压力,这种压力将转变为员工努力工作的动力。正如麦格雷戈所说:"个人与个人之间的竞争,才是激励的主要来源之一。"在这里,员工工作的动力和积极性成了激励工作的间接结果。

二、激励的经典理论

(一)马斯洛提出的需要层次理论

首先,马斯洛把人类多种多样的需要,按照上下间的依存程度,概括为生理需要、安全需要、社交需要、尊重需要和自我实现需要等五个层次,这五个层次构成了人类的需要体系。其次,马斯洛认为,人的需要结构,不仅有层次性,而且还具有递升性,主导性,差异性和例外性。最后,他提出了自我实现者具有的特征。根据马斯洛的需要理论,如果你要激励某个人,你需要知道他现在处于需要层次的哪个水平上,然后去满足这些需要及更高层次的需要。

(二)激励因素 - 保健因素理论

它是美国的行为科学家弗雷德里克. 赫茨伯格(Fredrick Herzberg)提出来的,又称双因素理论。那些能带来积极态度、满意和激励作用的因素就叫做"激励因素",这是那些能满足个人自我实现需要的因素,包括:成就、赏识、挑战性的工作、增加的工作责任及成长和发展的机会。如果这些因素具备了,就能对人们产生更大的激励。保健因素包括公司政策、管理措施、监督、人际关系、物质工作条件、工资、福利等。当这些因素恶化到人们认为可以接受的水平以下时,就会产生对工作的不满意。

赫茨伯格告诉我们,满足各种需要所引起的激励深度和效果是不一样的。物质需求的满足是必要的,没有它会导致不满,但是即使获得满足,它的作用往往是很有限的、不能持久的。要调动人的积极性,不仅要注意物质利益和工作条件等外部因素,更重要的是要注意工作的安排,量才录用,各得其所,注意对人进行精神鼓励,给予表扬和认可,注意给人以成长、发展、晋升的机会。随着温饱问题的解决,这种内在激励的重要性越来越明显。

(三)ERG 理论

爱尔德弗认为有 3 种核心需要:生存(existence)、相互关系(relatedness)和成长(growth),所以称之为 ERG理论。第一种生存需要涉及到满足我们基本的物质生存需要,包括马斯洛称为生理需要和安全需要的这两项。第二种需要是相互关系,即维持重要的人际关系的需要。要满足社会的和地位的需要就要和其他人交往,这类需要和马斯洛的社会需要和尊重需要中的外在部分相对应。最后,爱尔德弗提出了成长需要——个人发展的内部需要。包括马斯洛的尊重需要的内在部分和自我实现需要的一些特征。ERG 理论还证实:①多种需要可以同时存在。②如果高层次需要不能得到满足,那么满足低层次需要的愿望会更强烈。

ERG 理论认为,多种需要可以同时作为激励因素而起作用,并且当满足较高层次需要的企图受挫时,会导致人们向较低层次需要的回归。因此,管理措施应该随着人的需要结构的变化而作出相应的改变,并根据每个人不同的需要制定出相应的管理策略。

(四)目标设置理论

上世纪 60 年代末,爱德温·洛克(Edwin Locke)提出,指向一个目标的工作意向是工作激励的主要源泉。也就是说,目标告诉员工需要做什么以及需要作出多大努力。事实有力地支持了目标的价值。更重要的是我们可以这样说:明确的目标能提高绩效;一旦我们接受了困难的目标,会比容易的目标带来更高的绩效;反馈比无反馈带来更高的绩效。

(五)期望理论

弗鲁姆认为:人之所以能够从事某项工作并达成组织目标,是因为这些工作和组织目标会帮助他们达成自己的目标,满足自己某方面的需要。弗鲁姆认为,人们采取某项行动的动力或激励取决于其对行动结果的价值评价和预期达成该结果可能性的估计。用公式可以表示为:$M = VE$(M——激励力量,V——目标效价,E——期望值)。具体而言,当员工认为努力会带来良好的绩效评价时,他就会受到激励进而付出更大的努力;良好的绩效评价会带来组织奖励,如奖金、加薪或晋升;组织奖励会满足员工的个人目标。因此,这个理论着眼于 3 种关系,个人努力—个人绩效—组织奖励—个人目标。

管理者不要泛泛地采用一般的激励措施,而应当采用多数组织成员认为效价最大的激励措施,而且在设置某一激励目标时应尽可能加大其效价的综合值,加大组织期望行为与非期望行为之间的效价差值。在激励过程中,还要适当控制期望概率和实际概率,加强期望心理的疏导。期望概率过大,容易产生挫折,期望概率过小,又会减少激励力量;而实际概率应使大多数人受益,最好实际概率大于平均的个人期望概率,并与效价相适应。

(六)公平理论

这是美国行为科学家亚当斯(J. S. Adams)提出来的一种激励理论。该理论侧重于研究工资报酬分配的合理性、公平性及其对职工产生积极性的影响。公平理论的基本观点是:当一个人做出了成绩并取得了报酬以后,他不仅关心自己的所得报酬的绝对量,而且关心自己所得报酬的相对量。因此,他要进行种种比较来确定自己所获报酬是否合理,比较的结果将直接影响今后工作的积极性。

公平理论的基本公式是, $OP/IP = OC/IC$ 其中 OP 表示自己对所获报酬的感觉;OC 表示自己对他人所获报酬的感觉;IP 表示自己对个人投入的感觉;IC 表示自己对他人投入的感觉。即他要将自己获得的"报偿"

（包括金钱、工作安排以及获得的赏识等）与自己的"投入"（包括教育程度、所作努力、用于工作的时间、精力和其他无形损耗等）的比值与组织内其他人作社会比较，只有相等时他才认为公平。当前者小于后者时，他可能要求增加自己的收入或减少自己今后的努力程度，以便使左方增大，趋于相等。

公平理论给我们的启示有以下几个方面：①影响激励效果的不仅有报酬的绝对值，还有报酬的相对值。②激励时应力求公平，使等式在客观上成立，尽管有主观判断的误差，也不致造成严重的不公平感。③在激励过程中应注意对被激励者公平心理的引导，使其树立正确的公平观：一是要认识到绝对的公平是不存在的；二是不要盲目攀比；三是不要按酬付劳，按酬付劳是在公平问题上造成恶性循环的主要杀手。

二、有效的激励方法

（一）经济激励法

其一，只对成绩突出者予以奖赏，如果见者有份，既助长了落后者的懒惰，又伤害了先进者的努力动机，从而失去了激励意义。其二，重奖重罚。对于克服重重困难方才取得成功者，"赏如山"；对于玩忽职守，造成重大责任损失者，要"罚如溪"。其三，奖励向脏、累、苦、难等岗位倾斜，这是因为劳动仍是人们谋生手段，只有向脏、累、苦、难等艰苦岗位倾斜奖励水平，才能体现其劳动价值。

（二）任务激励法

把单调、乏味的工作或训练同个人的切身利益相结合，使下属能够从保护自己的利益出发去做内心不愿做的事。

（三）情绪激励法

情绪激励法就是通过在集团内部建立起亲密、融洽、和谐气氛来激励职工士气的方法。职工的婚丧嫁娶，经理和干部都带着礼品或哀悼品前去慰问，为职工的生日举行全体干部、工人及其家属参加的野游活动。这种作法在人情淡薄的美国社会一直是深得人心的。

（四）关怀激励法

企业领导对于下级的关怀，哪怕是微不足道却是出自真诚的关心，对于下级都是无穷的激励。关怀激励法就是通过对职工进行关怀、爱护来激发其积极性、创造性的激励方法，它属于感情激励的内容。关怀激励法被管理学家称为"爱的经济学"，即无需投入资本，只要注入关心、爱护等情感因素，就能获得产出。

（五）尊重激励法

松下幸之助相信，许多员工每天注意如何在工作中进步，其成效胜过总公司所有的生产工程师和策划人员。他喜欢带来访客人参观工厂，主动征询员工的意见，随便指着一位员工说："这是我最好的主管之一。"从而使被指者倍感自豪。尊重激励法就是通过尊重下级的意见、需要及尊重有功之臣的做法来使职工感到自己对于组织的重要性，并促使他们向先进者学习的一种激励方法。

（六）纪律激励法

纪律激励法就是用纪律和制度来约束和规范执行者和操作者行为的激励方法。这是一种负激励方法，表现为只罚不奖，因为遵守纪律是理所当然的，而不遵守纪律则应该受到制裁与处罚。

（七）政治激励法

解放前，"民生"轮船公司总裁卢作孚为了将"服务社会、便利人群、开发实业、富强国家"的"民生精神"灌输给每个"民生"职员,要求每周二、三、五上午8点到9点举行早会时,向职工宣传:"一个人不能只打个人的算盘,越是为自己打算盘,结果是越顾全不了自己,应该用全部精力为社会服务,让社会离不开你,社会自然就得养活你。你把一桩事业搞好,这桩事业自然也就会解决你的一切问题。"进而还提出了"公司问题由职工解决,职工问题由公司解决"的口号。卢作孚的做法就是政治激励法。

第六节 团队建设

一、团队建设概述

(一)团队的概念

团队就是为了实现一个共同的目标而集合在一起工作的一群人。团队的基本意义和建立团队的原因,是能生成某种单凭个人的力量不能轻易、高效地生成甚至根本不可能生成的东西。一个团队在一起工作是因为团队中个人贡献的总量要大于这些个人单独工作的累加。

Jon Katzenbach 与 Douglas Smith 在《团队的智慧》一书中对团队是这样定义的:

共同的奋斗目标;

团队成员的个人成功要依靠团队其他成员;

一致认可的行动策略;

团队成员的知识与技能互为补充;

人数较少,通常少于20人。

(二)团队的种类

团队有很多种不同形式。科技已使工作的性质发生了巨大的变化,现在我们再也不能说团队成员就一定要处在同一栋楼里、同一个国家或同一个部门了。团队主要有以下7种类型,这虽然无法囊括团队的全部类型,虽然每种团队都会有它自己的特征,但所有成功的团队都需要具备"团队的基本因素"以及团队协作行为与价值观。

1. 职能型团队 把同种技能特长的人集中起来,以实现一个特定的目标;如书籍出版团队与杂志出版团队,两者都是出版公司的一部分。职能型团队是发展长期关系的绝好处所,但其成员也有被"模式化"的危险。

2. 跨职能型团队 由来自不同分部或部门的人员组成,各部门都有不同的职能作用。这种团队存在的弊端是,有时搞不清谁说了算,如果是来自某同一部门的人,就可能会表现出较浓的"政治"气氛。同时明确谁是团队的领导可能更为困难。而这种团队的益处是,它把需要衔接沟通的部门或分部集中起来,这就加快了决策的速度,打破了相互之间的成本壁垒。对于这种团队,明智之举是确保所需的职能部门全都在团队中得到体现。

3. 项目团队 由完成某一特定任务而招集起来的人员组成,通常是短期的,任务完成便解散,比如研究工作安全程序的团队。

4. 自主型团队 负责整个流程,包括计划、运行、实施、协调及改进。这意味着可以学到更多与生产和总体业务相关的事情。但这类团队可能会极其消耗时间,尤其是在会议上,弄清是否能作出决策比较困难。对个人而言,可能会被非自身"职责范围"的任务缠身。在此团队中,要确保你不是在单干,而是与团队共同解决问题与承担责任。

5. 轮班型团队 与职能型团队类似,不同的是要24小时轮流工作,比如心脏病护士。这种团队运行良好,因为其成员能够了解彼此的风格与工作方式,而且也有充分的时间来建立关系。但它可能会出现"A班对

B 班心理"——"这不是我们班的问题"——于是会影响最终工作效果。应该确保沟通方式与程序不出任何问题，勤于在班次之间交流信息。

6. 多元文化型团队　由来自多个不同国家/文化背景的人员构成，随着组织的不断全球化，这类团队的数量不断增加。

7. 虚拟型或远程型团队　团队成员位于不同的地点，通过电子邮件、电话会议的方式结为一体，需要确保沟通交流过程井井有条。

（三）成功团队带来的益处

1. 扩大人际关系网　别处哪里能接触到这么多不同的人，其中一些对你的观点感兴趣，或以后需要你的技能？团队中总要有人员流动，内部流动也好，外部流动也好：作为一名团队成员有助于你建立人际关系网，使人们对你产生兴趣。

2. 多样性与挑战　这正是接触多种观点与经历的大好时机。你不仅可以接触到其他人，还可以接触到他们的思想与考虑问题的方法。

3. 个人成就　你感到自豪、有成就感，不仅因为你的产品和服务，还因为在这一过程中你所建立的人际关系。

4. 参与决策　作为团队的一员，有更好的机会参与对未来事情的决策。

5. 进行创新的能力　参与决策意味着产生影响与创造变革。

6. 同志情谊　成为团队的一员不仅满足了人们对归属感的要求，还能给人们带来很多乐趣。

7. 个人成长与锻炼　团队成员需要更多的技能才能成功，这正是磨练技术和促进人际交流技能的好机会。

8. 检验你的领导能力　你所承担的那部分任务或你的专业技能可能使你担负某个领导角色，即便只是一段较短的时期。

9. 奖励　如果奖励机制与生产效率挂钩，那么成功团队一般都要超过个人的业绩——这意味着更多的奖励。

二、团队建设的具体步骤

（一）自我评估

自我评估提供了发展的出发点，并有助于确定团队的优点和缺点，同时也能为团队设定以后要改进的方向。

（二）建立共同的目标

目标是把所有成员凝聚在一起的重要基础，只有对目标达成共识，才会形成坚强的团队。创建团队之初就应该树立明确的目标，并直至团队完成自己的使命为止。根据组织所处的不同发展阶段，团队目标也应该及时地作出调整。

（三）选择人员

1. 根据技能而不是个性挑选团队成员　技能互补是团队的一个重要特征，这些技能包括专业技能、问题解决能力和人际关系交往能力。成员个体能力的差异性是保证团队决策多样性的基础，也是团队工作的理论前提。团队领导者应根据完成团队目标和任务所应具备的能力挑选团队成员而不是根据个性。

2. 自愿原则　社会协作系统学派创始人巴纳德认为，要充分发挥群体的协同合作效应，组织必须具备的三个基本要素之一就是协作意愿。因此挑选团队成员应遵循自愿原则。

3. 团队角色界定　不同类型的团队其角色分配也不一样，团队管理者应该根据团队的特点、任务和目标，结合团队成员的能力，分配工作任务，进行角色界定。Belbin 通过一系列模拟练习，提出了一组八个重要角色：主席、左右大局者、内线人、监测/评估者、公司工人、团队工人、资源调查者、实施者。

(四)明确岗位职责和权限

团队权限主要包括：团队决策权、资源使用权(人权、财权)、参与组织重大事务的权限。

高效开展团队工作，可采取以下方法：

1. 明确角色任务　使每个成员清楚自己的职责和权力范围。可以发放有关角色任务的问卷或举行相应的讨论，有助于团队成员明确自己的任务，并明白它与他人任务之间的关系，这种理解会创造出一种很强的团队内部的团结感和忠诚意识。

2. 解决问题　综合性的培训，加上手把手的督导，有助于团队成员运用某些有用的工具完成任务。团队要不断改进一切并解决面临的问题。

3. 共同决策　在明确岗位职责和权限的基础上，团队应使所有成员都能完全参与决策。这样的决策更容易实施，因为所有参加决策的人都会致力于决策的执行。

4. 解决冲突　矛盾冲突在团队中不可避免。可以通过公开讨论冲突的价值来提高团队处理冲突的能力，也可以通过消除典型的、围绕冲突而存在的消极因素来达到这一目的，或通过在讨论过程中扮演红脸角色作反对发言或通过鼓励争论和怀疑主义来达到这一点。

(五)建立团体行为准则

1. 团体行为准则的制定

(1)团队行为准则的概念及内容：团体行为准则，是指在团体工作及交往过程中，团队成员所应遵循的指导思想(原则)和规范。一般包括三部分：指导原则、工作准则和交往准则。

(2)有益于团体的行为：应制定出团队自己的行为准则，最好是制定出书面的关于有益的团队行为和有害的团队行为的表格，并向全体成员颁布与宣传，以此来规范团队的行为。有益于团体的行为主要包括：建立现实的目标和期限；积极投入工作；共同承担责任，愿意承担团队决策风险；相互配合、支持；愿意用团队的方式寻找大家一致同意的选择，同时能容忍必要的混乱和漫长的讨论；做好会前准备，开会守时，遵从议事日程和工作规程；遵守团队秘密；等等。

(3)不利于团体的行为：不愿为团队贡献心力，总是惦记个人需要和个人的事；工作不负责任，相互推诿；只空谈不实干；提出不现实的期望，随意改变讨论的主题；不履行承诺，不按时完成任务，不参与决策；封闭、保守、冷漠；很快就对别人作出判断，不愿承认自己可能是问题的一部分；等等。

2. 团体行为准则的执行

(1)预先警告：有言在先，达成共识。火炉烧红了是明摆着的，任何人都知道不该去碰。每个组织中都应该有这样的一个"火炉"——健全的规章制度。

(2)言出法随：不碰不烫，一碰则烫，哪碰烫哪。

(3)一视同仁：谁碰烫谁，没有情面可讲，王子犯法与庶民同罪。

(4)前后一致：做到真正的公平，既已有言在先，就要言而有信，使结果永远相同。

(六)提供支持

虽然团队一定程度的独立自主是必要的，但很难做到完全独立，即使成功的团队也离不开其所在组织的支持。团队的创建者需要协调好各个部门和团队之间的关系，取得所在组织高层人员的支持，这样才能为团队营造出一个良好的环境，使团队高效率地展开工作。

(七)发展团队

1. 通过彰显个人的作用、技术水平和能力以及每个人对团队成功的重要性，使队员们互相尊重，即使他们不喜欢对方。

2. 确保每个人都做一些日常工作,而不仅仅是让新队员做;这样人人都感到自己是平等的一员,从而打破那些"隐藏的"或明显的等级制度。

3. 确保每个队员都知道可能发生什么事情,如果队员们能预见相互的要求并提前满足,就能为顾客提供良好的服务。

4. 听取与客户有直接接触的人的建议——并据此做出改进。

复习题

1. 什么是时间管理?
2. 什么是生涯管理?
3. 领导者应具备什么心理特质?
4. 怎样沟通?
5. 怎样激励?
6. 你在团队中应当怎样做?

（田宝）

第四章 残疾预防知识

本章学习重点要求

1. 了解残疾预防的意义。
2. 熟悉残疾预防的工作原则。
3. 熟悉主要致残因素。
4. 掌握三级预防的内容。

第一节 概 述

一、客观形势要求加强残疾预防

10 年前的统计数字表明,我国平均每 40 秒钟就会增加一名新的残疾人成员。随着工业文明的飞速发展,随着竞争的日益激烈,随着生活方式的变更,新的病种层出不穷,出生缺陷日益增多,灾难性事故频频发生;再就是随着医学科学的进步和医疗保障体系的完善,国人的平均寿命正在延长,许多重病、重伤患者得以保存生命,却难免留有残疾。截至 2006 年 10 月份,我国政府公布的残疾人总数已经从 1996 年的 6000 多万增加到了 8296 万! 由此可见残疾预防的形势十分严峻,必须努力再努力。

二、康复咨询工作要求具备残疾预防知识

预防、保健、治疗、康复,从来就是促进人类健康的连续的系统工程。1994 年,在世界卫生组织、国际劳工组织、联合国教科文组织有关社区康复的联合意见书上,把残疾预防列为社区康复的首要目标。作为康复咨询人员,首先需要了解并且掌握残疾预防的知识,然后才能付诸行动,才能始终如一地贯彻"预防为主、防治结合"的方针,执行上级的防病防残政策与法规,也才能使预防残疾的措施在各个社区落到实处。

康复咨询人员面对的主要是残疾人及其亲属,应当成为他们的知心朋友与生活导师。只有自己明白了残疾预防的相关知识,才能解答别人提出的问题,使残疾人了解以致弄清自身残疾的相关原因,活也要活得明白,残也要残得清楚。这不但有助于残疾人的心理康复,而且有助于防止残疾的加重。通过残疾预防知识的宣教与咨询,可以使残疾人及其亲属了解这种残疾会不会遗传,对后代有没有影响,导致残疾的因素是不是还在作祟,以及还有没有再发的可能,可不可以通过一定的手段加以阻止。了解这些本就是残疾人及其亲属所应有的权利! 也只有得到了这方面的知识以后,残疾人及其亲属才能明明白白地作出婚嫁与生育方面的主动选择,科学地实施计划生育,确保优生优育,免得盲目生育而贻害后代,追悔莫及。残疾人及其亲属还可以把他们得到的残疾预防知识转告他人,加上现身说法的作用,可以产生巨大的连锁效应。

三、事实证明残疾预防是有效的

残疾不是注定要发生的。世界卫生组织至少在 20 年前就已经指出：利用现有的科学技术，可以使至少50％的残疾得到控制或延缓发生。最有力的证据就是：妇幼卫生保健与优生优育工作的加强，使先天性残疾的预防成效显著；实行了计划免疫以来，脊髓灰质炎、麻疹、白喉、百日咳明显减少，致残人数大幅度下降，而且脊髓灰质炎基本被消灭，不再出现小儿麻痹后遗症致残；脑炎的预防减少了智力残疾的发生率；耳毒性药物的控制使用与中耳炎的防治减少了听力残疾的发生率；食用盐加碘使缺碘地区的儿童不再出现智力残疾；改善谷物的卫生质量可以使大骨节病流行地区的人不再发生肢残，对高血压的控制减少了脑卒中偏瘫的发生率；如此等等。正如 1991 年世界性残疾预防会议拟定的《里兹堡宣言》所说："大多数残疾的损害是可以预防的。"而人类战胜和征服残疾的主要着眼点也就在于预防。

四、残疾预防的意义

（一）对个人与家庭

残疾预防可以减少、减轻以致防止致残因素对身心功能的破坏，从而保证人的生活质量，在日常生活、家庭关系、社交活动、经济能力、职业工作、精神心理、文体活动等各个方面处于应有的水平。

（二）对经济发展

残疾预防可以保护劳动者的劳动能力不受损失，可以稳定生产者的生产情绪，确保生产技能的正常发挥，从而保证各类劳动队伍的科学配比，有效地促进经济发展。

（三）对社会进步

残疾预防是一个不断地检点自己、改造自己、改进社会，使之免受致残因素影响的过程。这个过程可以使人类增长战胜疾病、战胜灾难、协调社会的知识，从而更加理智地生存，体质越来越健康，社会更加和谐、更加文明。

五、残疾预防的工作原则

（一）追查致残原因的原则

"冤有头、债有主"。导致残疾的原因却常常错综复杂，无论是卫生保健人员，还是临床医生与科研工作者，乃至全社会，都有责任、有义务寻找与发现导致残疾的原因。为残疾人出力、捐款，是一种贡献，找到致残因素，防患于未然是更大的贡献（例如近年来李亚鹏、王菲夫妇成立"嫣然基金会"的事，引起了媒体的轰动，却不见媒体帮助这两位与众不同的明星人物找一找孩子发生颚裂的原因）。无论有多困难，都要尽力寻得致残因素，因为只有找到了源头才能严加防范。

（二）确立防残意识的原则

康复咨询人员的头脑中要把残疾预防这根弦绷得紧紧的，应当告知前来咨询的所有人在关注残疾人、帮助残疾人的同时，随时随刻预防残疾。要警惕所有不良因素的影响，大胆怀疑，科学剖析致残隐患（例如发生在我国的食品添加剂问题、水污染问题、劣质室内装修问题、宠物与人共处一室问题），必要时应当与有关机构取得联系，携手共建防残环境。

(三)明确本地特点的原则

在全面实施残疾预防的前提下,还要根据本地区的特点抓住预防重点。例如:贫困地区主要应对营养不良问题;偏远山区常需考虑补碘问题;东北与西北的林区要预防大骨节病;大城市与中等城市必须严防道路交通致残。

(四)执行政策法规的原则

我国政府高度重视残疾预防问题,从优生优育到强制补碘,从安全生产到交通管理,从药品与食品监督到自然环境保护,先后出台了一系列的政策法规,极大地丰富了康复咨询的内容。学好、用好这些内容,就会使残疾预防工作得到切实的保障。

(五)加强多方协作的原则

由于残疾预防涉及多学科、多领域、多部门,所以要以社会工作者的姿态开展工作,搜集信息,加强联系,互相支持,协调合作,力争以最小的投入,在最短的时间内,解决最突出的问题。例如:水的污染源头可能跨区、跨省、跨行业;食品卫生问题会牵出添加剂商家,甚至产地的化工与农药企业;地域性的致残因素可能与地质、水质有关。这些都需要有效地进行沟通,才能明确目标,齐抓共管。

(六)全民共同防残的原则

残疾是与人类共存的缺陷,无论文明程度有多高,也无论经济发展有多快,致残因素都会以不同的方式伴随着人类,此伏彼起、层出不穷。所以,残疾预防工作也要坚持不懈,而且要广泛开展。残疾带给个人、家庭、亲属、社会极其沉重的负担,人人都应该严加防范。康复工作者不仅仅要向前来咨询的残疾人及其亲属进行宣讲,还要抓住一切时机向广大人民群众进行宣讲,随时普及残疾预防知识,达到全民总动员,共同预防残疾的目的。

第二节　残疾预防工作的方针政策

一、国际社会的认识

世界卫生组织"人人享有保健"的战略目标之一是预防残疾,人类战胜残疾的根本措施就是预防。世界卫生组织专家委员会指出:"没有任何别的单项因素在减轻残疾的冲击上,可以和一级预防相提并论。"对于致残问题,世界卫生法《组织法》中说:"不同国家在促进健康和疾病控制(特别是对传染病的控制)方面的不均衡进展,是一个普遍的危险。"

二、我国政府的做法

我国政府出于对人民健康事业的关怀,对残疾人事业的重视,积极地与全球合作,已经把我国的残疾预防计划融入了全球总体防残规划之中。政府遵循世界卫生组织提出的全球性预防残疾的策略、规划,并且不失时机地做了大量的技术引进。为了与国际社会共同预防残疾,我国政府参照先进国家的防残经验与情报资料,结合我国的国情,出台了一系列有关残疾预防的方针政策。

《中华人民共和国残疾人保障法》第一章第十一条规定:"国家有计划地开展残疾预防工作,加强对残疾预防工作的领导,宣传、普及优生优育和预防残疾的知识,针对遗传、疾病、药物中毒、事故、灾害、环境污染和其他致残因素,制定法律、法规,组织和动员社会力量,采取措施,预防残疾的发生和发展。"《中国残疾人事业"九五"计划纲要》已经把"系统开展残疾预防工作,努力减少残疾发生"作为工作总目标的重中之重。可见我国政府充分重视残疾预防。

与国际卫生组织的标准相一致,我国的残疾预防也分为三级:力求避免与减少致残因素,不使残疾发生,这是一级预防的理想境界;当致残性伤病已经发生时,要尽早发现、尽快治疗,预防和避免遗留残疾,这是二级预防的预期目标;当出现早期残疾或轻度残疾时,给予及时的康复治疗和全面康复服务,预防发展为残障,这是三级预防的工作重点。《中华人民共和国婚姻法》《中华人民共和国母婴保障法》《传染病防治法》《环境保护法》《戒毒法》《道路交通法》当中都有预防残疾的相关内容,而且全部立足于一级预防。政府重视预防策略的制订,责令有关部门经常明确预防工作的优先重点和切入点,掌握时机,组织社会资源,选配恰当的预防手段。卫生行政部门不断完善残疾预防的法规建设,经常开展宣传教育活动,组织全社会参与防残,使公民们充分认识到:三级预防人人有责,个人、家庭、社会都要常抓不懈,并且为此贡献力量。

第三节　我国的主要致残因素

解决任何问题都需要寻根究底,残疾预防的首要问题就是寻找致残因素。研究者把致残因素分为三类:一是遗传与发育因素;二是环境与行为因素;三是疾病与伤害因素。这三类因素交互作用造成残疾:前两种交互作用导致先天性残疾;后两种交互作用导致后天性残疾,也叫获得性残疾;第一种与第三种交互作用又导致先天性残疾;三种共同作用则既导致先天性残疾,又导致后天性残疾。(图4-1)

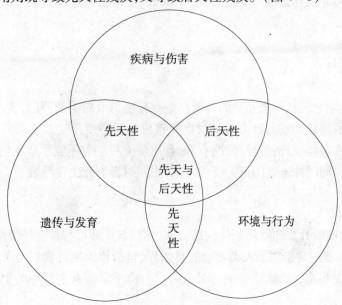

图4-1　我国的主要致残因素

先天性残疾主要包括遗传性残疾和发育缺陷(而非遗传性的)残疾。

后天性残疾之所以也叫作获得性残疾,是因为它并非先天自带的,而是由后天因素给予的,包括:传染性疾病致残;非传染性疾病致残;躯体疾病、精神疾病、酗酒、吸毒、滥用药物致残;创伤与伤害(交通事故、工伤、家居意外伤害及其他损伤)致残。当然,这些致残因素之间有重叠的成分。例如传染性疾病与非传染性疾病都是疾病,有的发生于躯体,有的发生于精神,有的则是躯体与精神都发病;再例如营养失调,也可称为非传染性疾病,而且既可以影响躯体,又可以影响精神。

一、遗传与发育因素

遗传与发育因素是导致先天性残疾的重要原因,但它们又有遗传与不遗传之分。

(一)遗传因素

遗传因素致残,指的是生殖细胞或受精卵里的遗传物质,包括染色体与基因异常。这种因素导致的残疾都是先天的、终身的;残疾个体在每一代中按一定比例出现,按照亲子关系在家族中传递,而绝不传递给无亲缘关系的人。每个残疾个体的细胞中的遗传物质——染色体与基因都是异常的,残疾个体的同胞姐妹兄弟虽然有人并不残疾,但是其细胞内仍有可能携带着致残的遗传物质,所以这些人的后代中也有发生同种残疾的可能。

(二)发育因素

发育因素致残,一般指受精卵或胚胎在发育的过程中,受到内外各种不良环境与行为因素的影响,而发生染色体或基因突变造成的残疾。例如:受精卵或胚胎在母体子宫中,遭受到了放射线或化学物质的侵害;怀孕后的妇女有吸烟、嗜酒,甚至吸毒等不良行为。这种因素导致的残疾也是先天的、终身的,但并不是遗传的,只要这个人在下次怀孕时避开这些因素的影响,就不会造成下一个胎儿发生残疾。

发育因素还包括胎儿出生前或出生时的各种影响,例如:进行了有害的侵入性的检查;接生员的操作失误;妊娠晚期出现合并症与并发症;难产,滞产,产程中缺氧、损伤也会造成残疾。很显然,这种残疾也是先天的,但决不是遗传的。

二、环境与行为因素

人类与自己的生存环境之间是一个互动的关系。生存环境每况愈下的原因,常常是由于人类自身行为造成的。追求短期的、片面的物质利益的行为本身与由此造成的环境变差这二者之间的界线,有时候真的难以划清。我国地域广阔、民族多样、习俗各异、情况有别、自然环境与社会环境形形色色,加之以西方生活方式的涌入,使得正面与负面作用同时冲击着国人的行为方式,也同时影响着生存环境。

(一)环境因素

环境是人类生存与发展的社会和物质条件的综合体,包括自然环境与社会环境两个方面。

1. 自然环境　自然环境通常指围绕人类社会的自然界,包括作为生产资料与劳动对象的各种自然条件。它们是人类生活、社会存在和发展的物质基础与必要条件。由于受到人类行为的干扰,自然环境也在时刻发生着变化。

自然界并不存在特定的天然致残因素,自然环境因素的致残作用只是在特定的条件下才会发生。它们的致残作用大多是间接的,一般是先引起一定的疾病,患病者中的部分人或少部分人未能痊愈而遗留残疾。生物因素引起的传染病与化学因素引起的中毒,大多是这样。例如,病毒性疾病脊髓灰质炎可以造成肢残,病毒性脑炎可以造成智残,高氟导致的氟骨症也会造成肢残,一氧化碳中毒也会造成智残。但是,物理因素中的激光、弧光、高压与超高压电流、强大的冲击波、噪声、冷热刺激(冻伤与烧烫伤)却会在瞬间损坏人的肢体与器官而导致残疾。环境中缺少某些人体必需的元素,同样会引起疾病而致人以残,最突出的例子就是碘缺乏导致的智力低下。为了治疗生物因素中的链球菌或结核菌感染而使用链霉素、庆大霉素却导致耳聋的例子也应当属于此列。

2. 社会环境　社会环境通常指在自然环境的基础上,人类通过长期有意识的社会活动所创造的人工环境。它是人类物质文明与精神文明发展水平的标志,随着人类社会的演进不断发展变化。随着"生物－医学"

模式向"生物－心理－社会－医学"模式的转化,人们越来越多地关注社会环境因素的致残问题。

(1)经济状况:经济状况过差,会使人的居处条件低劣,营养摄入不足,心理素质不高,机体功能与社会行为容易失于调控,可能引起各种心身疾病;受到经济状况的制约,必然没有良好的医疗条件与康复条件,很可能贻误病情造成残疾,还会因为得不到早期干预而发展为无法逆转的重度残疾。

(2)人口密度:人口密度过高,会影响经济的发展与个人生活水平的提高,而且竞争激烈,人们的心理压力大;人口密度过低,信息沟通渠道就少,人与人之间的直接交往更少,封闭和隔绝会引发孤独、苦闷等心理问题。这些都有致残的可能。

(3)教育水平:偏远地区、贫困地区、少数民族地区与交通欠发达地区的教育资源少,教育水平差,一些人的幼年教育机会被剥夺,加上环境的闭塞,可以造成精神发育迟滞的问题。一旦错过了学前和学龄教育的时段,将会留下智力与精神方面的终身残疾。

(二)行为因素

行为是指人以其外部和内部活动为中介,与周围环境的相互作用。内部活动就是心理活动,外部活动主要是劳动与交往。行为又分个体行为与群体行为两大类别。

1. 群体行为　人类的群体行为除了发生在群体内部与群体之间,构成以上所说的社会环境之外,更多的是人类群体与自然环境之间的关系。数万年来,人类为了生存与发展的需要,总是以自我为中心而向自然环境大肆索取甚至掠夺:森林砍光,江河断流,地面下沉,物种濒危,灾害频仍,同时还把生产与生活垃圾毫无顾忌地随意丢弃;由于急功近利而使用大量化肥与农药,毫无节制地使用放射线、化学药品。如此种种,都给上至大气层,下至土壤与水源造成了负面影响。群体行为加速了工业化、城市化的进程,在高效率的职业环境中,噪声的干扰会使神经持续处于紧张状态,生活环境被有毒有害物质所污染,尤其是水与空气的质量变坏,潜伏下了难以逆转的生物、化学与物理性致残隐患。

2. 个体行为　个体行为包括人的心理行为与外在行为表现。它们除了受自身的人格制约之外,还受群体关系、群体规范、价值定向与角色作用的影响。

(1)心理行为:每个人都作为群体中的一个成员而存在,需要时时规范自己的行为准则,增长以认知为重点的各方面的处世生存能力,才能保持内心和谐。如果认知与行为发生偏差,能力与欲望相差悬殊,条件与需求距离甚远,就会出现诸多的适应不良问题,不但引发内心的痛苦,还会因为强烈的或者持久的内心冲突而导致精神与智力方面的残疾,同时给周围环境带来不利影响。

(2)外在行为:无论是在家庭里还是在社会上,无论是在生活中还是在工作中,每个人都以一定的角色身份与周围环境发生多种形式的联系与交往。从一定意义上讲,每个人的外在行为共同构成了社会氛围,也就是社会环境,这在前面已经有所阐述。这里主要讲包括生活方式在内的个体外在行为对自身造成的影响。

好逸恶劳、坐吃等死的行为,会使物质条件低劣,营养不足;努力进取得以致富却又胡吃海塞、偏食偏嗜的行为,会使营养过剩、营养失衡。以上二者均可以引发疾病而致残。追求刺激、冒险玩命的行为,可能引发意外伤害而导致残疾。嗜好烟酒、吸毒乱性,不但会伤害自身,还会使生殖细胞中的遗传物质发生突变而生出先天性残疾的后代。疏于婚育指导,疏于婚检、孕检,更可能导致先天性残疾。忽视预防免疫,忽视早防早治,会使许多本来可以避免的疾病卷土重来,病后留残也将势所必然。滥用药物会引起严重的毒副作用以及过敏反应,甚而引发不可逆转的自身与胎儿损害。豢养宠物且人畜合居、亲密无间,会使人畜共患疾病得以传播,常会贻害胎儿。

三、疾病与伤害因素

疾病与伤害的致残问题最为明确,前面所探讨的各种致残因素,也多是经由疾病与伤害才留下残疾的。

(一)疾病

疾病是人体在一定条件下,由致病因素所引起的复杂且有一定表现形式的病理过程。在这一过程中,人体的正常生理功能遭到破坏,对外界环境的适应能力下降,劳动和生活能力受到限制以至于丧失。如果得不到及时、有效的修复,便会成为残疾。有的致残因素能够说清,有的致残因素尚未查明。

1. **先天性疾病** 先天性疾病指的是与生俱来的一类疾病,包括遗传性疾病、非遗传性但由于在胚胎发育过程中或在胎儿娩出时遭到损害而致的疾病。这类疾病约有数千种之多,每年还有百十种新的病种出现。例如:先天性痴呆,先天性缺肢、缺指(趾),先天性盲,先天性聋哑,脑瘫等等。可怕的是,这类疾病中,有相当多的部分属于遗传性的,如果没有正确的婚育指导,可能继续遗传。

2. **感染性疾病** 病毒、细菌、寄生虫不但可以致人以病,而且可以致人以残。除了大叶性肺炎以外,所有感染性疾病都不可能达到生物学意义上的治愈结果,所以医学上万般无奈地称其为临床治愈。感染性因素侵犯脑组织,可能导致智力障碍与精神残疾;脊髓灰质炎可能留下儿麻后遗症;乙脑、流脑可能引发包括智力残疾在内的多种功能障碍;麻风病对肢体的摧残更是显而易见;结核病不但会直接造成骨与关节的损坏,还会因不得不使用链霉素而造成耳聋;艾滋病除了损伤脑组织、造成肢残之外,还会引发严重的心理残疾;如果女性患上弓形虫病、淋病、艾滋病、风疹、巨细胞病之时或之后怀孕,便有可能产下残疾的新生儿。

3. **物理因素所致疾病** 致病的物理因素主要有光、电、声、冷、热、低气压、放射线等。有的迅速致病致残,有的潜移默化积累成病而致残。激光与弧光、红外光都可能迅速破坏视觉感受器而致盲;强烈的爆炸冲击波可以当时震破人的鼓膜;经久不息的噪声会对听神经造成不可逆的损害,而且会使人心烦意乱以致引发精神障碍;雷电击中人体非死即伤,幸存者失明、失聪、肢体残疾在所难免;冻伤可能造成肢体残缺,烧伤更会使人面目全非、四肢受损;青藏铁路开通之后,有更多的人进入高原地区,低气压导致的脑组织水肿与损伤也将是重要的致残因素。这类因素几乎都会对胎儿造成直接的影响:放射线会引起胎儿畸形;噪声损害胎儿的智力与听力;低气压会使胎儿的脑组织受损;如此等等……

4. **化学因素所致疾病** 化学因素的伤害如影随形,除了地质结构的因素之外,主要是人类行为带来的恶果。

由于地质化学的组成问题,某些元素分布不均,于是出现地方性的碘缺乏病、大骨节病、砷中毒病、氟骨病,这些都是严重的致残性疾病。

人为造成的环境中的化学污染更可能使人患上千奇百怪的疾病,而且致残率相当高,后果十分严重:镉污染造成痛痛病,钡污染造成肢体瘫痪,铅污染造成智力下降,砷中毒造成肢端坏疽,一氧化碳中毒损伤大脑皮质,甲醇中毒造成永久性失明,有机磷农药中毒会使人肢体瘫痪、肌肉萎缩……

药物使用不当已经形势严峻:氨基糖苷类抗生素对听神经的损害已被公认为当今致聋的重要原因;氯喹用于治疗疟疾、风湿病与红斑狼疮的同时却会损害视力。

因为胎盘不足以阻挡化学药品的侵入,所以化学因素都会造成胎儿的损害,死胎、畸胎,尤其是大脑神经方面的先天残疾以及听力、视力的残疾每每发生。

5. **心理因素所致疾病** 心理因素可以导致包括精神病在内的多种疾病。人格障碍、家庭照顾不良、教育水平差,会使一些人的适应能力过低,人际交往中的冲突、家庭角色的转换、灾害与变故的打击,都会使心理失去平衡而罹患抑郁症、精神分裂症以及心脑血管病、肿瘤等致残性疾病。孕妇的精神问题还会阻碍胎儿中枢神经系统的发育,从而导致先天性精神残疾与智力残疾。

(二)伤害

伤害包括故意的与意外的,又可分为暴力的与非暴力的。战争、杀戮、行凶、斗殴、自杀、自残属于故意的,车祸、跌坠、淹溺、中毒、灾难、事故属于意外的。伤害的致死与致残率非常之高,不但使躯体伤残,而且对精神的打击极其严重。近些年来,车祸的致残率逐年攀升;跌伤又是老年人致残的主要原因;职业环境与生活环境中的伤害随时都有可能发生;儿童因为疏于看管而遭到伤害的机会更多,比如溺水、跌伤、烧伤、烫伤、电击伤、中毒等,如果不严加防范,都会造成残疾而追悔莫及。孕妇根据受到伤害的性质与程度的不同,会给胎儿造成不同的影响,暴力会使胎死腹中,毒物会使胎儿畸形或精神发育迟滞。

第四节　残疾预防措施

残疾预防工作是全社会的事,人人都需要主动参与,随时随处全方位地进行防范。国家与社会组织提供预防保障,卫生部门提供预防服务,团体、家庭配合实施,每一个人都从一点一滴做起,万万不可掉以轻心。通常把残疾预防划为三个层面,被称为三级预防系统,这也是社区保健的大原则。

一、一级预防

一级预防的目的是增进人群的健康,保护人群不受伤害,不要罹患疾病,避免常见、重大出生缺陷。这是三级预防中的最高目标,也是人类的理想境界,需要采取特殊措施并且落到实处。

(一)免疫接种

接种可以使机体在一定的时间内获得对某种传染病的特殊抵抗力,具体方法是注射、吸入或者口服菌苗、疫苗、毒素、类毒素或血清制剂。脊髓灰质炎、麻疹、风疹、乙型脑炎、乙型肝炎等传染性疾病,主要靠这种措施得以预防;预计艾滋病、禽流感、SARS 等新的传染病也将由此入手。

(二)咨询指导

由专业人员向某些人群或某一个体提供防残指导,包括婚前咨询、优生优育咨询、营养咨询、心理咨询、健康教育咨询、职业病咨询,以及方方面面的卫生保健咨询。目的是指导每一个个体以健康的生活方式与积极乐观的心态对待人生,从自己做起,杜绝致残因素的侵扰。

(三)预防保健

预防保健涵盖的内容十分广泛,普通人群保健、妇女保健、儿童青少年保健、劳动保健、老年人保健等。从泛泛的体格检查到细致的针对特殊对象的养护,为的是随时纠正和避免非健康因素的影响,修订和更新预防方案,使人群远离疾病、远离残疾。

(四)治理环境

不但要治理生活环境,而且还要治理工作与生产环境,下至地质、水源,上至高空大气,近至居室床边,远至海洋山林,都要治理。这当中包括:减少和治理环境污染;发现地方性致残因素,例如实施防氟改水、食盐加碘措施;监督食品卫生,例如解决食品添加剂、防腐剂与伪劣食品问题;严格劳动保护制度,例如做好高空作业、有毒有害物接触、机械伤问题的相关劳动保护;控制生物、物理、化学与机械性危险源对人群的侵害。

(五)安全防护

1. 家居　平素生活中精心照料幼儿、老年人、孕产妇和体弱者,消除危险隐患,包括电器、煤气、宠物对人的损伤等等,预防意外伤害和疾病的侵袭。

2. 出行　改善道路交通状况,严格遵守交通规则,防范地面凸凹不平或者塌陷;远行尽可能结伴,出发前应当考虑周全,预防种种可能存在的危险。

3. 公共场所　建筑物需要符合相关规定,安装便民设施,营造防火、防爆、防噪音、防污染的公共环境,全面查找安全隐患,随时解决存在的问题。

二、二级预防

二级预防是在发生伤病之后防止出现残疾,通常被称为"五早"——早发现,早诊断,早治疗,以及专门针对传染病的早报告、早隔离。这是在一级预防失败之后的补救措施,分为四步进行。

(一)早期筛查

早期筛查是指在遭受伤害或患病的早期被检查发现,常规体检、婚检、孕检、新生儿筛查、幼儿定期查体,有可疑情况及时进行针对性检查等,都属于这一范围。其目的就是做到"五早"中的"三早"——早发现、早诊断、早治疗,减轻伤病给人体造成的损害,以免继续发展或留下不可逆转的后果。

(二)控制危险因素

改善环境可以消除外在的危险因素,改变生活方式与行为习惯可以消除自身的危险因素。发现有人中毒,立即转移人群,及时查找来源并予以清除;发现传染病,立即上报疫情,进行隔离消毒并采取相应的免疫措施,也即做到"五早"中的另外"两早"——早报告、早隔离。改变对毒品与药物的依赖,改变偏食偏嗜、不爱运动等不良习惯,规律作息、合理用药、劳逸结合、平衡营养,与宠物保持适当的距离,恰当处理人际关系,营造愉快的心境,这些都是减少以至杜绝自身危险因素的有效措施。

(三)早期干预

"有病早治,省钱省事;姑息养奸,必留后患。"早期干预可以阻断伤情与病情的进程,减少痛苦,防止残疾的发生。发现孕早期的异常,可以考虑中止妊娠;新生儿苯丙酮尿症,可以通过选择饮食进行干预而使智力不再下降;高血压的早期干预,可以防止中风偏瘫;对听力、视力受损者的早期干预,可以保住部分功能而不再发展为残疾。

(四)早期康复治疗

伤害或疾病既已发生,在常规临床治疗的同时,一定要引入早期的康复治疗,促进身心功能向积极的方向转化。即使是在早期的救治阶段,也要注意体位的摆放,同时进行心理辅导和康复教育,及时开展功能训练。这样才能防止功能受限,防止发展为残疾。

三、三级预防

三级预防是指在残疾出现以后,继续采取措施,防止功能障碍或合并新的残疾,促进残疾者恢复生活自理能力与劳动能力,重新过上健康生活。这是在前两级预防失败之后,不得已而求其次的最后一道预防措施,分为多个部分。对于残疾个体来说,重点是功能训练与辅助用具,有的人还需要进行手术,家庭与公共场所还需要一定的环境改造。

(一)康复功能训练

如果说二级预防中的早期功能训练是为了不发生残疾,那么三级预防中的功能训练就是为了改善功能、减轻残疾带来的影响,阻止发生新的残疾。

1. 心理治疗 无论哪一类残疾,都需要心理治疗。通过心理治疗使残疾者接受现实,悦纳自己,正确对待残疾带来的诸多负面影响,主动配合医护人员进行全面康复。如果残疾者没有康复的愿望,三级预防的其他手段几乎无法实施。所以说,心理治疗是三级预防的起步点。

2. 运动治疗 运动治疗是在治疗师的指导下进行的积极的运动,是以残疾者主动参与为前提的特殊治疗方法。运动治疗方法对身体的功能障碍和功能低下可以起到预防、改善和恢复的作用。

3. 作业治疗　作业治疗是以有目的的、经过选择的作业活动为主要训练手段,用来维持、改善和补助残疾者的功能,最大限度地提高生活自理、劳动工作、休闲娱乐等日常能力,帮助残疾者提高生活质量,尽快回归家庭与社会。

4. 语言治疗　语言治疗主要针对说话有问题,也就是言语障碍的残疾者,进行口唇与舌的训练,重新建立说话功能;对言语中枢遭到破坏的残疾人来说,则需要指导他们学会使用肢体语言、交流板以及其他表达与交流的方式,以期减少障碍。

(二)辅助用具

辅助用具可以预防或者减轻畸形、促进功能恢复、补助已经减弱或丧失的功能,从而提高患者的能力。

1. 康复训练器具　这类器具针对性地用于康复训练过程当中,可以提高训练效果,减轻已经发生的功能障碍,防止进一步的功能减退,有时可以使功能得到最大程度的恢复。这类器具用于卧坐训练、站立训练、行走训练、矫正姿势与防止畸形、关节活动训练、平衡与协调训练、基本动作训练以及启发智力等。

2. 日常生活器具　这类器具除了用于日常生活活动能力的训练中,也用于实际生活中,多为生活自助器具,例如穿鞋辅助具、交流画板、多功能箱、特制操作台、眼镜、助听器等。

3. 假肢与矫形器　从简单便宜的自制品,直到上千万元的智能性假肢,都有程度不同的作用,可以为截肢者弥补肢体缺损和代偿已经失去的功能。从最小的手指夹板到支撑截瘫者竖直立起的站立架,都可以矫正畸形并且补偿一部分已经失去的功能。

4. 行走用具　这是辅助肢体残疾人步行或外出的用具,包括腋杖、手杖、步行车、轮椅等。

5. 支持护理用具　对于特殊类型或较为复杂的残疾,还需要采取医疗护理措施,以期改善机体的整体状况,减轻残疾造成的不便,例如对截瘫者的导尿、预防泌尿系统感染与褥疮。

(三)手术治疗

为了矫正畸形,或者为了改善肢体的功能,有时还必须实施手术。手术分为矫形性、替代性和补偿性等多种性质。小儿麻痹后遗症的矫正术、髋或膝的全关节置换术、股骨头坏死后的置换术均属于此类。为了装配假肢,很可能需要特殊的、个性化的手术。此类手术需要长远眼光,应当由康复专家提供方案,综合考虑外形与功能,既能够与假肢相适,又可以获得最好的功能补偿,很可能需要多次才能达到预期目的。

(四)无障碍设施与环境改造

医院、疗养院、康复机构以及家庭的设施要方便残疾人出入与活动。城市道路、公共建筑和社区也应当满足坐轮椅者、拄拐杖者以及听力、视力残疾者的通行。这些大环境的无障碍要靠全社会共同提供,而家庭小环境的无障碍却要由亲属协助安排。这些都是为了保护残疾人不再受到伤害,防止发生进一步的残疾,同时也可以最大限度地提高残疾人的生活质量。

复习题

1. 为什么残疾是可以预防的?
2. 我国的主要致残因素有哪些? 举例说明。
3. 为什么必须做婚检与孕检?
4. 三级预防的含义是什么?
5. 为什么说免疫接种很重要?

(李凤珍)

第五章 心理康复咨询

第一节 概　述

一、心理康复咨询概念

在给心理康复咨询下定义之前,首先要明白什么是康复以及什么是心理咨询的问题。WHO 康复专家委员会在 1969 年所下的康复定义为:康复是指"综合地应用医学、社会、教育、职业以及其他措施,对残疾人进行训练或再训练,减轻残疾因素造成的后果,以尽量提高其活动功能,改善生活自理能力,重新参加社会生活"。而在 1981 年修改为"采取一切措施,减轻残疾带来的后果,提高其才智和功能,以便重返社会"。由此可见,运用心理咨询的理论和技术所进行的咨询过程也属于康复的过程,即心理上的康复。而对于心理咨询的定义来说,不同的心理学家根据自己的理论观点给出不同的定义,总的来说,可以定义为"心理咨询是指咨询者通过与来访者的职业关系帮助来访者解决问题,发挥其最大潜能的过程"。心理康复咨询的定义可以这样理解:运用心理咨询的理论和咨询技术,着重解决来访者心理或精神方面的问题,提高其生活质量,尽量使其恢复独立生活、学习和工作的能力,能在家庭和社会过有意义的生活,达到提高其心理健康水平的目的。

二、心理康复咨询原则

在心理咨询服务中,美国人事和指导协会专门规定了咨询的道德原则,来约束这种特殊的关系。

(一)心理咨询关系方面

在心理咨询关系中,主要有:保护来访者利益原则;保密性原则;如果来访者与另一咨询者同时存在这种职业关系,在第一次咨询的时候,不要马上开始工作,首先要获得这个咨询者的同意原则;当来访者的状态或行为对咨询者或他人有危害性的时候,咨询师必须采取合理的个人行动或通知有关主管部门;当来访者与咨询师存在其他关系的时候,咨询师不应做其咨询者,而应当寻找另外一个专业人员;如果由于咨询师工作的更换或其他原因不得不中断治疗的时候,咨询师有必要向来访者推荐其他的专业人员。

（二）心理测量、测验方面

心理测验的首要目的在于提供说明的手段，一般看来这些手段是客观的、解释性的，因此需要注意的主要原则是：咨询师有责任向来访者提供具体的倾向或情况；咨询师必须周密细致地考虑测验的有效性、可靠性和适宜性；测验的实施、计分和解释等工作对咨询师的能力有一定的要求，咨询师要明确自己的能力是否达到这个要求；测验结果的保密性；对结果的解释要十分谨慎。

三、心理康复咨询目标

对十不同的康复心理咨询情境，心理咨询的目标差异很大，但主要有五个最为基本的目标。

（一）促使来访者的行为发生变化

所有的理论家都认为，心理咨询的根本目的是促使来访者行为的变化，通过这个变化使来访者形成建设性的行为方式，获得生活的满足感，并且这种行为的改变将会使来访者过一种他在社会的约束范围之内的更有潜力、更满意的生活。

（二）改进来访者的应付技能

在个体的发展过程中，个体要不断获得一些应付周围环境的能力，这种环境当然还包括自然环境和社会环境。由于很多原因，人们在应付这些环境问题的时候出现了问题，尤其是来访者更容易出现应付环境的问题，这个时候就可以通过心理咨询来改进应付能力，例如社会关系、社会环境的突然变化等。

（三）提高来访者作出决定的水平

心理咨询的一个重要目的是帮助来访者作出决定。帮助不是代替，因此要记住作出决定是来访者所进行的，不是咨询师所进行的。通过咨询，来访者要学会为什么和如何作出决定，要学会去评价作出决定的因素和后果，如个人的得失、资源、危险性等。

（四）改善来访者的人际关系

人是生活在社会群体中的人，其核心内容之一是人际交往。交往是人的一个基本需要。在交往方面人们容易出现各种问题。咨询的目的之一就是帮助来访者学习交往技能，改善人际关系。

（五）发展来访者的潜能

发展来访者的个人潜能是一个经常强调的也是一个模糊不清的心理咨询的目标。当然心理咨询追求在来访者自己以及环境所提供的有限的条件下的个体最大限度的自由；其次，心理咨询追求通过环境给予控制并且由环境对他作出回应来最大限度地发挥个体的效力。

第二节　残疾人心理特点

一、残疾人的共同心理特点

残疾人是指在心理生理、人体结构上，某种组织、功能丧失或者不正常，全部或者部分丧失以正常方式从事某种活动能力的人。这些人均在以下三个方面存在着问题。

(一)认知方面

不同的缺陷会影响人的认知能力和认知方式。如盲人由于视力障碍,尤其先天视力残疾,就缺乏甚至没有视觉空间概念,没有视觉形象,没有周围事物的完整图像;而在另一方面由于没有视觉信息的干扰,形成了爱思考、善思考的习惯,相应地抽象思维和逻辑思维就比较发达;同时由于他们的语言听觉能力较发达,而且记忆力比较好,所记的词汇比较丰富,也形成了盲人语言能力强的特点,许多盲人给人们一种语言生动、说理充分的印象。

聋哑人因缺乏或丧失听力,他们和别人交往不是靠听觉器官和有声语言,而是靠手势。他们的形象思维非常发达,逻辑思维和抽象思维就相对受到影响,特别是先天失聪者。聋哑人视觉十分敏锐,对事物形象方面的想象力极为丰富。

行为和人格偏离的患者,由于情绪不稳定,情绪的自我调节和自我控制能力差,其认知特点主要是现实性较差,容易离开现实去考虑问题,带有浓厚的幻想色彩,表现出明显的片面性。

(二)情感方面

1. 孤独感　孤独感是残疾人普遍存在的情感体验,由于生理和心理方面的某些缺陷,残疾人的行动受到不同程度的限制,其行为容易受到挫折。残疾人的活动场所太少,且在许多场合常常受到歧视,使他们不得不经常呆在家里,久而久之便产生了孤独感。

2. 自卑情绪　残疾人在学习生活和就业等方面所遇到的困难远比普通人要多,且难以得到足够的理解和帮助,甚至常常受到厌弃与歧视,极易使他们产生自卑情绪。

3. 敏感和自尊心强　敏感和自尊心强,易导致他们对歧视的情绪反应强烈,有的残疾人以爆发式情感表现,有的则以深刻而持久的内心痛苦隐藏在心,表现为无助与自我否定。

4. 富有同情心　残疾人由于自身的疾患,往往对残疾同伴怀有深厚的同情,这种同病相怜的情感使同类残疾者容易结为有限的社会支持网络,甚至相互依恋。

(三)性格方面

孤僻和自卑是残疾人性格的普遍特点,每一种不同的残疾又有其特殊的性格特点。如盲人一般都比较内向、温文尔雅,内心世界丰富,情感体验深刻而含蓄,很少爆发式地外露情感,善于思考探索。聋哑人则比较外向,情感反应比较强烈,豪爽耿直,看问题容易注意表面现象。肢体残疾者主要表现为倔强和自我克制,他们具有极大的耐心和忍辱精神。智力残疾者由于整个心理水平低下,难以形成较完整的性格特征。

二、肢体残疾人的心理特点

肢体残疾人一般仅有肢体上的残疾或缺陷而心理上并无明显的特点和缺陷。他们在感知、注意、记忆、思维等认知过程方面与常人并无明显的区别,只是在个性特征方面存在着不同于正常人的突出特点。肢体上的残疾,给他们的学习、生活和工作带来了巨大困难。在这样的困难面前,有些残疾人对外界刺激敏感,加上经常遭受挫折、取笑和不合宜的怜悯,容易产生自卑感,感到处处不如别人,因而会严重地压抑自己的才能和创造力。对此,应当在教育的基础上加以克服。对于多数肢体残疾人来说,残疾并没有把他们吓倒,而是给了他们发挥主观能动性、同残疾进行不屈斗争的条件,因而肢体残疾人常常表现出较为顽强的意志力,在意志品质方面得到更为充分的发展。他们勇于克服困难,往往在学习、生活和工作中表现出惊人的毅力。由于许多肢残人有着坚强的意志,所以,他们在前进的道路上没有克服不了的困难。他们不仅能跟正常人一样学习、生活和工作,甚至还可能为社会做出比正常人更大的贡献。

肢体残疾人的心理有以下特征:

（一）独立性与依赖性的矛盾

独立意识是指个体希望摆脱监督和管教的一种自我意识倾向。作为一个心智健全的成年人，肢体残疾人也希望以一个"成人"的角色进入社会，要求取得与成年人同等的权利，要求社会承认他们的社会资格。他们喜欢独立地观察事物、认识事物、判断事物，独立地思考和行动。他们渴望独立地安排自己的学习和生活，积极组织并参与各种社会活动（包括体育运动），喜欢同龄人聚在一起探讨问题，交流思想，更新认识，探索人生的奥秘；喜欢自己动手解决问题，不喜欢别人过多地指责、干扰和控制他们的言行。但是，由于某些原因，如行动困难带来的学习、就业问题，由此而带来的经济上不能独立等问题，使他们需要依赖别人的帮助才能解决某些力不从心的实际问题，但又不愿意让人们看到他们的依赖性。这就体现出独立性与依赖性之间的矛盾。先天性或儿童早期致残者独立意识的强弱，与养育者的态度密切相关。例如某个脑瘫的孩子因为不能拿碗吃饭而总不给他尝试自己吃饭的机会，那么他永远只能靠别人喂饭吃。人若有了依赖之心，无论多么简单的事儿，都会觉得是一种负担，永远得不到成功和奋斗的乐趣。事实上，只要条件允许，肢体残疾人可以从事任何想从事的工作和活动。在雅典残奥会上为该国夺得 4 块金牌的传奇式射击选手乔纳斯·雅各布森来是瑞典射击协会会员，平时和健全选手一起训练，而且还总是打得比别人都好。所以有人说："也许，如果将残疾人打入另类，才真会有问题。他们和我们健全人真的没有很大不同。他们其实并不想让别人管得太多，他们能照顾自己。"

（二）孤独与交往需求的矛盾

孤独是残疾人普遍存在的情感体验。随着年龄的增长，孤独感的体验会日益增强。人和动物的最大区别是，除了物质需求外，还有精神需求。从心理上讲，每个人都是天生的自我中心者，每个人都希望别人能承认自己的价值，支持自己，接纳自己，喜欢自己。因此，在社会交往中，就更重视自我表现，注意吸引别人的注意。人际交往是指人运用语言或非语言符号交换意见、交流思想、表达感情和需要的过程，是通过交往而形成的人与人之间的心理关系，反映的是人与人之间的心理距离，其基础是人与人之间的相互重视、相互支持。肢体残疾人虽处在孤独之中，但同样渴望与人交往，需要友谊和企求被别人理解，他们希望参与各种活动，寻找和建立温馨和谐的人际关系，通过人际交往去认识世界，获得友谊，满足自己物质上和精神上的各种需要。但是，由于种种原因，比如语言障碍、社会人群的歧视，使得肢体残疾人把这种交往的欲望深深埋在心底，长期积郁，使人际适应力下降。另一方面，肢体残疾人的人际关系的挫折感较强，容易由于交往受挫引发心理障碍。

（三）自尊与自卑的矛盾

自尊是个体健全心理的支柱。尊重需求既包括对成就或自我价值的个人感觉，也包括他人对自己的认可与尊重。肢体残疾人同样也有尊重需求，希望别人按照他们的实际形象来接受他们，并认为他们有能力，能胜任工作。他们希望自己掌握自己的生活，并和正常人一样拥有同等的就业机会。他们不需要同情，却需要维护和显示自尊。当他们赢得了尊重的时候，便充满自信；不能满足这类需求，就会使他们感到沮丧。如果别人给予的荣誉不是根据其真才实学，而是徒有虚名，也会对他们的心理构成威胁。肢体残疾人由于躯体上的缺陷造成了他们在学习、在生活和就业方面会遇到更多的困难，遭受更多的挫折，他们从亲属或者外界那里得不到足够的帮助，有的遭到厌弃与歧视，有的得到不合时宜的怜悯，这些都会促使残疾人产生自卑情结。特别是社会上对残疾人的潜在力量还没有正确的认识和评价，没能采取有效措施帮助残疾人发现其潜能，成为与普通人一样的社会成员，从而使他们滋生自卑的情感体验。他们在婚恋、家庭和就业等问题上比普通人困难得多，自尊心受到伤害，可能加重自卑的情感体验。他们过分关心自己的身体不适，夸大躯体症状，以求得到照顾和保护。幼年或先天性肢残者，自小被同伴取笑、挖苦、奚落，得不到周围人群的关怀和友好的态度，可造成终身的自我怀疑，没有自信。在自尊和自卑的矛盾中，相当一部分肢体残疾人显示出自我封闭、孤僻、内省、不主动与人交往等内倾特征，表现出倔强和自我克制的性格特点。

(四)情绪与理智的矛盾

情绪就是人对事物的态度的体验。快乐、愤怒、恐惧、悲哀是情绪最基本的 4 种表现。人的一切活动无不打上情绪的印迹。肢体残疾人与许多残疾人一样,情绪反应强且不稳定的特点相当突出。肢体残疾人容易过多地注意自己,因而对别人的态度和评论都特别地敏感多疑,过分自我保护,尤其是容易计较别人对他们不恰当的称呼,对于"残废人"的称呼,会有普遍的反感,瘫痪病人更是忌讳称其为"瘫子"。如果别人做出有损于他们自尊心的事情,他们往往难以忍受,甚至会立即产生愤怒情绪,或采取自卫的手段加以报复。个别人采取了对残疾人的污辱和捉弄的恶劣行为,很快就会引起残疾人的反击。生活艰辛,肢体残疾人的快乐体验较少,而屡经挫折,他们容易产生焦虑和抑郁症状、萎靡不振的消极颓废情绪。另一方面,肢体残疾者对与自己一样残疾的同伴有特别深厚的同情心,相互之间感情十分融洽。可能是因为有共同的缺陷,大家在一起更愿意倾吐心里话,交流生活、学习和工作的感受,并从中得到益处;但是与不是同类的残疾人却很少交流,这种表现并不是没有同情心,而是因为残疾的性质和类型不同,交流起来不方便。肢体残疾人虽然肢体伤残,但其内脏的器官尤其大脑是健全的。行动不便使他们的社会实践活动大为减少,对获取经验产生深刻的影响,但由于人的智力在大脑发育成熟后是相对稳定的,因此,伤残后的智力活动并不会有太大的变化,思维能力完好无损。他们兴趣广泛,思路清楚想象力丰富,有洞察力,内向、稳重、做事认真,具有严格的道德观念,对丧失能力的困惑以及能力重建的意识是他们常常思考的问题。冷静的思考与情绪不稳定的矛盾碰撞,常常产生难以掩饰的焦虑情绪。

(五)性生理与性心理的矛盾

性爱、性冲动和性行为是人类的一种本能。对异性的关注、吸引和好感是随着性功能成熟而产生的性心理现象。性心理的产生,既是一种自然本能的驱动,又是社会生活中两性交往活动影响的结果。换句话说,性心理是由性生理发育的内部冲动和社会意识的发展相结合而形成的。肢体残疾人的性生理发育和心理反应与健全人一样,从本质上讲并无根本的区别。所不同的只是比健全人要更有毅力地面临所遇到的挫折和困难。一方面是肢体残疾青年的形体问题,另一方面是他们社交的圈子窄,结交异性并进而缔结婚姻的途径有限。调节性生理与性心理之间的矛盾的行为标准是性道德。性道德是社会道德渗透在两性生活方面的行为规范,是一定社会或阶级的人们,在长期共同生活和相互交往中形成的,以习俗、习惯和传统等形式固定下来,靠人们自觉、自愿遵守的,也是衡量人类两性关系文化发展水平的重要标志。性道德具有广泛而深刻的社会性:从纵向来看,性道德贯穿于人类社会的始终,是与社会共存的。从横向来看,性道德涉及到社会的每一个成员,人人都要受到性道德的约束,性道德对个人、家庭和社会的影响都很大。在不同的国家和地区,不同历史阶段、不同的家族和社会文化氛围,性道德是不同的。

(六)生理补偿与心理补偿

当身体的某一器官产生病变或有缺陷时,另一些器官的功能会相应加强,以弥补其功能的不足,这被称为生理补偿。一般情况下,凡是成对的器官,若其中之一受到损伤,另一器官就有可能超常发展。如一叶肺或一个肾在另一相应器官损伤的情况下,都有进行超额工作的能力和倾向。不同器官也有相互补偿的作用。这是一种生理适应机制。人体固有的补偿功能使一切生理缺陷都可以在一定程度上得到补偿。心理学家发现,有缺陷的人都有一种补偿缺陷的强烈要求,这种要求就是心理补偿的表现,是一种心理适应机制,当然,这种心理补偿在程度上是因人而异的,但其作用往往很强大。在补偿心理的作用下,肢体残疾人为了补偿自身生理缺陷所带来的行动不便而采取一种补偿性行为。他们为自己确立了总的生活目标,设计达到这个目标的途径。为达到目标而努力学习、刻苦训练、拼命奋斗。这种补偿行为如果发展到极端,可以形成"过度代偿"。使尚保留完好的肢体器官的功能得到超水平的发展,甚至将缺陷转化为特长,将低能转化为高超的技艺,在其他方面超过别人,培养出超群的能力。缺陷,是一种不足,一种灾难,一种困惑。从生理上看,身体在努力弥补,尽量使之平衡;从意志上讲,精神的极度投入,也使生命有了亮色。实际上,正是在生理补偿的基础上,善于发挥心理补偿,才造就了很多的成功人士。

(七)语言年龄与生理年龄的矛盾

语言年龄是指一个人的语言发育水平。生理年龄是指一个人的实际年龄。造成肢体残疾的原因多种多样,如神经系统损伤、肌肉萎缩、关节病损以及意外的肢骨折断、肢体切除等。其中脑性瘫痪(简称脑瘫)是导致肢体残疾的重要原因。脑瘫是指在脑部尚未成熟阶段受到了损害或损伤,形成以运动和姿势障碍为主要临床表现的伤残综合征。同时可伴有不同程度的智力障碍、癫痫及听觉、言语行为等障碍。一般骨骼(包括关节和骨)的病变导致的肢体残疾,不会出现语言的发育问题,即其语言年龄和生理年龄是一致的。脑瘫患者的语言障碍是脑损伤所致,70%～80%在言语输入系统与言语输出系统均有不同程度的障碍,其语言年龄明显低于生理年龄,如一个生理年龄为25岁的脑瘫患者,其语言年龄可能只有2岁的水平,只能说一些两三个字组成的句子。由于呼吸、共鸣、言语、大脑综合能力都受到脑损伤的影响,脑瘫患者的语言障碍表现为:①呼吸、发音异常:呼吸不规则、呼吸表浅、呼吸调节困难等引起发音声小、无力或爆发性发音、发音困难。②构音运动异常:因脑瘫患者不能正确控制口唇、舌、下颌、软腭等构音器官的运动,会出现言语清晰度低下、言语速度缓慢或过快、鼻音过重等。③听觉障碍:听力低下,吐字不清等。语言能力的低下阻碍了他们与外界的交流,心里有话说不出,说出来也不能被人理解,甚至可能遭人讥笑。这种语言年龄与生理年龄的矛盾使得脑瘫患者交流意欲障碍,对周围的事物,对他人的关心程度及向他人表达自己意愿的意志能力低下,在与环境的相互作用中难以养成主动性,容易陷入无能为力的状态,从而阻碍了本来具有的潜在能力的发挥。

(八)理想与现实的矛盾

肢体伤残把体格健全的人推入了残疾人的行列,使他们心理上经历了灾难性的"休克"。随着时间的推移,肢体残疾者面对自己伤残的处境由烦躁到接受现实的过程中,逐渐学会对伤残这一灾难的接受和对周围环境的再适应。但是,现代生物技术的发展改善了部分严重肢残者的活动能力,却不能给他们带来显著性的改变,终究无法改变肢体伤残这一客观现实。肢体上的残疾,给他们的学习、生活和工作带来了巨大困难。面对现实,认真地思考,怎样安排自己今后的生活?有些残疾人在困难面前畏惧了,对外界刺激过分敏感,加上经常遭受挫折、取笑和不合宜的怜悯,容易产生自卑感,感到处处不如别人,因而会严重地压抑自己的才能和创造力。对于多数肢体残疾人来说,残疾并没有把他们吓倒,而是给了他们发挥主观能动性、同残疾进行不屈斗争的条件,因而肢体残疾人常常表现出较为顽强的意志力,在意志品质方面得到更为充分的发展。他们勇于克服困难,往往在学习、生活和工作中表现出惊人的毅力。正是由于许多肢残人有着坚忍不拔的品质,能够看清自我价值,分清优势劣势,重新定位自己,所以,在他们的前进道路上,没有克服不了的困难。他们不仅能跟正常人一样学习、生活和工作,甚至还可能为社会做出比正常人更大的贡献,成为超越正常人的出类拔萃的人物。

三、听力残疾人的心理特点

(一)感知觉特点

1. 听力缺陷使物体的声音特性得不到反映　这就使听力缺陷者失去了对外部世界一种重要属性的认识,缩小了认识客观世界的范围。声音特性往往还是认识事物其他特性的线索(如机器运转的声音反映了机器的性能是否正常),听力丧失的结果,无疑将导致这类线索的难以利用。

2. 听力缺陷对其他感觉的发展产生了消极的影响　例如,前苏联学者 ж. N. 施夫所做的视觉反应时间的实验表明,从小学一年级至五年级,听力残疾儿童的视觉反应速度均比正常儿童慢。年级越低,二者间的差距越大。同样,听力缺陷对触觉、运动觉、振动觉也都产生了或大或小的消极影响。人的感觉能力,会因经常使用而得到加强,变得灵敏。但是,这不是某种感觉缺失的自然结果,一个各种感觉完好的人,若对某种感觉器官也经常地使用,则感受力同样会变得灵敏起来。所以,一种感觉的缺失和另一种感觉的加强之间没有因果关系。

3. 听力缺陷影响了知觉的完整性 感觉和知觉是两种不同而又不可分割的心理过程。感觉反映物体的个别属性,知觉反映物体的全局。感觉是知觉的基础,知觉的完整性取决于感觉材料的丰富程度。听力残疾人知觉形象的主要成分是视觉形象,而不能形成视听结合的综合形象。但有些心理学家的实验研究表明,听力残疾儿童的视觉较同龄有听力的儿童更周密细致,他们观察敏锐,视觉表象完整、清晰,更接近实物,这是视知觉对于耳聋的特别补偿作用。听力残疾儿童的视知觉常常在知觉细节上超过同龄正常儿童,但在概括能力上落后于同龄正常儿童。这可能与他们的知觉过程缺少语言的组织,因而难以对直观形象进行综合和概括有关。

(二)记忆特点

1. 听力残疾人的一般记忆特点 其显著特点就是记得慢,忘得快,主要表现在对语文材料的记忆上。造成这样特点的原因主要有三方面:

(1)与听力残疾人的感知特点有关:我们知道,语言的交际功能是通过语音这种物质形式作用于人的言语分析器而实现的。听力损失便无法感知或不能清晰地感知语言的声音刺激,这样就失去了一条最重要、最经常的感知语言的途径,从而使语言材料的记忆不牢固、不精确。此外,缺乏语言听觉与言语动觉的神经联系,发音得不到听觉的监督,调节功能大大削弱,发音不准确,记忆也不准确。

(2)与记忆的方法有关:语言发展的迟缓是听力残疾所造成的最大限制。听力残疾的儿童,自幼未能习得语言,对语言的理解能力极差,因而对语言文字材料,多半采用机械识记法。以回忆句子为例,他们倾向于逐句背诵,不会按意思重新组织句子,不会灵活地变换另一种说法。这种识记方式,比只记住句子所表达的意思要困难得多,所以记忆效果差。

(3)与强化的机会太少有关:我们以一个人每天 14 小时的觉醒时间来估算,正常儿童在觉醒时,各种形式的言语活动总是与其他活动相伴随着,绝对的"无言语"的安静期是非常少的。学龄听力残疾儿童每天的言语活动仅仅局限在课堂上,他实际有效的言语活动时间则比上课时间还要少。强化是记忆巩固的必要条件,缺少强化也是耳聋儿童遗忘快的重要原因。

2. 听力残疾人的形象记忆特点 有的研究结果表明,听力残疾儿童的记忆有一种强烈倾向:记忆表象很快发生明显变化,不同事物的表象之间区别逐渐模糊,直至混淆为相互雷同的现象。这在学龄初期和中期的听力残疾儿童身上较为明显。随着年龄和知识的增长,则出现相反的倾向,即越来越注意事物表象之间的区别,而不再把它们混淆起来。

3. 听力残疾人的视觉性形象记忆特点 在刺激物为点、线的组合而呈现时间极短(0.04 秒)时,其再现成绩甚至优于正常儿童。

4. 听力残疾人的运动记忆和情绪记忆 在这方面听力残疾人与正常人没有明显的差异,他们对许多操作技能的掌握都不低于正常人。

(三)思维特点

由于思维与语言的关系密切,所以,听力残疾人的思维特点在很大程度上取决于他们的思维对语言的依赖程度。也正因为如此,聋哑儿童的思维便被一些学者作为研究思维与语言关系的一个"天然试验场"。美国的弗恩就以听力残疾人为研究对象写了一本书,叫做《不用语言的思维》。我们在讨论听力残疾人的思维特点时,也必然要涉及到思维操作是否可以脱离语言的问题。听力残疾儿童没有语言系统也能够进行逻辑思维,但是掌握语言系统(手势语言)对于他们解决问题或完成学习任务有极大的帮助。有的学者把正常儿童思维的发展划分为三个主要阶段:直觉行动思维、具体形象思维和抽象思维。听力残疾儿童的思维发展也大体经历了这三个阶段。有些实验研究表明,前两个阶段的发展,听力残疾儿童并不比同龄正常儿童落后,只在第三个阶段显出落后。因为第三个阶段的思维与掌握抽象概括的语言关系更为密切。有人用"功能固着"的实验方法研究了听力残疾人的思维缺少灵活性的特点。发现听力残疾儿童比正常儿童更为缺少功能变通的能力，他们往往囿于工具或材料固有用途的观念而限制了个人的思考能力。这说明听力残疾儿童思维概括程度较低，很难看出物体之间的更为"一般"的共同因素，与正常儿童相比，他们对于解决这样的课题显出畏难情绪和缺乏积极性。辽宁师范大学张宁生等，在 1985 年与美国亚利桑纳州大学的埃尔德雷奇博士合作，进行了一项研究，目的在于评估严重听力损失对认知能力的影响程度。在这项研究之前，埃尔德雷奇对听力残疾的儿童和对有听力的儿童所做的同类研究表明，听力损失并不必然地阻碍认知的发展，甚至有些听力残疾儿童表现出比同年龄的有听力儿童更高水平的认知功能。这项研究用的是非语言材料测验方法。由此看来，听力残疾儿童在没有掌握语言时，其思维以直观形象的方式为主反映客观现实，所以用非语言材料对其进行测验时，并不显出比正常儿童落后，但抽象思维有较大的困难。随着语言的掌握，知识经验的积累，其思维水平也将逐步提高，可以接近或达到普通人的水平。总的来说，听力缺陷对思维的影响，只是发展速度缓慢和水平较低，并没有思维逻辑上的混乱，故不存在思维障碍。

(四)语言发展特点

听力残疾人的语言发展特点存在个体差异。这些差异与听力损失的程度、听力残疾发生的年龄、原有的语言水平、入学的年龄、接受教育的程度等因素有关。撇开这些因素，把听力残疾儿童作为一个群体与正常儿童相比，他们语言发展的共同特点则大致可归纳为如下几个方面：

1. 掌握语言与文字的顺序不同　从人类的种族发展与个体发展史上看，在语言与文字的关系中，都是语言先于文字。丧失听力的儿童则与此相反，作为听觉感知对象的语音被视觉感知对象的文字取代了。

2. 语言形成的环境特殊　正常儿童的语言是在生活环境里通过口耳相传自然形成的，而听力残疾儿童的语言主要是在教学情境中专门培养的。

3. 语言的学习与使用脱节　正常儿童语言的学习与使用是融为一体的。语言这种工具，不是学会了再使用，而是在使用中去学会。对听力残疾儿童来说，由于他们被安排在教学情境中来学语言，因此，课堂内学语言，课堂外用手势。他们的语言能力发展缓慢，智力发展往往超过语言的发展速度。

4. 手势语对有声语言的影响　听力残疾儿童语言发展迟缓，当然是以掌握人类特有的有声语言为衡量标准的。听力残疾儿童掌握手势语并无困难，但是，他们的手势语对于有声语言的学习会产生强大的影响，使得他们在有声语言的学习方面表现出许多特点。这些特点的具体表现，与聋儿原有的语言基础、手势语使用的频度以及所使用的母语特点都有关系。

5. 受耳聋儿童思维特点的影响　耳聋儿童思维的特点是由于没有掌握思维的重要工具——语言而造成的。反过来，这种思维特点又影响到他们对语言的理解和运用。例如："买"的含义是"拿钱换取东西"。一个聋儿刚理完发，问他："是不是妈妈帮你理的发?"他可能回答说："不是的，是两毛五买的。"

6. 因汉语汉字的特点而带来的特点　聋儿语言发展的特点，与所使用的母语特点密切相关。例如，汉语"马上"是"快"的意思，他们却可能会理解为"马背上面"。

(五)个性特点

对于听力残疾人的个性，至今还没有系统的研究。造成这种状况的原因有二：一是由于研究发展不够，没有足够的文献资料供人们参考。二是听力残疾人并没有明显不同于普通人的独特的"聋人个性"。因为个性是个体社会化的结果。它在一定的社会关系中形成、发展起来，又在一定的社会关系中表现出来。听力丧失并不能从本质上改变人的社会关系，也不能改变社会关系对个性形成的影响，只能说耳聋和由耳聋引起的语言障碍，会给他们的某些心理特征的形成带来一定的影响，从而使心理特征的某些方面显示出一定程度的带有普遍性的特点。尽管如此，那些在听力残疾人中比较普遍的特点也不是他们所独有的。例如，国外有的学者认为："聋童因为不会说话，在生活上发生矛盾与乏味的感触，精神苦闷，无从发泄，所以待人的礼貌往往不周。因其缺乏判断力，如发觉有人在说笑，便会猜疑是在讥笑自己，而常有误会及暴躁的行为。"如果这样就假定"暴躁"是聋人的一种较普遍的心理反应，那么正常人的"暴躁"行为就无法解释，故不能认为它是聋人所特有的个性特征。对于听力残疾人的个性特征,目前多见于对他们的个性特征的罗列。美国学者梅多写道:"个性特点的罗列,总是表明比正常儿童有更多的顺应问题,他们表现出行动固定化、自我中心、缺乏内部控制能力、冲动和易受暗示的特点。"日本的大桥正夫在他的《教育心理学》一书中写道:"聋儿在思想交流上有困难,社会经验狭窄。因此,他们在社会的、情绪的各个侧面的行为特征,一般地说显著落后于正常儿童。主要的特征表现为畏首畏尾、过分盲从等等。"台湾学者何华国在列举听力障碍学生的行为特征时提到:"如果学生无法听,他的人格与行为问题便可随之而生。他也可能为寻找补偿而显得特别浮动。有的学生也会经常表现出退缩、固执或害羞的行为。"我国一些从事聋儿教育的人员,从各自接触到聋儿的实际表现中,概括出一些聋儿的个性特点,诸如孤僻、自高自大或自卑、急躁、主观片面、猜疑心强、自私等。聋人的性格比较外向,情感反应方式比较强烈,频度高但持续时间短。性格豪爽、耿直,"好"就是"好","坏"就是"坏",很少拐弯抹角。观察问题,往往只看到问题的表面现象,而不大注意问题的内在联系。有的聋人倾向于眼前世界,考虑长远利益少。有的聋人偏于物质世界和情感的直接表达,而不愿意去深入探索知识世界的内涵。他们对生活是通过直接乐趣、具体行动和自己的情感表达来分析的。

四、视力残疾人的心理特点

(一)感觉特点

个体的感觉包括视觉、听觉、触觉、嗅觉、味觉、运动觉、平衡觉和内脏感觉。视力残疾客观上就要求其他感觉要代偿视觉功能,补偿视觉缺陷,因此视力残疾个体感觉发展有如下的特点:

1. 部分或全部地丧失视觉　视力残疾意味着个体不能像普通个体那样通过视觉通道感知信息,他们只能感知部分视觉信息或感知到不太清晰的视觉信息,导致个体视觉经验的缺失或不完整,难以形成或形成不了完整的视觉表象。

2. 听觉功能有所增强　由于不得不在各种活动中"以耳代目",通过听觉代偿感知本可通过视觉轻易获得的信息,导致视力残疾人听觉功能与普通人相比,显得更为灵敏——"盲人的耳朵特别灵"。但这并不意味着视力残疾人的听力比普通人强,仅仅是听功能更强而已——视力残疾人关注了普通人所忽略的一些听觉信息,听觉通道使用频率的增加,使得视力残疾人更加注意听觉信息,形成较高的听觉注意力;对声音信息的分析也更为细致,达到较高的听觉选择能力;常年累月的听觉经验积累,使得听觉记忆更为丰富些,形成了较高的听觉记忆力。这些说明视力残疾人的听觉某种程度在代偿视觉过程中补偿了视觉缺陷,促进了听觉功能的提高。

3. 触觉感受性高于普通人群　由于视力残疾人主动积极地"以手代目",使得他们的触觉感受能力比普通人群要强些,视力残疾人使用触觉就好比普通人使用眼睛一样,在触知觉中分辨物体的各种不同属性(如大小、形状、结构、温度、光滑度、硬度、重量、比例、距离、方向等)。

4. 有些视力残疾人存在着特殊的"障碍觉"　有些视力残疾人虽然看不见,但在行走中遇到障碍物时能主动地回避绕开,好像看见了一样,人们称这种能远距离感知障碍的"奇怪"现象为"障碍觉"。中外大量的实验研究表明,视力残疾人的"障碍觉"其实是他们掌握了普通人所忽略的声音的回声辨别技巧,加之其面部触觉注意到空气流动而形成的触压觉的细微差别。根据研究,视力残疾者的"障碍觉"还与天气、周围环境的嘈杂度、风向、心情等相关。

(二)知觉特点

知觉是直接作用于感觉器官的客观事物的整体在人脑中的反映。知觉是在实践活动中发展起来的,知觉的发生依赖于过去的知识和经验,如果所感知的事物同过去的知识经验没有联系,就难以确认。

1. 代偿性　视力残疾个体的听知觉、触知觉、嗅知觉等可以部分地代偿视知觉。
2. 偏重性　听知觉、触知觉在视力残疾个体知觉体系中占主导地位。

3. 不完整性　尽管视力残疾人其他知觉有补偿作用,但其知觉的整体性与普通人相比表现出一定的不完整性。例如:视力残疾人认识铜,他可以利用触摸来感知铜的硬度、温度,可以敲打铜块,听到铜所发出声音,但他不能感知铜的光泽、颜色,很难对事物形成完整的认知,因此,当别人说"铜色"、"古铜色"时,他就很难理解。

4. 知觉的选择性相对困难　由于听是主动感知的过程,因此视力残疾人在听的时候,一些无关的信息也会被迫感知;在触摸时,视力残疾人为了能更好地理解事物,必须全面详细地触摸,一般视力残疾人很难分清主体与背景,造成视力残疾人知觉选择性较困难。

5. 知觉的恒常性发展缓慢,相对不稳定　当知觉的条件在一定范围内改变了的时候,知觉的映像仍保持相对不变,这就是知觉的恒常性。普通个体在玩藏东西游戏时,当东西不见了,他们会去寻找;而如果把视力残疾人手中的玩具拿走,他们不会去寻找,认为这东西已经不存在了,所以他们会更多地猜测这个世界。

6. 知觉的理解性相对缓慢　因为其他感知觉感知信息的速度毕竟没有视觉那么迅速,在没有视觉经验,也没有直接触觉经验的情况下,视力残疾人很难理解一些概念。

7. 时间、空间、运动知觉特点

(1)明眼人可以利用生物信息、自然环境以及钟表和日历等来判断时间,视力残疾人一般利用客观时间与身体的生物节律或周期性活动形成的联系来感知各个事件的先后关系和时间长短,有的还可借助触摸盲表。

(2)空间知觉是客观事物的空间特性在视力残疾人头脑中的反映,它不是生来就有的,而是后天学习的结果。包括形状知觉,大小知觉,距离知觉,立体知觉,方位知觉等。视力残疾人的形状知觉、大小知觉主要靠触觉和动觉,一般准确性差、速度慢。空间定向对明眼人来说,是轻而易举的事情,而对于视力残疾人来说则困难得多。视力残疾人虽不能以视觉为主来认识物体的空间关系和自己在空间的位置,但他们利用其他感觉器官可以反映现实的复杂的空间关系,可以在空间定向。虽然这种定向不如明眼人方便、迅速和准确,但毕竟可以在一定程度上克服视觉缺陷带来的困难。

(3)明眼人的运动知觉往往来自于视觉提供的信息,视力残疾人对于事物的运动知觉往往依赖于听觉和触觉,如他们可以从火车的声音由弱变强或由强变弱来判断火车由远及近或由近及远的运动。视力残疾人对于自身的运动知觉往往来源于固定的刺激源。另外,视力残疾人用视觉以外的其他各种感官的协同活动而获得的对事物的运动知觉的速度要明显地比明眼人慢,而且准确性差。

(三)注意特点

注意是人的心理或意识对一定对象的指向和集中,是一种可以通过外部行动表现出来的内部心理状态。比如在比赛时,视力残疾运动员把自己的感知觉、记忆、思维等活动指向和集中在自己能力的发挥上。

1. 视力残疾人的听觉、触觉、嗅觉等有意注意有所加强,其无意注意亦有所增多　受视觉缺陷的影响,视力残疾人不得不以听觉、触觉、嗅觉等感知觉通道来代替和补偿视觉通道,所以势必导致这些通道利用率的提高,其有意注意加强。又由于这些通道的注意选择性均不如视觉通道(视觉的准确性好,速度快),故其无意注意也随之增多。

2. 视力残疾人对第一信号系统的注意相对减少,对第二信号系统的注意相对加强　第一信号系统是指人脑对客观外界事物直观形象的反映,受视觉缺陷的影响,视觉表象对视力残疾人注意的吸引力相对减弱,由于更多地使用听知觉,使得视力残疾人对听觉所注意到的各种信息更为关注,其第二信号系统——语词的注意和感知通道应用频率高,故其对第二信号系统的注意因为视觉缺陷反而相对加强了。

由于缺乏(或少有)视觉系统无意注意的干扰,视力残疾人有时相对较为专心,其注意的稳定性相对较高。例如:对方的衣着、服饰、神态等发生变化时,普通人的注意都会受到干扰,而视力残疾人则更容易做到"洗耳恭听"。

视力残疾人的注意分配形式一般在听觉、触觉、运动觉等通道进行,一般没有视觉的参与。以比赛为例,普通人参加比赛时注意在听觉、视觉、运动觉之间进行分配,而视力残疾人主要在听觉、触觉、运动觉之间进行。

视力残疾人注意的外部表现通常是停止不相关的活动,凝神定气,侧耳细听,与普通人注视、倾听等有些差异。

视力残疾人注意分散时不像普通人那样体现在外部表现上,如斜视、交头接耳、做小动作等。主要表现在思想上的开小差:貌似注意,常表现为不相干的面部表情或小动作等。引起注意分散的主要因素来自非视觉的信号,如无关的声响、气味、情绪、不安、饥饿、疾病等。

(四)记忆特点

记忆是通过识记、保持、再现(再认、回忆)等方式,在头脑中积累和存在个体经验的心理过程。记忆是保存个体经验的形式之一。作为一种基本的心理过程,它和其他心理活动密切联系着。视力残疾人运用听觉、嗅觉、触觉等感知觉记忆为基础来对事物进行再认,其记忆发展表现出如下几个特点:

1. 记忆的表象缺乏完整性或缺乏视觉表象,他们不能或很难依靠视觉表象来进行记忆　记忆多数以表象的形式出现,当视力残疾人回忆时,表象可以是单一的,或视觉表象、或听觉表象、或触觉表象;表象也可以是综合的,如有视觉、触觉等表象参与的。先天性失明的全盲个体完全没有视觉表象,他们对颜色、亮度透视没有概念,对人的表情缺少视知觉表象;先天失明的有残余视力的个体,他们只有模糊不清的视觉表象;后天在没有视力记忆时失明的全盲个体虽然保持了一些失明前已形成的视觉表象,但是随着时间的流逝和因为得不到强化,会逐渐暗淡下来,甚至完全消失。

2. 记忆一般以听觉记忆和触觉记忆为主　通过视觉获取信息对于视力残疾人来讲是很困难的,视觉缺陷迫使他们不得不从视觉通道以外的其他感觉通道获取信息,加上他们在日常活动中更多地依靠听觉、触觉、嗅觉等感觉器官,因此,视力残疾人的听觉表象、触觉表象、运动觉表象、嗅觉表象等比较鲜明和稳定,而且在这些方面比普通人有更好的发展。

3. 机械识记的能力较强　在其全部识记的内容中,机械识记所占的成分较多,即在不理解事物(识记材料)及其内在联系的情况下,单靠机械识记、重复识记,通常被称为死记硬背。视力残疾人因为视觉缺陷而缺乏对事物的感性认识,常常需要识记一些需要识记而又不理解的东西,如物品存放的位置、衣服颜色与款式及面料的搭配等等。

(五)想象特点

想象是人脑对头脑中已有的表象进行加工改造,创造出新形象的过程。这是一种高级的、复杂的认识活动,具有形象性和新颖性的特点。想象的原型是客观事物,但想象的结果却千姿百态。普通个体还在襁褓之中,就开始了观察事物,储备了丰富的表象资源。视力残疾人受缺乏视觉表象的影响,其想象资源极度贫乏,只能是"无米之炊"了。

想象有时借助于词汇来实现,视力残疾人接受词汇的主要途径是听觉,而单凭听觉获得的概念往往是空洞的,并不能了解其真实内涵。如让其说出各种动物的名字,他会张口就来,而不一定能说出"老虎"、"狮子"的具体形状。在他们的头脑中,"老虎"、"狮子"没有形象的区别,他们所掌握的词汇和形象严重脱节,无法进行想象。

有些视力残疾人生活圈子狭小,生活方式单调,从小就不知道主动去想象,日常生活中即使用手触摸到一些事物,但若无人及时指导,只能是"盲人摸象"——获得一些支离破碎的表象。

1. 以视觉表象为材料的想象受到限制　由于个体的想象是以个体的生活经验为基础的,所以多数视力残疾人很难产生色彩斑斓、景色如画的想象,他们可能很难领会"窗含西岭千秋雪"、"日照香炉生紫烟"、"落霞与孤鹜齐飞"、"一行白鹭上青天"的意境。

2. 有比较丰富的听觉想象　视力残疾人常常将常人所不注意的声响信息或语词连贯起来,展开丰富的想象,如夏天教室里吊扇的风、夜晚寂静时偶尔传来的声音、他人讲话的语调等都能使他们展开丰富的想象;他们可以对文学作品中的语句如"两个黄鹂鸣翠柳"、"大珠小珠落玉盘"等展开丰富的想象;他们还可以通过音乐的旋律对其中的思想感情与内容进行想象与体味。

3. **间接知识主要靠再造想象来获得** 视力残疾人可以通过词句的叙述、已有的知识经验、个人的感受等来进行再造想象，以扩大自己的知识范围；他们可以把别人的经验或别人的设计通过再造想象来组织成自己的经验，以获得大量的间接知识；他们可能并没有坐过飞机和电梯，但可以通过坐汽车时突然下坡身体失重的体验，想象飞机下降、电梯下行的感受。

4. **想象常常带有个人和情感色彩，有时甚至是歪曲的** 如听到亲切温和的声音，再加上受到宽松的对待，会将对方想象得很美丽。相反，听到严厉的声音，受到严格的对待，会将那个人想象得很丑陋；而这些在实际生活中可能会有些出入：花言巧语、狡诈多端的坏人也常常很注意自己的外表；也有声音沙哑、个性泼辣的美人。视力残疾人很容易根据语音、语调来判断对方，因而有时容易上当受骗。

(六) 思维特点

思维是人脑借助于言语、表象和动作实现的、对客观事物的概括和间接的反映。它揭示事物的本质特征和内部联系，是认识的高级形式，它主要表现在人们解决问题的活动中。思维不同于感知觉，但是又离不开感知觉所提供的感性材料。思维的发生和发展建立在感性材料占有的基础上。作为一种理性认识，思维发展的过程必须是经过感性的具体认识再上升到理性思维，感性认识及由感性认识所获得的材料是思维不可或缺的基础。显然，由于缺少视觉的参与而导致的感性材料可能的不足，直接影响了视力残疾人思维的发展。

视力残疾人在实践的时间、范围和多样性上都不可避免地要受到限制，其内部活动动力也因为视力残疾相对有所减弱。失去视觉的人依靠听和触摸虽然也能认知世界，但这种认知往往不全面、不完整。因为有些事物是无声的，有些事物发出的声响是间歇的或一发即停，不再出现。有些东西太大或太小，无法通过触摸去认识或根本不能接触。而且无论听或摸都无法感知各种色彩花纹。缺少视觉，个体从某些事物只能得到断断续续的、不连贯的、不具体的信息。信息不足，形成概念必然困难。

1. **形象思维缺乏** 如农村视力残疾人听到汽车会嘀嘀叫，认为汽车有嘴；感觉到汽车"突突"地喘气，认为汽车有鼻子；听说汽车能看见路，认为汽车有眼睛。最后得出结论是汽车有一个和人一样的头。这是因为视力残疾人缺少视觉表象，对事物的感知受到局限。通过其他感觉获得的感性材料往往只反映事物的局部特征，视力残疾人以此作为依据进行分析推理就很容易产生错误的判断。视力残疾人的语言也同样因缺少感性的形象而形成不正确的概念，对推理和判断的准确性造成影响。如他们的概括常常出现扩大化，把不同类的事物概括到一类中去。

2. **容易出现片面性** 视力残疾人不能用物体的整体特性来综合，容易出现片面性，不易抓住事物的本质特征。如他们有的会认为会飞的都是鸟类（飞机？蜜蜂？）；圆的能吃的是水果（土豆？西红柿？）；蜜蜂、苍蝇、牛虻是同类……盲人摸象的故事充分说明了这一点（注意：视力残疾人最忌讳这个故事）。

3. **容易出现错误** 视力残疾人容易用自己已知的类似的可以感知的事物来推理，容易出现错误。概念是判断和推理的基础，视力残疾人对概念的内涵、外延不明确，说明他们还没有真正掌握概念，这就会影响正确的判断和推理，他们容易用物体的一部分或用自己已知的类似的事物来进行推理，其实质也是视觉缺陷、缺乏视觉表象而导致的。如有的盲生认为苍蝇和蜜蜂是一样的，因为他们都会飞、都是昆虫。有的认为"云是有腿有脚的东西"（云可以在天上走）、"云像块黑布"（乌云密布）、"云是由一粒一粒的圆形水珠子构成的"（落下来的是雨）、"银白的夜空"（银白的月光洒在大地上，月光穿过夜空，所以夜空也是银白色的）。上述错误任何一个有视觉经验的人也不会发生。

4. **可借助于语言进行形象或抽象思维** 尽管他们有视觉缺陷，但依然可以借助于第二信号系统进行思维，有的视力残疾人常独自沉思默想，长期的动脑使他们思维更敏捷。

(七) 语言特点

语言在正常的环境中，由于第一信号（物体或动作）与第二信号（承认的言语指示）的不断的重复联系，个体对语言的理解就有了较迅速的发展。随着语言分析器功能的完善，到了一定的年龄，在理解语言的基础上，个体进入到积极的语言运动阶段。从以上分析，可以看到两种信号系统的密切结合在个体语言发展过程中的重要性。如果在没有第一信号出现的情况下学习第二信号,对词语的理解就会出现困难;而人对第一信号的感知主要依靠视觉,缺少了视觉的参与,必然给视力残疾人的语言学习带来困难。

另外,由于在模仿发音方面的整合作用,视力残疾人在掌握说话技能,尤其是在学说难发的音时,存在一定的困难。

但是,视力残疾人的语言的发展也有一个有利条件:他们通过语言来获取信息满足的需要比较迫切,因此学习动机比较强烈,他们比较注意倾听别人的讲话,包括广播录音,故而他们词汇的掌握、口语的发展可能比普通人要快。

视力残疾人由于没有智力方面的缺陷,而且听觉功能正常,因而语言水平完全可以达到同龄普通人的水平。但是视力残疾人毕竟缺少了一条语言习得的重要途径,因此他们的语言发展不可避免地表现出一些与普通人语言发展不同的特点。

1. 发音不准 视力残疾人在模仿和学习语言时仅凭听觉和触觉,看不到口形,因而有发音不准或有口吃、颤音等现象,甚至在发音时出现面部的多余动作。由于缺少了视觉的参与,也就缺少了视觉在模仿发音过程中的整合作用,一些错误的发音动作得不到矫正,又没有办法模仿正确合理的面部表情,不可避免地要出现上述特点。

2. 词汇与实况脱节 视力残疾人使用的词汇缺少感性经验基础,尤其是缺少视觉表象,因而造成词与事物形象脱节的现象。对词义的理解只有得到视觉及其他感性经验的支撑,才显得全面、准确、实在。由于缺少了视觉,视力残疾人的感性经验的积累很慢,但是,他们的言语依靠与周围人的语言交往,发展相当迅速,词汇积累很快。结果,在词汇和事物表象之间发生脱节现象——对大量词汇的理解缺少相应的表象基础,如"波涛汹涌"、"一望无际"、"白雪皑皑"、"雪白"等。

3. 难以理解词语内涵 在语言材料的积累上和丰富的方式上,视力残疾人与普通的明眼人也不相同。视力残疾人因视觉障碍其词汇扩大的主要途径是听觉,但单靠听觉获得的词汇往往较为空洞,难以了解其内涵,而且视力残疾人所学的语言,以日常俗语居多。

4. 不懂辅助性语言 对视力残疾人而言,本身不会也不懂用表情、手势、动作等帮助其语言表达,同样,他们也体会不了别人的辅助性语言、面部表情和体态语言。

5. 积累词汇受到限制 由于缺乏视觉表象,视力残疾人主要通过听觉模仿,凭借听觉记忆积累词汇,而对一些视觉词汇并不能感知到,因此其积累词汇受到一定限制。

6. 忽视对方的反馈 在与人交往过程中,由于缺乏视觉交流,语句结束后不能从对方及时获得肯定信息或获得对方的倾听态度信息,因而有时有的视力残疾者会出现"多语症"现象——注重自己表达并占据主要话题,而忽视了对方的沟通与参与。

(八)认知特点

认知是由一系列心理能力组成的复杂系统,它的基本作用是获得外部世界的信息,把外部信息转化为自身的知识结构,然后应用这种知识结构去指导自己的行动。在个体认知发展过程中,任何一个认知结构成分的不成熟都会影响到整个认知系统的整体发展。在一个信息主要以视觉形式存在的世界,视力残疾无疑会对个体的认知发展产生巨大影响。

1. 认知途径 视觉丧失后,视觉特有的优越性(如感知范围广大、转移灵活、知觉速度快而全面、可以看到很远的地方、印象深刻)也就丧失了。一部分原来由视觉感知的信息不得不由别的感知觉(如听、触、味、嗅觉等)来补偿。但是,视觉负责感知的80%以上的信息主流并不是可以完全由其他感觉器官来代偿的。如前所述,视力残疾人不能直接感知到物体的颜色、亮度(包括区分物体受光面、背光面和物体的影子)和物体的透视感觉,这三个物体特征是视力残疾人保存的感觉器官不能代偿的。

2. 认知广度 早在1948年美国视力残疾心理学家 Lowenfeld 就提出,关于每个视力残疾个体在其个人成长经验中若无特别干预,将存在着"三个最基本的丧失的理论":对环境的控制和自我环境联系的丧失、顺利行走的丧失、一定的活动范围和各种不同概念的丧失。这中间每个方面都表明视力残疾个体认知范围受到视力

残疾的严重影响,具体表现为:

（1）部分信息不能被视力残疾个体感知:从接受信息的主动性上看,看与听、触等虽然同为获取知识的手段,但听、触等总是有限的,有一些信息是视力残疾个体无法或者很难感知的。美国学者 Emerson 和 Foulke（1962）认为下列几个方面只有通过视知觉才可感知:颜色;二维体,如美术欣赏、相片、文字等;光学艺术;气状物体,如云、雾、烟等,其透明度的对比只有依靠视觉;太小的物体,如细菌、病毒等微生物需借助于显微镜才能感知;太大的物体,如高山、大树、飞机等只有通过远距离视知觉才可全面感知;太娇嫩的物体,如雪花一摸就破坏其完整性;太遥远的物体,如各种天体;有伤于感觉器官的物体,如强电流、黄蜂等,都只有通过视知觉才能够很好地理解并形成概念。

（2）视力残疾个体认知广度受限:主要表现为视觉丧失抑制个体探索环境的动机,视觉丧失导致活动范围相对缩小。

3. 认知深度　视觉支配着几乎所有的早期学习阶段,并为许多更高的心智过程奠定基础。视力残疾人若得不到良好的教育训练,不仅会造成个体认知范围狭窄,而且可以造成他们的认知肤浅、片面。

因为早期经验可能造成视力残疾个体元认知发展困难,一切东西对他而言都神秘而来又神秘而去,在其早期认知经验中充满了神秘色彩,他对自己认知活动的认知,对自己应采用何种策略的认知问题存在不稳定性。元认知形成中存在的问题必然影响到视力残疾人后期的自主探索、学习行为的深入发展,从而限制其认知发展深度。

人感知的事物,只有经过形象记忆,才会变成可被利用的直接经验,才能使思维等高级心理活动成为可能。视力残疾撕裂了两个信号系统的联系,使得许多概念发展只停留在记忆表象,不能向更深层的想象和思维发展,也不能灵活地运用到实践生活中,阻碍个体对事物的深层认知。

4. 认知速度　视力残疾个体在认知发展速度上的延缓,表现为:早年感知的速度与信息量受到限制,个体接受信息速度缓慢引起认知发展速度减缓,从接受信息的速度来看,视明显地优于听。有研究表明,耳朵内部有 29 万个神经细胞,它们 1 秒钟能处理 8000 比特的信息量,平均每个神经细胞具有每秒处理 0.3 比特信息的能力。而视觉系统内,存在约 90 万个神经细胞,每秒能处理 430 万比特的信息,平均每个神经细胞每秒钟可处理 5 比特的信息量。从单个神经细胞的信息处理能力看,视觉系统是听觉系统的 500 余倍。不加训练的触觉系统又稍逊于听觉系统。也就是说,从整个系统的信息处理能力看,视残个体都是以听、触的慢速度来接受信息。而在慢速学习时,感知觉向大脑传递的信息是慢镜头式的,这种缓慢的节奏使得大脑意识活动的密度小、间歇大,因而会随时渗透进其他无关因素的影响,容易使注意力分散或转移。注意力是记忆的门户,注意力的分散或转移,必然降低大脑的记忆效果,延缓视残个体的认知速度,使他们必须花费更多的精力才可能赶上同龄普通个体的发展速度。

（九）个性心理特点

没有心理过程就根本谈不上个性心理活动。心理过程特别是个体的认知过程和心理发展过程对个体个性心理的形成和发展的影响至关重要,个性心理特性在心理过程中形成,又反过来影响着心理过程的形成;同样,个体的个性倾向制约着人的所有心理活动,心理状态制约着心理过程。这些盘根错节的关系说明个性倾向性、心理过程、个性心理特性、心理状态之间相互依赖、相互制约,任何一个方面出现问题都会影响其他因素的发展,因此目盲带给个体的不仅仅是身体与运动、心理过程、认知发展的影响,同时还直接或间接地影响着个体的心理特征——人格的形成和发展。

幼年的视力残疾儿童常因看不到父母的微笑而不能回报以微笑,父母常因此而失望,致使孩子缺乏儿童发展所必须的抱、亲、宠、逗等情感刺激,孩子寡欢、抑郁、消沉、焦虑,父母更为失望,如此恶性循环由不良的亲子关系造就视力残疾者性格的情绪特征方面发生许多负面特征;而有的父母另一个极端的过分溺爱,造就了有的视力残疾者依赖、自卑、焦虑、自私等不良人格;再加上一些不良社会因素的影响,在经受若干次挫折之后,有的视力残疾者经受不了打击,不能正确处理有关事情,于是在情感发展方面出现异常。

有的视力残疾个体早期教育不力,活动范围有限、活动欠量或家庭环境过于保护,因而在对外交往、接触同伴、接触社会等方面产生障碍。

由于社会人群的绝大多数都是明眼人,社会的许多环境都是按照视觉的标准而构建的,视力残疾者以无视觉之屡弱之躯来适应视觉社会必然会踌躇得不知所措、失却安全感等,在许多情况下会感到无能为力而常常焦虑、自卑、缺乏自信及归属感。

视力残疾个体所生活的社会环境也会影响视力残疾者人格的构建:传统社会对目盲的迷信解释、对盲人的种种偏见、无知者对盲人不公或不善甚至于歧视的态度,以及社会环境中各种并未考虑到盲人需要的房屋建筑、公共设施、交通道路等,这些都会影响视力残疾者人格的正常发展:缺乏自信心而自卑、缺乏伙伴作用而失去交往机会、参加社会活动不便、很难就业、连累家人……

视力残疾个体自身对目盲的接纳情况是视力残疾者人格建构情况的内部影响因素。

1. 气质方面　据大量观察,发现视力残疾人的气质倾向以黏液质和抑郁质类型居多,而多血质和胆汁质类型的人数较少。

2. 能力方面　视力残疾人普遍存在着应变能力尤其是应变新环境的能力差、定向行走能力差、操作能力差等现象。

3. 兴趣方面　视力残疾人对听觉信息和触觉信息更感兴趣;在兴趣的稳定性方面则比普通人稍强。

4. 性格方面　视力残疾人有的在对社会、集体、他人的态度上,表现出自私、漠不关心、缺乏同情心、冷酷无情、孤僻、不善于与人相处的性格倾向;有的在对自己的态度方面通常表现为异常自尊、自负或自卑、缺乏自信心;意志特征方面有的主要表现为依赖性、不果断性和坚韧;在性格的情绪特征方面表现为情绪困扰、敏感、焦虑者占多数,爱钻牛角尖。

(十)代偿特点

眼睛是人们观察周围事物、接受外界信息的重要器官。无论在空间定向、时间估计,还是在生活、学习和工作上,以及个体智力发育中,都有着十分重大的作用。与其他感觉相比,视觉具有感知范围大、距离远、知觉速度快、转移灵便等明显特点。视觉一旦丧失,视觉所特有的优越性便也全部丧失。原来由视觉感知的事物只能由其他感官的活动予以代偿,如看不见钢笔只能用手去触摸,看不见陌生人的走近只能靠耳朵去听脚步声,等等。但是,丧失视觉的人不能直接感知光、色和物体的透视,而且也无法由其他感官来代替。视力残疾人在感知觉方面的一个最突出特点是部分或者全部丧失视觉。对于一个视力残疾人来说,一切都处在黑暗中,他不知光明为何物。除了自己耳朵能听到、手能摸到、脚能走到、躯体能触到的客观物体,世界究竟是什么样子,世界有多大,都是他所难以了解的。这种严重障碍给盲人的感知觉带来了一些不同于视力正常人的显著特点,这些特点大致可表现在如下两个方面:

1. 由于代偿作用而使听觉功能显著增强　视残人和视觉正常人不同,对声音刺激物的定向反应增强了,并且能在长时间内保持不消退。这是由于声音对于视残人取得了不同于视力正常人的信号意义,它们成了视残人在行走、认识活动、生产与生活中进行空间定向的重要依据。

2. 触摸觉和肌肉运动觉的充分发展与增强　对于丧失视觉的人,触觉、听觉和运动觉是认识客观事物的重要来源。他们主动、积极地利用自己的肌肤去接触外界事物,靠触摸觉和运动觉获得事物的表面形象,耳朵的听觉和手的触摸觉的高度发展在一定程度上代偿了丧失的视力,起到了"眼睛"的补偿作用。但是应当看到,他们的知觉范围终归受到了严重的限制,不但使感知觉的速度减慢,而且所能感知的外界事物特征减少,准确性也差了。

五、智力残疾人的心理特点

(一)智力残疾儿童的心理特点

与正常儿童相比,智力残疾儿童由于大脑发育受到不同程度的损害,因而使其在感知、记忆、思维、语言等方面都有着明显的差距。

1. 感知觉特征　智力残疾儿童感觉的绝对阈限高于正常儿童,绝对感受性则低于正常儿童。感觉的产生依赖于刺激,没有刺激就不会有感觉。感觉的绝对阈限指刚刚能引起感觉的刺激量,而人能够觉察出最小的刺激量的感受能力叫绝对感受性。由于大脑功能的缺陷,同样强度的刺激可能引起正常儿童的感觉,却不一定能够引起智力残疾儿童的感觉。苏联一位心理学家用速示器做过一个图片辨认试验:当图片以 22 微秒的速度呈现时,正常成人能辨认出全部图片的 72%,正常儿童能辨认出 59%,而智力残疾儿童却一个也辨认不出来。当图片呈现时间延长为 42 微秒时,正常成人能辨认 100%,正常儿童能辨认 95%,智力残疾儿童只能辨认出 55%。这个实验说明了智力残疾儿童的感知迟钝和缓慢。与此相联系的是智力残疾儿童的感知范围狭窄,感知的信息量少。这表现在同一时间内他们能清楚地感知事物的数量比正常儿童要少得多。此外,智力残疾儿童的知觉恒常性比正常儿童差,把同一事物放在不同的环境之中,他们往往辨认不出来。例如,在黑板上认得的字,在课本上可能就认不出来了。智力残疾儿童感知的这些特征,对学习速度的影响是十分严重的。

2. 记忆特征　智力残疾儿童的记忆有两个特征:第一,识记速度缓慢、保持不牢固、再现困难或不准确。这方面教学上的例子很多。例如,教他们学新知识时,往往需要多次重复才能教会,而且遗忘特别快。有的上半课教的内容,下半课必须复习;有的儿童学了一个学期的内容,一个假期下来可以基本忘光。第二,由于记忆的组织能力差,智力残疾儿童不善于采用分类等形式在理解的基础上进行记忆。例如,有人做过一个试验,给残疾儿童和正常儿童分别呈现狗、桌子、楼房、狼、小屋、椅子、草房、猫的图片,让他们看几遍后记忆并回忆。正常儿童回忆时会打破原有的顺序,将所呈现的图片进行分类记忆,把上述图片分成:狗、狼、猫;桌子、椅子;楼房、小屋、草房三组来记忆。智力残疾儿童却几乎不会归类整理,只能进行简单重复,记忆效果远远不如正常儿童。

3. 思维特征　智力残疾儿童的思维特征主要表现在三个方面:一是思维长期停留在直观形象阶段,缺乏分析、综合、概括的能力。对 9 岁多的智力残疾儿童进行物体分类的实验表明,他们的概括能力明显低于正常幼儿园大班(6 岁)的水平,只接近于中班(5 岁)的儿童。这一特征,在教学过程中表现为他们难以掌握各种规则和概念,对语言材料和数学概念的学习困难很大。二是思维刻板,缺乏目的性和灵活性,他们在思考问题时,往往缺乏明确的目的性。在进行某项活动时,当遇到困难或其他新鲜的事情,原先的想法就会停止下来。思维不灵活主要体现在很难做到根据客观条件的变化来调整自己的思维方式,表现出刻板、僵化、不会变通。例如,即使下了大雨,负责给花草浇水的儿童也可能冒雨继续浇水,做他平常做惯的事。三是思维缺乏独立性和批判性:一方面表现在不善于思考问题,难以发现和提出问题,对自己的行为和想法很少主动找出错误并加以改正;另一方面表现在易受暗示,缺乏主见。如在教师提问时,一个同学答错了,其他同学也会重复类似错误的答案;回答问题时,经不起别人的反问,只要别人有反问,马上就改口,而不去坚持原本正确的答案。

4. 语言发展的特征　智力残疾儿童由于大脑发育受到损害,从而给他们的语言发展造成了不同程度的影响。据统计,智力残疾儿童中具有语言缺陷的占 70% 左右。一般说来,智力残疾的程度越严重,语言发展的水平也越低。

(二)智力残疾成人的心理特点

1. 在感知觉方面　轻度智力落后者,其视觉敏锐性下降,缺乏对物体形状、大小与颜色的精细辨认能力。重度智力落后者,不能辨别多种颜色。智力落后者的听觉、嗅觉、味觉、皮肤觉都有不同程度的障碍。由于触觉、痛觉迟钝,可以发生自伤。

2. 在记忆方面　轻度智力落后者兴趣狭窄,理解力差,对记忆造成一定影响,记忆的再现水平降低。重度智力落后者,其记忆水平极低。

3. 在思维方面　智力残疾人的分析能力、综合能力、比较能力、抽象能力与概括能力很差,因此常用手势和图画表达自己的思想。他们的判断能力与推理能力也甚差。

4. 在注意方面　智力落后者的注意面很窄,严重者缺乏对周围事物的注意能力。

5. 在情绪方面　智力落后者的原始情绪表现强烈,对一般事物的情绪反应迟钝。他们缺乏理智、道德感、美感等高级情感,责任感、义务感、正义感、爱国主义情感均缺乏。白痴的情绪反应很原始,遇到刺激仅能叫喊或发怒,但无恐惧表现。

(三)智力残疾人的个性心理特点

智力残疾人的个性心理可以分为两种类型:抑制型与兴奋型。抑制型者精神不振,忧心忡忡,动作迟钝,反应缓慢;兴奋型者行为易冲动,缺乏控制力,情绪变化无常,常常突然大吵大闹,乱发脾气。

六、语言残疾人的心理特点

(一)思维和认知特点

语言的发展促进人们思维和认知的发展,而语言残疾人由于语言出现障碍,因此也直接影响着他们自身的思维和认知的发展。语言残疾人主要靠手势和别人进行交往,靠视觉器官的直观形式获得信息,并进行交流,所以他们视觉敏感,形象思维非常发达,而逻辑思维和抽象思维相对差些。

(二)性格特点

语言残疾人性格豪爽、耿直,"好"就是"好","坏"就是"坏",很少拐弯抹角。聋哑人观察问题,往往只看到问题的表面现象,而不大注意问题的内在联系。有的聋哑人倾向于眼前世界,考虑长远利益少。有的聋哑人偏重于物质世界和情感的直接表达,而不愿意深入探索知识世界的内涵。他们对生活是通过直接乐趣、具体行动和自己的情感表达来分析的。

(三)情绪特点

语言残疾人普遍存在的共同特征是精神抑郁、焦虑、容易激动、容易冲动、多疑、固执以及容易表现出紧张等。部分语言残疾的人们容易伴随出现社交恐惧症的症状。语言残疾人的情绪反应强烈,而且多表现于外,容易与别人发生冲突,非常敏感多疑,对别人的嘲笑与羞辱决不宽恕,尤其是部分丧失语言功能的语言残疾人,他们自卑,并且具有过度的焦虑表现。后天语言残疾人,他们能够听到和听懂对方的意思,自己又不能很好地表达,就会表现出异常的焦虑,并且,心理健康会受到很大影响。他们的情绪急躁,容易愤怒,行动反复无常,追求完美,优柔寡断,多数情况下表现出退缩和自卑。

七、精神残疾人的心理特点

精神残疾是指精神病人患病持续一年以上未痊愈,并有社交、家庭、社会职能的障碍,因此,那些病情时好时犯、间歇期社会功能完好的人不能划归精神残疾的范畴。引起精神残疾的精神疾病包括:精神分裂症、情感反应性精神障碍、脑器质性与躯体疾病所致的精神障碍、精神活性物质所致的精神障碍、儿童少年期精神障碍以及其他精神障碍。

(一)认知特点

由于精神残疾人的社会功能受到损伤,因此,其社会认知也和常人有很大的不同,甚至在很多方面的表现是常人无法理解的,在意识层面上很难有所认知,由于认知是在意识发展的基础上发展而来的,所以精神残疾人的认知发展受到很大阻碍,在对现实性认知上与正常人表现出很大的差异。

(二)思维特点

由于各种精神疾病在精神病理学上表现出的差异,不同的精神疾病所导致的精神残疾也有不同的特点。

如精神分裂症所致的精神残疾以思维贫乏、情感淡漠、意志减退为主;精神活性物质所致的精神残疾则表现为痴呆、妄想、心境障碍及人格障碍等。不同精神疾病类型的人具有明显不同的心理和情绪上的特点。行为和人格偏离的患者,由于情绪极不稳定,自我调节和自我控制能力极差,其行为受情绪的影响很大。

(三)社会功能特点

精神残疾可导致个体的社会功能障碍或丧失,表现在个人生活、家庭、社交和职业等几个方面:个人生活自理能力下降,不能适当地摄取食物,不能自己洗漱,不能保持个人卫生,不能管理个人财物,不能按时服药,不能向家人、朋友等表达自己的想法,不能参加公共娱乐与使用公共设施,不能处理发生在自己身边的危险情况,没有能力保障自己的安全;对家人漠不关心,没有责任心,不能正常地处理与家人的关系等;他们在职业劳动能力上出现异常或缺陷,丧失劳动能力;社交活动能力下降或丧失也是精神残疾的一个重要表现。

(四)对待自身疾病的特点

与其他残疾不同,精神残疾因不像肢体残疾那样显而易见,有时不容易得到人们的理解和重视,还有人把精神残疾者的性格改变及异常的言行看成是闹情绪或思想问题而加以歧视,这给精神残疾的防治带来困难。对精神疾病的认识不足,也与精神残疾的形成有密切关系,有相当一部分人对精神疾病缺乏正确认识,即使出现某些精神症状,也不愿就诊,担心会因此遭受社会的歧视,以致延误了治疗时间。

第三节 心理康复咨询技术

咨询的一般过程分为三个阶段:建立关系、收集资料、弄清问题阶段;探讨问题、挖掘问题根源阶段;解决问题并终止咨询过程阶段。

可使用于所有咨询阶段的技术包括:专注与倾听技术、情感反应技术、简述语意技术、初层次同理心技术、具体化技术、复述技术、探问技术、结构化技术、沉默技术、摘要技术、信息提供技术、立即性技术、角色扮演技术、空椅法、结束技术。

可使用于咨询第二、第三阶段的技术包括:高层次同理心技术、自我表露技术、面质技术。

一、专注与倾听技术

咨询主要专注于沟通过程中有关语言或非语言行为,且不作判断及评价,目的是为了增强来访者的信任、自我开放及自我探索。

(一)定义

专注(attending)与倾听(listening)技术是指在咨询的过程中,咨询师的有关语言与非语言行为反映出咨询师正全神贯注聆听来访者的语言和情感表达,细读来访者的非语言行为,关切、重视来访者的遭遇,愿意陪同来访者深刻探讨问题的始末缘由。

(二)技术内容

咨询师的专注与倾听可以分为两个方面:第一个方面是咨询师的身体专注与倾听,另一个方面是咨询师的心理专注与倾听。

咨询师的身体专注与倾听包括五个基本要素:面对来访者(指的是安排来访者与咨询师的座位关系,如一般情况下中间放一个茶几,咨询师与来访者坐成90°角)、身体姿势开放(咨询师以开放的姿势可以给来访者安全感和接纳感)、身体稍微倾向来访者(咨询师的身体稍微倾向来访者,可以传送出他对来访者的关心,让来访者感动,愿意开放自己、剖析内在)、良好的目光接触(咨询师与来访者的眼神接触,可以传送出他对来访者的重视)、身体放松(最后,咨询师放松的身体姿势,可以传送出他的身心安顿、波平如镜状态。来访者受到咨询师这种状态的影响,自然能够放松下来)。以上这五个基本要素简称为 SOLER(Egan,1994)。

咨询师的心理专注是咨询师不只倾听来访者的语言内容,而且也注意来访者语言叙述中语调的抑扬顿挫、声音的高低强弱,以及伴随来访者语言行为而变动不停的非语言行为。

(三)使用注意事项

在咨询过程中,不管在何种情况下,咨询师都要表现身体与心理的专注与倾听,因此,专注与倾听技术可以应用于整个咨询过程。

咨询师在使用专注与倾听技术时,必须随着来访者语言与非语言行为的变化,随时调整自己的语言与非语言行为,以同样的脚步跟随来访者,才能反映咨询师的专注与倾听。

如果咨询师不管来访者语言与非语言行为的变化如何,都以蜡人石像的不变姿态应对,将使得来访者因得不到共鸣而心生怅然,或觉得索然无味而决定闭口不谈。

二、具体化技术

具体化技术也称为澄清技术,主要是确定来访者所想表达的信息、感受与想法的具体含义。目的是帮助来访者弄清楚内心冲突、含糊的感受及其想法,导向更有意义的沟通。

(一)定义

具体化(concreteness)技术指咨询师聆听来访者叙述时,若发现来访者陈述的内容有含糊不清的地方,要以"何人、何事、何地、有何感觉、有何想法、发生什么事、如何发生"等问题,协助来访者更清楚、更具体地描述其问题。

(二)技术内容

与个人经验有关的记忆称为传记记忆。在咨询的过程中,来访者吐露的个人经验,就是从传记知识库所提出的信息。这些信息是来访者依据情境和个人状况,从传记知识库中取样后,再建构成的暂时性心理表征。换句话说,暂时性心理表征只是记忆的片断,由于对象、情境、个人状况之不同,提取的信息也就不同,组成的心理表征也不一样。因此,来访者在咨询中表达的内容是知识经验的一部分,并非全部。更重要的是,暂时性心理表征的组合也是主观的建构,并非事实真相。

传记知识库里贮存的传记知识有三种(Conway,1996;Conway&Rubin,1983):生命时间阶段(lift time periods;发生在年时间单位内的,如当我在北大念大学时等等)、一般事件(general events;发生在月、周、天时间单位内的)、事件的特殊知识(event specific knowledge;发生在分、秒时间单位内的)。

来访者描述自己的问题时,可能会因为自尊、面子、过去痛苦经验或其他原因,只提取某一部分对自己有利的信息,因而描述的内容模糊不清。咨询师的具体化技术,可以触动来访者的信息处理过程,鼓励来访者从传记知识库提取更多客观的信息。

(三)使用注意事项

具体化技术可以运用于任何时刻、任何阶段,只要咨询师觉得来访者的叙述含糊不清,必须深入探讨时,都可以使用具体化技术。

听到来访者的叙述有一个以上含糊不清的地方,咨询师就可以选择关键性部分,让来访者具体描述该部分的细节。有时候具体化技术可以搭配其他技术一起使用,这样就更能贴近来访者,让来访者愿意进一步说明问题。

三、复述技术

复述主要是以稍微不同的措辞,重复来访者所表达的内容,以澄清其意思。一方面可以帮助咨询师正确了解来访者的意思,以提供适当的支持;另一方面把话题转移到关键问题中去。

(一)定义

复述(restatement)是指咨询师就来访者描述的内容,选择重要的部分,将该部分重复叙述一次,让来访者就重复叙述的部分进一步说明,或是顺着重复叙述的方向继续会谈。

(二)技术内容

有时候来访者叙述的内容,开辟了一个以上的谈话方向,咨询师的复述,可以将谈话转到某个关键的主题上,并且深入探讨该主题。

复述技术像具体化技术一样,可以鼓励来访者针对咨询师复述的部分进一步说明。

(三)使用注意事项

复述可以引导来访者进入主题,故适用于咨询过程中的任何时刻。

咨询师复述的地方,必须是来访者叙述中的关键主题、来访者此时此刻的感觉与想法,而且复述是重复来访者说的话,是用自己的语言来复述。一般而言,来访者叙述中最后面的信息,通常是最重要的,咨询师可以选择那部分作复述。

四、探问技术

探问是通过提出一些问题,启发来访者自我探索问题的相关内容以及解决问题的方法。

(一)定义

探问(asking questions)技术是咨询师为了鼓励来访者有更多的表达,在必要的情况下,配合来访者的问题与咨询目标,提出相关问题询问来访者。

(二)技术内容

探问技术提出的问题可以分为两类:一为开放式问题(open questions),另一为封闭式问题(closed questions)。

开放式问题没有固定答案,可以允许来访者自由地表达自己的状况。开放式问题的优点是,由于探问的问题没有多大限制,所以来访者可能提供较多的信息;封闭式问题有明确、固定的答案,来访者只能就事实状况加以回答。这类问题最常用于得到来访者的基本资料、是与否的资料。

(三)使用注意事项

探问技术可以使用在咨询的任何时候、任何阶段,但值得注意的是必须在没有其他技术可以使用的情况下,才可以使用探问技术。

同时,在使用探问技术时,不可让谈话转至不重要的问题上,而且所提的问题必须与来访者的问题、咨询目标有关。

五、面质技术

面质是在咨询的过程中,对于来访者的语言、身体语言所呈现出来的困惑或矛盾加以挑战。目的是帮助来访者诚实地自我思考、激发自身潜能、引发对自身问题(矛盾)的反省。

(一)定义

面质(confrontation)技术是当咨询师发现来访者语言与非语言行为不一致、逃避面对自己的感觉与想法、语言行为前后矛盾、不知善用资源、未觉察自己的限制等行为时,咨询师指出矛盾、不一致的地方,协助来访者对问题有进一步的了解。

(二)技术内容

当外在信息输入感官记忆时,必须先经由相关基模的过滤、选择、组织与解释,才能储存到长期记忆中。为了适应环境,基模会排挤或扭曲与基模相抵触的信息,并且让这些信息在个人的觉察之外;而这些未被察觉到的信息,会干扰来访者的语言行为,让来访者的语言与非语言行为不一致,或语言前后矛盾,或信息之间无法产生联系。这种不一致的情况,往往造成来访者知与行之间、知与知之间或行与行之间的矛盾,并且引发一些问题,个人往往无法觉察,因此需要咨询师的面质。

面质技术可以协助来访者觉察自己的矛盾,看到信息与信息间的关联,而对问题有进一步的了解,甚至产生顿悟。

(三)使用注意事项

面质技术通常是在咨询师与来访者有良好关系之后,是在咨询的第二、第三阶段时使用的。

咨询师使用面质技术时,不可借着面质技术惩罚来访者,面质的内容也不可出自咨询师的推论与猜测。如果来访者用生气、反驳或假装同意来回应咨询师的面质,咨询师要继续面质来访者。再者,咨询师面质的内容应导向来访者的资源、优点、缺点与限制,对来访者的问题才有帮助。最后,良好的面质技术应包括反映来访者面对自己的不一致时所引发的情绪。

六、同理心技术

同理心主要是指能站在来访者的立场,将心比心体谅其感受及想法。目的是培养信任的咨询关系,促进沟通及了解,鼓励来访者深层的自我探索。

(一)定义

同理心(empathy)技术是咨询师一面聆听来访者的叙述,一面进入来访者的内心世界,以感同身受的方式体验来访者主观的想法与情绪,然后跳出来访者的内心世界,将自己对来访者的了解传递给来访者知道。

(二)技术内容

同理心技术分为两类:一类为初层次同理心技术,另一类为高层次同理心技术。咨询师使用初层次同理心技术时,回应的内容是来访者"明白表达"的感觉与想法;咨询师使用高层次同理心技术时,回应内容是来访者叙述中"隐含"的感觉与想法,所以高层次同理心技术可以协助来访者了解自己未知或逃避的部分。高层次同理心技术适用于咨询过程的中、后期,以及咨询师与来访者已有良好关系之时。因为高层次同理心技术有助于来访者了解自己未知或逃避的感觉与想法,除非咨询师与来访者已有良好的关系,否则咨询师回应的内容容易引起来访者的防卫,使得咨询的过程很难向前推进。

(三)使用注意事项

初层次同理心技术适用于咨询的任何阶段,但是更适用于咨询初期,当咨询师与来访者未建立良好关系之时。高层次同理心技术只适用于咨询的中、后期,当咨询师与来访者已有良好关系时。

咨询师使用同理心技术时,回应的内容必须反映来访者语言与非语言行为蕴含的信息。

七、简述语意技术

(一)定义

简述语意(paraphrase)技术指咨询师用自己的话,提纲挈领、简单扼要地将来访者所要表达的内容回应给来访者。咨询师所简述的语意,不能超越或减少来访者叙述的内容。

(二)技术内容

咨询师为了确定他是否正确了解来访者,是否抓住了来访者关心的重点,以及引导谈话至重要的方向,就可以使用简述语意技术,以免咨询师与来访者各说各的话。

如果来访者的叙述冗长、内容繁多,咨询师必须确定他对来访者的了解,也就是回应来访者的内容是否就是来访者所要表达的内容。此时,咨询师可以使用简述语意技术,提纲挈领,将他所了解的重点传递给来访者知道,以确定两人的互动是在共鸣的基础上进行。

在咨询的任何时候,咨询师想要确定自己所理解的正是来访者所关心的内容时,咨询师可以使用简述语意技术加以检验,以免"你走阳关道,我过独木桥",两身虽同在,两心却相离。

有时候来访者叙述的内容五花八门,足以让咨询师眼花缭乱。简述语意技术可以协助咨询师将来访者的叙述分门别类,归纳、比较,从中理出重要的咨询方向。

(三)使用注意事项

简述语意技术可以使用在咨询的任何阶段、任何时机。咨询师所简述的语意,不能超越或减少来访者叙述的内容。同时,尽量使用自己的语言不要重复来访者的话。

八、摘要技术

(一)定义

摘要技术指咨询进行一段时间后,咨询师将两人谈话的要点整理与归纳(包括情感与想法),然后回应给来访者。或者,咨询师请来访者将他们谈话的内容做重点式的整理,再表达出来。

(二)技术内容

摘要技术类似简述语意技术,不过两者有一些差别。在使用时机上,简述语意技术是摘要来访者一、两句的谈话内容,而摘要技术是使用在咨询进行一段时间后或在不同咨询主题、不同咨询阶段的转换时。

在使用对象上,简述语意技术是咨询师使用的技术,而摘要技术的使用者可以是咨询师,也可以是来访者。

(三)使用注意事项

摘要技术适用于:由一个咨询主题进入另一个咨询主题时;每一次咨询结束时;每一次咨询开始时;咨询

进行一段时间之后;某一咨询阶段进入另一咨询阶段时。

值得注意的是,摘要的内容必须反映来访者叙述的重点。

九、沉默技术

(一)定义

沉默的技术是在咨询过程中,因为某些因素,来访者无法接续所谈的内容而沉默下来。咨询师因为知道某些重要的信息正在来访者的内心运转,而允许来访者沉默,让谈话暂时停顿,并且在来访者沉默之后,询问来访者沉默时所想的事。

(二)技术内容

可以分析到来访者的沉默,可能由几种原因造成:第一,来访者仍然没有完全信任咨询师,唯恐坦诚的表白会换来咨询师的耻笑或批评,因此犹豫不决,而沉默不语;第二,来访者正在整理他的思绪,需要一段时间才能理出头绪;第三,面对咨询师的问题,来访者从来没有考虑过,因此不知如何回答,所以不知不觉沉默下来。

但不管是哪一种情形,咨询师都必须允许来访者有沉默的时刻,耐心等待来访者开口。如果一段时间之后来访者仍然沉默不语,咨询师就可使用以下的叙述:"我们刚刚有一段时间的沉默,不知道在这段沉默的时间里,你在想些什么?"

(三)使用注意事项

沉默的技术可以在咨询的任何时刻、任何阶段使用,只要来访者出现沉默反应,咨询师就可以使用允许沉默的技术。至于需要给予来访者多少沉默时间,则因情况而异。来访者沉默时,咨询师仍须仔细观察来访者非语言行为的变化,时刻跟随来访者的思路。

十、自我表露技术

(一)定义

在适当的情况下,咨询师公开自己的类似经验与来访者分享,协助来访者对自己的感觉、想法与行为后果有进一步的了解,并且从咨询师的体验中得到积极的启示。

(二)技术内容

咨询的目的在于协助来访者探讨问题、了解自己、解决问题。在咨询的过程中,咨询师的角色只是催化者,而来访者才是为问题负责的主角。不过,因为来访者认为咨询师是问题解决专家,所以很容易矮化自己,高估咨询师,并且将解决问题的责任推给咨询师。

此时,要提高来访者为问题负责的动机,就必须让咨询关系成为平等关系。咨询师的自我表露,让来访者看到咨询师的平凡,也让来访者可以将自己与咨询师放在平等的位置上。这样一来,来访者就比较能够客观地看待自己,也就会愿意为行为负责。

(三)使用注意事项

自我表露技术一般适用于咨询师与来访者已有良好咨询关系时,或者是在咨询师确信表露自己的类似经验,有助于来访者解决问题的时候。

咨询师在使用自我表露技术时,常常会使自己成为咨询中的主角,而将咨询的重心转移至自己身上。必须避免这一情况的发生。另外,自我表露的内容、长度、深度须适当,应与来访者的问题相当。同时,不可用自我表露的机会,批评来访者对问题的感觉、想法与行为反应,还要避免来访者模仿咨询师的解决方式。咨询师的自我表露应该协助来访者注意问题的关键及可以运用的资源。

十一、空椅法技术

(一)定义

空椅法(empty - chair method)是咨询师为了处理来访者个人内心或个人之间的冲突时,使用不同的椅子(或垫子)代表来访者个人或个人间不同的冲突力量,并且使之对话。通过对话的过程,让不同的力量由冲突达到协调,进而促使来访者人格统整,或与外在环境和平共处。

(二)技术内容

这里主要介绍两种心理治疗方法使用的空椅法:一为完形治疗(gestalt therapy),另一为过程经验治疗(process - experiential approach)。虽然完形与过程经验治疗法都重视情绪在治疗上的重要性,但是由于完形治疗法与过程经验治疗法对于异常行为之产生、改变有不同的解释,所以达成的目标也不同。过程经验治疗以处理来访者的情绪为重点,而完形治疗法强调处理来访者的接触干扰(disturbance of contact)。

(三)使用注意事项

以完形治疗的观点来说,来访者出现接触干扰时,就可以使用空椅法。从过程经验性的观点来说,当来访者出现极化与未完成的事件时,就可以用空椅法。

使用空椅法时,不管是使用完形治疗或是过程经验治疗,重点都是协助来访者满足需求。

十二、结构化技术

(一)定义

结构化(structuring)技术是咨询师在咨询开始时,对来访者说明与界定从咨询开始到咨询结束之间所涉及的要素,包括理论架构、咨询关系、咨询环境与相关程序。

(二)技术内容

从咨询开始到咨询结束之间所涉及的要素有:

1. 理论架构与咨询关系 理论架构指咨询师用来解释来访者行为,引导来访者产生正面改变所依据的理论。咨询关系是咨询师与来访者在咨询中所扮演的角色,与对该角色的期待。不同的咨询理论对来访者问题的形成有不同的看法,咨询关系的重要性与特性也各有不同。

2. 咨询环境 咨询环境指可以协助来访者处理问题的环境。

良好的咨询环境必须让来访者的隐私权受到保护,清静、空气流通、光线充足,设备不宜过杂,让来访者感觉安全、舒服与放松。

3. 相关程序 相关程序是咨询师与来访者进行咨询的依据。来访者对于咨询的进行会有一些疑问与期待,咨询机构应该以书面资料的方式,提供给来访者相关信息。例如:每一次咨询间隔的时间多久;咨询内容会如何保密;什么时候结束咨询;咨询费用有多少、如何付费等。

(三)使用注意事项

结构化技术适用于咨询的任何时期。在咨询开始时,咨询师向来访者说明从咨询开始到结束的要素。在咨询过程中,咨询师进行一项活动之前,有必要向来访者说明活动进行的方式,来访者在活动中的角色,以便让来访者决定是否参与。

案例分析

案例:来访者是汪小姐,22岁,以前的职业是舞蹈教练,本人年轻漂亮,并且从小是全家人呵护和赞美的对象,很少受委屈,一次意外车祸,右腿被截肢,随着身体的康复,汪小姐接受不了失去右腿这个现实,情绪低落,她认为生活的全部来自于双腿,如今不能跳舞,不知道自己还能干什么,越来越少与人谈话,并且从来不让人提起舞蹈学院的事情,整天把自己关在卧室里,家人看到这种情况,就带她来到心理咨询室。

分析:残疾人一个重要的特点是敏感、自卑,并且自尊心特别强,这就使得咨询师在对他们进行咨询中,语言和技巧的使用应特别注意。本案例中,来访者不是主动来求医的,因此,首先咨询师与来访者要建立良好的咨询关系。在这里常用到的咨询技巧诸如倾听、初始层次同理心等,充分地让来访者表达其情绪,对于她身体的缺陷,仅仅表示理解远远不够,咨询师需要明白来访者真正需要的是什么,同样的缺陷(无论是心理上或是生理上),造成来访者的感受都是不同的。第二步是收集资料、弄清问题、探讨问题、挖掘问题根源阶段。本案例中汪小姐抑郁情绪主要和车祸有关,所以咨询师要从这里入手,如何使得来访者面对失去腿的现实,且不能逃避舞蹈这一话题,从这里入手让来访者充分发泄埋藏在内心的悲伤情绪。在这里可能用到的咨询技巧是面质、高层次同理心等技巧,咨询师使用初层次同理心技术时,回应的内容是来访者"明白表达"感觉与想法;咨询师使用高层次同理心技术时,回应内容是来访者叙述中"隐含"的感觉与想法,所以高层次同理心技术可以协助来访者了解自己未知或逃避的部分。也正是由于这一点,除非咨询师与来访者已有良好的关系,否则咨询师回应的内容容易引起来访者的防卫,使得咨询的过程很难向前推进。著名精神分析学家阿德勒说:"同理心产生的时机,是在人与人谈话之际。除非个人能在同时融入对方的自我当中,否则是无法真正了解对方的。要寻找这种让我们能够像对方一样感受、一样行为的能力源头,我们会发现它就存在于人类与生俱来的社会情愫当中。实际上,这也是一种宇宙情愫,反映出我们所居住的宇宙,万物皆相连、事事均相应的现象,它是身为人类的天赋特质。"在咨询中一定会用到同理心的技巧,而且一定要懂得运用技巧。第三步是解决问题并终止咨询过程阶段。经过一段时间的咨询和疏导,对来访者进行积极的暗示,重新唤起来访者面对生活的信心,并和来访者共同探讨接下来如何生活才能有意义这一重大问题。咨询师要有能力做好结束咨询过程这一阶段,要事先对来访者有所提示什么时间结束咨询,让来访者做好准备。在咨询中,咨询的过程分为几个部分来做是和咨询师自身的习惯有关系的,但是,咨询的几个步骤不能缺少,咨询师可以根据实际情况自行安排咨询的具体步骤。

复心题

1. 什么是心理康复咨询?其原则和目标分别是什么?
2. 心理康复咨询的对象是什么?该对象在我国是如何分类的?
3. 残疾人的基本心理特点包括哪些方面?
4. 肢体残疾人主要的心理特点是什么?
5. 听力残疾人主要的心理特点是什么?
6. 视力残疾人主要的心理特点是什么?
7. 智力残疾儿童和智力残疾成年人的心理特点分别是什么?
8. 常用的心理康复咨询技术有哪些?每一技术在使用时需要注意哪些方面?

(田宝　郭爱鸽)

第六章 医疗康复咨询

第一节 概　述

一、康复需求鉴定

康复需求的鉴定由社区的居民委员会或村民委员会在进行需求调查时填写，并保存在社区的居民委员会、村民委员会或社区康复站。内容包括残疾人及其家庭的基本状况和各类残疾人的基本康复需求。填写时，根据残疾人的实际情况在相应的方框中划对勾（∨）或填写文字。"其他需求"栏中填写本表中没有包括的内容。

"康复需求调查表"由全国残疾人康复办公室组织有关成员单位和中国残疾人康复协会专家在征求地方意见的基础上制定（表6－1）。

表6－1　康复需求调查表

姓名		性别	男□女□	出生日期		年　月　日		民族	
监护人姓名		与残疾人关系	配偶□　　父母□　　兄弟姐妹□			联系电话			
			祖父母□　邻里□　　其他□						
家庭住址						残疾人证		有□无□	
婚姻状况	未婚□　已婚□　离异□　丧偶□					职业		就业□　未就业□　务农□	
文化程度	文盲□　小学□　初中□　高中（专）□　大学（专）□　大学以上□								
主要生活来源	个人所得□　　　家庭供养□　　　不定期社会救助□ 享受最低生活保障（城市）□　　享受五保供养（农村）□								
医疗保障情况	享受城镇职工基本医疗保险□　　享受农村合作医疗□　　得到医疗、康复救助□ 有其他医疗保险□　　费用全部自理□								
生活自理程度	完全自理□　　需他人部分帮助□　　完全依赖他人帮助□								

主要残疾	视力:□(盲□　低视力□　其他□)　听力:□(轻度聋　中度聋□　中重度聋□　重度聋□　极重度聋□)　言语:□(失语□　发音障碍□　其他□)　肢体:□(偏瘫□　截瘫□　脑瘫□　截/缺肢□　儿麻后遗症□　关节疾患□　畸形□　其他□)　智力:□　精神:□多重:□	
残疾等级	一级□　　　二级□　　　三级□　　　四级□　　　未评定□	
致残原因	致残原因:遗传□　先天□　疾病□　药物中毒□　创伤或意外损伤□　有害环境□　原因不明□　围产期因素□　接受热辐射(桑拿、睡热炕)□　其他□　致残时间:　　年　月(精神残疾发病时间:　　年　　月)	
康复需求	康复医疗	医疗诊断□　残疾评定□　白内障复明手术□　人工耳蜗植人□　肢体矫治手术□　理疗□　传统医疗□　医疗、康复护理□　精神病服药□　家庭病床□　住院□　转诊□
	功能训练	视力:盲人定向行走训练□　低视力视功能训练□　其他□　听力语言:听觉言语能力训练□　言语矫治□　双语训练□　手语指导□　其他□　肢体:运动功能训练□　生活自理训练□　社会适应训练□　其他□　智力:运动能力训练□　感知能力训练□　认知能力训练□　其他□　　　　生活自理能力训练□　语言交流训练□　社会适应能力训练□　其他□　精神:工(农)疗□　社会适应训练□　作业治疗□　娱(体)疗□　其他□
	辅助器具	视力:助视器□　盲杖□　盲人书写用具□　盲人报时用具□　听力语言:助听器□　人工耳蜗□　双语训练□　手语训练□　智力:认知图片□　认知玩具□　启智用具□　肢体:生活自助器具□　辅助坐、卧、翻身、站立器具□　腋杖□　拐杖□　轮椅、手摇三轮车等代步工具□　助行器具□　防褥疮垫□　集尿器具□　坐便器具□　阅读书写器具□　操作电脑辅助器具□　装配假肢□　矫形器装配□　指导制作辅助器□　其他器具□　精神:文体用品□　其他□　其他服务:购买□　租借□　咨询□　信息□　维修服务□　家居环境无障碍改造□
	心理服务	心理咨询□　心理治疗□　家庭成员心理支持□　其他□
	知识普及	培训残疾人□　培训亲友□　家长学校□　普及读物□　知识讲座□　公益活动□　社会宣传□　其他□
	转介服务	康复医疗□　功能训练□　辅助器具□　心理服务□　信息服务□　知识普及□　文化教育□　职业培训□　劳动就业□　生活保障□　家庭无障碍改造□　参与社会生活□　其他□
	其他需求	

填写日期:　　年　月　日　　　　　　　　　　　　　　　　　　　　填写人:

二、功能评定

首先,应当对残疾人的残疾状况进行评估。主要评估其运动系统、器官结构的缺损;运动功能、感觉功能(包括特殊感觉,如视觉、听觉)、言语功能的障碍;认知障碍;个体水平能力(如日常生活活动能力)的减低情况;智力和精神的异常;以及上述结构功能的复合残疾情况。采用各类残疾的分级方法进行分级。

评估的种类主要有运动功能评定(如肌力检查、关节活动度测定、步态分析、偏瘫运动功能评定等)、日常生活活动能力评定、肌电图及其他神经肌肉的电生理测定、心肺功能测定、心理测验及职业评定等。

(一)运动功能评定

1. 徒手肌力检查法(Manual Muscle Test ,MMT) 分为0~5共6个等级,对于每个关节的每个运动方向的主要起作用的肌肉(称主动作肌)的肌力都有专门的测定方法(表6-2)。

表6-2 肌力分级标准

级别	名称	标准
0	零(zero,0)	无可见的或可感觉到的肌肉收缩
1	微(trace,T)	可感觉到肌肉收缩,但无关节运动
2	差(poor,P)	在减重状态下全范围的关节运动
3	可(fair,F)	在抗重力状态下全范围的关节运动
4	良好(good,G)	在抗重力和中等阻力状态下全范围的关节运动
5	正常(normal,N)	在抗重力和全部阻力状态下全范围的关节运动

2. 关节活动度测定(Range of Motion ,ROM) 对于身体的各个关节活动度的测定方法,有正常值作为参照,一般更注重以健侧的关节活动度作为对照,因为各人的关节活动范围可能会有个体差异(表6-3)。

表6-3 正常人体主要关节活动度(范围)正常值

部位	屈	伸	内收	外展	内旋	外旋
躯干						
颈	0~60/70	0~35/45	0~45/55 (侧屈)	0~45/55	0~80/90 (旋转)	0~80/90
脊柱	0~80/90	0~30/35	0~35/45 (侧屈)	0~35/45	0~25/30 (体转)	0~25/30
上肢						
肩	0~160/180	0~35/45	0~40/45	0~170/180	0~80/90 (肩外展90度)	0~80/90
肘	0~135/145	0~5/15				
前臂					0~80/90	0~80/90
腕	0~80/90	0~60/70	0~35/45 (尺偏)	0~15/20 (桡偏)		
下肢						
髋	0~120/125 0~90(直膝)	0~5/10	0~5/10	0~35/45	0~35/45	0~35/45
膝	0~130/140	0~10				
踝	0~35/45	0~15/20	0~35/45 (内翻)	0~15/20 (外翻)		

3. 步态分析(Gait Analysis ,GA) 这是一个比较新且有趣的领域。

(1)步行的定义:是全身肌群参加的随意运动,并且经常是对抗重力保持着身体的姿势,同时又由双下肢有节律的运动使身体移动的一种复杂动作。

(2)步行周期(Gait Cycle):为一侧足跟着地到此足跟再次着地为止的时期。又分为两个时期:

1)支撑期(Stance Phase):足跟着地、足掌着地、支撑中期、足跟离地、蹬离期、足趾离地。

2)摆动期(Swing Phase):加速期、摆动中期、减速期。

(3)有关概念:

1)步调:单位时间的步数。

2)步幅:步长。

3)步速:单位时间走的距离。

4)双足支撑:双下肢同时着地的时间。

5)步行障碍:步态异常,速度、协调性、节律和步幅的异常。

6)人体重心的位置:在第二骶椎前约1厘米。

(4)步行的特征:

1)重心的垂直移动(5厘米的正弦曲线)。

2)重心的侧方移动(合计移动5厘米)。

3)骨盆的旋转(合计8度)。

4)骨盆的倾斜(5度)。

5)支撑期的屈膝(15度)。

6)步幅(5~15厘米)。

7)步调(步频数)。

8)下肢轴的旋转(摆动期内旋,支撑期外旋)。

(5)正常步行和下肢的变化:步行周期的不同时相,各下肢关节处于不同的角度,各肌群也有不同的运动。通过实验已经总结出规律,绘出了正常人相应的图形,可将这些图与患者的步行周期对比,寻找其所存在的问题。有些患者的骨骼肌肉或神经系统出现问题以后,步态会有特异性的变化。如臀中肌瘫痪以后,会出现典型的臀中肌步态,又称Trendeburg步态,如果双侧臀中肌瘫痪,则会出现Duncken步态,俗称"鸭步"。再如脑卒中患者如果得不到及时、正确的康复治疗,由于异常的运动模式及痉挛的出现,就可能会出现"划圈步态"。

(6)步态分析方法:嘱病人以自然姿态及步速来回数次,观察步行时全身姿态,各关节的运动是否正确。有经验的康复医师可以通过目测,测出多组肌肉等运动器官的瘫痪或功能障碍。也可通过三维测力台、录像机和肌电图仪进行测定。

(二)日常生活活动能力评定

日常生活活动(Activities of Daily Living, ADL)包括衣、食、住、行、个人卫生所必需的基本动作和技巧。康复医学的主要目的是帮助患者生活自理,重返家庭和社会,因此日常生活活动能力是康复诊断和训练的重点内容。

ADL的动作主要分为两类:

1. 日常动作 吃、喝、排泄等人维持生命所必需的动作。

2. 与生活相关的动作 洗脸、刷牙、上厕所等别人无法代替的动作。

评定的方法主要是直接观察或询问法,然后通过评分法来计算总分,以评定个体活动的能力。常用的是日常生活活动的Barthel指数分级法(表6-4)。

表 6 - 4　Barthel 指数分级法

ADL 项目	自 理	稍依赖	较大依赖	完全依赖
进食	10	5	0	0
洗澡	5	0		
修饰（洗脸、梳头、刷牙、刮脸）	5	0		
穿衣（含系鞋带）	10	5	0	
控制大便	10	5（偶能控制）	0	
控制小便	10	5	0	
用厕所（含擦、穿脱衣、冲洗）	10	5	0	
床椅转移	15	10	5	0
平地走 45 米	15	10	5（用轮椅）	0
上下楼梯	10	5	0	

　　Barthel 记分法将 ADL 能力分为 3 级：大于 60 分为良，能够自理；60~41 分为中，有功能障碍、稍依赖；小于 40 分为差，依赖较明显或完全依赖。

（三）电生理测定

　　主要是采用肌电图仪及诱发电位仪记录肌肉的自发电位和诱发电位以检查神经和肌肉的状况，可用来鉴定患者是周围神经、神经肌肉接头、中枢神经还是肌肉本身的病损，主要在医院检查。

（四）独立功能评定（Functional Independence Measure，FIM）

　　这是一种专门进行患者残疾程度评定的方法，它着重评定患者独立生活方面的个体活动能力，适用于独立生活方面有功能缺陷的患者。其内容为基本的日常生活活动，包括两大部分（运动和认知）、六大项（自理能力、大小便控制、转移、运动、交流、社会认知），共 18 小项内容。评分共分 7 级，7~6 级为独立，5~3 级为部分依赖，2~1 级为完全依赖。独立功能评定现在在国外得到广泛的应用，在美国成人 FIM 已成为医学康复的统一数据系统的组成部分，并研制出评定 FIM 的电脑软件。

（五）生活质量评定（Quality of Life，QOL）

　　生活质量是衡量生活能力和感受的指标，在康复医学中，生活质量的评定可以反映个体在残疾或功能障碍的影响下，在生活中维持身体、精神和社会活动的良好状态的能力大小。生活质量评定可采用多种方法，但总的来说，也使用量表测定。其目的除评定患者的生活质量以外，也是评定康复治疗的疗效，探讨其相关因素，寻找改善患者的生活质量的最佳途径。21 世纪人类最大的挑战就是改善生活质量，因此，近年来生活质量评定也成为国内外康复评定的热点之一。

第二节　康复治疗

一、康复治疗简介

　　康复治疗又称为康复训练，主要是功能能力的训练。

（一）康复治疗的内容

康复治疗主要包括物理治疗、作业治疗、言语治疗、心理治疗、假肢和矫形器装配、康复护理、文娱疗法、职业咨询等。

（二）康复治疗的特点

1. 是功能的再教育　是由治疗师与患者一对一或一对几地进行各种功能的再教育。治疗师所具有的良好的教学态度、方法，扎实的专业基础和运用得当的训练技术是治疗成功的前提。

2. 强调主动参与　临床医学的治疗中，患者多处于被动的位置，而在康复训练中，病人是必须主动参与的主导方面。只有帮助病人从心理上承受残疾，积极身体力行，才可能取得疗效，并在回到家庭、社区后仍能坚持训练，保持远期疗效。

3. 是多学科的综合治疗　由多学科的专业人员组成协作组共同进行。在实施中虽有先后，但原则上主要治疗是同步进行、穿插安排，以发挥协同作用、提高疗效。

4. 应长期坚持　康复治疗应从伤病的急性期早期介入，贯穿于治疗的始终。急性病如骨折应在住院时即进行肌力耐力训练、关节体操、ADL训练等；脑卒中、脊髓损伤等较严重疾患，应在急救后转入康复病房进行三个月的康复治疗，出院后在家庭（定期复诊）或在社区训练，重返职业后仍应坚持康复训练，称为"终身性康复治疗"。

（三）康复的基本原则

1. 功能训练　康复医学注重伤病引起的功能变化，着眼于恢复人体的功能活动。这种观点对残疾者和功能障碍者来讲，是一个全新的角度，反映了康复医学的基本观点，也就是功能观。它重视功能评估，并针对残疾者生理、心理的功能缺陷采用多种方式进行功能训练，被称为"功能的医学"。

2. 整体康复与全面康复　康复医学注重把人作为一个整体来研究，以病人的整体功能的恢复为己任。它充分发挥协作组的多学科合作的优势，研究患者功能障碍的所有侧面及治疗补偿办法，有些生理功能虽然不能恢复或不能完全恢复，但可以以科学的方式达到生活自理、重返社会的目的。它注重人的整体综合能力（如日常生活活动、步行能力等全身性活动）的变化及评估，注重患者整体能力的康复，因而也被称为"个体水平的医学"。

同时，为了使患者得到整体康复、融入社会，不仅要注重医疗康复，还要进行教育康复、职业康复、社会康复等四个领域的全面康复。康复医学这种关注患者的整体能力的恢复和全方位康复的整体观是值得所有医学借鉴的。

3. 融入社会　残疾使人暂时离开社会的主流，康复医学的最终目的是使残疾人通过功能的改善（回归社会以后能够在社区继续得到康复训练）、环境条件的改变（动员全社会尊重残疾人，帮助他们调整与家属、社区的关系，设立法律法规保证他们的权益，改造家居及社会的建筑环境）能够愉快地重返工作岗位、家庭和社会，从而恢复其"全部生存权利"。因而，康复医学又称为"复权的医学"。

有能力参加社会生活，是人类健康的重要标志。康复这种把医学服务与社会的物质、精神文明建设紧密结合的社会观与医学的多模式的新观念也是一致的，在某种程度上说是医学改革与进步的有益探索，是使病人获得全面康复的重要保障。

4. 提高生活质量　康复医学不仅注意患者生理功能的恢复，还关注其心理的健康和对生活的主观感受、个体活动能力和职业能力的康复、家庭的幸福、社会生活的充实，即整个生活质量的高低。这种对于健康的全方位的观点体现了以病人为中心的思想，是与世界卫生组织对于健康的新观念完全一致的，是一种具有前瞻性的健康观。

二、两种主要的康复治疗方法

(一)物理治疗

运用物理因子即运动、电、热、声、光等进行预防、治疗、康复的方法,叫物理治疗(Physiotherapy,PT)。它是康复医学中重要的治疗手段之一。

按照现代康复医学的观点,物理治疗是以运动疗法为中心,电疗、温热疗法等其他物理因子的治疗作为辅助手段。目前西方多数国家的物理治疗室中,运动疗法所用器械和场地占有相当大的空间(大约70%以上)。物理治疗师(Physiotherapist,PT)的主要任务是根据运动功能训练的要求,对患者进行系统的运动功能的评测和训练,辅以电疗和温热疗法等,形成了以运动疗法为中心的模式。

运动疗法(Kinesiotherapy)是使用器械、徒手手法或患者自身的力量,通过某些方式(主动或被动运动等)的运动,以获得全身或局部的运动功能、感觉功能恢复的训练方法。

运动疗法主要采用"运动"的方法对躯干及四肢的运动、感觉、平衡等功能进行训练。康复医学的主要对象是运动功能障碍,因而,运动疗法在康复治疗学和物理治疗中均占有重要地位。

运动疗法的主要内容包括:关节活动度训练、肌力增强训练、耐力训练(包括肌肉的耐力训练和整体的耐力训练即有氧训练)、呼吸训练、步态训练、轮椅训练、医疗体操和易化技术等。

1. 关节活动度训练(又名 ROM 训练)   主要用于维持和改善关节的活动范围,以利于患者完成功能活动。根据是否借助于外力帮助分为主动 ROM 训练、主动辅助 ROM 训练和被动 ROM 训练。

(1)主动 ROM 训练:用于能完成主动运动的患者,主要为徒手体操。例如:髋关节的主动 ROM 训练,如图 6 - 2 - 1 所示。

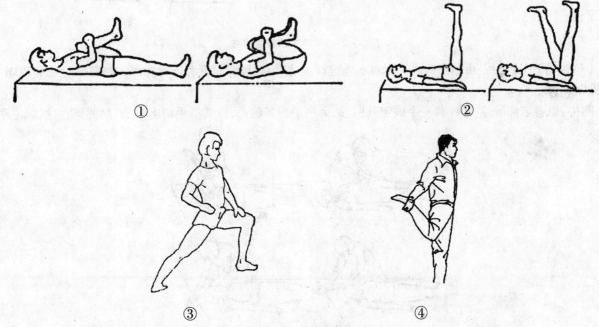

图 6 - 2 - 1   髋主动训练

图中:①患者取仰卧位,单腿屈髋屈膝,双手抱膝,使其尽量靠近胸部,然后还原。双侧交替练习,各 10 ~ 20 次。②患者取仰卧位,双膝伸直尽量做屈髋,屈髋达 90°及以上时,臀部对墙仰卧,双腿靠墙。交替屈髋,各停留 5 秒钟,回到靠墙位置,两侧各练 5 次。③患者取立位,弓箭步,躯干正直,重心下压,左右交替练,各练 10 ~ 20 次。④患者取单足立位,另侧屈膝,手握屈膝腿的踝部,使足跟靠近臀部,停留 5 秒钟再还原。左右交替,各 5 次。

(2)主动辅助 ROM 训练:用于患肢不能充分完成主动运动者,可由治疗师用手或器具如滑轮、体操棒等帮助患者完成,也可由患者借助于器具如毛巾、架子或自己的健侧肢体做主动辅助 ROM 训练,逐步过渡到主动性训练。治疗师在帮助患者训练的过程中,逐渐减少辅助。例如:肩关节的主动辅助 ROM 训练、膝关节屈伸的主动辅助 ROM 训练。

图 6 - 2 - 2 为借助于滑轮和健侧肢体做肩主动辅助训练。

图 6 - 2 - 2　借助于滑轮的主动辅助训练

图 6 - 2 - 3 为膝主动辅助训练:①患者俯卧,健足托患足,辅助膝关节屈曲。②双手握毛巾两端,套住患侧踝关节,手拉毛巾辅助膝关节屈曲。③患者跪坐,借体重辅助膝关节屈曲。

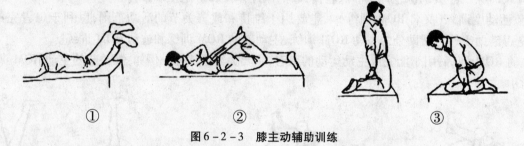

图 6 - 2 - 3　膝主动辅助训练

(3)被动 ROM 训练:由治疗师或家属对不能进行主动 ROM 训练的患者进行操作。如肩被动屈伸 ROM 训练,见图 6 - 2 - 4。

图中:患者取仰卧位,治疗师一手固定其肘部,另一手握其腕部,使其举手向上过头,肘要伸直,然后还原。

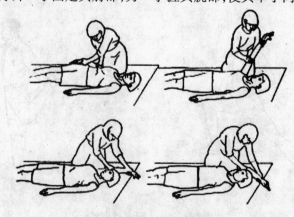

图 6 - 2 - 4　肩关节被动屈伸训练

(4)训练原则:①按照各关节固有的各个轴进行各种方向的运动。每种运动每次做 3~5 回,每日 2 次。②缓慢、圆滑地尽可能地做大范围的活动,逐步增大活动范围,保证无痛,防止过度用力引起误用性综合征,如关节周围出血等。③采取正确的体位、肢位和手法,对患者(尤其是昏迷患者)的各个关节进行正确的运动训练,治疗师一手固定其近端关节以防止其他关节的代偿性运动,另一手尽量接近做运动的关节。先健侧,再比照着患者健侧的关节活动范围循序渐进地做患侧的活动,防止由于患侧瘫痪而做出超过关节正常活动范围的训练而造成新的伤害。

另外,持续被动活动装置(CPM)是采用一种设备使得被动关节活动度训练能够在设计好的活动范围内、在一定的时间内不间断地进行(图6-2-5)。因为是被动活动,活动过程中肌肉不会产生疲劳。适用于关节炎、关节挛缩、关节内骨折等,常用于骨科手术后3天内的关节活动度被动训练,效果很好。

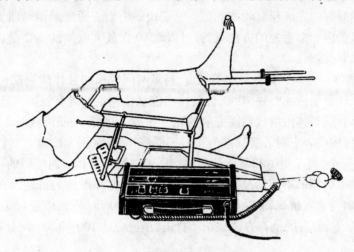

图6-2-5　物理治疗中的CPM机

2. 肌力增强训练　适用于肌肉疾患、神经肌肉接点病变、周围神经损伤所引起的肌萎缩(失神经性萎缩)和长期卧床引起的废用性肌萎缩等肌力下降。

肌肉收缩时必须负重(如用哑铃、砂袋、拉力器做训练),以使所收缩肌肉的张力增加。图6-2-6是肌力增强训练图。图中:①颈侧屈徒手抵抗训练(负荷:徒手施加的阻力)。②肘屈曲抵抗训练(负荷:哑铃)。③膝屈曲抵抗训练(负荷:松紧带)。④膝伸直抵抗训练(负荷:自身小腿及足的体重和砂袋)。

图6-2-6　肌力增强训练

肌力训练(或称肌力增强训练)也称为抗阻训练。阻力或所给的负荷应略高于现有的能力,使病人在训练时通过努力才能完成,即超负荷原则。随着肌力训练的进行,心血管系统产生相应反应,肌肉的耐力和爆发力也相应增强。根据肌力的收缩方式肌力增强训练分为三种。

(1)等长训练:是肌肉的静态收缩,长度不变,不产生关节活动,只有肌肉张力的变化。生活中端、提、举、扛等动作属于等长运动。

(2)等张训练:是肌肉的动态收缩,产生关节活动,移动负荷做功,但运动中肌肉的张力不变。分为主动运动、主动辅助运动和抗阻运动;还可以根据运动时肌肉的起止点位置变化的不同将等张训练分为向心性收缩与离心性收缩。

1)向心性收缩:肌肉收缩时肌肉的起止点靠近,如屈肘时肱二头肌的收缩。其基本目的是产生运动,运动速度较快。

2)离心性收缩:肌肉收缩时肌肉的起止点远离,如下楼时股四头肌的收缩。其基本目的是控制身体的运动,速度较慢。

(3)等速训练:是在肌肉收缩引起关节运动的同时,利用专门的设备提供与肌肉收缩相匹配的顺应性阻力,保证该关节以设定的角速度在设定的关节活动范围内活动。

3. 肌肉耐力训练 任何肌力训练如只能训练数次即疲劳无力,则对恢复日常生活活动能力帮助不大,故必须进行耐力训练。

耐力指肌肉持续完成某种静止的或动力的任务的能力。广义的耐力包括肌肉耐力和整体耐力。肌肉耐力指独立的肌群在一定的时间内完成反复收缩的能力。肌肉耐力训练通常采用与肌力训练类似的方法,即等张训练、等长训练,只是按低阻力多重复的方法进行,可以取 10 次最大收缩的 1/2 量,在规定时间内尽量多地重复,并与肌力增强训练同时进行。

4. 整体耐力训练 整体耐力训练为一种中等强度、持续时间较长的肢体的周期性运动,大约有 75% 的肌群参与。其强度约为最大耗氧量的 40% ~ 70%,此时体内能量代谢主要以有氧形式进行,所以又称有氧训练。所谓有氧训练,是指运动训练时,体内的代谢需要氧的充分参与,从而促进肌肉收缩。有氧训练的运动一般是每次运动时间较长,但强度中等。它对心肺功能有很好的锻炼作用,常用方法有:

(1)行走:简单易行,安全,便于坚持和调节运动量。用于心肺疾患和代谢障碍的防治,也可用于术后的病人和正常人的健身。可依据病情的不同情况(即可以参加各种速度和距离的行走,可以参加不致疲劳的行走以及只能进行慢速、短距离行走等情况)来决定步速,分为快速(100 步/分)、中速(80 ~ 100 步/分)和慢速(60 ~ 80 步/分)。目前在国际上,健身的推荐方法是快步行走,步速应达 100 ~ 120 步/分以上,专家认为快步走比慢跑多耗能 2 ~ 3 倍。

行走又分为平地行走和坡地行走,后者的运动量远大于前者,应在医生指导下进行。一般由平地行走开始,然后由医生根据病情开出运动处方,规定距离、速度和坡度,逐步加大运动量。如患者在行走过程中由经鼻呼吸改为经口呼吸,提示需氧量增加,要注意观察,必要时减慢速度,或暂停。

(2)跑步:是大量肌群参与的运动,对心肺功能是一个较好的锻炼。其运动量的控制可用一种较简单的方法,也就是采用心率作为评定运动强度的指标。可测定脉搏、听心音或用心电图记录仪来测定心率。

在康复治疗中,用心率作为运动强度的指标的计算方法可以庸氏(Jungmann)公式计算。一般人步行运动最快心率每分钟应不超过(170 - 年龄)。如某人 55 岁,其步行锻炼时的每分钟最快心率应不超过(170 - 55),即 115 次。

此外,还有游泳,骑自行车,登山,上下楼梯等方式。

5. 呼吸训练 为运动疗法重要的基本训练方法之一,常用于呼吸系统疾患、心肺术后及脊髓损伤的患者,一般采用运动强化呼吸肌(肋间肌、膈肌及腹肌)及相关肌肉(如躯干肌、腰背肌等),胸式呼吸、腹式呼吸训练,缩唇呼吸(吹蜡烛、吹口哨等练习)以及呼吸体操等方法。

6. 步态训练 根据循序渐进的原则,一般是按平行杠步行→步行器步行→持拐步行→持杖步行→弃杖步行的顺序。其中每一类步行都有具体的训练方法。

7. 轮椅训练 包括轮椅与床、轮椅与便器相互之间的转移,以及驱动轮椅的训练。首先需要三角肌、胸大肌、肱二头肌的肌力增强训练及关节活动度训练(尤其是肩、肘、髋及膝关节的活动度),之后进行转移及驾驶轮椅的实用动作训练,需要先有治疗师辅助,再逐步脱离辅助直至独立完成。

8. 医疗体操 根据患者病情、功能障碍表现而专门编订的、有治疗和康复作用的体操,如腰痛患者的医疗体操、习惯性便秘患者的医疗体操等。中国传统的太极拳、八段锦等也有很好的训练作用,常用于高血压、消化系统疾病、骨关节疾患等的康复训练。

9. 易化技术 为运动疗法的主要内容之一,主要适用于偏瘫、脑瘫等中枢性瘫痪以及神经精神发育迟滞者,是以 Bobath 法、Brunnstrom 法为代表,加上 Rood 法、PNF 法、Vojta 法等多种方法,经过大量临床实践证明有效以后,又为神经生理学的理论给予说明。目前这些技术的适应证、禁忌证还没有完全研究清楚,因此还不能归纳为"中枢性瘫痪的运动疗法"来统一看待,而只是分别以发明者的名称来命名。

易化技术的中心思想是易化或促进正常运动反应及运动形式,抑制异常的姿势和动作模式。它强调感觉对运动的重要性、反复进行运动再学习的重要性以及用人体正常发育顺序的方法训练的重要性。

（二）作业治疗

作业治疗（Occupational Therapy，OT）是应用有目的的、经过选择的作业活动，对由于疾病、损伤、情绪障碍、先天性或发育上的残疾、老化而造成的生活和劳动技能障碍进行检查、诊断和治疗，以便使患者掌握良好的活动技能和职业技能，培养良好的生活方式，预防病残的发生发展，保持健康。这是一门指导病人参与一些使人产生兴趣、能够生产出产品或学到具体的生活、职业技能的活动的科学与艺术，是康复治疗的主要手段之一。

作业治疗的基本思想，"人有工作是最好的医生，人的工作与其幸福是分不开的。"

作业治疗特有的各种作业活动，如操作砂板磨、手轮、各种型号的插板和插棍，可以练习手及上肢的肌力、关节活动度、手精细动作和操作准确度等；剪纸、绣花、做贺卡等属于优美的手工艺品创作；雕刻、园艺等是具有艺术性的操作工艺；金工、木工等为生产性活动；还有使用生活辅助用具等日常生活活动，教育性活动，以及娱乐活动等。这些可以对患者多方面的功能进行训练，以克服、适应和代偿其生理、心理功能的障碍，最大程度地发挥其残存能力，使患者积极承担和参与人生的基本内容和活动，以适应居家生活及新的环境条件下的工作（图6-2-7～图6-2-10）。

图6-2-7 练习上肢功能的砂板磨和手轮

图6-2-8 主要练习手功能的各类插板

图6-2-9 园艺治疗的庭院

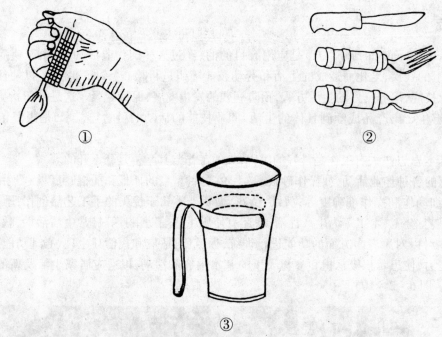

图6-2-10 作业治疗中的生活辅助用具

1. 作业治疗的特点

(1)作业活动既作为治疗手段来使用,又创造性地生产产品,促进患者适应家居生活,重新回归职业和社会。

(2)作业活动在原则上同等重视身心的需求,重视患者整体功能的恢复,使患者通过作业活动,在生理功能改善的同时,情绪也得到改善,能够乐观地承受残疾的事实,愉快地生活。作业治疗训练患者的日常生活活动能力、作业活动能力及职业能力,可得到整体功能的恢复。

(3)作业活动以病人为主导,重视吸引患者的兴趣以调动患者自身的积极性,使其主动地进行作业活动,持之以恒,才能获得最好效果。

(4)治疗人员对患者采取友好、赞赏、亲切及认真的态度(对训练的执行要有一定的严格要求)的"态度疗法",使患者乐于在治疗人员的指导下进行作业,并努力达到治疗的要求。

(5)作业治疗对认知功能进行评价和治疗,对职业能力进行评价和训练。

2. 作业治疗的用途

(1)帮助恢复局部的机体功能,如肌力、耐力、感觉与运动系统的协调,认知功能,以助于改进日常生活活动能力。

(2)帮助有功能缺陷者达到高程度的独立性,发挥其残存功能,改善生活环境,使其出院后尽可能在生活上、经济上独立。

(3)作业活动由于具有实用性、创造性的特点可使病人的注意力集中,提高其解决问题的能力,正确认识视觉与空间的关系。

(4)用以恢复患者整体的健康状况及功能。

(5)作为评价病人躯体功能和职业能力的一种方法,为病人康复后能否仍做原工作,或需改换工作,或不能工作,提供科学的依据。

(6)作为预防措施,维持患者一般健康状况、减轻苦闷情绪,减少各种并发症。

第三节　康复治疗原则与转诊服务

一、康复治疗原则

既然康复治疗主要是功能能力的康复训练,所以康复治疗原则也就是康复训练原则。

（一）视力残疾的康复训练原则

1. 低视力的康复训练原则

（1）儿童低视力康复训练原则:应该认识到视觉的发育不能自然产生,视觉的效果可以通过训练来提高。因此,儿童视觉的发育主要靠自己多看（尤其是看近）。

严重患儿主要靠视觉训练——学习如何使用残余视力,并认识和理解所看到的一切;还需要更多地使用其他感觉如听觉、触觉/触－运动知觉、嗅觉以及味觉等,来弥补视觉方面的不足。

（2）老年人低视力康复训练原则:主要靠各种助视器进行低视力康复训练（助视器使用训练）,达到增视效果;还可以改善居住环境和照明条件以增强其效果,使他们能够充分利用残余视力,尽可能恢复阅读书写功能,独立生活,享受晚年的乐趣。

2. 盲人定向行走训练的原则　盲人定向行走训练的目的是使盲人能够掌握一定的定向行走技术,独立、安全、有效地行走,走出家门,重返社会,提高生活质量。盲人定向行走训练的原则如下:

（1）针对性原则:深入盲人家庭,根据其需求,有针对性地进行一对一的训练,以其家庭和工作地点为中心,不断向外扩大范围。

（2）安全优先原则:任何情况下都必须首先确保盲人的安全。

（3）实用性原则:贯彻"急用先学"、"实用优先"、"效果至上"的原则。

（二）听力与语言残疾的康复训练原则

聋儿听力与语言康复的目的是采取医学、教育、社会、工程等康复手段,充分发挥助听器和人工耳蜗的补偿作用,开展科学的康复训练,以减轻耳聋给聋儿造成的听觉、语言障碍及各种不良影响,使其能听会说,能够进行正常的语言交流,达到回归主流社会的目的。

1. 聋儿听力语言康复的三早原则　即早发现耳聋,早验配和使用助听器,早开展康复训练。因为0～3岁是儿童大脑发育最快的时期,也是学习语言最重要的时期,7岁以前是最佳期,7～12岁是可塑期。如果能够及时发现耳聋,尽早配戴助听器,可以使聋儿在父母怀里接受声音语言刺激,得到科学的康复训练,其各方面的发育就会接近正常儿童。

2. 听力康复训练的原则　在验配和使用助听器或人工耳蜗的情况下,进行有目的、有计划的听觉训练,最大程度地开发残余听力或者重建听觉系统,养成良好的聆听习惯,培养感受、辨别、记忆和理解声音的能力,从而培养言语听觉,进而获得有声语言。

3. 语言康复训练的原则　学前期是儿童学习语言的关键期,要遵循儿童语言的发展规律,先使其理解,后学习说话。

（三）肢体残疾的康复训练原则

1. 偏瘫的康复训练原则　偏瘫指各种原因引起的人体一侧肢体的瘫痪,可由脑血管病、脑外伤、脑肿瘤和脑炎等脑部疾患引起。因为脑血管病是其主要原因,所以习惯上提到偏瘫,即是指脑血管病。

（1）与周围性瘫痪相区别:偏瘫是中枢神经系统病变所致的瘫痪,是中枢性瘫痪,它与周围神经的疾病/损伤引起的周围性瘫痪发生原理不同,因此治疗原则也不同。

康复医学发现了中枢性瘫痪在恢复全过程中患者瘫痪侧身体运动模式由"异常"到"正常"的发展变化规律,观察到这一过程中由于高位中枢病损引起的腱反射、病理反射、姿势反射(低位中枢原始反射)的释放与亢进及随后的逐步减弱,以及正常反应消失和随后的逐步恢复的规律性变化,全面揭示了中枢性瘫痪恢复过程的客观规律,提出了中枢性瘫痪是"质"(即运动模式)的变化,周围性瘫痪是"量"(肌力)的变化。

中枢性瘫痪一般不宜进行单纯肌力训练或者让其"自然恢复",以免强化原始、低级的运动模式,妨碍更高级水平运动的恢复。

中枢性瘫痪的训练重点是正确运动的形式、姿势和控制力的恢复,而不是力量和速度。应全身放松,注意力集中于保持正确的运动形式上,只做必要的运动,抑制错误的运动形式,使恢复过程沿着正常的轨道发展。

(2)适应证:意识清醒,生命体征(体温、脉搏和血压,尤其注意血压是否波动)稳定,病情无进行性发展,可于发病后48~72小时就介入康复措施。

(3)禁忌证:严重昏迷,生命体征不稳定(尤其是血压过高或突然降低),进行性卒中以及有严重的合并症(如肺炎,吞咽障碍等)。

(4)软瘫期:软瘫期为发病后2~3周,此期的训练与临床治疗同步,训练的目标是调整患者的心理状态,防止各种并发症,促进肌力、肌张力和主动运动的出现,恢复床上部分功能。

训练注意事项为:①只对适应证患者进行训练。②进入痉挛期(其上下肢的痉挛模式和抗痉挛模式见图6-3-1)以后不可再做健侧的抗阻运动。③早期卧床时应采用床上抗痉挛体位(见图6-3-2)。摆放的原则是上肢伸直,下肢屈曲,以对抗痉挛。推荐体位:患侧卧位及健侧卧位。

1)患侧卧位:是最佳的体位,可以减少患者易发的患侧忽略,增加患侧的信息输入,牵拉患侧肢体,有防治痉挛的作用,健侧上肢还可自由活动。

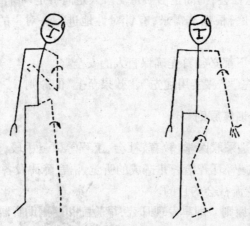

6-3-1   偏瘫上下肢的痉挛模式和抗痉挛模式

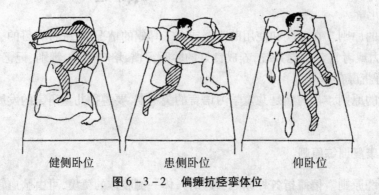

健侧卧位   患侧卧位   仰卧位

图6-3-2   偏瘫抗痉挛体位

2)健侧卧位:双上肢间夹枕,患侧肩胛骨前伸,伸肘,手中立位,患髋屈,膝屈以枕支撑,将折叠的毛巾垫在腰的下面;健髋伸,膝屈,两腿间夹枕。

3）仰卧位：头向患侧转，患肩下垫毛巾，伸肘，掌心向上，手肘下垫枕，患髋下垫毛巾，外侧放枕（防外旋），膝下垫毛巾卷，足底不触物。由于对称性颈紧张反射的恢复往往会使患者在仰卧时伸肌紧张性更强，所以早期有足内翻及伸肌痉挛的患者尽量不用此体位，而仅用侧卧位。

此外，还需进行关节活动度训练；躯干为主的床上运动特别是双手交叉做 Bobath 握手和双下肢的桥式运动等（图 6-3-3）。

上肢 Bobath 握手　　　　　　　　　　　　　　下肢桥式运动

图 6-3-3　脑卒中早期的肢体训练

（5）痉挛期：痉挛期为脑卒中后 2~3 个月（Brunnstrom 分级的 3 期），病人大多在家中与社区进行训练。此时病情基本稳定，是康复训练的最佳时期。此期的目标主要是通过对关键点的控制，降低痉挛，促进脊髓水平的原始运动模式的完成和逐步消退，经过训练，使瘫痪侧肢体的功能、言语能力、日常生活自理能力均有提高。注意：不做上肢的握力拉力训练和直腿抬高训练；不要在患侧不能或只能少量负重时强架着练习走路，以防止强化异常的运动模式而使运动停留于此阶段，再难以向正常的分离运动过渡。应当定期去医院复查，接受指导，坚持训练。

（6）恢复期：恢复期（Brunnstrom 分级的 4~6 期）的目标是：降低肌张力，控制异常的运动模式，促进单个关节运动的恢复，进行平衡训练和步行训练，提高运动的难度、速度和协调性；还应学习使用手杖、轮椅、生活辅助用具等，尽可能克服瘫痪造成的不良影响，争取最大程度地达到独立生活。此期应着重于促进运动的精细、准确和协调性的恢复，对于不能完全恢复的功能（如手功能）可以通过作业治疗师和康复工程人员的协作，采用支具、辅助用具来代替和代偿，使其达到生活自理，重返社会。

（7）康复训练对于脑卒中患者是终生的训练任务，即使回归到家庭和社会，仍要坚持练习。

2. 脑瘫的康复训练原则

（1）早期康复：早发现，早期康复治疗，争取达到最理想的结果。

（2）全面康复：对具有脑瘫高危因素的儿童和患儿，通过医疗、心理、教育、社会、工程等多方面的全面康复干预，使患儿从身体上、心理上、职业上、社会上得到最大程度的恢复。

（3）运用综合康复的手段：

1）运动治疗、作业治疗、言语治疗、心理治疗、矫形器矫正等康复治疗与有效药物和必要手术相结合。

2）中西医治疗相结合（按摩、针灸、中药等）。

3）康复治疗与游戏玩耍/特殊教育相结合。

4）训练患儿与训练家长相结合。

3. 截瘫的康复训练原则

（1）急救运送：急救运送方法的正确与否，影响患者的预后和康复效果。搬动时要保持受伤后的体位，避免再次损伤脊髓；头部中立位制动，由 3~4 人平抬到硬板上，保持脊柱的伸直位。切忌一人背送或一人抱肩、一人抱腿的搬运方法。

（2）急性期（伤后 2~12 周）：着重预防各类并发症。

（3）恢复期（12 周以后）：着重进行运动治疗，改善活动能力。

（4）完全性损伤主要是加强残存肌肉的功能、促进关节活动度的恢复，掌握轮椅支具的使用以便生活自理、提高活动能力、重返社会；不完全性损伤主要是加强麻痹肌的功能，减轻肌肉的痉挛以改善运动功能障碍。

4. 骨关节疾病的康复训练原则

(1)主动训练:要求患者在治疗师指导下开始训练,以后逐步脱离协助,尽量尽快地达到自己进行主动训练。

(2)循序渐进:训练时的运动量要适当、循序渐进,一般是先运动健侧,再运动患侧。应保证在无痛范围内进行。

(3)注意安全:训练要穿宽松的运动服,运动前要做准备活动,运动后要逐步减慢速度,不要突然停止;添加负荷/阻力时要避免暴力,负荷要逐步递增,避免过度猛增;采取的体位和肢位要规范,防止发生继发的外伤、出现代偿运动和"误用性综合征"。

(4)慢性骨关节疾患患者往往需要长期甚至终生的康复训练。

(四)智力残疾的康复训练原则

1. 儿童智力残疾的训练原则

(1)全面康复原则:儿童智力残疾的康复主要包括运动、感知、认知、语言交往、生活自理、社会适应六个领域,应该从这些方面为儿童提供全面的康复训练,促进他们的智力发展和功能改善。

(2)个别化原则:针对每个儿童的具体情况和水平,制定适宜的训练目标和训练计划。

(3)最少协助原则:应在学校/机构和家庭进行训练,采取简单易行的方式:用口头提示/讲解指导孩子做;示范后让孩子做;手把手地教和尽量给予"最少协助"。

2. 成人智力残疾的训练原则

(1)自立性原则:自立自强是成人智力残疾康复的基本原则。应当尊重他们的意愿和希望,帮助他们实现自己的生活目标,成为自立自强的人。

(2)个别化原则:建立每个智力残疾成人的档案,提供持续的针对性的康复训练服务。

(3)小步子多重复原则:将每个学习任务分解为多个步骤,分步练习、重复练习,再综合训练,可达到较好的训练效果。

(4)功能性原则:注重功能的恢复,可以从更广泛的角度设法提高训练的效果。

(5)充分发挥潜能原则:发挥智残人的潜力,扬长避短。

(6)参与性原则:让智力残疾成人本人参与、家属参与、社区参与,使其在家庭生活和社会生活中担当起适合的角色。

(五)精神残疾的康复训练原则

(1)早发现、早诊断、早治疗原则:尽可能通过科学、正规、系统的治疗,消除患者的精神症状,为进一步康复奠定基础。

(2)坚持长期服药原则:目前药物治疗尚不能根治,需要坚持长期服药,一旦停药,病情就有可能复发。

(3)综合性治疗原则:综合性治疗包括生活、学习、工作、人际交往、职业康复和就业等,可以提高治疗和预防复发的效果。

二、转诊服务

(一)机构康复和社区康复

机构康复(Institute-Based Rehabilitation, IBR)是指综合医院康复医学科或康复中心所开展的康复医疗,是以本单位医务人员为康复医疗服务的主要力量,以本单位为基地,采用国内外先进的康复医疗技术,对前来就诊的患者进行康复医疗服务。

社区康复(Community-Based Rehabilitation, CBR)主要依靠社区的人力资源,利用初级卫生保健及民政工作网点,使用"适宜技术",即因地制宜、因陋就简地采用简单而经济的技术和设备,满足社区广大群众的基本需求;将疑难病例转到综合医院康复医学科或康复中心。此外,还要进行职业康复、教育康复及社会康复方面的工作。

社区康复以普及为主,机构康复以提高为主,提高与普及相结合。社区康复是机构康复的延伸,机构康复是社区康复的后盾。

(二)社区居民的就医程序

通常情况下,患者应当先去社区医院就诊,进行社区康复。在社区解决不了的问题请综合医院康复科会诊或转诊到综合医院康复科或专门的康复中心。

在社区中需要进行康复的残疾人,约有30%需转送至康复医疗条件较好的康复医疗机构检查和评定,解决较复杂的治疗和康复问题。

(三)转诊系统和支持系统

社区康复服务机构应当与综合医院康复科或专门的康复中心建立紧密联系和绿色通道——转诊系统,使得需要转诊上送的残疾人能够及时地得到综合医院的现代康复医学的服务,不致贻误病情。

另外,有需要职业咨询服务、安装假肢支具和生活辅助用具、精神科诊治以及心理咨询的残疾人还需要支持系统的帮助,包括残联、职业咨询及培训中心、康复工程服务中心,以及精神卫生、心理卫生和其他与康复有关的研究机构和咨询机构,也应当由社区康复部门转送。

【案例】

一名脑卒中造成右侧偏瘫的患者住院3个月到接受医疗康复咨询的时候,首先,填写"康复需求调查表",使医疗康复咨询师明确患者的残疾情况和需求,以便制订恰当的功能评定和康复训练计划;其次,进行偏瘫运动功能评定,确定其运动功能恢复的阶段,并进行日常生活活动能力评定和功能独立性评定,确定其生活自理情况、认知功能和言语交流情况,作为选定康复训练的依据;之后采用物理治疗训练其运动功能、采用作业疗法训练其生活自理能力和认知功能、采用言语疗法训练其言语功能和吞咽功能。在训练过程中监测其恢复情况,并不断修正训练计划。遇到特殊或复杂情况时转诊到综合医院康复医学科会诊。如果出现右手功能恢复不良,可佩戴支具、训练左手的活动能力和配置生活辅助用具,最终回归家庭和社区,并到支持部门如职业培训中心学习职业技能,争取职业康复和社会康复。作为医疗康复咨询顾问,主要是就其身体功能能力的问题,对患者的功能评价、康复治疗和是否需要转诊、设立家庭病床等提供咨询服务。

复习题

1. 试述康复治疗的特点和主要内容。
2. 机构康复和社区康复有什么区别和联系?
3. 请列出医疗康复咨询的主要内容。
4. 脑卒中和视力残疾的康复训练原则是什么?

(戴红)

第七章　教育康复咨询

第一节　概　述

残疾儿童的教育目的和任务是:最大限度地满足社会的要求和特殊儿童的教育需要,发展特殊儿童的体力、智力和人格。通过特殊的教育、教学与训练,传授一定的文化和科学知识,培养他们的生活信心、健康的自我意识、生活学习和劳动就业的能力。

根据1981年世界卫生组织(WHO)医疗康复专家委员会给康复的定义,简单地讲,康复是指应用各种有用的措施以减轻残疾的影响,使残疾人重返社会。由此看来,教育是全面康复的一个有机组成部分。

教育康复是指通过对残疾儿童的教育与训练,提高残疾人的素质和各方面的能力。通常,教育康复的对象主要是残疾儿童和青少年。我国不仅对残疾儿童实施九年义务教育制度,而且创造条件使有能力的残疾儿童、青年能享受中等、高等及职业教育,充分挖掘他们的各种潜能,使他们有能力重返社会,参与社会生活,发挥自己的能力为社会服务。

通过学前教育、初等教育、中等教育,甚至高等教育,可以使残疾者身心功能得到复原或改善,提高功能障碍者的素质和各方面的能力,获得最大程度的独立和主动的生活能力,教育的过程就是康复的过程。

第二节　残疾儿童的教育形式

一、美国的教育安置形式

在残疾儿童的教育安置问题上,国与国之间不尽相同。美国的法律规定:残疾儿童的教育安置必须满足最少受限制的环境的条件,而最少受限制的环境,按 Wilcox 和 Sailor(1982)的观点,应包括六个方面:环境中有正常儿童;为学生提供互相交往的机会;使残疾儿童和正常儿童保持一定的比例;为残疾儿童提供同正常儿童一样的教育和课外活动的机会;为所有学生,包括残疾儿童和正常儿童,提供同一个活动时间表;尽可能提供多种类型的教育服务。

美国残疾儿童的教育安置包括:普通班加很少的特殊教育服务;普通班加一个教师助手;普通班加巡回教师;普通班加资源教师;特殊班加部分时间普通班;全天特殊班;不住宿的特殊学校;住宿的特殊学校;家庭辅导;医院或养护机构。究竟残疾儿童安置在哪一种形式下最为恰当,则应根据个体的教育需要综合考虑。

二、我国的教育安置形式

在我国现阶段,残疾儿童教育安置主要以特殊学校为骨干,以大量的特殊班和随班就读为主体。在城市人口集中的地区,大多选择寄宿制的特殊学校或特殊班。在农村,则以就近小学随班就读为主。

(一)特殊学校

这是一种最古老同时也是受限制最多的教育安置形式。特殊学校的设立原则上以省、直辖市为单位划片设校,或以地、市为单位设校。特殊学校大多是寄宿制学校,义务教育阶段通常按教育部制订的全日制特殊学校(盲校、聋校和培智学校)课程设置实验方案施教。

这种特殊学校教育形式的优点是:学校的教学辅助设备比较齐全,教师的教学水平比较高,对残疾儿童的教育有着较为丰富的教学经验。其缺点是:这种学校长期把学生隔离在校内,与家庭、社会接触相对较少,对培养残疾学生的社会适应能力不利,且投资大,收益少。目前在我国经济发展比较落后,残疾儿童居住分散且多数家庭尚无力承担住校食宿费的情况下,如单一发展特殊学校这一种办学形式,是不适合我国残疾教育现状和发展需求的。

(二)特殊班

特殊班是指附设在普通学校或其他特殊学校的单独班级。残疾儿童大部分或全部时间待在特殊班内接受特殊教师的教学与辅导。这种教育形式的好处是可以借助普通学校现有的编制、教学设备和环境,对残疾儿童进行特殊教育,同时也能在一定程度上促进残疾儿童社交技能的发展。其缺点是某种程度上仍然存在着一定的隔离现象。

(三)随班就读

随班就读是从1987年我国开始实施的残疾教育安置的一种形式。它的基本做法是:在有残疾儿童的地区,培训残疾儿童所在村小的教师,然后将残疾儿童安置在普通班中,同普通儿童一起接受教育。通常,残疾儿童所学的课程与普通小学的学生基本相同。全盲的儿童使用盲文学习,低视力儿童使用大字课本或普通课本。入学年龄一般与同班同学相同或稍大一些,学生原则上不住校。在一些贫困省的山区学校,由于上学路途较远,山路崎岖,父母又不能保证每天接送,随班就读的残疾学生特别是盲童大多与学校的教师搭伙,住在学校的教师家中,每星期回家一次。

随班就读的教育形式符合我国目前残疾儿童居住分散、家庭困难而无力去特殊学校上学的现状,在既不增加国家建设投资,又不加重家庭负担的情况下,就近解决了残疾儿童入学问题。因此,残疾儿童随班就读是适应我国普及残疾儿童义务教育的较好的教育安置形式。但是,也不得不承认,目前残疾儿童随班就读仍然存在着许多亟待解决的问题,如随班就读教师负担过重、教师的知识技能亟待提高、残疾儿童的课程内容过于普通化、随班就读盲生缺少盲文教材、残疾儿童缺少必要的职业教育及残疾儿童的学前教育还未被列入随班就读的日程等,如何解决这些问题,使残疾儿童随班就读工作更上一层楼,是值得特殊教育工作者继续深入研究、探索的。

(四)在家接受辅导

在一些贫困地区,一些多重残疾儿童,特别是有严重情绪困扰者,不能在普通学校随班就读接受教育,而家里又无力送其去特殊学校上学,只有在家接受一些教师的"非正规"的定期指导。这种教育形式一般多是村小学教师利用课余时间定期上门辅导,或为家长提供一些简单的培训,要求家长回去辅导自己的孩子,孩子定期到学校接受教师的检查或考核。经过一段时间的训练后,如果多重残疾学生能够接受正常的班级教育,就可以进入村小接受学校的教育。

三、影响教育安置的因素

以下几方面因素可供安置残疾儿童时参考:

1. 儿童需要特殊辅导时间的长短　残疾儿童需要学习许多为补偿缺陷所需的特殊技能,如在开始接受教育时需要学习盲文或手势语等,这些都需要有特殊教师在相对较集中的时间内进行教学辅导。如果残疾儿童需要特殊教师的这种指导时间较短,则可考虑安置他们在普通班接受教育,否则,应考虑其他安置形式。

2. 儿童的年龄　一般情况下,年龄越小的残疾儿童,越需要发展他们的基本技能,也越需要特殊的指导。

3. 自理能力　残疾儿童自己不能照顾自己,生活不能自理,不能独立行走,则需要更多的特殊教师的指导。

4. 残疾的种类与程度　残疾的种类及程度也决定了他们接受特殊教育服务的类型和形式。一般来讲,残疾程度越严重,就越需要得到更多的帮助,指导的时间也越长。

5. 综合残疾　具有两种以上残疾的儿童需要学习更多的基本技能,因而需要更多特殊教师的辅导。通常严重的多重残疾的儿童需要大部分时间由特殊教师指导和训练。

6. 残疾的年龄　致残的年龄越晚,越需要集中时间学习新的技能,也越需要花费更多的时间接受特殊教师的辅导,一个后天失明的十岁儿童比一个先天失明的十岁儿童更需要花费时间学习补偿缺陷的技能。

7. 家庭成员和社区工作人员的态度　社区和家庭对残疾儿童及其受教育形式的态度也是需要认真考虑的一个因素。如果家庭和社区对残疾儿童的态度是积极的,他们可以根据残疾儿童的教育需要,提供充足的物力、财力和人力的支持,从而选择适宜的最少受限制的而有利于残疾儿童发展的教育安置形式。

8. 特殊教育的质量　残疾儿童的教育安置有时也决定于安置环境中是否能提供有效的特殊教育服务。如残疾儿童需要定向行走的指导,或语言矫正的训练等,其安置的环境中应该具有提供这些特殊服务的能力。

9. 家庭位置　如果残疾儿童居住在郊区,没有许多特殊教育的安置可供选择,尽管资源教室或特殊班对他们的安置很合适,但离家几十里,也不可能选择此种安置形式。

10. 儿童和父母的偏爱　残疾儿童的父母、残疾儿童本人的意见在其教育安置中起着非常重要的作用。

11. 学习经验　残疾儿童前一年学习成功的经验,足以决定儿童在现有的这种安置下继续学习下去,除非残疾儿童父母或本人坚决要求改变,否则不应改变现有的安置形式。

第三节　残疾儿童的义务教育

一、视力残疾儿童的义务教育

(一)视力残疾儿童教育目标

教育部 2007 年颁发了《盲校义务教育课程设置实验方案》试行通知,确定了视力残疾儿童教育培养总目标:全面贯彻党的教育方针,促进视力残疾学生全面发展,尊重个性发展,开发各种潜能,补偿视觉缺陷,克服残疾带来的种种困难,适应现代生活需要。

1. 使视力残疾学生具有良好的思想道德品质　思想品德对视力残疾儿童各方面素质的发展,包括个性的形成具有导向和促进作用。视力残疾学生由于视觉缺陷，必然导致在生活、学习、就业上的许多困难，容易使他们在思想上产生烦恼和痛苦，从而可能会出现自卑感较重、对生活失去信心、缺乏远大理想等问题。因此，思想品德教育中一项重要内容就是帮助他们建立生活的信心，促使他们热爱生活，树立远大理想，自尊、自强，形成身残志坚的意志品质。

2. 使视力残疾学生具有基本的文化知识 视力残疾儿童在小学阶段应具有阅读、书写、表达、计算的基础知识和基本技能，掌握一些生活、自然和社会常识，达到普通小学相应的文化知识水平。培养认知、动手和自学能力。养成良好的学习习惯，培养广泛的爱好和兴趣。在中学阶段则应掌握文化科学基础知识和技能，文科方面基本达到普通初中的水平，理科方面接近普通初中的水平；使视力残疾儿童具有一定的自学能力和运用所学知识分析问题、解决问题及动手操作的初步能力，并初步具有实事求是的科学态度和追求新知识的精神。由此可见，视力残疾儿童在教学内容上必须达到基础教育的科学文化素质要求，具有一定的基本文化知识。

3. 使视力残疾学生具有健康的体魄 使视力残疾学生具有健康的身体，正确的定向和运动能力，坐、立、行等动作协调，姿势正确，懂得初步的体育卫生知识，养成锻炼身体和讲究卫生的良好习惯。增强视力残疾学生的体质，使他们具有健康的体魄，运动自如。

4. 使视力残疾学生具有一定的生活能力和一定的社会交往能力 视力残疾学生因不能直接观察、模仿家长或其他人的行动，生活自理能力、生活适应能力、社会交往能力较差，要加强这方面的能力，为将来正常地参与社会劳动打好基础。

5. 使视力残疾学生具有初步的劳动技能 视力残疾学生应能掌握一些生产劳动的基础知识和基本技能，了解择业的一般常识，具有正确的劳动观念、劳动态度和劳动习惯。此外，应在此基础上，根据社会的需要与视力残疾学生的兴趣，有计划地进行职业技术教育和劳动技能训练，使他们掌握一技之长，成为名副其实的社会主义建设的劳动者

(二)视力残疾儿童的课程设置

目前，我国盲童学校小学和初中阶段的课程设置，以国家统一安排为主，根据本地区的实际需要自行安排为辅，既开设普通学校的一般性课程，也设置必要的特殊课程。课程设置的主导思想为：学科以文化基础教育为主，因地制宜地加强劳动和劳动技术教育；以分科课为主，适当设置综合课；以必修课为主，适当设置选修课；既开设普通小学、初中的一般性课程，又设置必要的特殊课程。

我国《盲校义务教育课程设置实验方案》(试行)中规定：国家统一安排的课程内容包括：人文与社会、语言与文学、体育与健康、数学、科学、艺术、技术、康复、综合实践活动等九个学习领域。低、中年级阶段以综合课程为主，高年级阶段设置分科与综合相结合的课程，开设思想品德(低年级开设品德与生活，中年级开设品德与社会、高年级开设思想品德)、语文、数学、外语(三年级开始)、体育与健康、艺术(或分科选择音乐、美工)、科学(高年级或分科选择生物、物理、化学)、历史与社会(或分科选择历史、地理)、康复(低年级开设综合康复，低、中年级开设定向行走，中、高年级开设社会适应)、信息技术应用、综合实践活动等课程。除此之外，各省自治区、直辖市可以根据本地区的需要和特点，开设一些能补偿盲童的缺陷、更有特色的提高课或选修课。

此外，视力残疾儿童教育在遵循国家盲校统一课程安排的基础上，应根据视力残疾儿童的特殊需要，在下述几门特殊课程上给予特别的重视。

1. 定向与行走 定向与行走是视力残疾儿童运用各种感官，包括残余视力，确定其在环境中的位置，了解周围环境中的重要事物，从一地安全有效地移动到另一地。

学会定向与行走，对增强视力残疾学生的独立性有很大帮助，可以发展正确的自我概念，增强自尊心和自信心；可以增强体魄；可以增加社会交往的机会，创造更多的就业可能性。一般来讲，定向与行走的教学目的应是：行走中学会保护自己，在熟悉的环境中能够独立行走而不碰伤。在不熟悉的环境中会借助于辅助工具独自行走；在马路上或乡间小路上行走时，借助于环境中各种线索和路标，能应付突然发生的意外情况，做到

安全行走;路线正确,不走弯路,有效行走;行走时姿态端正,动作协调自然,基本做到没有盲态。

在定向与行走中,听觉发挥着最为重要的作用。所以,在定向与行走的教学中应将听力训练纳入课程内容。除此之外,感觉训练、概念发展(尤其是对环境的认识)、姿态端正与步伐训练、行动技能训练等都应列为定向与行走的教学重点。

定向与行走课程要结合校内、校外环境教授基础知识和要领,带领学生走出校园,进行实地操作。如学习辨别路线中的线索、路标等技能,可在带领盲童去商场、公共汽车站的路上教授,以帮助他们掌握并运用于日常生活中。

2. 日常生活技能 视力残疾儿童不能通过模仿、观察学习生活技能,即使对于低视力儿童来说,也会遗漏许多日常生活技能操作中的具体细节,因此对视力残疾儿童必须提供系统的日常生活技能的训练。在向视力残疾学生教授日常生活技能时,要注意培养良好的生活习惯和言语行为举止,如吃饭时不要大声咀嚼,不要在嘴里有饭时张大嘴笑或说话,不要用筷子在菜盆中来回翻找,不要把桌椅弄得叮当响,不要当众剔牙、掏耳朵、挖鼻孔、搓泥垢、搔痒、抠眼睛,不要对着人打喷嚏、打哈欠、伸懒腰。综合国内外一些日常生活技能训练经验,日常生活技能课应使视力残疾学生达到:具有装扮自己的技能;具有照管衣物、鞋子及其他小物品的能力;具有保持个人卫生清洁的能力;具有良好的吃、饮的行为举止;具有对食品照管的能力;具有收拾居室的能力;具有使用公共交通通讯设施的能力;具有照管自己钱财的能力;具有照管好自己的健康包括自己的疾病和安全的能力等。

3. 休闲与娱乐 休闲与娱乐活动能为视力残疾学生提供发挥其各方面才能,更加积极主动参与,松弛紧张焦虑情绪,同其他人和睦相处,被别人接纳、承认或赞赏的机会。正确的休闲与娱乐能帮助视力残疾儿童发挥潜能,使他们的生活充满色彩。休闲与娱乐课应帮助视力残疾儿童达到:具有休闲活动意识和正确安排休闲活动时间的能力;具有自我消遣和独立外出参加休闲活动的能力;具有参加体育、游戏等活动的能力;具有欣赏艺术和大自然美景的能力;具有一定的音乐和舞蹈鉴赏力;具有一定的爱好科学与技术方面的兴趣等。

4. 性别与青春期性教育 正确的性别教育不仅在丰富视力残疾儿童和青年的生活,使他们更了解自己、同龄人及社会等方面起着积极的作用,而且对视力残疾儿童的身心发展和语言获得有积极的作用。可以设想,一个不认识自己是男是女的人,是不可能形成正确的自我概念的,学习的潜能也不可能得到充分发挥。究竟在我国该如何对视力残疾儿童进行性别与性知识方面的教育,该讲授哪些内容,用什么方式等,仍是一个令特殊教育界乃至整个教育界困惑的问题。

5. 感知觉训练 及早地进行触觉、听觉、受损视觉的训练,能提高视力残疾儿童的触觉、听觉的感受能力,获得较为丰富的感知经验,从而大大缩短他们与正常儿童在心智发展等方面的差距。因此,对视力残疾儿童及早进行感知觉训练具有重大意义。通常感知觉训练包括:

(1)对有残余视力的儿童进行视觉功能训练:包括面部表情、视觉追踪、固视、搜寻、调节辐奏、视觉认知和记忆等七个方面。

(2)听觉训练:包括对声音注意、声音反应、声音辨别、根据声音判断距离、对特定的声音与语言的识别、对语言的理解及倾听技能等七个方面。

(3)触觉训练:包括不同物质材料的辨别、辨认物体基本结构和形状、对部分与整体辨别、通过触摸认识凹凸形、对盲字的理解等。

(4)其他感觉训练:嗅觉、味觉等也都应根据视力残疾儿童个体的需要进行训练。

(三)视力残疾儿童的教育教学策略

视力残疾儿童的教育教学目标同普通儿童的教育教学目标是一致的,都是为了最充分地发展学生的潜在能力。由于视觉的损伤,这些儿童在接受教育的过程中有独特的需要,因而在教育教学策略上需要相应的调整和改变,如在教学材料的呈现方式、资料和设备等媒介的使用及环境改造(建筑和其他环境设施)等方面应根据需要适当变通。

1. 教法的采用

（1）需要具体的经验：视力残疾儿童无法看见或看清，只能凭听觉和触觉学习。声音的经验凭听觉学习是正确的，但视觉的经验透过听觉来学习常常缺乏具体真实感。对于太大的物体或太小的东西，以及未曾接触过的特殊环境，都有赖于视觉经验才能获得真实感，仅凭语言的描述（听觉）和手的触摸（触觉）都无法体会得很真实。因此，视力残疾儿童从一开始学习就应给予实物或模型，或尽可能让他们接触实际情境，尤其应让他们有足够的时间去触摸、观察；同时可以让他们同班上的明眼儿童一起讨论，借助于明眼儿童的眼睛来学习；还要安排实地参观和校外教学，让视力残疾儿童熟悉许多新的环境，获得具体、有益的实际经验。

（2）实际操作的经验：视力残疾儿童在日常生活或学习活动中可能失去许多亲自动手操作的机会，无法模仿他人操作，更无法对环境中有意义的视觉刺激做出积极的反应，从而失去许多从具体操作中认识环境和事物的经验。应考虑到视力残疾儿童的这种不足，尽可能让他们亲自动手操作，在做中学。

（3）需要统整的经验：儿童一旦失去视力或部分丧失视力，只能通过触觉或听觉来感知事物，但触觉或听觉提供的信息远远不能帮助儿童形成正确的事物表象。应当在参观或感知实物模型和凸起图片的基础上，充分使用生动简捷的语言描述，帮助视力残疾儿童将获得的支离破碎的经验，统整成完整的事物的概念。

（4）设计好教学活动：有残余视力的视力残疾学生要在阅读方面花费较长的时间，容易造成视觉疲劳，教师应尽可能在教学活动的安排上多些变化：可先安排需要听力的学习任务，再安排需要使用视力的学习内容，最后又安排一些需动手操作的教学活动。此外，对于需要较长时间使用视力的活动，则需要有几次暂短时间的视觉休息，免得使眼睛过分疲劳。

2. 教材呈现方式的变通　视力残疾学生因视觉的损伤或丧失，对于需要依赖视觉的教材常会感到极大的困难，但这并不意味着视力正常儿童能够学习的教材绝对不适合于视力残疾学生学习，而是需要改变教材的呈现方式。通常，对于全盲的儿童可根据个体的需要采用盲文教材、有声教材，并辅以实物、标本、模型等教具；对于有残余视力的儿童，可提供大字课本、盲文教材及有声教材，并辅以适宜的光线、所需的助视设备，大字课本的字体以能保证他们能看清为准。无论是全盲儿童，还是有残余视力的儿童，教材的呈现都应根据个体的需要灵活变通。

3. 学习环境的安排　虽然教室或学校环境的调整并不是视力残疾儿童教育的关键所在，但如能做适当的调整，则有助于视力残疾学生的学习。

（1）保障教室环境的通道畅通：拆除行动障碍物，保障视力残疾学生的安全。书、杂物或其他物体不应随便放在教室的地面上，以免视力残疾学生绊倒；书架、纸篓等不应放在通道上，以使视力残疾儿童外出的路口畅通无阻；最好不使用弹簧门，门和窗户尽可能全开或全闭，以免给视力残疾学生造成危险；教室内任何家具位置变换或出现新的家具，都应事先告诉学生；在教室门口或学校大门口或建筑物的入口等处设置一块特殊质地的路面，以便视力残疾学生通过脚触地判断自己所在的位置，以免撞到门上而发生意外。

（2）室内温度要适中：学习环境内的温度高低对盲童摸读学习有较大的影响：在8℃以下，速度明显下降，学生普遍反映点字扎手、指头疼；5℃以下最多只能连续摸读一两分钟，继续触摸则不能辨别点位。

（3）适当的光线：环境内适当的照明直接影响低视力学生学习的情绪与效率；但应考虑各种不同的眼疾对于光的不同需求：青光眼、视网膜色素变性、视神经萎缩、病理性近视及大多数黄斑部病变的儿童都应给予强光照明。但也有一些低视力如白化病、先天性无虹膜等儿童则需低度照明。照明的光线一定要柔和，不刺眼，以免造成炫目。

（4）根据需要安排座位：学生坐在中间以前的位置能更积极参与教室内的活动，也能更集中精力听课。如将学业不良的学生从后排移到前排，将能提高其学业成就。因此，应根据视力残疾学生个体的情况，将他们安置在适当的位置上。

（5）建筑设施：学习环境中的地板道路设计最好保持直线体系，以利于有残余视力的学生直线行走；楼梯走廊电灯开关，饭厅、厕所等设施也应充分考虑视力残疾儿童的需要。

4. 咨询、辅导的提供　视觉的丧失或部分丧失给生活、学习带来不便。幼儿期，由于缺少视觉刺激和合适的环境诱发视力残疾儿活动的动机，可能导致他们早期经验的缺乏，因此需要及早地对视力残疾幼儿进行教育训练。在教育训练中，父母需要得到专业人员的帮助。学龄期，学业的压力，行动的不便，早期经验的缺乏，生活能力的欠缺等都可造成情绪上的不适应,需要得到特殊的关注。成年期、老年期亦同样会遇到生活及社会适应上的挑战,因而需要得到一定的帮助。因此,为视力残疾者提供终身咨询、辅导等服务是非常必要的。

二、听力残疾儿童的义务教育

(一)听力残疾儿童教育的目标

教育部 2007 年初颁发的《聋校义务教育课程设置实验方案》试行通知,确定了听力残疾儿童教育目标是:全面贯彻党的教育方针,体现时代要求,使聋生热爱祖国,热爱人民,热爱中国共产党;具有社会主义民主法制意识,遵守国家法律和社会公德;具有社会责任感,逐步形成正确的世界观、人生观、价值观,努力为人民服务;具有创新精神、实践能力、科学和人文素养以及环境意识;具有适应终身学习的基础知识、基本技能和方法;具有生活自理能力、社会适应能力和就业能力;具有健壮的体魄、良好的心理素质,养成健康的审美情趣和生活方式,培养自尊、自信、自强、自立的精神,成为有理想、有道德、有文化、有纪律的一代新人。

1. 培养听力残疾学生自强、自尊、自信、自立和进取的精神　听力残疾给学习、生活带来各种各样的困难,很自然地会使听力残疾学生产生心理上的障碍,这种障碍会随着他们年龄的增长和接触社会的范围增广而不断地产生。因此,听力残疾学生正确地对待听力残疾,努力学习,成为对社会的有用之人,是十分必要的。

2. 补偿听力残疾学生听觉和语言的缺陷　听力残疾是客观存在的,但对尚有残余听力的学生来说,提高其听觉的功能是通过教育、训练能够做到的。语言是知识的载体和传播媒介,形成和发展语言是听力残疾学生正常发展、将来正常地参与社会生活的关键。要通过各种形式的教育教学活动,发挥听力残疾学生视觉、肤觉等感觉功能,坚持不懈地进行听觉和语言训练,使他们逐步掌握语言文字,进而能够有效地学习各种文化知识。

3. 培养听力残疾学生的劳动技能　我国大多数听力残疾学生接受完义务教育之后,就要通过各种渠道就业。在义务教育阶段,必须安排合理的时间,对听力残疾学生进行劳动技术教育,或根据当地情况进行带有定向性的职业技术教育。这些可以为他们毕业后继续接受中等职业技术教育,或直接参加工作奠定基础。同时,通过劳动技术教育,培养学生正确的劳动观点,养成良好的劳动态度和劳动习惯。

(二)听力残疾儿童的课程设置

按照《聋校义务教育课程设置实验方案》的规定,聋校义务教育阶段需设置的课程包括:品德与生活或品德与社会或思想品德、历史与社会(历史、地理)、科学(科学、生物、物理、化学)、语文、数学、沟通与交往、外语、体育与健康、艺术(律动、美工)、劳动(生活指导、劳动技术、职业技术)、综合实践活动等。

《聋校义务教育课程设置实验方案》中的课程设置为聋校义务教育阶段一至九年级的课程门类。课程设置以综合课程和分科课程相结合。小学阶段(一至六年级)以综合课程为主,初中阶段(七至九年级)设置分科与综合相结合的课程。一至三年级设品德与生活课,四至六年级设品德与社会课,旨在适应聋生生活范围逐步扩大、经验不断丰富、社会融合能力逐步发展的需要;四至九年级设科学课,旨在使聋生从生活经验出发,体验探究过程,学习科学方法,形成科学精神;一至三年级设生活指导课,四至六年级设劳动技术课,七至九年级设职业技术课,旨在通过生活实践、劳动实践和职业技术训练,帮助聋生逐步形成生活自理能力、劳动能力和就业能力。

此外,沟通与交往课程是国家规定的必修课,各校可根据聋生的个体差异和不同的发展阶段,选择适合的教学内容和训练方式,内容主要包括:感觉训练、口语训练、手语训练、书面语训练及其他沟通方式和沟通技巧的学习与训练,旨在帮助聋生掌握多元的沟通交往技能与方式,促进聋生语言和交往能力的发展。综合实践活动是国家规定的必修课,课时可以与学校安排课程的课时结合使用。各校根据需要,既可以分散安排,也可以集中安排,内容主要包括:信息技术教育、研究性学习、社区服务与社会实践等,使聋生通过亲身实践,提高收集与处理信息的能力、综合运用知识解决问题的能力以及交流与合作的能力,增强社会责任感,并逐步形成创新精神与实践能力。外语作为选修课程,各校可根据不同地区和聋生的实际情况选择开设。

(三)听力残疾儿童的教育教学策略

1. 加强早期教育 成功的语言教育不仅可以促进聋童认知能力和社会适应能力的发展,还能帮助他们形成正确的道德观念、行为规范,并帮助他们克服心理障碍。聋童由于听力受损,可能会引起语言、交往等能力的滞后,早期教育可以通过听能训练、唇读训练、发音及说话训练,在某种程度上给予补救,使他们的语言得到发展。加强早期教育,既是听力残疾儿童幼儿阶段身心发展的要求,也是入小学学习的能力准备的要求。

2. 教学过程与发展听力残疾学生语言相统一 对于听力残疾学生来说,学习语言不能仅仅通过语文课,各科教学和活动都是他们获得语言的源泉。所以,各科教学和活动,不仅要传授本学科的知识和技能,同时要担负起培养听力残疾学生理解和表达语言能力的任务,把学知识与学语言统一起来。学不好语言,知识和技能也难以学好。

3. 多种语言形式综合运用 教学当中,必须从学生的接受能力和教学内容出发,综合运用口语、书面语、手指语、手势语以及看话等多种语言表达和感知形式。手指语、手势语的运用,要为提高听力残疾学生正确理解和运用口语和书面语服务。凡是学生能够理解和运用有声语言的地方,就要坚持使用口语或书面语。对于抽象、复杂的语句,也需要发挥手语生动、形象、易于理解的优势。

4. 创设双语环境 聋校同时混用基于语音的有声语言和基于体态的手势语言。聋童学习有声语言(包括口头形式和书面形式)的困难与这种双语环境密切相关,因为在不能正确引导时,两种语言之间会产生相互干扰。了解聋校双语环境的特点,有助于掌握聋童学习语言的规律,有助于聋童掌握周围社会共用的语言,使双语更好地结合与统一。

三、智力残疾儿童的义务教育

(一)智力残疾儿童的教育目标

教育部 2007 年颁发的《培智学校义务教育课程设置实验方案》中确定了智力残疾儿童的教育目标是:全面贯彻党的教育方针,体现社会文明进步要求,使智力残疾学生具有初步的爱国主义、集体主义精神,具有初步的社会公德意识和法制观念,具有乐观向上的生活态度,具有基本的文化科学知识和适应生活、社会以及自我服务的技能,养成健康的行为习惯和生活方式,成为适应社会发展的公民。

1. 培养智力残疾儿童妥善处理及应付个人和家庭生活问题的能力 儿童、少年只有学会解决自身的问题和在家庭生活中遇到的问题,才可能学会为别人、为社会服务的本领。所以,培养智力残疾儿童妥善处理及应付个人和家庭生活问题的能力是学校教育的一个重要目标和任务。

2. 发展智力残疾儿童的语言和社会交往能力 智力残疾儿童由于身心发展水平的限制,语言能力明显差于正常同龄儿童,社交能力明显落后于正常同龄儿童。学校应该创造机会来发展智力残疾儿童的语言和社会交往能力。

3. 发展智力残疾儿童的身心功能 发展智力残疾儿童的身心功能、矫正身心缺陷也是智力残疾儿童教育的一个重要任务。

4. 发展智力残疾儿童的职业能力 智力残疾教育的最终目的是使智力残疾儿童通过九年的义务教育,毕业后能够参与正常的社会生活。通过参与积极的职业活动,可以使智力残疾者和正常人一样,充分享受生活的乐趣,实现自己的人生价值。因此,发展智力残疾儿童的职业能力和素养,也是不能忽视的领域。

(二)智力残疾儿童的课程设置

《培智学校义务教育课程设置实验方案》中指出,智力残疾儿童的课程设置,立足于智力残疾学生的发展需求,注重以生活为核心的思路,构建了由一般性课程和选择性课程两部分组成的培智学校课程体系。一般性课程体现对学生素质的最基本要求,着眼于学生适应生活、适应社会的基本需求,约占课程比例的 70% ~ 80%;选择性课程着眼于学生个别化发展的需要,注重学生潜能的开发、缺陷的补偿(身心康复),强调给学生提供高质量的相关服务,体现学生发展差异的弹性要求,约占课程比例的 30% ~ 20% 。两类课程的比例可根据实际情况进行适当调整。

1. 一般性课程　为必修课,设置以下六类科目:

(1)生活语文:着眼于学生的生活需要,以生活为核心组织课程内容,使学生掌握与其生活紧密相关的语文基础知识和技能,具有初步的听、说、读、写能力;针对智力残疾学生的语言特点,加强听说能力的训练,把传授知识与补偿缺陷有机结合,使学生具有基本的生活和社会交往能力,形成良好的公民素质和文明的行为习惯,为其生活自理和适应社会打下基础。

(2)生活数学:帮助学生形成和掌握与生活相关的简单的数的概念、数的运算、时空认识以及数的运用,学习运用简单的运算工具。培养学生具有初步的计算技能、初步的思维能力和应用数学解决日常生活中一些简单问题的能力。

(3)生活适应:以提高学生的生活能力为目的,以学生当前及未来生活中的各种生活常识、技能、经验为课程内容。培养学生具有生活自理能力、简单家务劳动能力、自我保护能力和社会适应能力,使之尽可能成为一个独立的社会公民。

(4)劳动技能:以培养学生简单的劳动技能为主,对学生进行职前劳动的知识和技能教育。通过劳动技能的训练,使学生掌握一定的劳动知识与技能,养成良好的劳动习惯,具备一定的社会适应和职业适应能力。

(5)唱游与律动:课程将音乐律动与舞蹈、游戏相结合。通过音乐教学、音乐游戏和律动训练培养和发展学生的听觉、节奏感和音乐感受能力,补偿学生的认知缺陷,提高学生的动作协调能力,促进学生身心的和谐发展。

(6)绘画与手工:通过绘画和手工技能的教学和训练,培养和发展学生的视觉、观察、绘画、手工制作的能力,发展学生的审美情趣,提高其审美能力。

(7)运动与保健:以提高学生的运动能力、增强学生身体素质为主。通过体育运动,提高学生大肌肉群的活动能力、反应能力和协调平衡能力,刺激大脑功能的发展;提高安全意识和运动中的自我保护能力;学习基础的卫生保健、维护健康、防治疾病的知识和方法,培养积极锻炼身体的习惯和良好的卫生习惯,促进学生健康成长。

2. 选择性课程　根据当地的区域环境、学校特点、学生的潜能开发需要设计可供学生选择的课程,共有五类科目,课时可弹性安排。

(1)信息技术:以学习简单的通讯工具运用、计算机操作、互联网络运用以及其他现代信息技术应用为主。帮助学生运用信息技术,更好地适应生活和社会发展,提高生活质量。一般在高年级设置。

(2)康复训练:根据学生生理和心理的发展需求,以及在运动、感知、言语、思维和个性等方面的主要缺陷,结合学生个别化教育计划的制订,有针对性地进行各种康复训练、治疗、咨询和辅导。课程力求使学生的身心缺陷得到一定程度的康复,受损器官和组织的功能得到一定程度的恢复,身体素质和健康水平得到提高。

(3)第二语言:在学生已有语言的基础上,根据当地的特点和学生的具体情况可选择学习第二语言,包括地方语言、民族语言、普通话以及简单的外语等;对不能使用语言的学生也可以采用其他非语言的沟通方式或沟通辅具。

(4)艺术休闲:通过程度适宜的音乐、舞蹈、美术、工艺等多种艺术活动,使学生尝试学会感受美和表现美,丰富、愉悦学生的精神生活;学习若干种简单的休闲方式,陶冶学生的生活情趣和生活品位,提高智力残疾学生的生活质量。

(5)校本课程:学校可根据地域特征、社会环境、经济文化发展的特点及学生实际生活需要,设置和开发具有本校特点的课程。课程的开设应当充分利用和挖掘学校与地方的课程资源。

(三)智力残疾儿童的教育教学策略和原则

对于智力残疾儿童来说,有效的教学策略和原则是提高教学效果的重要保障。具体内容表现在:

1. 激发学生的学习积极性和兴趣 把学习环境与智力残疾学生感兴趣的知识领域结合起来,努力发现真正对学生重要的内容,然后在教学中尽可能运用那些重要的发现,以引起学生的新奇感和兴趣,明确学习动机。对于智力残疾儿童来说,利用"可教育时刻"进行教学是非常重要的。这些"时刻"往往不在计划之中,而是出现在学生被某一特定的东西或想法所吸引时。例如,教师准备在教室内教授学生有关"依指令行事",但学生在操场的活动中,恰好出现了一个教授运用此概念的机会,此时就可以充分利用这一时刻,灵活机动,通过让他们"停下"、"荡起来"或"荡快些"、"荡慢些"等学习该知识和技能,学生可能在这种自发的"插曲"中比在课堂上学到的更多。

2. 提供成功的体验 智力残疾儿童通常自信心不足、畏缩、对学习不感兴趣,教师应该向他们提供更多成功的机会,使他们体会到学习上获得成功的喜悦,激起学习的兴趣。提供成功的经验,并不是降低要求,而是向他们提供适合其学习水平的教材内容、教学方法、练习作业等。智力残疾学生的教学中,最好使用"倒置式的任务分析法"的策略,即将复杂技能分解成若干步骤,让智力残疾学生从任务的最后一步开始学习,然后逐步往前推进,最后达到独立完成的目的。这样可以让他们体验到完成的快乐。

3. 教授实用性的技能 智力残疾儿童学习速度慢,要花很长一段时间才能掌握一项新技能,因此应注重实用性技能的教授。要珍惜儿童有效的学习时间,教授儿童日常生活中必须具备的技能,教授有助于其发展实用技能的准备技能。由于智力残疾儿童技能迁移能力差,技能的学习最好在自然状态下教授,也就是说尽可能在技能发生的场所教授该技能。

4. 提供重复的机会练习技能 智力残疾学生不仅学习过程缓慢,而且也非常容易遗忘,多数智力残疾学生无法一遍就学会一项新技能,他们需要重复练习以掌握新概念。不但要在课堂中提供足够的练习机会和时间,也要在自然状态下给他们重复的机会来练习使用这些技能。如果孩子在教学课上学认识硬币,应鼓励运用这一知识,在午饭时要求学生使用钱币买自己的午饭或饮料。这种重复可以帮助技能的强化,并有助于它泛化至新的情景中去。

5. 教学过程中体现直观性 直观性一般包括动作直观、实物直观、模型直观和语言直观。动作直观是指教师手把手教学生做。实物直观是指调动一切感觉器官来"观察"实物、标本等,实物直观能帮助学生建立事物的真正形象,有助于增强感知事物的积极性。由于太大或太小的物体,是不可能利用实物直观的,而需要采用模型直观。模型直观是通过实际事物的各种模拟形象进行的,如模型、凹凸图表等。模型直观可以避免实物直观的局限性,它不受时间、空间的限制。除此之外,还有语言直观,即对实物进行形象描述,从而收到直观的效果。直观所能使用的教学工具每次不宜过多,避免流于形式或因学生未能仔细"观察"、"理解"而以偏概全。

四、多重残疾儿童的义务教育

(一)多重残疾儿童的教育目标

在多重残疾的不同残疾类型中,智力多重残疾是出现频率最高的一种,约95%的多重残疾儿童兼有智力残疾。

多重残疾的存在必然给儿童的发展带来极大的影响。通常这些儿童知识技能泛化、迁移和应用非常困难,学习新技能比较慢,给教育教学带来极大的挑战。多重残疾儿童的首要教育目标是帮助他们尽可能独立地生活,即通过提供适合他们需要的教育,使他们在身体、认知、个性等方面得到发展,掌握基本的生活技能和社会适应技能以及实用的文化知识技能,为他们获得自我成长和享受社会生活打下基础。

(二)多重残疾儿童的课程设置

通常多重残疾儿童的课程大多是实用性课程,以教授实用性技能为主,有些技能是以后学习其他实用技能的准备技能。因此,为适应多重残疾学生特殊的学习特点,在教育中主要采取两种课程:发展性课程和功能性课程。发展性课程是在评估学生在各个发展领域(如认知、语言、动作、社会化技能等)的水平的基础上,进行针对性的教学,促进学生在各领域的发展。功能性课程则是从学生的实际生活出发,直接教授生活中所需的技能。

多重残疾儿童的教育内容,综合起来一句话就是"有用才学"。教育的最大特点是注重生活内容的教育,处处以生活为准绳,以生活独立为教育的终极目标。课程设置的领域包括:

1. 日常生活技能 日常生活技能是多重残疾学生课程设置中最需优先考虑的领域。多重残疾程度越重,此项内容所占的比例越高。由于多重残疾儿童概念迁移的能力比较差,教授他们这些技能时最好在自然的生活环境中进行。

2. 社交技能 多重残疾儿童需要获得适宜的社会交往技能,以便他们在社区内或在学校内被大家接纳。对多重残疾儿童社会交往技能的教育应从基础知识开始入手,应根据儿童的年龄、学习方式及多重残疾程度、类型来决定。

3. 职前教育 对多重残疾儿童的职业教育应同多重残疾儿童的个别教学计划结合起来。让这些儿童多参加劳动,增加社会普通人对他们的理解。多重残疾学生通过使用任务分析法和其他方法的系统培训,也可能学会简单的职业技能。无论学生的能力水平如何,职前教育活动应与学生的年龄相适应。职前教育的环境最好安排在工厂范围内,同其他教育活动分开,以促进他们工作行为的发展。

多重残疾学生的职前教育除了职业技能,如物品分类、包装、装配、校对、粘糊信封等以外,培养他们的工作习惯、尊重劳动及与人协作等也是重要的内容。因此,职前教育可以同社交技能的教育结合起来。

4. 运动技能 多重残疾儿童运动技能的发展需要许多专业人员的协作,包括教师、专业体疗师、体育教师及父母共同努力。多重残疾儿童的运动技能的训练必须与学生的年龄相适应,有些技能如爬、跳、蹦等对于较小年龄的儿童比较合适,对于年龄较大的多重残疾儿童来讲,除非这些技能对他们的娱乐、职业或社区内的活动有用,否则是没有太大意义的。

5. 语言和认知的发展 可以针对多重残疾儿童的个体情况制订以他们能力为基础的个别教学计划,鼓励他们对周围的环境细心探索,促进他们的概念发展。

6. 娱乐与休闲技能 多重残疾儿童休闲技能的培养要同家长讨论和协商,以便使学生掌握的休闲技能满足家人的兴趣和要求。教授多重残疾学生的休闲技能还有一个重要原则是,他们学会的休闲技能应是将来他们生活的社区内能够应用的。无论多重残疾学生的能力水平如何,他们都要学习适合他们年龄的休闲技能。尽可能按正常的规则要求他们,使他们可能获得较高水平的休闲技能,促进他们社交技能的发展。

7. 实用的学业课程 多重残疾儿童的学业课程的设置应本着"实用"的原则,凡是对多重残疾儿童的生活有帮助的课程都可以设置,如实用语文、实用数学等,所教内容的深浅要与儿童能够接受为准。

(三) 多重残疾儿童的教育原则和策略

对于许多多重残疾学生来说,获得独立需要教师付出巨大的努力、创造力和耐心。为一个孩子做一件事比教他们做这件事轻松。

1. 教授实用性的技能 多重残疾儿童要花很长一段时间才能掌握一项新技能。决定一项技能是否该学,需要考虑:为什么要掌握这些技能?学生本身很需要吗?这项技能有助于发展其他重要的技能吗?它能促进儿童的独立性吗?有些技能可能是以后一些实用技能的准备技能。为了促进多重残疾儿童与同龄其他正常孩子交流、交往,教师也教授一些其他正常孩子都会的技能,以便残疾儿童将来能有机会与正常孩子交朋友。

2. 以社区为教学基地 多重残疾儿童由于迁移技能困难,因此应以社区为教学基地,即在实际使用技能的情境中让多重残疾儿童学习。真实的学习环境指的是课堂或学校之外的环境,比如杂货店、医院等。

3. 需要时才提供帮助 过多代劳、过分保护是教育多重残疾儿童最温柔的"陷阱"。因为过多代劳、过分保护会使这些孩子失去许多学习做事情的机会,从而使他们变得无能。对多重残疾儿童的帮助原则如下:独立者不需要成人干预;学生能自己完成的,教师绝不能提供帮助;能少提供帮助的,绝不多提供帮助。以下列出不同水平的干预:

(1)口头提示:需要时成人口头提供指导,提醒线索。

（2）示范：成人为学生演示任务。

（3）动作提示：成人轻拍孩子或引导孩子完成任务。例如，拍拍桌子提示孩子把东西放在上面，或拍拍他的脚提示他穿上鞋。

（4）动作帮助：成人以行动帮助孩子做部分任务，但让孩子独自完成大部分。

（5）手把手辅助：成人手把手领孩子逐步完成任务。

4. 适时强化　教学中需要频繁地使用强化策略。强化物的选择要注意符合学生的喜好和接受程度，并要注意强化的及时性。尤其要注意的是避免因教师的反应不当而强化了学生的不良行为。例如，学生因不想完成学习任务而扔掉学习用具，如果教师停下来去收捡，则使学生达到了停止学习的目的，无意中强化了学生扔东西的行为。教师正确的做法应该是多准备一些教具，坚持让学生完成任务。

5. 全程体验和部分参与　多重残疾学生的教育非常强调让学生全程体验和部分参与的原则。由于多重残疾学生没有能力通过自己观察获得事物发展的全过程，需要在教师的引导下体验活动的全过程，才能获得事物的整体概念。多重残疾学生受能力限制，往往不能达到一些较复杂活动所包含的全部技能要求，但不能因此而不让他们参加这些活动。教师应鼓励学生部分参与其中，从而运用已有技能，发展新的技能。学生在部分参与整体活动的过程中亦可培养与人合作的能力。

6. 利用"可教育时刻"　对于多重残疾学生，应充分地利用"可教育时刻"。所谓的"可教育时刻"，是指学生被某一特定的东西或想法所吸引时，充分利用该时刻或机会教育学生学习或运用某些技能和某些概念，因为多重残疾儿童可能在这种"时刻"比在课堂上学到的更多。

7. 小步骤的任务分析法　将复杂技能分解成若干小步骤，让学生逐步掌握，最后达到独立完成的目的。多重残疾儿童的教育倡导使用"倒置式的任务分析法"，即让学生从任务的最后一步开始学习，然后逐步往前推进，这样可以让他们体验到完成的快乐。

8. 多种资源和支持　多重残疾儿童的学习，不仅需要各种各样的书籍与直观的教具、学具和实物。学校需要为他们量身定做教具、学具或用品，如为脑瘫学生用特殊纸板制作的椅子，适合肢体残疾人使用的拐杖，给低视生使用的助视器等。

（四）多重残疾儿童的教学模式

教学模式是使学生的个别化教育计划得以达成的教学构架。由于多重残疾儿童个体差异很大，为了满足他们的不同学习需要，所教内容的深浅要以儿童能够接受为准，且遵循"有用才学"的原则。教学内容处处以生活为准绳，并最大限度地实施个别化教学。通常采用分组教学、协同活动教学、个别教学等几种教学形式。

1. 为每个多重残疾儿童制订详细的个别教育计划　学校组织相关教师、生活老师、儿童家长等小组在对儿童全面地观察评估的基础上，共同为儿童制订每年的个别教育计划。

每个多重残疾儿童都有与自己的能力和需求相符合的课程表，儿童与儿童之间的课程可以是相同的，也可以是不同的，完全根据孩子的残疾程度和学习能力及需要来确定。多重残疾学生的课程表是个性化的，这不仅体现在课程内容，而且也体现在课程形式上，要根据学生的需要，制作学生能理解的实物课程表、符号课程表、盲文课程表和大字印刷体的课程表。

2. 个别教学和小组学习协同　多重残疾学生的个体差异非常突出，几乎是没有同样情况的学生。因此，在一个班级中完全相同的教学内容、教学进度几乎是不可能的，完全采用一个教师对一个学生的个别教学也是不可能的。通常教室大都划分为几个学习区域，每个区域都是一个小组或个人学习活动地方。教师往往是根据这些学生的不同课程表，在授课时，根据学生的学习水平和特点进行分组，在目标不同、内容不同的情况下实施分组教学。

3. 协同活动教学　在综合主题课程当中，协同活动教学模式被广泛采用。协同活动教学即全班学生围绕同一任务或同一主题开展活动，其中根据学生的差异安排不同内容或不同难度的子任务，使得每位学生都能在同一项活动中学习与掌握各自所需的知识和技能，并获得分享与合作的经验。

4. 个别教学　一对一的教学或训练用来对学生的特殊困难或缺陷进行补偿性教学。资源教室、康复训练及针对个别学生开展的职业训练多采用这一形式。

五、其他残疾儿童的教育

(一)言语残疾儿童的教育

1. 言语残疾儿童的教育目标　言语是人生存中最重要的技能之一,语言教育也因此渗透在生活的各个领域。正常儿童的言语获得一部分来自于其生活的社会语言环境(对口语的习得),另一部分则来自于学校的语言教学(主要是书面语的学习)。但言语残疾儿童不同,其获得语言的主要途径是语言教育者精心设计的语言教学和语言活动。因此,言语残疾儿童的教育目标除了与正常儿童一样以外,还应开发各种潜能,发展儿童的言语、语言能力,促进沟通和社会化进程。

2. 言语残疾儿童的教育安置

(1)学前教育阶段:一般而言,学龄前言语残疾儿童的语言教育训练主要由学前教育机构承担,包括学前教育机构中的普通班级和一些特殊班级。近几年,医疗机构对儿童言语障碍的关注程度越来越高。国家继续医学教育机构曾先后几次开办了全国儿童语言障碍矫治培训班,以培养医疗机构中的语训人员。目前,有不少儿童医疗机构设有语言障碍治疗康复门诊,以接受言语、语言障碍儿童的医学检查与康复训练,这使学龄前言语障碍儿童在语言发展的早期得到了医学的检查和矫治。

(2)学龄阶段:学龄期言语障碍儿童的教育安置与服务主要有以下几种形式。

1)特殊学校:特殊学校能够为言语障碍儿童提供较好的语言教育服务,因而有明显言语、语言障碍的儿童一般被安置在特殊学校接受与其障碍特征相适应的言语、语言教育训练。如因听力障碍而导致的语言障碍儿童一般由聋校实施语言教育训练,因智力障碍、自闭或脑瘫等原因导致的语言障碍儿童一般由培智学校提供语言教育训练,由视觉障碍导致的语言障碍儿童主要由盲校进行书面语和丰富口语的语言教育训练,而多重残疾儿童的语训任务则由该障碍儿童就读的学校承担。

2)特殊班:将言语和语言障碍较为严重的儿童集中起来,设立特殊班,由语言治疗专家进行个别的和小组的训练与矫治工作。

3)语言诊疗中心或诊所:这种机构通常附设于医院、科研院所和大学之中,为儿童提供语言治疗和矫正服务。儿童文化知识的学习仍在原学校进行。这种形式可以对儿童的障碍进行较全面、系统的分析,并提供完整的矫治计划。

4)资源教室:这是目前普通学校最常用的语言教育训练手段。一部分儿童虽然存在着言语、语言障碍,如口吃、轻度的听力障碍、脑瘫或轻度智力障碍等,因其障碍程度不至于严重影响学业的发展,因而他们大都在普通学校接受教育,而其语言障碍问题也多由普通学校的资源教师承担。这些儿童每周定时被安排到资源教室接受资源教师的专门语言训练。教室内一般设有专用于语言训练的器械和玩具,言语、语言障碍儿童可以在教师的引导下做各种语言训练活动。这既不影响正常的教学秩序,又能使儿童放松心情在游戏中达到语言训练的目的。

5)语训班:一些发达国家与地区都有为语言障碍儿童设立的专门学校或班级,以使该障碍儿童接受全面、科学的语言教育与训练,最终达到正常的社会交际水平。这种教育安置形式受到语言障碍儿童家长和受训儿童的普遍欢迎。

3. 言语残疾儿童的教育训练策略和原则　在语言教育中,为语言障碍儿童的语言发展创设良好的语言环境,加强非言语手段运用能力的培养,进行科学的训练,才能保证教育训练的高成功率。

(1)选择教育时机:语言发展的快速期是在6岁以前,所以言语障碍的矫治训练时机也应该选择在6岁以前,而且是越早越好。

(2)制定教育目标:不同的言语障碍儿童有不同的训练需要,因而必须根据障碍儿童的需要制定教育目标。对听障儿童而言,语言教育的目标是为这些儿童建立语言系统;对智力障碍而导致的语言障碍儿童,应首先从听辨语音、建立符号概念与事物间的联系开始,逐渐过渡到发展社会交际能力;对唇腭裂的障碍儿童配合术后进行口语功能的恢复训练,对脑瘫障碍儿童则应将主要目标设立在运动功能训练上,对孤独症儿童,言语教育应放在使其学会与人沟通,并获得交流的愉悦,以促进其沟通动机的发展上。

(3)创设良好的语言发展环境:语言环境的好坏,将直接影响儿童未来语言能力的形成。建议语言教育者多为语言障碍儿童创设好的语言发展环境,包括规范的语言控制训练和良好的言语示范、交际环境等。

(4)扩大语言障碍儿童的生活范围:语言障碍儿童的障碍特点限制了他们的自由交往,导致他们的生活范围狭窄,而这又导致了语言障碍的加剧。从语言获得的理论上看,正常儿童所获得的语言中很少一部分是由他人教给的,而绝大部分的语言是来自于幼儿丰富的生活和大量的语言刺激。如果扩大语言障碍儿童的生活面,使其像正常儿童一样能够在更广阔的语言社会中充分感受生活,获得语言刺激,那么对发展其语言能力一定会起到积极作用。

(5)调动语言障碍儿童的交际动机:语言障碍儿童因长期遭遇交际挫折,使其缺乏交际的主动性和积极性。为保证教育训练获得成功,训练者应尽可能地调动语言障碍儿童的交际动机,使其始终保持一定的交流欲望。如果语言障碍儿童的交际动机被真正调动起来,他就会努力运用各种语言手段与人交流。

(二)肢体残疾儿童的教育

1. 肢体残疾儿童的教育目标　　除一些因中枢神经系统损伤而引起的肢体残疾会并发智力和感官缺陷外,大多数肢体残疾儿童的智力状况和听觉、视觉等感觉功能是正常的,因此,肢体残疾儿童可以学习与健全儿童同等程度的文化知识。通常,肢体残疾儿童教育的基本目标与普通儿童教育的基本目标是一致的,在品德形成、智力发展方面,同样要遵循教育方针所规定的基本要求;在体育方面,则根据这些肢体残疾儿童的具体情况而定。作为特殊教育的一种类型,肢体残疾儿童教育当然也有自身的特殊性,重点在三个方面:

(1)要让肢体残疾儿童客观、理性地认识所处的环境及自身的缺陷,树立正确、乐观的生活态度。

(2)促进肢体残疾儿童尽最大可能改善和维持功能状况,帮助其肢体功能重建和康复。

(3)使肢体残疾儿童掌握生活和劳动技能,为其未来独立生活打下基础。

2. 肢体残疾儿童的教育安置形式　　我国对肢体残疾儿童的教育形式主要有学校教育、儿童福利院或康复机构教育、家庭教育三种。

(1)肢体残疾儿童的学校教育:由于现在我国还没有专门对肢体残疾儿童实施义务教育的特殊学校,所以他们的教育基本上由普通学校承担。数量占绝大多数的轻度、中度肢体残疾儿童可以说具备了在普通学校学习的能力。

(2)儿童福利院或康复机构教育:这种教育的主要对象是肢体严重残疾的儿童。这些儿童难以适应普通学校的教学环境,在福利院或康复机构中,一边接受康复训练,一边接受适当的文化知识教育。这些机构集医疗、康复、教育、抚养等功能于一体。儿童福利院对肢体残疾儿童的特殊教育形式以特殊班为主,辅以床边教学和混合教学。

1)特殊班:主要是在全面评估肢体残疾儿童的功能状况和认知水平等能力后,将他们编成不同的班组,进行有计划、有目的的教育和训练。特殊班主要以二级肢体残疾和三级肢体残疾的儿童为教育对象。

2)床边教学:主要以一级肢体残疾儿童为教育对象。他们大都年龄偏大,因早期没有接受适当的教育和训练而导致完全的功能障碍,整日卧床(这些儿童中包括来自家庭的自费儿童)。工作人员在完成日常的护理、医疗任务后,用听音乐、讲故事等形式丰富他们的生活内容,让他们享受到同正常儿童一样的生活乐趣。

3)混合教学:根据四级肢体残疾儿童的年龄,将他们编入院内的正常儿童组,以接受正常的幼儿教育和学龄教育。

(3)肢体残疾儿童的家庭教育:教育对象是肢体严重残疾并兼有其他残疾的儿童,由家长担负起教授或补习文化知识以及生活技能训练的责任。

3. 肢体残疾儿童教育的特点和原则

(1)教学要求上具有很大的差别性和灵活性:肢体残疾儿童的教育安置形式不同,其教学要求也是不同的。在普通学校学习的肢体残疾儿童,学校仅在个别科目和活动上对其降低要求,允许他们免学部分课程或某课程中的部分内容。凡是他们身体条件不妨碍学习的课程,对他们的要求与对普通学生的要求是一样的。普通学生要完成的课业,他们也要完成,普通学生毕业要达到的程度,他们也要达到。在特殊学校、特殊班,或在医院、康复机构、家庭所实施的教育安置形式,对肢体残疾儿童的要求更富有弹性。肢体残疾儿童什么时候能学就什么时候教,能学什么就教什么,能学多少就教多少。教学工作的进度和教学内容的选择,更多地要考虑教育对象身体的承受能力和学习兴趣。尤其是医院、康复机构、家庭所实施的教育安置形式,通常是以功能训练为主。

(2)医疗监护、护理是保证教育康复的前提:对于残疾程度较重、正在治疗和康复过程中的肢体残疾儿童的教育,教师在确定教学内容、教学形式、教学场所、教学时间、教学方法等各方面时,需要征得家长和医生的同意,并在医生的监护下进行。

(3)要有方便出行的设施和便于使用的教具与学具:肢体残疾儿童由于活动不便,要求学校设施要无障碍设计,如增加扶手,铺设坡道,铲平门槛,增加门的宽度等。欧美国家为方便肢体残疾儿童入学,每天提供可升降轮椅的专用校车接送肢残儿童,并且还设计开发了许多适合肢体残疾儿童个体需要的特殊的教具和学具,如供乘坐轮椅儿童使用的专用课桌,供失去上肢的儿童使用的专用书写工具和用脚来控制的自动翻页器等。

(4)安全教育:肢体残疾儿童的安全教育非常重要,如过街时要注意车流,注意交通信号,上下楼梯时要小心,在冰天雪地里行走时要注意千万别滑倒等。

(三)精神残疾儿童的教育

在我国,轻度的精神残疾儿童一般与正常儿童一起接受教育,严重的精神残疾儿童通常会安置在医院和精神病科进行治疗和康复,待完全康复后才能进入学校接受教育。

第四节 残疾儿童的早期教育

一、早期教育是关键

残疾儿童的早期教育是指为满足初生到 6 岁之间的特殊婴幼儿及家庭提供的一种教育服务。通过提供有计划的、持续的、系统的教育服务使特殊婴幼儿在身体、认知、行为、情绪和社会适应等方面的发展得以改善和提高,为其进入普通和特殊教育学校接受高质量的教育打下基础。

无论是特殊婴幼儿,还是普通婴幼儿,早期阶段都是很关键的。早期发展阶段的重要性已得到广泛认同,它将为整个人生的学习打下基础。因此,对特殊婴幼儿的早期教育,必须强调抓早、抓小。从 1 岁以前就开始干预比 1 岁以后再开始干预效果要好得多。早期预防、早期诊断和早期干预是早期教育的三大原则。

1. 早期教育可以促进特殊婴幼儿的潜能开发 残疾儿童在早期发展中遇到的许多障碍是可以通过早期教育和训练来克服的。对于特殊婴幼儿来讲,早期教育和训练则有更为特殊的意义,对这些孩子而言,就像打开了一扇从现在通向未来的大门。根据心理学儿童发展最佳期的理论,在儿童的成长过程中,存在着最佳发展期,如能在最佳发展期学习某种知识和技能,则会起到事半功倍的作用,但如错过了这段时期,则学习起来较为困难。通常,在语音学习方面,2 至 4 岁是最佳期,在掌握数的概念方面,最佳期在 5 至 5 岁半,4 岁前是智力发展最迅速的时期,2 至 6 岁则是创造力发展的关键期。忽视学习关键期并未能利用关键期的情况对特殊婴幼儿来说还是很普遍的。对于普通儿童来说,学习机会无处不在,他们通过观察、模仿可以无意地学习到很多技能,而这些自然的习得,特殊婴幼儿基本上是"不存在的"。一个听力损伤的儿童,如果在考虑其语言发展关键期之前没有优先考虑到儿童的听力损伤情况的话,那么他永远都不可能获得真正丰富的语言;肢体障碍的儿童如错过学习关键期,他们中大部分人则无法四处移动,无法探索周围的世界。如果得到适当的早期教育和训练,许多有严重困扰的特殊婴幼儿的发展问题都能得到解决。充分利用最佳的学习期和教学契机,大部分的特殊婴幼儿都会获得基本的发展技能。

2. 早期教育可以防止第二障碍的出现 早期教育不仅可以充分开发特殊婴幼儿的潜能,也可以预防第二种障碍的发生。许多研究结果表明,如果在儿童的早期生活阶段能提供适当的刺激,这些孩子长大后大多数都不会有智力障碍问题,一旦儿童小时候缺乏足够的活动机会,无法将好奇心、探索环境的愿望转化为外在的反应,就有可能导致儿童成长后不良行为的出现,从而影响社会性适宜行为的正常发展。一个聋童,除非在早期干预中克服了语言和认知的薄弱,否则就可能阻碍后来语言和认知的发展。有时,第二障碍所带来的伤害比最初的障碍还大。例如,一个4岁的儿童只达到3岁儿童的语言水平,这并不能称为障碍,但如果一直到12岁还停留在这样的水平,这就是问题了。有的儿童由于最初的语言滞后而造成多方面的发展滞后,在这种情况下,早期教育和训练在一定程度上可以减缓累积效应和减少第二障碍的发生。

3. 早期教育可以减少家庭和社会的负担 许多国内成功残疾人士的经验证明,一个特殊的婴幼儿,若能在其发展的关键期内,给予适当的教育和训练,则有可能取得意想不到的成功。目前有许多成年残疾人之所以需要一辈子的家庭照顾、社会补助和津贴,其重要的原因之一是在其年幼时未能得到适宜的早期治疗与教育。

二、0 至 6 岁特殊婴幼儿教育的类型

早期儿童的教育对儿童发展的不同时期都可能产生深远的影响。通常,残疾儿童的早期教育划分为 0 至 3 岁和 4 至 6 岁两个阶段。

(一)0 至 3 岁特殊婴幼儿的干预

0 至 3 岁特殊婴幼儿的教育干预形式主要是由家庭对婴幼儿实施照料和干预。由于这个阶段的婴幼儿需要更多时间的个体关注,首要的目标是保证婴幼儿的健康发展,健康、安全和营养是优先需要考虑的。此外为特殊婴幼儿提供婴儿刺激、社会交往、语言发展、生活自理、认知能力与运动技能方面的训练也是需要给予考虑的。

0 至 3 岁特殊婴幼儿的干预形式主要是由受过专门训练的人员直接到特殊婴幼儿的家中实施干预,主要目的是通过具体的行为演示,达到培训父母的任务。通常,专业人事定期到特殊婴幼儿的家中,每周可以 5 次,每次 1 小时,也可以 2 至 3 次,由家长和专职人员共同商定。主要取决于特殊婴幼儿需要的服务多少及家庭住址的远近。此外,家长也需要每周 1 次或 2 次带婴幼儿到特殊婴幼儿的干预中心去接受集中培训,同时父母们也可以交换经验,互相学习。

此阶段工作的重心在于为婴幼儿提供一个适当的环境,在所提供的适宜环境中,婴幼儿的日常生活、游戏活动、对照料者的反应和整个干预过程都适合婴幼儿的反应能力和技能水平。通常主要内容包括:

1. 通过帮助婴幼儿形成日常的生理规律(睡、吃、排泄)和良好的心理状态(平静性、兴奋性、反应性),来鼓励婴幼儿对环境进行反应和适应。

2. 帮助婴幼儿学会通过意图性沟通在避免环境中不利发展的事件和获得健康的支持两者之间保持一定的平衡。婴幼儿要能在这方面获得最佳成绩,就需要照料者帮助他们学会如何对人和人的活动作出彼此满意的反应。

3. 促进婴幼儿形成能作出选择并进行简单而特定的反应的能力,而不是一般的泛化性的无差别的反应。照料者和儿童之间的互动会增强儿童的控制感,帮助他们学会选用不同的方式和不同的感官来体验环境。

4. 促进婴幼儿自发地对人、物和事件作出新反应。新反应的基础是照料者和婴幼儿之间的互动,引导婴幼儿向较复杂的行为或情绪模式发展。

(二)3 至 6 岁残疾儿童的教育

通常 3 至 6 岁残疾儿童的教育主要是由学校或机构提供集中的教育服务。在我国,由于早期教育发展还不够普及,有些地方也采取以家庭为主的教育训练模式。目前 3 至 6 岁残疾儿童的安置形式多种多样,社区正常幼儿园(完全融合、部分融合)、特殊班(资源融合)、特殊学校的学前教育班、专门的残疾儿童幼儿园等都可以为残疾儿童提供有效的早期教育服务。

三、早期教育的策略和原则

(一)最少限制的环境安置

"融合是一种权利,而非特殊待遇",尽可能让残疾儿童和正常儿童一起接受教育是优先考虑的安置形式。残疾幼儿的教育在传统上以开办残疾幼儿园或特殊班为主要形式,随着对人权的伸张及特殊教育理念的演变,让残疾幼儿与正常幼儿一起在同一个学习环境里学习生活,一起学习与游戏、接受教育已成为国际社会的主流价值观。联合国的《儿童权利公约》积极倡导残疾儿童与正常儿童的融合,指出融合是残疾儿童的一种权利,而不是对他们施与的特殊待遇。残疾幼儿的融合教育必须达到教学上的融合才能真正体现"权利"的内在精神,即让残疾幼儿与普通幼儿在同一个班中一起学习,一起游戏。特殊教师与普通教师协同合作,共同为特殊幼儿设计活动内容,共同负担所有学生的教育责任,并鼓励普通幼儿与残疾幼儿沟通、理解、接纳,和谐发展。

(二)家庭参与

家庭是儿童接受学前教育的天然场所和有效环境,家长是他们的第一任教师,也是他们最强有力的教育者。发达国家和地区对父母参与残疾儿童教育非常重视,不仅学校想方设法吸引残疾儿童的父母参与自己孩子的早期教育,而且国家还颁布法律确定父母的权利和责任。美国的 94 - 142 公法就规定,特殊儿童(包括残疾儿童)的家长有权参与其子女个别化教育方案(IEP)的制订,有权行使否决权,有权向法庭控告学校或教育行政机构对其子女不合理的教育安置等。

许多研究也表明:残疾儿童的教育,特别是残疾儿童的早期教育训练,必须有家长的积极支持和参与才能取得成功。因此,残疾儿童的父母不仅应该是残疾儿童权益的保卫者、教育的监督者,更应该是残疾儿童早期教育工作人员的工作伙伴、教育训练的具体实施者。通常,3 岁之前的残疾儿童的教育主要是由父母来实施的,3 岁之后残疾儿童的教育是由教师负主要责任。

(三)以儿童为中心

残疾婴幼儿差异很大,每个儿童都是一个独特的个体,因此在对婴幼儿观察评估的基础上,为每个儿童制订适宜的个别化教育计划/个别化家庭服务计划非常重要。制订个别化教育计划的目的是以适合每个儿童和家庭的特殊需要的方式提供帮助,通常包括:儿童目前的发展水平、年度的教育目标和短期的教学目的、需要的特殊服务和客观标准以及评价程序等。

(四)玩中学

游戏在特殊幼儿的发展中起着关键的作用,游戏是儿童早期教育的核心,是儿童天生的活动。它为儿童提供了创造、发明、学习世界的机会,它给予儿童快乐,帮助儿童理解自己与他人。在游戏中,特殊幼儿不仅可以锻炼使用大小肌肉运动,锻炼想象力和创造力,增强认知和解决问题的能力,发展感知觉,而且也可以表达情感,交流并分享观点,锻炼定向行走能力,形成积极的自我概念。

(五)创设安全、有效的环境

布置学习环境,为孩子的技能发展铺就台阶,是幼儿教育的基本原则。在特殊幼儿的学习过程中,环境也是影响他们学习的关键因素。对环境的创设宗旨是:安全有序、移动无障碍和独立探索。

1. 安全、有序 为防止事故和培养独立性,教室和场地的安全性是一个应该首先考虑的问题。只有在一个安全的环境中,残疾儿童的独立性才可能得到发展。必须使孩子们相信成人能够保护他们免受伤害或不让自己伤到自己,如地毯不会滑动等。一块滑的地毯会给孩子和教师都带来危险,尤其是那些视觉障碍或肢体残疾的孩子。教师们还要确保材料和器械都是无毒的,没有裂缝,没有碎片,并且运转正常。教师们必须为每一件物体准备一个位置,在不用的时候,每件物体应留在原来的位置,以免给盲童带来危险。

2. 移动无障碍 要尽可能创设无障碍环境,做到交通环境无障碍和学习环境无障碍,以保障视障幼儿安全行走和独立探索。儿童和教师都要能行动自如,通道上没有障碍物且足够宽敞,可以通行装布娃娃及其他材料的小车,可以通过轮椅和拐杖等。

3. 独立探索 在安全有保障的条件下鼓励儿童独立探索。如果要发展独立性,所有的孩子都必须学会冒险。精心创设的安全环境,可以鼓励残疾儿童学习新技能时去尝试冒险。可以对教室空间进行规划,根据活动的种类、每种活动需要的空间大小及各活动之间的协调性,划分出不同的区域:学习角、图书角、活动角、生活角等,以便特殊幼儿在自己感兴趣的区域独立地探索游玩。此外,学习环境中的教具、设备、玩具也应布置在儿童可以看得见和够得着的位置,从而促进残疾幼儿独立学习。

四、早期教育的主要领域

尽管残疾儿童早期教育的内容因人而异,但所教的内容应考虑如下几个因素:是否实用(让儿童变得更独立);是否有意义(与生活相关);是否与儿童年龄相符合;是否现在或将来使用它们;是否有助于儿童被他人接受;是否能促进儿童更好地参与自然的环境;儿童或他周围的人是否认为这项技能很重要。通常,残疾儿童的早期教育内容包括:自我概念、动作技能、自我服务/照顾技能、感觉、认知技能、语言技能、社交技能等领域。

(一)自我概念

积极的自我概念对残疾儿童的发展是非常关键的。儿童身边的许多事情能够使儿童对自己有积极的态度,如自己能为自己做些事情、在活动中成功完成任务、感觉自己被周围的人接受等。通常,残疾儿童所尊重的成人对儿童的态度最具影响意义,如果成人的态度使儿童感觉自己不行,则儿童可能开始相信自己不行,并失去尝试的兴趣,最终真的就不行。此外,如果儿童周围的成人总是帮助儿童做所有事情,不给儿童锻炼的机会,儿童就会变得依赖性很强。

(二)动作技能

动作技能的发展取决于儿童探索周围环境的能力及对周围事物的兴趣和学习能力。在陌生的环境中,残疾儿童在模仿大人的动作或行为上可能受到限制,这些可能会造成残疾儿童在粗大运动或精细运动技能上发展迟缓。因此,发展残疾儿童的动作技能对他们未来的成长是非常重要的。

(三)自我服务/照顾技能

学习自我服务/照顾技能是所有儿童成长发展的一部分,残疾儿童也应获得这些技能,因此应该鼓励儿童自己独立去做,在做中学,包括穿衣、吃饭、如厕等。

(四)感觉训练

正常儿童主要是通过听觉、视觉、触觉和运动觉等来获得信息的,也可少量地通过嗅觉和味觉来获得。每一种感觉都有唯一的感受器:眼睛看,耳朵听,手指和皮肤触摸,鼻子闻,舌头舔。每一种感受器接受到有限的信息,综合起来才能感受到完整的事物特性。残疾儿童由于损失或部分损失了视觉或听觉,因此必须教授利用别的感觉器官(手指和耳朵)来替代受损的感觉器官的作用,去获得外部的信息,所有残疾儿童都能从这类训练中获益。

(五)认知技能

认知是指儿童思维过程的发展,包括思维的许多方面,如人和事物的概念的形成,记忆,归因,解决问题及创造力等。残疾幼儿所建立的许多关于世界的概念都与正常儿童不同。他们认知发展的过程和顺序与正常儿童相同,但每个领域都滞后于正常儿童。因此,认真有计划地指导残疾儿童进行认知学习,才能帮助他们建立正确的概念。

(六)语言技能

无论是对于智力残疾儿童,还是听力或视力残疾儿童来说,由于其先天的生理基础差,为语言发展造成较大的困难,特别是听力残疾儿童,如语言得不到发展,可能会影响其正常学习。

(七)社交技能

每个人都需要社会交往,残疾儿童要使自己的生活更加愉快,更加丰富多彩,就必须参加学校或伙伴的各种活动。因此,学会交朋友,学会发现感兴趣的话题,使自己成为一个受同伴和老师喜欢的人是需要解决的重要问题。此外,对于盲童来说,由于视觉的全部损失或部分损失,不能观察人们的面部表情与内心世界的喜、怒、哀、乐之间的联系,也不能理解点头、摇头、招手、挥手等动作的具体含义。因此,面部表情和常用姿态的训练内容也需要列入到盲童早期教育训练计划中。

第五节　残疾人的中等以上教育

残疾人的中等以上教育是我国特殊教育体系中的重要组成部分,它包括残疾儿童的中等职业教育、残疾青年的高等教育和残疾人的成人教育。

一、残疾儿童的职业教育

(一)职业教育概述

在我国,职业教育是指在特殊义务教育阶段后,由初级职业学校、中等专业学校及高等教育机构实施的专门培养从事某一特定职业活动所必备素质的教育。一般说来,特殊教育学校的低中年级都设有劳动教育课,高年级增加了劳动技术教育内容。中等以上职业教育是指专门的职业技术教育,主要是在义务教育阶段后实施而专门培养从事某一特定职业活动所必备素质的教育。

我国残疾儿童的职业教育分为初级、中级和高级三个层次,有短期、中期和长期培训三种情况,由特殊教育职业培训机构和普通职业教育机构承担。

1994年国务院专门制定发布的《残疾人教育条例》将残疾人的职业教育专设一章,并规定:各级人民政府应当将残疾人职业教育纳入职业教育发展的总体规划,建立残疾人职业教育体系,统筹安排实施。残疾人职业教育应当重点发展初等和中等职业教育,适当发展高等职业教育,开展以实用技术为主的中期、短期培训。

(二)三类残疾儿童的中等职业教育

特殊儿童的职业教育主要是培养职业意识和做好就业准备。

1. 视力残疾儿童的职业教育　传统的适合视力残疾儿童的职业有按摩、钢琴调音、电话接线、编织、音乐等,科学技术的发展,导盲设备的改进,给视力残疾儿童的生活和工作提供了更多的帮助,一些受过良好教育和训练的视力残疾人也可以从事计算机、秘书、管理等其他职业。换言之,视力残疾人能从事的职业范围有所拓宽。

视力残疾儿童的中等职业教育分为两类:一类是普通职业教育,另一类是专门的职业教育。普通职业教育着重介绍普通职业的知识、基础理论和就业的基本要求。专门职业教育根据不同的专业进行安排。一般来讲,专门职业教育又可以进一步分为三大块:一是普通基础课程,二是专业基础理论课程,三是不同职业的专业课程。

2. 听力残疾儿童的职业教育　绘画、装潢、雕刻、厨艺等是为听力残疾儿童开设的传统职业课程,计算机和信息产业的发展为听力残疾人群的职业技术教育开辟了新的途径。

3. 智力残疾儿童的职业教育　最大程度地融入社会生活是智力残疾儿童教育最基本也是终极的目标,实现这一目标最有效的方法是使学生能够稳定就业,自谋生计,获得社会的尊重。职业教育是为智力残疾儿童所提供的服务中相当重要的环节。就整体而言,我国当前对智力残疾儿童的职业教育仍处于初级职业教育阶段。目前,我国为智力残疾儿童提供就业服务的模式主要分为支持式职业教育模式和准备式职业教育模式。

(1)支持式职业教育模式　在中学阶段开始实施。首先对儿童进行职业陶冶教育,提供一般性的职业认识,培养基本的职业能力,在此基础上,再为学生开拓就业机会,根据工作性质和条件,为恰当的个案进行密集性的职业训练、现场辅导、支持和跟踪,完成其成功就业和职业维持。

(2)准备式职业教育模式　传统的职业教育都是采取这一方式,首先进行一般性的、比较固定的职业训练,再进入工作岗位。

二、残疾青年的高等教育

残疾人高等特殊教育是特殊教育体系的组成部分。

(一)高等特殊教育的概述

残疾人高等教育通常是指在完成中等教育基础上所实施的高级教育。它是建立在基础教育之上的专业性教育,以培养多种专门人才为目标。它所培养的专门人才将直接进入各个领域的各个行业从事专门工作。残疾人高等教育是高等教育的一个组成部分,也是残疾人教育中不可缺少的一个组成部分。从教育的层次来说,残疾人高等教育是残疾人学校教育系统中的最高层次。

(二)残疾人高等教育的形式

一般来说,高等教育包括学历教育和非学历教育。学历教育可分为专科教育、本科教育和研究生教育。目前,在我国对于残疾人开展的学历教育主要为专科教育和本科教育;研究生教育尚未大规模开展,但也有少数优秀的残疾人与正常人一起接受研究生教育。目前,残疾人高等教育主要有以下几种形式。

1. 普通高等学校招收残疾学生　残疾人与正常人同在一个普通高等院校或者系、相同的专业内共同学习、生活。这一类残疾人通常为肢体残疾人,也有少数视力残疾、听力残疾的青年被有关的普通高等院校相关专业录取。

1991年颁布的《中华人民共和国残疾人保障法》以及1994年制定的《残疾人教育条例》中明文规定,高等院校必须招收符合国家规定的录取标准的残疾学生入学,不得因其残疾而拒绝招收。

2. 普通高等学校开设专门招收残疾人的专业　残疾人进入普通高等院校内就读,但其所在的系或者专业是专门为残疾人设立的,这是一种在普通高等院校内半隔离、半融合的办学方式。20世纪80年代以来,一些高等院校为把残疾人培养成高层次的有用人才,积极创办了专门招收残疾考生的系和专业,其主要招收的残疾人为盲、聋考生,但也有招收肢体残疾学生的系和专业。目前,还有一些高等院校在政府、残疾人联合会的共同努力下设置了类似的专业和系。虽然这些高等院校的数量非常有限,但从这几年的发展趋势看,增长速度较快。

3. 特殊教育学院　这种形式是将残疾人统一集中到专门为他们独立设置的特殊高等院校内,或者集中到普通高等院校中一个独立设置的特殊教育学院内接受高等教育,主要招收盲、聋学生,也有一些专业专门招收肢体残疾学生。一些民办高校中也专门开设了招收残疾大学生的特殊教育学院。

(三)残疾人高等教育的招生制度

目前残疾学生的考试有多种情形。

1. 参加全国统一命题考试　对于肢体残疾考生来说,通常与正常考生一起参加教育部组织的统一命题考试,需达到相同的高考录取分数线才能被普通高等院校或特殊教育学院录取。这类被录取的学生一般进入普通高等院校或特殊教育学院的某个系或专业就读。

2. 参加特殊的命题考试　进入普通高等院校同正常大学生一起就读的残疾考生,也有参加特殊命题考试的情况,这种特殊的命题考试主要针对的是盲生。大多数高等院校为盲、聋学生特别设置的系、专业都采取这种特殊命题考试的招生方式。对于高等院校内或者独立设置的特殊教育学院,如果是招收盲、聋学生的专业或系,一般也由各个学校自己组织命题考试,独立录取。

三、残疾人的成人教育

残疾人的成人教育是指对残疾成年人所进行的教育,目前在我国主要包括职工大学、广播电视大学、函大、夜大、国家高等教育自学考试、利用互联网和多媒体技术等远程教育方式。这些教育形式,使许多生活不能自理的重度残疾者或因经济条件所限不能进入正规学府的残疾人享受到高等教育的权利。

(一)普通文化教育

我国残疾人的扫盲教育主要是依靠民政部门所属的福利工厂对在职的残疾人进行识字及普及小学文化教育,广大农村地区残疾人的教育还需发展。此外,各地残疾人联合会,盲人、聋哑人协会也都为残疾人自学提供辅导与服务。为了鼓励残疾人自学成才,中国残疾人联合会还专门设立了残疾人自学成才奖。

(二)职业培训

我国目前残疾人成人教育职业培训多以由残疾人活动中心、俱乐部、福利工厂等举办的短期培训班为主,大都根据社会的需要并结合残疾人的特点,选择简便易学、时间短、花钱少、易安排就业的项目进行。培训结业后不包分配,可以帮助他们进行个体开业、自谋职业或介绍到街道、福利企业、家长所在单位予以安置就业。

第六节　随班就读与全纳教育

一、随班就读

随班就读是我国在普通教育机构对残疾儿童实施教育的一种形式。就是让残疾儿童与普通儿童在普通学校一起学习,一起生活,主要目的是使各类残疾学生就近入学。这种教育形式符合我国残疾儿童居住分散、家庭困难而无力去特殊学校上学的现状,在既不增加国家建设投资,又不加重家庭负担的情况下,以较经济的办法和较快的速度普及残疾儿童的义务教育,在中国特殊教育体系中起主体作用。

我国法律规定:普通小学、初级中等学校,必须招收能适应其学习生活的残疾儿童、少年入学,普通高级中等学校、中等专业学校、技工学校和高等院校，必须招收符合国家规定的录取标准的残疾考生入学，不得因其残疾而拒绝招收。

随班就读最明确的目的是为了解决残疾儿童入学难的问题，其次是解决教育权利平等的问题。入学问题容易理解也容易办到，只要转变观念，承认残疾儿童需要学习，也有学习能力，落实残疾儿童入学就不会有太大的障碍。教育权利的问题看起来容易，落实起来难度较大。

我国的随班就读有三个层次：一是"招得来"，二是"留得住"，三是"学得好"。"招得来"是随班就读的初级层次，残疾学生能够被普通学校接收，即普通学校向残疾儿童入学敞开了大门，但残疾学生属于"旁听生"或"就座生"。这个层次，仅仅解决了残疾学生入学问题，未解决教育问题。"留得住"是指残疾学生和普通学生一起活动，教师也有意识地创设条件和机会，促进残疾学生与普通学生的社会交往，但残疾学生仍不完全属于班级中，教育质量仍无法保证，残疾学生在某种程度上仍属于"二等公民"。"学得好"是随班就读这种教育形式追求的目标，这个层次的随班就读主要体现在"读"字上，也是高水平、高要求的随班就读，残疾学生像普通学生一样完成学习目标，学有所得。随班就读的对象主要是轻度和中、重度残疾儿童。

二、全纳教育

全纳教育是指在普通学校和普通班内教育所有学生。也就是说，无论残疾儿童有何种残疾，也无论他们的残疾程度如何，他们都应该与他们的同伴一起接受适宜的、有效的教育。全纳教育并不仅仅指残疾儿童融合于普通学校之中，更强调普通学校要接纳所有儿童，并能根据他们的需求为他们提供高质量的教育服务。要真正做到这点，就不仅需要得到特殊教育专业人员的支持及协作，而且要得到同伴、家长和学校整个系统乃至整个社会的支持与帮助，以满足儿童各方面的需要。全纳教育的出发点是：教育不是少数人的特权，是所有人的基本人权，是个人和社会发展的基本要素，也是维系社会正义的基础。

全纳教育针对的不只是残疾儿童，也不只是找出一种新方法取代隔离的特殊学校制度。其他群体，如贫困儿童、少数民族儿童、女童（在某些重男轻女的地区）和边远地区的儿童，在普通学校就学时也会碰到很多困难。他们可能对课程没有兴趣，因为不适应教学方法而对学习没有动力，或者不适应学校的文化，听不懂学校授课的语言，或者遇到其他更多的困难。全纳教育的宗旨就是要理解这些困难，并且帮助普通学校发展，让普通学校能满足所有学生的需要。因此，全纳教育不单纯是特殊教育的改革，全纳学校也不简单地只是一所收留部分残疾儿童的学校。相反，全纳教育是要减少各种学习障碍，让普通学校能满足所有学习者的需要。因此，全纳教育是一场更广泛的社会运动的组成部分，目的是为全体公民建立一个更公平的社会。

推行全纳教育意味着面临一场严峻的挑战。首先必须让普通学校具备足够的能力，为社区所有儿童提供教育。学校应该接纳所有儿童，不应该由于身体、智力、社交、情绪、语言或者其他身体状况的问题把某部分儿童拒于教育的门外。无论是残疾儿童或者天才儿童、流浪儿童、童工、边远地区的游牧民族儿童、少数民族儿童、来自其他弱势群体或者社会边缘群体的儿童，都应该得到受教育的机会。学校应当满足学生不同的需要，既要采纳不同的学习方式和教学进度，也要通过恰当的课程设计、系统安排、合理利用教学策略和资源，并与社区合作，保证全体学生都能得到高质量的教育。

【视力残疾教育康复咨询案例】

1. 视力残疾的行为界定

（1）在视觉上的损失或缺陷对其发展造成了不利的影响。

（2）根据由眼科医生或验光师进行的全面评估所得出的结论，按照法定的标准，学生被诊断为视力残疾。

（3）对于婴幼儿，如在出生前、出生时和出生后，由于外伤而导致视觉系统遭到损伤，或患有早产儿视网膜病，或患有先天性眼部疾病（如白化病、弱视、白内障、青光眼）等。

2. 学生基本情况和行为表现

张三，男，1999 年 3 月 5 日出生，是个 7 个月的早产儿。据其母所述，该儿出生时有 1 分钟窒息，后放暖箱

27天。出生后2个月,其母发现孩子异常。4个月左右去检查,被确诊患青光眼。长大后,经检查,视力属于一级盲,无光感。在7岁以前,父母基本不带他出入公共场合,要么关在家里,要么送到奶奶家寄养。

张三平时喜欢抓紧大人衣服或手,无论如何安慰相劝,也不愿离开大人左右。在同一房间里,听见家长的声音但摸不着家长时,就会大声尖叫,叫声由较小的"哼、哼"逐渐变为大声哭叫,乃至一边尖叫一边哭,声音越来越响,直到听见家长的声音或拉住家长的手,才能停住。

张三平时能够有问有答,但不主动与人交谈,从不主动用语言表达自己的需要。生活上能独立上厕所(但裤子提不好)、能独立吃饭(但掉饭粒、用不好筷子)、能独立穿衣服(但拉链拉不好)。

张三动作技能发展迟缓,身体动作不协调,走路不稳。

3. 长期目标

(1)考虑到视觉损失或缺陷对其发展带来的不利影响,创造机会和环境使该生在学校的教育中学业水平与其自身潜力相符合。

(2)发挥该生听觉、触觉、嗅觉等感觉器官的代偿作用,使其能够在家庭、学校和社区中使用这些技能。

(3)掌握定向与行走技能,使该生能够在家庭、学校和社区环境中独立地活动。

(4)学习如何有效地运用残余视力、如何最大限度地利用视觉辅助工具。增长自信和自尊。

(5)家长对该生的视觉缺陷能够给予理解和接受,建立起适当的期望值,积极为该生的需要而寻求可利用的资源。

4. 短期目标(各目标后括号内的数字是教育干预活动序号)

目标1:对该生进行全面的视力检查(1)。

目标2:针对该生的视力、学习、智力、身体、语言、在社会心理方面的长处和缺陷,进行多方面、多学科的评估(2)。

目标3:家长参加多学科评估过程(3,21,22)。

目标4:家长与专家一起,确定最适合该生的辅助设备,如助视器、盲杖、盲板、盲笔等(4,5,14,15,16,20)。

目标5:成功地教会其在社区中运用定向与行走技能独立行走(6,7,8,9)。

目标6:该生使用盲文的能力得到增强(10,11)。

目标7:该生最佳地掌握听和看的技能,该生成功地掌握独立的日常生活技能(12,13)。

目标8:该生能够遵从游戏活动的规则和社会情境中的各项规则(23)。

目标9:该生能够对自己和自身的能力进行积极的自我描述(24,25)。

目标10:家长对孩子的视觉损失能够理解和接受,为满足孩子的需要而寻求支持和可用资源,与学校人员合作,为孩子制订有质量的教育计划(3,4,26,27)。

5. 教育干预活动

(1)为该生推荐一位眼科医生或验光师进行全面的视力检查。

(2)组织一个由具有资格的专业人员组成的多学科评估小组,在以下领域对该生进行评价:功能性视力、视力使用的效率、在视力辅助设备方面的需求、智力水平、粗大动作和精细动作的发展、语言发展、听力技能、社会性学习、定向行走、日常生活技能等。

(3)请家长把从视力专家处得到的有关该生视力的资料和医疗信息交给学校,使学校在对该生的视力缺陷进行的多学科评估过程中结合进这些信息;还要向家长解释评估的结果以及各位学校专业人员得出的结论。

(4)由定向行走专家负责,根据家长、学校人员、社会心理学家评估所提供的信息,就该生对行动辅助系统(如支撑架、拐杖、特别的运动设备、电子行进辅助设备、导盲犬)的需求提出建议。在此过程中,要注意考虑以下问题:该生的特别需要、该生要进入的环境的复杂性、该生的认知能力、该生的动机/态度等。

(5)由定向行走专家对该生进行训练,训练的内容包括:在学校、操场、社区房屋之间穿行;讲解有关地形的知识(山、斜坡)、有关地面的情况(崎岖不平的路、混凝土路、人行道)、关于方向的概念(前、后、左、右);教授学习交通的技巧(如何穿越繁忙的马路、如何乘坐公共交通工具、如何在商场里穿行);教授规划出行的旅行线路。

（6）鼓励家长，将定向行走的教学结合进家庭常规的活动之中，从而使该生在运动方面接受的教学保持一贯性。

（7）做家访，帮助家长将定向行走策略结合进学生的行动之中，这些行动包括：上下公共汽车、在家里和院子里走动、参与安全自救行动、利用周边的空间进行活动、找到重要的物品。

（8）带该生到社区中去（如食杂店、商场、公园等），让该生学习有关定向行走的新技巧，并练习已掌握的技能。

（9）教家长学会让该生在社区中使用已掌握的定向行走技能，从而使该生的教学在家庭和学校之间保持一贯性。

（10）教该生初步认识盲文，训练该生的触觉分辨力、精细动作技能、利用触觉摸索物品的技巧。教该生建立有关盲文的概念。为该生提供盲文书、书写盲文并让该生在活动中使用。

（11）教该生学习盲文，内容包括：如何在盲文书中定位、盲文阅读的规则、使用写盲文的工具（比如盲文书写器）。让该生固定地使用盲文阅读和写作技能。让该生学习盲文代码，包括：标点、数字、特殊符号，学习数学符号、解释图形材料（如图表），最终让该生学习更为复杂的符号（如音乐或外语）。

（12）让该生通过听录音来练习听力，听录音时为该生规定不同的目标，这些目标可以是：让该生注意获取材料中的细节；挑选一些材料，让该生从嘈杂的背景声音中区分和识别出一定的声音或短语；让该生确定一段话中的主题句；让该生找出材料中的论点和论据。

（13）当该生听录音或听课时，为其提供一份盲文学习笔记来帮该生更好地理解所听的内容。该笔记可以简要地说明主要的标题，或者是对主要观点进行总结、列出要回答的重要问题、对材料内容做概述。

（14）对该生进行技术设备需求评估，确定该生在技术辅助设备上的需要。

（15）为该生提供低层次的视觉辅助技术设备（如盲文书写器、放大镜、望远镜、录音机等），并教该生学习在各种不同的学习活动及功能性活动中使用这些设备。

（16）为该生提供高层次的视觉辅助技术设备（如屏幕放大系统、言语驱动的屏幕、专为盲人设计的电子笔记、能够产生触觉图像的电脑系统、闭路电视系统、其他视觉放大设备等），并教该生学习在各种不同的学习活动及功能性活动中使用这些设备。

（17）和该生家人一起，为该生制定在日常生活技能方面（如个人卫生领域、进餐习惯、个人清洁等）要达到的目标，然后确定达到独立生活目标需要掌握的技能（如做饭、洗衣、家居照料、管理财务等）。家庭和学校之间要在确定上述目标时进行合作。

（18）带该生到社区中了解各种不同的工作，使该生有大量的机会在工作场所认识工作人员，和他们交谈，问他们一些问题。

（19）为该生提供机会和具有视觉障碍的成人交谈，了解他们在职业、培训和工作体验方面的情况。

（20）教该生掌握并强化工作习惯，包括：积极的态度、动机、主动性、在特定的时间段内专注于工作的习惯、懂得关注工作质量和工作的正确性、注意守时等。

（21）对该生在职业培训和/或高等教育方面的个人能力进行评价。

（22）召开该生个别化过渡期计划会议，与该生及其家庭一起确定未来的目标，以及为达到目标在各个领域（如独立生活、高等教育或职业培训、社区参与、休闲娱乐活动）要采取的步骤；请一些能够提供帮助的机构代表参与到计划的制订中来。

（23）为该生安排多种游戏和活动，并且让该生在参与活动的同时，在视力正常的同伴的提示下学习理解这些游戏和活动的规则。

（24）在如何对待视力损伤的问题上为该生和家长提供指导和咨询，咨询内容包括：视力丧失对儿童发展带来的影响；社会对残疾人可能的误解和偏见；鼓励该生的独立性；教该生以能够为社会所接受的方式，自信地表达自己的意愿、需求。

（25）为该生及其家长推荐一位心理健康专业人员，以便更好地解决盲生可能存在的消沉、焦虑、坏脾气等问题,鼓励该生积极地接受自己。

(26)为家长提供对该生有帮助的信息,如国家有关残疾人上学就业的政策法规,能提供就学的学校,所需视觉辅助设备等。

(27)向新学校和有关人员交接该生的材料,这些材料记录着该生的长处、短处、支持措施以及其他一些保证该生在未来能够取得成功的重要信息。

复习题

1. 试述教育康复的概念。
2. 简述我国残疾儿童教育安置的形式和特点。
3. 请对视力残疾儿童、听力残疾儿童和智力残疾儿童的教育目标进行比较。
4. 视力残疾儿童的教育策略是什么?
5. 试述智力残疾儿童的教育策略和原则。
6. 简述残疾儿童早期教育的意义。
7. 我国现阶段残疾人高等教育的形式有哪些?
8. 随班就读与全纳教育的区别是什么?

(彭霞光)

第八章　职业康复咨询

本章学习重点要求

1. 掌握职业康复咨询的内容与流程,职业评估的方法和内容,职前训练与职业技能训练的内容,残疾人的就业安置模式,按比例就业政策与残疾人就业条例。

2. 了解职业康复与职业康复咨询的概念,影响残疾人就业的因素,职业康复咨询工作的原则,各类残疾人职业康复的特点,职业评估的目的,职业康复计划书的内容。

第一节　概　述

职业是劳动者从事某种工作而获得的劳动角色,它决定着个人在群体中的角色地位和社会参与方式。稳定的就业与发展不但可以满足个人在衣食住行方面的基本需求,更可以发挥个人的才能和特长,承担家庭和社会的责任,体现人生价值和生命的意义。

残疾人作为社会的一员,需要从劳动中获得收入和自我满足,充实个人生活,并体验工作的乐趣,进而提高社会地位,同健全人一起平等地参与到社会生活中。残疾人由于自身或外部环境的障碍,参与劳动就业有一定困难。职业康复的工作内容就是向残疾人提供服务,帮助残疾人克服身体条件限制、消除环境障碍,支持残疾人就业,实现工作的权利,成为社会的劳动者和创造者。

一、职业康复的概念

职业康复是指通过评估、训练、转介、安置、随访等一系列服务手段,促进残疾人获得并保持适当的职业,并在工作中有所发展。从广义上说,职业康复的手段又包括医学的、心理的、社会的、教育的和职业的等诸多方面。职业康复的目的是协助残疾人发挥潜能,获得生产能力,在经济上自立,并作为有尊严的个体,参与到社会生活的方方面面,从而承担相应的社会责任。

从经济的角度看,职业康复促进了残疾人就业,使残疾人通过劳动创造社会价值,减轻家庭和社会的负担;从法律的角度看,职业康复体现了对残疾人作为公民的就业权利的尊重和维护;从社会的角度看,职业康复使残疾人融入到社会中,并在社会生活中成为独立而有价值的个体。

二、职业康复咨询的概念

职业康复咨询是康复咨询师帮助残疾人以实现就业或重新就业为导向而提供服务的过程。具体来讲,职业康复咨询是由康复咨询师通过了解残疾人的身心状况和就业愿望,结合搜集的相关信息和职业评定的结果,与残疾人一起制订职业康复计划,组织和协调其他专业人员向残疾人提供系统的职业培训、推荐其就业,使残疾人获得或重新获得职业并稳定就业的过程。

职业康复工作的顺利进行需要有完善的组织和团队,康复咨询师在这个团队中担负主导和协调的角色。团队中除了康复咨询师,还可能有医生、康复治疗师、心理专家、职业评估师、职业训练教师、社会工作者、康复工程师等专业人士。必要时还要将接受职业康复服务的残疾人转介到医疗康复、职业培训、教育等机构接受相应的服务。

职业康复咨询采取个案工作的模式,即康复咨询师遵循职业康复理念,运用专业知识和技巧,以个别化的方式为就业困难的残疾人服务。接受职业康复咨询服务的残疾人被称为案主。

三、职业康复咨询的对象

接受职业康复咨询服务的对象主要是处于就业年龄(16 岁至 60 岁),希望通过职业康复服务来解决就业困难的各类残疾人。

1. 从各类学校毕业或即将毕业、具有一定知识技能、有就业愿望的残疾人。
2. 未接受过专业技能教育,但有就业需求的残疾人。
3. 发生残疾后,经过医疗康复,身体状况稳定,希望回到原工作岗位或重新选择职业的残疾人。
4. 因各种原因失业等待重新就业的残疾人。
5. 不满足于现有工作岗位,希望职业生涯得到提升,重新选择职业的残疾人。

四、影响残疾人就业的因素

影响残疾人就业的因素包括两方面:残疾人自身的因素和外部环境的因素。职业康复咨询服务针对这些因素,运用职业康复的专业手段,帮助残疾人克服影响就业的因素,最大程度地发挥自身潜能,提高工作和生活技能,消除环境障碍,达到获得职业及保持和发展职业的目的。

(一)残疾人自身的因素

1. 未曾接受有效康复,独立生活能力差。
2. 文化程度低,缺乏相应的知识储备。
3. 缺少专业技能和就业经验。
4. 工作技能单一,没有机会学习新的技术和技能。
5. 缺乏参加就业、经济自立的愿望和参与社会活动的主动性。
6. 缺乏正确的工作态度。
7. 处理人际关系的能力差。

(二)外部环境的因素

1. 无障碍环境不完善。
2. 缺少康复和获得辅助具的途径。
3. 无适合的交通工具。
4. 家庭过度保护,社会支持不够。
5. 雇主和同事对残疾人接纳程度低。
6. 社会的整体就业难度大。
7. 职业技能培训的途径和机会少。

五、职业康复咨询的主要内容与流程

职业康复咨询重视接受服务的残疾人的整体性和全面发展。因此,既不能把职业康复咨询简单理解为职业介绍,也不能把它理解成狭义的技能培训。职业康复咨询师的工作内容包括立案筛查、职业评估、职业康复计划的制订与实施、结案和追踪随访。除了帮助残疾人实现就业外,其工作内容还涉及到残疾人的职业生活、社会适应能力、社会支持系统,以及他们如何与环境相互融合,这就要求职业康复咨询师同时具备多领域的专业技能和素质,包括职业评估、职业培训、相关的医疗常识、心理辅导、解决社会问题的能力,以及个案管理等,当然,这其中还需要其他相关专业人员的介入和参与。

为了说明职业康复咨询服务的内容,特制定了职业康复的流程图(见图8-1-1),按照职业康复咨询从立案、评估、制订计划、实施计划到结案的基本过程做简单明确的介绍。

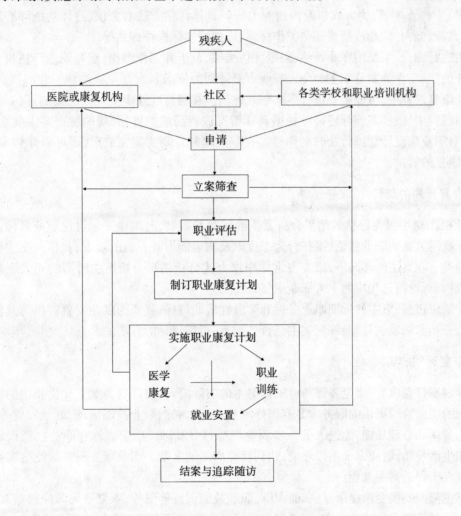

图 8 - 1 - 1　职业康复流程

(一) 立案与筛查

残疾人或其代理人首先向康复咨询机构提出职业康复申请,康复咨询师接到申请后予以登记立案,并安排初次会谈,同时通知申请人。提出服务申请的残疾人即成为职业康复咨询服务的案主。

康复咨询师应向案主告知职业康复所提供的服务内容、程序和方式,以及案主的权利与义务,以取得案主的配合与信任。通过会谈,康复咨询师主要了解案主的一般情况、残疾状况和医疗经过,并予以登记记录。康复咨询师还需要收集和查阅案主的医学资料,并通过初步体检了解其残疾原因、类别和程度,并判断案主的身体状况是否稳定,能否进行下一步职业康复。

对于经过检查,仍不能明确身体和心理状况的残疾人,可转介给专科医生做进一步的检查。如果案主目前的身体状况不稳定,不允许进行职业康复,则需转介到相关的医疗康复机构接受康复治疗;如果案主需要继续求学深造,则应转介到相应的学校完成学业;经过检查确定身体状况稳定的,即可进入职业评估程序。

(二)职业评估

立案后,康复咨询师首先对初次与案主会谈的内容进行汇总,并分析个案资料。随后根据案主的具体情况制订个人职业评估方案,为案主实施职业评估。

对案主的评估内容分三方面,即生理状况、心理状况和职业行为能力。评估生理状况主要为了确定案主的身体功能、存在的限制与障碍以及职业生活维持能力;心理状况的评估主要是了解案主理解与学习能力、信息加工的能力、职业兴趣和能力倾向;职业行为评估主要是通过工作样本、模拟的或实际的工作环境,评估案主技能发展水平、工作态度、行为方式以及沟通能力等。具体评估方法有面谈、身体功能和心理评估、生活独立性评估、职业兴趣、倾向、学业成绩测试与工作样本、模拟或实际操作评估等。

通过对案主进行综合、系统的职业评估,根据评估结果,分析其工作潜能,撰写职业评估报告,并提出案主所需的相关服务的建议,作为制订案主的个人职业康复计划的依据。

在整个职业康复过程中,可能需要进行多次职业评估。在制订职业康复计划之前的评估,只是初期评估。在实施康复计划过程中,康复咨询师还可能根据具体情况进行后续的评估,帮助发现案主就业过程中还需要哪些支持,以便对职业康复计划进行及时的调整。在职业康复计划实施完成后,还可以评估案主的职业发展水平,检验职业康复的效果。

(三)职业康复计划的制订

康复咨询师根据初步职业评估的结果分析案主的优势和限制,与案主一起讨论职业目标,分析就业市场需求和未来职业所需具备的职业技能、工作行为态度以及沟通能力等方面的要求,找出与案主特点、能力相匹配的未来职业种类。在案主的参与下,康复咨询师根据上述分析结果分析案主所需的相关康复服务项目,以及提供服务的机构,讨论制订相应的个人职业康复计划书。

职业康复计划应包括:案主的远期职业目标和阶段性近期目标;将要为就业安置提供的具体服务内容;每项服务内容预定开始和结束的日期;评判案主是否达到远、近期目标的方法。

(四)职业康复计划的实施

职业康复计划制订完成后,康复咨询师可根据案主的实际需要,按计划为案主提供相应的职业康复服务。在职业康复计划的实施阶段提供的服务内容有医疗康复、职前训练、职业技能训练、就业安置等。医学康复的目的是提高案主身体和心理功能,为进入下一步职业训练打好基础。职前训练和职业技能训练,则是为了使案主获得职业和生活技能,适应未来工作环境,达到就业所需的素质。职业康复服务最终落实在就业安置上,就业安置的重点在于促进案主就业。

并非所有案主都需要接受医疗康复、职前训练、职业技能训练等服务,康复咨询师应根据案主的能力和需要选择服务内容。对于能力较强的案主,康复咨询师可以直接将其推荐到适合的用人单位。

(五)结案与追踪随访

当案主完成就业安置并保持稳定就业一段时间后(一般为两到三个月),即可认为就业成功,达到职业康复的最终目标。就业成功后,康复咨询师就可以为案主结案。结案后,康复咨询师需与案主继续保持联系,追踪随访,协助案主和用人单位解决就业中的问题。

六、职业康复咨询工作的原则

职业康复咨询是一项专业性服务工作,为了保障案主的权益和服务的规范性与专业性,康复咨询师在服务过程中应遵循以下几项原则:

(一) 以案主为中心的原则

职业康复咨询服务的主体是案主,康复咨询师应始终把案主的利益放在首位,尊重案主的知情选择权,尊重其自主权和个人尊严。案主有选择和中止服务的权利。康复咨询师的任何计划或决定都必须与案主协商,并且是在得到其本人同意的情况下做出的。

(二) 客观的原则

康复咨询师的职业评估结果必须是真实而客观的,职业康复计划的制订与实施也要切合案主本人和就业场所的实际情况。

(三) 保密的原则

充分尊重案主的隐私权,在服务过程中康复咨询师应与案主建立一种相互信任的关系。未经案主许可,康复咨询师不得公开案主的个人信息。

(四) 公平的原则

康复咨询师应平等对待每一位接受服务的案主,不因案主的背景不同而在服务态度和水准上有所区别。

(五) 个性化的原则

职业康复计划必须是根据每个案主的特点、能力和潜力及残疾情况而制订的,应做到个性化服务。

(六) 多元化的原则

根据案主的能力和兴趣倾向,尽量为案主提供多元化选择,使职业岗位与案主的特点达到最大程度的契合。职业康复咨询是对案主提供的服务也应是多元和全方位的。

第二节 各类残疾人的职业康复

康复咨询师和其他就业服务人员在为残疾人提供职业康复服务时,要根据不同的残疾类别和残疾程度,采用相应的职业评估方法,制订符合其自身特点的职业康复计划,帮助残疾人克服障碍和限制,最大程度地发挥各类残疾人的就业潜能和优势。

一、视力残疾人的职业康复

(一) 视力残疾人的特点

视力残疾人因视力障碍缺乏视觉形象,没有对周围事物的完整印象,形象思维不发达。他们主要靠听觉、触觉、嗅觉等感官来感知客观世界,所以听觉特别敏锐,手的触觉也极为灵敏,手几乎可以代替眼睛"观察"外部世界,记忆力非常好,有较强的学习能力。视力残疾人性格一般文静善思,抽象思维和逻辑思维较发达。

(二)视力残疾人的职业康复重点

1. **职业评估**　视力残疾人的职业评估除了通常的评估内容外,还要特别测试其独立生活能力和定向行动能力,了解他们还需要在哪些方面加以提高,以适应未来的职业生活。

2. **就业前准备**　视力残疾人在进入就业安置前,需要根据情况接受一定的独立生活和定向行动训练,以识别和熟悉生活及工作环境,这对他们走出家门进入工作岗位至关重要。对后天失明的视力残疾者要给予特殊的心理辅导,帮助他们尽快走出低谷,追求新的人生目标。视力残疾人还应通过生活适应训练和职前训练培养一定的社交技能、工作态度和习惯。这些都有助于在工作中与明眼同事及其他人相互理解,并建立良好的合作关系。

3. **就业目标**　视力残疾人难以从事需要良好视力的职业,因而就业方向受到的限制相对较多。近年来,按摩推拿行业逐渐成为视力残疾人就业的主要渠道。从正面看,它的职业技能目标明确、训练成果显效快,容易得到社会的认可,且能快速帮助视力残疾人改善生活水平;但另一方面,也造成了视力残疾人只能从事按摩推拿行业的错误印象,限制了他们多元化的就业选择。因此,残疾人就业服务机构应着力拓展更多职种的技能训练,为他们提供更多的职业选择和人生方向。

其他可供盲人朋友选择的职业还有很多,如钢琴调音师、盲文转译、外文翻译、教师、心理咨询师、律师、电台节目主持人、电话接线员、器乐演奏师等等。当然,这些职业往往需要较高的教育背景和长期的技能培养。对于大多数生活在农村地区的视力残疾人,就业服务人员应针对其特点,发展适合他们的就业途径,如从事手工编织、蔬菜种植、家庭养殖等生产项目。

4. **工作环境的无障碍和辅助具**　康复咨询师应考虑到视力残疾人看不清或看不见的实际情况,对他们的工作环境进行无障碍改造,如铺设盲道,公共设施安装盲文标志和语音系统,保障他们在工作环境活动的自由和安全;对低视力者提供适合的弱视辅助具;同时注意加强环境的安全防护措施,消除生产中的安全隐患。

二、听力残疾人和言语残疾人的职业康复

(一)听力残疾人和言语残疾人的特点

听力残疾人和言语残疾人虽然都有语言沟通上的困难,但实际上他们是两种不同的残疾类别。听力残疾人不一定有言语障碍,很多人经过语训可以开口说话;而言语残疾人也不一定有听力障碍。听力残疾人除了听不清楚或听不见,言语残疾人除了说不清楚或说不出外,他们的智力与常人并无差异。

他们的优点是反应敏捷、领悟力高、观察敏锐、做事专心。许多人认为听力残疾人和言语残疾人个性固执、急躁,事实上这并不是他们的天性,而是不良沟通的结果,尤其是当他们不被社会所接纳时,这种现象特别突出;若引导的方法得当,彼此沟通良好,他们其实大都是温文尔雅、能力称职的工作者。

(二)听力残疾人和言语残疾人的职业康复重点

1. **职业评估**　对这两类残疾人的职业评估无需特殊设计,仅是需要评估人员掌握手语,便于评估时的沟通。

2. **就业前准备**　由于听力残疾人和言语残疾人单从外观上难以与健全人区分开,容易被人以健全人的标准来要求,但他们在工作或与人交往的过程中往往存在沟通困难。因此,训练教师有必要教会他们通过手语、文字、图片等手段,与健全人做简单的交流,以利于未来融入到工作环境中。

3. **就业目标**　听力残疾人和言语残疾人的工作能力与常人并无差别,除了需要听觉或需要语言表达的工种之外,他们都能胜任。农村地区的听力语言残疾人在农林牧副渔等生产行业也都完全胜任。需要提醒的是,不可让听力残疾人和言语残疾人担任高危险的工作,以免因无法听见危险声响、口头警示或因呼救困难而发生生产事故。

近年来由于通讯技术的快速发展,手机短信和电子邮件成了听力残疾人和言语残疾人与他人沟通的新选择,使得他们与外界交流变得容易,就业中的障碍也相应减少了。

4. 工作环境的无障碍和辅助具 听力残疾人工作的无障碍环境,包括在适当位置张贴书面提示或说明,或将警示铃声改装为信号灯提示等安全措施。另外,卫生间应使用闪灯提示。部分听力残疾人可以通过配置助听装置提高听力,减少沟通障碍。

就业服务人员要建议用人单位的领导、员工与听力残疾人和言语残疾人沟通时多一些耐心,指导健全的同事学习简单的手语,为残疾员工营造沟通无障碍的软环境。如果在同一工作场所内有较多的听力和言语残疾人,则有必要为他们配备手语翻译,提高他们与同事的沟通能力。

三、肢体残疾人的职业康复

(一)肢体残疾人的特点

肢体残疾人仅有肢体上的残疾或缺陷,他们在感知、注意、记忆、思维等认知方面与常人并无区别。由于行动上的不便或外观姿态的异常,他人的好奇、注视以及不适宜的同情,使得一部分肢体残疾人容易产生自卑感,或因专注于心理防御,而压抑自己的才能和创造力。对于更多的肢体残疾人来说,身体的残疾使他们更坚强,更勇于向困难挑战。

肢体残疾人的残疾类型很多,残疾程度差别很大。一般来说,残疾程度越重,就业的难度越大,康复咨询师应根据其具体情况制订适合的职业康复计划和目标。

(二)肢体残疾人的职业康复重点

1. 职业评估 肢体残疾人的职业评估场所需要适当的无障碍改造,以利于全面评估他们的能力。身体能力评估项目可根据肢体残疾人的身体限制进行适当修订。

2. 就业前准备 肢体残疾人职前训练包括提高体力、耐力和独立生活能力的训练。由于行动不便,与社会接触机会少,重度肢体残疾人的社会交往经验不多,训练教师应注意培养其与他人相处的技巧,提高他们的自信心和社会适应能力。

3. 就业目标 肢体残疾人就业方向应以轻体力劳动或脑力劳动行业为主。重度肢体残疾人由于交通不便,可以选择利用计算机和互联网居家就业。生活在农村的肢体残疾人,可选择家庭养殖、花卉种植、农具制作等职业。

在职业康复过程中,不可只发展肢体残疾人某种单一的职业技能,还应注意增强其岗位变动和技术发展后再学习、再适应的能力,以提高就业竞争力。肢体残疾人的就业还需考虑到他们交通上的便利性。如果就业地点离家过远,会给他们在交通上带来极大不便,降低其就业意愿,因此应选择离家近的地点就业,重度肢体残疾人要尽量选择社区内就业或居家就业。

4. 工作环境的无障碍和辅助具 肢体残疾人就业的无障碍环境包括:通道的宽度、地面防滑的设计、坡道的设置、安全扶手或电梯、卫生间无障碍、公用设施的高度等。有安全隐患的设备或场所应加装安全防护措施,以保证操作安全。就业服务人员还应协同康复工程师一起为肢体残疾人设计制作适合的生产辅助具,以提高其生产效率和工作质量。

四、智力残疾人的职业康复

(一)智力残疾人的特点

由于脑发育不良或脑损伤,智力残疾人对事物的认识都是直观和具体的,他们多数行为简单,性格也比较温顺。过去常根据智力残疾的轻度、中度、重度和极重度来确定其就业的可能性;现在的观点则是,只要父母、特殊教育者和康复咨询师通过帮助其建立正确的自我观念、价值观,给予持续甚至终生的支持,促进其多方面发展,智力残疾人都能实现其人生目标。

(二)智力残疾人的职业康复重点

1. 职业评估　智力残疾人的职业咨询和评估应尽量简短,减少文字内容,便于理解。智力残疾人的评估尽量不使用心理测量工具,多使用观察法和职业行为评估的方法了解他们的实际工作表现和能力,这样评估的结果更客观,更有利于智力残疾人就业。

2. 就业前准备　智力残疾人在语言交流、生活自理、社交技能、学习能力、工作能力等诸多方面都存在不足,因此需要在就业之前接受比其他类型残疾人更多更细致的日常生活技能和社会技能训练。训练教师要帮助智力残疾人提高就业意愿、工作技能,帮他们养成良好的生活习惯及人际交往能力。

智力残疾人需要树立正确的工作态度,包括正常出勤,准时上班,听从上级的指示,接受他人的批评意见,工作时不干扰别人,避免怪异的举止行为等等。职业训练手段要尽可能采用具体和形象的方式,避免过于抽象而降低他们的兴趣,同时应强调重复的次数,通过一定的重复强化技术的熟练度。

3. 就业目标　智力残疾人可以通过职业康复,掌握简单的工作技能而获得就业能力。多数人可以采取庇护性就业和支持性就业模式。智力残疾人可以选择对职业技能要求不高的行业,如食品加工、产品制造、工具制作、环境保洁、汽车清洗、木工、园艺、农艺、家畜养殖等。

康复咨询师和就业服务人员还要对智力残疾人所从事的工作进行分析,将复杂的工作分解、简化,便于智力残疾人学习掌握。对智力残疾人来说,康复咨询师和就业服务人员需要付出比对其他类别的残疾人更多的就业指导与支持,也要注意同其父母或监护人密切配合。

4. 注意事项　智力残疾人由于经常遭遇挫折和排斥,自信心和自我评价较低,在职业康复过程中和就业期间应给予他们足够的鼓励,培养自信心和积极的自我评价。智力的高下不能决定个人就业的成功与否,正确的工作态度和社会适应能力更为可贵,康复咨询师应有意识地帮助他们提高这些方面的能力。

另外,由于智力残疾人反应速度较慢、注意力不集中,在职业康复和就业过程中容易发生意外安全事故,所以应注意让他们远离存在安全隐患的环境,尽量少接触锐器和有毒有害物质。

五、精神残疾人的职业康复

(一)精神残疾人的特点

精神残疾人是较难被社会大众包容和接纳的一类残疾人,多数人对他们心存误解,担心其攻击行为,或不知道如何和他们交往。精神残疾人一般缺乏对自身疾病的认识,与人沟通能力较差,难以长时间关注于一件事。但是,如果能够在医生的指导下规律服药,病情控制稳定,他们也可以和普通人一样工作和生活。

(二)精神残疾人的职业康复重点

精神残疾人进入职业康复,应该在病情稳定半年以上,能够规律服药,对自己的病情有一定认识,生活自理,有就业愿望,能够控制自己的情绪,与周围人的关系正常。

1. 职业评估　精神残疾人做职业评估时应选择相对简单的和实际操作类的评估工具与评估方法,缩短评估时间,避免评估引起案主的疲劳和厌烦情绪。

2. 就业前准备　精神残疾人可能存在多方面功能的退化,如自我照顾、解决问题、社交能力,甚至是生理功能的下降(如耐力、手指灵巧性等)等。因此,他们的职前训练首先应放在个人生活自理和体能耐力的恢复上。在社会功能上,应培养精神残疾人与人沟通的能力,增加与周围人的交往,学会自我减压,并通过职前训练养成良好的工作习惯和工作态度。

部分精神残疾人因药物的副作用,动作迟缓、准确性差,在进行职业训练时,应根据具体情况将其工作步骤简化,并通过反复练习强化已掌握的职业技能,促进工作效率的提高,保证工作品质的稳定性。

3. 就业目标 精神残疾人的就业目标应依据个人的工作能力来制定。一般来说,职业能力和社交能力退化的精神残疾人适合在他人部分监护下,采取庇护性就业,或通过庇护性就业过渡到竞争性就业;职业能力和社交能力轻度退化或达到正常者,适合在竞争性工作场所就业,并提供持续的支持服务。常见的职业包括:保洁服务、食品餐饮、汽车清洗、美容美发、园艺农艺、超市服务、办公助理及计算机操作等。

4. 注意事项 由于职业能力和社交能力的退化,精神残疾人难以像健全人一样长时间专注于一件事,应当为他们训练和工作的时间作适当的调整。精神残疾人在职业训练和工作期间,应定期门诊复查,按时服药;面对压力和挫折时,及时与人沟通,必要时可咨询康复咨询师和心理医生,寻求对策。一般来说,对他们的追踪随访时间多于其他类型残疾人。

康复咨询师也需要指导工作场所的同事学会接纳和理解精神残疾人,让他们了解到有暴力倾向的精神障碍者只占少数,而且都是有预兆的。应指导同事对精神残疾人的工作给予信任和支持,避免过分挑剔,保护其工作的热情和积极性;及时发现患者出现的异常情况,并寻求康复咨询师的帮助。

第三节 职业评估

职业评估是一个综合、专业的评估过程。康复咨询师与其他专业评估人员,通过面谈、一般功能检查以及运用客观的测验工具、真实或模拟的工作场景来评估案主的生理功能、智力、个性特质、兴趣、职业倾向、工作耐力、工作技能与行为态度,以了解案主目前的工作能力和职业限制,预测其就业的可能性,可从事的职业种类,以及为促进就业还需要提供哪些其他服务。

一、职业评估的主要目的

康复咨询师和其他评估人员为案主做职业评估时应树立这样一个观念:不管采用什么方法和工具,职业评估都要以"案主的职业发展"为导向。职业评估的目的不是给案主打分,或是划分能力的高低,而是帮助案主找到适合的职业。因此,评估的目的应包括:

1. 确定就业方向,并找到适合其从事的职业种类。
2. 了解案主就业的潜力和优势。
3. 了解案主存在的就业障碍和需要提高的方面。
4. 了解案主在未来工作中需要哪些辅助用具、环境改造和社会支持。
5. 增加案主对自身的了解,提高自信心。
6. 为制订下一步职业康复计划提供依据。

二、职业评估的方法和内容

职业评估包括面谈、标准化职业评估测验、工作表现评估。

(一)面谈

面谈就是康复咨询师通过面对面谈话的方式,了解案主的背景资料以及就业的愿望和要求。面谈内容包括个人一般情况、残疾状况、医疗与康复史、教育与培训史、求职与就业史、家庭状况、经济条件以及个人在职业选择上的考虑和家人的态度。通过谈话,还可以深入了解案主对未来就业的愿望和要求、对自己能力的评价、对未来工资和福利待遇的要求以及对人生发展的规划等内容。康复咨询师可以通过谈话观察判断案主的沟通能力与技巧、情绪状态、自我认识及其价值观。在面谈过程中和结束后,康复咨询师要适时填写、整理面谈记录和评价意见。

(二)标准化职业评估测验

使用标准化的评估工具,可以测试案主的能力、兴趣、倾向、身心功能。如果不能正确使用这些标准化测验,测验结果就可能出现偏差,影响案主的培训和就业。因此,做职业评估工作的康复咨询师和其他评估人员需要接受一定的评估训练,未经过系统培训不可贸然使用较为专业的心理测验工具(如韦氏成人智力测验等)。

1. 功能性能力评估　即测量案主一系列与工作相关的功能性能力。功能性能力包括各关节活动度,各种功能性动作,如推、拉、提、放、抓、握、伸手取物、站、坐、蹲、跪、弯腰、攀爬、匍伏等动作,以及完成这些动作的力量、耐力、心肺功能、速率、平衡、姿势控制、位移能力以及其协调性等,如 BTe 功能评估系统。

2. 智力评估　智力是人学习、记忆、思维、认识客观事物,并运用知识解决实际问题的潜在能力。测定方法有韦氏成人智力测验(WAIS-RC)和瑞文推理能力测验(RPM)等。

3. 职业兴趣　兴趣是指一个人力求认识、掌握某种事物,并经常参与该种活动的心理倾向。职业兴趣就是人们对某类专业或工作所抱的态度。常用的职业性测定方法是霍兰德职业偏好问卷(VPI)。

4. 职业能力倾向　构成某种知识、技能和职业行为模式的各种个人特质状态的组合,可以用来推测个人经过训练和实践锻炼后,在职业上可能取得的成就,也就是个人学习知识与技能的能力。职业能力倾向又分为普通能力倾向和特殊能力。常用的测定方法包括一般能力倾向成套测验(GATB),区分能力倾向测验(DAT)和学业能力倾向测验(SAT)。

5. 成绩测验　成绩测验又称成就测验或学业成绩评估,用于检验被测者通过学习而获得的知识和技能。这也是人们常用的评估方法。相对于职业能力倾向测验而言,成绩测验偏重于测定学习过的知识;而能力倾向测验则偏重于测定学习新知识和技能的能力。成绩测验的内容以学校教授的知识和书本知识为主,能力倾向测验的内容更为广泛,涉及书本知识,更涵盖书本以外的经验。

6. 人格(又称个性)　人格是个性心理特征的统一,这些特征决定人的外显行为和内隐行为,并使他们与别人的行为有稳定的差异。主要测定方法包括明尼苏达多相人格调查表(MMPI)和艾森克人格问卷(EPQ)、卡特尔16种人格因素问卷(16PF)等。

7. 手功能检查　手功能检查,即通过小零件或小工具的操作来评估手指灵活度和手眼协调能力。常用的手功能检查有手腕作业检查盘和克劳福小部件灵巧测验。

8. 独立生活能力评估　独立生活能力指一个人在社会中独立生活所应该具备的能力,评估内容包括:自我照顾能力、家居活动能力及社区生活和娱乐。

(1)自我照顾能力:包括进食、穿衣、脱衣、洗漱、化妆、服药、洗浴、如厕、移乘及室内移动。

(2)家居管理能力:包括烹饪、打扫卫生、照顾他人、房间整理与布置、清洗衣物、接打电话、家电使用、水电煤气安全使用、家庭财务管理等。

(3)社区生活和娱乐:包括购物、使用社区设施(如银行、邮局、医院、学校等)、使用公共交通工具、与他人或机构的沟通、大众娱乐、休闲等。

(三)工作评估

1. 工作样本评估　工作样本评估具有明确目的,以操作性活动为基础,它通过使用与实际职务相同的或相似的材料和工具,完成一组或多组有目的的实际操作步骤和工作任务,以测定案主在某类型工作中的具体表现和潜能。工作样本的内容与实际工作相近,因而较标准化职业评估而言,更能提高案主的测试兴趣,并减少由标准化测试带来的焦虑情绪。

工作样本一般包含多个小型工作样本系列,每个小型工作样本可测定一项或多项工作特性。以微塔法(Micro-Tower)为例,它由13个工作样本组成,能测试5种职业能力:运动协调能力、空间判断能力、事务处理能力、计算能力和语言能力。每个样本都规定完成的时间,并按照完成情况评分。

2. 情境评估 将被测试者放在一个实际或模拟的工作情境里,由评估者控制安排不同的工作时间、工作要求、工作效率,然后逐一观察、评估被测试者在不同条件下的工作行为及工作表现。

情境评估主要是测试案主的工作行为及表现,而不是某种工作的特殊技能。评估内容包括案主解决问题的能力,工作的态度和情绪表现,如何应付工作压力,如何处理领导、同事间的关系,不同情况的判断能力,如何调整与适应不同的工作要求等。这些评估内容在标准化职业评估测验或工作样本中是无法测量到的,因而能真正测出受测者的工作表现及行为。

3. 现场评估 让案主在实际工作环境中与他人一起工作,但并不正式任用。工作现场评估主要在正常的工作环境、作息时间和工作流程的情况下,按照工作的要求,系统观察评估案主的工作行为以及工作特性。工作过程中可以给予案主有限的指导,主要考察案主重返原岗位或从事新工作的能力。评估的内容包括:工作技能是否达到要求;工作行为是否能被接受;工作环境存在哪些障碍;是否需要特殊辅助具或职务再设计以达到最佳的工作表现。

第四节 职业康复计划的制订、实施与结案

一、职业康复计划的制订

(一)制订职业康复计划的过程

康复咨询师应当首先根据职业评估结果,分析案主身体功能的优势与限制、心理功能、职业兴趣与倾向,与案主一同确定适合其特点的职业方向。然后根据所确定的职业方向,再进一步发掘符合案主职业技能、工作行为态度以及沟通能力的职业种类。一般来说,可供选择的职业种类越多,案主得以稳定就业的可能性就越大。

另一方面,康复咨询师还要分析实际就业市场中哪些职业符合案主的兴趣倾向和能力;这些职业的具体岗位对求职者的身体功能、认知能力、职业技能、工作行为以及沟通能力等方面的要求,与案主当前能力之间的差距;这些职业的外部环境,包括交通便捷性、工作的无障碍环境、周围人的态度以及工资和福利,对案主是否构成障碍;消除这些差距与障碍,实现就业目标,案主还需要接受哪些服务和支持;根据案主的特点与所需的支持来判断适合案主的就业模式,如一般性就业、支持性就业、庇护性就业等。

为了使职业康复计划客观、可行,还需要征求案主家人或监护人以及其他专业人员的意见,包括康复医师、康复治疗师、职业训练教师、康复工程师、社会工作者,甚至未来的雇主,使他们在职业康复计划的实施过程中为案主提供支持。

(二)职业康复计划书的内容

在职业康复计划制订过程中,康复咨询师应充分尊重案主的意愿,对案主的意见采纳越多,双方事先做的讨论越多,康复计划的执行就越顺利。

作为案主职业康复服务的依据和基础,职业康复计划书应明确案主的就业目标,以及案主目前的能力与未来工作的要求还有哪些差距,需要何种服务和支持来消除这些差距。职业康复计划的具体内容包括:

1. 案主职业康复的目标和就业模式。
2. 案主职业康复可能遇到的障碍。
3. 为实现就业目标所需的具体服务与支持措施。
4. 负责提供服务与支持的人员和机构,以及服务方式。
5. 每项服务开始和结束的日期。

6. 评判案主是否达到职业康复目标的方法。

7. 康复咨询师和案主的责任与义务。

二、职业康复计划的实施

职业康复计划书制订后,康复咨询师即可根据案主的特点和需要,以及职业康复的不同阶段,为案主提供相应的服务。有些服务项目是由康复咨询师直接提供的,有些则需要转介给其他机构和专业人士。职业康复提供的服务项目包括医疗康复、职前培训、职业技能培训及就业安置。康复咨询师可根据案主的需要,将其转介到医学康复机构、各类职业训练机构或职业教育机构接受康复或训练。

(一)医疗康复

有些案主的身体或生理功能尚未稳定,仍有提高的空间,需要转介给医疗康复机构。医务人员提供的服务除药物、手术等治疗手段外,还要根据案主的情况提供康复治疗,如运动疗法(PT)、作业疗法(OT)、言语疗法(ST)和心理治疗,以及通过康复工程装配假肢、矫形器或其他辅助具,最大程度地提高案主的功能水平以及日常生活能力。

(二)职前训练

职前训练又被称为就业前训练或工作适应训练,指在工作环境中实施工作行为的训练,这种训练是治疗性质的,目的是帮助案主树立正确的工作态度、习惯和价值观,确保案主在工作中有良好的表现,同时也培养案主对工作环境和社会环境的适应能力。案主的残疾程度越重,职前训练的意义就越大。职前训练的内容包括:

1. 工作角色训练　工作角色训练主要是帮助案主增加工作经验,提高生产效率,培养良好的工作习惯,遵守劳动纪律,克服不良行为,承受一定的工作压力以及服从上级指令和督导等。

2. 个人适应训练　主要指个人形象的维护,如个人卫生、行为举止、穿着、仪容仪表、文明用语、适度的幽默等。因为外在形象和言谈举止留给他人的印象,常会影响个人能否获得工作机会,所以案主的个人适应训练确有必要。

3. 社会适应训练　社会适应指个人如何与他人做适当而有效的交往。社会适应训练的内容主要是人际交往技巧、语言表达与沟通能力和对他人的态度等。

4. 社区生活适应训练　培养案主在社区中独立生活的能力,包括使用交通工具、金钱管理、社区服务设施的使用、购物、就医等技能。通过社区生活适应训练,案主将能在工作和社区中达到最大的独立活动能力。

(三)职业技能训练

职业技能训练内容以实用技术为主。职业技能训练的技术种类应该多样化,并根据案主的不同能力和技术熟练度,提供适宜的职业技能培训方式。

1. 职业教育　残疾人的职业教育机构由普通职业教育机构和残疾人职业教育机构组成,以前者为主。

案主进入普通职业教育机构需要通过国家招生考试,方能被录取。普通职业教育机构的残疾学生应随班就读,与普通学生在一个相互融合的环境中学习技能,有利于日后进入一般性就业。就学期间,学校应提供合理的无障碍设施,保证其顺利完成职业教育。康复咨询师也要定期到学校了解案主的学习进展情况,解决案主学习中的实际困难,或由学校设置专人,对残疾学员给予辅导与支持,协助其顺利完成学业。

2. 短期职业培训　短期职业培训主要指根据劳动力市场需求,为帮助和促进劳动就业,通过课堂学习、实地操作等形式,在较短的时间内对劳动者进行职业知识和实际技能的培养和训练。根据职业技能标准分为初级、中级和高级职业培训班,提供培训的机构主要是社会上的就业培训机构和职业技术学校,普通学校或教育机构可以根据办学能力开展多种以实用技术为导向的职业培训。

可以将案主委托给普通职业培训机构接受职业技能培训,也可以让案主参加专门为残疾人举办的职业培训班。提供残疾人职业培训的机构需要具备一定的无障碍条件和残疾人培训的经验,或由康复咨询师提供辅导和支持。短期职业培训应安排一定课时的实践活动,由培训教师对案主的实践技能进行督导,以利于案主将所学技能应用到未来的就业生产中。

3. 在职培训　在职培训主要是短期内在现场辅导案主掌握职业技能,也包括帮助其在就业过程中掌握新技能,以提高适应技术更新与发展的能力。如果案主学习和适应的情况良好,培训结束后则可能成为正式职工,或进行更专业的培训。提供在职培训的人员除职业教师外,案主的同事也可以督导、教授职业技能。

在职培训的过程中,案主除了学习专业技术外,还可以学到与职业相关的技能,包括工作时间的统筹安排、与同事相处的技巧和工作态度等。案主可以把同事作为学习榜样,同事也可以学习与残疾人交往的技巧,增加彼此沟通的机会,有利于案主融入到一般就业环境中。支持性就业也可归入在职培训。

4. 庇护工场培训　庇护工场常常作为重度残疾者就业安置的场所,也可以作为未达到一般性就业能力案主的过渡性就业安置形式和职业技能训练场所。案主在这里还可以培养工作习惯和适宜的态度等与职业相关的能力。对于在庇护工场培训的案主,康复咨询师应定期为其做职业评估,以了解其是否达到竞争性就业的能力,一旦达到,即可过渡到支持性就业或一般性就业。

5. 获取执业资格　并非所有案主都需要职前训练和职业技能训练,对于已掌握足够的专业知识技能,且能满足用人单位要求的案主,康复咨询师可以将其直接推荐到用人单位安置就业。但是,目前我国劳动就业大力推行执业资格制度,案主经过职业技能培训后,康复咨询师应努力促进案主取得执业资格证书,增加其进入一般性就业的硬件条件,使案主具备更大的就业市场竞争力。

(四)就业安置

就业安置是指康复咨询师指导案主进入就业场所,获得并维持适当的就业,协调案主、用人单位和工作环境之间的关系,消除非案主自身和外界障碍的过程。残疾人的就业模式有一般性就业、支持性就业、庇护性就业、个体就业以及农村就业等几种形式。康复咨询师需要根据案主的能力和就业市场的需求选择最适合的就业模式。

1. 残疾人的就业模式

(1)一般性就业:又称为竞争性就业,它适合已经具备竞争性就业能力的案主,包括身心状况稳定、能使用交通工具出行、工作技能和人际交往良好。这种模式下的案主能与健全人在相同的工作场所共同工作,同工同酬,且较少需要康复咨询师的协助和支持,在就业市场具有一定的竞争力。康复咨询师的主要职责是向案主提供就业信息、转介等服务,协助案主尽快胜任工作并稳定就业,并进行案主就业后的追踪服务。这种就业模式在我国被称为分散就业。

(2)支持性就业:支持性就业也属于竞争性就业,它遵循"安置—训练—追踪"模式,即先安置案主在一般工作环境就业,在就业期间提供职业训练,并由康复咨询师和就业服务人员给予长期持续的追踪与支持。这种就业模式适合于残疾程度重的案主,与一般性就业相比,需要更多的辅导与支持。提供支持的不仅限于康复咨询师,案主的同事也可对其进行督导和培训。该就业模式的优点是有利于残疾程度重的案主融入到一般工作环境中。

这种就业模式在我国也被称为分散就业。国家规定机关、团体、企业事业组织、城乡经济组织实行按比例就业的政策,促进残疾人在一般性就业场所与健全人一同工作。

(3)庇护性就业:庇护性就业在我国又被称为集中就业,指无法或暂时无法在一般工作场所就业的重度残疾者,在保护性的环境中,从事简单且重复性高的工作。由于这种保护性就业形式不利于案主正常融入社会,近年来,国际上主张降低庇护性就业的比重,多是将其作为提高残疾人就业潜力、培训职业技能和工作习惯的场所;当案主职业能力得到提升后,即可过渡到一般性就业或支持性就业。常见的庇护工场包括残疾人福利企业、农场、商店、工作坊等。

(4)个体就业:个体就业指案主从事独立的生产经营活动,取得劳动报酬和经营收入。这种就业形势比较灵活,就业的门槛也比较低。在当前的社会经济形势下,这种就业途径成为越来越多残疾人的职业选择。康复咨询师应与案主一起分析市场的需求,结合其自身能力特点,选择经营项目。康复咨询师负责协助案主办理营业执照、申请贷款与税收优惠、配备经营设施等。康复咨询师还要提高案主的经营风险意识和应变市场需求变化的能力。

近几年,由于信息网络技术的快速发展,很多人通过计算机和网络,在家中实现就业,被称为 soho 一族,也就是居家就业。这种就业模式适合于残疾程度重且出行不便的案主。

(5)农村就业:指生活在农村地区的残疾人从事种植业、养殖业、家庭手工业和其他形式的生产劳动。康复咨询师对农村案主的就业辅导和支持主要包括:生产服务、技术培训指导、农用物资供应、农副产品收购和信贷,以及结合本地实际选择适合的生产项目等。

2. 就业安置服务内容

(1)寻找就业机会:康复咨询师需要掌握就业市场的职业需求,为案主联系用人单位和寻求就业机会。康复咨询师还要考虑案主未来就业的地点。一般来说,残疾程度重者选择就近择业或社区就业,也可以居家就业;残疾程度轻者选择就业地点的范围可以更广一些。

(2)培训求职和面试技巧:具体包括辅导案主寻找就业途径、写求职简历、面试前的准备工作以及掌握面试的技巧。康复咨询师也要向用人单位提供推荐材料和评估报告,增加用人单位对案主的了解。

(3)配备与职业有关的辅助器具:康复咨询师到工作场所观察、记录案主的工作内容、工作场所的环境及所使用的工具;分析提升案主工作效率的方法和途径;为案主配备适合的辅助器具,评估辅助具的实际效果,促进案主适应工作。

(4)合理的工作调适:案主就业后,康复咨询师主要协助案主尽快适应职业生活,并根据案主和工作环境需要调整工作配置和流程,简化工作程序,对工作环境进行无障碍改造,改善工作设备和工作条件等,也要帮助案主处理好与同事和领导的关系。

(5)安置满意度评估:案主就业安置后,康复咨询师需要评估就业安置是否满意,主要从以下几个角度进行:案主及用人单位的满意度;案主工作后的个人生活适应性;案主能力与工作的要求匹配与否。一般来说,当劳资双方彼此满意,案主能适应就业后的改变,并在工作上胜任愉快,才能算安置成功。

(6)充分利用资源:案主的就业安置过程中,康复咨询师应注意调动案主的积极性和主观能动性,避免案主过于依赖康复咨询师,同时应充分利用案主周围的资源,包括亲朋好友的支持,促进其成功就业。

三、结案与随访

当案主就业安置并保持稳定就业一段时间后,一般为两到三个月,即可认为就业成功,达到职业康复的最终目标。就业成功后,康复咨询师就可以写出个案报告,为案主结案。

当然,不是每一位接受职业康复服务的案主都能以稳定就业结案。有的案主结案可能在立案与筛查阶段,也可能在评估阶段,有的则可能在康复计划制订和实施阶段。结案的原因包括案主需要就医,或缺少就业意愿,或因不可抗力被迫中断服务等。

结案后,康复咨询师应定期随访,发现与了解案主安置后出现的问题,并予以解决或转介给相关的部门和专业人员。案主也应与康复咨询师保持联系,以便随时取得帮助。

第五节　我国残疾人就业的保障措施

一、我国残疾人就业的现状

残疾人就业是保障残疾人平等参与社会生活、共享社会物质文化成果的基础。改革开放以来,我国残疾人的就业情况得到了明显改善,特别是《残疾人保障法》的颁布,为残疾人就业提供了法律保障。据统计,我国目前已经有 2266 万残疾人实现就业。此外,尚有大量处于就业年龄、有就业愿望的残疾人希望通过就业改善经济状况,提高生活质量。其中,有 858 万有劳动能力、达到就业年龄的残疾人没有实现就业,而且每年还将新增残疾人劳动力 30 万人左右;而数字更为庞大的"丧失劳动能力"的残疾人迫切需要经过职业康复,成为具有劳动能力的劳动者。因此,在取得巨大成绩的同时,我国残疾人就业面临的任务是艰巨的,需要残疾人工作者付出更为艰辛的努力。

二、我国对残疾人就业的法律保障

我国政府历来重视残疾人的劳动就业工作,先后制定并实施了一系列法律、法规和政策,有力地推动了残疾人劳动就业工作的开展。《宪法》、《残疾人保障法》、《劳动法》,都明文规定对残疾人劳动就业要给予特别的扶持、优惠和保护。

《宪法》第二章第 45 条规定:"国家和社会帮助安排盲、聋、哑和其他有残疾的公民的劳动、生活、教育。"《劳动法》第十四条规定:"残疾人、少数民族人员、退出现役的军人的就业,法律、法规有特别规定的,从其规定。"显示出国家大法对残疾人就业权的保障。

1991 年实施的《残疾人保障法》是我国发展残疾人事业,保障残疾人平等参与社会生活的重要法律。该法第四章对残疾人的劳动就业有专门规定,涵盖了国家和政府对保障残疾人就业的职责、就业的指导方针、就业渠道、扶持政策、保障措施以及在职培训等几个方面的重要内容。该法颁布实施后,我国残疾人就业问题越来越受到社会的重视,残疾人就业也得到了较快发展。国务院各部委和各地方政府也依据《劳动法》、《残疾人保障法》,先后制定发布了大量的政策文件,配合《残疾人保障法》的实施,进一步促进了残疾人就业。

此外,国家还先后出台了《残疾人教育条例》、《职业教育法》,对残疾人职业教育和培训作出了相应的规定。

三、按比例就业政策与残疾人就业保障金

按比例就业政策是国家为残疾人提供就业岗位、增加就业机会的有力措施。根据《残疾人保障法》和《残疾人就业保障金管理暂行规定》,机关、团体、企业、事业单位和民办非企业单位应当按一定比例安排残疾人就业,凡安排残疾人达不到省、自治区、直辖市有关法规规定比例的用人单位,须交纳残疾人就业保障金。

"保障金"是指在实施分散按比例安排残疾人就业的地区,凡安排残疾人达不到省、自治区、直辖市人民政府规定比例的用人单位,根据地方有关法规的规定,按照年度差额人数和上年度本地区职工年平均工资计算交纳用于残疾人就业的专项资金。"保障金"的收取、使用和管理,由县级以上(含县级)残疾人劳动服务机构具体负责,并接受本地区残疾人联合会的领导。

"保障金"专用于下列开支:补贴残疾人职业培训费用;奖励超比例安置残疾人就业的单位及为安排残疾人就业作出显著成绩的单位;有偿扶持残疾人集体从业、个体经营;经同级财政部门批准,适当补助残疾人劳动服务机构的经费开支;经同级财政部门批准,直接用于残疾人就业工作的其他开支。"保障金"必须按照上述规定用途使用,任何部门不得平调或挪作他用。

四、《残疾人就业条例》简介

为了进一步促进残疾人就业,2007 年 2 月 14 日国务院常务会审议通过了《残疾人就业条例》,并于 2007 年 5 月 1 日起施行。该条例可以看作是《残疾人保障法》中"劳动就业"一章的细化和落实,对改善和促进我国残疾人就业具有深远意义。

《残疾人就业条例》(以下简称条例)突出了政府在促进残疾人就业工作中的主导作用和行政义务。条例

规定县级以上政府应当将残疾人就业纳入国民经济和社会发展规划,并制定优惠政策和具体扶持保护措施,为残疾人就业创造条件;负责组织、协调、指导、督促有关部门做好残疾人就业工作,以及劳动保障、民政等有关部门在各自的职责范围内,做好残疾人就业工作。条例明确指出政府发展社区服务事业,应当优先考虑残疾人就业。

条例还强调了用人单位对残疾人就业的责任和义务。为保障残疾人就业的机会,条例将用人单位分散安排残疾人就业比例的下限定为1.5%,并规定用人单位安排残疾人就业达不到所在省、自治区、直辖市规定比例的,应当缴纳残疾人就业保障金。对残疾人集中就业的单位,条例要求残疾人职工的比例在25%以上。条例规定用人单位须与残疾职工签订劳动合同或服务协议,并提供适合的劳动条件和劳动保护,不得在晋职、晋级、评定职称、报酬、社会保险、生活福利等方面歧视残疾职工,以及根据残疾职工的实际情况,对其进行在职培训。

为促进残疾人就业,条例还制定了相应的保障措施。为实施对残疾人集中就业单位的保护和扶持,条例提出了在税收优惠、资金扶持、政府优先采购、优先经营以及专产等方面的措施。条例规定对从事个体就业的残疾人有税收优惠和照顾经营场地等政策,而且免除属于管理类、登记类和证照类的行政事业性收费,还对自主择业、自主创业的残疾人在一定期限内给予小额信贷等扶持。对在农村就业的残疾人,条例也规定有关部门在生产服务、技术指导、农用物资供应、农副产品收购和信贷等方面给予帮助。

除此之外,条例还规定残疾人就业服务机构应免费为残疾人就业提供服务,包括发布残疾人就业信息,组织开展残疾人职业培训,为残疾人提供职业心理咨询、职业适应评估、职业康复训练、求职定向指导、职业介绍,以及为残疾人自主择业提供必要的帮助和为用人单位提供必要的支持。这些实实在在的措施必定会在残疾人就业过程中发挥重要作用。条例最后还对违反本条例的主管部门和工作人员,以及用人单位的法律责任作出明确规定。

《残疾人就业条例》的出台,显示了党和政府关注残疾人、保障残疾人就业权利的决心和执政理念。残疾人和残疾人工作者将乘此东风,抓住机遇,为构建和谐社会增光添彩。

【案例】

案主小冯,24岁,中专毕业。三年前,在一次机械维修过程中出现意外,右腿卷进皮带轮,小腿被截肢。案主先后经过三次手术,效果均不理想,右膝关节活动严重受限,影响了穿戴假肢后的步态。经过八个月的医疗康复之后,关节活动度有了一定改善,尽管案主仍不满意,但医生认为继续改善的可能性不大,可以回归社会。随后,案主被转介给康复咨询师,帮助其重返就业岗位。

康复咨询师首先通过查阅病历资料并与案主面谈,了解他的一般情况、教育背景、就业经历、职业技能、残疾状况、治疗与康复经过。在此基础上,咨询师询问了小冯对未来的打算,小冯说他想继续康复使步态正常一些。咨询师对他做了解释工作,说服其调整康复目标,学会接受自己不太正常的步态,并把注意力转移到未来的工作和生活上。咨询师建议小冯尽快回到原单位工作,减少因长期康复治疗而对社会的疏离感。

接下来,咨询师为他做了职业能力评估。评估结果:案主智能中等偏上,动手能力较强,职业能力倾向和职业兴趣提示案主适合作机械师、设备维修员等职业。通过进一步交谈,咨询师了解到案主在上学期间负责学校电流表等教具的保管与维修,对自家的电脑也经常拆卸、组装,这些都印证了职业评估的结果。咨询师认为小冯是个聪明的小伙子,接受能力比较强,做事也很有韧性。

根据职业评估结果,咨询师和案主一起制订了职业康复计划。康复目标一开始定位于回到原单位。考虑到他的残疾,应调整到无需负重或过多走动的岗位,具体安排还要与单位领导协商。康复咨询师随即与小冯所在单位联系,单位领导倾向于把小冯安排到保管设备的岗位。征询案主的意见时,小冯说他内心不太想回原单位,如果可能的话还是想干点自己喜欢的事,开一家电脑维修公司。咨询师提醒小冯,离开原单位意味着会失去很多保障,创业一旦失败就等于失业,小冯说他渴望拥有一片属于自己的天地,现在机会非常多,自己有信心创业成功。

在尊重案主选择权的基础上,咨询师结合案主在评估时表现出的一些特质,同意了他的想法,与案主一起重新制订了计划,把职业康复的远期目标调整为自主创业,近期目标首先需要征得单位领导的同意,争取在创业取得成功之前保留原职;其次,案主还需要接受相对系统的培训,进一步提高专业技能;创业过程中还要指导案主取得当地残联、工商税务部门的扶持,以及案主家人和亲朋好友的支持。

在计划实施阶段,咨询师向案主所在单位说明了情况和他本人的愿望,案主与单位领导也几经协商,最后单位同意给予停薪留职,待其创业步入正轨后再解除劳动合同。咨询师又帮助案主联系了一所职业技术学校,参加为期三个月的电脑维修培训班。学费来自咨询师从当地残联为他申请的残疾人职业培训费。随后,依照计划一一落实了创业启动资金、周转资金、经营场所,并在工商部门进行了注册,按规定减免工商管理费。

几经努力之后,小冯的公司正式开业。开业初期,由于不熟悉市场,小冯吃过几次亏。康复咨询师为他联系了一位在该行业成功经营多年的残疾人,给予小冯技术指导,传授经营策略,公司自此步入正轨。由于小冯坚持诚信经营,定价合理,不卖假货,售后服务又好,在周围居民区赢得了信誉,越来越多的人慕名而来,生意越做越好。在随访中,小冯说他在经营之余,还时常约几个朋友钓鱼、郊游,在残疾之后,重又体验到了人生新的意义和乐趣。

在个案中,康复咨询师通过专业手段提供职业康复指导,帮助案主认识康复的目标、发现自身潜能,并尊重案主本人的选择,利用所掌握的资源,使他以自己的方式重新融入社会。

(注:此个案的部分内容属虚构,目的是帮助读者理解康复咨询师需要做的工作,请给予谅解)

复习题

1. 请简要说明职业康复咨询的内容与流程。
2. 职业评估分几类?具体有哪些方法?
3. 职前训练与职业技能训练有什么不同?
4. 我国残疾人就业安置模式有哪些?分别适合哪种能力的残疾人?
5. 就业安置服务的内容有哪些?
6. 残疾人就业保障金专项用于那些开支?

(孙知寒)

第九章 社会康复咨询

> **本章学习重点要求**
> 1. 掌握社会康复的概念和具体工作内容。
> 2. 了解社会工作的专业方法与技巧;把握在机构中开展社会康复工作与社区康复工作的区别。
> 3. 学会开展社会康复的具体方法,提高帮助残疾人解决问题的能力。

第一节 概 述

社会康复是残疾人全面康复的一个重要领域,也是康复医学的重要组成部分。在机构和城乡社区开展的社会康复服务目前称为残障社会工作,或康复社会工作。

社会康复是针对以残障者为主体的特殊人群开展服务的社会工作,服务对象还包括老年人和慢性病人,具有广泛的社会性,也有一定的专业特点。

一、社会康复的内涵与措施

对于残障者来说,在医院或康复机构中对其进行康复治疗十分重要。虽然就其技术而言,康复治疗主要是医务工作者的工作,但是社会工作者也可以为残疾人的全面康复做出贡献。在治疗、康复活动中,社会工作者与医务工作者以及其他专业人员相互配合,形成集体的力量和协作的工作方式。医院或机构中社会工作者所做的旨在改善残障者生活质量、帮助其重新回归社会的工作,一般称为社会康复。但是,由于康复机构的数量很少,又受到经济因素的制约,残疾人的康复工作多在社区中开展,社区康复是方便有效的好形式、好办法。康复机构中的社会康复服务,同样可以在社区中进行。

社会康复中的残疾人社会工作是从社会因素着眼,通过建立有利于残障者康复的社会条件来对残障者进行帮助的一系列活动。它与医疗康复、职业康复、教育康复共同形成全面康复的基本内容。社会康复的措施有些是针对残障者及其家庭的,以个案工作为主,以小组工作为辅;有些则涉及法律和制度,涉及残障者离开医院或康复机构后的生存环境,因而同社区康复相联结。

(一)社会康复的内涵

从社会的角度,采取各种有效措施为残疾人创造一种适合其生存、创造、发展、实现自身价值的环境,并使残疾人享受与健全人同等的权利,达到全面参与社会生活的目的,这就是社会康复的内涵。

(二)社会康复的工作措施

1. 协助政府机构制定法律、法规和各种政策来保护残疾人的合法权益 无论是残疾人,还是老年人、慢性病人,都是社会上有特殊需要和特殊困难的群体。他们有特殊的医疗、住房、社会交往等方面的困难,解决这些困难不仅需要社会各界的共同努力,而且需要政府制定相关的法律、法规和政策。社会康复工作者一方面要在调查研究的基础上向政府有关部门提出建议,另一方面要坚定不移地贯彻落实政府的法律、法规和政策。

2. 保障残疾人生存的权利　　住房和食物,是每一个人在社会上生存的最基本条件;婚姻和家庭生活对绝大多数残疾人也是需要的,应该得到社会的关注。如果康复对象缺乏这些基本条件,医疗的、教育的和职业的康复都无法实现。

3. 为残疾人自身的发展提供帮助　　残疾人由于存在生理和心理障碍,一方面较少接受教育,升学阻力很大,困难重重;另一方面需要接受特殊方法的教育,需要特殊的学习条件(如环境、设备、教材等)。社会康复工作者应该千方百计地帮助他们寻找机会、创造条件、排除阻力、疏通障碍,使适龄的残疾儿童入学,使达到录取标准的残疾考生不被拒绝,使残疾毕业生能找到合适的工作。同时,动员社会创办更多更好的特殊教育学校,努力争取增加特殊教育经费,推广普通学校的"一体化"教育,提高残疾人的文化素质,从而更好地参与社会生活。

4. 使残疾人生活起居方便,并享受社会的公共设施服务　　生活环境的物理性障碍,给各类残疾人、老年人和其他行动不便的人造成许多困难。20世纪70年代以来,世界各国都为残疾人的无障碍环境设计与改造做了大量工作,我国许多城市近年来也做了很大努力,取得了一定的成绩。倡导和推进无障碍环境设计与改造工作,是社会康复的一项重要工作。

5. 提倡和实现人道主义精神,建立和谐的社会生活环境　　社会工作者在开展社会康复工作中,一方面要在社会上广泛宣传人道主义,动员社会各界关心和帮助残疾人,制止对残疾人的歧视、侮辱、虐待和不公平;另一方面要鼓励残疾人自强不息,克服困难,增强生活的勇气和适应能力,通过自身的努力奋斗来提高独立生活能力,改善生活质量。

6. 促进全社会理解、尊重、关心和帮助残疾人　　残疾人的文化、体育工作,重在参与,重在精神文明建设。社会康复工作包括组织和扶持残疾人开展适应自己特点的群众性文化、体育、娱乐活动,并通过广播、电影、电视、图书、报刊等形式,宣传残疾人运动会、文艺表演活动;鼓励、帮助残疾人进行文学艺术、教育、科学技术和其他有益于社会发展的创作活动。

7. 帮助残疾人实现经济自立　　为了减轻社会负担,在扶贫助残工作中,社会工作者应致力于残疾人实现经济自立,消除懒惰和依赖思想;对于完全失去劳动能力和生活自理能力的人,则应帮助他们获得生活保障金和其他应有的待遇。

8. 促进残疾人参与社会政治生活,保障其政治权利　　残疾人积极参与政治生活,不仅可以提高觉悟、提高政治地位,还可以改变人们的一些不正确看法,纠正社会上的错误观念。为残疾人参与社会政治生活而创造条件和提供帮助,是社会康复工作的重要内容。作为现代医学的一个领域,康复医学是指消除或减轻患者由严重疾病或伤残造成的功能上的缺陷,协助其在身体条件允许的范围内,最大限度地恢复生活和劳动能力,包括精神的、社会的和职业的各个方面。康复医学针对的主要是机体功能,而不单纯是疾病或伤残的症状本身,其目标是改善有缺陷的身体功能,提高生活自理能力和生活质量,融入正常的家庭、社会生活。在现代康复医学领域内,社会康复的理论和实践经过20年的发展,已经比较系统和完善。

二、社会康复的意义与作用

世界卫生组织(WHO)医疗康复专家委员会指出:康复是指应用各种有用的措施以减轻残障的影响和使残障者重返社会。残障者通过治疗和训练最大限度地发展其潜力,以便能在生理上、心理上、社会上和职业上正常地生活。在康复医疗机构中,社会康复是应用社会心理学等理论和方法对存在各种社会问题和心理障碍的残障者开展咨询和服务,帮助残障者改善认知功能和情感以及矫治不良行为和异常行为,使他们摆脱残障的困扰,建立起适应性行为方式。

社会康复工作主要应用个案工作、小组工作和社区工作等方法来开展。社会康复作为残疾人社会工作的基本方式,是为社会生活功能失调的个人提供特殊服务,使其对周围环境有良好的适应性。它的具体功能是积极地、科学地解决在社会中由于各种关系的失调、变态和冲突所造成的残障者与家庭、单位、社会之间的矛盾,充分发挥代表功能,帮助残障者与外界联系,依靠法律等手段,帮助残障者解决有关家庭生活、就业、教育、住房、经济收入和公共场所活动等方面的困难,使他们全面参与社会活动。

康复社会工作把社会工作原理、方法和技巧运用到康复工作中去,协助残障者恢复和发展他们的潜在能力,实现他们在现代生活中的社会适应功能。广义的康复社会工作的服务对象包括各种残障者和行为上的残障者,它通过专业化的程序和技术对生理的、心理的、行为的残障者实施再教育和再塑造,增强他们适应社会的能力,介入正常的社会生活,乃至成为具有建设性的社会一员。对行为上的残障者,康复社会工作通过改变其动机和态度,促使其自觉接受社会规范和法律规章的约束。残障者康复社会工作是一种讲目标的专门技术,必须借助于各种特殊的专业技术,运用必要的社区资源,协助残障者充分恢复或实现其生理功能、职业能力和情绪适应能力,顺利地参与社会生活。

康复社会工作的目标是广泛运用专业知识帮助残障者这一特殊的社会群体。它使残障者的功能丧失减到最低程度;防止残障者可能增加的损伤;最大限度地提高残障者的生理功能;增进残障者对于困难情境的自我处理和自我照顾能力以及向他人倾诉和沟通的能力。与此同时,康复社会工作还要使残障者获得充分的情绪支持,并培养其社会适应能力;提高残障者的职业技能,发挥其潜能,增强其社会生活能力,并最终使残障者也对社会有所贡献。

具体而言,针对残障者的康复社会工作方案通常必须包括五个方面的内容。其一,协助康复医师正确地诊断、有效地医治,以维持残障者康复后的健康状况和自我照顾能力;其二,要考虑残障者康复后应有的基本医疗设施,包括地方性的医疗单位、老弱残障者的疗养所及福利机构的设施;其三,家庭照顾方案的实施。康复社会工作者要与康复医师、护士等定期到残障者家庭探访,参与社区康复服务,提供康复指导;其四,要与有关机构协调,开展一切必要的和可能的社会服务项目,促使残障者有效运用医疗设施,同时补充医疗服务的不足;其五,提供社会工作的专业服务,包括合法权益的维护及提供职业培训和特殊教育的机会与条件,切实解决残障者的社会适应问题,满足残障者的社会福利需求,帮助他们重新参与社会生活。

第二节　残疾人的权利保障

一、尊重和保障残疾人的权益

我国《宪法》第三十三条第三款规定:"任何公民享有宪法和法律规定的权利。"残疾人作为社会公民,依法享有公民的一切权益。这些权益包括:政治权、人身自由权、宗教信仰自由权、社会经济权、财产权、继承权、知识产权、住房权、文化教育权等。

社会保障制度是国家和社会通过一定的法律、规定和政策,采取必要的强制性手段,对公民提供一定的物质帮助,从而保证其依法赋予的基本生活权利,维系社会稳定的一种社会安全制度。这项制度是社会对其自身运行的安全进行防护和保卫的举措。作为一种强制性的、普遍的、社会化的社会安全制度,它是现代工业社会大生产的产物,因而是一种典型的社会行为。

残疾人作为社会的特殊群体,根据其自身特点和需要,在享有社会保障制度所赋予的权益的同时,还享有宪法和法律规定的特殊权益,如《残疾人保障法》规定的各种权利,包括获得物质帮助、就业照顾政策、医疗保障、特殊教育和法律援助的权利等。

我国《宪法》第四十五条规定:"中华人民共和国公民在年老、疾病或者丧失劳动能力的情况下,有从国家和社会获得物质帮助的权利。国家发展为公民享受这些权利所需要的社会保险、社会救济和医疗卫生事业。国家和社会保障残废军人的生活,抚恤烈士家属,优待军人家属。国家和社会帮助安排盲、聋、哑和其他有残疾的公民的劳动、生活和教育。"

另外,我国的《全国人民代表大会和地方各级人民代表大会选举法》(以下法律名称为简称)、《民法通则》、《民事诉讼法》、《刑法》、《刑事诉讼法》、《治安管理处罚条例》、《律师法》、《劳动法》、《教育法》、《义务教育法》、《高等教育法》、《职业教育法》、《婚姻法》、《妇女权益保障法》、《未成年人保护法》、《收养法》、《继承法》等36部法律均对保障残疾人平等权利和合法权益做出了规定。

作为社会康复工作者,其工作应在法律的框架内,以尊重和保障残疾人权益为前提,将残疾人视为社会不可缺少的成员。除了因残障带来的不便以外,他们和健全人一样,有参与社会发展的愿望,有为国家发展做贡献的理想。

二、平等对待残疾人

联合国大会第四十八届会议1993年12月20日第48/96号决议通过了《残疾人机会均等标准规则》,此后在国际社会中多次发布关于支持与保障残疾人平等权利的公约和规则。

"机会均等"是要使社会各系统和环境,诸如服务、活动、信息和文件,得以为所有人特别是残疾人享受利用的过程。同等权利的原则意味着每一个人的需要都具有同等重要性,这些需要必须成为社会规划的基础,必须适当地运用所有资源,确保每一个人都有同等的参与机会。平等参与就是不歧视。

消除对残疾人的歧视是一个系统工程。首先,就是要了解残疾人的生存状况与需求,潜能及贡献。国家和各级政府要根据我国的社会经济和文化发展水平,通过调查研究,科学地了解、分析,体会和体谅残疾人的困难和障碍;看到残疾人这个群体中潜藏的能力和能量;同时要承认和肯定残疾人在社会发展中所创造的价值和做出的贡献。

其次,要采取措施消除不利于残疾人充分参与的一切障碍,并为残疾人的参与及发展积极创造条件;提高全社会对残疾人及其权利、需要、潜能和贡献的认识;完善残疾人的社会保障机制,最大限度地保障残疾人的收入和基本生活条件及水平。通过立法保证残疾人的各项权益。制定切实有效的政策和行动方案保证和促进残疾人合理、有效地参与社会发展。提供符合残疾人需要的具体的服务设施及项目,促进残疾人在行动和信息交流方面的无障碍化,并支持残疾人在躯体、精神和社会功能方面独立发展。

第三,残疾人在享有平等的权利的同时,也应承担同等的义务,这属于同等机会进程的一部分。社会应给予残疾人以充分的肯定,对他们提出一定的期望,同时更要创造条件,便于残疾人承担其作为社会成员的应尽责任。

三、国际社会保护残疾人权利的内容

(一)国际立法

国外残疾人立法内容包括以下方面:"平等地位"与"充分参与"的宗旨;政府、社会、残疾人组织的责任;特别扶助和保护的原则;发展残疾人康复、教育、劳动就业、福利、文化体育事业方针与重要政策及措施。这些体现出全人类对残疾人事业的关注。

1. 规定特别扶助的原则 各个国家和地区普遍规定通过辅助方法、优惠政策和保护措施,给残疾人特别扶助,以弥补残疾带来的不利影响,保障其平等权利的实现。联合国一系列决议不断重申:会员国要通过各种措施扶持残疾人,必须制定特别方针,保障残疾人权利的实现。《国际劳工大会公约》特别指出:为残疾人制定积极的特别措施,不应认为是对其他人的歧视。

2. 明确政府和社会的责任 《关于残疾人的世界行动纲领》和联合国的许多决议中强调:对跨部门、多学科的残疾人事务,不能局限于一个部门,应在总体范围内处理,每个社会的综合规划和行政结构中都应包括,政府担当领导责任,各部门都应对其主管的问题负责,并建立长久设立的、有能力协调各项工作的国家委员会。据联合国评审报告,20世纪末已有87个国家设立了残疾人事务国家协调机构。

《关于残疾人的世界行动纲领》号召,成员国通过公众教育使人们看到残疾人所具备的能力,动员全体人民支持残疾人参与社会生活的各个领域。

3. 重视残疾人组织的建设和作用 《关于残疾人的世界行动纲领》和42届联大58号决议强调:只有残疾人组织的作用充分发挥,残疾人的利益才能得到充分保证;支持建立强大的全国性残疾人组织,使其在具有切身利害关系的一切领域发挥作用;鼓励残疾人组织的联合、统一,并与政府协调行动。许多国家以法律形式明确残疾人组织的地位和责任。

4. 提供平等的就业机会 《残疾人职业康复和就业公约》要求会员国,通过法律,采取必要步骤使残疾人获得、保持适当职业并得到提升。

各国普遍实行税收减免和其他优惠扶持政策,采取集中与分散的多种形式安排残疾人就业。《关于残疾人的世界行动纲领》综合各国的做法后提出:会员国要通过各种措施,扶持残疾人参加劳动,诸如受保护的车间、场地,由残疾人建立和为残疾人建立的合作企业,给予奖励的保障名额和保留、指派的职位,采用按比例雇用残疾人的办法;给残疾人企业和雇用残疾人的企业减税、独家合同、优先生产权、合同优待和其他技术、财政援助。许多国家和地区法律规定,所有单位必须按比例雇用残疾人,各国的规定为1.5%至7%不等。

5. 保障残疾人受教育的权利 《关于残疾人的世界行动纲领》指出:会员国应保障残疾人有平等接受教育的机会,包括使最严重残疾的儿童享受义务教育,并允许在入学年龄、教学内容、考试程序方面增加灵活性。许多国家在义务教育阶段给予残疾少年儿童比健全人更多的待遇,除免学杂费外,还给予生活费。有些国家还给在大学和职业学校学习的残疾人特别扶助。

为节省经费并促进残疾人与健全人的融合,在教育方式上,国际社会强调:凡可以接受普通教育的残疾人,尽量进入普通学校;同时举办盲、聋、弱智学校(班)和其他专门机构,对不具有接受普通教育能力的残疾人进行特殊教育和培训。

6. 促进残疾人康复 “康复国际”通过的《残疾预防与康复的八十年代宪章》提出:以发展中国家为重点,把康复服务普及到各类残疾人。世界卫生组织推行全球防盲治盲计划,每年做白内障手术复明15万人。《关于残疾人的世界行动纲领》强调:专门康复机构要和社区康复相结合,并加强对残疾人及其亲属的指导和培训。

7. 给予福利保障 《关于残疾人的世界行动纲领》指出:应使残疾人平等分享因社会经济发展而改善的生活条件,即使因重残而不能自立的人也能取得与其他公民相同的生活水平。国际上的主要做法有:

(1)救济补助金制度:许多国家和地区普遍给残疾人发放救济补助金,并对重残者、丧失父母或养护人的残疾人给予特别关照,或收养。

(2)给予特别照顾:对残疾人乘坐公共交通工具普遍给以优惠,有些国家残疾人乘坐火车、汽车、轮船半价收费,并可免费携带随身必需的辅助器具。相当多的国家规定,盲人免费乘坐市内公共交通工具。“万国邮政联盟”规定:盲人读物在世界范围内免费寄递。许多国家还为残疾人提供多种优先服务。

(二)国际行动

1. 北京宣言 第二次世界大战之后,残疾人事业在全球范围内有了迅速发展,各个国家和地区都纷纷成立起各种残疾人组织和支持残疾人事业的社会团体,一些跨国行动的残疾人联合组织也相继产生。这些组织和团体对促进残疾人事业的发展、改善残疾人的社会地位、谋取残疾人的福利发挥了极为重要的作用。

2000年3月10日,著名的国际残疾人组织如残疾人国际、融合国际、康复国际、世界盲人联盟、世界聋人联合会等,与来自各大洲的国家残疾人团体领导者、为残疾人服务的非政府组织领导人聚集北京,召开了一次面向新世纪的残疾人事业发展会议,为残疾人的充分参与及平等制定新的世纪战略。在这个会议上,国际组织和各国的残疾人事业领导者共同发表了《新世纪残疾人权利北京宣言》。该《北京宣言》强调:“继续将残疾人排除在主流发展进程之外,是在新世纪的开端对人类基本权利的侵犯,与人类社会的发展也背道而驰。”《北京宣言》呼吁所有关注人人平等与人类尊严的人士,共同投身到从首都、城镇、边远村庄到联合国讲坛所做的各种努力中去,确保通过这一关系到所有残疾人权利的国际公约。《北京宣言》还敦请制定一个国际公约以促进和保障残疾人的权利,这个公约应该在下述领域优先考虑:

(1)各类残疾人总体生活质量,改变他们所面临的权利被剥夺及贫困状况。

(2)教育、培训、有酬工作以及参与各级决策过程。

（3）消除歧视性态度与行为和信息、法律以及基础设施方面的障碍。

（4）增加资源分配以确保残疾人的平等参与。

2.《残疾人权利公约》　该公约于2006年11月，第61届联合国大会通过，同年12月，联合国正式发布了《残疾人权利公约》，进一步重申一切人权和基本自由都是普遍、不可分割、相互依存和相互关联的，必须保障残疾人不受歧视地充分享有这些权利和自由；确认残疾是一个演变中的概念，残疾是伤残者和阻碍他们在与其他人平等的基础上充分和切实地参与社会的各种态度和环境障碍相互作用所产生的结果；确认《关于残疾人的世界行动纲领》和《残疾人机会均等标准规则》所载原则和政策在影响国家、区域和国际各级推行、制定和评价进一步增加残疾人均等机会的政策、计划、方案和行动方面的重要性；强调必须使残疾问题成为相关可持续发展战略的重要组成部分；又确认因残疾而歧视任何人是对人的固有尊严和价值的侵犯；还确认残疾人的多样性；确认必须促进和保护所有残疾人的人权，包括需要加强支助的残疾人的人权。

（1）该公约的宗旨：该《权利公约》指出，虽然有上述各项文书和承诺，残疾人作为平等社会成员参与方面继续面临各种障碍，残疾人的人权在世界各地继续受到侵犯。因此，国际合作对改善各国残疾人，尤其是发展中国家残疾人的生活条件至关重要。社会应该承认残疾人对其社区的全面福祉和多样性做出的和可能做出的宝贵贡献，并确认促进残疾人充分享有其人权和基本自由以及促进残疾人充分参与，将增强其归属感，大大推进整个社会的人的发展和社会经济发展以及除贫工作。《权利公约》强调：

1）确认个人的自主和自立，包括自由作出自己的选择，对残疾人至关重要。

2）残疾人应有机会积极参与政策和方案的决策过程，包括与残疾人直接有关的政策和方案的决策过程。

3）各国政府必须关注因种族、肤色、性别、语言、宗教、政治或其他见解、民族本源、族裔、土著身份或社会出身、财产、出生、年龄或其他身份而受到多重或加重形式歧视的残疾人所面临的困难处境。

4）国际社会要确认残疾妇女和残疾女孩在家庭内外往往面临更大的风险，更易遭受暴力、伤害或凌虐、忽视或疏忽、虐待或剥削。

5）确认残疾儿童应在与其他儿童平等的基础上充分享有一切人权和基本自由，并回顾《儿童权利公约》缔约国为此目的承担的义务。

6）强调必须将两性平等观点纳入促进残疾人充分享有人权和基本自由的一切努力之中。

7）着重指出大多数残疾人生活贫困，确认在这方面亟需消除贫穷对残疾人的不利影响。

8）铭记在恪守《联合国宪章》宗旨和原则并遵守适用的人权文书的基础上实现和平与安全，是充分保护残疾人，特别是在武装冲突和外国占领期间充分保护残疾人的必要条件。

9）确认无障碍的物质、社会、经济和文化环境、医疗卫生和教育以及信息和交流，对残疾人能够充分享有一切人权和基本自由至关重要。

10）人们应该认识到个人对他人和对本人所属社区负有义务，有责任努力促进和遵守《国际人权宪章》确认的权利，同时深信家庭是自然和基本的社会组合单元，有权获得社会和国家的保护，残疾人及其家庭成员应获得必要的保护和援助，使家庭能够为残疾人充分和平等地享有其权利做出贡献，还要深信一项促进和保护残疾人权利和尊严的全面综合国际公约将大有助于在发展中国家和发达国家改变残疾人在社会上的严重不利处境，促使残疾人有平等机会参与公民、政治、经济、社会和文化生活。

（2）该公约的内容：在充分确认上述社会状况下，《权利公约》的议定内容具体包括：签定本公约的宗旨、残疾人定义、一般原则和一般义务、平等和不歧视、残疾妇女和残疾儿童问题、无障碍环境、生命权，危难情况和人道主义紧急情况时如何使残疾人获得保护和安全、法律平等及有效获得司法保护、自由和人身安全的权利，免于酷刑或残忍以及不人道的待遇、免遭一切形式的剥削和凌虐，保护残疾人的身心完整性、国籍不被任意剥夺或因残疾而被剥夺，独立生活和融入社区、独立地享有个人行动能力、表达意见的自由和获得信息的机会、尊重隐私、尊重家居和家庭。此外还包括教育、健康、适应训练和康复、工作和就业、适足的生活水平和社会保护、参与政治和公共生活、参与文化生活、娱乐、休闲和体育活动、国际合作等方面的内容。

（3）该公约的意义：该公约自2007年3月30日起在纽约联合国总部开放给所有国家和区域一体化组织签署。这个公约是国际社会为维护残疾人的权利而采取的一致行动，对残疾人的社会保障必将发挥巨大的作用。

四、中国残疾人社会政策

我国在社会保障制度逐步建立和不断完善的过程中,制定了许多保障残疾人权益的法律、法规和政策。这些政策涉及政治权利、劳动权利和医疗卫生、教育、文化体育活动等各个方面。《残疾人保障法》对残疾人社会政策有比较全面和详细的规定。

(一)社会福利政策

《残疾人保障法》规定:国家和社会采取扶助、救济和其他福利措施,保障和改善残疾人的生活。除了经济上的扶助和救济外,"其他福利措施"包括:对无劳动能力、无法定抚养人、无生活来源的残疾人按规定给予供养;帮助残疾人参加社会保险;举办社会福利院和其他安养机构,按规定收养残疾人;为残疾人提供优先服务与辅助性服务;对残疾人搭乘交通工具给与便利或免费;减免农村残疾人的各种社会负担等等。

按照规定,国家为公众提供各种服务和公共服务机构,如火车站、长途汽车站、码头、飞机场、商店、旅馆、公园等为残疾人提供优先服务,主要指在人多的情况下不排队可以购票、购物。对残疾人进行特别照顾还包括:残疾人搭乘公共交通工具,应当给予方便和照顾,其随身必备的辅助具,准予免费携带;盲人可以免费乘坐市内公共汽车、电车、地铁和渡船;盲人读物邮件免费寄递;县级和乡级人民政府应当根据具体情况减免农村残疾人的义务工、公益事业费和其他社会负担;各级人民政府应当逐步增加对残疾人的其他照顾和有效扶助。

保障法中规定减免残疾人的义务工、公益事业费和其他社会负担,义务工主要是指义务劳动;公义事业费主要是指公益金和公积金;其他社会负担指的是除上述两项外的负担,如集中办学等。这种减免,是根据具体情况的酌情减免,而不是一刀切。各地经济发展很不平衡,减免的项目和程度只能以本地的平均水平为依据,总的指导思想是要体现对残疾人的特殊优惠。不少省、市、县和一些乡镇已经在这种思想指导下制定出减免农村残疾人社会负担办法,给残疾人带来实惠;但是也有相当多的残疾人还没有受到减免的照顾,增加了经济生活的困难。

各地农村对残疾人减免义务工、公益事业费和其他社会负担的办法是多种多样的,有的地方还根据当地财力对特殊困难的残疾人定期发给补贴,提高了重残人员在家庭中的地位和社会中的地位;各地区的县一级政府都制定了保障残疾人权益的具体措施,其中包括公安局、工商局、法院等部门采取的措施。有的地方优先安排残疾人就业、供应家用物资、收购农副产品、办理营业执照;有的地方政府还减免残疾人贫困户的农牧产税、教育基金、养地基金、公益事业费、义务工及免收残疾学生的学杂费等等;还有很多地方民政、建设、交通等部门和残疾人联合会共同发出《关于优待残疾人乘坐车、船的通知》,规定盲人可以免费乘坐市内公共汽车和各种渡船,本省残疾人搭乘公共交通工具时,交通部门应给予方便和照顾,其随身必备的辅助器具准予免费携带。

总之,为了贯彻落实《残疾人保障法》,我国各地各级政府普遍制定了关于残疾人优惠待遇的若干政策性规定,对残疾人的就业从培训、营业执照、摊位、税收、开发性生产等各方面给予照顾,同时对农村残疾人减免公益事业费,适龄残疾儿童入学、残疾人看病及交通、诉讼、贷款、毕业分配等各方面给予优惠待遇。

在全国各地,普遍实行社会福利院集中收养制度,主要收养无依无靠的老年人、残疾人和弃婴。其中精神残疾、智力残疾和孤残儿童占有很大比例。

我国的许多福利院都面对残疾人提供服务。那些综合性的福利院通常不以年龄及健康状况为限制,对残疾人也开放。符合"五保"条件的残疾人,都可以进福利院,享受国家提供的综合服务。对许多残疾人来说,福利院是比较有效的服务机构;而对于有家庭依靠的残疾人来说,福利院也可以作为一种补充,特别是提供暂托服务,可以缓解家庭在残疾人照顾方面的压力。

我国还有一些专门面对残疾人的福利院,其中最典型的是精神病人福利院,专门接收和治疗精神病人。由于精神病人在生活自理、治疗及安全方面的特点,福利院也成为一种较为有效的方式,可以综合地提供生活照顾、治疗,也有利于保护精神病人,并防止他们对其他人造成伤害。精神病福利院分别由卫生、民政、公安三个部门举办,其中民政部门的任务是收养城镇无依无靠、无生活来源、无法定义务抚养人(俗称"三无")的精神病人,也收养自费的家庭无力看管的精神病人。

在儿童康复方面,20世纪90年代初,全国有20多个城市建立了儿童康复中心,由当地民政部门或残联领导。其任务是为残疾儿童提供门诊和家庭咨询服务,开展各种功能训练和医疗、教育、职业培训,以减轻残疾程度,恢复自理生活和从事劳动的能力,为他们走向社会创造条件。这些中心已经开展的活动主要有:①残疾儿童普查,掌握当地残疾儿童的基本情况,为规划康复活动提供依据。②康复专业人员培训。③残疾儿童家长培训。④公众教育,利用大众传媒普及儿童康复方面的知识。⑤残疾儿童训练,对象不仅是儿童福利院内的残疾儿童,还包括由家庭照顾的残疾儿童。⑥残疾儿童康复科研活动。

(二)法律援助制度

在针对弱势群体的法律援助工作中,残疾人是得到普遍援助的群体。开展法律援助服务,社会工作者首先要明确法律援助的对象和条件是指什么人,在什么条件下可以获得法律援助。《中华人民共和国律师法》第41条和《司法部关于开展法律援助工作的通知》对法律援助的对象、条件作了比较明确的规定。

1. 援助对象 根据有关规定,我国法律援助的对象是中华人民共和国公民、符合一定条件的外国公民。法律援助的条件可分为一般条件和特殊条件。

(1)一般条件:一般条件是对中国公民普遍适用的条件,中国公民只要具备一般条件都可申请法律援助。

1)有充分理由证明为保障自己合法权益需要帮助。

2)确因经济困难,无能力或无完全能力支付法律服务费用(公民经济困难标准由各地参照当地政府部门的规定执行。)

由于大多数残疾人都是处于经济困难的生活状态中,所以较多人具备这两项条件。

(2)特殊条件:法律援助的特殊条件主要是根据《刑诉法》第34条,针对刑事案件规定的。除第一条第2项外,均不以经济困难为必备条件,因此,符合上述特殊条件,即便经济不困难的一些残疾人,也可以获得法律援助。从残疾人角度来说,盲、聋、哑三种残疾人成为刑事被告人或犯罪嫌疑人,自己没有委托辩护律师的,应当获得法律援助,而其他残疾人则是可以获得法律援助。

1)盲、聋、哑和未成年人为刑事被告人或犯罪嫌疑人,没有委托辩护律师的,应当获得法律援助。

2)可能被判处死刑的刑事被告人没有委托辩护人,人民法院指定律师辩护的,可以获得法律援助。

3)刑事案件中外国籍被告人没有委托辩护人,人民法院指定律师辩护的,可以获得法律援助。

2. 工作情况 各地各种类型的"残疾人法律服务中心",本着"运用法律武器,发挥公证职能,服务残疾人"的原则,为残疾人提供法律咨询,代写法律文书,起草、审查和公证涉及残疾人的经营合同,调处伤残事件和侵权纠纷,帮助残疾人追还债款,受到残疾人和社会各界的一致好评。根据我国有关法律法规和最高人民法院的司法解释,应各地司法机构和劳动仲裁、公安交通管理、法律援助中心的要求及委托,中国康复研究中心的社会工作者自1998年开始,为住院和门诊的残障者出具康复治疗和残疾用具配置的建议、证明,为各地的法律工作者调查取证提供维护残障者权益的证据。社会工作者这一结合国情的开创性残障工作实务,不仅受到广大残障人士的欢迎和赞誉,而且得到各地司法机构和公安、劳动、民政、交通部门以及广大律师的普遍认可与支持。

在开展对残疾人的社会救助工作中,法律援助具有特殊重要的地位。我国各地的法律工作者在实践中逐步建立健全了与社会救助工作相配套的规章制度,帮助残疾人解决了大量问题。有些地方对此作了明确规定:"法律援助申请人是残疾人的,可以优先获得法律援助。"为使这一原则规定具体化并使之具备较强的可操作性,法律工作者还采取了相应的措施,制定具体的操作规则,建立健全与之配套的规章制度,确保不因个别人的主观因素影响残疾人及时获得高效、优质的法律援助服务。有的地方还通过立法、立法解释和各种规章制度的建立,使法律援助活动得以在规范化、制度化的层面上操作,从而确保对残障者法律援助活动不因人事变动、资金来源等意外因素而改变方向。

有的城市成立了残疾人法律服务室,也有一些政府部门委托律师事务所开展残疾人维权服务工作。有一些残疾人较集中的福利企业和事业单位,聘请了法律顾问。有的城市开通了残疾人法律咨询热线电话,每天负责解答电话咨询。为了切实帮助残疾人解决困难,有许多律师组成了"志愿者服务队"长期免费为残疾人服务,还聘请了手语和盲文翻译,为聋哑人和盲人参加诉讼提供特殊扶助。法律工作者保护了残疾人的合法权益,又对社会稳定和发展做出了贡献。社会工作者配合法律服务开展了相应的特殊服务,受到残障者的欢迎。

(三)就业政策

《残疾人保障法》规定:"残疾人劳动就业,实行集中与分散相结合的方针,采取优惠政策和扶持保护措施,通过多渠道、多层次、多种形式,使残疾人劳动就业逐步普及、稳定、合理。"

国家和社会举办残疾人福利企业、工疗机构、按摩医疗机构和其他福利性企业事业组织,集中安排残疾人就业。国家推动各单位吸收残疾人就业,各级人民政府和有关部门应当做好组织、指导工作。机关、团体、企业事业组织、城乡集体经济组织,应当按一定比例安排残疾人就业,并为其选择适当的工种和岗位。省、自治区、直辖市人民政府可以根据实际情况规定具体比例。残疾职工所在单位应当对残疾职工进行岗位技术培训,提高其劳动技能和技术水平。政府有关部门鼓励、帮助残疾人自愿组织起来从业或者个体开业。地方各级人民政府和农村基层组织,应当组织和扶持农村残疾人从事种植业、养殖业、手工业和其他形式的生产劳动。

国家对残疾人福利性企业事业组织和城乡残疾人个体劳动者,实行税收减免政策,并在生产、经营、技术、资金、物资、场地等方面给予扶持。地方人民政府和有关部门应当确定适合残疾人生产的产品,优先安排残疾人福利企业生产,并逐步确定某些产品由残疾人福利企业专产。政府有关部门下达职工招用、聘用指标时,应当确定一定数额用于残疾人。对于申请从事个体工商业的残疾人,有关部门应当优先核发营业执照,并在场地、信贷等方面给予照顾。对于从事各类生产劳动的农村残疾人,有关部门应当在生产服务、技术指导、农用物资供应、农副产品收购和信贷等方面给予帮助。

国家保护残疾人福利性企业事业组织的财产所有权和经营自主权,其合法权益不受侵犯。在职工的招用、聘用、转正、晋级、职称评定、劳动报酬、生活福利、劳动保险等方面,不得歧视残疾人。对于国家分配的高等学校、中等专业学校、技工学校的残疾毕业生,有关单位不得因其残疾而拒绝接收;拒绝接收的,当事人可以要求有关部门处理,有关部门应当责令该单位接收。残疾职工所在单位,应当为残疾职工提供适应其特点的劳动条件和劳动保护。

在残疾人集中就业方面,我国长期强调福利企业的积极作用。在所有制意义上,福利企业可以是国家办的,也可以是集体办的或者合作办的,其经济业务由各自的主管部门负责,但残疾人就业政策统一由民政部门负责。国家在税收政策上对福利企业进行扶持。在企业所得税方面,福利企业中残疾人员占生产人员总数35%以上的,免交所得税;残疾人占生产人员总数10%以上但未达到35%的,减半交纳所得税;民政部门新办的福利生产单位,可以从投产时间算起,免交所得税一年。在营业税方面,一些从事第三产业的福利单位也有不同程度的减免。在增值税方面,则采取先征后退的办法。残疾职工占50%的单位如出现亏损,可部分或全部返还增值税,用以弥补其亏损额。

残疾人的分散安置指的是由机关、团体、事业单位选择适宜的岗位,录用残疾人就业。在农村则通过多种形式扶持残疾人参加种植业、养殖业和家庭手工业等多种力所能及的劳动。分散安置还包括扶持残疾人从事个体经营活动。与集中就业相比,分散就业更为灵活,更能适应各种各样的经济情况,因此在安排就业方面的潜力更大。为了促进城镇用人单位的分散安置,1992年,国家计委、劳动部、民政部和中国残疾人联合会共同下发了《关于在部分城市开展残疾人劳动就业服务和按比例就业试点工作的通知》,希望使这项福利逐渐走向制度化。通知规定,建立残疾人劳动就业基金,用人单位录用残疾人未达到规定比例者,必须向基金交费,而超额完成分散安置任务的单位,可以从基金得到奖励。

在旧的经济体制下,分散安置有着经济基础。由于城镇用人单位并非自负盈亏,承担安置任务与单位利益并无矛盾;在农村,集体经济可以统一调配劳力和进行分配,有利于残疾人的安排。在经济体制改革后,城镇用人单位存在独立的经济利益,如果残疾职工不能适应单位岗位的需要,就会出现矛盾。因此,1992年下发的这个通知的实质是政府要强化在这方面的干预,以保证分散安置就业工作的顺利进行。在农村,实行家庭承包责任制后,集体不再有调配劳动力的作用,在分配方面的作用也很小,难以给残疾人特别的帮助,因此农村残疾人的劳动,主要依托于家庭经济。

(四)医疗救助制度

政府在全国农村大力推行新型合作医疗制度的基础上,广泛开展医疗救助制度,使经常需要医疗服务的残疾人家庭得到具体的照顾。

2003年的"非典"疫情后,我国政府制订了一项宏伟计划,即用8年左右的时间在全国农村建立起新型合作医疗制度:参保农民以户为单位,每人每年缴纳10元钱,中央和地方财政各补助10元,作为"合作医疗基金",参保农民生病住院,就可以按比例报销部分医疗费。这项制度使农村经常处于最贫困状态的残疾人家庭得到了很多实惠。

在建立新型合作医疗制度的同时,我国政府还积极建立和健全农村医疗救助制度。上海市于2001年2月实施了医疗救助工程。市慈善基金会通过向社会定向募集资金,每年拨出500万元专款在各区县设立150多个慈善医疗定点门诊。残疾人等特困人员经过申请、审批可以获得"慈善医疗卡",到这150余个定点门诊部就诊,在规定的额度内享受国家基本医疗保险规定的医疗服务和药品。为了配合城市医疗改革,为有就医困难的市民提供医疗救助,北京市民政局在2001年12月成立了"社会福利医院",拥有150张病床和大批自动化先进的医疗设备。福利医院规定:对"三无人员和因公致残的返城知青免收门诊挂号费、诊疗费,减收基本手术费30%,减收普通检查费30%,减收普通住院费60%。"河北石家庄市、广西北海市等都实行了类似的医疗救助政策。此外,许多城市社区在民政部门的组织领导下,为残疾人免费安装电话和呼叫器、赠送轮椅和拐杖、做白内障和唇腭裂手术等,解决了残疾人的特殊困难和特殊需求。

2005年3月,国务院办公厅转发了民政部、卫生部、劳动保障部、财政部的《关于建立城市医疗救助制度试点工作意见》,对管理制度化、操作规范化的城市医疗救助制度作出了明确规定,切实帮助城市贫困群众解决就医难的问题,对广大贫困残疾人家庭起到了重要作用。截至2006年底,全国已有1865个县(市、区)启动了城市医疗救助试点,1440万城市贫困人口得到了医疗救助的保障,其中残疾人家庭占有很大比例。城市医疗救助制度是一项政策性强、涉及面广的系统工程,在我国刚刚起步,需要基层的社会工作者努力配合,不断积累经验。城市医疗救助制度的不断完善,对农村的医疗救助工作有很大的推动作用。江苏省扬州市第一人民医院和基层医院共同创办新型农村合作医疗救助中心,专门为农民提供24小时的急救服务,是城市大医院贴近农民需要的有益尝试。

医疗救助制度的建立,不仅使享受最低生活保障照顾的广大城市残疾人获益,更使广大农村残疾人在新型合作医疗制度之外,又增加了一道保险。这对于贫困而又患大病的残疾农民来说尤为重要,因为即使他们参加了合作医疗,仍然有可能受到报销金额的限制而害怕治疗,农村残疾人往往是"小病拖,大病挨,重病才往医院抬",医疗救助则使他们免于恐惧和担忧。

(五)伤残抚恤制度

在我国残障者群体中,"革命伤残人员"是有特殊身份的群体,其中主要是伤残军人,他们可以得到政府颁发的收入性福利。这种特殊照顾的抚恤金是根据社会发展水平而不断提高的。《残疾人保障法》明确规定:"国家和社会对伤残军人、因公致残人员以及其他维护国家和人民利益致死的人员提供特别保障,给与优待和抚恤。"革命伤残人员按照伤残等级确定待遇标准,国家给与安排工作的在职伤残人员,也可以按规定享受抚恤待遇。当然,由于在职人员的生活有工资收入,因此抚恤金视他们的保健和生活照顾需要而设立。另外,一些地区还根据当地的实际情况,将部分伤残军人列入社会医疗保险的范围,医疗费实行实报实销;有些乡镇设立了优抚对象特殊疾病的医疗费支出专用账户;还相应设立了各种减免优待政策和定期巡诊制度,使伤残抚恤制度落实得更好。由于各地社会经济发展水平存在一定差异,伤残抚恤制度的实施也有所区别,在少数经济欠发达地区,这项制度的全面落实还有一定的困难。

(六)社会保险制度

社会保险是社会保障制度中的一项内容。它具有福利与保险相结合的性质,既有经济补偿和预防风险的保险特点,也有政府立法、互助互济、多元化筹资的福利特点。在我国商业保险还不十分成熟的条件下,政府通过立法采取的强制性社会保险是保障劳动者生存和发展的有力措施。

社会保障的方式主要有两种:社会救助和社会疏导。所谓社会救助是指由社会向处于困境的成员提供物质救助的支援,避免使其转化为危害社会运行的因素。建立常设的保障机构对处于困境者进行固定性救助,对因意外灾难而处于困难者进行临时性救助,是社会救助的两种不同形式。所谓社会疏导,是指有目的地运用社会力量对已出现社会不满情绪者予以疏通、引导和排解,避免灾难性冲突出现。

我国内地的社会保险,为受保人提供了丧失劳动能力后的生活待遇,其中直接关系到残疾人切身利益的,是医疗保险和工伤保险。

1. 医疗保险　医疗保险是社会保险制度中的重要组成部分,是指国家通过立法,按照强制性社会保险原则和方法筹集、运用医疗资金,保障人们公平地获得适当的医疗服务的一种社会制度。我国的医疗保险与医疗卫生体制改革有着密切的关系。

改革开放以前,我国实行城镇职工和机关、事业单位的"公费医疗"制度,而广大农村的群众却得不到医疗保障。随着经济体制的改革,医疗卫生的体制改革成为人民群众的普遍呼声。

医疗保险制度,首先是从城镇职工开始的。1998年12月,国务院发布了《关于建立城镇职工基本医疗保险制度的决定》,正式将医疗保险纳入国家法律体系。

该《决定》指出,加快医疗保险制度改革,保障职工基本医疗,是建立社会主义市场经济体制的客观要求和重要保障。我国政府在认真总结近年来各地医疗保险制度改革试点经验的基础上,决定在全国范围内进行城镇职工医疗保险制度改革。城镇所有用人单位,包括企业(国有企业、集体企业、外商投资企业、私营企业等)、机关、事业单位、社会团体、民办非企业单位及其职工,都要参加基本医疗保险。乡镇企业及其职工、城镇个体经济组织业主及其从业人员是否参加基本医疗保险,由各省、自治区、直辖市人民政府决定。

基本医疗保险原则上以地级以上行政区(包括地、市、州、盟)为统筹单位,也可以县(市)为统筹单位,直辖市原则上在全市范围内实行统筹(以下简称统筹地区)。所有用人单位及其职工都要按照属地管理原则参加所在统筹地区的基本医疗保险,执行统一政策,实行基本医疗保险基金的统一筹集、使用和管理。铁路、电力、远洋运输等跨地区、生产流动性较大的企业及其职工,可以相对集中的方式异地参加统筹地区的基本医疗保险。

基本医疗保险费由用人单位和职工共同缴纳。用人单位缴费率应控制在职工工资总额的6%左右,职工缴费率一般为本人工资收入的2%。随着经济的发展,用人单位和职工缴费率可作相应调整。

医疗保险制度的建立,为病残职工的康复医疗提供了重要的保障,维护了残疾人的权益,有力地改善了因病和工伤致残的劳动者生活状况。

2. 工伤保险　工伤保险,又称职业伤害保险,是劳动者因在生产、工作过程中发生意外事故(或接触职业性有害因素)而负伤(或患职业病)、致残、死亡时,由国家和社会给予本人或其供养亲属的物质帮助和经济补偿的一项社会保险制度。工伤保险是国家通过立法建立的一种社会保障机制,使劳动者在工作中遭受事故伤害或患职业病时,能够及时按照法定的标准得到医疗救治和获得经济补偿;同时均衡和减轻用人单位的负担,分散用人单位的风险。

1996年颁行的劳动部《企业职工工伤保险试行办法》,对保障工伤职工的权益,照顾企业的可持续性发展,维护社会的稳定都具有重要的意义。2004年1月,在该《试行办法》的基础上,国家经过多次修订后颁布的《工伤保险条例》开始实施。当年6月底统计,参加工伤保险的职工人数达4996万人。2006年,我国工业基地辽宁省的参保人数已经达到485万人。职工因工致残或患有职业病,可以享受相当于原工资80%~90%的恤金。这不仅可以保证受保人的生活,还可以使其家庭生活收入不受很大影响。即便是非因工而丧失劳动能力,也可以办理因病退职或提前退休手续,恤金通常按照原工资的40%左右支付。

3. 商业保险　上述享受保险待遇以及革命伤残待遇的残疾人共约267万人。从我国8000多万残疾人的情况来看,我国残疾人能够享受收入性福利的只是极少数。社会福利提供的收入性待遇,在残疾人生活来源中只起微小的作用。对绝大多数残疾人来说,他们主要是从劳动和家庭抚养获得经济来源。总体上看,20世纪80年代末,我国残疾人的生活收入来源中只有2.65%来自国家和集体福利,有30.27%来自个人劳动收入,67.08%来自家庭或亲属供养。由于我国的保险市场的发育还不够完善,存在许多制度性和运营机制的问题,对残障者的商业保险基本上是个空白。2005年以来,一些保险公司逐步开始推行对残障儿童的特殊保险业务。商业保险的开展,对残疾人及其家庭的社会保障将起到重要的作用。

第三节　残疾人扶贫

一、工作方针和任务

全国贫困残疾人入户调查结果显示,截至1997年底,全国1372万贫困残疾人中,1205万生活在农村,其中876万人可以通过扶贫开发解决温饱,329万人需要国家社会救济使其基本生活得到保障。做好农村876万贫困残疾人的扶贫开发工作,事关残疾人事业发展的全局,并直接影响我国建设小康社会。为了缓解和消除农村大面积的贫困现象,在农村发展经济和实行分散的贫困户社会救助的基础上,从20世纪80年代中期起,国家制定和实施了一项重大的社会反贫困战略——对集中连片的农村地区实行扶贫开发,其中重点之一就是解决贫困残疾人的生活问题。进入21世纪后,残疾人的扶贫开发工作取得了重大成就。

扶贫开发是国家和社会各个方面,对贫困地区或农村有一定生产经营能力的贫困户,通过政策、资金、物资、技术、信息、劳务、就业等方面的有效扶助和帮助,使其逐步改变贫困落后面貌,走向富裕。其重点是扶持集中连片的贫困地区,我国贫困残疾人约占全国贫困人口的1/3,扶贫开发是做好残疾人扶贫工作的重要政策。

1984年9月,中共中央、国务院发出《关于帮助贫困地区尽快改变面貌的通知》,1986年国家成立了专门机构,中央和地方财政设立专项基金,制定了一系列的政策和措施,扶持贫困地区改善交通、能源、通讯、文化、卫生、教育等基础设施,提高其自我发展的能力,变传统的输血型贫困救济为新的造血型扶贫开发。

1994年3月,为了进一步加大对自然条件恶劣,开发特别困难的贫困地区的扶贫力度,国家制定颁布了《国家八七扶贫攻坚计划》,提出1994年到2000年,集中人力、物力、财力,动员社会力量争取用7年时间,解决8000万贫困人口的温饱问题的目标。1998年10月,国务院残疾人工作协调委员会和扶贫开发领导小组办公室会同中国人民银行、财政部、中国农业银行、中国残联共同制定了《农村残疾人扶贫开发实施办法(1998～2000年)》,确定全国农村残疾人扶贫开发的总目标是:经过三年左右的努力,基本解决适合参加生产劳动的农村876万贫困残疾人的温饱问题。

我国政府设立了残疾人扶贫专项贷款,扶助1000多万农村贫困残疾人通过生产劳动脱贫。通过最低生活保障、救济、补助、供养等社会保障措施,解决了269万缺乏劳动条件的特困残疾人的温饱问题。

二、残疾人扶贫计划

2001年,在基本实现《国家八七扶贫攻坚计划》目标的基础上,国家又制定了《中国农村扶贫开发纲要(2001～2010年)》,纲要提出了在21世纪初的10年中,中国农村扶贫开发的目标任务、指导思想和方针政策。

(一)目标

2001 年至 2010 年中国扶贫开发的总体目标是:尽快解决极少数贫困人口的温饱问题,进一步改善贫困地区的基本生产生活条件,巩固温饱成果,提高贫困人口的生活质量和综合素质,加强贫困乡村的基础设施建设,改善生态环境,逐步改变贫困地区社会、经济、文化的落后状况,为达到小康水平创造条件。

(二)方针

在扶贫开发的过程中,中国政府坚持开发式扶贫的方针,即以经济建设为中心,支持、鼓励贫困地区干部群众改善生产条件,开发当地资源,发展商品生产,增强自我积累和自我发展能力。并在这个方针的指导下,通过多种方式和途径,采取综合配套措施,帮助农村贫困人口脱贫。

(三)扶贫开发计划的主要内容

1. 扶贫到户　国家强调扶贫要到户,不仅采取干部包扶到户、经济实体带动、效益到户等行之有效的扶贫到户措施,而且把解决贫困农户温饱的各项指标也量化到户。

2. 大力倡导科技教育扶贫　加强对科技扶贫的政策指导,安排专项科技扶贫资金,用于贫困地区的优良品种和先进实用技术的引进、试验、示范、推广,以及科技培训等。组织实施"国家贫困地区义务教育工程",投入资金 100 多亿元,重点投向国定贫困县、部分省定贫困县、革命老区和少数民族地区,帮助这些地区普及九年义务教育。

3. 广泛动员和组织社会各界参与扶贫　在扶贫开发中,包括中央国家机关、企事业单位、民主党派及人民团体等社会各界参与扶贫开发的部门、单位不断增多,规模不断扩大。各社会组织、民间团体和私营企业也积极开展"希望工程"、"文化扶贫"、"幸福工程"、"春蕾计划"、"青年志愿者支教扶贫接力计划"、"贫困农户自立工程"等多种形式的扶贫活动。

4. 开展东西部协作扶贫　采取东部较发达省市对口支持西部省、自治区发展,是加快西部贫困地区脱贫步伐的有效途径。在扶贫开发中,北京、天津、上海、广东等东部省市对口帮扶内蒙、甘肃、云南、广西等省区。协作双方根据"优势互补、互惠互利、长期合作、共同发展"的原则,在企业合作、项目援助、人才交流等方面开展了多层次、全方位的扶贫协作。

5. 实施自愿移民扶贫开发　国家鼓励和支持生存条件极其恶劣地区的贫困农户通过移民搬迁、异地开发的方式,开辟解决温饱的新途径。

6. 组织劳务输出　国家鼓励并组织具备条件的贫困地区开展劳务输出,劳务输出不仅有助于使贫困地区劳动力实现就业和增加收入,更重要的是劳动者通过异地就业可以学到新技术、新生活方式、新工作方法,开阔眼界,增强信心,提高自我发展能力。

7. 重视生态环境保护　实行扶贫开发与生态环境保护、计划生育相结合。在贫困地区的开发中,重视生态环境的保护,鼓励农民发展生态农业、环保农业。通过科技扶贫,改变贫困地区以破坏生态为代价的掠夺性生产。转变贫困地区群众的生育观念,积极倡导贫困地区的农民实行计划生育。

8. 开展扶贫领域的国际交流与合作　我国的扶贫开发主要依靠自己的力量,同时我国政府也十分重视开展扶贫领域的国际交流与合作,借鉴国际社会多年积累的扶贫经验和成功的扶贫方式,提高我国扶贫开发的整体水平。

三、扶贫渠道

21 世纪初中国扶贫开发面临的难点和比较突出的问题是:第一,虽然贫困人口的收入水平明显提高,但目前我国扶贫开发的标准是低水平的。第二,由于受自然条件恶劣、社会保障系统薄弱和自身综合能力差等因素的掣肘,目前已经解决温饱问题的贫困人口还存在很大的脆弱性,容易重新返回到贫困状态。第三,尽管扶贫开发已使广大农村贫困地区的贫困落后状况明显改变，但贫困农户的基本生产生活条件还没有本质的变化，贫困地区社会、经济、文化落后的状况还没有根本改观。第四，由于我国人口基数很大，在今后相当长的一个时期将面临就业压力，这必然会影响到贫困人口的就业，使很多本来能够奏效的扶贫措施难以发挥出应有的作用。第五，尚未解决温饱的贫困人口一般都生活在自然条件恶劣、社会发展程度低和社会服务水平差的地区，这些地区投入与产出效益的差距较大。

（一）扶持到户

我国政府按照集中连片的原则，把贫困人口集中的中西部少数民族地区、革命老区、边疆地区和特困地区作为2001年至2010年扶贫开发的重点，并确定扶贫开发的重点县，集中财力、物力和人力，实行统筹规划，分年实施，分类指导，综合治理。这项方针政策对老、少、边、穷地区的残疾人摆脱贫困起到了重要作用。

2001年至2010年我国农村扶贫开发将通过继续重点支持发展种养业、积极推进农业产业化经营、增加财政扶贫资金和扶贫贷款、提高贫困地区群众的科技文化素质、鼓励多种所有制经济组织参与扶贫开发等措施和途径实现扶贫开发纲要规定的目标。

1. 主要渠道

（1）政府安排资金由各地扶贫办公室统一组织扶贫工作。

（2）政府有关部门、妇联、共青团、信用社、扶贫社等开展多种形式的扶贫活动。

（3）各种扶贫经济实体、扶贫基地，辐射、带动到户。

（4）"单位包村、干部包户"。党政机关、团体、企事业单位定点包乡、包村，党员、干部结对包户，开展"四帮一带"活动，即帮助筹措资金、落实优惠政策、选项目、学技术，带动贫困残疾人脱贫。

（5）志愿工作者与贫困残疾人结对子，开展"一帮一"活动。

（6）用康复扶贫贷款由残疾人联合会开展残疾人专项扶贫。

2. 前景　我国是一个发展中国家，消除贫困任重道远。基本解决农村贫困人口的温饱问题只是完成这一历史任务的阶段性成果。在此基础上使贫困地区的残疾人生活实现小康，进而过上比较宽裕的生活，需要一个长期的奋斗过程。随着改革开放和现代化建设事业的发展，随着综合国力的不断增强，我国的农村扶贫开发必将取得新的成绩。

（二）就业扶贫

残疾人就业问题，是残疾人事业发展的主要问题，也是残疾人扶贫工作的重点。就业扶贫，是帮助困难的残疾人摆脱贫困的重要渠道和根本途径。多年来，各地各级政府都把就业扶贫当作发展地方经济和构建和谐社会的大事来抓，取得了丰富的经验。

1. 政府主导，社会参与　把残疾人扶贫工作纳入政府扶贫工作计划，统筹安排，同步实施。首先是把残联列入县政府扶贫工作领导小组的成员单位，各乡镇党委政府也将残疾人的扶贫工作纳入政府扶贫攻坚大局，在实行整村推进扶贫工作中，优先解决残疾人的困难。一方面确保政府发放的扶贫资金对残疾人给予优先照顾，另一方面是政府的最低生活保障金的发放对残疾人倾斜照顾。同时动员社会力量广泛参与残疾人扶贫工作，在全县开展的各种扶贫活动中惠及广大残疾人，为就业扶贫打下基础。

2. 扶贫到户到人　以直接解决农村残疾人温饱的种植业、养殖业、手工业和家庭副业为重点，选择适合市场需要，兼顾残疾人特点的项目，本着资金与实物扶持相结合的原则，予以一次性无偿扶持发展生产。

3. 建立科技示范户　建立科技示范户，扶持一户，带动一片。由示范户去影响带动周边的其他贫困残疾人脱贫致富。

4. 开展实用技术培训　通过不同类型的短期培训和社会现有的各类职业技术培训机构，有针对性地大力开展残疾人实用技术培训。举办种植、饲养、补鞋、按摩、美容美发、微机操作、缝纫等技能培训。通过大量的实用技术培训，使广大残疾人依靠科技增产增收，从而脱贫致富。

5. 创建科技扶贫基地　创建残疾人科技扶贫示范基地，免费提供种苗和产品销售等一条龙服务。定期不定期地组织技术人员到残疾人种植户家中进行实地指导。

四、社会救济与供养

《宪法》赋予了残障者有从国家和社会获取物质帮助、社会保险、社会救济与医疗卫生的权利。《残疾人保障法》第四、五条中分别规定"国家采取辅助方法和扶持措施,对残疾人给予特别扶助";并在第九条规定"残疾人的法定扶养人必须对残疾人履行扶养义务"。《残疾人保障法》规定国家和社会要采取扶助、救济和其他福利措施,保障和改善残疾人的生活。在第六章中专门规定了残障者的各项福利。

(一)最低生活保障制度

针对残疾人及其家庭的特殊困难与需求,中央及各地制定了相应的社会救济政策和特别扶助办法,并采取许多措施加以解决。其中最重要的是行之有效的"最低保障制度"。

"最低保障制度"首先是在城市中实行的。国家和社会对生活确有困难的残疾人,通过多种渠道给予救济、补助。各级政府对无劳动能力、无法定扶养人、无生活来源的残疾人,按照规定予以供养、救济。据国家2005年对全国贫困人口的统计,年收入在683元以下的绝对贫困人口共有2365万人,其中残疾人达994万人,占42%,在人均年收入683元到944元之间的相对贫困人口中,残疾人大约占1/3。由于残疾人脱贫难,脱贫后又容易返贫,所以残疾人占全国贫困人口的比例呈上升趋势。另外,残疾人在住房、康复医疗、特殊教育、就业等方面都存在困难,经济困难则是一切困难的核心问题。国家对残疾人的救济和供养必须不断加强。

(二)农村五保供养制度

2006年1月,我国政府公布了新修订的《农村五保供养工作条例》,新条例明确规定,农村五保户供养工作所需要的资金由当地政府财政支付。这意味着供养所有农村五保户,政府责无旁贷。在中国大陆农村五保户中,残障者所占的比例是很大的。因此,大量农村残疾人的供养问题有了根本的解决方法和途径。

在贯彻落实《农村五保供养工作条例》的过程中,社会工作者积极配合农村各级政府和村民委员会进行深入细致的工作,包括学习和贯彻各个地区的实施细则,按照新条例的标准和要求重新核准五保供养对象及人数,协助申报并建立五保供养对象中残障者的基本情况数据库,做好审核和发证工作等。

(三)社会捐助

在社会救助制度中,除了政府组织的康复扶贫、社会保险、医疗救助、最低生活保障、五保供养等制度和政策,还有一种社会救济方式,就是社会捐助,其中主要是慈善事业和有关的捐助活动,为救济有各种困难的残疾人发挥了很大作用。

在现代社会里,慈善事业是建立在社会捐献基础之上的社会性救助事业。慈善事业的这一性质决定了它对社会弱势群体的帮助功能,因此,我国8000多万残疾人是慈善事业主要的受惠群体。

慈善事业是政府扶持下的民营事业,虽然历史上有过官办慈善事业,但民间乐善好施的有识之士在社会性救助方面一直起着重要作用。慈善事业需要社会上许多社会团体、企事业单位、知名人士的热心参与,需要社会各界的大力推动,包括各级残联、妇联、青少年和老年社会团体、宗教团体、海内外华侨团体等等。中国残联成立以来,就不断得到国内外友好团体和人士的捐献与资助,使成千上万的残疾人生活、学习、劳动状况得到改善。香港爱国人士李嘉诚先生资助中国残疾人用品开发供应总站,在2000年于全国各地建立了20个假肢装配站,培训安装技师60余人,为约2000名贫困残疾人安装了普及型小腿假肢,使他们恢复或增强了劳动能力,许多残疾人从此摆脱了贫困。近年成立的中华慈善总会受到海内外热心慈善事业的人士倾力捐献,善款使更多的贫弱者得到救助,获得良好的声誉。2000年,山东省济南市慈善总会坚持不懈地开展多种形式的募捐、救助活动,全年募集善款124.35万元,支出救济款57.67万元,资助对象中包括很多困难的残疾人家庭。上海市仅在2001年的"新年慈善系列活动——蓝天下的挚爱"一次募捐活动中,就募集善款3200万元,用其中的 1500 万元设立了"慈善医疗专项资金";拨出 200 万元救助上海市 1 万户特困家庭;用 500 万元为特困老人进行白内障手术;其余用来资助"孤残儿童家庭寄养"等社会福利项目;福建省厦门市慈善会 2000 年用募集的捐款救助困难和不幸者 1453 人次,用 114 万元善款支持社会福利事业单位改进了设施。

慈善事业发展的经济基础是社会捐献,这种特殊的经济基础决定了慈善组织需要坚持以捐献者的主观意愿为实施基础。就是说,捐献者有权指定慈善组织将所捐款物用于指定的慈善项目,即使捐献者没有指定专门的慈善项目,慈善组织也应当将捐献用于直接的慈善项目或与慈善直接相关的项目,其中必然包括社会上最困难的残疾人群体的福利。当然,捐献者对所捐献的款物的使用意愿不能违背现行法律与社会公德,而应当有益于社会文明的进步和促进社会的发展。

第四节 文化、体育、社会融合

根据联合国有关机构和组织的约定,许多国家和地区都积极支持残疾人参与为他们组织的文化体育活动。国际上定期举办伤残人奥运会、特奥会(弱智人)、世界聋人运动会、国际特殊艺术节、国际残疾人职业技能竞赛。公共文化、体育和娱乐活动场所也免费或优惠为残疾人开放。我国《残疾人保障法》规定,国家和社会应鼓励、帮助残疾人参加各种文化、体育、娱乐活动,努力满足残疾人精神文化生活的需要。

一、指导原则与具体措施

开展残疾人文化、体育、娱乐活动,指导原则是:应当面向基层,融于社会公共文化生活,适应各类残疾人的不同特点和需要,使残疾人广泛参与。

国家和社会采取下列措施,丰富残疾人的精神文化生活:一是通过广播、电影、电视、报刊、图书等形式,反映残疾人生活,为残疾人服务;二是组织和扶持盲文读物、盲人有声读物、聋人读物、弱智人读物的编写和出版,开办电视手语节目,在部分影视作品中增加字幕、解说;三是组织和扶持残疾人开展群众性文化、体育、娱乐活动,举办特殊艺术演出和特殊体育运动会,参加重大国际性比赛和交流;四是文化、体育、娱乐和其他公共活动场所为残疾人提供方便和照顾,有计划地兴办残疾人活动场所。

二、鼓励残疾人的创造精神

国家和社会鼓励、帮助残疾人进行文学、艺术、教育、科学、技术和其他有益于人民的创造性劳动。残疾人受到社会的广泛关注并更加全面地参与到社会生活之中。中国残联成立以来,成功地举办了六届全国残疾人艺术汇演,直接参与到各级汇演的残疾人超过 10 万人;组织开展了一系列文化活动,举办了残疾人作家联谊会的创作笔会,面向社会各界和广大残疾人开展了以"爱与和平"和"放飞希望"等为主题的大型征文活动,成立了中国残疾人美术家和书法家联谊会,这些都极大地丰富了残疾人的精神文化生活。截至 2005 年底,各省、自治区、直辖市及新疆生产建设兵团残联共开设省级盲文及盲人有声读物图书馆(室) 25 个,残疾人文化活动场所 39 个,举办省级残疾人事业展览 56 次;开设市(地)级盲文及盲人有声读物图书馆(室) 219 个,残疾人文化活动场所 997 个,举办残疾人事业展览 566 个;已成立残疾人艺术团队 156 个。2005 年,圆满完成 23 项次国际赛事。共组织 378 名残疾人运动员和 49 名特奥运动员代表我国参加了轮椅篮球、田径、自行车、击剑、举重、滑雪、射箭、乒乓球、游泳、射击等比赛;中国残疾人运动员共夺得金牌 167 枚、银牌 100 枚、铜牌 78 枚,破 6 项世界纪录,特奥运动员共夺得金牌 37 枚、银牌 23 枚、铜牌 15 枚,为祖国赢得了荣誉。

残疾人群众性体育活动广泛开展。到 2005 年,已开辟或设立的省级残疾人活动场所 169 处,市(地)级体育活动场所 857 处;已挂牌的省、市(地)残疾人体育训练基地达到 464 个;省级相对稳定教练员 453 人,市(地)级相对稳定教练员 1148 人;各省共开发适合各类残疾人的体育健身项目 80 种,举办省级残疾人运动会及各类残疾人群众体育比赛活动 171 次,参与的残疾人 13110 人;举办市(地)级残疾人群众性体育比赛活动 828 次,近 5 万残疾人参与这些体育活动。

在公共文化场所为残疾人提供方便和服务的同时,开辟了 3000 多个残疾人文化活动场所。中央电视台和 28 个省级电视台开设了残疾人专题节目和手语节目;中央人民广播电台和 30 个省电台开办了残疾人专题节目;影视作品中增加了字幕;中国残联的直属杂志社、出版社和音像出版社以及地方组织纷纷为各类残疾人提供出版物,摄制反映残疾人生活的影视作品。

第五节　社区的残疾人工作

一、开展社区工作的有利条件

在社区中积极开展残障者的社会康复工作,是促进残疾人与社会融合的重要途径,在我国具有十分有利的条件。

1. 社区建设工作已成为我国社会主义建设事业的组成部分。社区建设的深入开展,有利于提高整个社区的文明程度,使残疾人能与其他社区居民一道共享环境优美、治安良好、生活便利、人际关系和谐的文明社区环境。

2. 社区中有配置较为合理的资源,包括设施、设备、人力资源、服务网络等。在"资源共享"的原则下,残疾人可以获得在医疗、康复、教育、职业以及参与社会生活等方面的物质基础和保障条件,有利于残疾人全面康复目标的实现。

3. 在社区中残疾人可以得到方便、及时的康复服务。街道、居委会是城市的基层单位,是最贴近残疾人的管理层面,一方面管理者和服务者容易了解残疾人的康复需求,另一方面残疾人在社区中有亲切感和归属感,这无疑地有利于残疾人在社区和家庭得到方便、及时的康复服务。

4. 在社区中可因地制宜地为残疾人提供各种康复服务。我国幅员辽阔,各地在经济发展、风俗习惯、资源情况等方面十分不同,加之各地残疾种类发生及分布的不同,残疾人对康复的需求也会不同。社区可根据自身的实际条件,以残疾人迫切需要解决的问题为出发点和落脚点,确定服务内容、方式和方法。

二、社区残疾人工作的指导思想与原则

(一)指导思想

民政部、中国残联等十四个部门《关于加强社区残疾人工作的意见》明确了我国社区残疾人工作的指导思想。

1. 坚持以政府为主导,社区为依托,有关部门密切配合,社会各界共同参与的社会化工作方式。社区残疾人工作要在党和政府的领导下,充分发挥有关部门的职能作用,调动社区内企事业单位、机关团体、部队、中介组织和居民群众等各种力量共同参与,形成推进社区残障者工作的合力。

2. 将社区残疾人工作纳入社区建设总体规划,融为一体,同步发展,共建共享。要从本地区社区建设的实际出发,将社区残疾人工作融于社区建设之中,统筹规划,整合资源,发掘潜力,拓展服务能力,做到社区残疾人工作与社区建设协调发展,使残疾人与健全人一样共享经济、社会发展成果。

3. 建立以社区居民委员会为核心、社区残疾人组织为纽带、社区服务机构为基础的工作机制,促进残障者平等参与社会生活。发挥社区居委会的自治组织作用,充分利用社区残障者协会联系残障者的优势,以人为本,落实社区为残障者的各项服务工作,夯实基础,逐步建立符合市场经济条件下的社区残障者工作机制,推

进残障者事业持续健康发展,调动残障者的积极性,提高残障者参与社会生活的能力。

(二)工作原则

1. 一般原则

(1)社会化的工作原则　残疾人不仅要实现身体功能的康复,更重要的是实现重返社会的最终目标。这需要在政府统一领导下,多部门、多组织、多种人员共同参与,广泛动员社会力量,充分利用康复机构资源中心的力量和各种社区资源,营造全社会都来关心残疾人的社会氛围,共同推进社区康复工作。

(2)低成本、广覆盖的原则　社区康复应采用低投入、高回报、高效益、广覆盖的方法,就近就地,大力开展家庭康复服务。

(3)康复对象及其家庭积极参与的原则　使康复对象及其家庭成员主动参与,树立自我康复意识,参与康复计划的制订、配合康复训练及回归社会等全部康复活动。

2. 根本原则　根本原则也被称为三因原则。

(1)因地制宜的原则　依据社区的社会背景、经济水平、文化习俗、康复技术资源状况和康复对象需求等实际,因地制宜开展工作。

(2)因陋就简的原则　社区的资源是有限的,尤其是广大农村,缺医少药,交通不便,康复条件较差,要使社区大多数康复对象享有康复服务,必须在尽可能动员社区力量的基础上因陋就简,使康复人员、康复对象及其亲友自制康复训练器械,充分利用传统的医学知识,采用易懂、易学、易会的实用技术,使康复成为普遍理解、便于推广应用的服务措施。

(3)因势利导的原则　所谓"因势利导",重点在于如何把握"势"的变化。这个"势",包括整个社会环境的"大势",也包括社区范围内的政治、经济、医疗卫生、文化教育等的形势,具体指社区领导者对残疾人康复的认识和重视程度,社区内有关机构和社会团体对残疾人事业的支持态度和力度,社区居民对残疾人的看法等。此外,还包括如何利用"全国助残日"、"国际残疾人日"、节假日、双休日为残疾人服务,如何利用社区资源以及"志愿者"开展工作等。

三、社区中残疾人的社会康复

社会康复工作者必须与医护人员及心理工作者一起帮助残疾人适应社会的变化;还要呼吁社会为他们创造有利条件,改善他们的家庭和社区生活环境,调适他们的家庭关系,使他们融入社会生活的主流。

总的看来,残疾人的家庭问题对心理的影响,与社会环境密切相关。社会康复的主要任务就是沟通残疾人和外界的联系:一方面唤起社区居民对残疾人的理解,帮助残疾人平等参与社会生活;另一方面帮助残疾人认识和适应现实社会,融入社会,使他们意识到自己不仅有生存的权力,而且还有为社会尽责的义务。

(一)肢体残疾者的社会康复

在城乡社区中,偏瘫者是肢体残疾的重要群体,其中外伤和突发性脑血管疾病致残者较多。在脑卒中患者的治疗过程中,社会工作者应当充分调动家庭成员的积极性,促使家庭成员参与脑卒中患者的整个治疗过程,开展有关脑卒中知识的普及教育,帮助病人建立起良好的生活和行为方式;社会康复还要充分利用社会支持系统,尤其是家庭成员、亲友、同事和社区志愿者的扶助作用,加强对残疾人的肢体功能训练、心理辅导和语言矫治。这对于脑卒中患者日常生活自理的恢复和回归社会有重要意义。

脑卒中病人患病后除了影响运动功能,引起感觉障碍、失语和智力损害,还常常影响神经系统的高级功能,使患者精神活动异常。焦虑和抑郁是常见的情绪障碍,患者很可能由此并发认知障碍。对于没有条件进入康复医院的老年脑卒中患者,社会工作者可以定期邀请有专业知识的康复医生到社区进行指导,根据不同患者制订具体的训练方案,并定期进行康复效果评定。与机构康复相比,社区康复可以协调社会力量,调动脑卒中功能障碍者的积极性,主动配合训练以获得全面康复,用较少的投资取得较大的康复效果。

值得关注的是,随着家庭小型化和"空巢"家庭的急剧增多,21 世纪将有越来越多的老年人独居生活。患有脑卒中的偏瘫老人生活不能自理、精神上孤独、寂寞,这些老人急需看护照料,需要全方位立体化的综合性服务。快捷方便、服务全面、收费低廉的社区和家庭护理是社区老人尤其是偏瘫老人的普遍需求。社会工作者应该参与对偏瘫者的康复工作,对老年人日常生活开展科学管理和康复辅助,目的是控制疾病发展,促进康复,减轻病痛,减少继发性残疾,提高生活质量。同时,偏瘫老人照料在家庭中完成,也有助于减少他们的长期住院和医疗资源的浪费。偏瘫老人康复既不是对他们日常生活能力的简单弥补,也不是等同于单纯的医疗和临床护理,而是社区康复护理与家庭照料相结合,是实现对偏瘫老人康复的科学化、规范化、专业化的途径。偏瘫者需要的照料从内容上划分主要是日常生活照料、心理治疗、家庭护理和康复服务。

(二)视力残疾者的社会康复

在视力残疾者的社会康复工作中,残疾预防工作首当其冲。无论是在康复机构还是在社区里,社会工作者都应该宣传预防视力残疾的重要性。第一,应该向社会上所有人群广泛宣传避免不良生活习俗、婚俗或药物导致新生儿视力障碍;第二,防止婴幼儿在游戏玩耍中伤害眼睛;第三,警惕"网瘾"对青少年眼睛的伤害以及长期使用电脑对眼睛的伤害;第四,对可能引起视力残疾的眼病尽早治疗。

由于视力残疾者看不见外面的世界,所以为他们创造"定向行走训练"的条件和获得训练的机会,是社会工作的重要内容。同时,也要努力帮助他们得到盲人需要的特殊用品用具,如盲杖、盲表等。还要帮助他们识别人行道上的盲道设施,以及辨听有些十字路口安装的盲人过街音响。目前,虽然各地的城市建设中普遍设置了盲道,但是不少地方的盲道还存在转弯角度不合理、堆砌杂物、乱停车辆等问题,严重影响了盲人的出行,也需要社会工作者在改变社会环境方面积极开展切实的工作,使盲道真正发挥作用。

视力残疾者社会工作的内容,还包括帮助他们获得接受教育和就业的机会,其中帮助盲人开展按摩服务是切实可行的最好途径,有的城市规定了《盲人保健按摩行业管理办法》,从业人员必须 100% 是盲人或其他残疾人;盲童教育在我国城市有较好的开展,农村的视障儿童教育必须大力加强。因为农村居住分散,盲童人数不多,这个问题很难用特殊教育机构来解决,最直接有效的办法是加强社区康复工作。另外,经常性的社会工作就是组织视力残疾者参加各种有益的社会活动,包括参加政治活动和文化体育活动。社会工作的任务还有盲人居室的无障碍改造问题和为他们提供康复信息等。

在一个社区里,一般来说极少视力残疾人,因此要针对他们开展个案工作和小组工作。对于视力残疾者的社会康复,个案工作主要是帮助其解决求学、就业和婚姻家庭问题,需要大力寻求社会支持网络的帮助。实践证明,在社会福利企业、盲人特殊教育学校和眼科康复医疗机构等视力残疾人较多的地方,小组工作是帮助视力残疾者消除自卑心理障碍、增强参与社会自信心、提高生活自理能力的有效服务方式。

(三)听力言语残疾者的社会康复

成年的听力言语残疾人是所有残疾人中最少障碍和困难的人群,比较容易参与社会生活,但需要社会工作者为他们创造更好的环境,例如增加影视节目中的字幕,观看文娱体育表演时配有手语解说等。

社会康复的工作重点是聋哑儿童。在聋哑儿童的社会康复过程中,除了一般开展的社会康复服务外,还要注意以下几个方面的问题。

1. 加强对聋哑儿童的早期干预　残疾预防是全社会的事情,也是康复社会工作者十分重要的一项工作。在开展残疾预防工作中,社会工作者要加强对聋哑儿童康复的战略性认识,把防聋和婴幼儿耳聋早期干预、防止药物性耳聋纳入残疾预防的工作规划中。

调查表明,在农村由于贫穷愚昧而近亲结婚所造成的新生儿先天性耳聋相当严重。20 世纪 90 年代,安徽省陆安地区举办的聋儿语训学校中,聋儿虽然来自不同村落和不同家庭,但却有不少都是姨表姐妹或姑表兄弟。刚开学,许多孩子就一见如故,经过调查才知道他们都有亲戚关系,他们在上学之前就在一起玩过,而且以后每一届学生都是如此,当地聋哑儿童大多是近亲结婚产生的。这种现象在其他地区也很普遍。

在社区康复中,社会工作者要积极宣传残疾预防知识,尤其是提高偏僻地区农民的素质,并努力将遗传、婚姻、优生优育、康复教育等过渡到法制化的轨道上,从根本上切断聋儿产生的途径,尽量减少聋哑儿童的数量。同时,通过社会调查和协助开展听力普查等工作,争取对聋儿早发现、早康复,协助当地政府和社会力量兴办语训学校,帮助他们降低残疾和障碍的程度,早日融入社会主流。

2. 促进"聋健合一"的康复训练 聋哑儿童和健康儿童一样好玩好动,有强烈的求知欲和好奇心。他们的身心都在不断发育之中,在智力、身体、文化、社会交往、情感等方面的可塑性大体相同。所以,应该强调"聋健合一"的活动方式,帮助特殊教育机构和教师,尽量创造"聋健合一"的游戏娱乐条件。

北京、广州、杭州、扬州等地一些康复机构的实践表明,在"聋健合一"的有声语言和各种音响的刺激下,聋儿的视觉、触觉以及运动器官的代偿能力可以得到最大限度的发挥,残存听力可以得到开发和利用,帮助语言能力顺利形成和发展,思维能力也相应提高,健康的思想和行为得以强化。这对聋哑儿童的全面康复、回归社会显然是有利的。

开展"聋健合一"的康复训练,不但能够使聋哑儿童从小接触社会,了解正常孩子的生活,培养适应主流社会的意识,提高参与社会能力,而且还能培养健康儿童从小就关心残疾儿童、助人为乐的好品德。

在"聋健合一"的康复训练中,要做到科学制订康复方案和计划,合理安排活动时间,活动形式要多种多样,活动内容要结合文化知识教育而循序渐进。社会工作者在康复训练工作中应该很好地协调和配合专业人员开展工作。在康复训练中,社会工作者要注意以下几点:

(1)珍惜和尽量满足聋儿的好奇心:众所周知,好奇心是人类的天性,是人们积极探求新鲜事物的一种倾向,也是学习、劳动、交往兴趣的先导,是一种先天性的反应能力。这种好奇心在幼儿和少年时期最为强烈。由于聋儿的听力语言受到限制,所以好奇心驱使他们对许多新奇的东西都想看看,都想摸摸。社会工作者在服务过程中,要特别注意捕捉他们的探询的眼神和细小的动作,尽可能及时满足他们的要求,同时配合特教老师经常变换聋儿的学习和生活环境,更换玩具和教学用具,增加户外活动,促进他们的发育和成长。

(2)创建和设置适合聋儿学习生活的环境:一方面要根据聋儿的特点,在他们所在的学习、生活环境中种植一些花草、蔬菜、果木等,或圈养一些小动物,供聋儿在观赏中学习。在活动室的门窗、墙壁上贴上太阳、星星、月亮、飞机或大型动物、图画等,启发聋儿去想象和思考,激发他们对周围世界的兴趣;另一方面要注意环境的无障碍改造。

(3)促进聋儿的学习兴趣:让聋儿自己多一些动口、动脑的机会,亲自参加游戏或操作;提供物质条件,即相关的玩具和教具,让他们在具体形象思维中感知事物、认识事物;在个案工作和小组工作中,都要对孩子及时给予表扬和奖励,对聋儿多发出一个音,多说出一个词,多做一件作品,都要及时表扬;尽可能与家长合作,或取得一致的意见。

3. 帮助聋哑儿童获得助听器 在听力训练临床中,选配合适的助听器是很重要的工作。其中包括对听力损失的系统检查;确定有无必要采用助听器进行功能补偿;聋哑儿童的家长对助听器抱有多大的期望以及配了助听器之后能否满足他们的期望;需要什么种类的助听器;配置了助听器后的听觉和言语训练计划;经济承受能力等。社会康复的一项重要内容,就是帮助残疾人获得适合的特殊用品用具。因此,社会工作者必须积极配合有关专业人员开展工作,具体落实相关政策,如解决经济困难或争取得到社会资助等,帮助聋哑儿童获得助听器,并有维修的条件。

4. 开展家庭康复 由于聋哑儿童的社会参与能力比肢体障碍、视力障碍、智力障碍和精神障碍的儿童强一些,所以在全面康复工作中,聋哑儿童家长的配合直接影响康复的质量和效果。社会工作者应该把动员家长参与的工作作为重点,因地制宜开展家庭康复。

在家庭康复中,一方面要提高家长对康复的信心,另一方面又要避免对孩子的康复期望值过高;既要帮助家长改变对康复的模糊认识,又要避免家长过分依赖康复机构和盲目进行不正确的教育。

社会工作者还应该使家长认识到,聋哑儿童的听觉语言训练是一个长期而艰苦的过程。孩子的康复程度如何,还要看孩子的自身条件。开始训练时年龄越大,康复所需要的时间就越长,越需要强化训练;采取的措施越有效,解决问题就会越快越好。

如果聋儿要进入康复机构去集中学习训练,社会工作者应该协助家长使孩子科学地进入适应期,从家庭的松散、任性、依赖性很强的状态下尽快过渡到有约束性的集体环境中。同时,应该经常组织聋哑儿童和家长的小组活动,积极参与社会生活。

另外,在家庭康复中,社会工作者要帮助家长获得学习康复技术的机会,并充分利用社会支持网络,动员社会各界对聋哑儿童的家庭给予必要的帮助。

(四)智力残疾者的社会康复

1. **联合国的要求** 联合国大会于1971年12月20日通过了《智力迟钝者权利宣言》,要求各国和国际行动保证这个宣言为共同基础和准则来保障智力障碍者的下述权利:

(1)智力迟钝的人所享有的权利,在最大可能范围内,与其他人相同。

(2)智力迟钝的人有权享有适当的医药照顾和物理治疗,并受到可以发展其能力和最大潜能的教育、训练、康复与指导。

(3)智力迟钝的人有权享有经济的安全和适当的生活水平,并有权充分发挥其能力,进行生产工作或从事任何其他有意义的职业。

(4)智力迟钝的人可能适应与其亲属或养父母同住,并参加各种社区活动,同住的家庭准予领受协助。如需由机关照顾时,应尽可能接近正常生活的环境和其他情况下供给这种照顾。

(5)智力迟钝的人必要时有权获得合格监护人,以保护其个人福利和利益。

(6)智力迟钝的人不得遭受剥削、虐待和侮辱。如因犯罪而被起诉时,应充分顾及其在智力上所能负责的程度,按照适当的法律程序处理。

(7)智力迟钝的人应有严重残缺而不能明确行使各项权利或必须将其一部分或全部权利加以限制或剥夺时,用以限制或剥夺权利的程序务须含有适当的法律保障,以免发生任何流弊。这种程序必须以合格专家对智力迟钝者有社会能力的评价为根基并应定期加以检查,还可向高级当局诉请复核。

《国际儿童权利公约》第23项提到:各国政府应该让残障儿童享有一个完整及正常的生活。确保儿童得以自尊、自立和活跃地参与社会生活。因此公约中也提到政府应该在各方面的设备中提供分别与照顾,以使他们有受教育、训练、卫生照顾服务、就业和消遣的机会,促使他们有正常的社交生活及身心发展。

2. **我国的情况** 截至2006年我国1182万智力残疾人中,儿童与青少年占一半以上。随着生活条件的改善和健康水平的提高,成年智力残疾人寿命延长,他们在智力残疾人中的比例呈上升趋势。由于从小缺乏独立生活和社会交往的能力,相当一部分成年智力残疾人已经成为家庭的后顾之忧和不可忽视的社会问题。

近年来,在党和政府的支持和社会的参与下,我国许多地区重点开展了智力残疾儿童的康复训练和特殊教育工作,而成年智力残疾人的康复训练服务工作缺乏统筹规划、协调实施,总体上看工作相对滞后,服务能力尚处于低水平;加之社会公众和智力残疾人亲友缺乏训练服务的基本知识和方法,没有认识到成年残疾人仍具有康复潜力,致使相当一部分成年智力残疾人得不到康复训练服务。

3. **工作原则** 根据我国的社会工作实践,智力残疾者的康复社会工作应该遵循以下几个原则:

(1)自立性原则:自立自强是智力残疾者康复的基本原则。社会工作者应该将这些残疾人看成是富有生活潜力的、具有相当能力的人,充分尊重他们的内心愿望和理解他们对生活的希望,并帮助他们实现生活愿望,成为自立自强的人。

(2)个别化原则:社会工作者在服务过程中应该为每一个智力残疾者建立个人档案,以便指导康复训练与评定。通过个案工作和小组工作,发现每个残疾人的不同特点,提供个性化的和持续的、具有明确针对性的服务。

(3)循序渐进原则:智力残疾者的特征之一是记忆力缺陷。所以,康复社会工作必须采取"小步子、多重复"的方法,协助有关专业人员将一个学习任务分解为若干细小的学习任务,不厌其烦地分步学习、反复练习,再综合训练,才能达到比较好的效果。

(4)激发潜能原则:要特别注意及时发现残疾人身上的闪光点,利用他们积极的、好奇的一面进行工作,扬长避短,多角度地发挥康复的功能。

(五) 精神残疾者的社会康复

精神残疾人的生活自理能力、对家人的关心和责任心都受到严重影响,在家庭中充当的职能角色、职业劳动能力、社会交往能力等也会出现不同程度的障碍。

社会工作主张对精神残疾者采取开放式的管理措施和方法。开放式管理主要是指康复机构中对精神病人的管理。病人入院经一定阶段的药物治疗和心理治疗,自杀冲动等严重精神症状得以控制后,由经治医生、责任护士、社会工作者以及病人的监护人共同协商,根据病人的病情、缓解程度和社会适应能力做出评定,确定开放式管理的康复治疗方案。有的医院开放式管理有几种不同的开放等级:一些病人须在病员小组长的带领下,佩戴某种标记外出活动;另外等级的病人则佩戴另一种标记,在非查房休息时间,可以自由出入病区和各公共场所,参加院内各种有益活动(如打球、下棋、看电视、散步等);还有的可单独外出自行购物及周末回归家庭。开放过程中,根据病人日常生活表现、人际交往能力和社会适应能力等,予以升级或降级。

社会工作者配合医护人员搞好精神病人的开放式管理,必须注意以下几点:

1. 强化全面康复的观念,提高医护人员的素质。目前,各地医院的医护人员对全面康复的各项工作还认识不足,不理解也不愿意开展医疗以外的服务,怕出事、怕麻烦;许多人仅被动地为了完成任务而工作,影响康复活动的质量和效果。因此,康复医疗机构须采用多种方式对医务人员培训,强化康复医学的整体观念,更新知识。在缺乏专业工作者的医院,医护人员应发挥多职能作用,担负起社会工作者、心理工作者和职业康复训练人员的部分职能,达到开放式管理的要求。

2. 康复医学和康复服务是全方位的理论体系和临床工作,贯穿于病人从入院到出院后的整个过程,也是连续不断的渐进过程。对病人要根据不同症状和条件,采取不同的措施与方法。急性期主要采用药疗等方法控制症状,为医患关系的建立和全面康复措施的实施打下基础;病情稳定后,根据不同的需要和条件实行开放管理、工疗、娱疗和职业训练,以促进心理社会功能的进一步改善;恢复期病人则重点放在社会适应训练、就业行为的技能训练及协助建立良好的工作习惯和协调的人际关系。出院后,还需要社会、家庭的支持和干预,为其创造一个适宜的工作生活环境。让一般的院内门户开放逐步扩大到向家庭和社会开放。

3. 医院和社区康复,都要制订一整套适宜的评价方法。其各常规制度中相应的条款应随着医学模式的改变而加以调整,让病人在康复期间得到应有的社会化、家庭化待遇。

4. 开放式管理要发挥社会康复的作用。为防治精神病的发生,社会个案工作应配合精神病医生、心理卫生专家对病人进行诊断和治疗,为病人和家属提供帮助和服务。

第六节　社会工作者

2006 年 10 月,党的十六届六中全会作出了《关于构建社会主义和谐社会若干重大问题的决定》,号召"建设宏大的社会工作人才队伍",明确指出"造就一支结构合理、素质优良的社会工作人才队伍,是构建社会主义和谐社会的迫切需要"。残疾人的社会康复,是专业社会工作的重要领域,必须努力加强。

一、康复社会工作的产生和发展

我国早期的康复社会工作,主要是在教育和医疗卫生服务领域里开展的。1874 年在北京开办了"启明瞽目院",这是我国第一所盲童学校;1887 年,美国传教士在山东省登州(蓬莱县)创办启喑学馆,1898 年迁到烟台办学,这是中国最早的聋哑人学校;1916 年,著名的民族资本家张謇先生在江苏南通创办了私立聋哑人学校。这些早期残疾人教育都带有慈善救济的性质,教育教学工作没有统一标准和要求,培养目标也不明确,学制和课程设置都有很大的随意性,在特殊教育工作中尚未有专业社会工作配合,但蕴涵着社会工作的思想。后来在一些大学里设立的哲学、社会学和师范专业,包括了一定程度的社会工作教育理论和实践方法。1921

年,在美国医务社会工作专家蒲爱德(Miss lda Pruit)的领导下,北平协和医院首先创立社会服务部,把美国早期的社会工作思想引入中国,开始有了社会工作。1930年,济南鲁大医学院附设医院设立了社会服务部。1931年,南京鼓楼医院、上海红十字医院和仁济医院、重庆仁济医院先后成立了社会服务部,开展医务社会工作服务。1932年,南京中央医院设立了社会服务部,且派员到北平协和医院实习。由于国内外政治、经济和其他各个方面因素的影响,在这二十几年的特殊历史阶段内,医务社会工作仅仅是初步的,处于萌芽状态。这些早期的社会工作,都包括对特殊教育机构和医院中残障人士特殊需要的社会服务。

二、社会工作的基本方法

社会康复是从社会因素着眼,通过建立有利于残障者康复的社会条件来对残障者进行帮助的活动。它与医疗康复、职业康复、教育康复共同形成全面康复的基本内容。社会工作者应该切实掌握有关的工作方法与技巧。

康复社会工作,必须遵循社会工作的基本理论和方法,包括个案工作、小组工作和社区工作等。

(一)个案工作方法

一般来说,在康复机构中开展的社会工作,是以个案工作为主、小组工作和社区工作为辅的康复社会工作。其个案工作方法是,每一个专业社会工作者负责一个病区或一种疾病、一种伤残类型的康复对象,对案主进行一对一的工作,采取调查立案、咨询、会谈和访视等手段,在案主及当事人的配合下,帮助案主解决他们在住院期间所面临的社会问题。这些问题主要包括:工伤的认定和处理;交通事故或其他意外伤害的赔偿;家庭环境的无障碍改造;婚姻家庭关系的调适;康复器械的配备;学习和就业的指导等方面。

随着康复事业的发展,全国各地纷纷建立起各种形式的康复中心、康复医院和其他康复医疗机构,许多综合医院也都在设置康复医学科。这些康复机构虽然规模不同,但是有一项内容是一致的,就是开展对残疾人、老年人和慢性病人的康复医疗和功能训练工作。在康复机构中的社会工作,是协助康复医师对病人提供优质服务的专业社会工作,属于康复医学领域里的不可忽视的重要工作。

个案工作,目前在我国还是一项没有引起广泛重视、发展缓慢的社会工作。在康复机构中开展个案工作,有相当大的阻力和困难,这些阻力主要来自住院病人对治疗的强调、医院管理体制的弊病和社会问题解决的难度。不过,由于近年来残疾人事业的蓬勃发展,法制建设的加强,改善了社会大环境,越来越多的人们认识到残疾人参与社会的重要意义,所以残疾人的个案工作也越来越引起重视并有所发展了。

社会康复的临床个案工作,主要是在残疾人或其他康复对象住院后,及时与其家属和单位取得联系,全面了解残疾人的家庭与社会情况,协助残疾人及其家属解决影响残疾人住院期间的家庭与社会问题,以便使其安心治疗;同时和医生、护士、心理工作者、功能训练人员以及康复工程技术人员一起讨论并制订康复治疗和训练方案,定期进行康复评定,为残疾人回归社会创造条件。

康复医学的兴起和发展,迫切需要医务社会工作者的参与,但是我国至今仍未有一支专业化较强的社会工作者队伍。1987年起,中国康复研究中心开始进行残疾人社会康复个案工作试点。经过一年多的探索,于1989年对住院的残疾人全面开展了社会康复个案工作。到2005年底,十几年里接案两千余人,为案主解决了大量个人难以解决的问题,受到案主的赞誉和信赖。然而,面对8000多万残疾人群体,面对全国每年在医院中住院康复治疗的几十万残疾人,这种工作虽然意义重大,但成效显然是微乎其微的。

(二)小组工作方法

机构中社会康复的小组工作是在其他专业人士的配合下共同完成的。为此,有关服务机构内应设立康复评定部门,由康复医师负责对每一位残疾患者进行功能恢复和重新回归社会方面的综合评定。中国康复研究中心的小组工作分为以下几种形式:①由社会工作者、医生、护士、康复训练技师、心理工作者、康复工程技术人员共同参加小组工作,共同针对某一种类型的残疾人开展工作。②将住院残疾人按照残疾类型(或病种)分成活动小组,由社会工作者组织某一个病区的残疾人开展互相帮助的小组工作。③组织残疾儿童的家长围绕共同感兴趣的问题开展工作,这些小组工作的目的是鼓励残疾儿童的家长自助,充分调动他们的主观能动性和自身的潜力,解决各种社会问题。小组评定工作一般对每一个康复对象都分三次进行,每次评定对上一次评定后的综合康复效果做出小结,并对此后的继续康复内容进行讨论和做出决定。在每次评定中,社会工作者都要全面介绍工作情况。小组工作对住院患者的全面康复有至关重要的影响作用。

(三)社区工作方法

机构中的残疾人社会工作,应该与社区工作紧密联系在一起。因为在机构中得到全面康复服务的残疾人要回归家庭、回归社区,重新参与社会生活,需要社会工作者将康复对象在机构康复中的情况转介到社区,以便残疾人在家庭和社区中继续得到有效的帮助,巩固机构康复的成果;机构中的各类专业工作者对相关社区也有一定的指导作用。

三、社会工作的作用

(一)对受助者的作用

社会工作作为一种专业的助人活动,对改变受助的残障者的不利情况发挥着重要的作用。

1. 提供物质帮助 康复社会工作可以对有困难、有需要的残疾人给予物质或经济上的帮助,这些帮助一般来说是间接的。社会工作者可以联系某些社会资源,充分利用社会支持网络帮助残疾人在合法条件下获得物质上的支持,在某种程度上解决其生活方面的困难;还可以通过政策方面的服务获得制度规定范围内的经济和物质支持;也可以通过与非政府组织、社会服务机构、慈善团体的连接或转介,使残疾人得到优惠的甚至免费的服务等。

2. 给予心理支持 某些生活上陷入困境的残疾人士在许多情况下并不是因为经济原因,而是由于社会关系失调或社会角色的压力等原因所致。社会工作者可以在机构和社区中通过心理辅导等方法,帮助他们正视残疾,认识和减轻压力,缓解矛盾冲突,积极地对待生活和挑战;也可以通过个案工作、小组工作和社区工作,以及建立社会支持网络给他们以生活和心理上的支持。

3. 促进能力发展 社会工作的基本价值观念是助人自助,康复社会工作不但要具体地帮助残疾人解决困难,而且要帮助他们增强自己的能力以应付各种挑战,即帮助他们增强战胜困难的能力,以达到自助。社会工作特别强调发展服务对象自身的能力。康复社会工作所关注的能力发展,不仅在于提高残疾人的日常生活适应能力和技术能力,而且更强调在现实社会中生活的环境适应能力和人格的全面发展。

4. 维护合法权益 各种类型的残疾人是社会上的弱势群体。维护社会弱势群体的合法权益是政府与社会的责任,也是一个社会文明进步、社会公平程度的表现。但是,在激烈的社会竞争中,残障者的合法权益被侵犯、受损害的情况还是时有发生的。社会工作是追求社会公正的专业,要把维护弱势群体的合法权益置于重要位置。社会工作者要伸张正义,通过服务、宣传、影响社会政策等方式帮助残疾人,争取和维护其合法权益。特别是在维护因意外事故致残和农民工因工伤致残的问题上,社会工作者可以给予很多具体的帮助。

(二)对社会的作用

社会工作作为现代社会系统的组成部分,对社会的正常运行具有重要的功能。

1. 促进社会稳定与社会和谐 社会工作具体解决社会问题,减少矛盾激化而可能产生的对社会秩序的冲击,有助于社会稳定。实践表明,在因为医疗事故、交通事故、工伤事故和其他意外伤害而发生残疾人与有关部门或个人的冲突时,社会工作者的介入可以起到很好的柔和、化解的作用。对于残疾人和他们的家庭存在的问题给予帮助,协调残障者的人际关系,可以促进社会和谐发展,从而建构一个能使人们正常和健康生活的社会环境条件。

2. 促进制度建设与社会进步 有些社会问题的出现主要是个人方面的原因,虽然社会因素也会在其中起着或多或少的作用,但是对一些较为长期、普遍性的问题来说,社会因素就是主要的,这时就要在社会政策和制度层面加以解决。有关残疾人的社会保障制度、教育制度、医疗卫生制度和就业制度都不够健全,一些政策也存在漏洞。在这种情况下,就要通过制度建设和修订、完善政策来解决和预防社会问题的发生和激化。康复社会工作者在具体解决问题的过程中,可以提出完善和制定社会政策的建议,参与和促进合理的社会政策的出台。例如,残疾人利用机动轮椅车从事运营活动问题、城市道路和社区建设的无障碍环境问题、各种康复机构的评价标准等,通过社会工作者的努力,逐步修订和完善了有关政策,减少了社会问题的发生,使社会在更加公正的制度框架下运行,这就是在制度层面上促进社会进步。

3. 增加社会资本与促进社会协调发展 社会工作以人为本,致力于在社会成员之间建立相互支持的关系,通过充分调动残障者的积极因素和社会各界对他们的关爱,来增加人们的社会资本,建立一个相互关怀的社会,这不但可以改善人们生活的具体的社会环境,也有利于社会持续协调地发展。

四、康复社会工作的主要特征

(一)崇尚专业的社会伦理精神

社会工作是以全心全意为人民服务为行动指南的助人自助工作,崇尚专业的社会伦理精神。从伦理学的角度来看,康复社会工作者认为下列情况是康复工作的前提,也是社会工作者应当遵守的基本道德。

1. 残疾的病人需要比其他病人更为长期的治疗和护理,所以无论是在康复医疗机构还是在社区里,残疾病人都应该得到长期的照料。

2. 康复服务应有许多不同的部门参与,包括医院的急诊和门诊部门、全日制医院、社会福利机构、残疾人家庭、社区和社会有关部门、政府机构和非政府组织。

3. 康复依赖于许多专业人员的努力,包括医学的、非医学的如社会工作者、工程技术人员等。

4. 康复社会工作需要残疾人及其亲属的积极参与;智力和精神残疾者需要监护人参与。

5. 残疾人一般不需要广泛使用抢救及支持生命的技术。

6. 康复对象难以确定治疗的终点;很少有病人是治愈的,一些康复病人带着严重的残损独立生活许多年甚至终生。

7. 残疾病人关心的是外观形象、残存功能和在社会及职业方面的角色。

(二)提倡助人为乐的奉献精神

助人为乐,是康复社会工作者的基本素质。社会工作者要克服残疾人心理障碍的负面影响,要有助人为乐的奉献精神。

(三)充分利用社会支持网络

除了经济、教育、就业和住房、医疗、交通等问题外,残疾人还有行动不便或听力语言、视力障碍造成的社会交往不利,所以特别需要社会各界主动地给予帮助,尤其是社区服务网络和初级卫生保健网络对他们的支持。

残障社会工作者要充分运用社会资源,利用社会支持网络和专业技巧,给各种类型的残疾人不同形式的帮助。

(四)有效利用调解的方式

调解的主要目的是维护社会的稳定与和谐。应该充分利用这种方式,并提倡团队协同工作的方法,综合地协调解决残疾人的社会问题、家庭问题和个人问题。

例如,在造成伤残的重要社会因素中,交通事故是世界性问题,在我国的体制改革过程中和法制尚未完善的时期,交通事故造成的伤残十分突出。社会工作者为交通事故而导致伤残的各方当事人进行调解,不仅可以维护残疾人的合法权益,而且可以为肇事者、公安司法机关、法律工作者及有关单位提供帮助,减轻各方的工作负担或经济损失。此外,医疗事故、校园伤害等问题,也都可以由社会工作者进行调解。

(五)充分利用保护性政策

最大限度地利用社会保障政策,是康复社会工作的特征之一。残疾人的各种问题,几乎都涉及到社会保障政策的落实。虽然《残疾人保障法》已经实施了十几年,但是一些地区宣传贯彻得不够好。关系到残疾人切身利益的《残疾人教育条例》、《农村五保供养工作条例》和就业政策等,都需要社会工作者在为残疾人服务的过程中具体加以落实。

【案例】

2006年10月15日上午,残疾患者刘某经医生介绍,来到社会康复科请求给予帮助,经初步会谈,社会工作者决定提供适当的帮助以解决其目前存在的具体困难。

1. 接案

(1)患者概况:患者刘峰,男,48岁,汉族,大学文化程度。职业:国家机关工作人员,某部委处长。祖籍安徽省合肥市。有医疗保险待遇。家庭住址:北京市西城区某部委宿舍楼。妻子黄桂芝,46岁,汉族,大学文化,北京市某中学教师。患者夫妇育有一子,21岁,北京某大学二年级学生,常住在学校。

残疾患者刘某即案主,是偏瘫病人,由其妻子用轮椅推着来到社会康复科。社会工作者与他们见面时,案主表情平淡,目光呆滞,不愿意正视他人,语言迟钝,但尚可比较清楚地陈述自己的情况和缓慢回答相关问题。他的妻子衣着整齐,说话得体,不过显得有些局促不安。谈话中,案主不主动提出任何问题,其妻子虽看来有些焦急,但表现比较稳重,说话时常常略有思考,能集中陈述病情和他们关心的问题。案主是经过所住病房的医生介绍,就有关社会康复问题来请求帮助的。

(2)致残原因:患者于2006年6月11日晚突发性脑左侧梗塞,即入北京医院治疗,经治疗后病情基本稳定。于2006年10月9日转入我院,住偏瘫病房,诊断为脑梗塞,右侧偏瘫。

2. 立案与社会诊断　初次会谈表明,案主和家属并不了解康复社会工作的内容,也不清楚我们可以提供什么具体帮助。只是在与医生的谈话中了解本院有社会康复的部门,可能给予一定帮助,就心怀疑虑地来试一试看。针对这种认识,社会工作者首先向他们简要地介绍了社会康复的具体内容,强调了对偏瘫病人可以提供的帮助措施和方法。在他们了解这些之后,谈话便围绕案主的具体困难展开了。

案主申述的主要问题有以下几个方面:①因残疾造成提前退休。②家庭生活有很大影响。③社会心理改变。④经济状况受损。⑤日常社会交往活动受限。⑥生活自理能力大部丧失。⑦家居环境无障碍改造。⑧重新工作问题。

社会工作者具体分析了上述问题,指出问题的关键是康复的效果。如果可以恢复到生活基本自理,就可以获得重新做一些力所能及工作的机会,也会很大程度上改善家庭生活状况和个人心理状况。退休的情况符合国家政策,已经不可改变,只能在身体进一步康复之后,根据案主的能力,经过职业康复的帮助寻找其他工作机会。在此期间,社会工作者可以配合康复技术人员对案主制订合适的康复治疗方案,并给予家庭居室无障碍改造方面的帮助。

社会工作者决定立案,给予专业技术支持。

10月16日至12月初,社会工作者与患者的单位联系,进一步了解有关情况。此后,社会工作者多次与患者所在病区的医生、护士取得联系,查阅病历;同时与康复技术人员、康复工程人员和心理医生交流情况。

3. 社会康复过程

(1)初期评定会情况:社会工作者于2006年10月20日参加患者的初期评定会。向参加会议的医生、护士、康复技士、心理工作者和康复工程技术人员介绍了该案主的社会情况。病人是中年的机关工作人员,入院前是年富力强的部门负责人。突然患病致残,现在心理压力较大,但是个人的素质很好,本人和家属都会积极配合康复人员的工作。经过一个阶段的康复后,效果应比较好。康复机构的领导和医护人员对此人也很重视,领导指示对其康复治疗的安排要尽力完善,提供尽可能周到的服务。

社会工作者在与患者及家属会谈后,又及时与陪护他的护工交谈,并与患者的儿子取得了联系,共同探讨对案主开展社会康复的想法,尽量满足他们的要求。

(2)第二次评定会情况:患者于新年元旦期间请假回家数日,1月4日按照约定返回医院。

各个部门和专业的康复工作人员于2007年1月5日举行第二次评定会。患者入院已近三个月。主管医师李大夫指出:经过前一阶段的康复训练,患者现病情稳定,患侧上肢9~10级,患侧下肢6~9级,肌张力正常,可进行书写,能写出自己姓名,日常生活能力评价为78分。康复技士说:按照日本的上田敏康复分级:手指功能5级,日常生活动作可以在他人部分协助下完成。护士指出,患者穿脱衣还需少许借助别人之力,下一步重点练习清洁个人身体,沐浴和洗漱等。

社会康复工作者指出,此病人是中年人,心理素质好。经多次会谈,他强烈地表示了要继续工作的愿望,虽然恢复原来的工作和职务可能性不大,预后可做本部门的其他岗位工作或顾问性工作。同时,还向与会者介绍了与案主的儿子沟通情况,家属和亲友都表示会尽力帮助该患者巩固康复效果,为其重新参与社会生活创造条件。

社会工作者还说明,要加强对案主家属的康复技术指导,以便患者出院后在家中继续给予康复服务,巩固在机构中的康复效果。同时,近期将取得患者所在单位和所居住的社区帮助,对其家庭居住环境进行无障碍改造。

(3)第三次评定会情况:2007年4月19日下午,各专业康复工作者对患者进行第三次评定。

主管的张医师说,近来患者的步态调整受心理因素影响较大,常认为自己纠正不过来,现患侧肢体功能仍有一定问题,希各方提对策,特别是多留手工作业,加强在病房里的自我训练。运动治疗师指出,该患者仍有心理障碍,但经鼓励,自己可以推动轮椅双足行走,可自己穿衣、穿鞋了。作业治疗师说,他已可以用患手写字,但书写时间不宜过长,连续写15分钟后,手有些发紫,且协调性差。他强调说,患者现已用患手持勺吃饭,上下肢都可达10级左右,希各方继续帮助稳定情绪。

社会工作者指出,在前一阶段社会康复人员一直配合心理医生开展工作。在组织患者参加的游览世界公园和春节联谊活动中,该案主和家属都积极参加,表现很好,说明他已经能够正视残疾的现实,乐观地面对生活的困难与挑战。

在3月份,社会康复人员曾数次到案主单位与所居住的小区访视,与有关人员进行无障碍环境的改造问题研究,不断取得进展。单位决定"五一"节之后开始对患者的居室进行改造,安装适于室内活动的墙壁扶手和进行卫生间改造。社会工作者帮助他们设计了方案。

关于患者回单位工作问题,其部门领导答应根据刘峰出院后的身体情况给予积极考虑。

4. 末期评定及结案

(1)结案:患者入院已达9个月,2007年7月12日举行第四次评定会。

主管医师指出:目前该患者已经能够独立走2~3里路,肘关节有时仍张力高。他发病已经一年多,今后仍需着重解决肘、膝关节锻炼问题。

康复技术人员同意医生的意见,今后仍要强化上肢。现手指8~9级,手指分离能力明显提高,不过患肢的肌张力还较高,必须加强运动的影响和实用运动。

主管医师还指出:患者现在洗漱、吃饭都能自己做到了,连续性差一些。

社会工作者认为,患者为国家公务员,较长时间是部门领导,尚年轻有为,突发疾病,料所不及,打击较大。经社会工作者和其他医护人员的多次做思想工作,基本上解决了患者的思想负担。他还有继续工作的愿望。社会工作者根据他全面康复的发展过程,不断加强其重新工作的信心。

根据社会工作者为其提供的家庭无障碍设施的图纸,并几次为改造提出合理化建议,6月16日,由单位负责的该患者家居改造基本完成。其间,社会工作者多次与其社区物业等方面沟通,了解改造工程进展情况。

7月20日,患者于上午出院。事前社会工作者已与其所在单位及社区联系,介绍了该患者的康复状况,希望他们今后继续为患者重新回归社会提供应有的帮助。

(2)反思:社会康复工作主要通过个案工作、小组工作和社区工作等方法来开展。社会康复作为残疾人社会工作的基本方式,是为社会生活功能失调的个人提供特殊服务,使其对周围环境有良好的适应能力。它的具体功能是积极地、科学地解决在社会中由于各种关系的失调、变态和冲突所造成的残障者与家庭、单位、社会之间的矛盾,即充分发挥代表功能,帮助残障者与外界联系,依靠法律等手段,帮助残障者解决有关家庭生活、就业、教育、住房、经济收入和公共场所活动等方面的困难,使他们全面参与社会活动。

康复社会工作把社会工作原理、方法和技巧运用到康复工作中去,协助残障者恢复和发展他们的潜在能力,实现他们在现代生活中的社会适应功能。康复社会工作通过专业化的程序和技术,对生理的、心理的、行为的残障者实施再教育和再塑造,增强他们适应社会的能力,介入正常的社会生活,乃至成为具有建设性的社会一员。残障者康复社会工作是一种讲目标的、强调解决具体问题的专门技术,必须借助于各种特殊的专业方法,运用必要的社区资源,协助残障者充分恢复或实现其生理功能、职业能力和情绪适应能力,顺利地参与社会生活。

康复社会工作的目标是广泛运用专业知识帮助残障者这一特殊的社会群体。它使残障者的功能丧失减到最低程度;防止残障者可能增加的损伤;最大限度地提高残障者的生理功能;增进残障者对于困难情境的自我处理和自我照顾能力以及向他人倾诉和沟通的能力。与此同时,康复社会工作还要使残障者获得充分的情绪支持,并培养其社会适应能力;提高残障者的职业技能,发挥其潜能,增强其社会生活能力,并最终使残障者也对社会有所贡献。

本案例是社会康复工作的一个普通个案工作报告。社会工作者在帮助偏瘫患者刘峰康复的服务过程中,采取问题解决学派的工作方式,充分利用单位、社区和家属的社会支持网络,具体解决了案主的居室环境无障碍改造问题;并利用社会心理学派的方法,通过多次会谈与组织各种社会活动,不断抚平他和家属的心理创伤与压力,增加他重新参与社会生活的自信心;注意了医疗社会工作的特点,尽量与医院内部的医生、护士、心理工作者、康复技术人员的密切配合,形成一个团队的集体力量,对患者的全面康复起到了积极的作用。

工作的不足之处,是由于受到体制的限制而未能充分发挥案主的个人能力,没有进一步调动案主参与社会生活的积极进取精神,很难实现其重新工作的愿望。

复习题

1. 社会康复的概念是什么?
2. 社会康复工作的具体内容有哪些?
3. 社会康复和医疗的、教育的、职业的康复工作如何配合?
4. 康复社会工作和医疗社会工作有什么区别与联系?
5. 机构中的康复社会工作与社区康复工作有什么区别?
6. 农村社会康复有哪些特点?
7. 城镇中的社会康复工作如何配合社区服务工作?

(马洪路)

第十章　残疾人辅助器具及服务

残疾人由于自身功能的限制,不可能和健全人一样直接享受社会发展和科技进步的成果,必须借助于辅助器具补偿自身缺失的功能,才能达到自理生活、接受教育、成功就业的目的,从而全面参与社会生活。因此,辅助器具是残疾人参与社会生活、享受文明成果必不可少的工具和回归社会的桥梁。

第一节　残疾人辅助器具概述

一、残疾人辅助器具的定义

残疾人辅助器具是指能够有效防止、补偿、减轻或替代因残疾造成的身体功能减弱或丧失的产品、器械、设备或技术系统。

通俗地说,凡是能够有效克服残疾影响,提高残疾人的生活质量和社会参与能力的器具,高级到植入式电子耳蜗,普通到树杈做成的拐杖,都是残疾人辅助器具。

实践证明,许多残疾人配置某一种或几种辅助器具后,就可以克服或减轻残疾所造成的障碍,更好地生活、学习和劳动,更好地参与社会生活。

二、残疾人辅助器具的作用

(一)替代失去的功能

残疾人因为残疾所丧失的功能可以通过辅助器具得到替代。替代功能最突出的是下肢假肢。由于战争、疾病、交通或生产事故而被截去下肢后,失去的功能通过装配假肢可以得到补偿。一般下肢截肢者只要装配合适的下肢假肢就可以正常走路,和健全人一样生活、学习和工作;有的年轻人经过锻炼,穿着假肢还能参加体育比赛。

(二)补偿减弱的功能

残疾人因为残疾而减弱的功能通过辅助器具可以得到不同程度的补偿。具有残余听力的聋人,配戴合适的助听器,就可以补偿听力,重新听到外界的各种声音。因患小儿麻痹而残疾的人,使用拐杖就可以增强下肢的支撑能力,并有助于保持躯体的稳定性,从而增强站立和行走能力。

(三)使缺失和减弱的功能得到恢复和改善

借助于康复训练器具可以进行康复训练,通过运动疗法和作业疗法,使残存功能得到最大程度的恢复。例如,因脑卒中而偏瘫的病人,运用康复训练器具坚持进行康复训练,因病而缺失和减弱的功能得到改善和恢复,能够推着助行器独立行走,能够自己穿衣、吃饭、上厕所。

三、辅助器具对残疾人的重要意义

(一)自理生活的依靠

为了帮助生活不能自理的残疾人,有专门为他们设计的辅助器具,包括各种穿衣、洗漱、进食、行动、如厕辅助器具。残疾人依靠这些辅具实现生活自理,为实现自立、自强、自尊奠定良好基础。

(二)全面康复的工具

全面康复是指残疾人要在医疗、教育、职业和社会几个领域全面地得到康复,而在这几个领域中残疾人进行康复,必不可少的工具是辅助器具。

1. 医疗康复是应用医学技术和方法对残疾人进行康复诊断、功能评定和康复治疗,促进患者的身心康复。医疗康复包括:运动疗法、作业疗法、语言疗法、心理疗法、假肢与矫形器配置。这些康复手段都离不开各种康复训练器械、语言训练设备、假肢和矫形器。

2. 教育康复是以残疾人,首先是学龄残疾儿童和青少年能够入学接受教育为目标,通过接受学校的正规教育,促进残疾的学龄儿童和青少年得到全面康复。接受教育的残疾儿童所使用的各种特殊学习、交流和沟通工具和设备无一不是辅助器具。如:聋儿戴的助听器、盲童用的盲文写字板……

3. 职业康复是通过训练,恢复就业年龄残疾人的就业能力,提高他们的就业机会。职业康复包括残疾人就业前的能力评定和训练,无论是评定还是训练都必须使用辅助器具。

4. 社会康复是能够让残疾人有平等机会参与社会生活,并通过回归社会,达到全面康复的目的。残疾人参与社会生活,一方面要通过辅助器具提高自身的功能,另一方面社会要创造无障碍环境方便残疾人融入社会。这两方面都需要轮椅、拐杖、助行架等各类辅助器具,以及各种无障碍设施。因此,残疾人的社会康复同样离不开辅助器具。

(三)回归社会的桥梁

依据 2001 年国际卫生组织颁布的《国际功能、残疾和健康分类》(ICF)的理论模式,可以将残疾理解为一种个人因素和环境因素之间相互作用而出现的复杂联系的结果。这种结果直接决定着残疾人回归社会的难易程度。

就残疾人来说,个人因素就是指残疾人自身参与社会生活的能力;环境因素是指残疾人周围的物质环境、精神环境对残疾人融入社会生活存在的难度有多大。残疾人参与社会生活的能力越差、环境对残疾人参与社会生活存在的难度越大,残疾人回归社会的壁垒就越高、回归社会的难度就越大;反之,残疾人回归社会的难度就越小。

残疾人由于残疾所造成的功能缺失,必然会严重影响他参与社会生活。一个颈部损伤的高位截瘫病人如果没有高靠背轮椅,就只能躺在床上,连门都出不去,更不要奢谈回归社会了! 使用辅助器具可以克服残疾带来的功能障碍,提高残疾人回归社会的能力。另外一方面,就是要充分利用现代科学技术和辅助器具,为残疾人创造一个无障碍环境,包括物质环境无障碍和信息、交流无障碍。

由此可见,辅助器具为残疾人回归社会架起了一座桥梁,构建起了一个无障碍通道。

四、残疾人辅助器具的分类

(一)按使用人群分类

不同类型的残疾人对辅助器具的需求各不相同,根据使用的人群可分为:肢体残疾人辅助器具、听力残疾人辅助器具、言语残疾人辅助器具、视力残疾人辅助器具、精神残疾人辅助器具、智力残疾人辅助器具。

(二)按用途分类

根据辅助器具的不同用途可分为:生活类辅助器具、行动类辅助器具、交流与沟通类辅助器具、学习类辅助器具、训练类辅助器具、休闲类辅助器具。

(三)按功能分类

国际标准 ISO 9999:2002《Technical aids for disabled persons – Classification and terminology》把上万种不同品种、不同规格的残疾人辅助器具按照作用和功能分成 11 个大类、135 个次类、724 个支类。我国 GB/T 16432 – 2004 /ISO 9999:2002《残疾人辅助器具分类和术语》的国家标准采用了国际分类方法。

1. 个人医疗辅助器具类 下分 16 个次类和 60 个支类。此类产品主要包括用于改善、监控和维护个人医疗条件的辅助器具,如:呼吸治疗、血液循环治疗、透析治疗、药品分发、刺激器、热疗或冷疗、防褥疮、感官训练、视觉训练、脊柱牵引等辅助器具和消毒设备及认知能力测试设备,其中大部分是和医疗有关的器具。

这里涉及到医疗器具和残疾人辅助器具的区别问题。根据国际通行的解释,医疗器械和辅助器具之间的主要区别在于:①使用目的不同。辅助器具用于改善使用者的功能障碍,提高使用者的生活质量;医疗器械用于治疗疾病、抢救生命。②服务人群不同。辅助器具的服务人群是残疾人和老年人;医疗器械的服务人群是全体病人。③使用对象不同。辅助器具多数为个人使用;医疗器械则为公众使用。根据这些区别,医院里使用的大型呼吸机是医疗器械,供个人使用的小型家用呼吸机则是辅助器具。

在这一类别里,除辅助医疗的器具外,还有防褥疮辅助器具和康复训练设备。

2. 技能训练辅助器具类 下分 11 个次类和 56 个支类。这类产品包括用于增强技能、提高智力和社会生存能力的辅助器具,如交流治疗和训练、扩展语言交流训练、耐力训练、认知技能训练、基本技能训练、各种教育课程训练、职业训练、艺术素养训练、社交技能训练等辅助器具。

3. 矫形器和假肢类 下分 11 个次类和 82 个支类。

(1)矫形器:是用于改变神经、肌肉、骨骼系统的结构和功能特性的外置装置,包括脊柱矫形器、上肢矫形器、下肢矫形器。

(2)假肢:是用体外器具代替人体缺失的某一部位的全部或部分,包括上肢假肢、下肢假肢和矫形鞋。

(3)假体部件:假眼、假耳、假牙、假乳房、假发等假体。

4. 生活自理和防护辅助器具类 下分 18 个次类和 123 个支类。此类包括穿脱衣服、鞋的辅助器具以及洗漱、洗浴、如厕辅助器具,尿流装置、集尿器、尿吸收等辅助器具,此外还有测量体温和体重及计时辅助器具和性活动辅助器具。

5. 个人移动辅助器具类 下分 14 个次类和 83 个支类。此类包括拐杖、助行器、手动轮椅、电动轮椅、机动轮椅和特制汽车、改装汽车,移动和翻身及升降辅助器具,导向辅助器具(电子导向、听觉导向和盲杖)。

6. 家务管理辅助器具类 下分 5 个次类和 46 个支类。此类产品是提高残疾人基本生活技能的个人用辅助器具,包括准备食品和饮料的辅助器具(对食物的称重、切块、清洗、烘烤、烹调等)、饮水和进食辅助器具、屋内清洁辅助器具、缝纫和洗衣物辅助器具等。

7. 家庭和其他场所使用的家具辅助器具 下分 12 个次类和 68 个支类。此类包括适合于残疾人用的桌、椅、床柜、家具、灯具、门、窗、锁、楼梯、升降台、安全设施、储藏用家具等。

8. 通讯、信息和讯号辅助器具类　下分17个次类和116个支类。此类包括光学和光电辅助器具、电脑、打字机和文字处理器、计算器、画图和书写辅助器具、非光学阅读辅助器具、录音机、电视和影像设备、电话和通话辅助器具、声音传输系统、面对面交流辅助器具、助听器、讯号和指示辅助器具、报警系统、可选择的读物等。

9. 产品和物品管理辅助器具类　下分15个次类和66个支类。这类产品主要指一些操作用的辅助器具，如开启容器的辅助器具、操作控制器的辅助器具(如控制电脑键盘、电子设备的开关)、代替手和手指功能的辅助器具、延伸取物辅助器具等。

10. 用于环境改善的辅助器具类　下分5个次类和21个支类。此类指用于环境改善而保护人们免受环境影响的辅助器具，如减震器、降低噪音的吸音材料，常用的加湿器、测量仪器、工作用的桌椅等。

11. 休闲娱乐辅助器具　下分11个次类和20个支类。此类包括玩具，游戏、锻炼和运动的辅助器具，音乐器材、照相辅助器具，手工工艺工具，维护室内室外的辅助器具，打猎和钓鱼、野营和旅行、吸烟、宠物护理的辅助器具等。

五、辅助器具选配的要点

(一)选配辅助器具的通用原则

1. 最合适的原则　残疾人选配辅助器具是否有效和成功，不是取决于产品的价格高低和产品的科技含量的大小，而是取决于这种辅助器具是否最适合残疾人的实际需求！例如，一个截瘫病人要穿鞋，但是他又不能弯腰，这时他不需要多么高科技的产品，只需要一个长柄鞋拔子就行了。因此，选配辅助器具时，不是要选最贵的，而是要选最适合的。

2 适配的原则　每个残疾人功能缺失的情况都不同，对辅助器具的要求也各不相同。因此，必须先进行功能评定，再针对功能障碍的具体情况，选配合适的辅助器具。残疾人是要配辅助器具，而不是要买辅助器具。

(二)选配辅助器具的具体要求

1. 考虑使用者的残疾程度和功能缺失情况　选配辅助器具时，首先要考虑使用者的残疾情况。同样是患了小儿麻痹后遗症的残疾人，同样是下肢残疾：轻微者不需要任何辅具就可以行走，可能只是步态不太好；稍重者，残疾的腿可能需要安装矫形器，或者需要拄一支单点或多点手杖；如果双腿残疾，就需要拄一副腋拐才能行走。

2. 考虑使用者的身体数据　选择某些辅助器具时，一定要考虑使用人的身高、体重、身体的宽度以及手、脚的尺寸。例如身高160厘米和190厘米者绝不能选择尺寸一样的轮椅。

3. 考虑使用者的生活环境和条件　选择某些辅助器具时，必须考虑到使用者的生活环境和条件。例如一个靠轮椅移动自己的残疾人，如果他要上厕所，前提条件是能够自己把轮椅摇进厕所，而且能够坐到便桶上。假如厕所的门很窄，轮椅进不去；假如轮椅能进门，但是厕所面积很小，轮椅在里面不能转动；这时就要考虑给残疾人选配坐便椅或坐便凳，他不用进厕所就能进行排便。

4. 考虑使用者的经济条件　不同的辅助器具由于技术含量不同，价格差距也很大，使用者要在经济条件许可的范围内选择自己需要的辅助器具。例如一个长期卧床的残疾人，防止产生褥疮是头等大事，为此一定要选配防止褥疮产生的辅助器具。如果经济条件好，可以选择带自动翻身功能的电动病床和带电动气泵的气囊防褥疮垫；如果经济条件差一点，则可以选择普通的手摇三折病床和防止褥疮产生的体位垫。

第二节 残疾人辅助器具服务概述

社会不仅要提供辅助器具产品,而且要提供多种服务,帮助残疾人选择、获得和使用辅助器具。

一、残疾人辅助器具服务的定义

残疾人辅助器具服务是指帮助残疾人在选择、获得和使用辅助器具方面所提供的全程服务。有产品并不意味着每个残疾人都能使用上适合自己的辅助器具,社会还要提供多种服务,帮助他们选择、获得和使用辅助器具。

例如,中国残联和"香港李嘉诚基金会"合作实施"长江普及型假肢服务"项目的任务是为贫困缺肢者减免费用安装普及型下肢假肢。在项目实施的过程中,执行人员深刻地体会到:这个项目并不是坐等残疾人上门安装假肢这么一件简单的事情,而是一项复杂的社会工程,要动员社会的方方面面为受助者展开服务,才能完成预期的任务。在项目执行的过程中做了如下工作:

1. 争取政府和社会的支持 不能坐等残疾人上门,必须投入大量人力物力用于:普及相关知识、开展宣传、沟通信息;进行普查、筛查;解决他们的交通和食宿问题,并对贫困者进行安装费用的补贴。因此,要深入细致地宣传,让政府和社会了解残疾人的处境和困难,了解这项工作的重要意义,争取政府和社会的资金投入。

2. 充分发挥残联系统的组织功能 在工作中必须充分发挥残联系统网络健全、组织能力强的优势,通过乡、镇残联机构深入普查,建档立卡;配合技术人员做好适配者的筛查,并把他们送到安装点上。实践证明,基层残联组织能力越强,工作进展就越顺利。

3. 通过各种方式把服务送上门 必须把安装机构设在基层,只有机构和技术人员靠近基层、贴近残疾人,才有条件将服务送上门。

4. 对贫困者实施费用补贴 部分贫困残疾人承担不起辅助器具的费用,不但影响其生活自理,而且影响其经济收入,基层康复工作人员还要为他们争取政府补贴、社会赞助,使贫困残疾人能够减免费用配制辅助器具。

二、工作性质

辅助器具服务的对象是残疾人,而残疾人是全社会必须给予帮助的弱势群体。这项服务不可能赢利,经营性市场主体不愿意干,也不可能介入,只有政府"兜底",财政拨款,通过公益性服务机构完成,也就是"政府立项,购买服务"。因此,辅助器具服务的公益性质也就显而易见了!

三、服务内容

(一)知识普及

通过电视台、电台、互联网以及报纸、杂志、书籍、宣传挂图和小册子……多种渠道,多种方式,宣传普及辅助器具知识,让残疾人了解辅助器具的品种、规格、功能、适用对象、使用方法,同时了解申请配备辅助器具的途径和方法,以及购买辅助器具的相关信息。

让残疾人及其亲属了解什么是辅助器具,辅助器具有多少种,各有什么特点,适合哪些人使用,这些是开展辅助器具服务的前提。

(二)需求调查

深入残疾人家庭,调查了解残疾人对辅助器具的需求,并登记在册,这些是开展辅助器具服务的基础。需求调查为辅助器具服务的开展提供准确客观的依据,是服务工作科学、有效开展的先决条件。需求调查对本地区残疾人辅助器具服务工作的宏观决策以及服务机构的运作、组织管理都起着重要的作用。只有搞好需求调查,才能确定服务对象,根据需求制订辅助器具的配发方案,从而提供有效的服务。

(三)信息服务

信息服务包含两个方面: 是信息发布,二是信息咨询。

1. 信息发布 通过传统媒介,更要注重通过互联网发布辅助器具的有关信息。产品信息包括:产品品种、规格、功能以及使用方法和适用人群;发布国内外新产品、新技术信息;有关辅助器具服务的政策、规定;服务机构的工作动态……

2. 信息咨询 通过和残疾人面对面的交流,或者通过信函、媒体和互联网解答残疾人对辅助器具的有关问题,达到普及知识、沟通信息的目的。

(四)评估适配

1. 目的 帮助有需求的残疾人选择一种或几种辅助器具,保证该辅助器具能够满足使用者的特殊需求,并和使用者本人的功能相吻合,同时在使用者个人的日常生活环境中发挥预想的作用。

2. 流程

(1)接待残疾人:了解残疾人的基本情况,并记录在案,建档立卡。

(2)全面评估:对需求辅助器具的服务对象的身体功能、工作技能进行评估;对他的生活和工作环境、经济状况进行全面、深入的了解。

1)功能评估:评估服务对象的身体功能,以保证所选择的辅助器具能够满足使用者的特殊要求。功能评估包括:身体姿势控制;身体各部位的运动能力;视觉、听觉、触觉功能;自理生活的能力;与他人交流、沟通能力以及心理状态。

2)技能评估:评估服务对象技能特长和工作能力,保证所选择的辅助器具能够有效地提高他的工作能力。

3)环境评估:对服务对象的生活和工作环境进行深入了解和考察,保证所选择的辅助器具能在使用者的生活和工作环境中发挥预想的作用。

4)经济状况评估:了解服务对象的经济状况,有助于选择符合他经济状况的辅助器具。

(3)确定辅助器具配置目标:在全面评估服务对象的身体功能、个人技能和生活、工作环境以及经济能力的前提下,首先要确定辅助器具的配置目标,也就是确定要帮助残疾人解决哪几方面的困难,要解决这些困难需要配置哪几种辅助器具。

(4)辅助器具选择和评估:在确定辅助器具配置目标后,就要为使用者挑出最适合的产品。

(5)配置辅助器具(包括现有产品的改造和专用产品的设计):完成辅助器具的评估和选择后,就要给使用者提供具体产品。提供产品有三种情况:

1)有现成的通用产品,就直接向使用者提供现成的辅助器具。

2)现成的产品不适合直接使用,就必须对产品进行改造。

3)有些残疾人需要的辅助器具根本没有现成的产品,必须专门设计、专门制作。

(6)使用训练:在使用者获得辅助器具之后,还要负责教会他们如何正确使用,保证辅助器具能够充分发挥作用。

(7)配置效果评估:经过使用训练后,残疾人已经能够独立使用辅助器具,在此基础上对辅助器具配置进行最后的效果评估。经过评估确认为残疾人所配置的辅助器具达到了预期目的后,辅助器具评估适配工作才算全面完成。

(8)后期跟踪服务:经过评估适配,残疾人获得满意的辅助器具后,很长一段时间内还要进行跟踪服务,包括使用效果的跟踪、维修服务的跟踪、对辅助器具新需求的跟踪……

(五)贫困补贴

争取政府补贴,寻求社会资助,对贫困的残疾人实施补贴;通过各种方式,帮助他们免费获得需要的辅助器具。

(六)质量监督

辅助器具产品涉及到残疾人的人身安全和生活质量,因此加强辅助器具产品质量的监督和管理、保障残疾人消费者的利益,是辅助器具服务的一项重点工作。

加强辅助器具质量管理应该抓好三个环节:加强产品的标准化管理、认真贯彻质量认证制度、严格执行市场准入制度。

四、开展辅助器具服务的基本要素

(一)政策保障

残疾人是弱势群体,是社会和政府重点帮扶的对象,为残疾人配置辅助器具应该是社会保障的内容之一。辅助器具服务是公益性服务,应该是由政府购买的一项服务。基于上述原因,出台相关政策是保障辅助器具服务顺利开展的首要条件。

(二)服务机构

辅助器具服务必须由专门机构执行,这些机构在全国应该形成服务网络,而且每个服务机构应该具有服务资质、服务资源和专业的服务人员。在我国,主要是由各级残联下属的"辅助器具中心"负责辅助器具服务工作。

(三)专业人员

辅助器具服务工作者不仅要具备医学知识(特别是康复医学知识),而且还要具备工学知识。在专业领域里,辅助器具服务工作者不仅是一个严谨的科学工作者,还应该是对残疾人充满爱心的社会工作者。

在美国,将辅助器具的配置定位为涉及多学科的专业技术领域,在高等院校设立了相应的专业;国家还有专门机构进行任职资格的培训、考核、评审和认证。

但是,在人才培养和服务队伍建设方面,我们国家和发达国家相比还有较大差距,今后必须加大人才培养的力度和加快队伍建设的速度。

(四)服务手段

辅助器具服务必须具备开展工作的物质条件,包括:进行知识宣传的文字、影像资料和网站;与残疾人进行交流、开展咨询的设施;各种辅助器具的产品展示;对残疾人各项功能进行评估的专业设备;制造和装配假肢和矫形器的工具和设备;加工和改造其他辅助器具的通用工具和机械……

第三节 肢体残疾辅助器具

一、生活辅助器具

这是一大类能够补偿肢体残疾人缺失的功能,帮助他们完成原来无法完成的日常生活活动,从而增加其生活独立性的辅助装置,又称生活自助具或自助具。

生活自助具的使用对肢体残疾人而言具有重要的意义,因为可以不再依靠别人的帮助,能够独立完成过去不能完成的活动,包括穿衣、洗漱、吃饭、喝水、洗浴、如厕……,有助于肢体残疾人增强自立、自强、自尊的信心。

(一)进食、饮水自助器具

用于帮助腕、手功能障碍者实现饮食自理的辅助器具。主要品种有:粗柄勺、叉;掌套式勺、叉;弯柄勺、叉;腕支具式勺、叉;弹簧筷子;易握持碗;防洒盘、碗和防滑垫;易握水杯;吸嘴式杯子;斜口水杯;进食机。(图10-3-1)

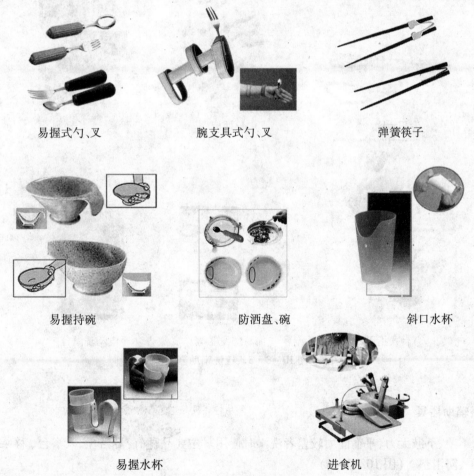

易握式勺、叉　　　　　腕支具式勺、叉　　　　　弹簧筷子

易握持碗　　　　　防洒盘、碗　　　　　斜口水杯

易握水杯　　　　　进食机

图10-3-1 进食饮水辅助器具

(二)穿戴辅助器具

帮助手指无力及精细动作差者,完成穿脱衣裤、穿脱鞋袜、系扣和系拉链的动作。主要品种有:拉衣钩、穿

袜器、鞋拔子、拉链辅助具等。(图 10 - 3 - 2)

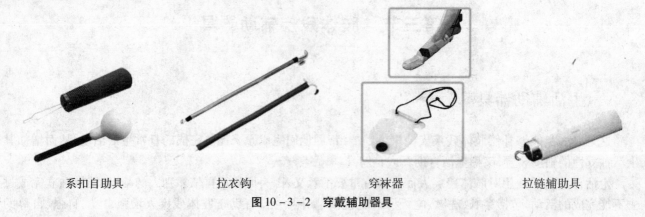

| 系扣自助具 | 拉衣钩 | 穿袜器 | 拉链辅助具 |

图 10 - 3 - 2　穿戴辅助器具

(三)梳洗辅助器具

帮助肩不能上抬、肘屈曲障碍者梳头、刷牙、剃须、剪指甲、洗发之用。主要品种有:长柄梳、长柄刷、带吸附垫的刷子、专用牙刷、牙膏固定器、台式指甲钳、剃须刀夹持器、简易洗发器、电动洗漱台。(图 10 - 3 - 3)

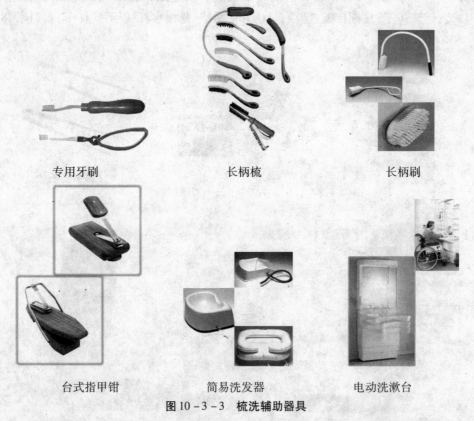

| 专用牙刷 | 长柄梳 | 长柄刷 |

| 台式指甲钳 | 简易洗发器 | 电动洗漱台 |

图 10 - 3 - 3　梳洗辅助器具

(四)洗浴辅助器具

帮助行动不便、下肢无力、平衡能力较差者洗澡时使用。主要品种有:淋浴凳、入浴台、移乘台、淋浴椅、浴盆椅、浴盆扶手、防滑垫。(图 10 - 3 - 4)

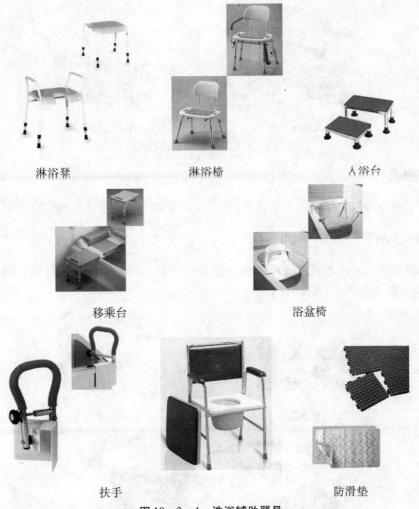

淋浴凳　　　　　　　　淋浴椅　　　　　　　　入浴台

移乘台　　　　　　　　浴盆椅

扶手　　　　　　　　　　　　　　　　　防滑垫

图10 -3 -4　洗浴辅助器具

(五)如厕辅助器具

帮助功能障碍者实现如厕无障碍。主要品种有:坐便器、坐便椅、坐便凳、补高椅与补高凳、可升降坐便器、带扶手的坐便器、带有冲洗功能的坐便器、固定坐姿的补高器、便携式坐便器。(图10 -3 -5)

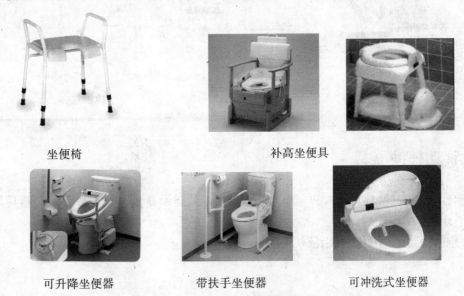

坐便椅　　　　　　　　　　　　补高坐便具

可升降坐便器　　　　　带扶手坐便器　　　　　可冲洗式坐便器

图10 -3 -5(1)　如厕辅助器具(1)

固定式补高坐便器　　　　　　　　　　便携式坐便器

图 10 - 3 - 5(2)　如厕辅助器具(2)

(六)失禁辅助器具

帮助尿失禁患者排尿和集尿使用。主要品种有:男用集尿器和女用集尿器、纸尿垫、纸尿裤。

(七)家务活动辅助器具

帮助关节功能障碍者和手无力者完成部分家务活动。主要品种有:开瓶盖器、固定器、多功能手柄、阀门扳手、门把手、钥匙扳手、拾物器。(图 10 - 3 - 6)

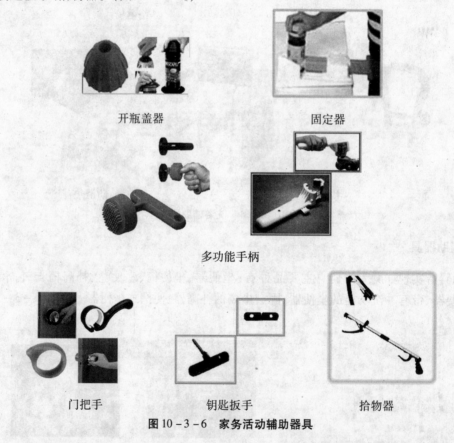

开瓶盖器　　　　　　　　固定器

多功能手柄

门把手　　　　　　钥匙扳手　　　　　拾物器

图 10 - 3 - 6　家务活动辅助器具

二、个人移动辅助器具

这是帮助行动有障碍的肢体残疾人和老年人站立和行走的辅助器具。个人移动辅助器具是一大类产品,其中包括八个支类。

(1)单臂操作助行器,如手杖、肘杖、腋杖等。(图 10 - 3 -7)

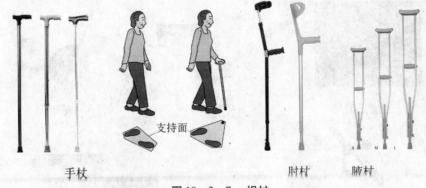

图 10 - 3 - 7　拐杖

（2）双臂操作助行器，如助行架、助行椅、助行台等。（图 10 - 3 - 8）

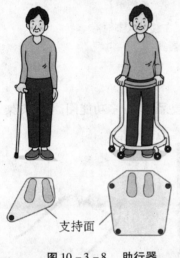

图 10 - 3 - 8　助行器

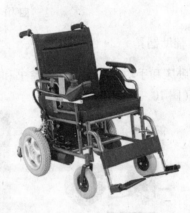

图 10 - 3 - 9　轮椅车

（3）残疾人专用汽车，适合下肢残疾者驾驶。

（4）轮椅车，如普通轮椅车、偏瘫轮椅车、骨科轮椅车等。（图 10 - 3 - 9）

（5）动力轮椅车和手摇三轮车，如电动轮椅车、机动轮椅车、手摇三轮车等。

（6）位置移动辅助器具，是帮助行动不便的残疾人和老年人改变身体位置的一类器具，如滑动板、滑动垫、转盘、抓梯等。

（7）翻身辅助器具，用于帮助躺在床上的人翻身，如翻身器、翻身垫等。

（8）运送和升降辅助器具，用于帮助行动不便的残疾人和老年人上下楼梯、上下床、上下汽车、上下台阶，如移动式运送吊架、固定式运送吊架、轮椅楼梯升降机、椅式台阶升降机等。

三、学习、交流辅助器具

帮助高位截瘫和手部功能障碍的残疾人学习和与他人交流。

（一）书写辅助器具

帮助手功能障碍，握不住普通笔的肢体残疾人使用。主要品种有：增重圆珠笔、掌套式书写器、抓握式书写器、异型书写器、移动式书写器。（图 10 - 3 - 10）

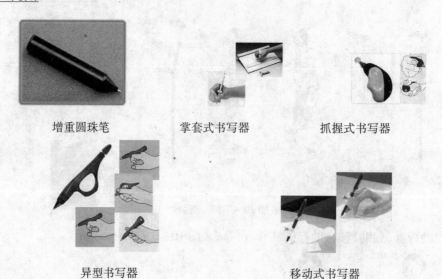

增重圆珠笔   掌套式书写器   抓握式书写器

异型书写器   移动式书写器

图 10 - 3 - 10   书写辅助器具

(二)阅读辅助器具

帮助长期卧床和手功能障碍而不能拿书和翻书者阅读。主要品种有:多功能阅读器、支架式阅读辅具、眼镜式三棱镜。(图 10 - 3 - 11)

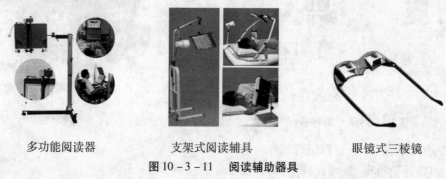

多功能阅读器   支架式阅读辅具   眼镜式三棱镜

图 10 - 3 - 11   阅读辅助器具

(三)电脑操作辅助器具

帮助高位截瘫和上肢与手功能障碍的残疾人操作电脑。

1. 键盘操作辅助器具

(1)键盘敲击辅具:帮助手功能障碍者敲击键盘。主要品种有:掌套式手控敲击器、易握式手控敲击器、口含棒式敲击器、头控式敲击器。(图 10 - 3 - 12)

掌套式手控敲击器   易握式手控敲击器   头控式敲击器

图 10 - 3 - 12   肢体残疾人常用键盘操作辅助器具

(2)键盘护框:在键盘上加装护框,使用键盘敲击辅具的残疾人在敲击字母时,不容易发生错误。

(3)大型键盘:在普通键盘的基础上加以放大,适用于手指控制能力差和手有轻微颤抖的患者使用。

2. 鼠标操作辅助器具

（1）轨迹球：鼠标做成可以向四个方向滚动的球，适用于手的控制能力差不能使用普通鼠标的电脑操作者使用。

（2）摇杆鼠标：鼠标设有可以向四个方向推动的摇杆，分别控制光标在屏幕上、下、左、右四个方向的移动，适用于手的控制能力差的电脑操作者使用。

（3）开关控制鼠标：设有四个开关键，分别控制光标在屏幕上、下、左、右四个方向的移动，同样适用于控制普通鼠标困难者使用。

（4）足控按键式鼠标：用脚可以控制的开关式鼠标，用于上肢功能障碍者用足操作电脑的辅具，适用于上肢不能操作鼠标，但下肢可以正常活动的残疾人。（图 10 - 3 - 13）

图 10 - 3 - 13　　足控按键式鼠标　　　　图 10 - 3 - 14　　嘴控鼠标

（5）嘴控鼠标：是特殊设计的鼠标，通过舌和嘴唇操控鼠标的电脑辅具，适用于手根本不能操作任何类型的手动鼠标的残疾人，例如只有头部能动的高位截瘫者。（图 10 - 3 - 14）

（6）头控鼠标：是做成头盔或耳机式的鼠标，上面安装着倾斜传感器，用于模拟鼠标的四个方向的运动，当头部在不同方向运动时，光标也在屏幕上移动。另外安装吹气控制开关，当嘴吹气时通过开关控制，相当于按动鼠标的按钮。通过适当的训练，使用者还可以完成"拖曳"、"选项"、"点击"等其他的鼠标功能。头控鼠标适用于四肢瘫痪的高位截瘫者使用。

（7）其他：此外还有技术含量更高的摄像鼠标。

四、防压疮辅助器具

防压疮辅助器具在防治压疮方面有四方面功能：一是帮助翻身和抬起身体，从而减少局部受压的时间；二是有效分散压力；三是保持最佳体位；四是辅助解决尿失禁和尿滴沥。

1. **帮助翻身的辅助器具**　主要有滑动垫、体位变换器。

2. **帮助起身的辅助器具**　主要有支撑架、绳梯、床尾绳。

3. **体位垫**　这是一类形状各异的海绵垫或者棉布垫，在身体经常受压的部位（枕骨、耳郭、肩部、肩胛、肘、骶尾部、髋部、膝关节、外踝、足跟和内踝等突出部分）使用，可以流通空气，减轻压力，预防压疮。

4. **防压疮床垫**　能够较好地分散压力，透气和散热，主要有泡沫型、凝胶型、水型、空气型等。

5. **预防压疮的轮椅坐垫**　这类坐垫具有五大功能：均衡压力、舒缓经常受压的部位、透气和散热、稳定坐姿、减轻轮椅移动过程中的震动。根据制作原材料的不同，分为海绵垫、棉布垫、充气垫、凝胶垫、羊毛垫等。（图 10 - 3 - 15）

图 10 - 3 - 15(1)　　预防压疮的弹性海绵垫

充气坐垫

海绵坐垫

图 10 - 3 - 15(2)　预防压疮的轮椅坐垫

6. 失禁辅助器具　解决尿失禁和尿滴沥的问题,防止遗洒的尿液长时间浸泡皮肤而引发或加重压疮。常用的有集尿器、纸尿裤、纸尿垫和防水垫布。

五、假肢与矫形器

假肢与矫形器可以帮助截肢者补偿失去的功能,实现生活自理,从事学习和工作,达到回归社会的目的。

(一)假肢

1. 假肢的分类　假肢可以按结构、按装配时间、按功能、按截肢部位分类,但最常用的是按截肢部位分成上肢假肢和下肢假肢两大类,共 12 个支类。

(1)下肢假肢:主要品种有:足部假肢、踝部假肢、小腿假肢、膝离断假肢、大腿假肢与髋离断假肢。(图 10 - 3 - 16)

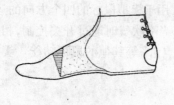

图 10 - 3 - 16　下肢假肢

(2)上肢假肢:主要品种有:手部假肢、腕离断假肢、前臂假肢、肘离断假肢、上臂假肢与肩离断假肢。(图 10 - 3 - 17)

肩关节离断假肢

掌控式腕离断假肢

肌电控制腕离断假肢

图 10 - 3 - 17　上肢假肢

2. 现代下肢假肢结构简介

(1)接受腔:假肢通过接受腔与残肢连接,残肢通过接受腔控制和操作假肢,由塑料制成。

(2)人工关节:人工关节有髋关节、膝关节、踝关节,由合金钢、不锈钢、铝合金、钛合金等材料制成。

(3)连接件和连接管:连接件用来连接接受腔、关节和假脚,由金属材料制成。

(4)假脚:分为动踝假脚、静踝假脚两类,分别与动踝关节和静踝关节相配合,由橡胶、聚氨酯等材料制成。

(5)外装饰套:一般由泡沫塑料制成小腿形状,外面包覆皮肤色丝袜。

3. 现代上肢假肢结构简介　上肢假肢主要由接受腔、连接件、关节(腕、肘、肩关节)、假手与外装饰套组成。

4. 理想残肢与病源筛查　并不是所有的截肢者都可以安装上假肢,过短或条件较差的残肢安装假肢就比较困难。适于安装假肢的理想残肢一般应具备以下条件:

(1)残肢长度合适:残端有适当的软组织覆盖,能操作和控制假肢。安装小腿假肢时,小腿残肢的理想长度应为膝下15厘米左右。

(2)残肢关节活动正常而且有力,无挛缩、无畸形。

(3)残端没有骨刺、神经瘤,并且无压痛。

(4)残肢皮肤表面平整,无疤痕、无破溃。

(二)矫形器

矫形器是用于矫正神经、肌肉和骨骼系统的结构和功能特性的外置装置。矫形器应用于人体脊柱、四肢和其他部位,小儿麻痹后遗症、脑性瘫痪后遗症、脑血管意外、肌无力及各种骨关节疾病等患者都适合装配矫形器,用以预防畸形、矫正畸形、治疗病患、改善功能,甚至补偿部分失去的功能。

1. 矫形器的主要功能

(1)稳定与支持:限制肢体与关节的异常活动,保持关节稳定,如小儿麻痹后遗症患者装配的膝踝足矫形器,用以稳定膝、踝关节,从而提高行走能力。

(2)固定与保护:通过对病变肢体和关节的固定和保护而促进病变痊愈,如用于治疗骨折的各种矫形器。另外,还通过对关节周围软组织的强固和对关节活动的限制,增强关节的稳定性,避免关节、肌肉和韧带的损伤,如护肩、护肘、护膝和护腰。

(3)预防和矫正畸形:如市售的"背背佳"可以预防儿童脊柱畸形,还有上面讲到的脊柱侧凸矫形器可以矫正儿童的脊柱畸形。

(4)减轻压力、缓解疼痛:如具有免荷(减轻负荷)功能的坐骨承重矫形器,可以减轻伤残部位的承重压力,缓解疼痛。

(5)代偿、辅助肢体运动:有些矫形器具有辅助肢体和关节运动的功能,因此能够代偿部分缺失的功能,辅助肢体运动。

(6)抑制站立和行走中肌肉的反射性痉挛:如硬踝足塑料矫形器用于脑瘫病人,可以防止步行中出现痉挛性马蹄足内翻,改善行走功能。

2. 矫形器的分类

(1)按人体装配部位分:下肢矫形器、上肢矫形器、脊柱矫形器。

(2)按医疗目的分:医疗用矫形器、医疗临时用矫形器、康复用矫形器。

(3)按功能和使用目的分:装饰性矫形器、保护性矫形器、固定性矫形器、矫正性矫形器、免荷式矫形器、牵引式矫形器等。

(4)按制作材料分:塑料矫形器、金属矫形器等。

3. 下肢矫形器　主要品种有:足矫形器(FO)、踝足矫形器(AFO)、踝矫形器(AO)、膝矫形器(KO)、膝踝足矫形器(KAFO)、髋矫形器(HO)、髋膝踝足矫形器(HKAFO)。(图10-3-18)

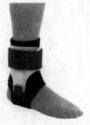

内补高鞋　　　外补高鞋　　　　　　　　　　　　弹性护踝

图10-3-18(1)　下肢矫形器(1)

侧面

塑料踝足矫形器

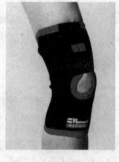

膝关节
固定矫形器

固定式髋矫形器

图10-3-18(2) 下肢矫形器(2)

4. 上肢矫形器 主要品种有:指矫形器(FO)、手矫形器(HO)、腕矫形器(WO)、腕手矫形器(WHO)、肘矫形器(EO)、肩矫形器(SO)、肩肘矫形器(SEO)、肩肘腕手矫形器(SEWHO)。(图10-3-19)

支撑型护腕

固定型腕矫形器

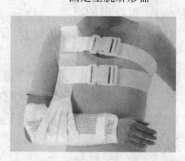

固定式肘矫形器

肩锁关节脱位用矫形器

图10-3-19(1) 上肢矫形器(1)

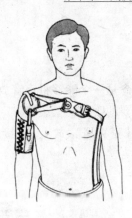

肩外展矫形器　　　　　　　　　　　　霍曼型肩矫形器

图 10 – 3 – 19(2)　上肢矫形器(2)

5. 脊柱矫形器　主要品种有:颈矫形器(CO)、颈胸矫形器(CTO)、腰骶矫形器(LSO)、骶髂矫形器(SIO)、胸腰骶矫形器(TLSO)、颈胸腰骶矫形器(CTLSO)。(图 10 – 3 – 20)

头环式颈椎矫形器　　　　威廉斯型腰骶椎矫形器　　　　　软性围腰

图 10 – 3 – 20　脊柱矫形器

6. 矫形器安装程序

(1)医学检查:患者安装矫形器之前,首先需要经过病情检查和诊断。

(2)开具矫形器处方:在检查和诊断的基础上,医生开具矫形器处方。

(3)制作矫形器:矫形器技师根据处方制作矫形器。

(4)矫形器安装前的康复训练:患者在等待安装矫形器期间,应针对病情开展康复训练,改善身体状况,为穿戴矫形器作好准备。

(5)矫形器的初期检验:矫形器制作完成,患者穿戴后,可以进行初期检验。根据使用情况,验证处方的正确性,并依据情况对产品进行修改。

(6)矫形器配置后的康复训练:矫形器经过式样检验、修改后,就可以让矫形器穿戴者进行康复训练,包括矫形器的穿、脱方法和功能训练。

(7)末期检验:患者经过矫形器的试穿和功能训练后,由处方医生、制作师和康复训练师共同对矫形器的质量、矫形器对患者功能的代偿情况进行评价。完全达到预期目标后,将矫形器产品正式移交患者。

(8)跟踪服务:矫形器交付使用后,制作方要对患者进行定期回访和复查,对产品做必要的调整和修改。

第四节　听力残疾辅助器具

听力残疾辅助器具的首要任务就是让听力残疾人听到外界的声音。听力残疾辅助器具主要有:助听器,声、光转换的提示装置,骨导电话以及植入式电子耳蜗。

一、助听器

助听器的传统概念是一个能够将声音放大，由个体使用的小型扩音器；现代概念是在一定范围内，能够适合不同听力障碍者需要的听力补偿装置。

助听器由受话器（麦克风）、放大器、接收器（耳机）、电池盒、音量调节器、音调调节器、电源开关构成。（图10－4－1）

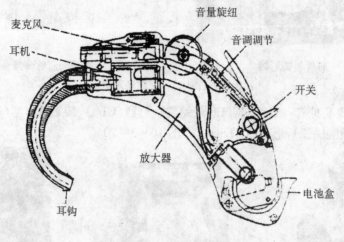

图10－4－1　助听器基本结构

（一）助听器的分类

1. 从传导方式分　分为气导与骨导两种。气导助听器是最主要的助听器类型。骨导助听器只适用于先天性外耳发育不全如外耳道闭锁、无耳郭的聋人。某些患有外耳疾病、中耳疾病如伴有化脓性中耳炎，而不适合戴气导助听器的患者，在治疗期间可选用骨导助听器。

2. 从外观和佩戴位置分　分为盒式、耳背式、耳内式、耳道式与深耳道式。（图10－4－2）

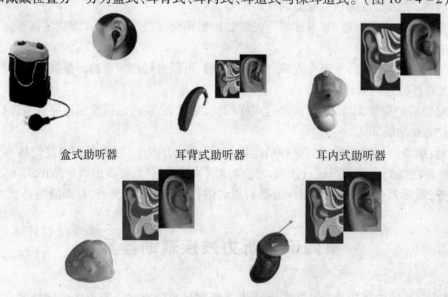

盒式助听器　　　　耳背式助听器　　　　耳内式助听器

耳道式助听器　　　深耳道式助听器

图10－4－2　不同佩戴位置的助听器

3. 从助听器的电路技术上分　分为模拟式、数码编程式与数字式。其中，数字式助听器语言清晰度高，音质好，听得舒服。因此，越来越多的人喜欢用数字机。

（二）助听器的工作原理

1. 模拟式助听器　模拟操控程序＋模拟线性放大电路。（图 10－4－3）

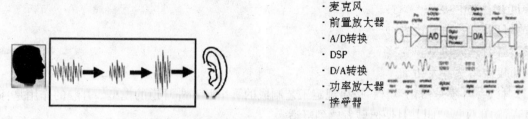

- ·麦克风
- ·前置放大器
- ·A/D转换
- ·DSP
- ·D/A转换
- ·功率放大器
- ·挤孚器

图 10－4－3　模拟式助听器

2. 数码编程助听器　数码操控程式＋模拟线性放大电路。

3. 数字式助听器　数码操控程式＋数字压缩信号处理放大电路。

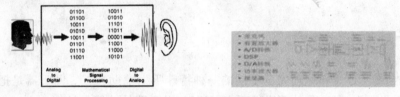

图 10－4－4　数字式助听器

（三）助听器的性能指标

助听器的性能指标包括：频率范围、声增益、最大声输出（饱和声压级）、失真度、等效输入噪声级、信噪比、声输出限制方式等。

（四）助听器的验配与使用

1. 验配前的常规准备

（1）询问病史,查找病因：第一步了解是先天性聋还是后天性聋。第二步了解属于哪一种类型的耳聋：传导性聋、混合性聋、感觉神经性聋？ 如果是感觉神经性聋则要了解是否属于：遗传性聋、药物中毒性聋、感染性聋、外伤性聋、噪声性聋、老年性聋；同时了解听力损失有无波动。

（2）测查听力：确定耳聋的性质和程度。根据听力检查的结果,确定助听器的种类、形状、功率等。

（3）必要的影像学检查：主要了解有无中耳和内耳的畸形、前庭导水管的扩大、听神经瘤、腺样体增生、脑发育迟缓等。

（4）必要的实验室检查：当怀疑耳聋与免疫缺陷有关时,应检查体液中免疫球蛋白和抗体滴度。

（5）必要的学习和交往能力检查：观察听力残疾者是否伴有智力障碍、脑瘫、孤独症、多动症、脑发育不全、言语发育障碍等。

2. 确定佩戴耳

（1）选择佩戴者日常生活中的"惯用耳"。

（2）双耳听力损失均＜60dB 时,选择"坏耳"；双耳听力损失均＞60dB 时,选择"好耳"。

（3）选择听力曲线平坦耳。

（4）选择听觉动态范围宽的一侧耳。

（5）选择结构正常的一侧耳。

3. 确定助听器的种类

（1）从年龄上看,幼儿宜选用耳背式,成年人多选择耳内式或耳道式,老年人多选择盒式、耳背式或耳内式。

（2）从耳聋性质上看,传导性聋应当选择骨导性质的助听器,神经性聋应当选择气导性质的助听器。

(3)耳聋程度重的尽量选择线性放大的助听器。

4. 确定助听器的功率

(1)轻度聋者选小功率。

(2)中度聋者选中功率。

(3)中重度聋者选中大功率。

(4)重度聋者选大功率。

(5)极重度聋者选特大功率。

5. 制取耳模　耳膜是由化学材料按照规定工艺制成的耳甲腔和外耳道的模型。耳膜的作用是:固定助听器、传导声音、防止反馈啸叫并且使佩戴者感到舒适。

6. 调试助听器。

7. 评估助听效果。

8. 康复指导。

二、人工电子耳蜗

人工电子耳蜗是与助听器工作原理完全不同的一种特殊听力辅助装置。助听器是把输入的声刺激振幅放大,为残存的听觉提供更强的刺激,从而增进听力。所以,助听器的功能是补偿。人工电子耳蜗则是模拟人类耳蜗毛细胞的功能设计的一种声－电转换器,也称声－电刺激装置。人工电子耳蜗的功能是重建听力。

在人的内耳损害严重,即使特大功率的助听器也不能使聋人听到声音的情况下,通过人工电子耳蜗植入,外界的声刺激可以绕过病变的内耳毛细胞,直接刺激听神经而产生听觉。因此,人工耳蜗的植入可为重度或极重度感音神经性聋者提供听的感觉。通过人工耳蜗植入电极刺激听神经,从而引起听觉,这就是听力重建。

(一)人工耳蜗的类型

主要分为耳背式与体佩式。

(二)人工耳蜗的工作原理

1. 麦克风接受声音,并将信号传至言语处理器。

2. 言语处理器将声音信号放大、过滤、数字化、编程后,将编码信号经导线传至传输线圈。

3. 传输线圈将语码传至植入皮下的接收/刺激器。

4. 接收/刺激器将语码解码。

5. 解码后的电脉冲信号刺激听觉神经末梢,产生神经冲动,上传到大脑并感知为听觉。

(三)人工耳蜗植入适应证

1. 成人

(1)双侧重度感音神经性聋(语后聋),佩戴双耳最佳助听器难以得到帮助。

(2)耳内无活动性病变,影像学检查证明内耳结构正常。

(3)鼓岬电刺激试验结果阳性。

(4)无全麻及外科手术禁忌证。

(5)心理学情感检测正常。

2. 儿童

(1)双侧重度感音神经性聋,年龄12个月以上,佩戴双耳最佳助听器难以得到帮助。

(2)影像学检查证明内耳结构正常。

(3)无全麻及外科手术禁忌证。

（4）参加术前康复训练（包括聋儿、家长及康复培训人员）。

（5）聋儿及家属坚持口语交流的训练方式。

（6）聋儿及家属心理学情感检测正常。

三、通话辅助器具

1. 骨导电话机　这是通过话筒内的振动头与头骨接触，将声音信号通过头骨直接传至听觉系统的电话机。骨导电话机不会因声音的过度放大而失真，即使在外界嘈杂的环境下，听觉效果也不会受影响。骨导电话机适用于鼓膜损失但听觉神经正常的听力障碍者使用；也适用于在背景嘈杂的环境中使用。

2. 电话音量增大器　可根据使用者的需要调节音量，用于听力较弱者接听电话。

3. 语音会话辅助器具　失语者将表达自己意愿的图形的按键按下，通过语音输出达到与他人沟通的目的，包括台式、便携式等。

4. 图文会话卡　失语者指出图片中相应的图画与文字内容，达到表述个人意愿和与他人沟通的目的。

5. 声－光转换提示辅助器具　用闪光的方式提示听觉障碍者，主要品种有闪光门铃与闪光电话来电显示器。

第五节　视力残疾辅助器具

一、助视器

助视器是指能够提高低视力患者视觉功能，改善其活动能力的装置和设备。

（一）光学助视器

光学助视器是利用凸透镜光学系统的放大作用，放大物体的成像，来补偿低视力患者的视力损害，帮助使用者看到乃至看清物体。光学助视器的选配必须由专业人员进行，必须经过验光等规定程序。

1. 远用助视器　也称为望远镜，是低视力患者用来观察远处物体的辅助器具。它由两组镜片组成，结构较大并且复杂，可根据物体不同的距离进行调节，从而观察到清楚的像。（图10－5－1）

（1）远用单筒望远镜：常用的单筒望远镜为调焦式望远镜，放大倍数一般是4、6倍，最大可达10倍。其视力范围从33厘米到无限远。

（2）远用双筒望远镜：用于看远处物体，如黑板、体育比赛、交通路标等，适合看静物，不适合走路用。现有的国产望远镜放大倍数为2.5、2.8倍；可调焦范围是－5D～＋5D；调距范围是0.5米到无限远。其缺点是看东西视野小。

远用单筒望远镜

远用双筒望远镜

图10－5－1　远用助视器

2. 近用助视器　也称为放大镜，是低视力者用来观察近距离物体的辅助器具。

（1）近用眼镜式助视器：像眼镜一样使用，常见的放大倍数为1.5～8倍，标记为＋6D～＋32D。其优点是视野较宽,佩戴方便,能与其他助视器共同使用,以提高放大倍数;缺点是放大倍数越高阅读距离就越近,会使影像重叠。

(2)近用手持式放大镜:这是用单手拿着的近用助视器,放大倍数为3~8倍。其优点是价格便宜,便于携带;缺点是必须放在正确的焦距才能获得最好的放大效果,阅读速度慢,视野小,不适用于手震颤者。(图10-5-2)

(3)近用手持光源放大镜:此种放大镜有内置光源,以加强对比度和补充环境光线不足。(图10-5-3)

图10-5-2　近用手持式放大镜

图10-5-3　近用手持光源放大镜

(4)近用立式放大镜:放大倍数为3~12倍,分为可调焦式和固定焦距式,可带光源或不带光源。其优点是固定焦距,使用方便,适用于阅读、观察、放大较小的物体;缺点是视野小,靠近放大镜才可获得较大视野。此种放大镜适用于儿童和手拿放大镜困难者。(图10-5-4)

(5)近用胸挂式放大镜:可挂于胸前的助视器,放大倍数为2.5倍。其优点是固定焦距式,使用方便,适用于阅读、观察、放大较小的物体;缺点是视野小,靠近放大镜才可获得较大视野。(图10-5-5)

(6)近用镇纸式放大镜:做成镇纸形式,放大倍数为2~4倍,特点同立式放大镜,使用时放在阅读物上移动。(图10-5-6)

图10-5-4　近用立式放大镜　　　图10-5-5　近用胸挂式放大镜　　　图10-5-6　近用镇纸式放大镜

(二)光电助视器

1. 闭路电视助视器　是一种电子视讯装置,可将使用者要阅读的文字和图片或观察的物品透过摄影镜头,将其影像传送到荧幕上供使用者浏览。使用者可依照个人的视力程度,调整荧幕上投射影像的大小(倍数)、对比度、明暗度,甚至显像的色彩。

其适用的对象包括,因青光眼、白内障、网膜色素变性(RP)、黄斑部病变(MD)、糖尿病引起之视网膜退化,白化病,视神经萎缩等引起的视力低下的低视力患者。其扩视机本身的设计,则是整合了光学、眼科学、电子学、机械学等专业的技术,是目前辅助低视力者进行阅读的最佳辅具之一。(图10-5-7)

2. 手持式电子助视器　可与任何电视机连接,可在20寸电视上放大13~20倍,以帮助低视力者看清报纸、信件、卡片、存折上的文字。(图10-5-8)

图 10 – 5 – 7　闭路电视助视器

图 10 – 5 – 8　手持式电子助视器

(三)非光学助视手段

这是指采用非光学的手段帮助低视力者看到物体的方法。(图 10 – 5 – 9)

1. 大字体印刷品　将印刷品的字体加大,以帮助低视力患者识别,如大字体报纸、杂志乃至扑克。

2. 加大标识的物品　将物品上面的标识加大,帮助低视力患者识别,如大标识的计数器等等。

大字体扑克

大标识计数器

图 10 – 5 – 9　大字读物

二、生活辅助器具

由于视力障碍,视力残疾人特别是盲人完全不能看到外界事物,只能靠听觉和触觉感知外部世界。因此,生活辅助器具对于他们来说非常重要,遗憾的是目前我们国家这方面的产品还十分缺少。(图 10 – 5 – 10 ～图 10 – 5 – 12)

1. 触摸式盲表　为机械式手表,玻璃表盖可以翻开,表盘上有特殊触摸标记,视力残疾者通过触摸可以感知时间。

2. 电子语音报时表(钟)　为带有语音报时功能的电了表(钟)。

触摸式盲表

电子语音报时表

图 10 – 5 – 10　适于低视力者用的钟表

3. **语音/数显体温计**　数字显示和语音播报体温值,用于视障者自己测试体温。

4. **自动语音/数显电子血压表**　能够用语音自动播报血压值的电子血压表。

语音/数显体温计　　　　　　　　　自动语音/数显电子血压表

图 10 - 5 - 11　低视力者用的诊断工具

5. **语音温度计**　带有触摸开关,能够用语音报告环境的温度。

6. **语音电子秤**　触动按键,能够用语音报出被称物品重量的电子秤。

语音温度计　　　　　　　　　语音电子秤

图 10 - 5 - 12　低视力者用的温度计与电子秤

7. **溢水报警器**　将水徐徐倒入杯中,当水(或其他液体)面达到报警器末端金属柱时,报警器即发出响声,告知使用者水或其他液体将溢出,适合于视觉障碍者倒水(或其他液体)时使用。

三、学习、交流辅助器具

1. **盲文点字板、点字笔**　是书写盲文的专用工具,供需要书写盲文的视力残疾者和其他工作需要的人士使用。(图 10 - 5 - 13①)

2. **视力残疾者专用学习用具**　是带有特殊触摸标记的三角尺、直尺、半圆仪、圆规……,可供需要进行学习的视力残疾者使用。(图 10 - 5 - 13②)

①盲文点字板、点字笔　　　　　　　②视残者学习用具

图 10 - 5 - 13　盲人学习用具

3. 弱视计算器　配有大显示屏幕、放大的液晶数字和大的按键；面板颜色设计反差明显，数字键、功能键、计算键分别以不同颜色标示以便于识别，适合于弱视者使用。（图 10 − 5 − 14）

4. 语音计算器　有语音播报和铃声提示功能的计算器，适合于视觉障碍者使用。（图 10 − 5 − 15）

图 10 − 5 − 14　弱视计算器

图 10 − 5 − 15 语音计算器

5. 盲用打字机　专门用于打盲文的机械式打字机。（图 10 − 5 − 16）

6. 盲用点显器　通过汉/盲翻译把电脑屏幕上的信息转换成盲文编码，点显器以点字的方式输出，盲人可以通过点显器摸读电脑屏幕上的信息。（图 10 − 5 − 17）

图 10 − 5 − 16　盲用打字机

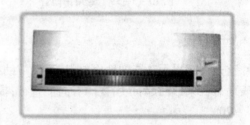

图 10 − 5 − 17　盲用点显器

7. 盲用电脑软件　盲用软件主要具有两大功能：一是读屏器将电脑屏幕的信息转换成语言，将信息传递给盲人操作者。二是语音识别器能够识别操作者发出的声音，并将声音自动转换成文字输入电脑或通过声音进行电脑操作。

四、安全行走辅助器具

(一)盲杖

盲杖是视觉障碍者行走时用来探测方向和路面状况的长杆。（图 10 − 5 − 18）

1. 盲杖的功能

(1)标识功能：让明眼人知道持杖者是盲人，以便及时帮助或避让。

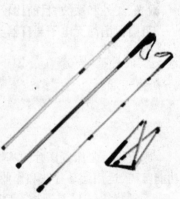

图 10 − 5 − 18　盲杖

(2)辅助行走功能：辅助盲人探测行走方向和了解路面状况，帮助他们安全行走。

2. 盲杖的分类

（1）标准盲杖：供听力正常的视障者使用，杖体颜色为白色，手柄下方10厘米处有红色标志。

（2）供听力和视力都有障碍者使用的盲杖：杖体颜色为红白相间。

（3）可折叠盲杖和不可折叠盲杖。

3. 盲杖的使用　正确使用盲杖要经过专门的训练，以便掌握操作要领和使用方法。

（二）专用指南针

可以通过触摸感知方向的触摸式指南针和通过语音报告方向的指南针，用于帮助视力障碍者确定空间方位。（图10－5－19）

图10－5－19　专用指南针

图10－5－20　盲道

（三）盲道

这是具有提示功能的地面材料，可以帮助视觉障碍者安全行走。盲道分为行进盲道和提示盲道。行进盲道表面有长条形凸起，指引视障者向前直行；提示盲道表面有圆点形凸起，提示视障者转变行进方向。（图10－5－20）

（四）电子导盲器

可以定向发射某种形式的能量波并以接收障碍物反射回波的方式来定位，与雷达控测飞机、声呐探测潜艇的原理相同。电子导盲器最终将环境障碍信息以某种方式提供给盲人使之感觉得到，常用的能量波有超声、激光、红外和微波，目前比较成熟的导盲器都是采用超声或激光原理。

目前我国尚无电子导盲器类的产品。

第六节　康复训练器械

康复训练是康复医疗的基本手段和主要内容，它针对各种原因（如偏瘫、截瘫、脑瘫、截肢等）引起的机体功能障碍，运用运动疗法和作业疗法，使患者的残存功能得到最大程度的保存和恢复。

运动疗法（PT）是通过治疗性运动（包括主动运动和被动运动）改善患者运动障碍的治疗方法。

作业疗法（OT）是通过有目的、有意义的活动（作业）提高患者在生活自理、工作及休闲活动方面的独立能力。

一、康复训练器械基本知识

(一)概念

身体功能障碍者在进行运动治疗和作业治疗时所使用的器材和设备。

(二)分类

1. 按安装方式分
(1)固定式:设备和器械是被固定在地面或墙上的。
(2)非固定式:不必固定在地面或墙上的器材。
2. 按使用人群分
(1)供成年人使用的器械。
(2)供儿童使用的器械。
3. 按疗法类型分　这是最常使用的分类方法。
(1)运动疗法器械。
(2)作业疗法器械。

二、运动疗法器械

运动疗法器械是在进行运动疗法训练中所使用的器械。

(一)上肢训练器械(图10-6-1)

1. 肩关节回旋训练器　进行肩关节旋转运动,加大肩、肘关节的活动度(活动范围)。
2. 腕关节旋转器　进行腕关节旋转训练,改善腕关节的活动度。
3. 腕关节屈伸训练器　用于腕关节的屈伸训练,加大腕关节的活动度。
4. 前臂旋转训练器　用于前臂内外旋转运动的训练,通过关节活动度的训练改善前臂的旋转功能,通过不同阻力下的抗阻运动提高肌力和耐力。
5. 肘关节牵引椅　适用于肘关节屈曲伸展障碍者进行持续性肘关节牵引训练,改善肘关节的活动范围。牵引的重量和方向,座椅高度、固定部位可随需要调整。
6. 肩梯　通过手指沿着阶梯不断上移,逐渐提高肩关节的活动范围,减轻疼痛,可用于各种原因引起的肩关节活动障碍患者的训练。
7. 滑轮吊环训练器　用于肩关节活动训练,增加肩关节的活动度,同时可以进行关节牵引和增强肌力的训练。
8. 上肢推举训练器　用于促进上肢肌力与协调能力的训练,提高上肢伸肌肌力和加大上肢关节活动度。
9. 系列哑铃　用于增强肌力和耐力,适用于肌肉麻痹等肌力低下者训练,可用于单一肌肉训练,也可作为肌肉复合动作训练之用。
10. 体操棒和球　通过使用体操棒做操和抛接球活动,增大上肢活动范围、肢体协调控制能力和平衡能力。
11. 手指肌力训练桌　通过手指屈伸肌抗阻训练,改善手指关节的活动范围并增强手指肌力。

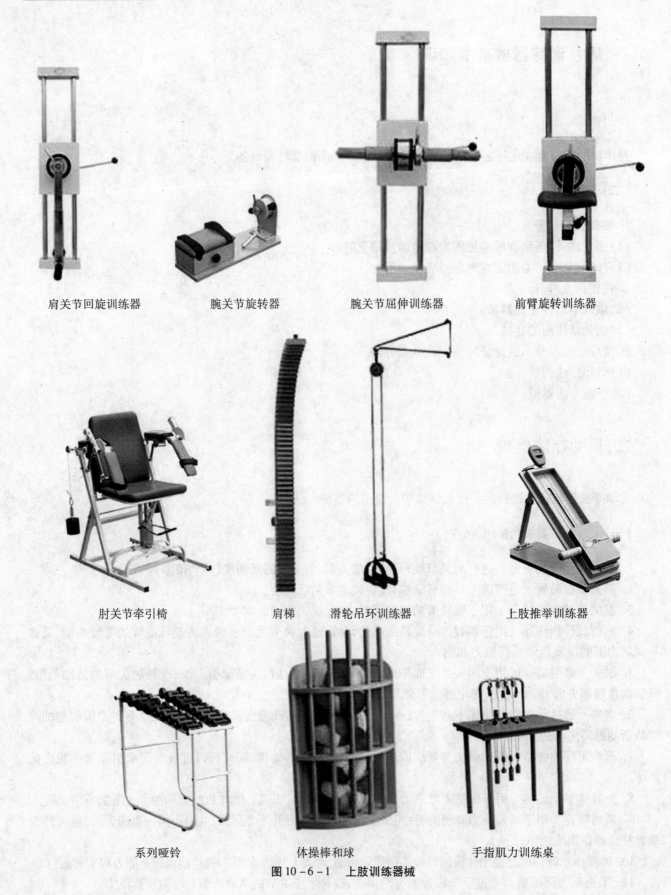

肩关节回旋训练器　　腕关节旋转器　　腕关节屈伸训练器　　前臂旋转训练器

肘关节牵引椅　　肩梯　　滑轮吊环训练器　　上肢推举训练器

系列哑铃　　体操棒和球　　手指肌力训练桌

图 10 - 6 - 1　上肢训练器械

（二）下肢训练器械（图 10 – 6 – 2）

1. 下肢康复训练器　用于改善下肢关节活动范围和协调功能的训练。
2. 重锤式髋关节训练器　用于髋关节外展、内收的增强肌力训练。
3. 髋关节旋转训练器　用于髋关节旋转的训练，通过足的画圈运动，改善髋关节的旋转功能，适合于髋关节活动受限者训练之用。

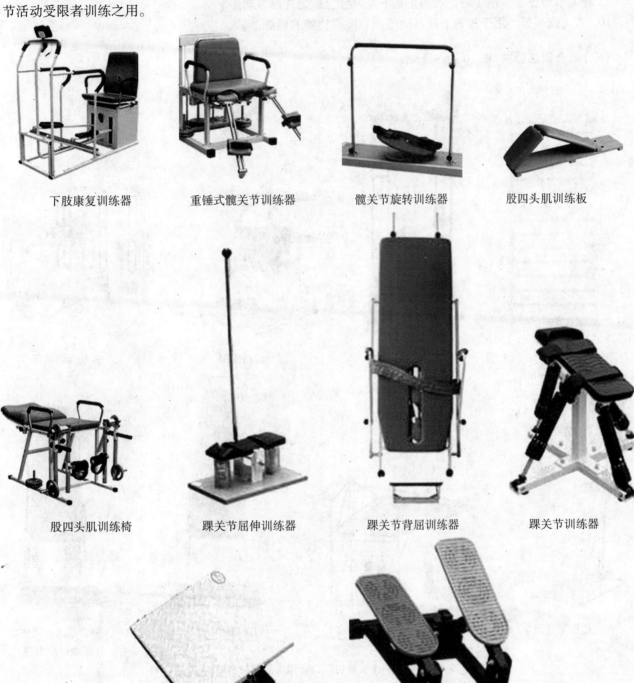

下肢康复训练器　　　　重锤式髋关节训练器　　　　髋关节旋转训练器　　　　股四头肌训练板

股四头肌训练椅　　　　踝关节屈伸训练器　　　　踝关节背屈训练器　　　　踝关节训练器

踝关节矫正板　　　　　立式踏步器

图 10 – 6 – 2　下肢训练器械

4. 股四头肌训练板　用于膝关节活动受限者进行股四头肌主动运动训练。

5. 股四头肌训练椅　用于膝关节运动受限者进行股四头肌抗阻力主动运动,也可进行膝关节牵引。

6. 踝关节屈伸训练器　用于踝关节曲伸活动的训练,手杆有助于加强训练的强度。

7. 踝关节背屈训练器　用于加大踝关节活动范围的主动性训练。

8. 踝关节训练器　用于矫正和防止足下垂、足内翻、足外翻等畸形,同时可以用此进行站立训练。

9. 踝关节矫正板　用于矫正和防止足下垂、足内翻、足外翻等畸形。

10. 立式踏步器　用于改善下肢活动范围和协调功能的训练器械。

(三)综合训练器械(图 10 – 6 – 3)

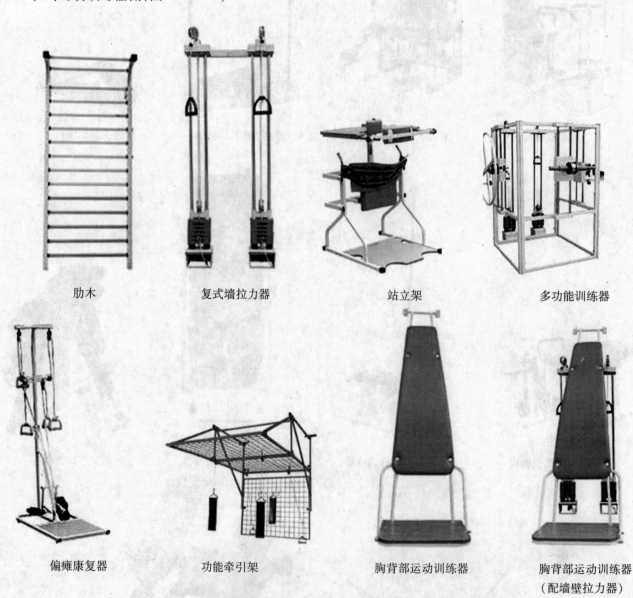

肋木　　　　复式墙拉力器　　　　站立架　　　　多功能训练器

偏瘫康复器　　　功能牵引架　　　胸背部运动训练器　　　胸背部运动训练器
　　　　　　　　　　　　　　　　　　　　　　　　　　　　　　　(配墙壁拉力器)

图 10 – 6 – 3(1)　综合训练器械(1)

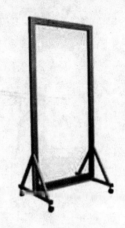

弧形腹肌训练器　　　　　划船运动器　　　　　　沙袋系列　　　　　　姿势矫正镜

图 10 - 6 - 3(2)　　综合训练器械(2)

综合训练器械又称全身训练器械,可以对上肢、下肢、躯干各部位的肌肉和关节同时进行训练。

1. 肋木　用于增大上、下肢关节活动范围和肌力的训练,坐、站训练、身体平衡训练以及躯干的牵伸训练。

2. 复式墙拉力器　进行四肢抗阻力运动,训练肌肉力量;也可进行增大关节活动度的训练。

3. 站立架　这是截瘫、脑瘫等站立功能障碍的患者进行站立训练的器械。通过站立不仅可以对肢体进行训练,同时可以预防和减缓骨质疏松、压疮以及心肺功能障碍的发生和发展。

4. 多功能训练器　可以进行组合训练,用于运动全身,加强全身的肌力,改善全身的关节活动度。多功能训练器可以根据需要有各种不同的组合。

5. 偏瘫康复器　用于偏瘫患者利用健肢帮助患肢进行被动训练,用以增强肌力和关节活动度。

6. 功能牵引架　用于悬吊各种辅助训练器械,对身体各部位进行训练。

7. 胸背部运动训练器　防止和矫正脊柱弯曲和驼背。

8. 配墙壁拉力器的胸背部运动训练器　在防止和矫正脊柱弯曲和驼背的同时,配墙壁拉力器可以训练上肢和胸部的肌肉力量和耐力。

9. 弧形腹肌训练器　借助于弧形面进行腹肌肌力训练。

10. 划船运动器　用于腰背部、上肢屈肌群、下肢伸肌群的肌力和耐力训练,训练动作像划船。

11. 沙袋系列　用于增大肌力训练、增大关节活动度训练和关节屈伸的训练。

12. 姿势矫正镜　用于各种训练的姿势矫正。

(四)平衡和行走训练器械(图 10 - 6 - 4)

1. 平行杠　训练者双手扶杠,借助于上肢的帮助进行步态训练,增进行走的稳定性,适合于神经系统疾病患者及老年人的步行训练。

2. 平衡板　用于平衡功能的训练。可与平行杠合用,在平衡板上进行重心转移、肢体负重和平衡练习,适用于偏瘫、脑瘫等运动失调者的平衡训练。

3. 辅助步行训练器　由于增加了上肢支撑面积,所以能够提高辅助步行的效果,是神经、骨关节系统患者的室内外代步工具。

4. 步行训练用斜板　简易的步行训练装置。

5. 抽屉式阶梯　简易的训练阶梯,功能同训练用阶梯,还可作为不同高度的坐具。

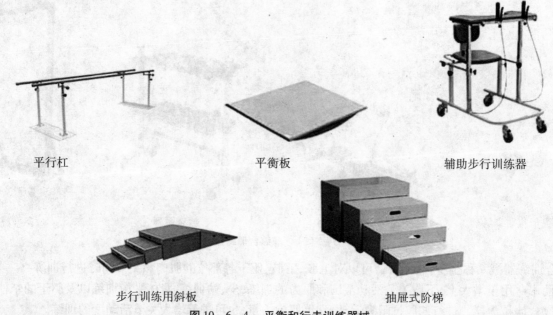

平行杠　　　　　　　　　　平衡板　　　　　　　　辅助步行训练器

步行训练用斜板　　　　　　　　　　抽屉式阶梯

图 10 - 6 - 4　平衡和行走训练器械

（五）辅助训练器械（图 10 - 6 - 5）

这是康复治疗师进行康复训练时所必须使用的辅助器械。

1. 训练床　是治疗师对患者进行各种手法治疗和牵伸治疗时，用于固定患者不同部位，防止产生跟随性动作的专用床。

2. 运动（PT）治疗凳　是治疗师对患者进行手法治疗时坐的可移动坐具。

3. 运动软垫　用于患者进行各种垫上运动的训练，包括关节活动度、坐位平衡、卧位医疗体操和卧位肌力等多种训练。

4. 楔形垫　用于基本功能的综合训练，特别适用于头部不能自控、坐不稳、自动调节体位能力低下的脑瘫患儿训练时使用。

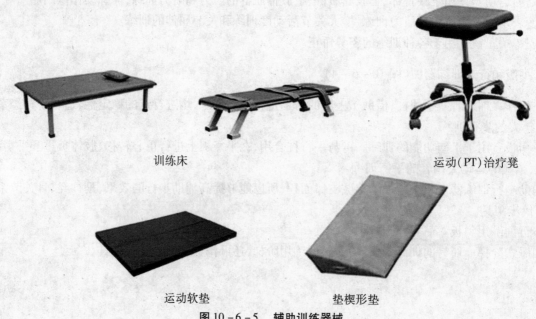

训练床　　　　　　　　　　　　　　　　　　运动（PT）治疗凳

运动软垫　　　　　　　　垫楔形垫

图 10 - 6 - 5　辅助训练器械

三、作业疗法器械

作业疗法器械是进行作业疗法所借助的器械。

(一)普通动作训练器械(图 10 – 6 – 6)

1. 分指板　将手指分开并使其保持在正确伸展位,用于防止和矫正手指屈肌紧张或挛缩畸形的训练。

分指板　　　　　套圈　　　　　　可调式沙磨台　　　腕部功能训练器

图 10 – 6 – 6　普通作业疗法训练器械

2. 套圈　训练患者手/眼协调功能的器械。
3. 可调式沙磨台　用于增进上肢肌力和协调性,改善上肢关节活动范围的训练器械。
4. 腕部功能训练器　用于腕部功能的训练,改善腕部肌力,增大关节活动度。

(二)精细动作训练器械(图 10 – 6 – 7)

1. 手指阶梯　改善手指关节活动范围,训练手指主动运动的灵活性和协调性。
2. 木插板　要求使用者将木棒准确插到孔内,用以提高患者手眼协调能力和上肢协调能力。
3. 上肢协调功能练习器　通过训练提高上肢的稳定性,特别是手指的协调性,从而提高上肢的日常活动能力。
4. 橡筋手指练习器　用于促进手指活动能力的训练,提高手指的主动屈伸能力。
5. 上螺丝、上螺母模拟训练器　通过模拟上螺丝、螺母的作业活动,改善手指的对指功能,提高手的协调性和灵活性。
6. 模拟作业工具　通过操作各种模拟工具,改善手的对指功能,提高手的协调、灵活性;还可用于促进手的感觉功能的训练。

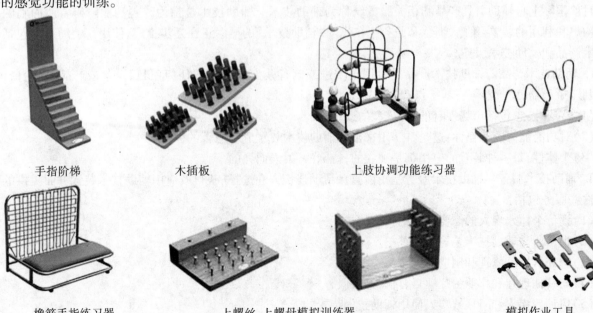

手指阶梯　　　　　木插板　　　　　　上肢协调功能练习器

橡筋手指练习器　　　上螺丝、上螺母模拟训练器　　　模拟作业工具

图 10 – 6 – 7　精细动作训练器械

(三)综合训练器械(图10-6-8)

1. **认知图形插件**　用于对患者感知能力和大脑对图形识别能力的训练。
2. **作业(OT)训练专用桌**　用于摆放各种作业训练器械,展开作业训练的专用桌子,训练桌的高度可调。
3. **手平衡协调训练器**　用于促进手眼协调功能的训练。
4. **作业(OT)综合训练工作台**　可以摆放各种作业治疗的器械,根据需要对患者进行不同的作业治疗。

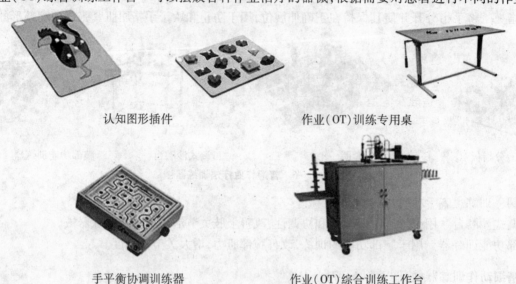

认知图形插件　　　　　　　　作业(OT)训练专用桌

手平衡协调训练器　　　　　作业(OT)综合训练工作台

图10-6-8　综合训练器械

第七节　辅助器具的新发展

一、辅助技术

目前国际上将辅助器具产品和相关服务统称为辅助技术。辅助技术是指为改善功能障碍者所面临的问题而构想和利用的装置、策略、训练和服务。在我国"辅助技术"的概念正在逐步推广、使用。辅助技术包括辅助技术产品和辅助技术服务。

1. **辅助技术产品**　辅助技术产品是可用于增进或改善残疾人功能的任何项目、设备或产品,如轮椅、拐杖、假肢、矫形器、助听器等。其特点有三个:

(1)广泛性:它包括市场现有的、改进型的或定做的。

(2)对功能能力的补偿性:这是唯一用来衡量辅助技术装置成功与否的标准。

(3)个体性:每一种装置的应用都是独立的,特殊的,因人而异的。

2. **辅助技术服务**　辅助技术服务是指能直接帮助残疾人在选择、获得或应用辅助技术装置方面提供的服务。这些服务包括:

(1)评价个体残疾人的需要和辅助技师的技能。

(2)提出所需辅助技术装置的要求。

(3)选择、设计、修理和制造辅助技术系统。

(4)与其他理疗和作业治疗项目合作,开展服务。

(5)培训残疾人和陪伴残疾人使用辅助技术装置的人员。

二、科学家史蒂芬·霍金与辅助技术

史蒂芬·霍金是本世纪最著名的天体物理学家之一,他发表了很多有价值的关于量子力学、宇宙射线等问题的论文,引起了科学界的高度重视,尤其是1994年出版的《时间简史》引起了极大的反响。

但谁能想到这么一位杰出的科学家却是一名卢伽雷氏症(肌萎缩性脊髓侧索硬化症)患者。这种罕见的疾病会破坏患者大脑和脊髓的神经细胞,使得肌肉的运动功能逐渐消弱,直至丧失。由于患有卢伽雷氏症(肌萎缩性侧索硬化症),霍金已被禁锢于轮椅长达20多年,全身能动的仅有左手的3根手指和部分面部肌肉。近年,他又在一次手术后失去了发声能力。

由于探索宇宙时空的杰出科学成就,加上战胜罕见疾病的坚强毅力,使得霍金成为当今世界最具传奇色彩的科学家之一。霍金是谁?他是一个大脑,一个神话,一个当代最杰出的理论物理学家,一个科学的巨人……。但是,从辅助器具专业角度来看,他是一个在辅助技术支持下挑战命运的勇士。(图9-7-1)

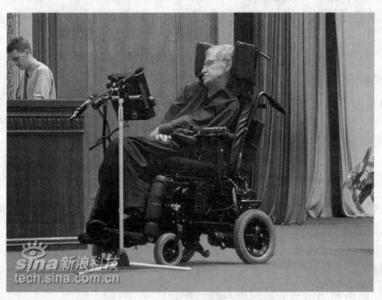

图9-7-1 科学家史蒂芬·霍金

霍金无法发声,但为了让我们能分享这位大师思维的果实,一家软件公司的创始人Waltosz为他提供了一套EZ识别软件。这套软件能预知和补充使用者说话的句子,实现霍金与他人的语言交流。他的轮椅上连着一台计算机,液晶屏幕就在面前,可以用手指控制一个类似键盘功能的操作器。霍金在计算机上选择单词组成句子,之后由合成器发声。合成器语调自然,甚至称得上悦耳,是一种温和的男声。

在香港的记者招待会上,霍金就是应用合成器向残疾人说出感人肺腑的鼓励:"只要生存,就有希望!"霍金还可以通过这套软件开关各种设备,选择自己喜欢的CD,以及开关房门,创作和编辑论文、书籍,甚至发表演说等。这项技术为霍金继续敞开着通往神秘宇宙的大门。

在霍金的眼镜上,安装了一个叫做"IST"的红外线发射和侦测器,负责接收眼球发出的信息,通过红外线,侦测霍金的眼部动作,再将这些信息传送到电脑里,"翻译"成为英文。霍金眨眼的快与慢,可以分别发出"1"、"0"信号,可运用摩斯密码原理输入英文字母,电脑适应霍金的眨眼速度,以便准确打出英文字母。霍金可以通过IST装置,按"停"游标,选取放在电脑荧屏上方的文字,电脑荧屏下方即显示有关文字。当他造句完毕后,便传给语音合成器发声。这时,程序内的数据库,可储存多达5000个字和数以千组片语,方便霍金快速选字造句和发声。但是,他写作的速度非常慢,每分钟只能写3~5个字。正是这些高、新技术继续为霍金支撑着通往神秘宇宙的桥梁。

三、发展动向

从科学家霍金的事例,不难看到高、新技术在辅助器具中的广泛应用。下面通过几个例子,简单介绍近几年来辅助器具所取得的新进展。

(一)假肢

目前,国、内外生产的假肢大量采用新技术、新材料和新工艺,如计算机智能化技术、液压技术、微电子技术、计算机辅助设计与制造(CAD/CAM)技术以及钛合金与碳素纤维……

1. 智能大腿假肢 大腿假肢智能化,主要表现在对膝关节的智能化控制。德国 Otto Bock 公司的新产品 C-leg 智能仿生腿使用的是完全由微机控制的液压膝关节。在踝部和膝部分别装有传感器,用以测定脚掌支撑期的状态、膝关节的角度和速度等相关信息,并以每秒50次的采样频率向微机提供数据。微机可以瞬时识别使用者的假肢状态,并通过电机控制膝关节的液压系统。这种高科技的大腿假肢比普通假肢更安全、更舒适、更灵活。

2. 骨植入式假肢 这是假肢装配的全新概念。骨植入式假肢完全取消了传统的假肢接受腔,而是将人工骨植入人体,一端与残端的骨骼相连,另一端与假肢相连(这种新工艺与称为"种植牙"的牙科新技术有类似之处)。这种方法的优点是取消了接受腔,直接通过骨骼传递力量,避免了接受腔对皮肤和肌肉的压迫;同时由于没有接受腔,残端直接与空气接触,避免了残端不透气的弊端;另外,由于残端直接与假肢相接,假肢的活动度大大增加。这种技术特别适用于残端特别短,无法用接受腔安装假肢的患者。

(二)环境控制系统

当双手丧失功能的高位截瘫病人躺在床上,自己想拉上窗帘、打开电视、启动空调时,由于自己的身体功能障碍,这些想法都无法达成,此时环境控制系统能够帮助他们实现愿望。

环境控制系统能够帮助重度残疾人开启和关停电力驱动的电器设备,如电灯、电视、电扇、空调,以及加装了电器控制的房门、窗户、窗帘和床。控制系统的关键是建立一个利用残疾人尚存的功能和各种设备之间的人-机接口(控制界面)。所利用的功能是残疾人某一部位的动作,如手指的点动、下巴的微动、头的摆动、发出的声音、嘴的呼气与吸气……当一些重残者连上述动作都不能完成时,可以提取脑电波,并对这些信息进行分析、识别,找出这些信息与患者想要达到的目的和想要完成的动作之间的关系,然后建立一个脑-机控制界面来控制各种设备。

(三)智能电动轮椅

智能电动轮椅的研究和开发从上个世纪80年代开始,一直延续至今。研究的初期,只赋予轮椅运动和驾驶控制功能(低级控制),如对运动方向、速度的控制以及自动躲避障碍等。随着机器人控制技术的发展,移动机器人技术大量应用于电动轮椅,使用了人-机控制界面(高级控制)。人-机控制界面包括:呼吸控制、语音识别控制、头部运动控制、眼球移动控制和智能操作杆。有了高级控制,用户更容易控制轮椅。智能电动轮椅还设有环境感知系统,能够自动识别轮椅行驶的周围环境,自动躲避障碍。

我国在智能电动轮椅的研究方面也取得了突出成果。中科院自动化所研发的智能轮椅具有视觉和口令导航功能,曾在"863"计划十五周年成就展的展馆的人群中自如穿梭。上海交通大学为四肢功能完全丧失的残疾人成功开发了一种声控轮椅,使用者只要发出:开、前、后、左、右、快、慢、停等指令,轮椅就可以在1~2秒内按指令动作。

(四)文本自动阅读装置

文字信息,无论是书籍、报纸、杂志乃至互联网的网页都是必须用眼睛看的。视力残疾者无法通过眼睛获取文字信息,只能通过声音或者通过阅读盲文,这成为视力残疾人回归社会的最大障碍。

文本自动阅读装置就是为帮助视力残疾人阅读文字而专门设计的,这种设备具有文本—声音和文本—盲文的转换功能。能够把文字转换成声音,由声音合成器将文字读出来;或者把文字转换成盲文,供盲人阅读。文本自动阅读装置由摄像机、扫描器、光学字符识别器(OCR)、文本—语言转换软件、文本—盲文转换软件以及声音合成器和盲文打印设备构成。

复习题

1. 残疾人辅助器具都有哪些功能和作用?
2. 辅助器具对残疾人有什么样的重要意义?
3. 国际标准和国家标准按功能把辅助器具分成多少个大类、次类和支类?
4. 残疾人辅助器具服务的定义是什么?
5. 残疾人辅助器具服务是什么性质的工作?
6. 残疾人辅助器具服务的具体工作内容是什么?
7. 为什么残疾人选配辅助器具时要进行评估适配? 评估适配的具体程序是什么?
8. 什么是辅助技术? 辅助技术包含哪些内容?

(乔新生)

第十一章 环境无障碍改造

本章学习重点要求

1. 掌握无障碍环境的确切含义。
2. 了解物质环境无障碍的基本要求。
3. 了解信息与交流无障碍的基本要求。
4. 了解居住环境无障碍改造的目的和对残疾人的重要意义。
5. 了解居住环境无障碍改造的重点部位和具体改造内容。
6. 了解残疾人辅助器具服务机构在居住环境无障碍改造中要承担的主要工作。

第一节 概 述

一、无障碍环境

无障碍环境包括物质环境无障碍与信息和交流无障碍。无障碍环境,是残疾人和老年人走出家门、参与社会生活的基本条件。加强无障碍环境建设,是社会物质文明和精神文明的集中体现,是社会进步的重要标志。

残疾人由于身体残疾,造成不同程度的功能缺失。这种功能缺失不仅给他们的生活、学习、劳动带来障碍,同时给他们参与正常的社会生活带来障碍。为了让残疾人和健全人一样,平等地参加社会生活、共同享受社会的物质文明和精神文明,社会就必须构建一个无障碍环境。老年人因为衰老,同样也会造成不同程度的功能缺失,因此一样需要无障碍环境。

《残疾人权利公约》指出:为了使残疾人能够独立生活和充分参与生活的各个方面,缔约国应当采取适当措施,确保残疾人在与其他人平等的基础上,无障碍地进出物质环境,使用交通工具,利用信息和通信,包括信息和通信技术和系统,以及享用在城市和农村地区向公众开放或提供的其他设施和服务。这些无障碍措施应当适用于:

1. 建筑、道路、交通和其他室内外设施,包括学校、住房、医疗设施和工作场所。
2. 信息、通信和其他服务,包括电子服务和应急服务。

二、物质环境无障碍

物质环境无障碍要求:城市道路、公共建筑物和居住区的规划、设计、建设应方便残疾人通行和使用。城市道路应满足坐轮椅者、拄拐杖者通行和方便视力残疾者通行。建筑物应考虑出入口、地面、电梯、扶手、厕所、房间、柜台等设置残疾人可使用的相应设施和方便残疾人通行等。(图 11 - 1 - 1、11 - 1 - 2)

图 11 - 1 - 1　正面坡道

　　物质环境无障碍通常称为无障碍设施,国际上将其归入残疾人辅助器具的范畴之内,主要是指城市道路和建筑物的设计和建设要实现无障碍;绝对不能因为没有电梯、没有盲道、没有轮椅斜坡……而把肢体残疾人、视力残疾人、听力残疾人和老年人与外界社会隔绝开来。

　　我国在 2001 年 8 月 1 日正式实施《城市道路和建筑物无障碍设计规范》。设计规范对城市道路、居住区和房屋建筑提出明确的无障碍设计和建设的强制性要求。

　　1. **城市道路**　实施无障碍的范围是人行道、过街天桥与过街地道、桥梁、隧道、立体交叉的人行道、人行道口等。无障碍的要求是:设有路缘石(马路牙子)的人行道,在各种路口应设缘石坡道;城市中心区、政府机关地段、商业街及交通建筑等重点地段应设盲道,公交候车站地段应设提示盲道;城市中心区、商业区、居住区及主要公共建筑设置的人行天桥和人行地道应设符合轮椅通行的轮椅坡道或电梯,坡道和台阶的两侧应设扶手,上口和下口及桥下防护区应设提示盲道;桥梁、隧道入口的人行道应设缘石坡道,桥梁、隧道的人行道应设盲道;立体交叉的人行道口应设缘石坡道,立体交叉的人行道应设盲道。

　　2. **居住区**　实施无障碍的范围主要是道路、绿地等。无障碍的要求是:设有路缘石的人行道,在各路口应设缘石坡道;主要公共服务设施地段的人行道应设盲道,公交候车站应设提示盲道;公园、小游园及儿童活动场的通路应符合轮椅通行要求,公园、小游园及儿童活动场通路的入口应设提示盲道。

　　3. **房屋建筑**　实施无障碍的范围是办公、科研、商业、服务、文化、纪念、观演、体育、交通、医疗、学校、园林、居住建筑等。无障碍的要求是:建筑物入口、走道、平台、门、门厅、楼梯、电梯、公共厕所、浴室、电话、客房、住房、标志、盲道、轮椅席等应依据建筑性能配有相关无障碍设施。

图 11 - 1 - 2　侧面坡道

三、信息和交流无障碍

信息和交流的无障碍要求：公共传媒应使听力言语和视力残疾者能够无障碍地获得信息，进行交流，如影视作品、电视节目的字幕和解说，电视手语，盲人有声读物以及电子和信息技术无障碍，网络无障碍。

（一）信息和网络无障碍

1. 信息无障碍　任何人（无论健全人还是残疾人，无论年轻人还是老年人）在任何情况下都能平等地、方便地、无障碍地获取信息、利用信息。信息无障碍主要包括两个范畴：一是电子和信息技术无障碍；二是网络无障碍。前者是指电子和信息技术相关软硬件本身的无障碍设计以及辅助产品和技术；后者包括网页内容无障碍、网络应用无障碍以及它们与辅助产品和技术的兼容。

2. 信息和通信技术无障碍　信息和通信技术的飞速发展对整个国家、残疾人参与社会活动和建立在平等基础上的发展都有着重要的社会和经济意义。消除了时空上障碍的网络便是给了残疾人一次最佳的融入主流社会的机会，因为它是一个靠头脑拼搏的空间，残疾人一样可以做得很好。因此，残疾人利用网络可以改善自己的生活乃至改变自己的人生！可以与健全人一样在网上比在现实世界中做得更好。

专家指出，实现信息无障碍的途径包含六个方面：一是产品的易用性和可用性；二是使用信息技术的各种辅助手段；三是使产品和辅助技术兼容的技术标准；四是技术开发；五是政府的法规保证；六是公众的意识。

根据联合国的有关文件，创造信息无障碍和发展知识经济主要是由教育、国力和知识使用的能力、信息连通性和信息内容、政策和法规来决定的。需要建立信息和通信技术系统的规范的或实质性的引导政策，用以推动全人类的平等和可持续发展。

接触信息和通信技术主要是关于硬件和通讯基础设施，而无障碍信息是指设计参数和满足每个用户需要、爱好和特殊能力的信息和通信技术的能力。无障碍涉及信息和通信技术的环境，包括政策、法规、相关发展进度、机构设置、国家计划管理信息和通信技术的能力、信息和通信技术基础设施的状况和相关技术。

3. 信息无障碍突破数码隔膜　在信息资讯科技快速发展以及网络普及应用的社会里，不但在国家、企业与个人之间产生了全新的互动沟通模式，同时也影响了商业、文化、教育等各层面社会行为的联动关系，随着信息联动的普遍发展，信息与知识就成为关键性的生产要素。

美国著名的盲聋作家海伦·凯勒对盲和聋有深刻的描述：盲，是人和物之间被隔断了；聋，是人和人之间被隔断了。同样的道理，残疾人由于身体残疾状况、生活阶层、地域及群体背景等对于信息应用的差异程度，不但没有因为科技成果所带来的好处得到相应或实质性的提高，反而被进一步"边缘化"，最终产生了数码隔膜的现象。信息无障碍，便是致力于拉近人与人的距离，突破数码隔膜，突破现代信息技术在使用上的局限，使广大残疾人能够平等使用，从而开创一个崭新的生存空间。

4. 计算机设施　包括硬件、软件、接入设备，需要提供特殊的用具，让残疾人能够使用。如对于手部有缺陷、不能随意使用控制键盘及鼠标的残疾人，应该设置特殊的键盘，以方便操作；对于肢体不便的残疾人来说，应该尽量采用一些可以随意移动的电脑设备。

目前盲人可以通过一些屏幕朗读软件来使用电脑，但在电脑的日常使用中，不可避免地要用到各种各样的应用软件。为使屏幕朗读软件能够顺利获取软件工作信息，在软件设计时要考虑到无障碍的标准和接口，要在客户端运行的网络软件中制定实用软件的无障碍标准；在操作方式上，要考虑到盲人无法使用鼠标器这一点，从而提供键盘操作的解决方案。更进一步是应该有声音操控的软件来方便盲人。

5. 网站资源无障碍　互联网上的网页是现时最广泛用作传达信息的媒介，能够无障碍获取网站资源，几乎是残疾人打破信息屏蔽的首要条件。很多国家都已出台了关于网络无障碍的相关标准。我国应尽早出台相应标准。

在使用图形化、动画以及视频的表述方式时，应该考虑到盲人使用网络的特殊情况，加配文本文件。

同时，电脑屏幕要以大字显示，以方便视力不佳者或弱视人群进行查阅。

以声音传送的内容,比如,电台的网页,语音聊天室,没有加配字幕的视频。应该考虑到聋人的特殊情况,在语音聊天或网络聊天工具中都能有自动转变成文字的技术支持或此类软件,网上视频都能够考虑到加配字幕。

涉及到聋人网络无障碍的内容还包括网页的设计,比如网站留下的联系方式上应该考虑留下手机号码、传真号和电子邮箱地址,或是 QQ 号或 MSN 号。如果网站留下的联系方式都只有一个固定电话,那么对于聋人朋友来说,这个联系信息就是一个无效信息。

应该说,无障碍网页是一个目标,要达到真正的无障碍并不容易,但如果网页设计人员在设计网页时,能尽量符合无障碍网页的设计要求,多用一份心,少一点障碍,相信最后做出的网页能够更具亲和力,更为方便、简洁、易用。

6. 网络信息的可利用性　在美国,奉行实用主义的网上销售已经眼光独到地瞄准了残疾人市场,全美大约有一百多个网站,是专门开发残疾人辅助器具和服务的网站。其中有些网站甚至开辟不动产专栏,提供专门供残疾人居住的住房信息,提供专门的金融服务,甚至还提到不久将为残疾人提供专门的信用卡等,让残疾人足不出户就能获得各种信息。同样,在我国的网站上也应当有更多适合残疾人的信息。

残疾人服务系统正在考虑,要通过办公自动化系统和互联网通道,把各级残联、事业单位、社区康复站、残疾人、助残志愿者紧密联系在一起,建立残疾人网上虚拟社区,实现网上办公、咨询、交流、康复指导、助残服务、社区生活等。

7. 网络远程教育　残疾人要充分参与社会,关键还在于要获得平等受教育的机会。残疾人由于身体障碍,出行不便,而一些普通高校不能为残疾人提供无障碍的生活和学习条件,专业及课程设置也不一定能适应残疾人的需要,结果残疾人受高等教育的比例较小,就业领域狭窄,这样就成为一个恶性的循环。网络远程教育就可以为他们的求学创造良好的条件。残疾人只要掌握了基本的电脑知识,就可以足不出户,实现大学梦。所以,在网络教育上,要为残疾人提供优惠措施,在课程设置、软件应用、学习费用等方面要为残疾人创造条件。

(二)公共传媒交流无障碍

1. 平面媒体　盲人无法观看图书、报纸、杂志等,而作为盲人专用的盲文,由于其制作成本与制作周期等诸多问题,很难满足盲人的阅读需求。应该考虑有声图书范围的扩大和品种的多样化,此外还要考虑大字印刷等适当技术,为弱视人服务。

2. 影视作品　目前有不少影视作品加配了字幕,可是新闻联播等新闻节目,还有焦点访谈、动物世界、说法、百家讲坛等二十多个文化套餐仍然没有加配字幕,或者有时有字幕,有时没有字幕,或者是仅有标题字幕,应该考虑到聋人的需求,有字幕机的影视作品尽量播放字幕,应该考虑就影视作品加配闭路字幕或隐匿式(开放)字幕出台相应的内部规定。应当为聋人这一特殊人群,考虑开办手语节目。

(三)其他方面的信息、交流无障碍

1. 通讯产品和服务　在电信运营商提供的诸多服务中,比如时下正风靡的短信息,能否考虑盲人的需求,有更多的语音化。

聋人使用固定电话就需要请人代打,应该考虑设立中转电话的服务,使聋人和健全人之间也可以无障碍交流,特别是能够利用短信息或可发短信的固定电话拨打110、120等公众电话,且接到电话机构的电脑上能够准确显示出打电话聋人的有关身份信息。

2. 公共场所　残疾人士要平等地参与社会生活,去公共场所活动是必然途径。图书馆和书城有阅览室的地方,要设置盲人专柜和盲人有声阅览室、图书馆。银行的服务比如 ATM 自动取款机,要有针对弱视及失明人士的设计,如凸字、声音辨识和声音报告等。

公共场所设立的公共服务电子化服务台,比如,现在北京市内大批兴建的数字综合信息亭,要有设备辅助失明或弱视人使用有关设施,要有设备辅助双手残疾人士,使用轮椅或拐杖人士。公园、影院、医院、图书馆等

处的服务性窗口要配字幕滚屏;博物馆、科技馆、纪念馆等有解说或广播的地方,要准备书面解说稿,供聋人取用。公共场所服务行业在有重要广播的地方要有同步安装电子显示屏幕,要设有手语咨询台提供无偿的专业的手语翻译服务,使聋人能够无障碍地获得语言信息。医院的 CT、RM 等只能单人做的检查要辟玻璃窗口或是显示信号灯,以利聋人患者在封闭房间或检查舱室里与医生的交流。在商场和交易场所,应当统一使用电子秤,以便单价、重量、总价一目了然。部分宾馆客房应该安装可视的闪光门铃和报警系统。

3. 公共交通　无障碍公共交通的目标应是使残疾人士能方便乘坐公共汽车、地铁、城际轨道干线、火车、飞机等交通工具,自由前往目的地。

在交通工具内和进出站台的通道上要有方便盲人的语音系统、信号指示等,要有显示字幕的电子滚屏提醒,到站前以字幕显示站名。沿途站牌应当统一规划,文字突出、醒目、好辨认,让聋人在车上就能看清站牌上的站名和文字说明。

4. 电子产品　有关电子产品如掌上电脑、电子辞典、电子记事本等应该考虑有声设制以方便盲人使用;应该考虑开发和推广电子显示器、视屏助视器、语音报时表、语音体温计等方便盲人的产品,并且开发和推广振动手表、婴儿哭声视觉报警器;还要开发视觉报警器等方便聋人的产品。

第二节　居住环境无障碍改造

现在一些残疾人的家庭居住的小环境仍然有障碍。例如:住在没有电梯的楼上;虽然住在平房和一楼但门口有台阶等等,都限制了残疾人的出行。由于无法和外界无障碍的大环境接轨,这种条件下的残疾人同样不能实现回归社会,参与社会生活的最终目的。另外,在居住房屋里,残疾人和老年人是否能够自由行动? 会不会由于一段门槛、一个窄门……限制了他们的活动?

因此,居住环境是否无障碍? 能否保证残疾人和老年人在居室内外方便地活动? 应该采取什么样的改造措施? 这就是我们所关注的居住环境无障碍改造。

一、改造的目的

1. 增强残疾人和老年人自主活动能力,使他们在自己居住的空间内,不会因为设施的原因而使活动受到限制。

2. 保证残疾人和老年人的安全,防止意外事故的发生。

3. 方便护理者进行护理,减轻护理者工作的强度。

二、改造的原则

1. 残疾人和老年人活动的空间最好在同一楼层,各生活场所(卧室、卫生间等)之间距离最短,特别是卧室和卫生间之间,距离越近越好。

2. 活动的范围内无障碍,方便坐轮椅的残疾人和老年人到达居室的任何地方。

3. 有帮助保持身体平衡的设施。不仅能帮助残疾人和老年人自主活动,而且能保证他们的安全。

4. 活动范围内有足够的空间保证轮椅的行走与回转。

5. 居室内使用的家具(床、桌、椅、柜……)和各种设施(洗脸池、坐便器、浴盆、灶具……)的尺寸、形式、安装和摆放要适合残疾人和老年人使用,特别是方便坐轮椅的残疾人和老年人使用。

三、用于环境改造的辅助器具

(一)消除高度差的辅助器具

残疾人和老年人生活的环境当中,最怕有台阶、门槛和楼梯。因为台阶、门槛和楼梯形成高度差,既阻碍坐轮椅的残疾人和老年人的活动,也阻碍行动不便的残疾人和老年人的活动。因此,消除高度差的辅助器具在家居环境无障碍改造中占有重要的位置。

1. 室内小斜坡　由金属或木材制成的楔形小窄板,用于消除室内由于门槛等造成的障碍,既可方便轮椅通过,又可防止绊倒。

2. 室外用斜坡　由金属材料制成,用于消除台阶形成的高度差,以方便坐轮椅的残疾人和老年人出行。

3. 座椅式自动楼梯升降机　使用者可以坐在座椅上自行操作上、下楼梯。

4. 平台式升降机　运送乘坐轮椅者自动上、下楼梯。

5. 椅式台阶升降车　残疾人和老年人坐在椅子上,由护理人员操作,上、下台阶或楼梯。

6. 轮椅式台阶升降车　残疾人和老年人坐在轮椅上,由他人操作,拖动轮椅上、下楼梯。

7. 轮椅升降平台　用于乘坐轮椅者上、下台阶的升降装置,有手动液压、脚踏液压和电动三种动力方式。

(二)扶手

扶手是残疾人和老年人在行走时,用来保持身体平衡,帮助行进,避免摔倒的重要辅助设施。身体两侧的水平扶手用以推起身体;垂直扶手用以拉起身体;单侧水平扶手既推又拉。(图11-2-1)

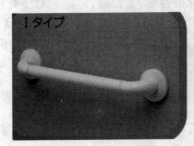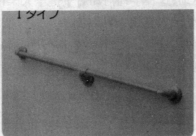

图 11 - 2 - 1　扶手

推起身体　　　　　　　　　　　既推又拉

图 11 - 2 - 2(1)　扶手的用法(1)

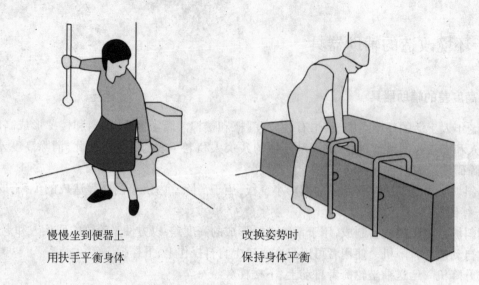

慢慢坐到便器上　　　　　改换姿势时

用扶手平衡身体　　　　　保持身体平衡

图 11 - 2 - 2(2)　扶手的用法(2)

1. 坡道、台阶、楼梯、走道的两侧要安装扶手,扶手的标准高度为 85 厘米。
2. 起居室、卧室、厨房、走廊的墙上,根据需要安装扶手。
3. 卫生间的便器和浴盆旁边一定要安装扶手,这对残疾人和老年人尤其重要。(图 11 - 2 - 2)

(三)如厕辅助器具

如厕是人类不可或缺的生理活动,这种生理活动对于健全人来说很容易、很普通;但是它对于有功能障碍的残疾人和老年人来说,就有许多健全人意想不到的困难。如厕辅助器具可以帮助他们实现如厕无障碍:普通坐便器;坐便椅;坐便凳;简易补高器;固定型便器补高器;补高椅、凳;可升降坐便器;带扶手的坐便器;带有冲洗功能的坐便器;固定坐姿的补高器;便携式坐便器。

(四)洗浴辅助器具

洗浴辅助器具可以方便残疾人稳定身体、安全转移:浴椅和浴凳;移乘台;入浴台;浴盆座椅;浴盆扶手;手动升降椅;电动升降机;防滑垫。(图 11 - 2 - 3)

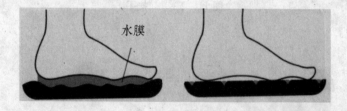

水膜

图 11 - 2 - 3　防滑垫上的水膜

(五)洗漱辅助器具

洗漱辅助器具可以方便残疾人操作,独立完成日常洗漱:洗浴椅子;洗头器;专用洗漱台;电动洗漱台;专用水龙头。

四、改造的重点位置

(一)大门出入口

1. 住在平房或一楼,应保证坐轮椅的残疾人和老人能够方便出入,所以应该有一段斜坡,确保轮椅行走。理想斜坡,水平长度与高度的比例为1:20,最低也不应大于1:12。大门前应有1.5米宽的平台,保证轮椅的停留和回转。如果没有可能设水泥斜坡,简易的金属斜坡或木斜坡也可以。(图11-2-4)

图11-2-4 大门地面

2. 大门前的台阶旁要安装扶手,扶手高度约85厘米。(图11-2-5)

3. 如果住高层,一定要选择有电梯的住宅楼。住宅楼的大门口应该符合无障碍建筑规范。

图11-2-5 台阶扶手

(二)门

1. 门的净宽度应>80厘米,保证轮椅顺利通过。

2. 为了使乘轮椅者能靠近门,在门把手一侧的墙面宽度要达到50厘米,以便坐轮椅的人能够靠近门把手而将门打开。门宽80厘米,门把手一侧的墙面宽度要达到50厘米。

3. 门前最好没有门槛,如果有门槛,应该使用小斜坡消除高度差,确保残疾人和老年人乘坐轮椅到达室内各个房间。同时,也可以防止自己行走的残疾人和老年人被门槛绊倒。(图11-2-6)

图 11 - 2 - 6　方便轮椅出入

4. 各个门在靠把手一侧的墙上要安装扶手,方便残疾人开门时抓握。(图 11 - 2 - 7)

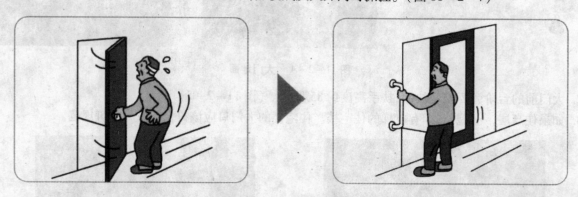

图 11 - 2 - 7　墙上安装扶手

5. 居室的门最好是推拉门,方便残疾人开启和通过;其次是折叠门和平拉门;最不适合的是弹簧门。(图 11 - 2 - 8)

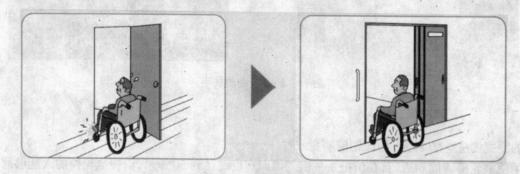

图 11 - 2 - 8　推拉门

(三)走廊

1. 走廊的宽度最好≥120 厘米,最窄也要≥90 厘米,保证轮椅的通行。(图 11 - 2 - 9)

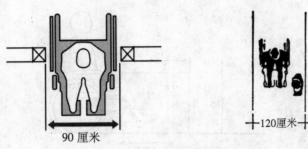

90 厘米　　　　　120 厘米

图 11 - 2 - 9　走廊要宽

2. 走廊的墙上应该安装扶手,高度为 85 厘米,帮助残疾人和老年人行走。(图 11 - 2 - 10)

图 11 - 2 - 10　走廊扶手

(四)卧室

1. 床应一侧靠墙以提高稳定性。
2. 卧室活动空间能够保证轮椅的回转。(图 11 - 2 - 11)

图 11 - 2 - 11　卧室的安排

3. 室内使用的床、桌、椅……的尺寸和摆放应该方便残疾人和老年人使用。例如,床(包括床垫)和椅子(包括椅垫)的高度应在 45 ~ 50 厘米之间,方便坐轮椅的残疾人和老年人向床和椅子的移乘。桌子的台面高度约 85 厘米,桌下净高 >60 厘米,桌面外伸 45 厘米。这样才能保证坐轮椅的残疾人和老年人较舒适地坐在桌前。(图 11 - 2 - 12)

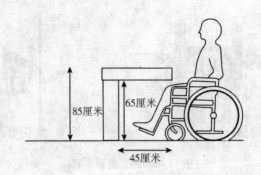

图 11 - 2 - 12　桌子的规格

(五)地面

居室的地面要铺设防滑材料,特别是容易洒水的卫生间、厨房以及楼梯和台阶,防止残疾人和老年人滑倒。

(六)卫生间

1. 卫生间要离卧室近,而且方便轮椅到达,里面的空间应该保证轮椅的行动。

2. 卫生间地面一定要铺设防滑材料。

3. 最好选择推拉门,如果选择平开门,门扇一定要向外开而不能向里开。残疾人和老年人在卫生间一旦发生意外,其他人可以从外面进去,不会因为轮椅在屋里而从外面推不开门。

4. 便器的标准高度40厘米左右,这个高度不适合乘坐轮椅者使用。因此,最好选用高度为45厘米的坐便器,方便坐轮椅的残疾人和老年人从轮椅向坐便器的转移。如果已经安装了普通坐便器,可以使用补高器增加高度。

5. 坐下和起立有困难,但不坐轮椅的残疾人和老年人,也可以根据自己功能障碍的具体情况,选用高度合适的补高器。

6. 如果卫生间仍然使用的是蹲坑,有可能的话最好改造成为坐便器。如果没有条件改造,蹲坑上要使用补高椅、凳。

7. 此外,要根据功能障碍的具体情况,在坐便器旁边的墙上安装扶手,方便残疾人和老年人抓握,帮助他们坐下和站起。(图 11 - 2 - 13)

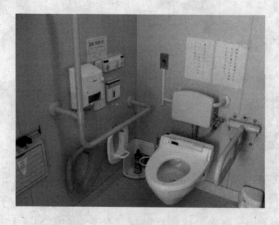

图 11 - 2 - 13　卫生间设施

8. 洗脸池的最大高度为85厘米;水龙头应采用功能障碍者方便开启的类型,如长柄拨杆水龙头、感应式水龙头等;洗脸池下边的净高不要小于60厘米,以方便坐轮椅者下半身伸入洗脸池下。(图 11 - 2 - 14)

9. 对于不坐轮椅的残疾人和老年人,最好准备一个带有扶手的洗浴椅,可以坐着洗漱。

图 11 - 2 - 14 方便残疾人用的洗脸池

10. 浴盆的高度也应选择 45 厘米,方便使用者从轮椅向浴盆的转移。浴盆旁边最好安放移乘台,或者盆边安装浴盆扶手,里面安放浴盆座椅,底部要铺设防滑材料。浴盆旁边的墙上,根据需要安装扶手,既帮助残疾人坐和站,又可以保证他们的安全。(图 11 - 2 - 15)

图 11 - 2 - 15 浴室的设施

(七)厨房(图 11 - 2 - 16)

图 11 - 2 - 16 厨房

1. 考虑到坐轮椅的使用者,厨房面积要比普通厨房大,要保证轮椅回转所需的 1.5 米的净宽度。如果达不到这个标准,净宽也要≥90 厘米。地面一定要铺设防滑材料。最好选择推拉门,如果选择平开门,门扇一定要向外开而不能向里开。

2. 操作台高度不超过 80 厘米,坐轮椅和站立操作的残疾人和老年人都可以使用。为方便乘轮椅者的下半身伸入台下,以便上半身靠近操作台,主要操作台和洗涤池的下方的宽度≥70 厘米,高度≥60 厘米。做饭常用的炊具和材料都要放在残疾人和老年人伸手可触的地方。

(八)电源开关和插座

电源开关的位置离地面高度不超过 110 厘米,插座离地面高度不少于 50 厘米。这样可以保证坐轮椅者伸手可以触到。(图 11 – 2 – 17)

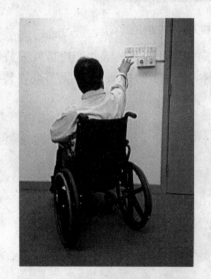

插座太高　　　　　　　　　　　　　　插座太低

图 11 – 2 – 17　电源开关

五、对残疾人辅助器具服务机构的要求

对于身体有功能障碍的残疾人和老年人来说,居住环境的无障碍改造具有重要的意义,可以帮助他们在自己的家里实现生活无障碍,有效地提高生活质量。同时,可以减轻护理人员的工作强度。

今后,居住环境的无障碍改造将是残疾人辅助器具服务机构为残疾人和老年人服务的重点项目。以下是这类机构的主要工作内容:

1. 收集服务对象的相关资料,包括病史、诊断、特别是身体功能障碍的详细情况……

2. 了解服务对象的居家环境状况,如房屋格局、内部空间规格及空间利用情况等。

3. 对居住环境进行实地考察,对建筑物的尺寸进行实际测量。

4. 根据实际居住环境评估对残疾人和老年人行动的影响程度,确定改造目的和项目。

5. 提供居住环境无障碍改造的建议报告。

6. 在施工过程中,随时了解工程是否符合建议报告的各项要求。改造工程结束后,对无障碍改造的成果进行评估。

7. 定期进行回访,了解使用情况并进行使用指导。

复习题

1.无障碍环境的全面含义是什么?

2.无障碍环境对残疾人的重要意义是什么?

3.为什么要对残疾人的居住环境进行改造?

4.居住环境改造的重点位置在哪里?

5.残疾人辅助器具服务机构在居住环境改造的工作中应担负哪些任务?

(乔新生)

第十二章 康复机构建设与管理

本章学习重点要求

1. 熟悉省、市、区、县残疾人综合服务设施的建设标准。

2. 掌握区、县残疾人综合服务设施建设的指导思想、功能与任务、规模与设置、主要业务功能和绩效考核标准。

3. 知道怎样促进区、县残疾人综合服务设施建设的发展。

4. 了解各级聋儿康复机构的建设标准。

5. 了解辅助器具机构的建设标准。

6. 了解康复医疗机构的建制与网络体系。

第一节 省、市残疾人康复中心建设标准

为贯彻落实《中国残疾人事业"十一五"发展纲要》关于"积极推进残疾人康复服务专门机构建设,完善省、市(地)康复中心功能和条件"的精神,加快省、市(地)康复中心建设的发展,中国残联根据残疾人康复事业发展需要和各地残疾人康复中心发展的实际情况,制定了《残疾人康复中心建设标准》。残疾人康复中心是公益性事业单位,是为残疾人提供康复医疗、教育、职业、社会等康复服务的综合性康复机构和技术资源中心,承担着康复训练与服务、康复技术人才培养、社区康复服务指导、康复信息咨询服务、康复知识宣传普及、康复研究和残疾预防等工作。

一、职能与任务

1. 在同级残联的领导下,协助残联康复部制订本地区残疾人康复工作计划,做好残疾人康复业务的技术指导工作。

2. 配合同级残联完成康复任务和其他业务,对残疾人进行康复医疗、教育、职业、社会等综合康复服务,成为本地区残疾人康复服务的示范窗口。

3. 培训康复技术人员和管理人员,宣传普及康复和残疾预防知识。

4. 协助建立社会化康复服务网络,指导区、县(市)康复服务机构的业务建设,提供有针对性的技术服务,推广实用技术,组织上门服务。

5. 开展康复科学研究和学术交流,注重科研成果的转化和利用,为制定康复相关政策提供科学依据。

二、分级标准

残疾人康复中心按照建设规模、人员配置、业务部门设置、技术水平分为一级、二级、三级。

（一）一级残疾人康复中心

1. 建筑面积不少于 2000 平方米。

2. 康复床位不少于 20 张（养护床位）。

3. 人员配置 职工总数与床位比为 1:1.2，财政补贴事业编制职工不少于 24 人，业务人员不低于职工总数的 80%。至少配备 1 名康复医师、2 名康复治疗人员（指从事运动治疗、作业治疗的人员）和 2 名特教教师。

4. 业务部门设置

（1）康复门诊部：设有儿童康复门诊、功能测评室、康复咨询室。（须取得医疗机构执业许可）

（2）肢体残疾儿童康复科：设有康复训练室（PT、OT）、引导式教育训练室。

（3）智力残疾儿童康复科：设有感统训练室、游戏活动室、生活辅导室、个别训练室。

（4）社区康复指导部：设有培训教室。

（5）有条件的可设孤独症儿童康复科室。

5. 技术水平

（1）功能测评和能力评估：

1）脑瘫儿童功能测评：运动发育、肌张力、姿势异常、智力评定和日常生活活动能力检查。

2）智残儿童能力评定：运动、感知、认知、语言交往、生活自理、社会适应能力评定。

（2）康复训练：

1）开展脑瘫儿童康复训练：运动功能、姿势矫正、日常生活活动、语言交往训练和引导式教育。

2）开展智残儿童六个能力领域的康复训练。

（3）配合同级残联康复部完成有关康复工作任务；指导社区康复训练服务；宣传普及康复和残疾预防知识。

（二）二级残疾人康复中心

1. 建筑面积不少于 3000 平方米。

2. 康复床位不少于 50 张（包括养护和治疗床位，其中治疗床位须经卫生行政部门审批）。

3. 人员配置 职工总数与床位比为 1:1.2，财政补贴事业编制职工不少于 60 人，业务人员不低于职工总数的 75%，专业技术职务设置符合国家及行业要求。每 10～15 张训练床位配备 1 名康复医师，每 10 张训练床位配备 1 名康复治疗人员（指从事运动治疗、作业治疗、语言治疗和传统康复治疗人员）、3 名康复护理人员。配眼科技术人员、假肢与矫形器技师各 1 名，特教教师不少于 2 名。

4. 业务部门设置 在一级基础上设：

（1）康复门诊部：设有各科康复门诊、功能评定室、化验室、放射科、心电图室、脑电图室、理疗室、药房等。

（2）肢体康复科：设有运动疗法室、作业疗法室。

（3）低视力康复科。

（4）康复工程部：可利用各级辅助器具中心资源，协作开展辅助器具服务。

5. 技术水平 在一级基础上，开展以下康复业务：

（1）康复训练：肌力、耐力、关节活动度、平衡、步行等训练和牵引疗法。

（2）电疗、透热治疗、光疗技术。

（3）针灸、按摩等传统疗法。

（4）低视力康复：提供低视力检查、助视器验配、视功能训练及助视器供应等服务。

（5）社区指导：配合同级残联康复部完成康复工作任务；指导社区残疾人康复训练；宣传普及康复知识；对基层康复服务机构进行技术指导。

（6）康复工程：家庭康复的环境改造指导；简易运动治疗和作业治疗器具、矫形器、助行器、自助具的制作和训练指导。

（三）三级残疾人康复中心

1. 建筑面积 5000 平方米以上。

2. 康复床位 100 张以上。

3. 人员配置　职工总数与床位比为 1:1.2～1.5。财政补贴事业编制职工不少于 120 人，专业技术职务设置符合国家及行业要求，业务人员不低于职工总数的 70%。康复医师、康复治疗人员、康复护理人员、眼科技术人员、假肢与矫形器技师、特教教师配置原则上同二级；根据业务开展情况配备职业和社会康复工作人员。

4. 业务部门设置　在二级基础上设：

（1）增设职业、社会康复室，增设心理科。

（2）设置功能评定科。

（3）分设偏瘫、截瘫、骨科等科室。

（4）分设康复训练科（运动疗法科、作业疗法科、语言治疗科）。

（5）增设手术科室（如矫形外科、眼科等）。

5. 技术水平　在二级基础上，开展以下康复业务：

（1）功能测评：电生理诊断，感觉功能测评，作业及语言能力测评，临床心理测评，心肺功能测评，偏瘫患者的运动功能测评。

（2）矫正体操，促通治疗手法等运动治疗技术。

（3）工艺疗法，认知功能训练，手功能训练，畸形矫正等作业治疗技术。

（4）常见语言交流障碍的治疗。

（5）心理治疗。

（6）康复工程：假肢、矫形器处方及训练，临床常用矫形器的制作。

（7）职业康复、社会康复的技术和方法。

（8）白内障复明、骨科矫治手术等。

三、机构管理

（一）行政管理

1. 中心实行主任负责制，主要领导熟悉业务，具有一定管理水平，胜任工作。领导班子内部合理分工，各项管理工作有人负责。

2. 中心有健全的管理体系，有相应的组织机构和管理制度。

3. 中心有长远发展规划、年度计划、季度安排和具体落实措施，定期检查、评估和总结。

（二）业务管理

1. 按照国家有关法律、法规和诊疗规程、规章，建立健全各项业务管理制度、训练常规和技术操作规范，并组织落实，防止事故发生。

2. 定期进行康复训练效果和各项业务质量评价，制订改进方案。

3. 制订各级各类人员继续教育和专业培训计划，加强岗位培训及考核工作。

4. 掌握本地残疾人康复工作情况，制订基层康复业务指导工作计划，配合残联康复部门抓好社区康复工作典型，接收基层转介服务。

5. 制订康复科研计划，开展康复技术研究和学术交流活动，一级残疾人康复中心每年在省部级以上学术刊物发表论文 1～2 篇，二级中心 3～5 篇，三级中心 5 篇以上。

（三）信息管理

1. 有专门信息管理部门和相关工作制度。

2. 建立各项业务档案，保持档案完整，数据准确。

3. 做好信息的汇总分析、反馈利用，有可供查阅的评估报告和统计资料。

（四）人事管理

1. 根据国家关于事业单位人事制度改革的原则和法规、规章，制定科学合理的人员聘用、岗位管理、绩效考核等相关的人事管理制度。

2. 建立健全各级各类人员岗位职责和岗前教育制度，并依据岗位职责，定期组织绩效考核。

3. 建立专业技术职务晋升制度，专业技术人员均有国家认可的任职资格证书或经过专业培训的结业证书。

4. 创新用人机制，改革用人制度，不断探索，建立吸引人才、培养人才的机制。

（五）财务管理

1. 严格执行国家会计法和有关财务制度，加强财经纪律。

2. 有健全的财务管理和监督制度，编制年度预算和决算，专项经费明细，各项报表规范，填报及时。

3. 各类会计档案、凭证、账簿、报表符合会计制度，保存完好。

（六）设备管理

1. 有健全的设备管理制度，包括设备的计划、审批、采购、验收、入库、领发、保养、维修、报废、更新等。

2. 各种设备、器材要建立规范的账目，主要设备要建立档案，有专人管理。

3. 实行计划管理，贵重、精密仪器设备要有适应性、可行性论证。

（七）后勤管理

1. 保证业务工作的需要，主动、及时服务，随时维护各种设施、设备，保证水、电、气、暖正常供给。

2. 健全物品验收、入库、发放、报废等制度。

3. 加强车辆管理，定期维修、维护，保证工作用车。

4. 保证中心内外环境优美，清洁卫生。

（八）安全管理

1. 有各项安全管理制度，制订突发事件应急预案。

2. 对易发危险的设备和要害部门有特殊的管理措施，如高压力系统、高压氧仓、氧气供应系统、危险品库、配电室等。

3. 有完备的防火、防盗设施和报警装置，标志醒目，定期检查更换。

（九）思想政治工作和职业道德建设

1. 发挥党组织的政治核心作用和监督保障作用，建立思想政治工作管理体系。

2. 建立内外监督机制，加强职业道德建设，教育职工热爱残疾人事业，抵制不正之风，对中心工作满意度定期考核。

四、康复业务场所

1. 康复业务场所应设在方便残疾人抵离的地方。

2. 康复业务用房建筑面积不低于总建筑面积的 60%。

3. 通行区域和患者经常使用的主要公用设施应体现无障碍设计,地面防滑,走廊墙壁应有扶手装置。

4. 地板、墙壁、天花板及有关管线应易于康复设备与器械的牢固安装、正常使用和经常检修。

5. 以残疾儿童为服务对象的康复场所,色彩、设计、装饰应适合儿童的心理特点。

五、设备和器械

(一)一级康复中心

1. 基本设备　诊察床、诊察桌、听诊器、体温计、血压计、出诊箱、注射器、纱布罐、药品柜、紫外线灯、洗衣机、电冰箱、高压灭菌器具等。

2. 康复训练器具　训练用垫和床、训练用扶梯、儿童肋木、姿势矫正镜、儿童平行杠、训练用棍和球;常用规格的沙袋和哑铃、收录放机;儿童用桌椅、钻滚桶;图形认知组件、拼图、插板、玩具;木条床(台)、梯形椅;脑瘫康复用姿势矫正椅、踝关节矫正板;大、小巴氏球。

3. 智力测评工具、量表、软件和教学、生活服务等器械和设备。

(二)二、三级康复中心

1. 基本设备　显微镜、自动生化分析仪、血球计数器、X 光机、灌肠器、供氧装置、紫外线灯、洗衣机、电冰箱、高压灭菌器具等。

2. 运动治疗器具　训练用垫和床、训练用扶梯;肋木、姿势矫正镜;训练用棍和球、常用规格的沙袋和哑铃;墙拉力器、划船器;手指肌训练器、股四头肌训练器;前臂旋转训练器、滑轮吊环;常用规格的拐杖、平行杠;脑瘫康复用球类、脑瘫康复用姿势矫正椅;常用规格的轮椅、助行器及儿童用训练器械。

3. 作业治疗器具　沙磨板、插板、插件、螺栓、滚筒、训练用球类;日常生活训练用具及儿童用训练器械。

4. 理疗器具　中频治疗机、低频脉冲电疗机;音频电疗机、超短波治疗机;红外线治疗机、磁疗机;颈椎牵引设备、腰椎牵引设备。

5. 传统康复治疗器具　针灸用具、人体经络穴位示意用品、按摩用品。

6. 语言治疗器具　录音机或语言治疗机、非语言交流写字画板;语言治疗和测评用具(实物、图片、卡片、记录本等)。

7. 功能测评器具　关节角度测量仪、肌力计;肌电图仪、平衡仪;心电图机、脑电图机;血压计。

8. 智力残疾康复器具　智力测评工具、量表、软件;打击乐器、电子琴、多媒体等教学设备;洗漱、饮食、清洁、简单劳动等日常生活训练设施、器具、工具、家具、电器。

9. 低视力康复器具　国际标准视力表(远用、近用)、低视力专用视力表、助视器配镜箱、各类助视器。

10. 辅助器具服务所需要设备、器具种类参照相关标准执行。

六、质量控制

各部门按工作规定和操作规程开展各项工作,建立量化考核指标:

1. 康复病案和康复诊疗记录书写合格率≥90%。

2. 康复训练总有效率≥80%。

3. 康复床位使用率≥60%。

4. 康复器材、设备完好率≥80%。

5. 残疾人康复服务满意率≥80%。

6. 无重大责任事故发生。

第二节　区、县残疾人综合服务设施的建设与管理

一、基本情况

根据国务院批转实施的《中国残疾人事业"十一五"计划纲要》的要求,地方残疾人综合服务设施建设,是开展各项残疾人业务工作,推动残疾人事业发展的基础条件,是"十一五"期间必须认真做好的重点工作之一,各地要从残疾人事业长远发展出发,采取切实得力的措施,全面推进。

区、县残疾人综合服务设施(或康复服务中心,下同)建设,以地方投资为主,国家给予适当补助,全国区、县残疾人综合服务设施投入使用,发挥了经济和社会效益,办成残疾人康复的训练和示范窗口,是开展社区康复的技术指导资源中心。

首先,残疾人综合服务设施是集康复指导、聋儿语训、就业服务、职业培训、辅助器具供应、盲人按摩诊所、文体活动为一体的残疾人综合服务中心。其次,建设规模及标准要适度,区、县残疾人综合服务设施建设规模以 500 平方米为宜,需采用残疾人无障碍设计,严格执行国家、地方政府的有关标准和规定,保证设施质量,注重实用、简朴、布局合理,控制行政办公用房,保证业务用房。

建立区、县级残疾人康复中心要具备一定的基本条件:残联组织健全、机构完善、计划单列,机构规格为正科级,康复服务指导站、聋儿听力语言训练部、就业服务所、职业培训部、辅助器具供应服务部、盲人按摩诊所、文体活动站等机构已经建立,行政事业经费列入政府财政预算。康复中心工作人员到位,业务工作正常开展。当地配套建设资金到位,地方计划部门批准立项,并列入当年基建投资计划,具备开工条件。地方政府在残疾人综合服务设施立项、建设用地等方面给予优惠。确保国家建设残疾人综合服务设施扶持款项必须专款专用,不得挤占挪用。

二、建立综合服务设施的实施办法及申报程序

1. 地方残联要会同政府有关部门,制订"十一五"期间区、县残疾人综合服务设施投资计划。

2. 中国残联根据国家对区、县残疾人综合服务设施建设投资额度制订年度投资计划;各省级残联根据中国残联的投资计划,选择报送符合条件的区、县。其审核内容为区、县残联向省残联提出书面申请,要说明建设该服务设施的意义、建设规模、资金计划,无障碍设计等,并附有相关资料:①新建的残疾人综合服务设施提交开工许可;②划拨的残疾人综合服务设施提交政府证明文件;③购买的残疾人综合服务设施提交房屋产权证或具有法律效力的相关文件。对符合要求的残疾人综合服务设施建设项目填制《区、县残疾人综合服务设施建设审核表》,一式二份,一份报中国残联,另一份与区、县上报的资料一起由省残联存档。

3. 中国残联计财部是地方残疾人综合服务设施建设投资的归口部门。

4. 省级残联应有一位主要领导负责并设专人管理。

5. 中国残联将适时抽查地方残疾人综合服务建设情况,重点是国家扶持项目。

6. 省级残联要建立文档,图片资料库。资料内容包括:综合服务设施全景照片,综合服务设施的竣工报告,综合服务设施的房、地产权证明,综合服务设施的运转情况,当地残疾人状况等资料。

三、区、县残疾人康复服务中心建设标准与功能设置

区、县残疾人康复服务中心(或综合康复服务设施,下同)有足够的固定场所为残疾人提供较为全面的康

复服务,并且在社区康复服务网络中起资源中心、指导中心、培训中心和示范窗口的作用。区、县残疾人康复服务中心是区、县残疾人联合会直属的非营利性事业单位,是直接为各类残疾人提供全面康复服务的综合性康复机构和技术资源中心,承担着各类残疾人功能性康复训练、社区康复服务、康复人员和残疾人及其亲属培训、康复知识普及、基层康复指导、康复信息咨询和残疾预防等工作。

(一)指导思想与工作原则

1. 指导思想　坚持以人为本的科学发展观,适应项目地区广大残疾人日益增长的康复需求和残疾人康复工作的需要,全面推进区、县级残疾人康复服务中心的建设,明确职能任务,规范业务管理,提高技术水平,增强服务能力,为实现项目地区残疾人"人人享有康复服务"的目标发挥技术支持作用。

2. 工作原则　适应残疾人事业发展需要,为实现 2015 年项目地区残疾人"人人享有康复服务"康复目标,提供社区康复服务整体技术支持。

(1)以为残疾人服务为宗旨,重点开展本地区残疾人急需的、社会上薄弱的康复业务,特别是针对残疾儿童的康复业务。

(2)坚持全面康复的原则,以医疗康复为重点,兼顾发展教育、职业、社会康复业务。

(3)因地制宜,探索并形成与当地经济社会发展水平和残疾人康复工作相适应的、与当地康复资源优势互补的残疾人康复服务中心自主运行发展模式。

(二)职能与任务

1. 协助区、县残联制订本地区残疾人康复工作计划,配合完成国家下达的各项康复任务,做好全面康复的技术指导工作。

2. 为各类残疾人提供综合康复服务,成为本地区残疾人康复服务的示范窗口和技术资源中心。

3. 指导本区、县基层残疾人康复站、点(乡镇、村)的业务建设,进行督导检查。

4. 指导乡镇、村开展社区康复服务工作,推广实用技术,培训基层康复员、残疾人及其亲属,普及康复和残疾预防知识,指导残疾人在社区和家庭开展功能性康复训练。

5. 实施本区、县康复人才培养规划,采取多种形式培训各级康复工作管理人员、康复专业技术人员、社区康复人员。

6. 低投入、广覆盖。推广实用性康复技术和辅助用具的应用,注重就近就便、就地取材、因陋就简、简单实用的康复产品转化和利用。

(三)规模与设置

1. 建筑面积不少于 500 平方米,其中业务用房面积不少于总建筑面积的 80%。

2. 楼外通道、楼内走廊要有无障碍设施。楼内设有残疾人专用厕所并方便残疾人使用轮椅出入。

3. 便于残疾人康复住宿的床位(成人或儿童)不少于 5 张。

4. 人员配置　职工总数不少于 10 人,业务技术人员不低于 8 人。至少配备 1 名康复医师、3 名康复治疗人员(指从事物理运动治疗、作业治疗人员)和 2 名特教教师。

5. 业务部门设置　区、县康复服务中心功能设置应遵循五个原则:以残疾人康复需求为导向;拾遗补缺、寻找突破口;因地制宜、合理布局;成为全面康复示范窗口;小而精、切忌大而滥。在此基础上,区、县中心应具备十个基本功能科室:咨询接待室、康复门诊、康复训练室、视力康复科、脑瘫儿童康复科、智残儿童康复科、聋儿康复科、残疾人职业培训科、社区指导科、辅助器具供应服务和培训教室等科室。

各地根据当地实际情况,可以进行科室、部门的内部调整和增减,如加强辅助器具的供应和维修,增加自闭症儿童的康复治疗等。

康复服务中心建设根据成本效益原则,科学管理、热忱服务,不断提升服务能力和效果。同时,在康复服务中心机构内尝试推行残健合一康复模式。

（1）咨询接待室应当发挥以下功能：普及康复知识；展出宣传折页、宣传材料、预防宣传画等普及资料；辅助器具展示及信息服务；法律保障、教育、劳动就业等方面的咨询服务；家庭环境改造指导；转介服务。

（2）康复门诊应具备开展基本医疗服务的条件，包括药房、治疗科室、观察床位、家庭病床（出诊）服务、残疾评定服务、中医针灸、盲人按摩服务。

（3）康复训练室应开展体现现代康复手段的训练服务，如运动疗法、作业疗法、适当的理疗等业务，有条件的还可开展语言治疗。

（4）视力康复科应开展低视力配戴助视器及康复训练、弱视康复和视力矫正，有条件适情开展贫困白内障患者手术等业务。

（5）脑瘫儿童康复科应开展功能训练、引导式教育、矫形器配制、家长培训等康复服务业务。

（6）智力残疾儿童康复科应开展主要对农村弱智儿童、部分7岁至15岁中度残疾儿童的康复训练业务。

（7）聋儿康复科应开展听力检测、耳模制作、听力语言训练等康复业务。

（8）职业培训科应开展以当地就业形式为导向的职业评定、技能培训、就业咨询及安置等业务。

（9）社区指导科应提供社区康复指导，制订全区、县康复服务计划，培训基层康复员，组派小分队下乡进村入户服务，指导填写并管理康复训练与服务档案，指导制作适合基层和家庭使用的辅助器具和训练器具。

（10）培训教室、中心应举办康复员培训和家长培训，这些都需要资源教室。

（四）业务功能

1. 开展本区、县残疾人基础调查和康复需求调查，分析康复需求，制订全区、县残疾人综合性康复计划和实施方案。

2. 开展康复咨询、心理辅导、残疾评定及核发残疾人证等业务。

3. 开展本地急需的残疾人和残疾儿童（脑瘫儿童、聋儿、孤独症和智障儿童等）康复业务。

（1）残疾人功能测评和能力测评。

（2）制订康复计划。

（3）实施系统康复训练。

（4）开展特教活动，推广"引导式"教育和全纳教育。

（5）评估康复效果。

（6）培训家长。

4. 接受转介服务。

5. 配合区、县（市）残联完成各项康复工作任务；负责本地区各级康复站、点业务指导；组织本"中心"专业人员、乡镇康复指导人员和其他系统有关专家深入农村基层和家庭提供康复服务，普及康复知识。

（五）绩效考核指标

1. 年平均下乡村业务指导≥10次。

2. 年平均举办各类业务培训班≥4期。

3. 康复训练有效率≥80%。

4. 康复设备使用率≥70%。

5. 康复设备完好率≥95%。

6. 责任事故发生次数0。

7. 残疾人及其亲属满意率≥90%。

四、加强区、县残疾人康复服务中心建设的主要措施

（一）加强组织领导

1. 各区、县政府将区、县残疾人康复服务中心建设作为战略任务列入残疾人事业发展规划，区、县残联要

协调政府主管领导和有关部门,解决区、县残疾人康复服务中心在机构编制、业务用房、经费补贴等方面的问题。

2. 各区、县政府主管领导和残联加强残疾人康复服务中心领导班子建设,选拔配备得力干部,实施目标管理,进行绩效考核。

3. 各区、县残联要积极创造条件,负责保障残疾人康复服务中心的正常业务运转。按照上级残联要求,分解下达任务,组织协调区、县残疾人康复服务中心完成相关康复工作。

(二)加强队伍建设

1. 贯彻执行《全国残联系统康复人才培养规划(2005~2015年)》,做好区、县残疾人康复服务中心业务人员的继续教育,稳步提高区、县残疾人康复服务中心人才队伍的业务素质和学历、职称水平,逐步达到要求。

2. 提高依法规范执业的水平,区、县残疾人康复服务中心康复技术人员所从事的专业,国家已经实行执业资格认证的,要按国家规定,通过强化学习、培训,取得相应的执业资格,并且杜绝非专业人员占用专业技术岗位的现象。

3. 创造条件做好专业技术人员的职称评审工作,积极引进优秀专业人员,选拔和培养社区康复专业骨干和带头人。

(三)深化改革,健全机制

1. 贯彻国家事业单位改革精神,改革区、县残疾人康复服务中心内部管理体制,健全人、财、物的管理制度,形成规范、高效的运行机制和管理体制。

2. 广开渠道,理顺经费补偿机制。区、县残疾人康复服务中心要积极争取成为享受财政预算补贴的单位,避免划为自收自支单位,同时积极发挥自身优势,拾遗补缺,以副养主,增加业务收入,并积极争取国内外合作项目及社会支持和援助。

(四)因地制宜,加快发展

按照达标要求,结合自身实际状况,确定发展目标。

1. 已经建成的区、县残疾人康复服务中心要努力开拓康复业务,充实完善业务领域,力争首先达到标准。

2. 正在筹建的区、县残疾人康复服务中心要在县残联的领导下,积极争取当地政府有关部门的支持和帮助,充分挖掘和利用社会资源,抓紧基础建设和专业人员配备及培训,找准业务切入点,尽快拾遗补缺开展工作,逐步达到标准。

(五)严格达标评审,加强督导检查

各区、县政府要将省、市残疾人康复服务中心建设发展列入年度重点工作,确定达标目标,加强督导检查,组织达标自查。中国残联相关部门制定《区、县残疾人康复服务中心达标评审办法》,组织有关部门和专家组对区、县残疾人康复服务中心建设进行达标验收。(表12-1)

表12-1 区、县残疾人康复服务中心达标评审标准

评审内容	标　　准	分值(分)	评审记录
建筑面积	≥500平方米	2	
业务用房	占总建筑面积≥80%	3	
无障碍设施	室内外建有无障碍设施(扶手、坡道、盲道、有声提示等)	2	
	楼内设有残疾人专用厕所,门宽≥80厘米,方便残疾人使用轮椅出入	2	
康复住宿床位	≥5张	1	
	合计	10	

评审内容	标　　准	分值(分)	评审记录
人员配置	职工总数　≥10人；其中：	2	
	业务人员比例　≥80%	3	
	康复医师　1人	1	
	康复治疗人员　3人	2	
	特教教师　2人	2	
	合计	10	
业务部门设置	咨询接待室，其中设有：	1	
	康复咨询室	1	
	辅助用具展示室	1	
	康复门诊，其中设有：	1	
	中西医门诊治疗室	1	
	残疾诊断、功能评定室	1	
	针灸、按摩、理疗室	1	
	小药房	1	
	康复训练室，其中设有：	2	
	物理运动治疗室	1	
	作业治疗室	1	
	儿童康复训练室	1	
	视力康复科，其中设有：	1	
	助视器验配、视功能训练室	1	
	脑瘫儿童康复科，其中设有：	1	
	功能训练室	1	
	游戏活动教室	1	
	智力残疾儿童康复科，其中设有：	1	
	功能训练室	1	
	游戏活动教室	1	
	聋儿康复科，其中设有：	1	
	听力检测、评定室	1	
	听力语言训练室	1	
	游戏活动教室	1	
	职业培训科	1	
	社区指导科，其中设有：	2	
	社区康复档案资料室和数据库	1	
	简易辅助用具研发制作室	1	
	培训教室	2	
	合计	32	
业务功能	残疾人基础调查和康复需求调查分析	2	
	全县残疾人综合性康复计划和实施方案	1	
	康复门诊：康复咨询、心理辅导、残疾评定及核发残疾人证等业务	4	

续表

评审内容	标　准	分值(分)	评审记录
业务功能	视力康复:助视器验配、视力功能训练	1	
	肢体功能评定及训练:关节活动度、肌力评定、日常生活能力检查,耐力、肌力、关节活动度、步行、日常生活能力训练,牵引疗法、传统疗法	10	
	残疾儿童康复:功能测评、制订康复计划、系统康复训练、评估康复效果、培训家长	10	
	开展普及性假肢、矫形器装配、简易辅助用具服务	2	
	康复知识普及:开展咨询服务、发放普及读物,设有宣传栏、举办社会宣传活动	2	
	完成康复任务:协助残联制订康复工作计划、完成下达任务、提供技术支持	1	
	康复站、点指导:建立乡镇、村康复站、点建设档案,调研指导康复站、点工作	2	
	基层康复服务:每年深入基层指导不少于 10 次	3	
	开展康复培训:举办各类培训班,每年不少于 4 期	3	
	接受转介服务	2	
	合计	43	
绩效考核	康复训练有效率≥80%	1	
	康复设备使用率≥70%	1	
	康复设备完好率≥95%	1	
	责任事故发生次数 0	1	
	残疾人及其亲属满意率≥90%	1	
	合计	5	
各项分值合计		100	

五、区、县级康复服务中心的辅助用具服务部服务设施与产品配置方案

为将残疾人辅助器具供应服务延伸到区、县级康复服务中心并辐射到乡、镇、社区,现根据有关要求,制订本方案。

(一)辅助用具服务内容

在区、县级康复服务中心设立残疾人辅助器具供应服务部,配置辅助器具样品和宣传资料。利用样品的展示,开展知识宣传和信息咨询,提供租借、维修、转介、特殊制作等服务,形成产品供应能力,依托乡镇康复站形成服务网络,将残疾人辅助器具的供应服务向社区和家庭延伸。

(二)设施

1. 区、县级康复服务中心辅助器具供应服务有专用场地 2 间。一间门市房,用于辅助器具咨询展示和供应服务;一间库房,用于辅助器具的存储。这些设施的容量尽可能充足。

2. 区、县级康复服务中心辅助器具供应服务的窗口应具备以下 6 种设施:①梯形槽式墙板,用于吊挂展示辅助器具。②展柜 2m×1.2m,3 组,用于分类展示辅助器具。③资料柜 2m×1.2m,1 组。宣传资料架高不超

于 1.2 m,以方便残疾人自行查阅和索取宣传资料。④根据辅助器具展示的实际需要,设有相应的展台或展架。⑤咨询交流场所配有桌椅,形式可多样化,体现以人为本的原则。⑥根据条件,配备用于播放宣传资料的媒体设备。

3. 乡康复服务站应有固定场所用于摆放辅助器具和宣传资料。

(三)辅助器具配置

1. 区、县康复服务中心的辅助器具,是根据近几年全国样品配发的经验,残疾人的普遍需求,并结合项目执行区、县的康复服务目标配置的,辅助器具样品主要用于展示,部分肢体残疾人用品可用于租借服务;配置的样品以肢体残疾辅助器具为主,涉及肢体、听力、视力、智力四大类,100 多个品种。

2. 为使区、县级康复服务中心的辅助器具供应服务形成服务能力,能够持续稳定地发展,配备残疾人辅助器具产品,用于供应和销售。

(四)资产保管

1. 配置的设施、样品和用于租借服务的产品,作为固定资产,登记入账,专人保管。

2. 配置的样品要保持相对稳定,不得流失。

3. 用于租借的产品要建立相应的制度,妥善保管,防止流失和损坏。

4. 用于供应的产品要登记入账,售出后的资金作为周转金,专款专用。

(傅克礼)

第三节　聋儿康复机构建设

一、基本情况

听力障碍不仅影响儿童对声音信息的获取,而且会严重影响他们的言语、心理、智力以及人格的正常发育和发展。但是,如果采取了积极、科学的康复措施,其中大部分聋儿完全可以做到能听会说。国内外实践已经证明,在所有残疾儿童康复训练中,聋儿的康复效果是最好的。

在我国医学界和特教系统,虽然很早就有学者对聋儿进行口语教学的实验,但鉴于当时的认识和条件,这种实践的规模很小,受益聋儿的面很窄。1983 年在卫生部和民政部的支持下,在一些专家和热心人士的努力下,成立了我国第一家聋儿康复机构——中华聋儿听力语言康复中心,标志着我国真正意义上的聋儿康复的开始。1988 年中国残疾人联合会成立,将聋儿康复列为抢救性的康复项目,大大推动了聋儿康复机构的建设,中华聋儿听力语言康复中心更名为中国聋儿康复研究中心,各省市也纷纷建立起了一大批规模不同的聋儿康复机构。截止到"九五"计划末,全国建立了 32 个省级中心、600 多个地市级语训部、1000 多个语训班,基本形成了覆盖全国大部分地区的聋儿康复机构网络。"十五"期间,按照《省级聋儿康复中心建设标准》的要求,中国残联会同教育部、民政部对省级聋儿康复中心进行了达标验收。2005 年全国残疾人康复工作办公室聋儿康复协调组出台了《基层聋儿康复机构基本设置推荐规范》和《听力语言康复教师执业资格准入管理办法》等文件,各省按照文件的精神,根据本地实际情况,陆续开始对本省聋儿康复机构进行考核验收。

截止到 2006 年底,全国已康复聋儿近 27 万名,其中的 30% 进入了普通小学和正常托幼机构。在行业管理、新技术引领、实施听力助残－救助贫困聋儿康复训练、推行人工耳蜗一体化服务、开展科研与教研活动、培训专业技术人员、推动社区家庭聋儿康复工作和全面完成国家下达的聋儿康复任务方面,聋儿康复机构发挥着巨大作用。

为实现 2015 年残疾人"人人享有康复服务"的目标,按照中国残疾人事业"十一五"发展纲要与配套实施方案的要求,自 2006 年开始,全国的聋儿康复工作将拓展为听力语言残疾康复工作,康复对象由听障儿童扩大为所有年龄段的听障人士,各级聋儿康复机构的工作设施和工作内容要进行逐步调整,聋儿康复机构要适时更名为听力语言康复机构,争取在最短的时间内达到全方位地为所有听障残疾人服务的能力。

二、各级聋儿康复机构的岗位设置和功能

(一)中国聋儿康复研究中心

中国聋儿康复研究中心是目前亚洲规模最大、国内水平最高的听障儿童康复机构,收训聋儿的数量可达到 150 人,康复后聋儿的入普率可达 80% 以上。除了完成本身承担的医疗、教学、科研任务外,还担负着全国聋儿康复行业管理的任务。根据工作需要,中心除了设有保证日常工作运行的行政管理、后勤保障部门外,还为便于推动和管理全国工作设有听力门诊部、语言训练部、教育培训处、科研信息处和全国工作处等职能处室。

(二)省级聋儿康复中心

目前全国的 32 个省级聋儿康复中心,按照中国聋儿康复研究中心的工作模式,除了完成收训聋儿的任务外,还在康复部的统筹安排下,指导和管理本省的聋儿康复工作。主要设置有听力门诊部、语言训练部和社区指导部。部分省中心还设有研究室、科研部等部门。省级聋儿康复中心是本省残联的常设机构。

(三)地、市级语言训练部

截止到 2006 年底,全国共有语训部 643 个。语训部的主要功能是完成本地聋儿的语言康复训练任务,其中的大部分建立了听力康复门诊,能够为当地听障儿童进行听力检测和助听器验配,部分语训部还具有指导社区家庭康复的能力。部分语训部已经更名为聋儿康复中心。

为了降低工作成本和充分发挥社会资源的作用,与省级聋儿康复中心全部隶属于残联系统的模式不同,643 个语训部分别建立在不同的系统体系中,还有一部分属于民营性质,但全部接受残联的业务指导和康复工作安排。

(四)区、县级语言训练班

语言训练班的主要任务是聋儿的语言康复训练。随着全国区、县级残疾人康复综合服务设施的不断完善,部分语训班已经具有完成聋儿听力检测和助听器效果评估的功能。全国语言训练班的数量是动态的,工作开展与当地聋儿的数量有着密切的关系。

(五)社区康复工作站

随着全国残疾人社区康复工作的开展,部分地区在社区残疾人活动中心或卫生服务中心设立社区家庭康复指导站(室),承担着辖区内残疾儿童包括聋儿的调查摸底、建档立卡、康复咨询和转介服务的任务。

三、康复机构建设标准和设置规范

(一)省级聋儿康复中心机构建设标准

根据经济发达程度、工作基础和工作条件的不同,目前对省级聋儿康复中心的机构建设和职能建设设立三类标准。

1. 一类标准 见表 12-2、12-3。

表 12 - 2　一类省级聋儿康复中心机构建设标准

一级指标		二级指标		三级指标		
内容	分值	内容	分值	内容	标　准	分值
规模与场地	10	规模	5	收训能力	≥6 个班	1
					聋儿数≥50 名	2
				编班	按年龄分为大、中、小班	1
				聋健合一班设置	有大、中、小聋健合一班	1
		场地	5	建筑面积	≥1500m² ,布局相对独立	2
				功能用房	功能用房完备且场所固定	1
					规格符合专业要求	0.5
					单训室≥6 间	1
				活动场地	聋儿人均 10m² 以上	0.5
设备	14	医用设备	7	测听检查设备	≥3 种	1
				助听评估设备	≥3 套	1
				耳模制作设备	功能齐全,运转良好	1
				助听器维修设备	≥1 套,工作正常	0.5
				声场校准设备	ND2 规格及以上设备	0.5
					工作正常,有使用记录	0.5
				助听器检测仪	≥2 种	0.5
				人工耳蜗调试	自有全套(或据需求)人工耳蜗编程器	1
				保健设备	一般设备、体检设备、消毒设备、常规医疗用品、常用药品	1
		教学设备	7	个体	聋儿全部配戴助听器或植入人工耳蜗	0.25
					具备可视化语言训练系统,每名聋儿有训练记录	0.25
				声响教学设备	有钢琴或电子琴(每班 1 台)	0.25
					录音机(每班配备 1 台)	0.25
					校准的声响教具(每班 1 套)	0.5
				电化教学设备	多媒体投影设备 1 套	0.25
					普通投影仪≥1 套	0.25
					摄像机 1 台	0.5
					照相机 1 台	0.25
					电视机(每班 1 台)	0.5
					录像机或 VCD(DVD)机(每班 1 台)	0.5
				学具、教具	配有蒙台梭利或统和训练学具 1 套	0.5
					统一、配套的教学用直观挂图,≥5 套	0.5
					有自己开发、设计的学具与教具	0.5
				玩具及图书	适合聋儿年龄特点,人均≥5 册	0.5
					适合教师阅读,人均≥3 册	0.5
					每学年更新	0.25
				大、中型器械	配有各种体育活动、游戏活动器械。数量充足,功能齐全,安全适用,摆放合理	0.5

一级指标		二级指标		三级指标		
内容	分值	内容	分值	内容	标　准	分值
专业队伍及人员条件	16	业务主管	4	水平	具备大专以上学历并有聋康专业知识,从事业务工作3年以上;或中专毕业具有聋康专业知识,从事专业工作5年以上,具有小学高级教师职称	4
		医技人员	4	水平	医学或护理大专以上水平并有聋康专业知识;或中专毕业具有聋康专业知识,从事专业工作3年以上(不符合条件的每人扣1分)	2
				编制	≥5人(少一人扣1分)	2
		语训教师	4	水平	教师90%以上具有幼教或特教专业大专以上学历,每年必须经过省级(含省级)及以上级别专业培训	2
				编制	日托师生配备比1:4	1
					全托师生配备比1:3	1
		保育员	0.8	水平	100%经过上岗专业培训	0.8
		社区指导员	3.2	水平	大专以上并经过省级或省级以上培训	1.2
				编制	≥2人	2

表12-3　一类省级聋儿康复中心职能建设标准

一级指标		二级指标		三级指标	
内容	分值	内容	分值	标　准	分值
管理工作	12	业务主管级别	1.2	中心主任行政级别为处级	1.2
		指导思想及总体规划	1.2	具有全局远景规划;年度工作计划有连贯性	1.2
		规章制度和措施	2.4	显要位置有聋儿中心标牌	1
				各项规章制度完备;奖惩措施明确;积极执行,年度综合考核	1.4
		辐射作用与协调功能	7.2	业务部门(门诊、语训、社区)设置齐全,有明显标志	1.2
				能够配合省残联康复部制订聋儿康复工作年度计划并协调地方政府部门出台相应政策	2
				有计划地针对本省开展专业知识普及、培训与社区指导;有年度培训计划、培训记录及效果记录	1
				省内有专家组并积极组织活动,有年度活动安排,有相对固定的专家指导组	1
				有计划地协调新闻媒体开展事业宣传,有一定数量的报道	1
				有计划地组派小分队基层服务并有记录,每年至少有3批小分队深入基层	1

续表

一级指标		二级指标		三级指标	
内容	分值	内容	分值	标　准	分值
听力门诊工作	14	耳聋诊断与听力测试	4.9	能明确诊断耳聋性质	0.9
				能够利用2种(或以上)方法和手段开展听力测试,并明确听力损失情况	2
				100%的聋儿有病历档案	1
				能够提供助听指导建议	1
		助听器验配与耳模制作	4.9	能够根据聋儿听力损失情况科学配制耳模	0.9
				能对聋儿进行听觉数量和功能评估	3
				有明确的助听器验配处方,适配率达到95%	1
		康复设备使用与维护	4.2	对康复设备有明确使用记录	2
				能对各类康复设备进行维护和保养,能够进行助听器维修	2.2
语训工作	16	聋儿康复教学	5.6	有科学、明确的年度、周、日教学计划和具体活动目标	2
				有个别训练方案,每个聋儿每天单训时间不少于20分钟并有记录	0.5
				使用自编教材,教师每天有备课教案	0.6
				课堂教学 1. 教学思路、目标明确 2. 教具使用合理 3. 教学形式灵活 4. 教学方法科学	0.5
				有家长活动记录,每天有家长联系记录	0.5
				有人工耳蜗班	0.5
				入普幼、普小率不低于50%	1
语训工作	16	聋儿康复教学评估	5.6	能够开展语言能力、智力及教学评估	1.6
				能够分析评估结果,并结合各方面情况制订聋儿训练方案	2
				有聋儿个体教学及评估档案	2
		教研工作	4.8	能够开展观察教学活动,有评课记录	1.8
				有年度、学期及专题教学总结	1
				有关论文在杂志、学术交流会上发表,每年不少于3篇	1
				有省级或以上科研成果,累计不少于2个	1
社区指导工作	18	早期干预及家庭指导	12.6	有家长学校年度培训计划,年培训≥2期	3
				有家长学校培训讲义及记录,并建立家长培训档案	3.6
				有社区家庭聋儿康复指导记录并建立档案	3
				能提供不同形式的家庭康复训练指导并有记录(预约指导、信函指导、巡回指导、课后指导、远程指导等)	3
		专业培训	3.6	掌握全省专业技术人员的基本情况	1.6
				有计划地组织分类培训与指导,有年度培训讲义及记录	2
		后续教育	1.8	掌握所有聋儿康复走向并有走向登记表	0.5
				有计划地做好后续康复指导工作,并有指导记录	0.8
				有计划地培训普幼、普小有关师资,并有讲义、有记录	0.5

2. 二类标准　见表 12 - 4、12 - 5。

表 12 - 4　二类省级聋儿康复中心机构建设标准

一级指标		二级指标		三级指标		
内容	分值	内容	分值	内容	标　准	分值
规模与场地	10	规模	5	收训能力	≥3 个班	1
					聋儿数≥40 名	2
				编班	按年龄分为大、中、小班	1
				聋健合一班设置	至少有一个聋健合一班	1
		场地	5	建筑面积	≥1000m^2,布局相对独立	2
				功能用房	主要功能用房场所固定	1
					规格符合一般要求	0.5
					单训室≥3 间	1
				活动场地	聋儿人均 5m^2 以上	0.5
设备	14	医用设备	7	测听检查设备	≥2 种	1
				助听评估设备	≥2 套	1
				耳模制作设备	功能尚可,可以运转	1
				助听器维修设备	1 套,主要功能具备	0.5
				声场校准设备	ND2 设备 1 套	0.5
					工作正常,记录不完整	0.5
				助听器检测仪	≥1 种	0.5
				人工耳蜗调试	可借助自有设备或本地医院完成人工耳蜗编程	1
				保健设备	一般设备、消毒设备、常规医疗用品、常用药品	1
		教学设备	7	个体	聋儿全部配戴助听器或植入人工耳蜗	0.25
					具备可视化语言训练系统	0.25
				声响教学设备	有钢琴或电子琴	0.25
					录音机(每班配备 1 台)	0.25
					校准的声响教具(每班 1 套)	0.5
					普通投影仪 >1 套	0.5
					摄像机 1 台	0.5
					照相机 1 台	0.25
					电视机(每班 1 台)	0.5
					录像机或 VCD 机(每班 1 台)	0.5
					统一、配套的教学用直观挂图,≥3 套	1
					有自己开发、设计的学具与教具	0.5
				玩具及图书	较适合聋儿年龄特点,人均≥3 册	0.5
					适合教师阅读,人均≥2 册	0.5
					不定期更新	0.25
				大、中型器械	配有各种体育活动、游戏活动器械。数量比较充足,功能比较齐全,安全适用,摆放合理	0.5

续表

一级指标 内容	分值	二级指标 内容	分值	三级指标 内容	标准	分值
专业队伍及人员条件	16	业务主管	4	水平	大专毕业并有聋康专业知识,从事工作3年以上,具有小学一级教师职称	4
		医技人员	4	水平	医学或护理中专以上学历并有聋康专业知识,从事专项业务工作3年以上(不符合条件的每人扣1分)	2
				编制≥	3人(少一人扣1分)	2
		语训教师	4	水平	教师70%以上具有幼教或特教专业人专以上学历,每年必须经过省级(含省级)及以上级别专业培训	2
				编制	日托师生配备比>1:4	1
					全托师生配备比>1:3	1
		保育员	0.8	水平	80%经过上岗专业培训	0.8
		社区指导员	3.2	水平	中专以上并经过省级或省级以上培训	1.2
				编制	≥1人	2

表12-5　二类省级聋儿康复中心职能建设标准

一级指标 内容	分值	二级指标 内容	分值	三级指标 标准	分值
管理工作	12	业务主管级别	1.2	聋儿中心主任为副处级	1.2
		指导思想及总体规划	1.2	年度工作计划合理,有连贯性	1.2
		规章制度和措施	2.4	显要位置有聋儿中心标牌	1
				各项规章制度完备;奖惩措施明确;积极执行,有考核	1.4
		辐射作用与协调功能	7.2	业务部门(门诊、语训、社区)设置齐全,有明显标志	1.2
				能够配合省残联康复部制订聋儿康复工作年度计划并协调地方政府部门出台相应政策	2
				能够开展专业知识普及、培训与社区指导;有年度培训记录及效果记录	1
				省内有专家组,有专家组成员名单,不定期组织活动	1
				能够协调新闻媒体开展事业宣传,有一定数量的报道	1
				能够组派小分队开展基层服务,年≥2批	1
听力门诊工作	14	耳聋诊断与听力测试	4.9	能明确诊断耳聋性质	0.9
				能开展听力测试,并明确听力损失情况	2
				95%以上的聋儿有病历档案	1
				能够提供助听指导建议	1
		助听器验配与耳模制作	4.9	能够根据聋儿听力损失情况科学配制耳模	0.9
				能对聋儿进行听觉数量和功能评估	3
				有明确的助听器验配处方,适配率达到90%	1
		康复设备使用与维护	4.2	对康复设备有使用记录	2
				能对各类康复设备进行维护和保养	2.2

一级指标		二级指标		三级指标	
内容	分值	内容	分值	标　准	分值
语训工作	16	聋儿康复教学	5.6	有明确的年度、周教学计划和活动目标	2
				有个别训练方案,每个聋儿每周单训时间不少于60分钟并有记录	0.5
				使用自编教材,教师有集体备课教案	0.6
				课堂教学 1. 教学思路、目标较明确 2. 教具使用较合理 3. 教学形式较灵活 4. 教学方法较科学	0.5
				有家长联系、培训记录	0.5
				收训植入人工耳蜗聋儿	0.5
				入普幼、普小率不低于35%	1
		聋儿康复教学评估	5.6	能够开展语言能力、智力评估	1.6
				能够分析评估结果,为制订聋儿训练方案提供依据	2
				有聋儿个体教学及评估档案	2
语训工作	16	教研工作	4.8	有年度及专题教学总结	2.8
				有关论文在杂志、学术交流会上发表,每年不少于2篇	1
				有市级或以上科研成果,累计不少于2个	1
社区指导工作	18	早期干预及家庭指导	12.6	有家长学校年度培训计划,年培训≥1期	3
				有家长学校培训讲义及记录,并建立家长培训档案	3.6
				有社区家庭康复聋儿记录并建立档案	3
				能提供不同形式的家庭康复训练指导并有记录(预约指导、信函指导、巡回指导、课后指导、远程指导等)	3
		专业培训	3.6	掌握全省专业技术人员的一般情况	1.6
				能够组织培训与指导,有年度培训讲义	2
		后续教育	1.8	基本掌握聋儿康复走向并有走向登记表	0.5
				定期做好后续康复指导工作,并有指导记录	0.8
				能定期培训普幼、普小有关师资,并有讲义	0.5

3. 三类标准　见表12-6、12-7。

表12-6　三类省级聋儿康复中心机构建设标准

一级指标		二级指标		三级指标		
内容	分值	内容	分值	内容	标　准	分值
规模与场地	10	规模	5	收训能力	≥1个班	1
					聋儿数≥12名	2
				编班	不按年龄分班(混合班)	1
				聋健合一班设置	与正常幼儿园开展对口活动	1
		场地	5	建筑面积	≥500m² 布局相对独立	2
				功能用房	主要功能用房场所固定	1.5
					单训室≥1间	1
				活动场地	聋儿人均 3m² 以上	0.5

续表

一级指标		二级指标		三级指标		
内容	分值	内容	分值	内容	标　准	分值
设备	14	医用设备	7	测听检查设备	≥1 种	1
				助听评估设备	≥1 套	1
				耳模制作设备	只可作硬耳模	1
				助听器维修设备	可进行简单维修	0.5
				声场校准设备	ND2 设备 1 套	1
				助听器检测仪	≥1 种	0.5
				人工耳蜗调试	可借助自有设备、本地或外阜医院完成人工耳蜗编程	1
				保健设备	消毒设备、常规医疗用品、常用药品	1
				个体	聋儿全部配戴助听器或植入人工耳蜗	0.5
		教学设备	7	声响教学设备	有钢琴或电子琴	0.5
					录音机(每班配备 1 台)	0.5
				电化教学设备	普通投影仪 1 套	0.5
					照相机 1 台	0.5
					电视机(每班 1 台)	0.5
					录像机或 VCD 机	0.5
				学具教具	学具教具有教学用直观挂图,≥2 套	1.5
					有学具、教具	0.5
				玩具及图书	较适合聋儿年龄特点,人均≥2 册	0.5
					适合教师阅读,人均≥1 册	0.5
				大、中型器械	配有各种体育活动、游戏活动器械。基本符合聋儿需要,安全适用,摆放合理	0.5
专业队伍及人员条件	16	业务主管	4	水平	中专或高中毕业并受过聋康专业国家级培训且从事聋康工作 5 年以上,具有小学二级教师职称	4
		医技人员	4	水平	高中毕业并受过聋康专业技能国家级培训且从事聋康工作 5 年以上	2
				编制	≥1 人(少一人扣 1 分)	2
		语训教师	4	水平	教师 50% 以上具有幼教或特教专业大专以上学历,每年必须经过省级(含省级)及以上级别专业培训	2
				编制	日托师生配备比 >1:6	1
					全托师生配备比 >1:5	1
		保育员	0.8	水平	60% 经过上岗培训	0.8
		社区指导员	3.2	水平	高中以上并经过省级或省级以上培训	1.2
				编制	≥1 人	2

表 12 - 7　三类省级聋儿康复中心职能建设标准

一级指标		二级指标		三级指标	
内容	分值	内容	分值	标　准	分值
管理工作	12	业务主管级别	1.2	聋儿中心主任为副处级	1.2
		指导思想及总体规划	1.2	有年度工作计划	1.2
		规章制度和措施	2.4	聋儿中心标牌在显要位置	1
				有规章制度,有检查	1.4
		辐射作用与协调功能	7.2	业务部门(门诊、语训、社区)设置教齐全,有明显标志	1.2
				能够配合省残联康复部制订聋儿康复工作年度计划	2
				能够开展专业知识普及、培训与社区指导;有年度培训记录	2
				能够利用宣传日组织专家开展活动	1
				能够组织宣传日活动并有媒体报道	1
听力门诊工作	14	耳聋诊断与听力测试	4.9	能开展听力测试,并明确听力损失情况	2.9
				90% 以上的聋儿有病历档案	1
				能提供助听指导建议	1
		助听器验配与耳模制作	4.9	能够根据聋儿听力损失情况科学配制耳模	2
				有助听器验配处方,适配率达到80%	2.9
		康复设备使用维护	4.2	能对各类康复设备进行一般性维护和保养,能够进行助听器简单维修	4.2
语训工作	16	聋儿康复教学	5.6	有年度教学计划和具体活动目标	2
				有个别训练方案,每个聋儿每周单训时间不少于40分钟	0.6
				使用自编教材,教师有周备课教案	1
				课堂教学 1. 教学思路、目标较明确 2. 教具使用较合理 3. 教学形式较灵活	0.5
				有家长联系、培训记录	0.5
				入普幼、普小率不低于20%	1
		聋儿康复教学评估	5.6	能够开展语言能力评估以指导教学	1.6
				能够分析评估结果	2
				有聋儿个体教案	1
				有专题教学总结	1
		教研工作	4.8	有关论文在杂志、学术交流会上发表,每年不少于1篇	4.8
社区指导工作	18	早期干预及家许指导	12.6	有家长学校培训讲义及记录,并建立家长培训档案	4.6
				有社区家庭康复聋儿记录并建立档案	4
				能提供不同形式的家庭康复训练指导并有记录(预约指导、信函指导、巡回指导、课后指导、远程指导等)	4
		专业培训	3.6	掌握全省专业技术人员的数量	1.6
				能够组织培训,有培训记录	2
		后续教育	1.8	定期掌握聋儿康复走向	0.5
				不定期做好后续康复指导工作	0.8
				不定期培训普幼、普小有关师资,并有讲义	0.5

(二)基层聋儿康复机构基本设置规范

聋儿康复机构的硬件设施、人员配备及工作职能应遵循康复教育规律,具有科学性、实用性和可行性。为规范基层聋儿康复机构(指省级以下聋儿康复机构)的建设与发展,特制定基本设置规范。

1. 人员配备 根据规模须配备具有专业素质的康复教师、保育员及兼职或专职的儿童保健医生。有能力开设助听器验配的机构,可配备助听器验配师。听力语言康复教师与保育员的配备应满足康复教育中个别化教学的需求;日托100名以下、寄宿50名以下,可设兼职儿童保健医生1名;日托超过100名、寄宿超过50名,须设专职儿童保健医生1名。

2. 人员具体要求

(1)康复机构从业者应认真贯彻国家的教育方针和残疾人的相关政策,本着"人道、廉洁、服务、奉献"的宗旨,为听障儿童服务。

(2)康复机构从业人员须经过当地听力语言康复教师执业注册机关规定的卫生部门体格检查,获得身体健康证明。传染病、精神病患者不得在机构工作。

(3)康复机构负责人应根据本机构特点开展科学的康复训练和教育,负责机构内人、财、物的合理支配;康复机构负责人须获得《听力语言康复教师资格证书》和《听力语言康复教师执业资格证书》,从事听力语言障碍儿童康复教育3年以上,或从事幼儿教育工作5年以上。

(4)康复教师负责对听障儿童实施科学的康复教育。康复教师须获得《听力语言康复教师资格证书》和《听力语言康复教师执业资格证书》。

(5)保育员负责听力语言障碍儿童生活护理和卫生保健工作,并在工作中贯彻保教结合方针。保育员60%以上应具有初中以上文化程度,80%以上受过幼儿保育职业培训。

(6)儿童保健医生(护士)负责康复机构在训听力语言障碍儿童的身体健康、营养保健工作,制订并落实听力语言障碍儿童卫生保健制度。儿童保健医生(护士)应取得当地卫生行政部门的资格认可。

(7)助听器验配人员负责康复机构在训听力语言障碍儿童的听力检查、助听器验配和听觉能力评估工作。助听器验配人员须取得《助听器验配师执业证书》。(表12-8)

3. 场地标准 康复机构应设置在安全区域内,严禁在污染区(包括噪声污染)和危险区内设置。根据规模设有安全、宽敞、采光充足、通风良好的儿童教学活动区域,生活区域和户外活动区域,并应根据听力语言障碍儿童实际需求设置单训室。

在普通幼儿园开展听力语言障碍儿童康复教育的须根据听力语言障碍儿童具体需要设置单训室。

4. 设施标准 康复机构应配备必要的助听器效果评估仪器、适合听力语言障碍儿童特点的桌椅、玩具架、盥洗卫生用品以及必要的电教设备、教具、玩具、图书等。听力语言障碍儿童的玩教具应具有教育意义并符合安全、卫生要求。(表12-9、12-10)

5. 工作标准

(1)工作职能:

1)对辖区内听力语言障碍儿童实施听觉言语康复训练和早期教育,并有义务培训在训听力语言障碍儿童家长、社区康复协调员,使其掌握基本的康复方法。

2)在辖区内宣传耳聋预防、早期干预、康复教育等知识,承担社区内听力语言障碍儿童家庭康复咨询指导工作,协助当地残联组织推动社区听力语言障碍儿童康复工作。

(2)工作要求:

1)康复机构应本着服务听力语言障碍儿童及家长的宗旨开办。

2)有严格的卫生保健、安全管理和教学管理制度。

3)康复教育应全面贯彻《聋儿早期康复教育指导纲要》,依据听力语言障碍儿童身心发展特点与规律,结合听力语言障碍儿童身心特殊需要,合理制订教育目标、年度计划、月计划和周计划,并定期进行康复评估。制订适宜的一日作息时间制度,有个别化训练时间。帮助听力语言障碍儿童获得言语交往能力,促进其体、智、德、美、劳全面健康发展。

　　4)康复机构有义务主动与听力语言障碍儿童家长紧密联系,向家长传授有关耳聋预防、听力保健、康复教育方面的知识和方法,有定期培训和指导听力语言障碍儿童家长的计划和记录。

　　5)有完整的听力语言障碍儿童个体康复档案。定期为听力语言障碍儿童进行健康体检,并有完整的健康档案。

表 12 - 8　基层聋儿康复机构班级核定表

教职工与聋儿比例	每班平均保教人员数(名)		每班级平均收训聋儿数(名)	
	教师	保育员	托儿班 2 ~ 3 岁	幼儿班 3 ~ 6 岁
寄宿制　1:3 ~ 1:4	2	1.5	10	12
全日制　1:4 ~ 1:6	2	1	12	15

注:实行保教结合的机构,康复教师数应包括保育员

表 12 - 9　基层聋儿康复机构基础用房标准表

名称		收训能力						m²/名
		10 名以下		10 ~ 20 名		20 名以上		
		数量(间)	面积(m²)	数量(间)	面积(m²)	数量(间)	面积(m²)	
儿童用房	活动室兼睡眠室	1	约22	2	约44	2 间以上	约44 以上	3.4
	单训室	1	约6	2	约12	2 间以上	约12 以上	
	盥洗室	1	约6	1	约6	2 间以上	约12 以上	
	儿童卫生间							
	音体活动室	兼		兼		1	40	
	保健室	兼		兼		1	6	
	隔离室	1	6	1	6	1	6	
	户外活动场地	非专用	30	专用	60	专用	100	3
办公及生活用房	教师备课兼会议室	兼		兼		1	根据需要设置	
	图书资料室					1	根据需要设置	
	教工卫生间			1	根据需要设置	1	根据需要设置	
	厨房　加工间	1	6	1	8	1	8	
	厨房　食库	兼		1	6	1	6	

表 12-10　基层聋儿康复机构用品标准表

	名称	规格	单位	收训能力		
				10 名以下	10~20 名	20 名以上
儿童家具及生活用品	儿童桌	按年龄设计	张	3	4	4
	儿童椅	按年龄设计	把	按实际人数配备	按实际人数配备	按实际人数配备
	玩具柜	自行设计	个	1	2	2 个以上
	儿童床	自行设计	个	按实际人数配备	按实际人数配备	按实际人数配备
	毛巾架	自行设计	个	每人一挂钩,按实际人数配备		
	水碗柜	自行设计	个	1	1	1
卫生保健及听力检测、维护设备	电冰箱		台	1	1	1
	体温计		只	1	1	1
	紫外线灯		台	1	1	1
	高压消毒锅		个		1	1
	常用消毒液		瓶	按实际用量配备		
	声场测听仪	ATY-Ⅱ	台		1	1
	声级计	ND-10	台		1	1
	便携式助听器评估仪	LK-1	台	1	2	2 台以上
	听觉言语评估工具	《聋儿听觉言语康复评估》或其他工具	套	1	1	2
	学习能力评估工具	《希-内学习能力测验》	套	1	1	2
体育类玩教具	攀爬滑架	限高 2 米	套		1	1
	体操垫	2×1×0.1 米	块		1	1
	小三轮车或其他玩具车		个	1	2	3
	钻圈或拱型门		个			1
	球		个	3	3 个以上	4 个以上
	沙包	重 100~150 克	个	3	3	3
构造类玩教具	小型积木		套	1	2	2
	接插构造玩具	各种片、管、块	套	2	4	5 套以上
	拼图		套	1	1	1
	穿编		套	1	1	1
角色类玩教具	角色游戏玩具	娃娃家、商店、医院等（可自制）	套	1	1	1
	头饰	自制	件	5	5	5
	模型	车、动物等	套	1	2	3 套以上
	木偶	指偶、手偶	套	1	1	1
工类玩教具	剪刀	安全剪刀	把	2	4	5 把以上
	美术面泥		套	1	2	4
	水彩笔或油画棒		套	按实际人数匹配科学		

名称		规格	单位	收训能力		
				10 名以下	10~20 名	20 名以上
科学启蒙类玩教具	风车	自制	个	2	2	2
	沙水玩具配件		套	1	1	1
	磁性玩具		套		1	1
	图形玩具	几何图形片、图形投放盒等	套		1	1
	套式玩具	套桶、套塔、套碗等	套	1	1	2
	钟面	自制	个	1	2	3 个以上
	棋牌		套	1	2	2
音乐及听觉游戏类玩教具	声响玩具	各种声响模型	套	1	1	1
	鼓		个	1	1	1
	木鱼		个	1	1	2
	三角铁		个	1	1	2
	沙锤		个		1	2
	蛙鸣筒		个		1	2
图书、挂片、卡片类玩教具	儿童读物		本	每人一本,按实际人数配备		
	教学挂图	自制	套	2	2	3 套以上
	各种卡片	自制	套	2	2	2
电教类玩教具	电视机		台		1	1
	录音机		台		1	1
	幻灯机		台			1
劳动工具类玩教具	小桶		个	1	2	3 个以上
	喷壶		个	1	2	3 个以上
	小铲子		个			2

注:招收三岁以下的聋儿还需配备与聋儿年龄适宜的玩教具。

(陈振声)

第四节　辅助器具服务机构的建设与管理

一、我国残疾人辅助器具的发展历程

我国残疾人辅助器具生产和服务经历了三个发展阶段。

(一)缓慢发展阶段(20 世纪 90 年代以前)

20 世纪 30 年代在北京、上海等大城市相继出现了作坊式的假肢装配车间。解放战争中,中央军委后勤部门为给战争中的伤残军人安装假肢,建立了假肢工厂。解放后,50年代公私合营时民政部接管了所有的假肢车间和工厂,并逐步发展成为今天的各省属假肢厂,这是我国最早从事肢体残疾人辅助器具生产和供应服务的机构。到70年代中期,企业数量达到30家,产品除了假肢和矫形器之外,还生产轮椅、三轮轮椅和拐杖。

此外,在60年代,我国政府为了解决视力残疾人受教育的问题,成立了盲文出版社。同时,为了能够让听力残疾人佩戴助听器,建立起了天津助听器厂。从此,我国有了为视力残疾人和听力残疾人提供辅助器具的专门机构。

到80年代中期,我国的残疾人辅助器具无论从生产规模上和产品种类上都明显滞后于国家的经济发展和广大残疾人的迫切需要,特别是没有一个专门的辅具服务机构,也缺乏保障措施。除了国家对伤残军人的照顾外,其他残疾人要获得辅助器具必须到市场上买,残疾人辅助器具的普及率很低。

(二)起步阶段(1988~2000年)

1988年中国残疾人联合会成立,从此残疾人的事情有了专门的管理机构。同年,中国康复研究中心落成并开始运行。中国康复研究中心的建立不仅把康复的理念引入国内,也把大量国外先进的残疾人辅助器具带进国内。

从1990年开始,残疾人辅助器具工作正式列入《中国残疾人事业五年发展计划》,明确规定了机构的建设目标和供应服务的任务目标。

随着国家改革开放和经济的快速发展,辅助器具生产打破了原有的行业格局,许多科研、企事业单位、乡镇企业、民营企业纷纷进入辅助器具生产行业,大大促进了辅助器具的发展。产品设计水平提高,产品品种增加,产品质量提高。

从《中国残疾人事业"八·五"计划》(1990~1995年)开始执行,中国残联就在系统内组建供应服务的专门机构——残疾人用品用具供应服务站。"八·五"期间中国残疾人用品开发供应总站建立,同时在各省省会和一些大城市建立60个供应站。"九·五"期间继续进行机构建设,并形成省、地、县三级的服务网络。

但是,这一阶段的辅助器具工作仍然存在着困难和问题。首先,工作性质不明确,继续靠市场运行解决残疾人对辅助器具的需求。由于贫困残疾人买不起辅具,因此辅助器具的普及率依然很低。其次,对辅助器具服务的工作意义和工作内容认识不足,存在强调供应、忽视服务的倾向。第三,辅助器具服务机构被定位为"事业单位,企业化管理",有的单位干脆被就定位为企业。所以,全国的辅助器具服务单位普遍经费不足,生存困难。

(三)发展阶段(2000年以后)

21世纪以来,我国残疾人辅助器具的生产和服务进入一个快速发展的阶段。

1. 辅助器具生产大发展　我国的辅助器具生产是与国家的经济发展同步的,近10年来,品种增多,质量渐趋稳定,残疾人辅助器具生产企业已经发展到上百家,产品涉及国家标准所列的1/3左右。其中有一定规模的轮椅、拐杖等产品厂家近30家,康复训练器具厂家10余家、盲人产品多家、假肢矫形器零部件生产厂家30余家、助听器厂家10余家。

2. 各级政府高度重视辅具服务工作　不仅把残疾人辅助器具供应服务纳入政府工作计划,而且每年提供专门经费对贫困残疾人配置辅助器具实施补贴。中央财政在2003~2005年的投入超过一亿元人民币,每年免费发放的辅助器具超过10万件,包括轮椅、助听器、普及型假肢等。地方政府的投入要更多一些。以上海为例,从2001年开始,凡是上海市登记在册的残疾人,都可以根据需要定期和免费领取必需的辅助器具,比如针对肢体残疾人代步的机动轮椅车置换,假肢装配,轮椅、拐杖发放等,金额超过1100万元,数量达37万件,品种也有270多个。

3. 全国辅助器具服务网络基本建成　目前全国由残联系统组建的残疾人辅助器具服务网络已经初具规模,每个省会城市都建立了省级服务机构,开展包括辅助器具知识宣传、产品供应、辖区内服务机构建设、为贫困残疾人配置辅助器具等各项工作;大部分地市级城市建立了独立的服务机构,一半以上的县级残疾人综合服务设施内开展了辅助器具服务,发达地区的社区和乡镇辅助器具服务开始进入残疾人家庭。

今后还要继续完善服务网络的建设,中国残联的目标是到2010年,建成遍布全国的省－市－县－乡的辅助器具服务体系,包括:在每一个省会城市建立省级的辅助器具资源和服务中心;在300余个地市级城市建立独立的辅助器具服务机构;在所有的县级城市依托残疾人综合服务机构开展辅助器具服务;在街道和乡镇依托卫生院等社区服务机构开展辅助器具的知识宣传和服务转介。

二、中国残联对残疾人辅助器具服务工作的要求

中国残联对残疾人辅助器具工作十分重视,并于2006年9月21日下发了《进一步加强残疾人辅助器具服务工作的意见》,对今后一个时期内的辅具服务工作提出了明确要求。

其中首先指出:辅助器具是残疾人补偿和改善功能,提高生存质量,增强社会生活参与能力最直接有效的手段之一。我国的残疾人约60%以上需要辅助器具。辅助器具服务是残疾人康复工作的重要组成部分,对满足残疾人需求、实现残疾人"人人享有康复服务"具有重要意义。我国自"八五"期间将残疾人辅助器具服务纳入国民经济和社会发展规划以来,取得了显著成效。工作体系初步建立,服务网络初具规模,为残疾人配置各类辅助器具一千多万件。但是,与广大残疾人迫切的康复需求相比,与日新月异的科技进步和繁荣的日用品市场相比,我国辅助器具服务工作仍处于起步阶段。辅助器具品种较少,机构建设滞后,专业技术人员匮乏,事业投入不足,辅助器具的补贴和贫困救助机制尚未建立,多数残疾人特别是贫困残疾人还得不到基本的辅助器具服务。

同时,为了进一步做好残疾人辅助器具服务工作,促进我国残疾人康复事业发展,推动"人人享有康复服务"目标的实现,提出明确要求。

(一)残疾人辅助器具服务工作的指导方针和总体目标

1. 指导方针 以邓小平理论和"三个代表"重要思想为指导,贯彻落实科学发展观,适应国民经济和社会发展以及广大残疾人对辅助器具服务日益增长的需求,牢固树立为残疾人服务的方向,坚持社会化的工作方式,加强辅助器具服务专业机构建设,增强服务能力,提高服务水平,大力推进社区服务,使残疾人普遍得到辅助器具服务。

2. 总体目标 到2010年,残疾人基本辅助器具配置率实现《中国残疾人"人人享有康复服务"评审方案》阶段性目标,达到:一类地区80%,二类地区70%,三类地区60%,四类地区50%;到2015年,残疾人基本辅助器具配置率实现《中国残疾人"人人享有康复服务"评审方案》要求,达到:一类地区100%,二类地区90%,三类地区80%,四类地区70%。到2010年,建成覆盖全国的区域－省－地(市)－县(区)级辅助器具服务体系;到2015年,各级辅助器具服务机构功能完善,并将服务向社区和乡镇延伸。

(二)残疾人辅助器具服务工作的基本原则

1. 机构建设和社区服务相结合 通过加强机构建设,不断探索服务模式,提高服务水平,使辅助器具服务适应残疾人个性化的康复需求;与社区康复有效衔接,推广实用、易行的服务模式和服务方法,使辅助器具服务深入残疾人家庭,最大程度地满足各类残疾人对辅助器具的需求。

2. 满足迫切需求和可持续发展相结合 通过实施重点工程,满足广大贫困残疾人最基本和迫切的辅助器具需求;通过全面开展服务,不断积累经验,增强服务功能,提高服务水平,逐步建立残疾人辅助器具服务的长效机制,促进辅助器具服务的可持续发展。

3. 坚持公益性和社会服务相结合 各地要在始终坚持辅助器具服务公益性原则的基础上,适应经济和社会发展,结合当地条件和残疾人的需求,面向社会,不断探索有效的服务模式,为各类残疾人提供全面系统的服务。

（三）加强残疾人辅助器具服务工作的主要措施

1. 加强机构建设，完善辅助器具服务网络　各省残联要按照《残疾人辅助器具服务机构规范》的要求，制定本省《辅助器具服务机构建设规范》，并逐步落实，明确辅助器具服务机构的公益性事业单位性质，落实人员编制，明确编制性质，增加经费投入；各级辅助器具服务机构要面向肢体、视力、听力、智力等各类残疾人提供全面服务，包括知识宣传、信息咨询、辅具展示、评估适配、使用训练、适应性改造、无障碍设施改造、辅具配置、服务转介等。建立健全层次清晰、结构合理、服务有效的辅助器具服务网络。这个网络包括：具有示范作用的区域性残疾人辅具资源中心；全面开展服务的省级辅具指导、资源和服务中心；独立开展服务的地市级辅具服务中心；设在区县级残疾人综合服务设施内开展辅助器具服务的辅具服务站。

2. 发挥机构辐射作用，积极推进社区服务　各级残联要将残疾人辅助器具服务纳入社区康复工作，与卫生、民政等相关部门的政策措施充分融合，有机整合，充分利用基层卫生、民政等现有社区康复资源和社会康复资源，重点依托基层卫生和残疾人服务机构，明确工作职责，规范工作流程，为残疾人提供辅助器具的信息咨询、使用指导、服务转介、租借、简易制作、维修、环境改造等服务。

3. 加强专业培训，提高人员素质　贯彻落实《全国残联系统康复人才培养规划（2005～2015年）》，采取分级培训的方式，通过培训班、进修班、学术讲座、学术会议、业务考察和远程教育等多种方式，做好各级辅助器具机构专业人员的继续教育工作，提高辅助器具服务系统专业人才的整体素质。各级假肢矫形器制作机构要配备具备执业资格的专业人员；对各级辅助器具服务机构人员开展上岗培训；对省市级辅助器具机构开展系统专业培训；依托1到2所高等院校设立辅助器具专业学历教育。

4. 加大经费投入，开发社会资源　积极争取各级政府制定有关扶助政策，纳入政府为民办实事的工作日程，加大对辅助器具服务工作的经费投入；广泛动员社会力量，以多种形式参与残疾人辅助器具服务工作；多方筹措资金，争取国际合作，推动重点项目的实施。从就业保障金中安排一定数量的资金用于残疾人就业培训和就业后的辅助器具配置。

5. 对残疾人配置辅助器具予以补贴　实施"普及型假肢服务"、"贫困残疾人辅助器具配发"等一批重点工程，为贫困残疾人配置辅助器具；各级残联应积极争取地方政府支持，落实配套资金，通过分级负担、减免费用等措施，扩大受益面。

推动有条件的地区出台残疾人辅助器具配置的补偿和救助政策，逐步纳入相关社会保障体系，建立起残疾人辅助器具配置的经费给付机制，确保残疾人辅助器具服务的可持续发展。

6. 广泛开展宣传活动，普及辅助器具知识　利用广播、电视、报刊、网络等媒体，通过产品展示、咨询、会议、公益活动、讲座等多种方式大力宣传辅助器具知识，编制、发放适用于残疾人和残疾人工作者需要的宣传资料和普及读物，提高残疾人和社会公众对辅助器具的认知度，推广较为先进的辅助器具理念。建立辅助器具信息数据库，办好中国残疾人辅助器具网，充分运用网络技术，提供辅助器具信息。

（四）提高认识，加强领导

随着科技进步和社会发展，辅助器具服务的需求将会不断增长，做好残疾人辅助器具服务是残联服务职能的直接体现，也是社会文明和进步的重要标志。各级残联要提高认识，准确定位，将残疾人辅助器具服务工作纳入残疾人事业发展的总体规划，列入议事日程，加强领导，统筹安排；制订开展残疾人辅助器具服务的工作计划，定期检查指导；要积极争取政府支持，为残疾人辅助器具服务工作提供资金和政策保障，协调解决工作中的重大问题，全面推进残疾人辅助器具服务工作。

三、辅助器具服务机构建设规范

建设辅助器具服务机构是开展这项工作的保障条件。中国残联对辅助器具服务机构的建设提出明确要求，并以文件形式下发，内容如下：

（一）各级辅助器具服务机构建设规范

1. 总则

（1）为加强残疾人辅助器具服务机构（以下简称：服务机构）的建设，促进残疾人辅助器具服务事业的健康发展，推动残疾人"人人享有康复服务"目标的实现，根据《中国残疾人事业"十一五"发展纲要（2006～2010年）》和《残疾人辅助器具供应服务"十一五"实施方案》制定本规范。

（2）本规范适用于中国残联系统省级、地级、县级服务机构。

（3）本规范旨在清晰界定机构性质，明确工作职能，合理设置部门，规范业务管理，保障必备的工作条件，将残疾人辅助器具服务纳入科学管理的轨道。

（4）本规范的目的在于全面提升机构的服务能力和整体水平，建立与我国经济社会发展和残疾人事业发展水平相适应，与残疾人康复需求相协调的服务机构。

（5）本规范涉及条款均为最低要求。

（6）服务机构的建设除应符合本规范外，还应符合国家现行相关法规、政策规定。

（7）本规范主要包括：服务机构体系、机构性质、主要职能与任务、机构与人员配置、基础设施建设、经费保障、制度建设、检查评估、附则。

2. 服务机构体系

（1）建立覆盖全国的省、市、县级残疾人辅助器具服务体系。

（2）省级服务机构要形成组织机构和人才结构合理，服务功能完善，条件保障到位，具有较高服务水平的全省残疾人辅助器具指导、技术、服务和资源中心。

（3）地级服务机构要落实保障条件，加强基础建设，完善服务功能，成为所辖区域残疾人辅助器具资源、指导和服务中心。

（4）县级服务机构建立在残疾人综合服务设施内，要具备开展辅助器具服务的条件和能力；若当地具备独立开展服务条件的应独立设置服务机构。

（5）统筹安排、合理布局，发挥地区资源优势，选择具备条件的省、地级服务机构，挂牌为区域性残疾人辅助器具资源中心（以下简称：区域性资源中心）。

3. 机构性质　各级残疾人辅助器具服务机构均为公益性社会服务类事业单位。

4. 主要职能与任务

（1）省级服务机构：

1）省级服务机构是经省机构编制委员会办公室批准的事业单位，归口同级残联管理，建制等同于本级残联康复中心，接受上级服务机构的业务指导。

2）根据国家残疾人辅助器具工作规划、地方政府和残联的要求，制订本省工作计划，全面完成工作任务；组织对贫困残疾人配置辅助器具的救助。

3）对所辖区域的服务机构进行业务指导，并组织专业培训和技术交流。

4）引导辅助器具的研制与开发，进行辅助技术的应用研究与推广。

5）开展辅助器具知识宣传、信息咨询、辅具展示、评估适配、辅具选配、使用指导、适应性改造等服务，配合开展残疾人辅助器具的质量监督。

6）根据本省的资源、条件和残疾人需求，为各类残疾人提供全面的服务。包括：辅助器具配置、无障碍环境改造、假肢与矫形器制作和装配、助听器验配、助视器验配等。

7）承担上级和同级残联交办的其他事项。

（2）地级服务机构：

1）归口同级残联管理，接受上级服务机构的业务指导，财务独立核算。

2）根据国家残疾人辅助器具工作规划、地方政府和残联的要求，制订本地区工作计划，全面完成工作任务，并负责实施对贫困残疾人配置辅助器具的救助。

3）指导县级服务机构、社区、乡镇,开展残疾人辅助器具服务工作。

4）开展辅助器具知识宣传、信息咨询、辅具展示、评估适配、辅具选配、使用指导、适应性改造等服务。

5）根据本地区条件和残疾人需求,为各类残疾人提供辅助器具服务。包括:辅助器具配置、无障碍环境改造、假肢与矫形器制作和装配、助听器验配、助视器验配等。

6）承担上级和同级残联交办的其他事项。

（3）县级服务机构:

1）县级残疾人辅助器具服务纳入本级残疾人综合服务设施;独立设置的县级服务机构,归口同级残联管理,接受上级服务机构的业务指导。

2）按照上级和地方政府的部署和要求,完成辅助器具服务工作任务,落实并实施对贫困残疾人配置辅助器具的救助。

3）开展辅助器具服务的内容包括:需求调查、知识宣传、辅具展示、辅具选配、服务转介、辅具租借、到宅服务等。

4）逐步将辅助器具服务延伸向社区、乡镇、家庭。

5）承担上级和同级残联交办的其他事项。

（4）区域性资源中心:

1）承担中国残疾人辅助器具中心委托的相应职能。

2）在机构建设、专业技术和服务等一个或多个业务领域内具有国际水平或国家先进水平。

3）发挥示范作用,引领全国残疾人辅助器具服务工作的开展。

5. 机构与人员配置

（1）机构名称:

1）省级服务机构名称统一规范为:×××省(直辖市、自治区)残疾人辅助器具资源中心。

2）地级服务机构名称统一规范为:×××市(地区、自治州、盟)残疾人辅助器具服务中心。

3）县级服务机构名称统一规范为:××县(区、旗)残疾人辅助器具服务站。

4）区域性资源中心统一挂牌为:中国残疾人辅助器具中心××分中心。

（2）机构设置:各级服务机构的内设机构,应根据本机构的业务功能、工作条件、服务能力、残疾人的实际需求和事业的长远发展,提出机构设置方案报同级主管部门批准。

（3）人员配置:

1）人员配置应依据本规范,按照业务功能和因需设置的原则,形成科学合理的人才结构,报同级主管部门批准。

2）相同级别的机构人员配置的数量可根据地区经济发展水平、服务对象的比例适当调整。

3）省级服务机构具有本规范相应服务功能的人员总数不少于15人,具备专业技能的人员不少于11人,主要专业技术人员应具有康复医学或康复工程技术专业背景,中级以上专业技术职务人员不少于5人。

4）地级服务机构具有本规范相应服务功能的人员总数不少于8人,具备专业技能的人员不少于5人,主要专业技术人员应具有康复医学或康复工程技术专业背景,中级以上专业技术职务人员不少于5人。

5）省、地级服务机构的主要领导应具有大专以上学历和相关的专业知识,并接受较高层次的专业技术培训。

6）县级服务机构人员不少于2人,具备专业技能的人员不少于1人。

7）所有服务机构的从业人员都要接受相应的专业技术培训,完成规定的学时并取得相应学分,经考核后持证上岗;各专业人员应具有与辅助技术相关的技术背景。

6. 基础设施建设

（1）工作用房:

1）各级服务机构的工作用房,应满足开展各项服务的需要并根据事业的发展不断完善;经济发达地区应根据当地实际需求和经济条件,适当增加工作用房,以全面提升服务质量。

2）各级服务机构室内外环境均应建有无障碍设施。

3）省级服务机构业务用房总使用面积不少于 1200 平方米。其中展示、评估适配等场地总面积不少于 600 平方米,辅助器具适用性改造和假肢、矫形器制作与装配用房不少于 200 平方米,助听器、助视器验配用房不少于 100 平方米;办公用房不少于 200 平方米;库房及辅助用房不少于 100 平方米。

4）市级服务机构业务用房总使用面积不少于 300 平方米,不包括假肢、矫形器制作装配业务用房;对开展假肢、矫形器制作装配服务的业务用房根据国家有关标准和本地区的实际情况另计。

5）县级服务机构业务用房使用面积不少于 100 平方米。

（2）设备与展示产品配置:

1）各级服务机构应根据开展各项服务的需要配备设备。主要包括:功能评估设备,辅助器具改制设备,助听器、助视器验配设备,假肢矫形器制作装配设备,功能训练设备,办公、宣传、培训设备等。

2）区域性资源中心用于展示的产品应满足各类残疾人的需求并具有特色,能够反映国内外辅助器具发展的先进水平;设有模拟演示和适配示范功能;展示的品种不得少于 600 种。

3）省级服务机构展示的品种不得少于 400 种;地级服务机构展示的品种不得少于 200 种,县级服务机构展示的品种不得少于 80 种。

4）各级服务机构辅助器具展示的品种要根据需求进行适时调整。

（3）车辆配备:各级服务机构应配备业务用车,确保为基层残疾人配置辅助器具提供流动服务和到宅服务。

7. 经费保障　各级服务机构开展各项服务的配套工作经费,人员和公用费用应纳入同级财政的年度经费预算,由政府财政全额拨款。

8. 制度建设

（1）各级服务机构要按照有关规定和要求制定符合实际工作需要的规章制度。

（2）各级服务机构要有工作职责、组织结构说明、员工岗位职责、考核、培训、选聘等相关管理制度。

（3）各级服务机构的服务职能、服务流程、服务承诺等要予以明示。

（4）各级服务机构要有期工作规划、年度总结、反映服务状况和任务完成情况的统计资料等。

（5）各级服务机构要根据辅助器具服务工作的有关规定和要求,为残疾人建立服务档案和数据库。

9. 检查评估　中国残联将会同相关部门,按照规范的建设要求和评估验收标准,组织对各级服务机构的检查评估和达标验收;各省残联按照建设规范,确定达标目标,组织对所辖区域服务机构的检查评估。

（二）省级残疾人辅助器具中心评估标准

中国残疾人辅助器具中心曾制订这一级机构的评估验收标准,参考以下文件。

附:《省级残疾人辅助器具中心检查验收方案》（征求意见稿）

为贯彻落实中国残联《关于进一步加强残疾人辅助器具服务工作的意见》的文件精神,规范省级残疾人辅助器具中心的建设,充分发挥辅助器具服务在实现"人人享有康复服务"目标中的作用,切实做好检查验收工作,特制订本方案。

1. 目的　促进各省依据《残疾人辅助器具服务机构建设规范》,制定本省的事业发展和机构建设规划,落实相应的条件保障,完善各项职能,针对薄弱环节进行整改,全面推动省级残疾人辅助器具中心的建设进程,提高服务能力和整体水平,探索长效发展机制,带动辅助器具服务的全面发展,以适应不断增长的辅助器具需求。

2. 内容　检查验收内容包括组织管理、机构建设和业务开展三部分。为鼓励拓展业务,提高服务能力,带动全省辅助器具服务更新观念和全面发展,验收标准中还设定了服务创新的内容。包括推动辅助器具服务政策出台;机构建设有较大突破,事业有较大发展;在工作实践中不断探索与我国国情相适应、与残疾人需求相协调的服务模式等。

（1）组织管理主要包括机构建制、业务管理和赋予的职责,重点检查省级残疾人辅助器具中心建设是否得到应有的重视,管理关系是否顺畅。

(2)机构建设主要包括场地、人员、设备、经费配置,重点检查开展业务和持续发展的条件保障落实程度。

(3)业务开展主要包括推动全省工作情况及自身服务能力,重点检查全省服务机构建设和开展服务情况。

3. 评分标准

(1)分值分配:验收标准中量化指标总分为100分。分值分配为:组织管理10分,其中机构建制6分,业务管理2分和赋予职责2分;机构建设40分,其中工作场地10分,人员配置10人,设备配备8分,经费保障9分,部门设置和规章制度3分;业务开展50分,其中指导全省辅助器具服务机构建设和工作开展20分,自身开展辅助器具服务的能力30分。

验收标准涉及4项单项否决项,包括机构为残联直属公益性事业单位(全额或差额);独立法人单位或财务独立核算管理;残联自主产权或政府出资租用的独立业务用房;主要管理人员和业务骨干在编。其中一项不符合,则验收综合评价不达标。

验收标准中服务创新附加分10分。

(2)验收结果的评价:验收结果的评价以标准设定的量化指标100分为依据,创新附加分将作为达标验收的参考。检查验收组在听取汇报、查阅资料、现场考察的基础上,对验收结果做出综合评价并确定分值。验收结果评价分为"达标"、"基本达标"、"不达标"三种形式。

1)达标:经检查验收,总分达到95分,无单项否决项,结果综合评价为达标。

2)基本达标:经检查验收,总分达到80~95分,无单项否决项,结果综合评价为基本达标。

3)不达标:经检查验收,总评分在80分以下或有单项否决项,结果综合评价为不达标。

4. 程序

(1)自查和整改:申请验收机构依据本方案中验收标准进行自查,对发现的问题进行整改,并将自查报告上报至中国残疾人辅助器具中心初审。中国残疾人辅助器具中心将对机构建设较薄弱的部分省进行指导。

(2)提出申请:申请验收机构经自查和整改认为符合达标要求的,向中国残疾人辅助器具中心提交"省级残疾人辅助器具中心验收申请书"、自查报告和自查评分表等有关书面资料。

(3)资格审核:中国残疾人辅助器具中心根据申请和自查报告,对申请验收机构进行资格审核,符合验收要求的提交检查验收组。

(4)组织验收:中国残联组织相关部委及专家成立检查验收组,对通过资格审核的机构进行现场验收。检查验收采取对照标准、听取汇报、查阅档案、实地考核等方式进行。验收结束后,由检查验收组提交验收意见,并将达标机构上报中国残联审批。对基本达标和不达标机构,检查验收组提出整改意见。

(5)单项和复验收:基本达标机构,要根据检查验收组提出的整改意见,采取有效措施,进行限期整改。整改完成后上报检查验收组审核,由中国残疾人辅助器具中心组织进行单项检查,验收合格后视为达标。

不达标机构,所属残联要根据检查验收组提出的问题和整改意见,制订整改方案,采取有效措施,积极进行整改。整改完成后,重新提出验收申请,由检查验收组根据实际情况择期复验收。

(6)审核授牌:验收达标机构经中国残联审批后,颁发证书并授牌。

5. 进度安排　各省自接到文件之日起组织自查,针对自查发现的问题进行整改,于2007年12月20日前将自查报告报中国残疾人辅助器具中心,认为符合达标验收条件的可申请验收。其间中国残疾人辅助器具中心将选择部分省级残疾人辅助器具中心进行检查验收的试点工作。

对省级残疾人辅助器具中心的检查验收工作将于2008年1月正式开始,至2010年12月结束。

(附件见表12-11~12-14)

表 12 – 11 附件 1:省级残疾人辅助器具中心检查验收标准

项目		验收标准	分值	评分要点	得分	备注
组织管理 10 分	机构 6 分	●残联直属公益性事业单位	3	有省编办批复文件;全额、差额 3 分,自收自支 0 分;0 分单项否决		单项否决
		正处级建制	1	有残联批复文件		
		●独立法人单位,财务独立核算管理	2	有法人登记证书等,有财务独立账户和管理相关资料;1 项不符合单项否决		单项否决
	管理 2 分	由负责康复的理事长分管,康复部业务指导	2	有省残联下发的文件,每项 1 分		
	职责 2 分	明确承担全省辅助器具服务各项任务的职责	2	有残联明确职责的文件		
机构建设 40 分	场地 10 分	●残联自主产权或政府出资租用的独立业务用房	4	有产权证及相关文件;不符合者单项否决		单项否决
		落实中心业务用房使用面积 ≥1200 ㎡	4	≥1200 ㎡ 4 分,≥900 ㎡ 3 分,≥600 ㎡ 2 分,≥400 ㎡ 1 分,<400 ㎡ 0 分;包括已落实,尚在建设中		
		功能分区合理,包括办公、库房、展示、适配、评估、制作、改造、门市等	2	根据实地考察情况		
	人员 10 分	落实人员编制 ≥15 人	3	有编办批复的文件等;≥15 人 3 分,≥10 人 2 分,≥6 人 1 分,<6 人 0 分		
		●主要管理人员和业务骨干在编	2	有人事档案;不符合者单项否决		单项否决
		业务骨干具有大专以上学历,从事医学、工程、社会学等相关专业工作经历 3 年以上	2	有人事档案,每项 1 分		
		专业人员 ≥50%;有中级以上职称的业务带头人	1	有相应的职称证书,每项 0.5 分		
		培训符合《全国残联系统康复人员培训学分管理办法》的要求	2	有培训计划,学分证书等		

续表

项目		验收标准	分值	评分要点	得分	备注
机构建设40分	设备8分	有计算机等开展工作必备的办公设备	2	有固定资产登记		
		有各类残疾身体功能评估设备,有各类辅助器具的检测、评估、适配、验配、制作改造等设备	4	有固定资产登记		
		有开展服务的交通工具	2	有固定资产登记		
	经费9分	按要求配套国家各项任务的工作经费	3	查询上一年度和当年的经费核发情况		
		人员和办公费用统一纳入财政年度预算	3	查询上一年度和当年的经费核发情况		
		有开展培训、宣传、指导的工作经费	3	查询上一年度和当年的经费核发情况		
	部门和制度3分	部门设置合理,与本地区的业务功能、工作条件、服务能力、残疾人需求相适应	2	实地考察		
		有岗位职责、服务流程、财务管理、设备管理等各项规章制度	1	实地考察		
业务开展50分	指导全省20分	对本省辅助器具工作有发展规划	2	查阅文件		
		制订本省年度工作计划,统筹分解下达任务,组织协调并全面完成年度工作任务	4	查阅文件和相关资料报表;有年度工作计划1分,有分解下达任务1分,组织完成全省工作任务2分		
		组织召开全省年度工作会和经验交流会	2	有相关记录,每项1分		
		建立所辖地区辅助器具机构的档案,掌握全省辅助器具服务机构的基本状况,有专人负责指导全省辅助器具机构建设和业务工作的开展	6	实地考察,有相关资料建档;掌握状况2分,机构建设和工作指导2分,专人负责2分		
		建立全省服务人员档案,组织开展省内二级培训	4	查阅档案,有培训计划、讲义、学员名单、师资、总结、考核等记录		
		组织面向全省的辅助器具知识宣传,编发知识普及读物和宣传资料等	2	宣传活动≥2次/年,有文案记录,有编印的宣传资料		

项目			验收标准	分值	评分要点	得分	备注
业务开展50分	服务能力30分	全面开展服务20分	开展肢体残疾类辅助器具配置服务	4	有服务档案		
			开展听力残疾类辅助器具配置服务	3	有服务档案		
			开展视力残疾类辅助器具配置服务	2	有服务档案		
			开展其他残疾类辅助器具配置服务	1	有服务档案		
			开展家居、环境无障碍改造	2	有服务档案		
			开展辅助技术和辅助器具的宣传资讯,包括信息、典型事例的收集,宣传资料的编写等	2	有相应的文案记录和资料		
			开展辅助器具的产品展示,展示≥400 品种	2	展示≥400 品种 2 分,≥300 品种 1 分,<300 品种 0 分		
			开展辅助器具的制作和适应性改造	2	现场查询		
			开展辅助器具的供应服务,包括组织供应和窗口服务	2	统计报表,现场查询		
		系统开展服务10分	开展需求调查、建立需求档案	2	有相关档案、报表		
			根据残疾人的实际需求,进行身体状况评估、辅助器具的个性化改造、使用指导、效果回访等	8	有服务档案,每项 2 分		
			验收总分	100			
加分项	服务创新10分						

注:带有 ● 的标准为单项否决项

表 12 - 12　附件 2:省级残疾人辅助器具中心检查验收申请书

基本信息	申请单位			
	地址 邮编			
	中心主任		联系电话	
验收申请		负责人签字 日　　期 盖　　章			
省残联意见		日　　期 盖　　章			
机构基本情况	机构建制	□残联直属 □全额 □差额 □自收自支 □其他 □正处级 □副处级 □正科 □副科			
	财务管理	□独立财务核算 □独立财务管理 □其他_____			
	工作场地	□残联自有 □政府出资租用 □其他_____ 总面积　　　m^2,办公　　　m^2,库房　　　m^2, 展示　　　m^2,评估适配　　　m^2,制作改造　　　m^2, 其他　　　m^2,包括_____			
	人员编制	定编　　人,现在编　　人,实有　　人 主要管理人员　　人,业务骨干　　人 技术人员　　人,占总数　　%,中级以上　　人			
	经费投入	配套任务经费:　上年度:　　万元,本年度　　万元 开展工作经费:　上年度:　　万元,本年度　　万元 人员和办公经费:　上年度:　　万元,本年度　　万元			
	设备配置	总资产　　万元 办公　　万元,功能评估　　万元,适配　　万元 制作改造　　万元,其他　　万元,包括_____			
	机构设置	注:以机构设置的组织结构图的形式,说明中心的分管、业务归口和部门设置			

机构业务开展情况	服务能力	全面开展服务： 　服务:□肢体 □听力 □视力 □其他_____ 　　　　□辅助器具配置 □无障碍环境改造 □假肢与矫形器装配 □助视器验配 　　　　□ 助听器验配 　业务:□宣传资讯 □产品展示 □制作改造 □供应服务 　　　　□其他_____ 系统开展服务： 　□需求调查 □状况评估 □个性化改造 □使用指导 　□回访 □效果评估 □其他_____ 指导本省工作： 　市级行政区____个,市级服务机构____个,占____% 　县级行政区____个,县级服务机构____个,占____% 　□全省工作规划 □部署落实任务 □指导机构建设和工作开展 □组织专业人员培训 　□组织宣传活动
	完成任务	简述上年度和本年度任务完成情况
验收提供的资料	申请验收	1.□自查情况报告 2.□自查评分表
	验收准备	1.□本省(自治区、直辖市)残疾人辅助器具中心建设工作汇报 2.□与验收相关的文件、文案记录、档案等

中国残疾人辅助器具中心审核意见

□符合检查验收条件　　　　预定检查验收时间：　　年　月　日
□不符合检查验收条件　　　　　　　　□未达到验收标准的基本要求 　　　　　　　　　　　　　　　　　□资料不全 　　　　　　　　　　　　　　　　　□其他 　　　　　　　　　　　　　　　　　日期 　　　　　　　　　　　　　　　　　盖章

备注

表 12 – 13　附件 3:省级残疾人辅助器具中心检查验收不符合项报告书

受检验收机构	
检查验收时间	
检查验收不符合项情况	
验收标准	不符合项记录
附件	
整改意见	
负责人签字 盖　章	

表 12-14 附件 4:省级残疾人辅助器具中心检查验收评分表

单位:

项目		验 收 标 准	分值	评 分 要 点	得分	评 分 记 录
组织管理10分	机构6分	• 残联直属公益性事业单位	3	有省编办批复文件;全额、差额 3 分,自收自支 0 分		
		正处级建制	1	有残联批复文件		
		• 独立法人单位,财务独立核算和管理	2	有法人登记证书等,有财务独立账户和管理相关资料;1 项不合格 0 分		
	管理2分	由负责康复的理事长分管,康复部业务指导	2	有省残联下发的文件;每项 1 分		
	职责2分	明确承担全省辅助器具服务各项任务的职责	2	有残联明确职责的文件		
机构建设40分	场地10分	• 残联自有或政府出资租用的独立业务用房	4	有产权证及相关文件		
		落实中心业务用房面积≥1200m²	4	≥1200m²4 分,≥900m²3 分,≥600m²2 分,≥400m²1 分,<400 m²0 分;包括已落实,尚在建设中		
		功能分区合理,包括办公、库房展示、适配、评估、制作、改造、门市等	2	根据实地考察情况		
	人员10分	落实人员编制≥15 人	3	有编办批复的文件等;≥15 人 3 分,≥10 人 2 分,≥6 人 1 分,<6 人 0 分		
		• 主要管理人员和业务骨干在编	2	有人事档案		
		业务骨干具有大专以上学历,从事医学、工程、社会学等相关专业工作经历 3 年以上	2	有人事档案,每项 1 分		
		专业人员≥50%,有中级以上职称业务带头人	1	有相应的职称证书,每项 0.5 分		
		培训符合《全国残联系统康复人员培训学分管理办法》的要求	2	有培训计划,学分证书等		
	设备8分	有计算机等开展工作必备的办公设备	2	有固定资产登记		
		有各类残疾身体功能评估设备,有各类辅助器具的检测、评估、适配、验配、制作改造等设备	4	有固定资产登记		
		有开展服务的交通工具	2	有固定资产登记		
	经费9分	按要求配套国家各项任务的工作经费	3	查询上一年度和当年的经费核发情况		
		人员和办公费用纳入财政年度预算	3	查询上一年度和当年的经费核发情况		
		有开展培训、宣传、指导的工作经费	3	查询上一年度和当年的经费核发情况		

项目		验收标准	分值	评分要点	得分	评分记录
机构建设40分	部门和制度3分	部门设置合理,与本地区的业务功能、工作条件、服务能力、残疾人需求相适应	2	实地考察		
		有岗位职责、服务流程、财务管理、设备管理等各项规章制度	1	实地考察		
业务开展50分	指导全省20分	对本省辅助器具工作有发展规划	2	查阅文件		
		制订本省年度工作计划,统筹分解下达任务,组织协调并全面完成年度工作任务	4	查阅文件和相关资料报表;有年度工作计划1分,有分解下达任务1分,组织完成全省工作任务2分		
		组织召开全省年度工作会和经验交流会	2	有相关记录,每项1分		
		建立所辖地区辅助器具机构的档案,掌握全省辅助器具服务机构的基本状况,有专人负责指导全省辅助器具机构建设和业务工作的开展	6	实地考察,有相关资料建档;掌握状况2分,机构建设和工作指导2分,专人负责2分		
		建立全省服务人员档案,组织开展省内二级培训	4	查阅档案,有培训计划、讲义、学员名单、师资、总结、考核等记录		
		组织面向全省的辅助器具知识宣传,编发知识普及读物和宣传资料等	2	宣传活动≥2次/年,有文案记录,有编印的宣传资料		
	服务能力30分 全面开展服务20分	开展肢体残疾类辅助器具配置服务	4	有服务档案		
		开展视力残疾类辅助器具配置服务	2	有服务档案		
		开展听力残疾类辅助器具配置服务	2	有服务档案		
		开展其他残疾类辅助器具配置服务	2	有服务档案		
		开展家居、环境无障碍改造	2	有服务档案		
		开展辅助技术和辅助器具的宣传资讯,包括信息、典型事例的收集,宣传资料的编写等	2	有相应的文案记录和资料		
		开展辅助器具的产品展示,展示≥400品种	2	展示≥400品种2分,≥300品种1分,<300品种0分		
		开展辅助器具的制作和适应性改造	2	现场查询		
		开展辅助器具的供应服务,包括组织供应和窗口服务	2	统计报表,现场查询		

项目			验收标准	分值	评分要点	得分	评分记录
业务开展50分	服务能力30分	系统开展服务10分	开展需求调查、建立需求档案	2	有相关档案、报表		
			根据残疾人的实际需求,进行身体状况评估、辅助器具的个性化改造、使用指导、效果回访等	8	有服务档案,每项2分		
验收总分				100			
加分项	服务创新10分						

注:带有●标注的为单项否决项

四、普及型假肢安装机构建设要求

(一)普及型假肢安装机构建设规范(以长江普及型假肢装配站为例)

1. 总则　长江普及型假肢装配站是同级残联所属的事业单位,是非营利性质的服务实体,始终坚持面向基层、为广大中低收入残疾人提供假肢矫形器装配和用品用具供应服务的宗旨。

为保证装配站持续发展,要随着经济社会发展和残疾人需要,不断拓展服务领域,使装配站发展成能为残疾人提供假肢、矫形器和辅助器具的专门服务机构和所在地区的辅助器具资源和服务中心。

为适应市场经济规律,装配站实行企业化管理,建立各项管理制度和绩效考核方法。

2. 服务内容

(1)承担国家下达的普及型假肢装配任务:病源筛查、假肢装配、使用训练、回访和维修等。

(2)假肢装配服务:面向不同需求的残疾人,提供各类假肢装配服务。

(3)矫形器装配服务:与医院和康复机构建立联系,提供矫形器装配、适应性训练和效果评估等服务。

(4)辅助器具适配和维修:利用装配站的设备和技术,针对残疾人的特殊需求,开展用品用具的适配和维修服务。

(5)无障碍改造:为残疾人家居环境无障碍改造提供方案设计、设施配置和改造。

(6)辅助器具供应服务:开展需求调查、信息咨询、宣传培训、产品转介、产品供应及售后服务等。

3. 人员组成

(1)装配站的管理人员和主要技术骨干应为残联正式在编人员。

(2)装配站与技术人员订立服务合同,保证培训后掌握相应的制作技术并完成下达的装配任务。

(3)制订培训计划,使技师都要接受国家级培训并取得合格证书;面向社会开展服务的装配站要培养一名以上取得假肢矫形器执业资格的技术人员。

(4)要有掌握医学知识和电脑操作技术的工作人员,适当安排女性和能够胜任操作的残疾人从业。

(5)装配站人员不少于3人,其中装配技师不少于2人。

4. 工作条件

(1)工作场地:

1)装配站应建在残联综合服务设施内,要有无障碍设施。

2）残联应无偿提供场地,不得收取任何使用费用。

3）根据假肢装配工艺要求进行场地改造,要按装配功能要求分房设置;暂不具备条件的要划分不同的工作区间,并采取适当的隔离措施。

4）场地应设有:接诊室、取型室、修型室、装配车间、打磨间、训练室和洗浴间等。

5）假肢制作场地面积不少于120m²,其中接诊室不少于20m²、制作室不少于50m²、功能训练室不少于50m²(有条件的独立设置,无条件的可与康复中心共同使用)。

6）设备、工具应按假肢工艺流程合理安装、放置。

7）取型室要方便残疾人换衣并有洗浴设施。

8）石膏修型室要设有石膏渗漏层和通风装置。

9）打磨室、抽真空室要与其他区域分隔,并有除尘和通风设施。

（2）设备管理:

1）设备工具要登记造册,运转正常,不得流失。

2）设备要专人管理,要求熟悉设备操作规程并能进行维护保养。

3）大型和重要设备要制定操作规程并在设备就近的墙壁上悬挂。

4）按设备使用规定,进行保养和维护。

5）项目下拨的设备（含项目经费购置）,要有项目标志铭牌（统一制作发放）。

6）根据设备使用年限,制订折旧更新计划;从假肢装配费中提留折旧更新经费并做到专款专用。

（3）材料申请和管理:

1）根据本地残疾人需求和上级下达的任务,提出装配材料申请并上报,要求具体说明装配数量、时间、批次及特殊要求。

2）收到申请后,将按项目配发规定组织装配材料,7天内发出并通知装配站。

3）装配站收到材料后,按要求查收并登记入账,发现问题及时反馈。

4）项目材料要有专人管理,建立使用申领和出入库管理制度,每月进行盘点。

5）每年年底上报装配材料的使用、损耗及库存。

6）自购材料开展假肢矫形器装配服务,要保证产品质量,核算成本,逐步与企业化管理接轨。

（4）经费:

1）装配站工作经费由所属残联筹措,保障项目任务完成和装配站正常运转。

2）工作经费主要用于:①项目病源筛查和装配组织。②贫困残疾人装配普及型假肢补贴。③装配站场地改造。④员工技术培训。⑤装配站人员工资、劳务补助等。

3）项目收取的装配费用于:①设备、工具折旧、更新。②工时补贴。③水电消耗。④购置辅料、耗材。

4）开展项目装配要按规定收费;非项目内假肢矫形器装配服务,要准确测算成本,本着公益性原则,合理收费。

5. 内部管理　装配站要建立和完善各项管理制度和工作规程,明确工作职责,规范工作程序,保证装配质量和服务水平。

（1）规章制度:

1）制定规章管理制度和服务公约,规范和指导各项工作。

2）规章制度应根据具体内容悬挂在相应的工作场地上。

3）管理制度应有:装配站工作制度、岗位责任制、回访制度、产品售后服务制度、假肢收费标准、产品质量检查制度、设备管理制度、库房管理制度等。

4）技术规程应有:假肢装配工艺流程（壳式、骨骼式小腿和大腿假肢）、设备操作规程等。

（2）质量控制:

1）建立产品质量监控体系并使其有效运行。监控体系包括:质量管理、质量控制、质量保证、质量追踪及质量改进等环节。

2)确定质量管理目标,对内要求职工树立质量高于一切的观念,充分调动装配人员的质量意识;对外向残疾人进行质量承诺,接受有关技术监督部门对产品质量的监督。

3)明确岗位质量职责,制定每道工序的质量检查和监控方法,对假肢制作实施全程质量控制。

4)假肢装配后,要在技师指导下进行适应性训练,发现问题进行调整,并培训残疾人正确使用和保养假肢。

5)假肢装配3个月后,要对残疾人进行回访(入户、信函及电话等方式),掌握假肢使用情况,对发现的问题要及时处理并登记存档。

(3)档案管理:

1)建立档案管理制度并有专人负责。

2)档案工作包括收集、整理资料,对资料进行分类、立卷和归档保管。

3)档案包括:残疾人个人假肢装配档案、文件档案、宣传档案(文字、图片、音像等)和设备、材料档案。

4)个人档案是装配站的资源,可按装配时间或地域分类存放,方便查找。残疾人个人假肢装配档案包括:假肢装配前后对比照片、《普及型假肢装配记录》、《普及型假肢装配补贴登记表》、《普及型假肢回访记录》、《普及型假肢维修记录》。

5)文件档案包括:上级机关下发的各类文件,装配站上报和下发的各类文件,装配站的年度工作计划和工作总结,年度统计报表等。

6)宣传档案包括:新闻媒体对普及型假肢工作的报道资料,如装配现场、项目启动仪式、残疾人安装过程等照片(含底片)、音像片和文字资料;装配站发现和采集的假肢装配典型事例的文字、图片和音像片;残疾人感谢信等。装配站要及时上报典型事例材料。

7)设备、材料档案包括:装配站所有设备、工具、材料及办公用品的清单、说明书和维修保养记录等。

(4)信息统计:

1)建立信息统计制度并有专人负责。

2)汇总、核准并录入装配资料(长江项目、彩票公益金项目等),包括受助人员资料(姓名、职业、通信地址、联系电话等)、装配时间、装配品种及补贴情况等。

3)每年6月30日前,上报上半年装配任务完成数(可不报装配名单);每年末统计当年装配任务完成数量,并于次年1月10日前将装配资料上报总站,要求上报装配名单一份(加盖装配站公章)和项目数据库光盘。

4)装配站要配备信息化设备(电脑、上网设备等),便于进行信息交流和数据传输。

(二)普及型假肢装配站的评估、验收标准(以长江普及型假肢装配站为例)

长江普及型假肢装配站的考核按下面的考核评估表所列的内容进行。省级装配站45分以上为达标;地(市)级装配站40分以上为达标。(表12-15)

表12-15　普及型假肢装配站考核评估表

项目	检查项目	分值	评分说明	得分
场地人员	场地面积:省装配站150m² 以上;地市装配站120m² 以上,并进行功能分区	6	场地面积仅指接诊、装配和训练场地面积之和,与国家对假肢和矫形器生产装配机构场地面积要求相一致;场地面积达标的得满分,不足的得3分	
	管理制度、服务内容、工作要求和工艺流程、项目宣传上墙并有产品展示橱窗	3（16）		
	管理人员和主要技术骨干落实编制及相应待遇	5		
	装配站人员不少于3名,其中装配技师2名以上	2		

续表

项目	检查项目	分值		评分说明	得分
装配服务能力	技师经过正规培训,装配站有长期培训计划并付诸实施	16	2	如大腿假肢技术和执业资格考试培训计划	
	普及型假肢装配技术掌握情况		9	如大腿假肢技术和执业资格考试培训计划	
	其他假肢装配服务开展情况		3	指除普及型假肢之外的假肢装配能力	
	矫形器装配开展情况		2	用于残疾人功能补偿的矫形器装配	
设备	设备完好,根据装配需求和服务发展需要,自行购置必要的设备、工具	8	4	设备完好 2 分,自行购置设备 2 万元以上 2 分	
	安装合理,工具摆放有序,有设备操作规程,有专人负责管理		2	设备操作规程应悬挂在墙壁上	
	设备、工具账目准确;有折旧经费提留		2	有设备折旧经费得 1 分	
档案	文件档案(上级下发文、计划、统计报表、总结等)	10	2	各项有,得一半分值;符合要求得满分	
	残疾人个人假肢装配档案(按表卡要求逐项检查,有装配前后照片)		4		
	项目宣传档案(报刊、图片、音像制品)		2		
	设备、工具档案(设备使用说明书、维修保养记录)		2		

（乔新生）

第五节　康复医疗机构的建设与管理

一、康复医疗机构概述

医学康复是全面康复中的一个重要组成部分。如前所述,全面的康复主要包括医学的、心理的、教育的、职业的和社会的康复几个方面。通过医学的手段,与康复的其他手段相结合,达到预防残疾的发生和减轻残疾的影响,最大限度地提高残疾人的生活质量和最大程度地使残疾人回归社会生活,这就是医学康复。但是,运用"医学康复"手段的并不都是"康复医学",后者特指医疗机构中独立的康复医学专业。例如白内障患者的复明手术是我国"三项康复"的重要内容,是通过眼科手术而实现的,属于"医学康复"的范畴,但它并不是"康复医学"的专科内容;同样还有诸如人工耳蜗手术及其后的听力康复、口腔康复、精神病的康复等。我们这里所说的"康复医疗机构"只指专门从事康复医学专业工作的医疗机构,而不是泛指医学康复的所有范畴,更不是泛指全面的康复内容。

事实上,许多残疾是因疾病(包括先天性疾患或发育异常)或损伤而造成的。例如偏瘫(中风)、截瘫(脊髓损伤)、脑瘫(基本是先天性的)、外伤性截肢、退行性骨关节病、慢性疼痛(颈椎病、腰椎间盘脱出或下腰痛)等。这些患者一旦得病或损伤,会首先"去医院""找医生",特别是那些属于急性期的疑难重症、复杂和少见的疾病或损伤,患者、家属或单位肯定会首先想找个"大医院"和"知名专家",也就是找一个好的抢救/急性期治疗机构和病情稳定后找一个好的康复医疗机构。在我国,这类急性期或早期的治疗和康复机构主要设置在各大综合医院(如医学院的教学医院或大型的"三级医院")中,其中主要的是医院中的康复医学科/部。在那里,医生的职责是稳定病情和进行强化的康复,即主要进行的是急性期的康复医学处理。但是,由于康复医疗可能需要较长的时间,有时甚至是终生性的,所以到亚急性期和恢复早期、中期的患者则大部分要进入到专业化的康复医院或康复中心进行系统的和全面的康复。在那里,需要进行的是全面康复,不仅有医学康复,还要进行教育康复、职业康复和社会康复等训练和处理。因此,康复医疗机构(或者说机构康复)大体上分为两个部分:在综合医院的康复医学科/部主要进行急性期的康复医疗;在专业的康复医院或康复中心主要进行急性期后全面的康复(即不仅是康复医疗)。由于性质有所不同,这两种康复机构在规模、人员、科室设置、目的、方法等方面也是不尽相同的。

综合医院的康复医学科是以急性期医学处理为中心的医院中的独立二级临床科室,即是与内科、外科、妇产科、儿科、眼科、五官科等一样的临床科室。它通过来源于不同医学专业的健康照顾人员(医生、护士、物理治疗师、作业治疗师、言语治疗师、假肢矫形支具师、心理治疗师、社会工作者等)以小组工作的方式、采取综合性康复的方法,细致地解决患者存在的与功能障碍有关的残疾问题,发挥其最佳的身体、心理、社会、职业、非职业和教育的潜力,达到其本人所希望和计划的,并与其残疾水平相一致的功能状态。在康复医学科里,康复医疗是功能恢复的手段。一个人因伤、病,可使其身体解剖形态、生理功能异常,个体的活动能力受限及社会参与障碍,并受周围环境因素和个人因素的影响而成为残疾者。康复医学的目标并不是使疾病"痊愈"(事实上也不可能"痊愈"),而是通过医学的手段帮助残疾者在身体 – 个体活动能力 – 社会参与能力这三个层次上,达到最大程度的恢复。

康复医学强调患者主动参与的训练。功能的恢复在很大程度上是依靠患者本人直接参与的功能训练,特别是患者的活动能力和社会参与能力,绝不是靠被动性的药物、手术治疗或被动性的活动就可以解决的。正如 WHO 早在 1980 年就指出的:这些被动性方法即使有效,也是效果一般。应当尽量应用主动性康复训练取代被动性的处理,在康复医学实际运作时需依靠团队的协作。它以小组的工作方式进行多专业、跨专业和专业的合作。通常,康复医学的临床工作是在康复医师的领导下,组成有康复护士、物理治疗师、作业治疗师、言语治疗师、假肢矫形器师、心理治疗师、社会工作者等参加的康复医疗组,全面地、协调地实施康复医疗工作。在专业化的康复医疗机构中,如康复医院或康复中心,这种"团队"的成分就更加完整,而在以急性期的临床康复为中心的综合医院康复医学科,这种"团队"则相对简单或不十分完整。

因此,康复医学与传统的治疗医学关系密切但是又有很大区别。(表 12 – 16)

表 12 – 16　　　　　　　传统治疗医学与康复医学的区别

项目内容	传统治疗医学	康复医学
对　　象	疾病(患病的个体)	功能障碍(病残的个体)
目　　的	治愈疾病或稳定病情	功能恢复(身体、活动、参与三个功能水平)
诊断或评价	疾病诊断(按 ICD – 10 分类)	功能评定(按 ICF 分类)
治疗的手段	被动性医学处理为主 (如各种途径的药物治疗、 手术等)	主动性康复训练为主 (如物理治疗、作业治疗、言语治疗、 假肢 – 矫形器、心理治疗等)
专业的人员	医疗小组(医生、护士、 医技人员等)	康复小组(康复医师、康复护士、 物理治疗师、作业治疗师、言语治疗 师、假肢矫形支具师、心理治疗师等)
后　　果	治愈、好转、无变化、死亡	三个功能水平上的提高程度
社会性	医学的角度考虑多,不明显	社会学的角度考虑多,明显

众所周知,预防、治疗、保健、康复是"四位一体"的现代医学的基本内容。医学的这四部分内容在本质上是有所不同的,不能用医学的一个方面取代其他方面。但是,它们又是密切联系、不可分割的,不应该把它们

按时间段分成先后,而应该基本上叠加在一起。

二、康复医疗机构的功能

在疾病的急性治疗期间,应当考虑残疾的预防(二级预防)和病情稳定后的功能恢复(康复)问题;而在功能恢复的康复医疗期间,不但要强调残疾的预防(特别是预防活动受限的二级预防),也应当进行必要的临床治疗处理(如合并症和并发症的医学处理)。良好的临床治疗会给康复处理创造极为有利的前提条件并取得良好的康复后果;而良好的康复医疗处理,也会使临床医疗效果充分体现出来,达到功能恢复的最高水平,确实提高患者的生活质量。

这一原则也同样适用于康复中心或康复医院中的从事康复医疗工作的相应机构。康复医学工作大体包括以下内容:

(一)残疾预防

预防残疾的发生是全球有关残疾工作的首要任务。实际上,大多数致残性损害是可以预防的。根据WHO 关于功能和残疾的描述,残疾的预防是在三级预防的水平上实施的。

一级预防:预防身体功能和结构的缺失和异常。

二级预防:预防个体活动的受限。在残疾的二级预防中,重要的是通过医学的手段预防二次性(续发性)致残。所以,WHO 明确指出:二级预防和康复是 WHO 为控制慢性非感染性疾病而制订的策略的一部分。

三级预防:预防个体社会参与的局限性。

康复的最终目的是使因伤、病致残的患者最大程度地回归到主流社会中。总之,预防性康复,特别是二级预防,是康复医学的一个重要方面。

(二)康复功能评定

功能的问题主要应该进行"评定"。因此,在康复医学中,一般较少使用"康复诊断"这个词,以便和传统临床治疗医学相区别。

1. 评定的目的　评定的目的是量化的评定,是掌握现存的功能、估计功能恢复的潜力、制订出有效的康复程序或计划、随时检查康复医疗的效果并修订康复计划,最终通过康复评定的结果,确定康复的后果。

2. 评定的基本方法　有的是可以直接定量进行测量的,如等速肌力、关节活动度、肌电图等;但大多数变量是不能像重量、长度那样直接进行定量测量的,如精神、心理的各项功能,各种感觉的功能、语言功能、随意运动控制功能、不随意运动功能、步态功能、学习功能、生活自理能力、家庭生活能力、人际交往能力、工作和职业能力等。在康复医学中大量使用了评定量表,通过等级或记分的方法,使那些本来不能直接定量测量的变量,变成可以"定量"评定的变量。但是,一个评定量表是否真的有效、可信、敏感、实用,是需要经过检测的。

(三)康复治疗

康复治疗是通过医学的手段,预防疾病所造成的功能障碍和减轻残疾的影响。因此,它"治疗"的不是疾病本身,而是疾病引起的功能障碍。

1. 康复医学主要解决的功能性问题

(1)运动功能的障碍。

(2)痉挛和肌张力的异常。

(3)帕金森病和有关协调功能的异常。

(4)制动和废用。

(5)神经性膀胱和二便排泄功能的异常。

(6)褥疮。

（7）言语和吞咽功能异常。

（8）认知和神经心理学功能异常。

（9）儿童残疾问题。

（10）老年残疾问题。

（11）性功能的异常。

（12）职业康复问题。

（13）社会康复问题。

2. 康复医学的医疗手段　康复临床处理中，除了保持一般临床医学治疗的某些手段外（如必要的输液、药物治疗、注射治疗、必要的手术治疗等），还有许多康复医学所特有的医疗手段。临床康复工作，是在康复医师领导下，组成由康复护士、经过专门培训的各种治疗师（PT、OT、ST、P/O 等专业人员）共同协作的康复组（Rehabilitation Team），以物理治疗、作业治疗、言语治疗和假肢矫形器为最主要的康复治疗手段，来具体地、分别地实施康复处理。

（1）物理治疗（Physical Therapy，PT），主要包括治疗性训练和物理因子的应用，还有生物反馈、手法治疗、按摩和牵引、功能性神经肌肉电刺激、水中运动性康复等。

（2）作业治疗（Occupational Therapy，OT）。

（3）言语治疗（Speech Therapy，ST）。

（4）注射手段（Injection Procedures）。

（5）康复工程手段（Rehabilitation Engineering），主要包括假肢、矫形器（Prosthetics，Orthosis，P/O）和轮椅等。

（6）其他康复辅助技术，如步态辅助器、自助具等。

（7）康复营养学。

（8）文娱、体育治疗。

（9）代偿和替代医学技术。

（10）心理和神经心理学治疗。

（11）传统的中医药学治疗在促进患者功能恢复上有一定效果，因此在临床康复中也被广泛应用。

3. 康复医学重点涉及的疾病或损伤　康复医学重点涉及的是引起最常见和最严重残疾状态的疾病或损伤，它们大体可以分为五类：

（1）神经疾患的康复：如脑卒中、脑外伤和脑手术后、脊髓损伤、多发性硬化、儿童脑瘫等，也包括痴呆和帕金森病的康复。

（2）骨关节及运动系统疾患的康复：如关节炎和结缔组织病、骨质疏松症、外周血管病和糖尿病足、烧伤、运动损伤、外伤性损伤、关节置换术后、截肢后、脊柱疾患（如腰椎间盘脱出、颈椎病等）和手外伤的康复等。

（3）慢性疼痛的康复：如慢性疼痛综合征、癌性疼痛等。

（4）心肺及内脏疾病的康复：冠状动脉硬化性心脏病、慢性阻塞性肺疾患等，近年还有肾衰的康复等。

（5）其他：如肿瘤、艾滋病、艺术家的职业疾患、精神疾患，视觉、听觉和平衡觉的康复问题等。

三、康复医疗机构与长期照顾机构的差异

一般说来，康复医疗机构都应当具有上述的功能，不论是在以急性期医学处理为中心的综合性医院，还是以亚急性期、恢复早中期医学处理为中心的康复医院或康复中心。至于恢复后期和后遗症期的患者，应当以社区－家庭康复为主，不应当长期滞留在康复医疗机构中。

实际工作中，还有另外一种与康复工作相关的机构——长期照顾机构。它主要是针对那些残疾较重、功能恢复预计有很大困难甚至根本不可能，因而生活不能自理，或处于临终前状态，不得不依靠强化的护理服务而滞留在以护理、长期照顾、临终照顾等机构中的患者。例如长期住在养（敬）老院、老年之家、护理之家、社会

福利院、临终关怀"医院"等机构中的老年、重残、临终的患者。需要向他们提供的,主要不是医疗和康复服务,目的也不是功能的恢复,而主要是生活护理性服务。所以,一般并不把长期照顾机构算做康复医疗机构。

四、康复工作的网络体系

因为患者的功能恢复往往是一个长期的再适应过程,因此从康复工作的实施地点来看,需要将从医院的急性期康复医疗一直到社区 – 家庭康复形成一个完整的网络系统,如图 12 – 5 – 1 所示:

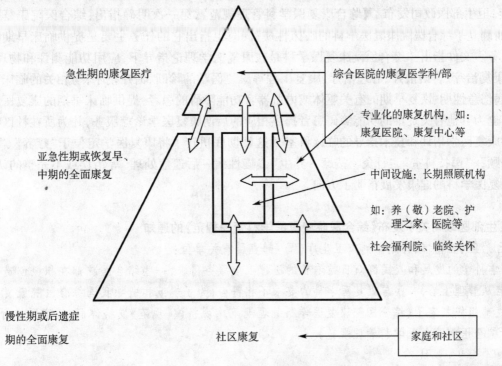

图 12 – 5 – 1 康复工作的网络示意图

一般在综合医院康复医学科(或在临床科室内开展康复医疗活动)内,应在病情稳定后及早开始康复医学的介入:在卒中单元中,应在病情稳定后 48 ~ 72 小时即对脑卒中(中风)进行康复的介入;而在神经监护病房中,常常在神经外科手术之前就已经有康复的介入了。但是,一般说来,综合医院是以急性疾病的处理为中心的,因此在综合医院的康复医学科中平均住院日一般不超过 28 天。而且,如果患者有严重的言语功能障碍或认知功能障碍,或由于种种原因不能进行强化的临床康复,一般就不列入适应证了。也就是说,不留在医院中进行康复了。可见,只有那些预期能在住院期间取得比较理想的功能改善的患者才是临床强化康复的适应证患者。例如在美国,医疗保险一般要求每天经过强化康复医疗,FIM 积分 >1.8 分,否则医疗保险一般就不再支付了。

在专业化康复医院或康复中心内,一般是接受亚急性期或恢复早、中期的康复患者,他们的病情多是稳定的,但有时会出现各种合并症和并发症。例如由于吞咽障碍所致的吸入性肺炎、尿失禁或尿潴留所致的泌尿系感染、偏瘫患者训练不当所致的"废用综合征"和"误用综合征"等,因而需要必要的临床治疗性处理,但他们的主要问题是丧失功能的恢复或代偿,特别是个体活动能力和社会参与能力的提高,是生活质量的提高。这就不仅需要医学的康复,还需要大量的非医学性质的康复手段,如教育的康复(聋儿的语训、智障儿的培训等)、职业的康复(作业治疗性训练、生活自理性训练、职业性训练、认知功能的训练)、社会的康复(人际关系的处理、社会参与能力的提高等)等。这样,康复医院或康复中心的床位规模一般比较大,科室的设置不仅有医学的专业人员,也有相当一部分不是医务人员(即没有执业医师的资格),而具有非医务人员的执业资格。

五、机构设置标准

关于我国的残疾人康复机构的设置标准,中华人民共和国卫生部和中国残疾人联合会共同制定过一系列的文件。这里仅就一些重要文件进行一些解释,并将原始文件附后,以便参考。

(一)标准的出台

1996 年,卫生部医政司发布了《综合康复医学科管理规范》,第一次明确指出:综合医院康复医学科是临床科室,从而确立了综合医院康复医学科的临床性质;同时也指出它的任务主要是提供临床早期的康复医学专业诊疗服务。文件指出:"综合医院康复医学科是在康复医学理论指导下,应用功能测评和物理治疗、作业治疗、传统康复治疗、言语治疗、心理治疗、康复工程等康复医学的诊断、治疗技术,与相关的临床科室密切协作,着重为病伤急性期、恢复早期的有关躯体或内脏器官功能障碍的患者,提供临床早期的康复医学专业诊疗服务,同时,也为其他有关疑难的功能障碍患者提供相应的后期康复医学诊疗服务,并为所在社区的残疾人康复工作提供康复医学培训和技术指导的临床科室。"这就彻底扭转了将康复医学定位于"疗养"、"保健"、"长期护理性照顾"、"医技科室"、"针灸－按摩－养生"、"慢性病－后遗症处理"等错误或不完整的认识,为其后综合医院康复医学科的健康发展指明了方向。

【附】卫生部医政司关于发布《综合医院康复医学科管理规范》的通知

各省、自治区、直辖市、计划单列市卫生厅(局)部直属有关单位:

随着医学科学的发展和人民群众日益增长的医疗卫生服务需求,一些综合医院都在积极创造条件建立康复医学科,但从管理上看,有些与康复医学科的要求不相符合,为了规范和引导我国综合医院康复医学科的建设和发展,我部组织制定了《综合医院康复医学科管理规范》,现将该《规范》发给你们,请遵照执行。

附件:《综合医院康复医学科管理规范》

卫生部

一九九六年四月二日

综合医院康复医学科管理规范

第一章　总则

第一条　为规范综合医院康复医学科的设置,加强康复医学诊疗服务,更好地发挥综合医院对社区康复的转诊、培训和技术指导作用,进一步完善卫生事业的康复医学服务的功能,满足社会不断增长的康复医学诊疗需求,根据《中华人民共和国残疾人保障法》和《医疗机构管理条例》的有关规定,制定本管理规范。

第二条　本管理规范是对综合医院设置康复医学科并开展康复医学诊疗工作的基本要求,适用于中华人民共和国境内的所有综合医院。

第二章　性质、功能与布局

第三条　综合医院康复医学科,是在康复医学理论指导下,应用功能测评和物理治疗、作业治疗、传统康复治疗、言语治疗、心理治疗、康复工程等康复医学的诊断、治疗技术,与相关的临床科室密切协作,着重为病伤急性期,恢复早期的有关躯体或内脏器官功能障碍的患者,提供临床早期的康复医学专业诊疗服务,同时也为其他有关疑难的功能障碍患者提供相应的后期康复医学诊疗服务,并为所在社区的残疾人康复工作提供康复医学培训和技术指导的临床科室。

第四条　二级以上综合医院应根据当地的康复医学诊疗需求和条件,设置本管理规范规定的康复医学科,并开展相应的康复医学诊疗工作。尚不具备设置本管理规范规定的康复医学科条件的地区或医院,可暂不设置,用综合医院现有的临床和医技科室开展相应部分的康复医学诊疗工作,但随着需求的发展,逐步增加功能测评、运动治疗、作业治疗、康复工程等现代康复医学诊疗项目,待条件具备时,设置本管理规范规定的康复医学科。

第五条 一级综合医院一般不必设置专门的康复医学科,但应针对当地人口的主要致残原因,在当地政府及其卫生行政部门的领导和指导下,协同当地有关部门,动员、组织群众,大力开展残疾的一级预防,同时,根据当地群众的康复需求,培训1~2名掌握社区康复实用技术的医务人员,积极开展社区康复工作,组织指导所在社区的乡村医生等基层卫生人员在基层有关机构和功能障碍患者住所,开展康复医学诊疗、咨询服务。

第六条 各地卫生行政部门应根据当地人口的康复需求,将综合医院康复医学科的建设纳入区域医疗发展规划之中,指导区域内康复医学诊疗资源的适度发展,合理布局,形成以基层医疗卫生机构康复医学诊疗服务工作为基础的,以大中型综合医院和有关专科医院、康复医院及其他康复医学诊疗部门为转诊、培训技术指导中心的,覆盖广泛、功能完善、结构合理、协作密切、成本效果好的区域康复医学诊疗服务网络,不断提高康复医学诊疗服务水平,完善当地卫生事业的康复医学服务功能。

第三章 构成

第七条 综合医院康复医学科至少应下设物理治疗和作业治疗室,并具有相应的康复测评和治疗功能,根据需求和条件,酌情下设言语治疗、心理治疗、传统康复治疗、假肢与矫形器等康复医学专业诊疗室。规模小或康复需求少的综合医院,可将性质相近的康复医学专业诊疗室合并设置。

第八条 综合医院康复医学科可不设置专门的康复病床,院内康复转诊需求大,或康复教学、科研确需设置康复病床的医院,结合需求和当地的康复转诊条件,在对设床的必要性、可行性进行充分的调查、论证的基础上,可按医院病床总数2%~5%的额度,通过院内调剂等适宜方式,为康复医学科酌情设置适当数量的康复病床,并切实保证合理、充分、安全地使用。

第四章 人员配备

第九条 二级综合医院的康复医学科,至少应有1名专职或兼职的康复医师、2名专职的康复治疗技师(士);三级综合医院的康复医学科,至少应有2名专职或兼职的康复医师、4名专职的康复治疗技师(士)。

第十条 设置康复病床的康复医学科,应根据收治病种,参照有关临床科室,配置与康复病床数量相适应的专职康复医师、康复治疗技师(士)和护士。

第十一条 以躯体运动功能障碍康复为主的三级综合医院,根据需求和条件,可设置兼职或专职的临床假肢与矫形器技师(士)。

第五章 诊疗场所

第十二条 根据需求与条件,二级综合医院的康复医学科一般应有150~300平方米建筑面积的业务用房,三级综合医院康复医学科至少应有300~500平方米建筑面积的业务用房。如设康复病床,应配置适当面积的康复病房,病房每床净使用面积以5~7平方米为宜。

第十三条 康复医学科应设在易于功能障碍患者方便抵离的院内处所,根据需求和条件,既可采取门诊、住院共用的设置方式,也可在门诊部、住院部分别设置。

第十四条 康复医学科的通行区域和患者经常使用的主要公用设施应体现无障碍设计,地面防滑;如设有康复病房,其走廊的墙壁应有扶手装置。

第十五条 康复医学科的地板墙壁、天花板及有关管线应易于康复设备,器械的牢固安装、正常使用良好和经常检修。

康复医学科应有良好的室温调节措施,地处夏季的酷热天气持续时间过长地区的医院,如有条件,可考虑为运动治疗室、作业治疗室安装空调装置,以少年儿童为诊疗对象的康复诊疗室,色彩设计、装饰应适合少年儿童患者的心理特点。

第六章 设备与器材

第十六条 二级综合医院康复医学科应根据需求和医院等级,通过购置、自制等适宜的方式,配置物理治疗、作业治疗和功能测评类的基本康复设备与器材,酌情配置其他类康复设备与器材:

一、物理治疗

(一)运动治疗:训练用垫和床,肋木,姿势矫正镜,常用规格听训练棍和球,常用规格的砂袋和哑铃,墙拉力器,划船器,手指肌训练器,股四头肌训练器,前臂旋转训练器,滑软吊环,常用规格的拐杖,常用规格的助行器,助力平行木。

(二)其他物理治疗:中频治疗仪,低频脉冲电疗机,音频电疗机/超短波治疗机,红外线治疗机,磁疗机,颈椎牵引设备,腰椎牵引设备。

二、作业治疗:沙磨板,插板/插件,螺栓,训练用球类,日常生活训练用具。

三、功能测评:关节功能评定装置,肌力计,其他常用功能测评设备。

四、传统康复治疗:针灸用具,人体经络穴位示意用品,按摩用品(如本院中医科或邻近中医医疗机构开展此类治疗,康复医学科可不配备)。

第十七条　三级综合医院康复医学科按前条规定的原则,在基本配备二级综合医院康复医学科有关设备,器材的基础上,酌情增加如下设备,器材:

一、物理治疗

(一)运动治疗:训练用功率自行车,肩、肘、腕、指、膝、踝、髋等关节被动训练器,训练用扶梯。

(二)其他物理治疗:超声波治疗机,蜡疗设备,电热按摩治疗机,紫外线治疗机,制冰设备。

二、作业治疗:认知功能训练用具,拼板积木,橡皮泥,上肢悬吊带,木工、金工基本工具,编织用具。

三、言语治疗:录音机或言语治疗机,言语测评和治疗用具(实物、图片、卡片、记录本),非语言交流用字画板。

四、功能测评:心肺功能及代谢功能测评设备,肌电图及其他常用电诊断设备(功能测评设备可与其他临床科室共用)。

五、康复工程:制作临床常用的矫形器的设备、器材、材料(以躯体运动功能障碍康复为主的综合医院,根据需求和条件酌情配备)。

第七章　诊疗水平

第十八条　二级综合医院康复医学科,应具有开展以下康复诊疗的能力:

一、功能测评:运动功能测评、日常生活活动能力检查。

二、物理治疗

(一)运动治疗:耐力运动训练,肌力训练、关节活动度训练,步行训练,牵引疗法。

(二)其他物理治疗:电疗,透热治疗、光疗。

三、作业治疗:日常生活活动训练。

四、传统康复治疗:针灸,按摩(如本院中医科或邻近中医医疗机构开展此类治疗,康复医学科可不开展)。

五、康复工程:家庭康复的环境改造指导,简易运动治疗和作业治疗器具、矫形器、助行器、自助具的制作和训练指导(地处已经广泛开展社区康复工作地区的县综合医院的康复医学科,应视当地群众的需求情况,具有此项技术能力,其他二级综合医院的康复医学科酌情具备)。

第十九条　三级综合医院康复医学科,应在二级综合医院康复医学科诊疗能力的基础上,根据本院康复需求的特点,具有开展以下康复诊疗的能力:

一、功能测评:电生理诊断,感觉功能测评,作业及言语能力测评,临床心理测评,心肺功能测评,偏瘫患者的运动功能测评。

二、物理治疗:

(一)运动治疗:矫正体操,促通治疗手法,中国传统运动疗法。

(二)其他物理治疗:冷疗。

三、作业治疗:工艺疗法,认知功能训练,手功能训练,畸形矫正。

四、言语治疗:常用言语交流障碍的治疗。

五、心理治疗。

六、康复工程(以躯体运动功能障碍康复为主的综合医院,根据需求与条件酌情具备):

(一)假肢,矫形器处方及训练。

(二)临床常用矫形器的制作。

第八章　管理

第二十条　认真遵守国家的有关法律、法规和诊疗规程、规章。建立、健全院内康复及社区康复诊疗制度、切实可行的技术操作规程和质量控制标准,并认真、有效地实施。

第二十一条　建立、实施康复医学毕业后教育和继续教育制度,全科的康复医学专业技术人员均应接受过相应的康复医学培训。

第二十二条　制订、实施科室的中长期综合性发展规划和年度工作计划。

第二十三条　业务信息资料保存完整。

第九章　诊疗质量

第二十四条　康复医学科与相应临床科室建立了密切的临床康复协作关系,康复医学科的康复医帅,康复治疗技师(士)等有关康复医学专业人员,能够及时深入相关临床科室,参与病伤急性期、恢复早期有关功能障碍患者的早期康复医学诊疗。

第二十五条　康复医学诊疗达到以下指标的要求:

一、需要康复诊疗的患者能及时得到有关康复医学服务。

二、经康复治疗的患者中,90%以上患者的疗效为有效以上。

三、患者对康复诊疗的满意率有90%以上。

四、年二级以上医疗事故发生率为0%。

五、年技术差错率<1%。

六、康复处方合格率>98%。

七、设置了康复病床的康复医学科,病床使用率不低于85%~92%;三级综合医院康复医学科的平均住院日不超过30~35天,二级综合医院不超过35~40天。

第二十六条　康复设备、器材维护良好,完好率大于85%。

第二十七条　深入患者家庭或有关社会福利机构,上门开展康复医学诊疗服务;与所在社区的有关下级医疗卫生机构、中间医疗服务机构,建立了康复协作诊疗培训等技术指导关系。

第十章　附则

第二十八条　本管理规范自发布之日起实施。

第二十九条　本管理规范的解释权在卫生部。

(二)细则的出台

为此,卫生部医政司在1999年专门聘请专家编写了《中国康复医学诊疗规范》。但在当时,甚至直到2003年,卫生部仍然在《医疗机构诊疗科目名录》中将康复医学列为二级学科"保健医学"下面的三级学科,而理疗学却被列为"二级学科"。也就是说该文件是将"康复医学"和"理疗学"定位为两个不同的学科。然而同一文件在"住院医师培训"和"科室设置"中却又只保留了"康复医学"而取消了"理疗学"。这反映了"中华人民共和国国家标准"(GB/T 13745-92)和卫生部在当时对于"康复医学"这个学科的认识上,仍然有些混乱。直到2005年,卫生部启动我国"专科医师培养制度"的建立工作,在广泛地对国内外文献和实际考察之后,根据有关证据,提出了《我国临床医师专科设置草案》,确认了十八个临床专科(包括"康复医学科")作为独立的二级临床学科。这就使得"康复医学"获得了与"内科学"、"外科学"、"妇产科学"、"儿科学"等医学临床学科相等的学科地位。这样,就使"康复医学"的学科地位与国际接轨。但是,鉴于我国在康复医学的发展过程中,一直存在着许多模糊不清的概念和专业队伍良莠不齐的局面,卫生部决定通过"专科医师培养基地细则"和"专科医师培养标准细则",对临床各个专业和亚专业进行毕业后医学教育的科学化、规范化管理。为此,2005~2006年,卫生部下达了《卫生部专科医师培训暂行规定》、《卫生部专科医师培训基地认定管理办法》、《卫生部办公厅关于开展专科医师培训试点工作的通知》。并且通过了《专科医师培养标准细则(草案)》和《专科医师培训基地认定标准总则与认定程序(草案)》。以下是有关康复医学科的两个标准细则(草案):

【康复医学科细则】

康复医学科是使用各种康复治疗手段,促使各种原因导致身心功能障碍的伤病患者和残疾者在身体上、心理上和社会上的功能得到恢复,提高生活质量的临床专科。它针对的不是疾病本身,而是疾病后身体功能、个体活动功能和社会参与功能的改善。康复医学科包括:神经康复专科;骨关节康复专科;心肺康复专科;慢性疼痛康复专科等亚专业,还包括儿童康复、老年康复等亚专业。康复医学专科医师培养阶段为3年,通过培养并考试合格者方可进入康复医学亚专业的培养。

一、培养目标

通过3年的基础培养,使被培养者掌握本学科的基础理论、基本知识和基本技能,并使受训者掌握本学科常见的伤病和/或残疾的功能评定、康复治疗方法,掌握相关学科的临床诊疗基础知识,能独立从事本专科临床康复的诊治工作,初步了解本专科临床科学研究和教学的方法,并学会康复医疗组的管理方式。

二、培养方法

第1年在相关临床科室轮转,重点了解并熟悉神经内科、神经外科、骨科和内科临床诊疗的基本原则和方法。

相关临床轮科培养的时间安排

轮转科室名称	时间
神经内科	3个月
神经外科	1个月
骨科(包括脊髓损伤)	4个月
心内科	1个月
呼吸内科	1个月
内分泌科(重点为糖尿病)	1个月
风湿病科	1个月
总　计	12个月

注:上述轮转时间和顺序,各培养基地可根据具体情况适当调整,但不能缺项

相关临床轮转培养1年结束,经执业医师考试合格后进入康复医学科专科培养,时间为2年。重点培养专业为康复治疗学、临床住院康复(包括神经康复、骨科康复、内儿科康复等)及康复医学科门诊(包括疼痛、肌电生物反馈等)。

康复医学科专科培养的时间安排

分类	时间
物理治疗	3个月
作业和言语治疗	3个月
神经康复	6个月
骨科康复	6个月
内儿科康复	3个月
康复门诊	3个月
总　计	24个月

三、培养内容与要求

(一)第1年,在相关临床科室(12个月)。

1. 神经内、外科(4个月)　掌握:脑和脊髓损伤神经科常见病的定位、定性诊断临床治疗要点,神经科物理检查。基本掌握:神经科常见病 CT、MRI 读片、肌电图分析。熟悉:神经科常用药物;神经疾患合并症和并发症的防治。

神经科轮训期间要求诊治的病种及例数

病　种	例数（≥）
脑血管病（包括脑出血、脑梗塞、脑栓塞、TIA 等）	20
颅脑外伤	8
周围神经病（包括格林－巴利综合征等）	4
脊髓疾患（包括脊髓损伤，急、慢性脊髓炎，脊髓蛛网膜炎等）	2
帕金森病	2
老年性痴呆	2
肌电图（老师指导下操作和作出报告）	4

2. 骨科（4 个月）　掌握：各部位的骨折、截肢、手外伤、关节置换术、颈椎病、腰椎间盘病变、脊髓损伤等的临床诊治与处理。熟悉：骨科物理检查，熟悉常见骨科疾病的 X 线片、CT、MRI 读片。了解：骨科常见病（关节置换、颈椎病、椎间盘病变）的手术指征、手术前后的处理原则。

骨科轮训期间要求诊治的病种及例数

病　种	例数（≥）
颈椎病	10
腰椎间盘病变及其他下腰痛	10
骨折（各个部位）	8
脊髓损伤	6
手外伤	5
关节置换术	3
截肢	2

3. 内科（4 个月）　掌握内科常见病的临床检查、诊断及医疗的基本原理与方法,其中必须掌握的内容：

(1) 心内科：高血压病诊治原则、冠心病（包括心肌梗死）的诊断和治疗原则,心律失常的处理,心电图的基本原理及常见疾病的心电图诊断,心肺复苏技术。

(2) 呼吸内科：慢性阻塞性肺病（COPD）的诊断和治疗原则。

(3) 内分泌科：重点是糖尿病的诊断、治疗和预防原则。

(4) 风湿科：骨关节炎、类风湿性关节炎、强直性脊柱炎的诊断和治疗原则。

内科轮训期间要求诊治的病种及例数

病　种	例数（≥）
高血压病	10
冠心病	5
心律失常	3
COPD	4
糖尿病	4
骨关节炎	4
类风湿性关节炎	2
强直性脊柱炎	2

相关技术操作培训

操作技术名称	例次(≥)
心电图阅读	6
心肺复苏技术	2

（二）第二、三年在康复医学科内专科培训

通过系统学习，掌握康复医学专科的基本理论、基本知识和基本技能；了解本专业病历的特点，能完整地收集病史，做好功能检查和测评，书写病历；掌握本专科常见病、多发病的康复评定和治疗，并熟悉常用物理治疗、作业治疗、语言治疗、假肢和矫形器装配的特点，适应证和使用注意事项；在本阶段的后期进行临床康复的深入培训，进一步打好临床康复的基础，提高对各类常见伤病、疾患和残疾的康复评定与康复治疗的能力。本阶段结束时达到康复医学科专科医师准入的水平。初步掌握本专科临床研究和教学的方法。了解康复治疗组的工作特点。

1. 康复治疗科(6个月)　掌握物理治疗与作业治疗、言语治疗的技能和程序。

康复治疗科技能训练的安排

名　称	时间
物理治疗	3个月
作业和言语治疗	3个月

2. 神经康复(6个月)　掌握神经康复评定的基本原则、方法；能够制订完整的康复医疗计划；掌握康复治疗的手段和方法。

神经康复专科技能训练的安排

疾病名称	康复例数(≥)
脑血管病	20
周围神经疾患	5
颅脑外伤	8

3. 骨科康复(6个月)　掌握骨科康复治疗的基本原则和方法。慢性疼痛的康复可结合骨科康复专科技能训练安排进行。

骨科康复专科技能训练的安排

疾病名称	康复例数(≥)
腰椎间盘病变	10
颈椎病	10
脊髓损伤	5
骨折	5
手外伤	5
周围神经损伤	4
截肢	2
关节置换术	2

4. 内、儿科康复(3个月)　掌握内科常见疾病的康复评定的基本原则、方法，能够制订完整的康复医疗计划及掌握正确的治疗方法；掌握儿童脑瘫康复的评定、康复计划制订的原则和康复治疗方法。

专科医师内儿科康复专科技能训练的安排

疾病名称	康复例数(≥)
高血压(不同类型)	4
冠心病(不同类型)	4
COPD	2
糖尿病	4
风湿性关节炎	6
脑瘫(不同类型)	6

5. 康复门诊(3 个月)　掌握神经科、骨科、内儿科常见疾病的门诊康复评定和治疗;掌握疼痛康复的评定、康复计划制订的原则和康复治疗方法(包括局部神经阻滞治疗和各种类型疼痛 10 例);掌握肌电生物反馈训练方法(操作 3 例);掌握假肢配戴的原则和方法,能开出假肢、矫形器处方(不同类型 5 例)。

通过参加医学临床及康复临床实践,在康复医学培训期间,受训者必须掌握广泛的基础和临床知识、技术、经验和适当的能力。熟悉常见疾病的医学诊断处理,稳定病情以创造强化康复的条件,掌握康复评定方法,制订出完整的康复医疗计划,并能带领整个康复医疗组实施康复处理,达到预定的康复后果。

(三)课堂学习

1. 时间　培养基地每周应为全体受训专科医师开设下列课程。

受训医师后 2 年期间参加课堂学习的数量要求

教 学 内 容	时间
病例讨论会	2 小时/次
文献报告会	2 小时/次
小讲课	0.5 小时
科研讨论会	
科技论文和科技英语写作	1 小时/次
专科医师理论课	
高级康复医学专业课	2 小时

2. 讲课、自学和临床实践应包括的内容

(1)康复医学相关的物理学和发展史。

(2)神经系统、肌肉骨骼系统、心肺系统、疼痛等的功能评定。

(3)确定残疾的水平;数据的采集和个人因素、环境因素的解释。

(4)物理治疗学、作业治疗学、言语治疗学等康复治疗技术的应用。

(5)注射技术、肌电生物反馈技术等的应用。

(6)为假肢、矫形器、轮椅、移动设备、特殊床和其他辅助设备设定处方。

(7)掌握神经心理学、一般心理学和职业能力的测试及方法。

(8)在治疗室或实验室,熟悉康复医疗设备的安全、保养、实际操作。

(9)儿科的康复。

(10)老年病的康复。

(11)运动医学的康复。

(12)残疾的预防。

(13)康复管理。

(四)较高标准

1. 应对本专业国内、外的近三年进展有一些基本的了解。

2. 能独立指导和带领康复医疗组完成整个康复计划,取得良好的康复后果。

3. 外语(英语)应达到六级。

4. 能进行医学院本科或相应水平的教学。

5. 能参与本专业相应的科研工作,撰写杂志论文1篇。

6. 最终应有以上五个方面上级专家的证明文件或考试成绩。

7. 能熟练地使用计算机网络,阅读因特网上的文献资料。

四、阅读参考书刊

中华人民共和国卫生部医政司主编,中国康复医学诊疗规范. 华夏出版社,1998

卓大宏主编,中国康复医学(第二版). 华夏出版社,2003 年

缪鸿石主编,康复医学理论与实践. 上海科学技术出版社,2000

DeLiSa JA. Rehabilitation Medicine. Principles and Practice,3rd ed. Philadelphia,Lippincott Raven,1998

中国康复医学杂志

中华物理医学与康复杂志

中国康复理论与实践

Archives of Physical Medicine and Rehabilitation

【康复医学科医师培训基地细则】

康复医学科医师培训基地是开展康复医学专科医师培养工作的康复医疗机构。培训基地的高质量和可持续发展是实现康复医学专科医师培养目标的重要保障。根据卫生部《专科医师培养标准——康复医学科细则》的要求,特制定本细则。

一、康复医学科医师培训基地基本条件

康复医学科医师培训基地应设在三级医院中,并应具备以下基本条件。

(一)科室规模

1. 总床位数 综合医院≥20 张;专业康复医院或康复中心≥30 张。

2. 年收治病人数≥240 人次。

3. 年门诊量≥2800 人次。

4. 急诊量 康复医学科没有急诊,进入康复医学科的指征是病情必须稳定。

5. 床位使用率 >85%。

6. 床位周转率 综合医院≤28 天;专业康复医院或康复中心≤90 天。

7. 应能够同时接纳受训者 3~6 人/年;培训年限 5 年(3 + 2)。

(二)诊疗疾病范围

1. 疾病种类及例数

疾 病 名 称	年诊治例数(≥例)
神经疾患的康复	80
骨科疾患的康复	80
慢性疼痛患者的康复	30
心肺疾患的康复	10
其他疾患的康复	10

2. 临床诊断技术操作的种类和例数

临床诊断技术操作种类	年完成例数(≥例)
进行专科康复评定	80
制订康复计划	80

（三）医疗设备

1. 培训基地专有设备　按照《康复医学诊疗规范》（卫生部医政司主编，1998年）的要求配置该治疗专业所需的医疗设备。此外，根据培养专科医师及亚专科医师的要求，还应配备以下至少3~4种专项设备。

设 备 名 称	数 量
等速肌力测定仪	1套※
步态分析仪	1套※
重心平衡仪	1套※
肌电－诱发电位仪	1套※
运动肺功能仪	1套※
假肢－矫形器装配、制造设备	1组
部分减重运动平板训练仪	1组
肌电生物反馈仪	1套
十二导联心电图机	≥1台
生命体征监护仪（无创血压、心电、脉氧、呼吸等）	≥1台
中心供氧接口或氧气筒	1个/床
中心吸引接口或电动吸引器	1个/床
输液泵（1000ml/h）	≥1台
微量注射泵	≥5台
常用急救设备	备用

※　表示该设备可与其他临床科室共用

2. 培训基地所在医院应配备设备

设 备 名 称	数量（套）
大型X线摄片机	1
彩色超声仪	1
CT断层扫描仪	1
MRI核磁共振仪	1
核素扫描仪	1
脑电图仪	1
动态心电图仪	1

（四）相关科室或实验室

1. 相关科室　神经内外科、骨科或矫形外科、心脏内外科、呼吸科、放射和影像学科、超声科等。

2. 实验室　神经生理学实验室、神经心理学实验室、运动生理学实验室、尿流动力学实验室等。

（五）医疗工作量

1. 病房工作期间每位受训者管床数6~8张。

2. 能保证每位受训者门诊工作量≥600人次/年（指每位受训者在一年中有三个月在门诊工作时的门诊工作量）。

3. 急诊工作量不要求。

（六）医疗质量

1. 诊断符合率　98%。

2. 治愈率　康复医学中没有治愈率,只有功能改善的程度(积分的提高)。

3. 并发症发生率　≤50%。

二、康复医学科医师培训基地师资条件

(一)人员配备

1. 专科指导医师与受训者比例应为 1:2~3。

2. 培训基地内医师组成:正高、副高级专业技术职务人数比例、与医技(治疗师)人数的比例为 1:2:10;正高专业技术职务人数≥1 名。

3. 培训基地专业研究方向应≥2 个。

(二)专科指导医师条件

应同时具备以下 4 基本条件:①硕士以上(含硕士)学位;②主治医师以上专业技术职务;③从事本专业临床工作 3 年以上;④国家级杂志发表论文的数量 >1 篇。

(三)学科带头人条件

作为康复医学科医师培训基地的学科带头人,应具有研究生以上的专业学历、主任医师专业技术职务,从事康复医学专业的医疗、科研和教学工作超过 10 年。近 3 年来在国外重要学术刊物或国家级杂志上发表临床学术论文≥1 篇,或获得地、市级以上(含地、市级)与本专业相关的临床科技成果奖励,或目前仍承担地、市级以上(含地、市级)临床科研项目,有独立的科研任务和科研经费。

六、机构管理与评估

在卫生部、民政部、中国残疾人联合会等的领导和大力支持下,我国的康复医疗机构经过了引进、艰苦创业、迅速普及和快速膨胀等阶段,在短短的 20 年间,获得了飞速的发展。但同时也由于开始的概念不清、专业人才匮乏等原因,产生了康复医疗机构管理混乱、康复医疗质量良莠不齐的局面,这是正常的、可以理解的。现在到了应该整顿和提高的阶段了。因为继续没有标准地混乱下去,不仅谈不到与国际接轨,即使在国内这个学科也难以真正发展成为"独立的二级临床学科"。卫生部毕业后医学教育委员会十分重视康复医学专科医疗机构的管理。除了上述两个标准之外,2006 年,又专门制订了《卫生部专科医师培训试点基地实地评审工作手册》,以加强对基地的机构管理与评估,目的是强化康复医疗机构,特别是康复专科医师培养机构的管理。

进行实地评审的原则是:

(一)坚持正确导向,适应社会需求

1. 注重为基层医疗卫生机构培养具备独立工作能力的医学人才。

2. 坚持突出重点,优先发展全科、内科、外科、妇产科、儿科等普通专科。

3. 亚专科基地的评审必须严格把关。

4. 神经内科和小儿科虽为普通专科,评审也要从严。

(二)重视相关政策,落实基本条件

将落实培训经费、工作待遇和妥善解决培训对象的工作身份、聘用合同、社会保障等作为专科医师培训基地必须具备的前提条件。

(三)从实际出发,突出重点,注意需要与可能

1. 在业务条件方面抓住师资队伍和病床、病例两个关键。

2. 对基地数量和受训人员总数暂时没有具体要求,原则上普通专科不受限制。

3. 亚专科要考虑总体规模,注意各专科之间的平衡,严格评审,以保证质量和可持续发展。

(四)保证客观公正,实行回避原则

1. 坚持实事求是,如实反映受评医院及其基地的情况。
2. 实行本院专家回避的原则 专家在评审其本人所在医院时,应主动提出回避,不能参与评审。

(五)实行评审专家负责制

在2006年开始的试点基地实地评审中,卫生部组织有关专家对全国四十几个申报康复医学培训试点的单位进行了实地的评审,积累了一些机构管理和评估的经验。目前,有关"专科康复医师"的认定工作也已经开始启动。相信通过艰苦的努力,我国一定会建立起一套既能与国际接轨,又符合中国国情的、完整的康复医疗机构的管理体系(包括完善《康复医学科医师培养基地标准》、《综合康复医学科标准》、《康复医学科医师培养标准》等),从而大大加快我国康复医学事业的发展。在实际工作中,综合医院康复医学科的管理和康复医院、康复中心的管理还会有很大的不同。前者主要强调临床的康复医疗工作,而后者更要强调综合性的康复工作(不是单纯的康复医疗工作);但在后者所承担的康复医疗的部分工作中,也仍然需要参照这些标准。

除了对康复医师培养、康复医疗机构的管理之外,还有一个重要的"瓶颈问题"——高质量的康复治疗人才。没有高质量的物理治疗师、作业治疗师、言语治疗师、假肢矫形技师、心理治疗师、康复护士等专业人员,所谓"高质量的康复医疗"实际上仍是一句空话。目前,我国已经有40多所医学院校设置了"康复治疗专业",试图尽快培养出大批能与国际接轨的"康复治疗师"。但是,由于缺少大批高水平的师资队伍,要能真正满足现代临床康复医学发展的需要,恐怕还需要一定的时日。

还有,在大力发展社区卫生服务的国策下,如何发展社区-家庭基础上的"社区康复",也是一个巨大的课题。虽然社区康复服务并不是"康复医疗机构"最主要的任务,但是康复医疗机构协助基层,为基层培养康复医学方面的人才,建立双向的转诊机制等,仍然是较为高级的康复医疗机构的任务之一。

复习题

1. 区、县残疾人综合服务设施建设的申报程序有哪些?
2. 区、县残疾人综合服务设施建设标准的指导思想是什么?
3. 区、县残疾人综合服务设施建设标准的功能和任务是什么?
4. 如何设置区、县残疾人综合服务设施?
5. 如何达到区、县残疾人综合服务设施建设的绩效考核指标?
6. 加强区、县残疾人综合服务设施建设的主要措施是什么?
7. 残疾人辅助器具服务工作的基本原则是什么?
8. 根据你工作的地区目前残疾人辅助器具服务工作开展的现状,提出进一步加强辅助器具服务工作的意见和建议。
9. 各级康复医疗机构的建设标准是怎样的?

(王茂斌)

第十三章　社区康复与残疾人"人人享有康复服务"

本章学习重点要求

1. 了解社区康复的定义、社区的要素、社区康复的工作原则。
2. 熟悉社区康复的工作内容和方法。
3. 了解残疾人"人人享有康复服务"目标提出的背景。
4. 熟悉残疾人"人人享有康复服务"评价指标体系的内容。
5. 了解残疾人"人人享有康复服务"评价指标体系的审评方法。
6. 理解社区康复工作与残疾人"人人享有康复服务"目标的关系。

第一节　社区康复

社区康复是相对于传统康复途径的一种新的康复服务理念,即统筹利用康复资源,充分发挥康复对象及其家庭成员的主动性,在城乡社区和家庭,为残疾人、老年人、慢性病人和其他需要康复的人,提供就地就便的全面康复服务。社区康复自1976年由世界卫生组织倡导以来,得到众多国际组织、国家、地区、政府和非政府组织和社会力量的采纳。

上世纪80年代,社区康复的理念引入我国,通过20余年的实践,不断顺应医疗卫生、社会保障的改革和残疾人事业的发展,已取得了较大的成绩,并在此基础上,探索与社区建设、社会保障、社区卫生服务等相关领域互相融合、协调发展的格局与方法。

近年来,中央及有关部门制定了《中共中央、国务院关于进一步加强农村卫生工作的决定》(中发〔2002〕13号)、《关于进一步加强残疾人康复工作的意见》(国办发〔2002〕41号)、《国务院办公厅转发民政部等部门关于进一步加强扶助贫困残疾人工作意见的通知》(国办发〔2004〕76号)等文件,明确提出城市社区卫生服务中心(站)和农村乡镇卫生院要为基层提供融预防、医疗、保健、健康教育、计划生育、康复为一体的综合性卫生服务,同时提出"到2015年,实现残疾人'人人享有康复服务'"的宏伟目标,这极大地促进了城乡残疾人社区康复工作的发展,推动了"康复进社区,服务到家庭"的进程。为进一步树立"以人为本"的指导思想,充分利用社会资源,提高残疾人社区康复服务水平,中国残联、民政部、卫生部自2005年始,开展了全国残疾人社区康复示范区培育活动,采取树立典型、以点带面的方式,促进残疾人社区康复工作的全面发展。

2006年6月,国务院批转的《中国残疾人事业"十一五"发展纲要(2006～2010年)》指出"大力开展社区康复服务,建立社区康复员队伍,完善适宜的社区康复设施,将社区康复服务纳入社区建设和基层卫生工作",《社区康复"十一五"实施方案》明确了社区康复的任务目标和主要措施。

残疾人社区康复是各级政府履行公共服务职责的重要内容,也是促进和谐社区建设的重要手段。实践证明,社区康复是符合我国国情的康复事业发展模式,是各项康复重点工程的落脚点,是满足我国广大残疾人基本康复需求,实现残疾人"人人享有康复服务"战略目标的主要策略、基础和途径。

一、社区康复的定义

随着社区康复在全球的不断深入开展,其定义也在不断地更新、完善,各国结合实际情况对社区康复的定义及内涵都有着不同的理解。世界卫生组织等国际组织,曾多次对社区康复定义进行修订,以适应残疾人的康复需求和全球社区康复发展现状。

(一)世界卫生组织的定义

1981年世界卫生组织康复专家委员会所下的定义是:"在社区的层次上采取的康复措施,这些措施是利用和依靠社区的人力资源而进行的,包括依靠有残损、残疾、残障的人员本身,以及他们的家庭和社会。"

(二)联合国三大组织的定义

1994年世界卫生组织、联合国教科文组织、国际劳工组织联合发表的《关于残疾人社区康复的联合意见书》对社区康复做了新的定义:"社区康复是社区发展计划中的一项康复策略,其目的是使所有残疾人享有康复服务,实现机会均等、充分参与的目标。社区康复的实施要依靠残疾人、残疾人亲友、残疾人所在的社区以及卫生、教育、劳动就业、社会保障等相关部门的共同努力。"

2004年国际劳工组织、联合国教科文组织、世界卫生组织的《社区康复的联合意见书》中阐明社区康复是以社区为基础的康复,是为残疾人康复、机会均等、减少贫困和社会包容的一种战略。社区康复通过残疾人及其家属、残疾人组织和残疾人所在的社区,以及相关的政府和民间的组织、卫生、教育、职业、社会机构和其他机构共同努力贯彻执行。

(三)我国社区康复的定义

根据国际上的共识,结合我国国情和社区康复实践,目前我国对社区康复所下的定义为:社区康复是社区建设的重要组成部分,是指在政府领导下,相关部门密切配合,社会力量广泛支持,残疾人及其亲友积极参与,采取社会化方式,使广大残疾人得到全面康复服务,以实现机会均等、充分参与社会生活的目标。

二、社区的要素

一个社区应具有以下基本要素

(一)地域(社区区位)

一定的地域即占据一定的地理空间。这里所说的地理空间,不是单纯的自然地理区,而是指地理空间与社会空间这两方面的结合。在一个地理空间中,可同时存在多个社区。如北京市,在地图上占据一定的地理区域,同时又包括许多城乡社区,如街道、乡镇等。

(二)人群(社区人口)

一定的人群即社区拥有一定数量、素质、结构分布的人的群体。社区的存在离不开社区中人的存在,社区中不同的人的构成,就形成了不同社区的不同人的群体。如城市社区人群具有与农村社区人群不同的特征;城市社区人群范围大、联结强度低、人口分布密度大、人际关系持久性低、文化层次相对高等。

(三)文化维系力(社区文化)

社区人群在长期的生产活动、社会活动及其他活动中,由于具有共同的利益、共同的需要、共同的问题等,而产生了共同的行为规范、生活方式、宗教信仰、文化传统、民风民俗等,这就是社区的文化维系力。不同社区有着不同的文化。如城市社区文化的特点是具有较多的机构组织及规章制度,较明显的世俗化,人们在实际生活中更加追求实用、实际,物质生活及文化生活均较丰富,生活节奏快,工作规律性强等。

(四)社会活动及其互动关系

各种社会活动及其互动关系是社区的核心。不论城市社区还是农村社区,经济活动都是最重要的社会活动,但由于城市社区与农村社区经济活动的内容不同,因而人们在社区的活动中所建立起来的相互关系也就不同。人们在经济的、政治的、文化的各种活动和日常生活活动中形成各种关系并相互作用,这样就产生了不同形态的社区。城市社区较农村社区相对地人口集中、成分复杂、社会活动频繁、生活方式多样、群体和组织结构较复杂、家庭规模及职能逐步缩小,政治、思想、文化相对发达。

三、社区康复的工作原则

社区康复服务在国际上已开展 20 余年,具有多种模式。不论采取何种模式,都应遵循社区康复服务的基本原则,其最终目标应是:使所有的康复对象享受康复服务,使残疾人与健全人机会均等,充分参与社会生活。

(一)社会化原则

康复对象通过社区康复服务不仅要实现功能康复、全面康复,而且还要实现重返社会的最终目标,这就需要多部门、多组织、多种人员和多力量的共同参与。社区康复是社区建设的一部分,也是社区发展的一部分。社区康复服务是一项社会系统工程,只有坚持社会化的工作原则,才能顺利实施。

所谓社会化的工作原则是针对封闭、孤立、一家包揽的工作方式而提出的,具体是指:在政府的统一领导下,相关职能部门各司其职,密切合作,挖掘和利用社会资源,发动和组织社会力量,共同推进工作。社区康复服务自始至终均应遵循这一原则。社会化工作原则主要体现在以下 5 个方面:

1. 成立由政府领导负责,卫生、民政、教育等多个部门参加的社区康复服务协调组织,制定政策,编制规划,采取措施,统筹安排,督导检查,使社区康复服务计划顺利、健康实施。

2. 相关职能部门将社区康复服务的有关内容纳入本部门的行业职能和业务领域之中,共同承担社区康复服务计划的落实。

3. 挖掘和利用康复资源,在设施、设备、网络、人力、财力等方面,打破部门界限和行业界限,实现资源共享,为康复对象提供全方位的服务。

4. 广泛动员社会力量,充分利用传播媒介,宣传和动员社会团体、中介组织、慈善机构、民间组织、志愿者,积极参与社区康复服务,在资金、技术、科研、服务等各方面提供支持。

5. 创造良好的社会氛围,发扬助人为乐、无私奉献的精神,为残疾人和其他康复对象提供热忱服务。

(二)社区为本原则

随着经济的发展和社会的进步,人们对社会保障、医疗卫生、大众教育、社会生活等方面的需求不断增加,近年来出现了社区化发展的趋势,如:社区服务、社区卫生、社区教育、社区文化等,即向社区大众直接提供各种服务。改革开放方针的实施和中华民族邻里互助的美德极大地促进了我国康复服务的社区化发展。

以社区为本,就是社区康复服务的生存与发展必须从社区实际出发,必须立足于社区内部的力量,使社区康复服务做到社区组织、社区参与、社区支持、社区受益。主要体现在以下几个方面:

1. 以社区残疾人康复需求为导向提供服务　每个社区的康复对象构成不同,需求也不同。有些地区老年人的比例逐年增高,有些地区流行病造成的慢性病人增多。因此,只有根据社区内康复对象的具体需求制订的社区康复服务计划,才是切实可行的。

2. 把社区康复服务纳入当地经济与社会发展计划和两个文明建设之中　政府统筹规划,加强领导,协调有关部门,按照职责分工承担相关的社区康复服务工作,使社区康复服务成为在社区政府领导下的,社区有关职能部门各司其职的政府行为。

3. 充分利用社区内部资源,实现资源利用一体化　社区康复服务是一个社会化的系统工程,需要社区多种资源的合理布局,充分使用。打破部门、行业界限,实现社区资源共享,这是使社区康复持久发展的主要物质基础。国内外实践证明,大多数依赖于国外或社区外支持开展的社区康复服务项目,都因为未充分利用社区内部的资源,而当项目结束、外援撤出后,社区康复服务也逐渐萎缩,甚至停滞。因此,只有充分利用社区内部的资源,才能使社区康复服务持续发展下去。

4. 社区残疾人及其亲友主动参与、配合　残疾人要树立自我康复意识,发挥主观能动性进行自我康复训练。残疾人的亲友要及时反映家中残疾人的康复需求,帮助实施康复训练计划。另一方面,残疾人及其亲友也可以参加社区助残志愿者和康复员队伍,为社区中的其他残疾人和康复对象提供力所能及的相关服务。

5. 针对性地开展健康教育　我国是一个人口众多、地域辽阔、社会经济发展不平衡、文化习俗各异的多民族国家,每个社区具有不同的疾病、损伤、残疾情况和康复需求,应当根据社区中常见的、危害严重的致病、致残因素,有针对性地开展诊断、治疗、预防、保健、康复等一系列健康教育,普及相关知识,使社区大众防病、防残、康复的意识不断增强,社区人群的健康素质不断提高。

(三)低成本、广覆盖原则

低成本、广覆盖是我国卫生工作改革的一个原则,也是社区康复服务应遵循的原则,是指以较少的人力、物力、财力投入,使大多数服务对象能够享有服务,即获得较大的服务覆盖面。具体地说,在社区康复服务中,以较少的投入,保障康复对象的基本康复需求,使大多数康复对象享有可及的康复服务。

我国尚处于社会主义初级阶段,不能盲目追求康复机构在规模和数量上的发展,而是要加强康复资源的有效利用,提高康复服务质量,走低水平、广覆盖、低投入、高效益的道路。据国外统计,机构式康复年人均费用约为 100 美元,仅覆盖了 20% 的康复对象,而社区康复服务年人均费用仅 9 美元,却覆盖了 80% 的康复对象。据国内统计,以脑瘫儿童康复为例,由于床位有限,加之大多数脑瘫儿童受经济、交通、陪护等条件的限制,很少能到机构进行康复训练。少数能到康复机构进行训练的,三个月为一个疗程,费用近万元;社区康复服务可以就地就近,甚至于在家庭中开展训练,不受疗程的限制,投入仅数百元就可以满足训练的设备要求,可以长期进行,且经济便捷。

(四)因地制宜原则

社区康复服务既适合于发达国家,也适合于发展中国家,其目的是使大多数的康复对象享有全方位的康复服务。由于发达国家和发展中国家在经济发展水平、文化习俗、康复技术及资源、康复对象的康复需求等方面有很大的差异,即使是在欠发达国家和地区也有很大不同,因此,只有根据实际情况,因地制宜地采取适合本地区的社区康复服务模式,才能解决当地的康复问题。

1. 发达地区社区康复服务的特点　在经济发达地区的社区康复服务可以兼顾到经济效益和社会保障政策,为康复对象提供的各项康复服务可以是有偿的;在设施设备方面,多具有专门的训练场所,设置有现代化的康复评定、康复治疗和康复训练等设备;在训练地点方面,以专业人员、全科医生、护士在康复机构中直接为康复对象提供服务为主,以家庭指导康复训练为辅;采取的是现代康复技术,如运动疗法、作业疗法、物理疗法、语言疗法、现代康复工程等。

2. 欠发达地区社区康复服务的特点　在经济欠发达地区是以"低成本、广覆盖"为主,即以成本核算、收支相抵的低偿或无偿方式提供服务;在设施方面,利用现有场所或采取一室多用的方式提供康复服务;在设备方面,以自制的简便训练器具为主;在训练地点上,采取以家庭训练为重点,在康复人员的指导下,以康复对象进行自我训练为主;主要应用的是当地传统的或简单的康复技术。

(五)技术实用原则

要想使大多数康复对象享有康复服务,必须使大多数康复人员、康复对象本人及其亲友掌握康复技术,这

就要求康复技术必须易懂、易学、易会,所以康复技术应注意在以下几个方面进行转化:

1. 现代复杂康复技术向简单、实用化方向转化。
2. 机构康复技术向基层社区、家庭方向转化。
3. 城市康复技术向广大农村方向转化。
4. 外来的康复技术向适用于本地的传统康复技术转化。

(六)康复对象主动参与原则

社区康复服务与传统的机构式康复服务的区别之一是康复对象角色的改变——使其由被动参与、接受服务的角色,成为主动积极参与的一方,参与康复计划的制订,目标的确定,训练的开展以及回归社会等全部康复活动。康复对象的主动参与主要体现在以下几个方面:

1. 康复对象要树立自我康复意识。
2. 康复对象要积极配合康复训练。
3. 康复对象要参与社区康复服务工作。
4. 康复对象要努力学习文化知识,掌握劳动技能,自食其力,贡献社会。

(七)全面康复

全面康复就是包括医疗、心理、教育、社会与职业等多方面的康复,目标是使残疾造成的障碍减到最小。

四、社区康复工作内容与方法

(一)建立健全社会化社区康复工作体系

社区康复工作需要建立并形成政府领导、部门配合、社会参与、共同推进的工作机制,依靠社会化的工作体系组织实施。

1. 实行目标管理

(1)卫生部门:将残疾人社区康复工作纳入社区卫生服务和初级卫生保健工作计划;完善基层卫生机构的康复服务设施,为残疾人直接提供医疗康复服务;培训人员,提高社区卫生服务机构人员的康复知识和技能水平;普及康复知识,开展健康教育;指导社区内的康复服务及残疾人开展自我康复训练;做好残疾预防工作。

(2)民政部门:将残疾人社区康复工作纳入社区服务工作计划;提供残疾人社区康复服务场所,直接提供服务或转介服务;制定优惠政策,对贫困残疾人进行救助,组织志愿者康复助残。

(3)教育部门:指导教育机构对残疾儿童进行康复训练,发挥特殊教育机构作用,开展社区和家庭技术指导,培训人员,普及知识,教育家长。

(4)计生部门:发挥工作网络和基层工作队伍优势,开展出生缺陷监测;做好病残儿童鉴定;普及知识,预防先天残疾。

(5)妇联:参与残疾妇女、残疾儿童的康复工作;组织康复助残活动;普及知识,宣传教育。

(6)残联:组织制订并协调实施社区康复工作计划,建立技术指导组,督导检查,统计汇总,推广经验,管理经费;组织康复需求调查;建立残疾人社区康复服务档案;组织相关人员培训,建立社区康复协调员工作队伍;提供直接服务或转介服务;指导残联康复机构建设;普及康复知识,提高残疾人自我康复意识。

(7)残疾人康复工作办公室:各级残疾人康复工作办公室负责社区康复工作的组织协调和日常管理。

2. 完善技术指导网络 成立全国残疾人社区康复专家技术指导组,制定技术标准,统编培训大纲和教材,培训技术骨干,深入地方指导,推广实用技术,参加检查评估验收。

省(自治区、直辖市)、地(市、州)、县(市、区)建立健全残疾人社区康复指导组,依托当地的专业技术机构分别成立肢体残疾、精神残疾、视力残疾、听力语言残疾、智力残疾康复技术指导中心,按照"十一五"残疾人辅助器具工作的要求建立辅助器具供应服务机构,面向基层培训人员,传授训练方法,普及康复知识,提供康复服务,进行督导检查等。

3. 完善服务网络 以社区为基础、家庭为依托,充分发挥社区卫生服务中心(站)、乡镇卫生院、学校、幼儿园、社区服务中心、福利企事业单位等现有机构、设施、人员的作用,资源共享,形成社区康复服务网络,为残疾人提供就近就便、及时有效的康复服务。在现有社区卫生服务机构内建立康复科、室,在各类社区服务设施内开办工疗、娱疗、日间照料等康复站、点。

建立残疾人社区康复协调员队伍。社区康复协调员可以由政府公益岗位提供,也可由社区居委会(村委会)干部、基层卫生工作人员、教育工作者、社区服务人员、志愿者、残疾人及其亲友兼任,负责组织残疾人的康复需求摸底调查,建立康复服务档案,向残疾人提供康复服务信息和转介服务,协调组织社区内有关机构、人员,为残疾人提供康复服务和相应的支持。

(二)制订工作计划

地方各级残疾人康复工作办公室以《社区康复"十一五"实施方案》为依据,结合当地实际情况,制订本地工作计划,明确任务目标、主要措施、实施进度、统计检查及经费保障等。为确保工作计划的落实,还要制订年度工作计划,部署工作任务,提出工作要求,检查工作进度,发现并解决问题,为下一年工作打好基础。

在制订社区康复工作计划的过程中,应加强与当地残疾人康复工作办公室成员单位的沟通,听取各方意见,认真研究问题,形成共识,推动工作的开展。

(三)培训人员

自1988年残疾人康复工作纳入国民经济和社会发展计划以来,残疾人康复事业持续发展,残疾人康复人才培养工作也取得了显著成效,初步形成了一支涉及残疾人康复工作各专业领域的人才队伍。通过配合实施国家重点康复工作任务,开展多种形式业务培训,全国残联系统康复人才队伍整体素质持续提高,服务能力不断增强。但是,目前残联系统康复人才状况与全国残疾人康复事业迅速发展的形势仍不相适应,与广大残疾人日益增长的康复需求及实现残疾人"人人享有康复服务"的目标仍存在较大差距。突出表现在:康复人才队伍数量不足,整体素质、工作能力有待提高,康复人才培养的有效机制和制度亟待健全,关心、重视康复人才培养的氛围尚未形成,实现残疾人"人人享有康复服务"的人力基础还十分薄弱。为做好康复人才培养工作,中国残联于2005年和2006年分别下发了《全国残联系统康复人才培养规划(2005~2015年)》及其实施细则。

1. 培训目标 到2015年,实现全员培训,形成较完善的康复人才培养工作体系及配套管理制度。即2010年前对县级以上康复工作管理人员、康复机构专业技术人员和70%的社区康复协调员开展统一的规范化培训,实现持证上岗和继续教育学分管理;到2015年基本实现全员培训,建立较完善的上岗认证、专业技术职务评审、聘任及岗位继续教育制度。

2. 培训对象 全国残联系统康复人员培养工作的对象是本系统内从事康复工作的管理人员、专业技术人员和社区康复协调员。康复工作管理人员指各级残联分管康复工作的理事长、康复管理职能部门负责人和工作人员以及各级残联的康复机构领导;康复专业技术人员指在各级残联所属各类康复业务机构内从事残疾人康复业务的专业技术人员;社区康复协调员指社区居民委员会、村民委员会内负责建立康复服务档案、协调并组织有关机构和人员向残疾人提供综合康复服务和支持的人员,包括社区(村)残协专职委员、兼职居委、村委干部、卫生工作者、社区服务人员、教育工作者、志愿者、残疾人及其亲友等。参加培训是残疾人康复工作者享有的权利和应履行的义务。

3. 培训原则 培训要坚持以实际工作需求为导向,以适宜、实用技术为重点。针对残疾人康复工作的突出薄弱环节和基层实际需要设计培训内容,选择培养方式,着重提高基层康复工作者完成国家重点康复任务及解决残疾人急迫康复需求的实际工作能力。

(1)坚持普及与提高相结合:面向基层,加大社区康复员培训力度,着力提高基层康复服务能力,扩大康复工作受益面;同时加强各级康复业务机构骨干技术队伍培养,提高专业技术水平和业务指导能力,为康复事业持续健康发展提供可靠的技术储备与支持。

（2）坚持应急培养与规范建设相结合：针对现实工作需要，在采取应急措施，培养急缺人才的同时，有计划地做好基础培训，稳步提高全国康复人才队伍的基础业务素质和职称、学历水平。

（3）坚持统筹规划与分类指导相结合：加强对全国康复人才培养工作的统一领导，整体规划，区别不同地区、不同业务，有针对性地提出培养要求，给予不同支持。

4. 培训管理　培养工作实行本系统行业管理。各级残联加强对人才培养工作的组织领导、统筹规划和监督管理，将培养工作实施情况作为康复工作考核的重要内容。人才培养工作以开展各种形式的培训活动为重点，国家、省、自治区、直辖市、地（市）分别成立由残联康复部门、人事部门、直属康复业务机构和相关专家组成的"残联系统康复人员培训工作委员会"，对培训工作进行业务指导、协调和质量监控。

各省（自治区、直辖市）、地（市、州）将社区康复的培训工作纳入卫生、民政、计划生育、妇联和残联等部门的培训计划中，如全科医学教育、卫生技术人员继续教育、民政干部培训、特殊教育师资培训、妇女干部和残疾人工作者培训等，根据工作需要，举办各类培训班，为本地培养骨干人员。各县（市、区）围绕残疾人基本康复需求，以社区康复为重点培训内容，为提供社区康复服务的机构至少培训一名能胜任工作的专业技术人员。

残联系统康复人员培训项目活动的主办单位负责对参加培训学员的考勤、考核、学分登记和发放学习班结业证明；学员所在单位负责审核和年检，对合格者加盖公章并记入培训档案，作为聘任、资格认证和上岗依据。有条件的地区可进行计算机管理。学员的考核、学分登记统一使用中国残疾人康复协会印制、全国残疾人康复工作办公室监制的《全国残联系统康复人员培训学分登记册》。

培训实行学时学分制。培训学分按项目级别分为Ⅰ类学分、Ⅱ类学分和Ⅲ类学分。国家级培训项目为Ⅰ类学分，Ⅰ类学分项目可在全国范围内组织培训活动；省级和地（市）级项目为Ⅱ类学分；区、县（市）级项目为Ⅲ类学分。Ⅱ类和Ⅲ类学分项目原则上限于辖区内组织的培训活动。

5. 培训内容　培训应注重实用性和能力建设的加强。康复工作管理人员的培训，以康复及相关方针政策、康复工作的组织实施、基础业务知识为重点，提高管理水平和工作能力；康复专业技术人员的培训以康复基本知识和实用康复技术为重点，提高康复专业水平和指导能力；社区康复协调员的培训以残疾识别、康复需求调查及建立康复服务档案、社会工作方法为重点，提高在社区和家庭为残疾人服务的能力。

6. 培训形式　培训工作坚持理论联系实际、按需施教、讲求实效的原则，因地制宜地采取集中培训、分散组织、委派进修、参加研讨和学术会议、国外培训和自学等多种形式有组织、有计划地进行。

7. 培训评估　建立培训工作评估制度。各级残联康复部门和人事部门对参加学习的康复人员，进行学分抽查验审。中国残联和省级残联康复部门及人事部门，组织相关人员对各地残联开展康复人员培训工作的情况进行检查评估，表彰和鼓励成绩显著的个人和单位，批评教育或处罚侵害学员接受培训权利、提供虚假学分或学习内容的单位和责任人。

（四）开展康复需求调查，建立服务档案

使用统一规范、适合各类残疾人的康复服务档案，是掌握残疾人康复需求，提供有针对性的服务，确保康复质量的关键环节，也是科学推进社区康复工作的重要措施之一。

县（市、区）残联牵头，协调卫生、民政、教育、统计、妇联、计生等部门，负责组织和指导辖区残疾人康复需求调查工作，对参加调查的人员进行培训，使他们掌握入户调查内容、表格填写和统计汇总等方面的知识和方法；街道、乡镇残联指导所辖社区，组织医务人员、社区康复协调员、志愿者、残疾人工作者、社区居委会或村委会人员，深入残疾人家庭进行康复需求调查，掌握残疾类别、残疾程度和康复需求等情况，填写《"十一五"残疾人康复服务档案》中的"康复需求调查表"，并由社区康复协调员为有康复需求的残疾人建立康复服务档案。

除集中进行的需求调查外，社区康复协调员应密切联系社区的残疾人，随时了解康复需求变化情况，根据残疾人的康复需求及时向上级康复机构或卫生医疗部门转介，或在社区内提供力所能及的康复服务。

（五）组织开展康复服务

社区康复服务涵盖各类残疾的康复服务，应根据康复服务内容的性质，由不同的机构人员负责实施。

要注意坚持社区康复的基本原则,注意多个部门协调,充分利用社区资源,尤其是卫生、民政等部门的资源,发挥残疾人及残疾人家属的作用,在制订计划、实施康复服务的过程中征求他们的意见。

1. **残疾筛查、诊断** 社区康复协调员会同社区卫生服务机构入户进行残疾筛查和功能评定,早期发现各类残疾,掌握社区内残疾人的康复需求。

2. **建立康复服务档案** 社区康复协调员或由社区居委会指定的专人,为社区内残疾人建立康复服务档案,做好工作记录,动态掌握康复需求与服务情况。

3. **康复治疗、训练** 社区卫生服务机构依据筛查、诊断结果,对需要进行康复治疗和医学功能训练的残疾人实施康复治疗和训练:对视力、听力、智力障碍者进行早期筛查、诊断并转介;对肢体障碍者进行运动功能、生活自理能力和社会适应能力等训练;指导精神病患者合理用药等。社区康复协调员负责在社区服务卫生机构和上级康复机构指导下,组织病情稳定的精神病患者和智力残疾人开展工疗、娱疗和其他康复活动;协助聋儿家长进行听力语言康复训练;组织社区内盲人开展定向行走训练。

4. **康复知识普及** 社区康复协调员负责组织卫生、教育、心理等专业技术人员,为社区内残疾人及其亲友举办知识讲座,开展康复咨询活动,发放普及读物,传授残疾预防知识和康复训练方法。

5. **转介服务** 社区卫生服务机构对社区内难以诊断治疗的患者转介到上级医疗机构或专门康复机构。社区康复协调员根据残疾人在文化教育、职业培训、劳动就业、生活保障、无障碍环境改造及参与社会生活等方面的需要,联系有关部门和单位,提供有效的转介服务。

(六)培育典型,稳步推进

2005 年 11 月,卫生部、民政部和中国残联下发了《关于开展全国残疾人社区康复示范区培育活动的通知》,为进一步深化、规范残疾人社区康复工作奠定了基础。社区康复示范区的创建和培育对于凝聚各部门的力量,强化各级政府对残疾人社区康复工作的支持,引导社会各方面的关注,从而解决生活在基层的广大残疾人的困难,产生了积极影响,促进了社区康复长效机制的建立。

(七)制定工作标准

在残疾人社区康复被写入残疾人保障法并连续纳入三个国家发展事业的五年计划之后,卫生、民政、残联等部门以政策集成的方式形成了《全国残疾人社区康复示范区工作标准》和《全国残疾人社区康复示范区检查验收方案》。《标准》和《方案》从组织管理、经费设施、服务内容、人员培训和质量控制等方面作出了明确规定。各地依照《标准》和《方案》的要求,从实际出发,深入实际,初步形成了以技术指导中心为龙头,以社区卫生服务机构和残疾人社区康复站为载体,以社区康复协调员为枢纽,以救助政策为保障,立足残疾人基本需求,提供全面康复服务的残疾人社区康复工作模式。

附:《全国残疾人社区康复示范区工作标准》

一、组织管理

1. 政府重视,将残疾人社区康复工作纳入当地经济社会发展规划、社区建设规划、区域卫生规划及政府年度工作计划,列入政府及相关部门工作考核目标。

2. 制定优惠政策,保障残疾人基本医疗,扶助贫困残疾人得到康复服务。

3. 在区残疾人工作协调委员会领导下,成立残疾人康复工作办公室,负责制订社区康复工作计划,定期召开会议,交流工作情况,协调解决问题,督导检查工作。

4. 街道办事处设专人分管残疾人康复工作,负责建立规章制度,制订工作计划,指导社区开展残疾人康复工作。

5. 社区居委会配备社区康复协调员 1 名,会同社区卫生服务机构调查残疾人康复需求,建立康复服务档案,向残疾人提供康复服务信息和转介服务,协调组织社区内有关机构、人员为残疾人提供康复服务和相应的支持。

二、经费设施

6. 按照辖区覆盖人口每人每年不少于0.30元安排社区康复工作经费,用于康复需求调查、建档立卡、人员培训、组织宣传、协调实施、社区康复站建设及社区康复协调员工作补贴。

7. 成立区肢体残疾、精神残疾、视力残疾、听力语言残疾、智力残疾康复技术指导中心和残疾人辅助器具供应服务站,发挥技术示范、人员培训、基层指导、知识普及、咨询转介等作用。

8. 社区卫生服务机构普遍设置康复室,重点开展残疾人医疗康复工作。

9. 社区居委会依托本社区内现有机构和设施,安排固定的残疾人活动场所,建立面积不少于30平方米的社区康复站,配备经济实用、便于社区使用或家庭租借的康复器材和辅助用具、康复普及读物。组织有关人员开展知识技能培训、娱疗、工疗和心理疏导等康复活动,提供日间照料、转介等康复服务。

三、服务内容

10. 残疾筛查、诊断:社区康复协调员会同社区卫生服务机构入户进行残疾筛查和功能评定,早期发现各类残疾,掌握社区内残疾人的康复需求。

11. 建立康复服务档案:社区康复协调员或由社区居委会指定专人,为社区内残疾人建立康复服务档案,做好工作记录,动态掌握康复需求与服务情况。

12. 康复治疗、训练:社区卫生服务机构依据筛查、诊断结果,对需要进行康复治疗和医学功能训练的残疾人实施康复治疗和训练,包括对视力、听力、智力障碍者进行早期筛查、诊断并转介;对肢体障碍者,进行运动功能、生活自理能力和社会适应能力等训练;指导精神病患者合理用药。社区康复协调员负责在社区服务卫生机构和上级康复机构指导下,组织病情稳定的精神病患者和智力残疾人开展工疗、娱疗和其他康复活动;指导聋儿家长进行听力语言康复训练;组织社区内盲人开展定向行走训练。

13. 康复知识普及:社区康复协调员负责组织卫生、教育、心理等专业技术人员,为社区内残疾人及其亲友举办知识讲座,开展康复咨询活动,发放康复科普读物,传授残疾预防知识和康复训练方法。

14. 转介服务:社区卫生服务机构对社区内复杂疑难的患者转介到上级医疗机构或专门康复机构。社区康复协调员根据残疾人在文化教育、职业训练、劳动就业、生活保障、无障碍环境改造及参与社会生活等方面的需要,联系有关部门和单位,提供有效的转介服务。

四、人员培训

15. 区残疾人康复工作办公室制订培训规划,建立培训制度,评估培训效果,社区康复协调员上岗前应接受不少于30学时的集中培训,考核合格后方能持证上岗。

16. 基层康复管理人员培训工作由区残疾人康复工作办公室承担。培训内容包括:残疾人工作者职业道德教育、康复工作的方针政策、工作原则、工作内容、管理方法、工作流程、残疾与康复基本知识等,培训每年不少于30学时,经考核合格后方能上岗。

17. 专业技术人员培训工作由区肢体残疾、精神残疾、视力残疾、听力语言残疾、智力残疾康复技术指导中心和辅助器具供应服务站分别承担。培训内容包括:康复需求调查、残疾评定、训练计划的制订、实用康复训练技术、训练效果评估及训练器具应用等,培训每年不少于120学时,经考核合格后方能上岗。

五、质量控制

18. 以社区卫生服务机构为单位,康复室设置率达到80%;以社区居委会为单位,社区康复协调员配备率达到80%,培训合格率达到95%。

19. 残疾人康复需求筛查率不低于60%。

20. 残疾人康复服务建档率达到90%。

21. 残疾人及其亲友对康复服务满意率不低于85%。

第二节 残疾人"人人享有康复服务"

进入21世纪,党和国家提出全面建设小康社会的目标,实现这一目标需要残疾人自身能力的提高。因此,康复服务更加重要。为满足广大残疾人的康复需求,2002年8月国务院办公厅转发了卫生部等6部门共同制定的《关于进一步加强残疾人康复工作的意见的通知》(国办发[2002]41号),通知中规定了到2015年残疾人"人人享有康复服务"的目标,为新时期的康复工作指明了前进方向。为实现这一目标,必须适应当前形势,抓住有利时机,加强康复服务能力建设,建立健全基层服务网络,处理好重点工程和普遍服务的关系,尽快扩大残疾人康复受益面。为此,制定了残疾人"人人享有康复服务"评价指标体系。指标体系的制定,对残疾人康复工作的全面规划、整体发展与科学决策有着十分重要的意义。

一、残疾人"人人享有康复服务"评价指标体系

(一)指标体系制定的原则

指标体系的制定从残疾人基本康复需求出发,紧紧围绕覆盖面广、时效性强、残疾人迫切需求的康复项目提出任务要求;坚持政府主导、部门配合、社会参与的原则,全面设计,统筹规划康复服务体系和相关保障制度建设;重视社区康复,着力完善管理、指导、服务统一协调的基层康复工作体系;坚持全面康复,以医学康复为重点,适当兼顾教育、职业、社会康复;坚持从实际出发,因地制宜,分类指导,制定不同地区的达标标准。①立足针对"最迫切"需求,提供"最基本"服务,界定康复服务的内容与数量。②坚持全面康复原则,以医学康复为重点,适当兼顾教育、职业、社会康复。③立足加强服务体系与服务能力建设,支持性指标与结果性指标并重。④立足现实,增强前瞻性,做好各种决策变量的预测。⑤坚持"大康复"理念,统筹考虑多系统资源的纳入。⑥坚持分类指导,区别对待不同地区。⑦遵循评价工作的一般科学原则。⑧简单明了,方便应用。⑨低限标准。

(二)指标体系的构成

指标体系由"指标名称"、"低限标准"和"指标解释、评价(计算)方法、目标值、计分"三部分组成,其中"指标解释、评价(计算)方法、目标值、计分"是指标体系的核心部分,言简意赅,符合实际,便于理解和操作。

(三)分类

1. 指标分类 "指标"由14大项22个分项组成。其中第1~9项为康复管理性指标,主要从完善康复工作体系的角度,提出康复工作的组织管理、技术指导及服务网络建设要求,明确政府、卫生服务机构、社区的工作职责与内容;第10~11项为康复业务性指标,主要结合现实工作状况,针对各类残疾人的基本康复需求,就最具代表性的康复服务内容提出工作要求;第12~14项为康复效果性指标,综合反映了残疾人及其亲友在掌握残疾预防和康复知识、实现全面康复和对康复服务满意的情况。

2. 地区分类 指标体系的设计以区、县(市)为基本评价单位,"低限标准"依据人均地区生产总值,将区、县(市)分为四类,根据国家2003年人均GDP水平,将全国31个省、自治区、直辖市划分四个层次,即:

(1)发达地区,人均GDP在2万元以上(含2万)的四个地区,包括上海、北京、天津和浙江。

(2)中等发达地区,人均GDP在1~2万元之间(不含2万)的七个地区,包括广东、江苏、福建、辽宁、山东、黑龙江和河北。

(3)欠发达地区,人均GDP在0.7~1万元之间(不含1万)的十个地区,包括新疆、吉林、湖北、内蒙古、海南、河南、湖南、山西、青海和重庆。

(4)贫困地区,人均GDP在0.7万元以下(不含0.7万元)的十个地区,包括西藏、宁夏、江西、陕西、安徽、四川、广西、云南、贵州和甘肃。

3. 时间分类 指标体系要求到2010年和2015年各项指标在发达地区、中等发达地区、欠发达地区和贫困地区分别达到相应的低限目标值。

二、残疾人"人人享有康复服务"审评方案

《中国残疾人事业"十一五"发展纲要(2006～2010年)》指出"全面推进'人人享有康复服务'",2006年10月,党的十六届六中全会作出了《中共中央关于构建社会主义和谐社会若干重大问题的决定》,该《决定》提出"发扬人道主义精神,发展残疾人事业,保障残疾人的合法权益"。2007年3月,中国政府签署了《残疾人权利公约》,对保障残疾人权利具有重要历史意义,为我国残疾人工作的发展和残疾人状况的改善提供了良好的国际环境。

当前,构建社会主义和谐社会为残疾人事业的发展提供了前所未有的历史性机遇,必将进一步推动残疾人"人人享有康复服务"目标的实现。

为做好残疾人"人人享有康复服务"评价指标体系审评工作,2006年6月,卫生部、民政部、财政部、公安部、教育部、中国残联联合下发了《中国残疾人"人人享有康复服务"审评方案》。该《审评方案》为各地努力实现残疾人"人人享有康复服务"目标提供了标准。

附:中国残疾人"人人享有康复服务"审评方案

根据我国全面建设小康社会的总体要求和国务院办公厅转发卫生部等部门《关于进一步加强残疾人康复工作的意见》,为实现2015年残疾人"人人享有康复服务"的目标,依据《中国残疾人"人人享有康复服务"评价指标体系(2005～2015年)》(全康办[2005]17号),制订本审评方案。

一、审评目的

对全国各地贯彻落实《关于进一步加强残疾人康复工作的意见》,推动实现残疾人"人人享有康复服务"目标的工作情况进行评估。

了解当前残疾人康复工作现状和存在问题,为制定相关政策提供依据,指导和推动残疾人康复工作健康发展。

二、审评办法

(一)审评对象

审评对象为全国各省(自治区、直辖市)、市(地、州、盟、区)和县(市、旗、区)。审评工作以县(市、旗、区)为基本单位,市(地、州、盟、区)负责审评所辖县(市、旗、区);省(自治区、直辖市)负责审评所辖市(地、州、盟、区);国家负责对各省(自治区、直辖市)进行整体评价。

(二)审评程序

1. 年度自评 各县(市、旗、区)按照年人均地区生产总值(GDP)确定本县(市、旗、区)类别,依据《中国残疾人"人人享有康复服务"评价指标体系(2005～2015年)》和审评方案的要求,进行年度自评。

2. 阶段抽查 各市(地、州、盟、区)和各省(自治区、直辖市)依据《中国残疾人"人人享有康复服务"评价指标体系(2005～2015年)》要求,结合当地实际情况和工作安排,分阶段对所辖县(市、旗、区)进行抽查,并将抽查结果上报至国家审评工作负责单位。分阶段抽查的时间由各省(自治区、直辖市)和市(地、州、盟、区)自行安排,2006～2010年,2010～2015年间分别至少安排一次。各地总抽查率累计不低于所辖县(市、旗、区)总数的20%。

3. 集中审评 各市(地、州、盟、区)和各省(自治区、直辖市)于2010年和2015年将本地所辖县逐一进行审评、统计汇总,并逐级上报至国家审评工作负责单位。国家审评工作负责单位组织有关部门和专家,于2010年和2015年对各省(自治区、直辖市)实现残疾人"人人享有康复服务"目标的情况,分别进行中期审评和终期审评。

(三)审评标准

1. 县(市、旗、区)审评标准 依据《中国残疾人"人人享有康复服务"评价指标体系(2005～2015年)》确定的14项指标,逐项评价计分,不得漏项,总分为100分,最小分值差为0.5分。审评总分≥80分为"实现目标";60至80分(不含80分)为"基本实现目标";60分以下(不含60分)为"未实现目标",22个分项指标中,有5项为"0"分的,也视为未实现目标。

2. 市(地、州、盟、区)审评标准 市(地、州、盟、区)审评标准,按实现目标和基本实现目标的县合计数与全市县总数的比例而定,≥80%为"实现目标";60%至80%(不含80%)为"基本实现目标";60%以下(不含60%)为"未实现目标"。

3. 省(自治区、直辖市)审评标准 省(自治区、直辖市)审评标准,按实现目标和基本实现目标的县合计数与全省县总数的比例而定,≥80%为"实现目标";60%至80%(不含80%)为"基本实现目标";60%以下(不含60%)为"未实现目标"。

三、审评工作要求

(一)组织领导

国务院残疾人工作协调委员会负责中国残疾人"人人享有康复服务"审评工作的总体领导和协调,成立由卫生部、民政部、财政部、公安部、教育部、中国残联等有关部门共同组成的审评工作办公室,设在中国残联,负责日常工作。

各省(自治区、直辖市)、市(地、州、盟、区)和县(市、旗、区)残疾人工作协调委员会负责本地审评工作的组织领导,成立由卫生、民政、财政、公安、教育、残联等有关部门共同组成的审评工作办公室,做好各项工作。

各级残疾人工作协调委员会相关成员单位负责在各自职责范围内,推动落实《中国残疾人"人人享有康复服务"评价指标体系(2005~2015年)》有关工作要求,参与审评工作,做好日常督导检查。

地方各级审评工作办公室在同级残疾人工作协调委员会的统一领导下,制订审评工作计划,组织实施审评,并承担审评工作培训及审评相关资料、信息、数据的收集、整理、上报和保存。

(二)技术保障

成立由康复医学、社会医学、公共卫生管理学、统计学、社区康复学以及政策研究等方面专家组成的全国残疾人"人人享有康复服务"审评工作技术指导组,参与审评工作计划和相关技术工具的制订,进行人员培训,提供技术指导和咨询服务。

各省(自治区、直辖市)、市(地、州、盟、区)和县(市、旗、区)成立相应的审评工作技术指导组,负责人员培训,提供技术指导,承担本地区的相关工作。

(三)工作培训

审评工作培训采取逐级培训的方式。全国审评工作办公室举办全国性审评工作培训班,为各省(自治区、直辖市)培训审评骨干人员。各省(自治区、直辖市)和市(地、州、盟、区)及县(市、旗、区)逐级培训本地区审评工作人员。

审评工作培训的主要内容包括:《中国残疾人"人人享有康复服务"评价指标体系(2005~2015年)》、审评工作方案以及相关审评技术等。

(四)信息管理

县(市、旗、区)审评工作办公室依据《中国残疾人"人人享有康复服务"评价指标体系(2005~2015年)》,指导所辖乡镇、街道完备基础档案,做好审评信息的收集、整理和保存。

乡镇、街道组织社区、村(居)委会开展残疾人康复需求调查,为辖区内有康复需求的残疾人建立康复服务档案。康复服务档案应详实记录残疾人康复需求和得到康复服务的情况,并完整反映《中国残疾人"人人享有康复服务"评价指标体系(2005~2015年)》所要求的相关信息。

为残疾人提供医疗和康复服务的机构负责做好个案服务记录,并妥善整理保存。

县(市、旗、区)审评工作办公室每年进行年度自评后,汇总自评结果,形成年度自评报告,经所在市(地、州、盟、区)审评工作办公室审核后,报所在省(自治区、直辖市)审评工作办公室保存备查。

各市(地、州、盟、区)和各省(自治区、直辖市)分阶段对所辖县(市、旗、区)进行抽查后,逐级将抽查结果、抽查报告上报国家审评工作办公室。

开展残疾人"人人享有康复服务"审评是贯彻落实国务院办公厅转发卫生部等部门《关于进一步加强残疾人康复工作的意见》,推动实现残疾人"人人享有康复服务"目标的重要工作。各级政府和卫生、民政、财政、公安、教育、残联等相关部门要给予高度重视,统筹规划,加强领导,给予必要的政策和经费保障。各级残疾人工作协调委员会要定期听取审评工作情况汇报,了解动态,给予指导。各级审评工作办公室要切实承担责任,精心做好审评工作的组织实施,加强对基层迎审工作的日常监督与指导,努力确保审评工作的健康、有序进行。

附件:

1. 中国残疾人"人人享有康复服务"评价指标体系指标名称;
2. 中国残疾人"人人享有康复服务"评价指标体系低限标准;
3. 中国残疾人"人人享有康复服务"评价指标体系指标解释;
4. 中国残疾人"人人享有康复服务"审评方案工作用表1《中国残疾人"人人享有康复服务"审评表》;
5. 中国残疾人"人人享有康复服务"审评方案工作用表2《中国残疾人"人人享有康复服务"审评登记表》;
6. 中国残疾人"人人享有康复服务"审评方案工作用表3《中国残疾人"人人享有康复服务"统计汇总表》;
7. 中国残疾人"人人享有康复服务"审评方案工作用表4《全国残疾人"人人享有康复服务"审评情况汇总表》。

附件1　中国残疾人"人人享有康复服务"评价指标体系指标名称

指　标	分　项　指　标	计分
1. 将残疾人"人人享有康复服务"目标纳入当地经济社会发展规划,列入政府及相关部门工作考核目标		3
2. 成立残疾人康复工作办公室并开展工作		3
3. 多渠道筹集残疾人康复资金		5
4. 医疗及康复保障	4.1 城镇残疾人参加城镇职工基本医疗保险情况	2
	4.2 农村残疾人参加新型农村合作医疗情况	2
	4.3 残疾人获得城乡医疗救助情况	1
5. 县(市、旗、区)康复技术指导机构达标数		6
6. 街道、乡镇残疾人社区康复工作实施率		5
7. 街道、乡镇医疗卫生机构残疾人康复服务工作达标率		5
8. 社区居民委员会、村民委员会社区康复协调员配备率		4
9. 残疾人康复服务建档率		6
10. 康复服务覆盖率	10.1 白内障致盲患者手术率	7
	10.2 低视力者助视器验配率	4
	10.3 聋儿康复训练率其中:聋儿机构康复训练率	6 (3)
	10.4 智力残疾儿童康复训练率其中:智力残疾儿童机构康复训练率	6 (3)
	10.5 肢体残疾人康复训练率其中:肢体残疾人机构康复训练率	6 (3)
	10.6 缺肢者假肢装配率	4
	10.7 精神病患者监护率其中:精神病患者肇事肇祸率	7 (2)
11. 残疾人基本辅助器具配置率		5
12. 残疾人及其亲友残疾预防、康复知识普及率		4
13. 残疾人全面康复服务转介有效率		4
14. 残疾人及其亲友康复服务满意率		5
合　计		100

附件2　中国残疾人"人人享有康复服务"评价指标体系低限标准

以县(市、旗、区)为单位

中国残疾人"人人享有康复服务"指标	不同经济地区低限标准							
	一类地区		二类地区		三类地区		四类地区	
	2010	2015	2010	2015	2010	2015	2010	2015
1. 将残疾人"人人享有康复服务"目标纳入当地经济社会发展规划,列入政府及相关部门工作考核目标(分值)	3	3	3	3	3	3	3	3
2. 成立残疾人康复工作办公室并开展工作(分值)	3	3	3	3	3	3	3	3
3. 多渠道筹集残疾人康复资金(分值)	5	5	5	5	5	5	5	5
4. 医疗及康复保障								
4.1 城镇残疾人参加城镇职工基本医疗保险情况(分值)	2	2	2	2	2	2	2	2
4.2 农村残疾人参加新型农村合作医疗情况(分值)	2	2	2	2	2	2	2	2
4.3 残疾人获得城乡医疗救助情况(%)	80	100	70	90	60	70	50	60
5. 县(市、旗、区)康复技术指导机构达标数(个)	5	6	4	5	3	4	2	3
6. 街道、乡镇残疾人社区康复工作实施率(%)	80	100	70	90	50	70	40	60
7. 街道、乡镇医疗卫生机构残疾人康复服务工作达标率(%)	80	100	70	90	60	70	50	60
8. 社区居民委员会、村民委员会社区康复协调员配备率(%)	80	100	70	90	50	70	40	60
9. 残疾人康复服务建档率(%)	80	100	70	90	80	80	50	70
10. 康复服务覆盖率								
10.1 白内障致盲患者手术率(%)	90	95	80	90	70	85	60	80
10.2 低视力者助视器验配率(%)	30	40	20	30	20	30	10	20
10.3 聋儿康复训练率(%)	63	90	45	72	36	54	27	45
其中:聋儿机构康复训练率(%)	49	72	30	48	12	24	6	15
10.4 智力残疾儿童康复训练率(%)	80	90	70	80	60	70	50	60
其中:智力残疾儿童机构康复训练率(%)	60	70	40	50	30	40	20	30
10.5 肢体残疾人康复训练率(%)	80	90	70	80	60	70	50	60
其中:肢体残疾人机构康复训练率(%)	60	70	40	50	30	40	20	30
10.6 缺肢者假肢装配率(%)	75	90	65	80	55	70	45	60
10.7 精神病患者监护率(%)	90	90	90	90	90	90	90	90
其中:精神病患者肇事肇祸率(%)	<0.5	<0.2	<0.5	<0.2	<0.5	<0.5	<0.5	<0.5
11. 残疾人基本辅助器具配置率(%)	80	100	70	90	60	80	50	70
12. 残疾人及其亲友残疾预防、康复知识普及率(%)	75	95	65	85	55	75	45	65
13. 残疾人全面康复服务转介有效率(%)	80	90	70	80	60	70	50	60
14. 残疾人及其亲友康复服务满意率(%)	80	80	80	80	80	80	80	80

注:依据经济社会发展水平,全国县(市、旗、区)分为四类地区

一类地区指年人均地区生产总值(GDP)为2万元以上(含2万元)。

二类地区指年人均地区生产总值(GDP)为1~2万元(含1万元)。

三类地区指年人均地区生产总值(GDP)为0.7~1万元(含0.7万元)。

四类地区指年人均地区生产总值(GDP)为0.7万元以下。

附件3 中国残疾人"人人享有康复服务"评价指标体系指标解释

指标1：将残疾人"人人享有康复服务"目标纳入当地经济社会发展规划，列入政府及相关部门工作考核目标

指标解释：县（市、旗、区）政府制订残疾人"人人享有康复服务"实施办法，列入政府工作计划；政府在残疾人康复工作中发挥主导作用，卫生、民政、教育、劳动和社会保障、发展和改革、财政、公安、人口和计生、妇联等部门职责明确，密切配合，实行目标管理；统筹规划，整合资源，广泛动员社会力量，确保残疾人"人人享有康复服务"目标的实现。

指标2：成立残疾人康复工作办公室并开展工作

指标解释：成立残疾人康复工作办公室，制订工作计划，召开会议，研究解决问题，协同推进工作。

指标3：多渠道筹集残疾人康复资金

指标解释：县（市、旗、区）政府通过财政预算、彩票公益金和社会捐助等多渠道筹集残疾人康复资金情况。根据当地经济和社会发展水平，三类地区年度筹集康复资金不低于上一年度筹集资金，本级筹集康复资金不低于同期上级补助资金。一类、二类地区在三类地区的基础上酌增，四类地区在三类地区基础上酌减。

指标4.1：城镇残疾人参加城镇职工基本医疗保险情况

指标解释：指实行"城镇职工基本医疗保险"的县（市、旗、区），积极创造条件，使城镇残疾人基本医疗保险参保率达到当地平均水平。

指标4.2：农村残疾人参加新型农村合作医疗情况

指标解释：指实行"新型农村合作医疗"的县（市、旗、区），积极创造条件，使农村残疾人新型农村合作医疗参合率达到当地平均水平。

指标4.3：残疾人获得城乡医疗救助情况

指标解释：指城市和农村残疾人在医疗和康复方面费用减免、药物、用品用具、捐助及优惠政策等方面得到医疗救助的人数占当地需要医疗救助残疾人总数的比例。

指标5：县（市、旗、区）康复技术指导机构达标数

指标解释：指整合并有效利用就近康复资源，县（市、旗、区）设立视力残疾、听力语言残疾、智力残疾、肢体残疾、精神残疾、残疾人辅助器具供应服务站等各类康复技术指导中心。

1. 视力残疾康复技术指导中心：依托县（市、旗、区）医疗机构或有条件的残疾人康复机构，建立视力残疾康复技术指导中心，配备眼科技术人员，开展视力残疾筛查、白内障治疗、助视器验配及视功能训练，指导盲人定向行走训练，并开展人员培训和宣传咨询等工作。

2. 听力语言残疾康复技术指导中心：配备2名以上接受过专业培训的技术人员和语训老师，开展听力测试、助听器验配、听力语言康复训练技术指导、人员培训和宣传咨询活动。

3. 智力残疾康复技术指导中心：开设智力残疾儿童康复班，配备2名以上接受过专业培训的训练人员，备有智残康复教材、读物及基本的玩、教具，开展家长培训、社区指导和咨询转介等工作。

4. 肢体残疾康复技术指导中心：基本训练器具齐全，配备2名以上接受过现代康复技术培训的人员，开展成人肢残和脑瘫儿童康复训练，培训基层康复员，进行社区指导。

5. 精神病防治康复技术指导中心：就近指定一所精神卫生机构（含综合医院精神卫生科）作为指导中心，承担精神病人治疗，配备专职人员，负责精神病防治康复的技术管理和业务指导，对社区、单位、家庭进行防治康复技术指导和人员培训。

6. 残疾人辅助器具供应服务站：配备接受过专业培训的工作人员，备有各类残疾人常用的辅助器具样品，开展供应、使用指导、维修、转介和宣传咨询等服务，指导社区和家庭制作康复训练器具和用品用具。

指标6：街道、乡镇残疾人社区康复工作实施率

指标解释：该指标指达到社区康复工作要求的街道、乡镇数占全县（市、旗、区）街道、乡镇总数的比例。达到社区康复工作要求是指街道、乡镇政府将残疾人社区康复工作纳入工作计划，有主管领导分管，制定工作制度，配备专职人员，组织社区、村开展残疾人康复需求调查，做好转介服务，完成上级下达的康复工作任务；建立社区康复站、托养机构等设施，为各类残疾人提供综合康复服务。

指标7：街道、乡镇医疗卫生机构残疾人康复服务工作达标率

指标解释：该指标指达到残疾人康复服务工作要求的街道、乡镇医疗卫生机构数占全县（市、旗、区）街道、乡镇医疗卫生机构总数的比例。达到街道、乡镇医疗卫生机构残疾人康复服务工作要求是指街道、乡镇医疗卫生机构开展残疾人康复服务工作，建立工作制度，明确工作内容，配备经过培训的专（兼）职康复技术人员和必要的康复设备，开展残疾筛查、诊断、训练和转介服务；对社区、村医疗卫生机构提供康复业务指导；参与残疾人康复需求调查，做好残疾预防和康复知识宣传教育。

指标8：社区居民委员会、村民委员会社区康复协调员配备率

指标解释：该指标指配备专（兼）职社区康复协调员的社区居民委员会、村民委员会数占全县（市、旗、区）社区居民委员会、

村民委员会总数的比例。社区居民委员会、村民委员会配备接受过培训的专(兼)职社区康复协调员,负责调查残疾人康复需求,建立康复服务档案,组织康复技术人员,为残疾人制订康复计划,指导康复训练,提供康复服务,评估服务效果,做好服务记录。

指标9:残疾人康复服务建档率

指标解释:指建立康复服务档案的残疾人数占全县(市、旗、区)有康复需求的残疾人总数的比例。

指标10.1:白内障致盲患者手术率

指标解释:指接受白内障复明手术的人数占有手术指征的白内障致盲总人数的比例。

指标10.2:低视力者助视器验配率

指标解释:指配用助视器的低视力人数占需要配用助视器的低视力总人数的比例。

指标10.3:聋儿康复训练率

指标解释:指在机构、社区和家庭进行康复训练的0~6岁听力语言残疾儿童数占有康复需要的0~6岁听力语言残疾儿童总数的比例。

其中:聋儿机构康复训练率

指标解释:指进入各级聋儿康复机构,由经过专业培训的教师进行康复训练并定期进行评估的0~6岁听力语言残疾儿童数占有康复需要的0~6岁听力语言残疾儿童总数的比例。

指标10.4:智力残疾儿童康复训练率

指标解释:指在机构、社区和家庭进行康复训练的智力残疾儿童人数占当地需要进行康复训练的智力残疾儿童总人数的比例。

其中:智力残疾儿童机构康复训练率

指标解释:指在各级康复、医疗、教育、社会福利等机构进行康复训练的智力残疾儿童人数占需要进行康复训练的智力残疾儿童人总数的比例。

指标10.5:肢体残疾人康复训练率

指标解释:指在机构、社区和家庭进行康复训练的肢体残疾人数占当地需要进行康复训练的肢体残疾人总人数的比例。

其中:肢体残疾人机构康复训练率

指标解释:指在各级康复、医疗等机构进行康复训练的肢体残疾人数占需要进行康复训练的肢体残疾人总人数的比例。

指标10.6:缺肢者假肢装配率

指标解释:指已装配假肢的下肢缺肢者人数占适合装配假肢的下肢缺肢者总人数的比例。

指标10.7:精神病患者监护率

指标解释:指在国家任务县(市、旗、区)达到精神病人检出率的基础上,通过监护小组、家庭、工疗站、社会就业单位以及精神卫生机构,接受社会化、综合性、开放式治疗和康复的精神病人数占经调查摸底、建档立卡的精神病总人数的比例

其中:精神病患者肇事肇祸率

指标解释:指精神病患者肇事肇祸程度达到违反社会治安管理条例以上的总人次数占经调查摸底、建档立卡的精神病总人数的比例。

指标11:残疾人基本辅助器具配置率

指标解释:指根据残疾人的康复需要,采取多种方式和渠道获得基本辅助器具的残疾人数占需要配置辅助器具的残疾人总人数的比例。

残疾人基本辅助器具包括:视力残疾人使用的助视器、盲杖,以及盲板、盲笔、盲表、报时器等生活学习辅助器具;听力语言残疾人使用的助听设备以及语言训练和会话的辅助器具;智力残疾人使用的认知图片、玩具等训练和开发智力的辅助器具;肢体残疾人使用的进食、穿脱衣物、洗漱、入厕等生活自助器具,腋杖、肘杖、手杖等助行器具,轮椅、手摇三轮车等代步器具,以及辅助坐、卧、翻身和站立等器具。

指标12:残疾人及其亲友残疾预防、康复知识普及率

指标解释:指通过广播、电视、网络、报刊、杂志、科普读物、宣传折页、培训、公益活动等多种方式,获得残疾预防和康复知识的残疾人及其亲友的人数占被调查的残疾人及其亲友总人数的比例。

指标13:残疾人全面康复转介有效率

指标解释:指根据残疾人在康复医疗、文化教育、职业培训、劳动就业、生活保障、无障碍环境改造及参与社会生活等方面的需要,提供转介服务,并得到有效解决的残疾人数占得到转介服务残疾人总人数的比例。

指标14:残疾人及其亲友康复服务满意率

指标解释:指对康复服务满意的残疾人及其亲友的人数占被调查的得到康复服务的残疾人及其亲友总人数的比例。

附件4 中国残疾人"人人享有康复服务"审评方案工作用表1《中国残疾人"人人享有康复服务"审评表》

（_____年度）

县(市、旗、区)名称：_____　　　　　　　　　　类型：一类地区□ 二类地区□ 三类地区□ 四类地区□

指标	分值	得分	评价、计分办法	检查方法
1. 将残疾人"人人享有康复服务"目标纳入当地经济社会发展规划，列入政府及相关部门工作考核目标	3		1. 县(市、旗、区)政府制订残疾人"人人享有康复服务"实施办法。 2. 政府工作目标中明确提出残疾人"人人享有康复服务"的工作要求。 3. 残疾人"人人享有康复服务"的各项内容纳入相关部门工作计划。 本指标计3分，每项各计1分，未达到目标值的减分 <table><tr><td colspan=2>一类地区</td><td colspan=2>二类地区</td><td colspan=2>三类地区</td><td colspan=2>四类地区</td></tr><tr><td>2010年</td><td>2015年</td><td>2010年</td><td>2015年</td><td>2010年</td><td>2015年</td><td>2010年</td><td>2015年</td></tr><tr><td>3分</td><td>3分</td><td>3分</td><td>3分</td><td>3分</td><td>3分</td><td>3分</td><td>3分</td></tr></table>	查阅文件 听取汇报
2. 成立残疾人康复工作办公室并开展工作	3		1. 成立残疾人康复工作办公室。 2. 工作制度健全，有工作计划。 3. 相关工作记录详实。 本指标计3分，每项各计1分，未达到目标值的减分 <table><tr><td colspan=2>一类地区</td><td colspan=2>二类地区</td><td colspan=2>三类地区</td><td colspan=2>四类地区</td></tr><tr><td>2010年</td><td>2015年</td><td>2010年</td><td>2015年</td><td>2010年</td><td>2015年</td><td>2010年</td><td>2015年</td></tr><tr><td>3分</td><td>3分</td><td>3分</td><td>3分</td><td>3分</td><td>3分</td><td>3分</td><td>3分</td></tr></table>	查阅文件 听取汇报 实地察看
3. 多渠道筹集残疾人康复资金	5		指县(市、旗、区)政府通过财政预算、彩票公益金和社会捐助等多渠道筹集残疾人康复资金情况。 本指标计5分，未达到目标值的酌情减分，不足目标值一半的计0分 <table><tr><td colspan=2>一类地区</td><td colspan=2>二类地区</td><td colspan=2>三类地区</td><td colspan=2>四类地区</td></tr><tr><td>2010年</td><td>2015年</td><td>2010年</td><td>2015年</td><td>2010年</td><td>2015年</td><td>2010年</td><td>2015年</td></tr><tr><td>对照二类地区酌增</td><td>对照二类地区酌增</td><td>对照三类地区酌增</td><td>对照三类地区酌增</td><td>年度筹集康复资金不低于上一年度筹集资金，本级筹集康复资金不低于同期上级补助资金</td><td>年度筹集康复资金不低于上一年度筹集资金，本级筹集康复资金不低于同期上级补助资金</td><td>对照三类地区酌减</td><td>对照三类地区酌减</td></tr></table>	听取汇报 查阅文件

指标	分值	得分	评价、计分办法	检查方法
4. 医疗及康复保障 4.1 城镇残疾人参加城镇职工基本医疗保险情况	2		1. 制定城镇残疾职工加入基本医疗保险的扶持政策。 2. 城镇残疾人基本医疗保险参保率达到当地平均水平。 本指标计2分,每项各计1分,未达到目标值的减分 <table><tr><td colspan="2">一类地区</td><td colspan="2">二类地区</td><td colspan="2">三类地区</td><td colspan="2">四类地区</td></tr><tr><td>2010年</td><td>2015年</td><td>2010年</td><td>2015年</td><td>2010年</td><td>2015年</td><td>2010年</td><td>2015年</td></tr><tr><td>2分</td><td>2分</td><td>2分</td><td>2分</td><td>2分</td><td>2分</td><td>2分</td><td>2分</td></tr></table>	听取汇报 查阅文件
4.2 农村残疾人参加新型农村合作医疗情况	2		1. 制定农村残疾人加入新型农村合作医疗的扶持政策。 2. 农村残疾人新型农村合作医疗参合率达到当地平均水平。 本指标计2分,每项各计1分,未达到目标值的减分 <table><tr><td colspan="2">一类地区</td><td colspan="2">二类地区</td><td colspan="2">三类地区</td><td colspan="2">四类地区</td></tr><tr><td>2010年</td><td>2015年</td><td>2010年</td><td>2015年</td><td>2010年</td><td>2015年</td><td>2010年</td><td>2015年</td></tr><tr><td>2分</td><td>2分</td><td>2分</td><td>2分</td><td>2分</td><td>2分</td><td>2分</td><td>2分</td></tr></table>	听取汇报 查阅文件
4.3 残疾人获得城乡医疗救助情况	1		指获得医疗救助的残疾人数占当地需要医疗救助残疾人总数的比例。 本指标计1分,未达到目标值的酌情减分,不足目标值一半的计0分 <table><tr><td colspan="2">一类地区</td><td colspan="2">二类地区</td><td colspan="2">三类地区</td><td colspan="2">四类地区</td></tr><tr><td>2010年</td><td>2015年</td><td>2010年</td><td>2015年</td><td>2010年</td><td>2015年</td><td>2010年</td><td>2015年</td></tr><tr><td>80%</td><td>100%</td><td>70%</td><td>90%</td><td>60%</td><td>70%</td><td>50%</td><td>60%</td></tr></table>	听取汇报 查阅文件
5. 县(市、旗、区)康复技术指导机构达标数	6		指达到六类康复技术指导机构(视力残疾康复技术指导中心、听力语言残疾康复技术指导中心、智力残疾康复技术指导中心、肢体残疾康复技术指导中心、精神病防治康复技术指导中心、残疾人辅助器具供应服务站)工作要求的机构数之和。 本指标计6分,未达到目标值的酌情减分,不足目标值一半的计0分 <table><tr><td colspan="2">一类地区</td><td colspan="2">二类地区</td><td colspan="2">三类地区</td><td colspan="2">四类地区</td></tr><tr><td>2010年</td><td>2015年</td><td>2010年</td><td>2015年</td><td>2010年</td><td>2015年</td><td>2010年</td><td>2015年</td></tr><tr><td>5个</td><td>6个</td><td>4个</td><td>5个</td><td>3个</td><td>4个</td><td>2个</td><td>3个</td></tr></table>	查阅文件 听取汇报 实地察看
6. 街道、乡镇残疾人社区康复工作实施率	5		指达到社区康复工作要求的街道、乡镇数与全县(市、旗、区)街道、乡镇总数的比例。 本指标计5分,未达到目标值的酌情减分,不足目标值一半的计0分 <table><tr><td colspan="2">一类地区</td><td colspan="2">二类地区</td><td colspan="2">三类地区</td><td colspan="2">四类地区</td></tr><tr><td>2010年</td><td>2015年</td><td>2010年</td><td>2015年</td><td>2010年</td><td>2015年</td><td>2010年</td><td>2015年</td></tr><tr><td>80%</td><td>100%</td><td>70%</td><td>90%</td><td>50%</td><td>70%</td><td>40%</td><td>60%</td></tr></table>	听取汇报 实地察看

指标	分值	得分	评价、计分办法	检查方法
7. 街道、乡镇医疗卫生机构残疾人康复服务工作达标率	5		指达到残疾人康复服务工作要求的街道、乡镇医疗卫生机构数占全县(市、旗、区)街道、乡镇医疗卫生机构总数的比例。 本指标计5分，未达到目标值的酌情减分，不足目标值一半的计0分 一类地区：2010年 80%，2015年 100%；二类地区：2010年 70%，2015年 90%；三类地区：2010年 60%，2015年 70%；四类地区：2010年 50%，2015年 60%	听取汇报实地察看
8. 社区居民委员会、村民委员会社区康复协调员配备率	4		指配备专(兼)职社区康复协调员的社区居民委员会、村民委员会数占全县(市、旗、区)社区居民委员会、村民委员会总数的比例。 本指标计4分，未达到目标值的酌情减分，不足目标值一半的计0分 一类地区：2010年 80%，2015年 100%；二类地区：2010年 70%，2015年 90%；三类地区：2010年 50%，2015年 70%；四类地区：2010年 40%，2015年 60%	听取汇报实地察看
9. 残疾人康复服务建档率	6		指建立康复服务档案的残疾人数占县(市、旗、区)有康复需求的残疾人总数的比例。 本指标计6分，未达到目标值的酌情减分，不足目标值一半的计0分 一类地区：2010年 80%，2015年 100%；二类地区：2010年 70%，2015年 90%；三类地区：2010年 60%，2015年 80%；四类地区：2010年 50%，2015年 70%	查阅文件
10. 康复服务覆盖率 10.1 白内障致盲患者手术率	7		指接受白内障复明手术的人数占有手术指征的白内障致盲总人数的比例。 本指标计7分，未达到目标值的酌情减分，不足目标值一半的计0分 一类地区：2010年 90%，2015年 95%；二类地区：2010年 80%，2015年 90%；三类地区：2010年 70%，2015年 85%；四类地区：2010年 60%，2015年 80%	查阅文件听取汇报
10.2 低视力者助视器验配率	4		指配用助视器的低视力人数占需要配用助视器的低视力者总人数的比例。 本指标计4分，未达到目标值的酌情减分，不足目标值一半的计0分 一类地区：2010年 30%，2015年 40%；二类地区：2010年 20%，2015年 30%；三类地区：2010年 20%，2015年 30%；四类地区：2010年 10%，2015年 20%	查阅文件听取汇报抽查核实

指标	分值	得分	评价、计分办法	检查方法
10.3 聋儿康复训练率	3		指在机构、社区和家庭进行康复训练的0~6岁听力语言残疾儿童数占有康复需要的0~6岁听力语言残疾儿童总数的比例。 本指标计3分，未达到目标值的酌情减分，不足目标值一半的计0分 一类地区/2010年 63% 2015年 90%；二类地区/2010年 45% 2015年 72%；三类地区/2010年 36% 2015年 54%；四类地区/2010年 27% 2015年 45%	查阅文件 听取汇报 抽查核实
其中:聋儿机构康复训练率	3		指在机构进行康复训练的0~6岁听力语言残疾儿童人数占有康复需要的0~6岁听力语言残疾儿童总人数的比例。 本分指标计3分，未达到目标值的酌情减分，不足目标值一半的计0分 一类地区/2010年 49% 2015年 72%；二类地区/2010年 30% 2015年 48%；三类地区/2010年 12% 2015年 24%；四类地区/2010年 6% 2015年 15%	查阅文件 听取汇报 抽查核实
10.4 智力残疾儿童康复训练率	3		指在机构、社区和家庭进行康复训练的智力残疾儿童人数占当地需要进行康复训练的智力残疾儿童总人数的比例。 本指标计3分，未达到目标值的酌情减分，不足目标值一半的计0分 一类地区/2010年 80% 2015年 90%；二类地区/2010年 70% 2015年 80%；三类地区/2010年 60% 2015年 70%；四类地区/2010年 50% 2015年 60%	查阅文件 听取汇报 抽查核实
其中:智力残疾儿童机构康复训练率	3		指在机构进行康复训练的智力残疾儿童人数占需要进行康复训练的智力残疾儿童总人数的比例。 本分指标计3分，未达到目标值的酌情减分，不足目标值一半的计0分 一类地区/2010年 60% 2015年 70%；二类地区/2010年 40% 2015年 50%；三类地区/2010年 30% 2015年 40%；四类地区/2010年 20% 2015年 30%	查阅文件 听取汇报 抽查核实
10.5 肢体残疾人康复训练率	3		指在机构、社区和家庭进行康复训练的肢体残疾人数占当地需要进行康复训练的肢体残疾人总数的比例。 本指标计3分，未达到目标值的酌情减分，不足目标值一半的计0分 一类地区/2010年 80% 2015年 90%；二类地区/2010年 70% 2015年 80%；三类地区/2010年 60% 2015年 70%；四类地区/2010年 50% 2015年 60%	查阅文件 听取汇报 抽查核实

指标	分值	得分	评价、计分办法	检查方法
其中:肢体残疾人机构康复训练率	3		指在机构进行康复训练的肢体残疾人数占需要进行康复训练的肢体残疾人总数的比例。 本分指标计3分,未达到目标值的酌情减分,不足目标值一半的计0分 <table><tr><td colspan="2">一类地区</td><td colspan="2">二类地区</td><td colspan="2">三类地区</td><td colspan="2">四类地区</td></tr><tr><td>2010年</td><td>2015年</td><td>2010年</td><td>2015年</td><td>2010年</td><td>2015年</td><td>2010年</td><td>2015年</td></tr><tr><td>60%</td><td>70%</td><td>40%</td><td>50%</td><td>30%</td><td>40%</td><td>20%</td><td>30%</td></tr></table>	查阅文件 听取汇报 抽查核实
10.6 缺肢者假肢装配率	4		指已装配假肢的下肢缺肢者人数占适合装配假肢的下肢缺肢者总人数的比例。 本指标计4分,未达到目标值的酌情减分,不足目标值一半的计0分 <table><tr><td colspan="2">一类地区</td><td colspan="2">二类地区</td><td colspan="2">三类地区</td><td colspan="2">四类地区</td></tr><tr><td>2010年</td><td>2015年</td><td>2010年</td><td>2015年</td><td>2010年</td><td>2015年</td><td>2010年</td><td>2015年</td></tr><tr><td>75%</td><td>90%</td><td>65%</td><td>80%</td><td>55%</td><td>70%</td><td>45%</td><td>60%</td></tr></table>	查阅文件 听取汇报 抽查核实
10.7 精神病患者监护率	5		指得到监护的精神病人数占经调查摸底建档立卡的精神病人总数的比例。 本指标计5分,未达到目标值的酌情减分,不足目标值一半的计0分 <table><tr><td colspan="2">一类地区</td><td colspan="2">二类地区</td><td colspan="2">三类地区</td><td colspan="2">四类地区</td></tr><tr><td>2010年</td><td>2015年</td><td>2010年</td><td>2015年</td><td>2010年</td><td>2015年</td><td>2010年</td><td>2015年</td></tr><tr><td>90%</td><td>90%</td><td>90%</td><td>90%</td><td>90%</td><td>90%</td><td>90%</td><td>90%</td></tr></table>	查阅文件 听取汇报 抽查核实
其中:精神病患者肇事肇祸率	2		指精神病患者肇事肇祸程度达到违反社会治安管理条例以上的总人次数占经调查摸底、建档立卡的精神病人总数的比例。 本指标计2分,未达到目标值的酌情减分,不足目标值一半的计0分 <table><tr><td colspan="2">一类地区</td><td colspan="2">二类地区</td><td colspan="2">三类地区</td><td colspan="2">四类地区</td></tr><tr><td>2010年</td><td>2015年</td><td>2010年</td><td>2015年</td><td>2010年</td><td>2015年</td><td>2010年</td><td>2015年</td></tr><tr><td><0.5%</td><td><0.2%</td><td><0.5%</td><td><0.2%</td><td><0.5%</td><td><0.5%</td><td><0.5%</td><td><0.5%</td></tr></table>	查阅文件 听取汇报 抽查核实
11. 残疾人基本辅助器具配置率	5		指已获得残疾人基本辅助器具的残疾人数占需要配置辅助器具的残疾人总人数的比例。 本指标计5分,未达到目标值的酌情减分,不足目标值一半的计0分 <table><tr><td colspan="2">一类地区</td><td colspan="2">二类地区</td><td colspan="2">三类地区</td><td colspan="2">四类地区</td></tr><tr><td>2010年</td><td>2015年</td><td>2010年</td><td>2015年</td><td>2010年</td><td>2015年</td><td>2010年</td><td>2015年</td></tr><tr><td>80%</td><td>100%</td><td>70%</td><td>90%</td><td>60%</td><td>80%</td><td>50%</td><td>70%</td></tr></table>	查阅文件 听取汇报 抽查核实

续表

指标	分值	得分	评价、计分办法	检查方法
12. 残疾人及其亲友残疾预防、康复知识普及率	4		指获得残疾预防和康复知识的残疾人及其亲友的人数占被调查的残疾人及其亲友总数的比例。 本指标计 4 分,未达到目标值的酌情减分,不足目标值一半的计 0 分 一类地区|二类地区|三类地区|四类地区 2010 年|2015 年|2010 年|2015 年|2010 年|2015 年|2010 年|2015 年 75%|95%|65%|85%|55%|75%|45%|65%	查阅文件听取汇报实地察看
13. 残疾人全面康复服务转介有效率	4		指转介有效的残疾人数占得到转介服务的残疾人总数的比例。 本指标计 4 分,未达到目标值的酌情减分,不足目标值一半的计 0 分 一类地区|二类地区|三类地区|四类地区 2010 年|2015 年|2010 年|2015 年|2010 年|2015 年|2010 年|2015 年 80%|90%|70%|80%|60%|70%|50%|60%	查阅文件听取汇报实地察看
14. 残疾人及其亲友康复服务满意率	5		指对康复服务满意的残疾人及其亲友的人数占被调查的得到康复服务的残疾人及其亲友总数的比例。 本指标计 5 分,未达到目标值的酌情减分,不足目标值一半的计 0 分 一类地区|二类地区|三类地区|四类地区 2010 年|2015 年|2010 年|2015 年|2010 年|2015 年|2010 年|2015 年 80%|80%|80%|80%|80%|80%|80%|80%	问卷调查实地察看
审评总分	分		≥80 分为"实现目标";60 至 80 分(不含 80 分)为"基本实现";60 分以下(不含 60 分)为"未实现目标",含分项指标在内的 22 个指标中,有 5 项为"0"分的,也视为未实现目标	

注:

1. 此表用于国家、省(自治区、直辖市)、市(地、州、盟、区)和县(市、旗、区)各级实现残疾人"人人享有康复服务"目标审评工作。

2. 各县(市、旗、)于 2010 年和 2015 年自评后填写此表,一式两份,一份保存,一份报各市(地、州、盟、区)审评工作办公室审核。

附件5 中国残疾人"人人享有康复服务"审评方案工作用表2《中国残疾人"人人享有康复服务"审评登记表》

（_____年度）

填写单位：

	县（市、旗、区）名称	审评总分	实现目标情况		
			实现目标	基本实现目标	未实现目标
一类地区					
小计	一类县（市、旗、区）_____个		_____个	_____个	_____个

县(市、旗、区)名称		审评总分	实现目标情况		
			实现目标	基本实现目标	未实现目标
二类地区					
小计	一类县(市、旗、区) 个		个	个	个

县(市、旗、区)名称		审评总分	实现目标情况		
			实现目标	基本实现目标	未实现目标
三类地区					
小计	一类县(市、旗、区)　　　个			个	个	个

续表

县(市、旗、区)名称		审评总分	实现目标情况		
			实现目标	基本实现目标	未实现目标
四类地区					
小计	一类县(市、旗、区)　　　个			个	个	个

注：

1. 此表用于各省(自治区、直辖市)和各市(地、州、盟、区)按四类地区登记所辖各县(市、旗、区)实现残疾人"人人享有康复服务"目标审评情况。

2. 各市(地、州、盟、区)负责填写所辖各县(市、旗、区)审评情况,一份保存,一份报省(自治区、直辖市)审评工作办公室审核。

3. 各省(自治区、直辖市)负责填写全省所辖各县(市、旗、区)审评情况后保存。

4. 此表中各县(市、旗、区)的审评总分应与表1的审评总分相一致;在实现目标情况相对应的栏中划"√";小计一栏填写本类地区汇总情况。

附件6 中国残疾人"人人享有康复服务"审评方案工作用表3《中国残疾人"人人享有康复服务"统计汇总表》

(_____年度)

填写单位名称	县(市、旗、区)总数	实现目标县(市、旗、区)数	基本实现目标县(市、旗、区)数	实现目标和基本实现目标县(市、旗、区)合计数	实现目标和基本实现目标的县(市)合计数与全省区、县(市、旗、区)总数的比例(%)
	个	个	个	个	

注:此表用于各省(自治区、直辖市)和市(地、州、盟、区)统计、汇总实现残疾人"人人享有康复服务"目标审评情况,逐级上报至国家审评工作办公室。

附件7 中国残疾人"人人享有康复服务"审评方案工作用表4《全国残疾人"人人享有康复服务"审评情况汇总表》

(_____年度)

省(自治区、直辖市)名称	县(市、旗、区)总数(个)	实现目标县(市、旗、区)数(个)	基本实现目标县(市、旗、区)数(个)	实现目标和基本实现目标县(市、旗、区)合计数(个)	实现目标和基本实现目标的县(市、旗、区)合计数与全省县(市、旗、区)总数的比例(%)
全 国					
北 京					
天 津					
河 北					
山 西					
内蒙古					
辽 宁					
吉 林					
黑龙江					
上 海					
江 苏					
浙 江					
安 徽					
福 建					
江 西					
山 东					
河 南					
湖 北					

续表

省(自治区、直辖市)名称	县(市、旗、区)总数(个)	实现目标县(市、旗、区)数(个)	基本实现目标县(市、旗、区)数(个)	实现目标和基本实现目标县(市、旗、区)合计数(个)	实现目标和基本实现目标的县(市、旗、区)合计数与全省县(市、旗、区)总数的比例(%)
湖　南					
广　东					
广　西					
海　南					
重　庆					
四　川					
贵　州					
云　南					
西　藏					
陕　西					
甘　肃					
青　海					
宁　夏					
新　疆					
新疆建设兵团					

注:此表用于国家审评工作办公室汇总各省(自治区、直辖市)实现残疾人"人人享有康复服务"目标审评情况。

复习题

1. 什么是社区康复?
2. 社区应具备哪些要素?
3. 社区康复的工作原则是什么?
4. 社区康复的工作内容和方法有哪些?
5. 残疾人"人人享有康复服务"评价指标体系包括哪些指标?
6. 残疾人"人人享有康复服务"评价指标体系的低限标准是如何划分的?
7. 残疾人"人人享有康复服务"的审评办法是什么?

（赵悌尊　张金明）

第十四章 合作项目管理

本章学习重点要求

1. 掌握合作项目建议书的书写方法和具体要求,包括格式、内容的逻辑性。
2. 掌握合作项目的全程管理,包括9个范围的管理要求,以及监测评估方法。

第一节 可行性调研

合作项目可行性调研是通过对项目的主要内容和配套条件,如当地需求、资源状况、项目建设规模、技术路线、设施设备、环境影响、资金筹措、盈利能力等,从技术、经济、工程、社会等方面进行调查研究和分析比较,并对项目建成以后可能取得的社会、经济效益及环境影响进行预测,从而提出该项目是否值得立项和如何进行运作的咨询意见,为项目决策提供依据。

一、可行性调研的依据和要求

(一)可行性调研的依据

进行可行性调研工作的主要依据包括:

1. 国家社会和经济发展规划,部门与地区规划,经济建设的指导方针、任务、政策以及国家和地方法规等。
2. 经过批准和签订的意向性协议等。
3. 由国家批准的资源报告,国土开发整治规划、区域环境治理规划等。
4. 国家进出口贸易政策和关税政策。
5. 当地拟建机构的自然、经济、社会等基础资料。
6. 有关国家、地区和行业及专业的法令、法规、标准定额资料等。
7. 由国家颁布的建设项目可行性调研及经济评价的有关规定。
8. 包含各种市场经济信息的市场调研报告。

(二)可行性调研的质量要求

为了保证可行性调研工作的科学性、客观性和公正性,防止错误和疏漏,必须符合以下三点要求:

1. 要做好基础资料的收集工作。对于收集的基础资料,要按照客观实际情况进行论证评价,如实地反映社会状况、客观经济规律,从客观数据出发,通过科学分析,得出项目是否可行的结论。
2. 可行性调研报告的内容深度必须达到国际、国内规定的标准,基本内容要完整,应尽可能多地占有数据资料,避免粗制滥造,搞形式主义和表面文章。在做法上要掌握好以下四个要点:①先论证,后决策。②处理好项目建议书、可行性调研、评估这三个阶段的关系,哪一个阶段发现不可行都应当停止研究。③要将调查研究贯穿始终。一定要掌握切实可靠的资料,以保证资料选取的全面性、重要性、客观性和连续性。④多方案比较,择优选取。国际合作项目可行性调研的内容及深度还应尽可能与国际接轨。

3. 给以一定时限,保证咨询设计单位足够的工作周期,防止草率行事。

二、可行性调研的主要内容

1. 投资必要性　论证合作项目投资建设的必要性:一是要对构成投资环境的各种要素进行全面的分析论证;二是要做好市场调研,包括市场需求预测、竞争力分析、价格分析、资源状况、定位及营销策略论证。

2. 技术可行性　从合作项目实施的技术角度,合理设计技术方案,并进行比选和评价。对于硬件项目,可行性调研的技术论证应达到能够比较明确地提出设备清单的深度;对于各种软件项目,技术方案的论证也应达到与国际惯例接轨的深度。

3. 财务可行性　从项目及投资者的角度,设计合理财务方案,从理财的角度进行资本预算,评价项目的财务收支能力,现金流量计划及债务清偿能力,进行投资决策。

4. 组织管理可行性　制订合作项目实施进度计划,设计组织管理机构,选择经验丰富的管理人员,建立良好的协作关系,制订培训计划,提高管理执行合作项目的能力等,保证合作项目顺利执行。

5. 经济可行性　评价项目在实现区域经济发展目标、有效配置经济资源、增加供应、创造就业、改善环境、提高当地人民生活水平等方面的效益。

6. 社会可行性　主要分析合作项目对政治体制、方针政策、经济结构、法律法规、道德水准、宗教民族、妇女儿童、残疾人、社会风尚及社会安全、社会稳定性等的影响。

7. 风险因素及对策　对项目的市场风险、技术风险、财务风险、组织风险、法律风险、自然环境风险、经济及社会风险等因素进行评价,制定规避风险的对策,为项目全过程的风险管理提供依据。

三、项目可行性调研报告的编制

(一)项目可行性调研报告的编制依据

1. 国家社会经济发展的长期规划,部门、地区发展规划,社会经济建设的方针、任务、产业政策和投资政策。

2. 批准的项目建议书和委托单位的要求。

3. 对于大中型项目,必须具有国家批准的资源报告、国土开发整治规划、区域规划、工农业基地规划。交通运输项目,要有有关的江河流域规划与路网规划。

4. 有关的自然、地理、气象、水文、地质、经济、社会、环保等基础资料。

5. 有关行业的科研技术、经济方面的规范、标准、定额资料,以及国家正式颁发的技术法规和技术标准。

6. 国家颁发的评价方法与参数。

(二)项目可行性调研报告的基本内容

可行性调研的内容和深度应能满足有关方面编制和审批可行性调研报告的要求,满足作为项目投资决策的基础和重要依据的要求。

1. 总论　说明项目提出的背景、投资环境、项目投资建设的必要性和社会经济意义,项目投资对社会发展和国民经济的作用和重要性;提出项目设想的主要依据、工作范围和要求;项目有关的历史发展概况,项目建议书及有关审批文件;综述可行性调研的主要结论、存在的问题与建议,列表说明项目的主要技术指标。

2. 需求预测和规模　国内、外需求的调查与预测;有关能力的估计;收支预测;拟建项目的规模、产出方案和发展方向的社会经济比较和分析。

3. 资源及公用设施情况　经过全国行业、专业调查的资源开发、利用条件的评述；原材料来源和供应可能性；有毒、有害及危险品的种类、数量和储运条件；所需动力(水、电、气等)、公用设施的数量、供应方式、供应条件、外部协作条件。

4. 建立机构条件和地址方案　建立机构的地理位置、水文、地质、地形条件和社会经济现状；交通、运输及水、电、气的现状和发展趋势；地址比较和选择意见，占地范围、总体布置方案、建设条件、地价、拆迁及其他工程费用情况。

5. 设计方案　项目的构成范围、技术来源和方法，设备配置的设想；机构布置方案的初步选择和土建工程量估算；公用辅助设施和机构内外交通运输方式的比较和初步选择。

6. 环境保护与安全　调查环境现状，预测项目对环境的影响，提出环境保护、三废治理和安全保护的初步方案。

7. 组织管理、定员和人员培训　组织管理体制、机构设置；专业技术人员和管理人员素质、数量的要求；机构定员的配备方案；人员培训的规划和费用估算。

8. 项目实施计划和进度　根据指定建设项目周期所需时间与进度的要求，选择整个合作项目实施方案和总进度，用线条图或网格图表述最佳实施计划方案的选择。

9. 投资估算与资金筹措　主体项目工程和协作配套工程所需的投资；营运资金的估算；资金来源、筹措方式及援、贷款的偿付方式。

10. 社会及经济效益评价　财务评价、国民经济评价、社会评价和不确定性分析。

11. 评价结论　建设方案的综合分析评价与方案选择；运用各项数据，从技术、经济、社会以及项目财务等方面论述建设项目的可行性，推荐一个以上的可行性方案，提供决策参考，指出项目存在的问题、改进建议及结论性意见。

第二节　申请立项

一般合作项目可行性调研后，如果有合作的意向和可能，则可以进入项目的申请立项阶段。合作项目的立项要按照一定的程序进行申请，并按照相应的权限审批。申请项目立项要准备必要的材料，如项目的可行性调研报告、申请项目调查表、合作项目申请表、合作项目环境调查表等一系列文献资料。下面以××国际合作申请表格的内容介绍合作项目的申请立项。

附一　××国际技术合作申请表(开发调查用表)

申请日期：_____年_____月

申请单位：_____

一、项目概要

(一)项目名称：_____

(二)项目地点：(国名及省(市、自治区)名称)：_____

(市、镇、村名称)：_____

距主要城市的时间约：陆路/飞机_____小时

(三)实施单位

单位名称：_____

(写实施单位的名称,具体到局或处等部门的名称)

部门的员工人数：_____

部门的预算配额：_____

（附上组织系统图,并标出具体负责调查工作的部门）

（四）项目申请理由

——项目领域的现状

——中央或地方政府在该领域的发展政策

——该领域待解决的问题

——项目内容概要

——项目目的(短期目标)

——项目最终目标(远期目标)

——预期的受益者

——项目在国家发展计划或公共投资计划中的优先度

（五）希望或计划项目开始的时间:＿＿＿＿＿＿＿＿＿＿年＿＿＿＿＿＿＿＿＿月

（六）可预见的项目资金来源及(或)可获得的资助(包括外部资助):＿＿＿＿＿＿＿＿＿＿＿

详述落实项目的具体措施,并填写出资单位:＿＿＿＿＿＿＿＿＿＿＿

（七）相关项目(如果有,请填写):＿＿＿＿＿＿＿＿＿

二、调查工作的参考情况

（一）调查的必要性或妥当性

（二）需要××国际技术合作的理由

（三）调查目标

详细记述本次调查的目标。尽可能详细地说明项目的受益者,并用数据说明受益效果。简要地写明通过实施本次调查,将来所可能取得的长远效果。

（四）调查将覆盖的地区

写明本次调查的对象地区并在附属文件里附上草图。所附草图必须按比例尺清楚地表示出项目地点。用红色标出项目点。

（五）调查范围

简要地分条叙述。

（六）调查日程

填写调查的时间安排、期限等。

（七）调查的主要成果

（八）实施项目的可能性及资金来源

（九）是否曾经向其他国家、国际组织申请过调查?

——是否曾经向其他国家申请过同一调查。

——是否有其他国家已经在对象地区开始了类似调查。

——是否第三国或其他国际组织有类似调查的合作成果或计划。

——如以前曾在相同领域开展过调查,写明其申请背景、现状及技术指导的情况。

——目前现存的调查中是否有与本次调查内容有关的调查(写出现存调查的时间、期限、内容及涉及的单位)。

（十）其他相关信息

除了上述内容外,如有其他相关信息时填写。

三、实施单位给予配合的内容及现存资料情况

（一）实施单位为本次调查指派的对口人员(人数、学历等)

（二）能够提供的与调查有关的资料,如数据、信息、文献、地图等(附上清单)

（三）调查地区的治安情况

四、全球性问题(环境、性别、贫困问题等)

（一）项目是否有涉及环境的部分（例如控制污染、供水、污水、环境管理、林业、生物多样化等）

（二）项目将对环境产生的影响（包括自然的、社会的）

（三）妇女是否是主要的受益者

（四）项目是否有某部分要特别考虑到妇女问题。（例如：性别差异、妇女的特殊作用、妇女的参与）

（五）项目将对妇女产生的影响

（六）项目是否有扶贫的成分

（七）项目是否会给低收入人群造成压力

附二　××国际技术合作申请表（技术合作项目用表）

一、申请日期：＿＿＿＿＿年＿＿＿＿＿月＿＿＿＿＿日

二、申请部门：＿＿＿＿＿＿＿＿＿＿＿＿＿＿＿＿＿＿＿

三、项目名称：＿＿＿＿＿＿＿＿＿＿＿＿＿＿＿＿＿＿＿

四、实施单位：＿＿＿＿＿＿＿＿＿＿＿＿＿＿＿＿＿＿＿

地址：＿＿＿＿＿＿＿＿＿＿＿＿＿＿＿＿＿＿＿＿＿＿＿

联系人：＿＿＿＿＿＿＿＿＿＿＿＿＿＿＿＿＿＿＿＿＿＿

电话号码：＿＿＿＿＿＿＿＿＿＿＿＿　传真号码：＿＿＿＿＿＿＿＿＿＿＿＿

E－Mail：＿＿＿＿＿＿＿＿＿＿＿＿＿＿＿＿＿＿＿＿＿

五、项目背景材料（项目领域的现状、政府制定的相关发展政策、待解决的问题及正在开展的工作等）

六、项目概要

（一）总体目标（项目结束若干年后，该项目所产生的长远发展效果）

（二）项目目标（项目期限结束时所要达到的目标。列举相关具体数据）

（三）成果（为达到项目目标确定的项目活动内容的指标）

（四）项目活动内容（有效利用"投入"，为创造项目的每一个"成果"所采取的具体行动）

（五）当地政府的配套投入（对口人员——项目经理的姓名、职位，辅助人员，办公地点，运转经费，交通工具及设备情况等）

（六）所需××国际的投入（××国际专家的人数及其资历、国内外进修课程、研讨会、设备等）

七、项目执行期限

＿＿＿＿＿＿＿＿年＿＿＿月至＿＿＿＿＿＿＿年＿＿＿＿＿月

八、实施单位（预算、人员等）

九、相关活动（当地政府、其他援助国、国际组织及民间团体在项目领域开展活动的情况）

十、受益者（可以直接或间接享受实施项目所产生的积极影响的人口）

十一、治安情况

十二、其他

第三节　项目建议书

一、项目建议书的基本内容

（一）一般项目建议书的内容

1. 项目提出的必要性和依据

（1）项目背景、拟建地点，与项目有关的长远规划或行业、专业地区规划资料，说明项目建设的必要性。

（2）对改扩建项目要说明现有机构概况。

（3）引进技术设备项目，要说明国内外技术差距和概况及进口的理由。

2. 产出方案，拟建规模和建设地点的初步设想

（1）产出的市场需求预测：包括国内外同类项目产出的能力，收支情况分析和预测，产出方向的初步分析等。

（2）确定产出的年收益：一次建成规模和分期建设的设想（改扩建项目还需说明原有产出情况及条件），对拟建规模经济的评价。

（3）产出方案设想：包括产出规格、质量标准等。

（4）建设地点论证：分析拟建设地点的自然条件和社会条件，建设地点是否符合地区布局的要求。

3. 资源情况、建设条件、协作关系和引进的初步分析

（1）拟利用的资源供应的可能性和可靠性。

（2）主要协作条件情况，项目拟建地点，水电及其他公用设施、材料的供应分析。

（3）主要技术与操作工艺等概况。

（4）主要专用设备来源概况。

4. 投资估算和资金筹措设想。

5. 项目的进度安排

（1）建设前期工作的安排：包括询价、考察、谈判、设计等计划。

（2）项目建设需要的时间。

6. 经济效果和社会效益的初步估计　包括初步的财务评价和国民经济评价，项目的社会效益和社会影响的初步分析。

（二）技术引进和设备进口项目建议书的内容

1. 项目名称、项目的主办单位及负责人。

2. 项目的内容与申请理由　说明拟引进的技术名称、内容及国内外技术差距和投资概要情况；进口设备要说明拟进口的理由，概要的生产工艺流程和生产条件，主要设备名称、简要规格和数量，以及国内外技术差距和概要情况。

3. 进口国别与厂商　要说明拟探询的国别与厂商的全称，包括外文名称。

4. 承办企事业机构的基本情况　说明机构是新建、改建或扩建，机构地点及其他基本情况。

5. 产出名称、简要规格与生产能力及运营方向。

6. 主要原材料、电力、燃料、交通运输及协作配套等方面的近期和今后要求与已具备的条件、资源的落实情况。

7. 项目资金的估计与来源。

8. 项目的进度安排。

9. 初步的技术、经济分析。

（三）外方投资项目建议书的主要内容

外方投资项目，其项目建议书一般是由中方合作者向规定的审批机关上报的文件。它主要是从宏观上阐述项目设立的必要性和可能性。其内容主要是对建议的项目的国内外市场进行分析。

二、书写合作项目建议书的方法

要按照逻辑框架法设计和书写合作项目建议书。一个项目建议书要包括以下几个部分：

(一)封面页

封面可以只简单地写上项目名称和日期,也可以包括以下信息:项目名称;申请(执行)机构;通讯地址;电话、传真、E-mail;联系(负责)人。

还可以把银行账户、律师、审计机构等信息列在封面页上。

(二)项目概要(总论)

概要一般要包括:机构的背景信息、使命与宗旨;项目要解决的问题与解决的方法;项目申请方的能力和以往的成功经验。

项目概要应当放在建议书的前半部,实际上,这一部分要在写完所有建议书以后才写。

(三)项目背景、存在的问题与需求

详细介绍存在的问题以及为什么要设计这个项目。要充分说明问题的严重性与紧迫性,提供一些数据,使用一些真实、典型的案例。要说明项目的起因、逻辑上的因果关系、受益群体及与其他社会问题之间的关联等。

一般来讲,这一部分包括以下主要信息:合作项目范围(问题与事件、受益群体);导致项目产生的宏观与社会环境;提出这个合作项目的理由与原因;长远与战略意义。

(四)目标与产出

详细介绍项目计划,项目的总体目标,阶段性目标与任务,以及各目标的评估标准。总体目标是一个长期的、宏观的、概念性的、比较抽象的描述。总体目标可以分解成一系列具体的、可衡量的、可实现的、带有明确时间标记的阶段性目标。对目标的陈述一定要非常清楚。制定的目标要切合实际,不要承诺做不到的事情。产出就是项目实行后的能够看得见的结果,也可以说是效果。

(五)受益群体

要对项目的受益群体做详细的描述。可以把受益群体分为直接受益和间接收益群体。比如一个残疾人服务机构,其直接受益群体是残疾人群,间接受益群体则是他们的家庭,甚至是整个社会。

可以在附件中列出受益群体参与项目的活动,让资助方了解到合作项目不但是针对受益群体而设计,而且得到了广泛支持与认可。

(六)项目活动内容与实施方法

要充分说明项目活动内容和选择的实施方法是最科学、最有效、最经济的。同时,也要说明申办机构在采用这种方法时,也存在一定的风险与挑战。

为了执行这一项目活动内容,都需要哪些条件与资源,包括:谁? 在什么时候? 使用什么样的设备? 做什么样的事情? 做这些事情的人要具备什么样的能力与技能等。在附件中详细描述执行项目人员主要工作岗位的职务要求。

(七)项目进程计划(时间表)

详细地描述出各项项目活动任务的先后顺序以及起始时间,也可以附加一个项目活动工程进度图示。

(八)项目组织架构

为了达成上述目标,需要什么样的执行团队和管理构成。执行团队包括所有项目组成员:志愿者、专家顾问、专职人员等。他们的相关工作经验、专业背景、学历等。

另外,明确项目的管理构成。项目总负责人、财务负责人及各分项目的负责人。

工作流程清楚,说明各项工作的先后顺序、逻辑关系等。

(九)经费预算

叙述和分析预算中的各项数据、总成本与各分成本,包括人员、设备的费用等。其中,人员经费类别可以包括工资、福利和咨询专家的费用;非人员经费类别可以包括差旅费、设备和通讯费等。经费预算要根据项目活动内容列出单价、数量、总计。

(十)效益

主要是社会效益和经济效益。尽管社会效益比较难量化,但还是可以尽量找一些数据来分析一下社会效益,哪怕只是估算也好。越明确地算出单位成本的投入可以产生的效益,就越能说明方法的优越性,也就越能得到资助方的同意。

另外,与项目相关的财务与审计方法也要在这部分中提到。

(十一)监控与评估

监控是项目实施过程中非常重要的部分,监控的执行机构与人员、监控任务、中期评估和自我评估计划等都应该写在项目计划中。

有两种可供参考的监控和评估方式。一种是衡量结果,另一种是分析过程。无论选择何种方式,都需要说明准备怎样收集评估信息和进行数据分析,以及在项目进行到哪些阶段时,进行阶段性的评估。

监控报告和评估报告包括:项目的进展与完成情况、原定计划与现实状况的比较、预测未来实现计划的可能性等。

(十二)附件

任何认为重要的文件或篇幅太长而不适于放在正文中的文件,都可以放在附件当中,比如:机构的介绍、年报、财务与审计报告、名单、数据、图表等。

在把上面的所有部分都写完以后,再写项目建议书的最开头部分——"概要"部分。

概要一定是高度概括性的,语言要简练、清晰,最好在半页左右,最长也不要超过二页。

附例:项目建议书排序范例

封页(日期、项目名称、单位名称及联系方式)

目录

项目概要(总论)

项目背景(问题、现状、数据)

目标与产出(针对"问题"的解决方案、进程划分、可量化的阶段性结果)

项目受益:(目标群体、数据、范围)

项目活动内容实施计划(需要的投入、必要的内外部资源、计划的执行程序)

时间表(每一阶段、每工作的开始和结束的时间)

项目组织架构(参与人员的责、权、工作流程)

效益分析

费用控制(费用预算、财务规则、审计制度)

监控与评估(如何发现问题并及时纠错)

附件(①项目执行计划表。②监督与评估计划。③详细预算。④执行团队及人员介绍。⑤逻辑框架。⑥图表。⑦其他相关文件)

第四节　项目管理

一、项目管理者的职责

不同职能部门的成员因为某一个项目而组成团队。项目经理是项目团队的领导者,其责任就是领导他的团队准时、优质地完成全部工作,在不超出预算的情况下实现项目目标。项目的管理者全方位地进行管理,帮助部门、单位处理需要跨领域解决的复杂问题,并实现更高的运营效率。

二、项目管理九大领域

1. 项目范围管理　是为了实现项目的目标,对项目的工作内容进行控制的管理过程。它包括范围的界定,范围的规划,范围的调整等工作。

2. 项目时间管理　是为了确保项目最终按时完成的一系列管理过程。它包括具体活动界定,活动排序,时间估计,进度安排及时间控制等工作。

3. 项目成本管理　是为了保证完成项目的实际成本、费用不超过预算成本、费用的管理过程。它包括资源的配置,成本、费用的预算以及费用的控制等工作。

4. 项目质量管理　是为了确保项目达到客户所规定的质量要求而实施的一系列管理过程。它包括质量规划,质量控制和质量保证等。

5. 人力资源管理　是为了保证所有项目关系人的能力和积极性都得到最有效的发挥和利用而实施的管理过程。它包括组织的规划,团队的建设,人员的选聘和项目的班子建设等一系列工作。

6. 项目沟通管理　是为了确保项目信息的合理收集和传输所实施的一系列措施。它包括沟通规划,信息传输和进度报告等。

7. 项目风险管理　涉及项目可能遇到的各种不确定因素。它包括风险识别,风险量化,制定对策和风险控制等。

8. 项目采购管理　是为了从项目实施组织之外获得所需资源或服务而采取的一系列管理措施。它包括采购计划,采购与征购,资源的选择以及合同的管理等工作。

9. 项目整合管理　也称集成管理或综合。是指为确保项目各项工作能够有机地协调和配合所展开的综合性和全局性的项目管理工作和过程。它包括项目整合计划的确定,项目整合计划的实施,项目变动的总体控制等。

第五节　项目监测与评估

一、监测与评估的涵义

监测是一种连续不断的评价,它既是对项目计划实施情况的评价,又是对项目投资的使用、基础设施建设以及项目受益人服务方面的评价;既对工程技术作出评价,也对其社会经济影响作出评价。监测的主要目的是为项目实施提供连续不断的反馈信息,尽早发现已经和可能存在的问题. 以便及时进行调整。它是提高项目管理水平、减少失误、促进工程建设进度和提高质量的有效手段。

评估是阶段性的评定与推断,提出阶段性的总结和建议。它针对已定项目目标的可行性、执行情况及效果进行评估。评估包括两方面的含义:一是对已发生的事情进行评价;二是对未发生的事,根据资料等依据进行推断。

连续不断的监测和阶段性评估,能够收集大量的资料,并对资料加以分析,产生有关项目管理需要的信息,反馈到项目管理层中,以便其决策参考。

二、项目监测与评估的主要内容

(一)项目监测

项目监测贯穿于项目实施的始终。通过访问、记录记载查阅、观察、座谈、问卷调查、自我总结和计划、研讨会等活动来进行。监测中一旦发现问题要提出相应的改进意见。

1. 技术监测 对项目有关技术性活动的常规监测。

2. 管理监测 项目伙伴和项目社区的项目管理制度;项目管理人员的配备;项目技术服务体系;项目伙伴是否严格按照项目协议书制订工作计划;项目进展与项目伙伴的工作计划是否相符;项目相关资料的记录记载。

3. 财务监测 通过项目办公室财务人员的项目访问及项目伙伴的月报及半年报监测以下内容:是否配备合格的财务人员;是否设立项目专用账户,并按要求管理;是否按项目要求建账及记账;是否按项目规定使用项目资金;费用开支与项目活动是否相符;是否按时报账并提供真实有效的票据及支持性文件。

(二)项目评估

1. 项目自我总结和计划 在项目实施过程中,项目伙伴和项目关联人员按照项目设计对项目进行年度自我总结和计划。

2. 项目进度报告和工作总结 项目伙伴以每半年为周期按要求向项目办公室和投资方呈报当年上半年和下半年进度报告和工作总结。

3. 项目终期评估 项目办公室根据项目设计组织有关人员,最好是第三方进行项目终期评估。通过问卷调查、抽样调查、农户访问、查阅记录、统计分析等方式作出评估。评估的内容有:项目设计;项目目标;项目效果;项目参与各方的表现;项目对当地经济和社会的影响;项目可持续性(项目推广技术、信息传递、社区管理能力及成果开发能力、环境保护等)诸项内容。

4. 项目财务审计 按国家和上级部门要求对项目进行年度审计和终期审计。此外,项目办公室将根据需要对项目进行年度审计和终期审计。

第六节 项目的可持续发展

要研究项目的可持续发展,应从项目的整个生命周期着手,任何一个环节出现问题就无可持续可言。影响项目可持续性的关键因素有许多,涉及项目的各个方面。

一、项目的经济效益

项目的经济效益评价一般指项目财务评价和经济评价,在进行可持续性评价时项目的经济评价是指项目全生命周期的经济效益和项目的间接经济效益评价。

1. 项目全生命周期的经济效益 项目全生命周期的经济效益是指整个生命周期内项目的投入与产出状

况。项目可持续发展追求达到最佳的全生命周期经济效益,即项目的设计、建设、运营全过程中投入与产出的最佳比例。项目运营期间的运营投入过高,可能会使项目入不敷出,最终导致项目失败。

2. 项目的间接经济效益　间接经济效益的好坏关系到外界对项目的支持力度,影响到项目以后运营、发展的外界环境条件,这些都直接影响项目的发展前景。因此,项目可持续评价也应考虑项目的间接经济效益,并把它作为一个主要的影响因素进行评价。

二、项目资源利用情况

项目在整个生命周期的各个阶段都离不开资源,资源的持续性和资源利用的合理性直接关系到项目能否持续发展,资源利用情况可按项目的建设期、运营期、报废三个阶段进行分析。

1. 项目建设期资源利用情况　建设期内外资源的选择不仅关系到项目的建设质量,而且关系到运营效益,因此必须对区域内外资源的选择进行评价,并通过它来评价项目的可持续性。

2. 项目运营期资源利用情况　运营期资源包括项目运营所需资源和项目运营产生的负面影响两方面。项目运营所需资源提供的连续性、项目负面影响处理的合理性直接影响项目的持续发展能力。

三、项目的可改造性

由于科学技术的发展,项目的生命周期逐渐缩短。如果项目具有一定的可改造性,能够与技术发展相适应,就能延长项目的生命周期,实现项目的可持续发展。项目的可改造性评价可从两方面进行:

1. 改造的经济可能性　改造的经济可能性指项目改造过程中的追加投资成本效益分析,即评价项目改造时追加投资与项目产出比。要提高项目的持续发展能力,必须降低项目改造成本,使改造具有经济可能性。

2. 改造的技术可能性　改造的技术可能性是指对原项目进行改造的技术支持度,改造实现的可能性,改造后运营的安全性、可靠性的评价。只有采用先进的技术,并且所用的技术完全支持以后项目的改造,改造才可能成为现实,为持续发展创造条件。

四、项目对环境的影响

项目对环境的影响包括自然环境、社会环境、生态环境等几方面。

1. 对自然环境的影响　对自然环境的影响是指项目是否造成环境污染如光污染、噪声污染、废气污染、污水污染等。只有当项目能达到污染治理标准,并且与周围自然环境相协调,项目才具有持续发展的可能。

2. 对社会环境的影响　对社会环境的影响包括对周围居民生活的影响,对社会文化的影响,对社会经济环境的影响等。也就是说,项目是否与社会文化相容,是否与人们的生活习惯相协调,是否与经济发展相吻合,并具有一定的前瞻性。一个项目只有符合社会文化要求,不影响居民生活,与经济发展协调,才有存在的可能和继续发展的必要。

3. 对生态环境的影响　对生态环境影响的评价主要通过比较项目存在前后生态环境的变化。只有不对生态环境造成负面影响的项目才具有存在与发展的价值。

五、项目的科技进步性

项目的科技进步性可通过项目设计的先进性和所采用技术的先进性两方面进行评价,并需要考虑项目的可维护性。

1. 项目设计的先进性　项目的设计要具有科学性、超前性,并有发展余地。设计时除了要考虑人们现在的生活需要,还要考虑未来需要。

2. 技术的先进性　项目的技术先进性主要指项目实施技术和运营技术的先进性。项目的技术先进性表现在已有先进技术成果的应用上,表现在为以后技术发展留出的接口上。项目的技术先进性使项目能经得起时间考验,同时具有可持续发展前景。

3. 项目的可维护性　项目的可维护性是指项目运营期间维修、维护的难易程度,运营期间的维修、维护费用的高低,项目与新技术接口处理的难易程度及接口处理的费用状况。只有项目维护简单、费用低,项目才具有生命力,才有发展前景。项目的可维护性是项目可持续发展的前提,并为可持续发展提供保障。

复习题

1. 合作项目可行性调研的主要依据和内容是什么?
2. 如何进行合作项目的申请立项?
3. 如何书写合作项目建议书?
4. 项目管理九个领域的主要内容是什么?
5. 如何进行项目的监测与评估?
6. 从哪几个方面保证项目的可持续发展?

（傅克礼）

第十五章 残疾人事业法制建设

本章学习重点要求

1. 掌握我国残疾人事业法律法规体系的主要内容。
2. 了解我国残疾人法律体系的特点。
3. 了解联合国《残疾人权利公约》的主要内容和意义。
4. 掌握残疾人康复立法的现状及残疾人康复立法中存在的问题。

第一节 我国残疾人事业法律体系概述

一、残疾人事业法律法规出台的意义

残疾人作为普通公民,国家现行所有的法律对残疾人与其他公民提供同等的法律保护。同时,残疾人由于自身条件和社会障碍的影响,作为特别困难的社会弱势群体,需要在某些方面对残疾人有一定的特殊规定,包括提供特殊扶助和特别保障,以帮助残疾人实现平等权利。

随着我国社会主义法制建设的发展,残疾人事业法制建设取得明显成效,初步形成了以《宪法》为核心,以《残疾人保障法》为基础,以有关法律、法规、规章为配套的残疾人事业法律法规体系;各级人大、政协形成了《残疾人保障法》执行的检查、监督制度,有力地促进了残疾人事业的发展。《残疾人保障法》等残疾人权益保障法律法规得到广泛宣传,各类法律服务机构和各级法律援助中心为残疾人提供优先、优质、优惠的法律服务和法律援助,残疾人和残疾人工作者依法维权能力明显增强,全社会依法维护残疾人权益的意识普遍提高。

二、残疾人事业法律法规体系的层次

(一)宪法

《宪法》第 45 条规定:"中华人民共和国公民在年老、疾病或者丧失劳动能力的情况下,有从国家和社会获得物质帮助的权利。国家发展为公民享受这些权利所需要的社会保险、社会救济和医疗卫生事业。国家和社会保障残废军人的生活,抚恤烈士家属,优待军人家属。国家和社会帮助安排盲、聋、哑和其他有残疾的公民的劳动、生活和教育。"

(二)残疾人保障法

1990 年我国专门制定了关于残疾人保障的综合性法律——《中华人民共和国残疾人保障法》,共 9 章 54 条,对残疾人定义、类别和标准作出了原则性规定,明确了政府在保障残疾人权益、发展残疾人事业方面的职责,对发展残疾人康复、教育、就业、文化事业,为残疾人提供社会福利及为残疾人平等参与、融入社会创造良好的社会环境等作出了规定。2008 年 7 月 1 日实施修订后的《中华人民共和国残疾人保障法》共 9 章 68 条,

进一步明确了对残疾人的全面保障(具体内容见附录二)。

(三)其他法律有关残疾人的特殊规定

有50多部法律直接涉及残疾人的某些特别事务,或对残疾人有一些特殊规定,其中有20多部法律对残疾人的权利义务规定较多。这些法律中有民法通则、刑法、民事诉讼法和刑事诉讼法等国家基本法,有教育法、义务教育法、劳动法、就业促进法、婚姻法、继承法、治安管理处罚法、道路交通安全法等与残疾人教育、就业和生活密切相关的法律。

(四)行政法规

在国务院制定的行政法规中,有为了保障残疾人接受教育的权利和就业权利,专门制定的《残疾人教育条例》和《残疾人就业条例》;有涉及残疾人权益保障的其他法规,比较重要的有法律援助条例、诉讼费用交纳办法、城市居民最低生活保障条例、农村五保供养工作条例、工伤保险条例等。同时,从"八五"计划开始,国务院已经连续制定了四个残疾人事业发展五年规划纲要,2006年6月,国务院批转了《残疾人事业"十一五"发展纲要(2006~2010年)》及其18个配套实施方案。

(五)国务院各部门的规章和规范性文件

国务院办公厅转发国家教委等部门《关于发展特殊教育的若干意见》的通知,教育部发布了《特殊教育学校暂行规程》、《关于开展残疾儿童少年随班就读工作的试行办法》等有关规定,国务院办公厅转发劳动保障部等部门《关于进一步做好残疾人劳动就业工作若干意见》的通知,劳动部等部门就促进残疾人就业制定了有关规定,民政部等部门就残疾人福利企业、福利机构等制定了有关规定,财政部就残疾人就业保障金制定了有关规定,建设部等部门就无障碍设施建设制定了规定。

(六)地方性法规、规章和规范性文件

1. 各省、自治区、直辖市人大均制定了残疾人保障法实施办法。
2. 各省、自治区、直辖市人民政府就残疾人就业问题制定了按比例安排残疾人就业规定。
3. 县级以上地方人民政府根据中央政府制定的残疾人事业五年规划纲要,普遍制定了本行政区域的残疾人事业五年发展规划纲要。
4. 许多省就对残疾人提供特别扶助问题,专门制定了残疾人扶助办法。
5. 各地制定了专门的法规、规章或者规范性文件,如《广东省无障碍设施建设管理规定》、北京市《关于对无固定性收入重残无业人员给予生活补助的暂行办法的通知》等。

此外,根据《残疾人保障法》第四十四条第五款"各级人民政府应当逐步增加对残疾人的其他照顾和扶助"的规定,全国大部分市、县和乡镇制定了扶助残疾人的优惠规定。

第二节　我国残疾人事业法律体系的特点

一、法律保障残疾人享有平等的权利,禁止歧视残疾人

残疾人享有平等的权利,法律禁止歧视残疾人。《宪法》第33条规定:"中华人民共和国公民在法律面前一律平等,任何公民享有《宪法》和法律规定的权利,同时履行《宪法》和法律规定的义务。"这是关于残疾人平等权利的效力最高的法律保障。《中华人民共和国残疾人保障法》第三条明确规定:"残疾人在政治、经济、文化、社会和家庭生活等方面,享有同其他公民平等的权利。""禁止歧视、侮辱、侵害残疾人。"

（一）残疾人享有平等的政治权利

《宪法》第 34 条规定：除依法被剥夺政治权利的人以外，"中华人民共和国年满十八周岁的公民，不分民族、种族、性别、职业、家庭出身、宗教信仰、教育程度、财产状况、居住期限，都有选举权和被选举权。"该规定虽然未明确提到残疾一词，但中华人民共和国公民中包括残疾人公民，这是残疾人享有平等政治权利的《宪法》依据。根据《全国人民代表大会和地方各级人民代表大会选举法》第 26 条第 2 款，除不能行使选举权利的精神病患者，经选举委员会确认，不列入选民名单外，其他残疾公民均有权依法行使选举权。

（二）残疾人享有平等的受教育权利

《宪法》第 46 条规定："中华人民共和国公民有受教育的权利和义务。"《残疾人保障法》第 18 条规定："国家保障残疾人受教育的权利。"第 22 条还规定："普通小学、初级中等学校，必须招收能适应其学习生活的残疾儿童、少年入学；普通高级中等学校、中等专业学校、技工学校和高等院校，必须招收符合国家规定的录取标准的残疾考生入学，不得因其残疾而拒绝招收。"为了保障残疾人有平等接受高等教育的机会，《高等教育法》第 9 条规定："高等学校必须招收符合国家规定的录取标准的残疾学生入学，不得因其残疾而拒绝招收。"

（三）残疾人享有平等的劳动就业权利

《宪法》第 42 条第 1 款规定："中华人民共和国公民有劳动的权利和义务。"这是残疾人享有平等劳动就业权利的最高法律依据。《残疾人保障法》第 27 条明确规定："国家保障残疾人劳动的权利。"同时，针对就业中对残疾人的歧视问题，《残疾人保障法》第 34 条规定："在职工的招用、聘用、转正、晋级、职称评定、劳动报酬、生活福利、劳动保险等方面，不得歧视残疾人。"《就业促进法》规定，劳动者就业不因身体残疾而受歧视。

（四）无障碍环境和条件的实现

国家保障残疾人平等权利的实现，为残疾人平等参与社会生活创造无障碍环境和条件。《残疾人保障法》第 45 条、46 条规定："国家和社会逐步创造良好的环境，改善残疾人参与社会生活的条件。""国家和社会逐步实行方便残疾人的城市道路和建筑物设计规范，采取无障碍措施。"1989 年，建设部、民政部、中国残疾人福利基金会共同发布了《方便残疾人使用的城市道路和建筑物设计规范（试行）》，经过十多年的试行，建设部、民政部、中国残联于 2001 年 8 月正式发布了《城市道路和建筑物无障碍设计规范》，其中 24 条纳入了工程建设标准强制性条文。民航和铁道部门也先后出台了行业无障碍标准。国家还扶持盲文、手语和影视字幕的研究、推广和使用，为残疾人创造信息和交流无障碍环境。2003 年制定的《中华人民共和国道路交通安全法》及《中华人民共和国道路安全法实施条例》对道路及道路设施的无障碍作出了一些规定。

二、规定特别扶助和保护原则，保障残疾人全面参与社会生活

《宪法》第 45 条规定："国家和社会帮助安排盲、聋、哑和其他有残疾的公民的劳动、生活和教育。"《残疾人保障法》第 4 条规定："国家采取辅助方法和扶持措施，对残疾人给予特别扶助。"

（一）国家采取特别措施鼓励残疾人接受教育和就业

为了鼓励残疾儿童接受教育，早在 1990 年出台的《残疾人保障法》就规定："国家对接受义务教育的残疾学生免收学费，并根据实际情况减免杂费。国家设立助学金，帮助贫困残疾学生就学。"对其他儿童接受义务教育，直到 2006 年国家修改《义务教育法》时才规定免收学费、杂费。同时，国家鼓励和发展特殊教育，兴办特殊教育学校（班），特殊教育教师和手语翻译享受特殊教育津贴。为了帮助残疾人就业，《残疾人保障法》第 29 条规定："国家和社会举办残疾人福利企业、工疗机构、按摩医疗机构和其他福利性企业事业组织，集中安排残疾人就业。"第 30 条规定："机关、团体、企业事业组织、城乡集体经济组织，应当按一定比例安排残疾人就业，

并为其选择适当的工种和岗位。省、自治区、直辖市人民政府可以根据实际情况规定具体比例。"根据《残疾人保障法》的规定，国家税务、民政等部门出台了对福利性企业事业单位的税收优惠政策，各省、自治区和直辖市均制定了按比例安排残疾人就业的法规或规范性文件。在全国推行按比例安排残疾人就业和举办福利性企业集中安排残疾人就业政策的实施，促进了残疾人就业，使大批残疾人实现了自食其力，真正融入社会生活。

(二)国家为残疾人提供社会保障,保障残疾人的生活

《宪法》第45条不但规定国家和社会帮助安排盲、聋、哑和其他有残疾的公民的生活，而且明确规定："中华人民共和国公民在年老、疾病或者丧失劳动能力的情况下，有从国家和社会获得物质帮助的权利。国家发展为公民享受这些权利所需要的社会保险、社会救济和医疗卫生事业。"《残疾人保障法》第40条、41条规定："国家和社会采取扶助、救济和其他福利措施，保障和改善残疾人的生活。""国家和社会对生活确有困难的残疾人，通过多种渠道给予救济、补助。国家和社会对无劳动能力、无法定扶养人、无生活来源的残疾人，按照规定予以供养、救济。"《人口与计划生育法》第27条第3款规定："独生子女发生意外伤残、死亡，其父母不再生育和收养子女的，地方人民政府应当给予必要的帮助。"各地在建立最低生活保障制度的过程中，均对残疾人有不同程度的照顾，如提高标准、放宽条件、向重度残疾人发放补助等。国家还向残疾人提供扶贫贷款，帮助和鼓励残疾人创业，鼓励企业安排残疾人就业。各级政府还设立专项资金，帮助残疾人家庭进行危房改造。各级政府兴办社会福利机构，对无劳动能力、无法定扶养人、无生活来源的残疾人予以供养。

(三)国家为残疾人康复提供帮助

《残疾人保障法》第13条规定："国家和社会采取康复措施，帮助残疾人恢复或者补偿功能，增强其参与社会生活的能力。"目前，国家财政每年都有专项资金用于残疾人康复工作，并且每年从福利彩票募集的资金中拨出专款用于残疾人康复，包括白内障复明手术、低视力康复、聋儿康复、精神病防治、麻风畸残康复及残疾人用品用具的装配等。

(四)国家鼓励残疾人全面融入社会

《残疾人保障法》规定，盲人免费乘坐市内公共交通工具。实际上，在全国绝大多数地方，根据地方性残疾人保障法规或优惠扶助政策，所有残疾人均可免费乘坐市内公共交通工具。同时，公园、文化馆、博物馆、游览参观景点等公共文化体育场所均对残疾人免费或优惠开放。

(五)国家保障残疾人的合法权益,禁止侵害残疾人权益的行为

为了保护残疾人的合法权益，对于不能辨认自己行为或不能完全辨认自己行为的精神病人，《民法通则》和《民事诉讼法》规定了法定代理人、监护人制度，规定了对无民事行为能力或者限制民事行为能力人的申请宣告、认定的程序。《刑法》、《治安管理处罚法》、《残疾人保障法》等法律均规定禁止虐待或遗弃残疾人，并规定了相关的法律责任。对于侵害残疾人权益的违反治安管理的行为和犯罪行为，《治安管理处罚法》和《残疾人保障法》规定要加重处罚。

(六)国家向残疾人提供法律援助和司法救助

首先，国家向残疾人提供刑事法律援助。《刑事诉讼法》、《律师法》和《法律援助条例》均规定，被告人是盲、聋、哑或者未成年人而没有委托辩护人的，人民法院应当指定承担法律援助义务的律师为其提供辩护。其次，国家向残疾人提供民事法律援助，《法律援助条例》在条件和范围上作出了更有利于残疾人的规定。国家法律援助机构一直把残疾人作为法律援助的重点对象，不少地方对所有残疾人的所有法律事务均提供无偿法律援助。同时，国家向残疾人提供司法救助，《诉讼费用交纳办法》明确规定，对无固定生活来源的残疾人，对因海上事故、交通事故、医疗事故、工伤事故、产品质量事故或者其他人身伤害事故而导致伤残的人员等请求赔偿的，人民法院给予司法救助。

（七）减免残疾人的法律责任

鉴于精神病人和视力、听力、语言残疾人的特殊性，《民法》、《刑法》和《治安管理处罚法》对残疾人的民事责任、行政责任和刑事责任作出了减轻或免除的规定。《民法通则》规定无民事行为能力、限制民事行为能力人造成他人损害的，由监护人承担民事责任。对违反治安管理的行为，《治安管理处罚法》第13条规定："精神病人在不能辨认或者不能控制自己行为的时候违反治安管理的，不予处罚，但是应当责令其监护人严加看管和治疗。"第14条规定："盲人或者又聋又哑的人违反治安管理的，可以从轻、减轻或者不予处罚。"对犯罪行为，刑法第18条规定："精神病人在不能辨认或者不能控制自己行为的时候造成危害结果，经法定程序鉴定确认的，不负刑事责任，但是应当责令他的家属或者监护人严加看管和医疗；在必要的时候，由政府强制医疗。尚未完全丧失辨认或者控制自己行为能力的精神病人犯罪的，应当负刑事责任，但是可以从轻或者减轻处罚。"第19条规定："又聋又哑的人或者盲人犯罪，可以从轻、减轻或者免除处罚。"关于残疾人法律责任减免的规定，体现了人道主义。

三、强调政府主导作用，通过发展残疾人事业保障残疾人权益

《残疾人保障法》第6条要求："各级人民政府应当将残疾人事业纳入国民经济和社会发展计划，经费列入财政预算，统筹规划，加强领导，综合协调，采取措施，使残疾人事业与经济、社会协调发展。"各级人民政府从第八个国民经济和社会发展计划起，已经连续制定了四个《残疾人事业发展五年计划纲要》，并且对执行情况组织有关部门进行联合检查。将残疾人事业经费纳入财政预算，并随着经济的发展逐步增加，从而确保残疾人康复、教育、就业、文化、体育等各项事业的不断发展。

《残疾人保障法》第6条要求各级人民政府有关部门"按照各自的职责，做好残疾人工作"。多年来，卫生、教育、劳动和社会保障、文化、体育、建设、民政、司法等各部门各负其责、密切合作，积极开展残疾人康复、教育、就业、文化、体育、无障碍、社会保障、法律救助等各项工作。

《残疾人保障法》第6条要求："国务院和省、自治区、直辖市人民政府，采取组织措施，协调有关部门做好残疾人事业的工作。"为了指导、协调有关部门切实做好残疾人事业的工作，国务院和地方各级人民政府均成立了残疾人工作协调委员会，其秘书处设在残疾人联合会。为了加大对各部门的指导、协调和督促工作力度，2006年4月，国务院决定将国务院残疾人工作协调委员会更名为残疾人工作委员会，成员单位扩大至30多个。随后，各地方人民政府残疾人工作协调委员会也相继更名为残疾人工作委员会。

为了加大《残疾人保障法》的贯彻实施力度，各级人民代表大会和政协对《残疾人保障法及实施办法》的执行情况积极开展执法检查和专项调研。全国人大内务司法委员会曾连续9年对19个省（自治区、直辖市）《残疾人保障法》执行情况进行全面或专项执法检查，全国政协也多次组织《残疾人保障法》专项调研。同时，地方各级人大、政协和政府职能部门等也都进行了形式多样的执法检查或调研、视察等活动，有力地促进了相关法律、法规的贯彻落实。

根据《残疾人保障法》第8条关于"中国残疾人联合会及其地方组织，代表残疾人共同利益，维护残疾人的合法权益，团结教育残疾人，为残疾人服务。残疾人联合会承担政府委托的任务，开展残疾人工作，动员社会力量，发展残疾人的事业"的规定，中国残疾人联合会及地方残联积极开展工作，与有关部门密切合作，在残疾人康复、教育、就业、扶贫、文化、体育、无障碍、法律援助等方面发挥了重要作用。

第三节　联合国《残疾人权利公约》简介

自第二次世界大战结束后，通过立法保障残疾人权益得到越来越多国家的重视，国际社会也采取了一系列措施，如先后制定了《智力迟钝者权利宣言》（1971年）、《残疾人权利宣言》（1975年）、《关于残疾人的世界

行动纲领》(1982 年)、《保护精神病患者和改善精神保健的原则》(1991 年)、《联合国残疾人机会均等标准规则》(1993 年),这些国际文书阐明了残疾人保障的普遍原则,代表了国际残疾人运动的潮流和方向。通过"联合国残疾人十年"等活动有效改善了残疾人的状况。但是,国际社会已经越来越认识到残疾人事务是人权和社会发展领域的重要问题,认识到必须制定一个全面促进和保障残疾人权利和尊严的公约,消除残疾人充分参与社会生活和发展的障碍,保障残疾人平等权利的实现。

一、联合国《残疾人权利公约》制定的背景

倡议制定一项残疾人权利国际公约已经有几十年时间,残疾人和残疾人组织为此召开了无数次会议,发出了许多号召。上世纪 80 年代初,在国际残疾人年结束、联合国残疾人十年开始之际,意大利、瑞典曾分别在联合国提出制定残疾人权利国际公约的提案,受当时国际残疾人运动发展水平的制约以及缺乏与众多发展中国家的沟通,两个提案均未获通过。由于不能达成一致意见,联合国经社理事会在 1990 年同意制定一个取而代之的文件,即 1993 年通过的联合国《关于残疾人机会均等的标准规则》,成为联合国残疾人事务领域重要的国际文书。

人类社会已进入 21 世纪,国际残疾人运动也已进入了一个新的发展阶段。经过联合国残疾人十年等全球性的活动,残疾人的人权保障意识不断提高,各国更加重视残疾人事务,通过发展残疾人事业,促进残疾人的平等·参与·共享和权益保障。国际上最具代表性的五大残疾人组织——残疾人国际(国际助残)、康复国际、世盲联、世聋联和融合国际,于 2000 年 3 月在北京召开最高领导人会议,各方达成共识,努力促成联合国尽快启动残疾人权利国际公约的制定程序,为各国政府加快发展残疾人事业、保障残疾人权益提供一个良好的国际法律环境与工作依据。

经过努力,在 2001 年第 56 届联大会议上,墨西哥总统文森特·福克斯(Vicente Fox)递交了建立"特设委员会"负责制定一个旨在促进和保护残疾人权利和尊严的综合性国际公约的动议。2001 年 12 月,联合国大会作出 56/168 号决议,同意建立一个特委会"在对社会发展、人权和非歧视领域的工作进展进行整体分析的基础上,考虑有关制定一个综合的、全面的促进和保护残疾人权利和尊严的国际公约的建议"。

二、联合国《残疾人权利公约》的制定过程

从 2002 年 8 月至 2003 年 6 月,联合国召开了两次特委会会议,就制定一部残疾人权利国际公约达成共识,并决定成立一个工作委员会,提出一个公约文本草案,作为第三次特委会上供各国磋商的基础。

2004 年 1 月,来自 27 个国家的代表、12 名非政府的代表和 1 名国际人权机构的代表参加了工作组会议,会议提出了一个包括序言和 25 条正文的公约文本草案。

2004 年 5 月至 2006 年 8 月,特委会共召开了六次会议,在工作组提出的公约文本草案的基础上,进行了广泛的磋商,最终达成了一致,形成了一个包括序言和 50 条正文在内的公约文本草案。

2006 年 12 月 13 日,联合国第 61 届大会全体会议通过了《残疾人权利公约》,并于 2007 年 3 月 30 日开放供各个国家签署,我国政府已于 2007 年 3 月 30 日第一批签署该公约,目前正在履行全国人大常委会的批准程序。

在本公约的制定过程中,具有不同以往公约的一些特点:

1. 各国对制定一个保障残疾人权利的国际公约有普遍的愿望,每次特委会会议都有 100 多个国家参与公约的磋商和谈判。虽然对公约的具体内容曾经存在许多争议,但是各国都为制定这样一个公约付出了积极努力,作出了妥协与让步,没有出现坚决抵制公约制定的情况出现。因此,只用了四年多时间就完成了公约的谈判。

2. 非政府组织全程参与了公约的制定过程,这也是联合国公约制定史上的突破和创新,参加第八次特委会会议的非政府组织人员一度达到 800 多名,这在以往公约制定过程中是不多见的。

三、联合国《残疾人权利公约》的主要内容与特点

（一）公约的主要内容

公约包括序言和 50 条正文。

公约的序言主要重申了国际人权公约和相关国际人权文书对保障残疾人权利的重要作用,强调消除残疾人面临的歧视、障碍和危险的重要意义,确保残疾人可以获得有效保护和融入社会生活。

正文主要包括原则性条款、实质性条款、实施监督条款和最后条款。第 1 条至第 9 条主要包括了宗旨、定义、一般原则、一般义务、平等和不歧视、残疾妇女、残疾儿童、提高认识、无障碍等原则性条款;第 10 条至第 31 条主要包括了生命权、紧急状态、法律上的平等地位、司法保护、人身安全、免受酷刑、免受虐待、保护人身完整、迁徙自由、独立生活和融入社区、个人自由行动、自由表达、隐私、家庭、教育、健康、康复、就业、社会保障、参政、文体、统计等实质性条款;第 32 条至第 40 条主要包括了国际合作、国家监测和国际监测等保障公约实施和监督的内容;第 41 条至第 50 条是保管、签署、生效、修改等最后条款的内容。

另外,公约还就个人来文制定了一个包含 18 条内容的任择议定书,各缔约国可以选择加入。

（二）公约的特点

1. 公约内容既有保障残疾人人权的内容,也有保障残疾人社会发展的内容,基本上是发达国家和发展中国家相互妥协的产物。

2. 公约内容比较全面,力图从各个领域、各个方面对残疾人的权利进行充分保护。

3. 公约内容既有实质条款,又有监督公约实施的条款,有利于确保公约在各缔约国的有效实施。

四、中国政府和中国残联在公约制定中的作用

（一）中国政府是公约制定的积极倡导国

中国政府积极倡导制定一个保护残疾人权利的国际公约。为此,中国政府积极促成了五大国际残疾人组织 2000 年在北京召开最高领导人会议,通过了《北京宣言》,呼吁联合国制定残疾人权利国际公约,时任外交部长的唐家璇国务委员还亲切接见了与会代表,表达了中国政府对制定公约的希望和信心。中国残联主席邓朴方曾多次与联合国人权高专、欧盟的官员以及部分国家元首就公约问题交换看法。

（二）中国政府是公约制定的积极参与国

在公约制定过程中,外交部和中国残联与我驻联合国代表团积极参加了公约谈判的所有特委会会议,并与有关国家、非政府组织进行了许多非正式磋商,在国际监督、国际合作等关键问题上发挥了主导作用,推动了公约谈判的顺利进行。

（三）中国政府对公约文本的具体内容做出了积极贡献

结合我国残疾人事业发展和残疾人权益保障的实际情况,我国政府于 2003 年 10 月提出了公约的中国文本。在工作组制定公约文本草案过程中,我国政府作为工作组 27 个政府代表之一,积极促成了文本草案的达成。在特委会会议期间,我代表团积极把我国残疾人事业发展和权益保障的经验与各国分享;对争议较大的问题,通过各种有效方法促进问题的解决;在最后达成的公约文本草案中有许多中国烙印。

五、联合国《残疾人权利公约》的意义

中国残联主席邓朴方指出:要从推动世界文明进步的高度看待公约的制定,公约对世界和人类的文明进步是一个贡献。联合国《残疾人权利公约》构成联合国人权保障体系的重要内容,也是人类历史进程的必然产物,是具有里程碑意义的一件大事。要认真研究公约为我国残疾人事业发展带来的新机遇、新课题,推动残疾人事业深入发展。

(一)对残疾人权益保障具有里程碑意义

联合国已经通过了保障妇女、儿童、难民、土著等弱势群体权利的公约,一直缺乏保障残疾人权利的国际公约。作为弱势群体中最为困难的群体,残疾人面临的困难和障碍最为突出和显著。《残疾人权利公约》的通过,完善了联合国的公约保障体系,具有深远的历史意义。

(二)有利于促进各缔约国残疾人事业的发展和残疾人权益的保障

《残疾人权利公约》是具有法律约束力的国际文件,各缔约国都应当遵守。公约本身也建立了保障公在约实施的监督机制,有利于促进各缔约国按照公约的要求,加强残疾人权益保障工作,积极发展残疾人事业。

第四节 残疾人康复立法情况

一、残疾人康复立法的现状

康复是指综合、协调地应用医学的、社会的、教育的、职业的、心理的和其他措施,对残疾人进行治疗、辅助、训练、辅导,从而补偿、提高或者恢复残疾人的功能,增强其能力,以消除或减轻残疾造成的后果,改善残疾人参与社会生活的条件。康复既能消除残疾人的痛苦,又能使其补偿功能、增强参与能力,还可以减轻社会和家庭的负担,因此受到国际社会的普遍重视。

残疾人康复服务与残疾人的教育、就业是同等重要的一项权利,而且是残疾人行使其他权利的基础,为残疾人所特有。我们国家十分重视残疾人康复工作。改革开放以来,国家通过立法措施保障残疾人的康复,相继颁布实施了《残疾人保障法》、《民法通则》、《刑法》、《刑事诉讼法》、《婚姻法》、《职业病防治法》、《母婴保健法》、《计划生育技术服务管理条例》、《残疾人专用品免征进口税收暂行规定》等法律法规,对残疾人康复予以规定。国务院及卫生部、民政部等有关部门制定了一系列规范性文件,进一步加强和推动残疾人康复工作。

残疾人保障法第二章专门对残疾人康复作出规定,明确了国家和社会的责任、残疾人康复工作的指导原则、康复工作的组织实施、康复人才培训以及康复辅助器具的研制、供应、服务等内容,把残疾人康复的权利以法律形式确定下来,使之有章可循。强调从我国国情和各地实际情况出发,学习国外现代康复技术和成功经验,结合残疾人康复需求、人才现状、社会文化背景,做到有计划、有步骤地为残疾人提供切实有效的康复服务。也就是:从实际出发,将现代康复技术与我国传统康复技术相结合;以康复机构为骨干,社区康复为基础,残疾人家庭为依托,形成康复网络;注重实用、易行、受益广的康复内容,同时开展康复新技术的研究、开发和应用。

为了深入贯彻落实残疾人保障法有关康复的内容,国务院先后批转了四个关于残疾人事业的发展计划(纲要),其中残疾人康复是十分重要的内容;国务院办公厅先后转发《卫生部等部门关于进一步加强残疾人康复工作意见》、《卫生部等部门关于进一步加强精神卫生工作指导意见》。卫生部、中国残疾人联合会等有关部门和单位单独或者联合发布《综合医院康复医学科管理规范》、《中国精神卫生工作规划(2002~2010年)》、

《全国防盲治盲规划(2006～2010年)》、《全国残联系统康复人才培养规划(2005～2015年)》、《关于进一步加强残疾人辅助器具服务工作的意见》、《中国残疾人"人人享有康复服务"审评方案》、《中国提高出生人口素质、减少出生缺陷和残疾行动计划(2002～2010年)》。尤其是国务院办公厅转发卫生部等六部门《关于进一步加强残疾人康复工作的意见》(国办发〔2002〕41号)提出的到2015年,实现残疾人"人人享有康复服务",确立了康复服务保障的目标。经过各级党委、政府的不懈努力和全社会的大力支持,一千多万残疾人得到了不同程度的康复。

此外,各级政府着手建立残疾人基本康复服务保障制度,采取分级负担、减免费用等措施,为残疾人提供基本康复服务,确保符合条件的残疾人全面纳入城镇基本医疗保险和新型农村合作医疗,并对贫困残疾人提供医疗救助。将白内障复明、精神病康复、肢体残疾矫治等康复内容作为残疾人的特殊医疗需求,逐步纳入新型农村合作医疗报销范围。根据当地社会经济发展水平,合理设置残疾人康复服务机构,并发挥各级医疗卫生、社会福利、特殊教育等机构的主体作用,做好残疾预防和康复工作。根据残疾人的特殊需求,逐步建立辅助器具公益性服务机构。

残疾人康复也得到国际社会的广泛重视。联合国《残疾人权利宣言》指出:"残疾人,不论其缺陷或残疾的起因、性质的严重性,应与其他公民享有同样的基本权利。"《残疾人机会均等标准规则》规定:"各国应确保向残疾人提供康复服务,以使他们达到最佳的独立和功能水平。""需要康复的所有残疾人,包括重度残疾和(或)多重残疾人应有机会获得康复治疗。"《残疾人权利公约》更是对残疾人医疗和康复进行了专门的规定。

二、残疾人康复立法存在的问题

法规体系和保障制度建设是残疾人康复事业健康发展的基本前提。虽然我国残疾人康复法制建设得以进展,但是残疾人的康复需求还没有得到满足,绝大多数残疾人只能依靠家庭或临时性社会救助接受康复服务,残疾人康复工作未全面纳入国家社会保障的相关制度之中,残疾人接受康复服务缺乏持续、稳定的支持。与许多西方发达国家和地区普遍通过专门立法对残疾人康复给予保护相比,我国的残疾人康复立法还很不完善,存在着一些不容忽视的问题:

一是缺乏集中规范残疾人康复的专项法律或法规,内容过于分散。《残疾人保障法》虽然对残疾人康复专章进行了规定,但七个条款过于原则,难以具体操作。部门规章、规范性文件和地方政府规章、规范性文件大多是针对残疾人康复的某一特定内容,不够全面。

二是立法层次偏低。立法位阶较低的部门规章和地方政府规章、规范性文件实际上已经成为规范残疾人康复的主要法律依据。立法层次偏低不可避免地带来一系列问题,导致权威性不足,内容不统一或者混乱,缺乏应有的稳定性。

三是强制和保障力度不足。由于缺乏强有力的法律作为保障,政府部门在涉及残疾人康复的改革试点中往往容易忽略或忽视残疾人康复,在医疗体制改革中倾向于将康复内容排斥在外,而对残疾人康复的补充性规定又没有出台,残疾人接受康复服务的能力相应受到影响。

三、今后的任务

要实现残疾人"人人享有康复服务"的目标,加快残疾人康复的专门立法,保障残疾人康复权利是一个刻不容缓的问题。国务院批转的《中国残疾人事业"十一五"发展纲要》中明确提出"进一步完善残疾人法律、法规体系。修订残疾人保障法,积极制定、修订与残疾人切身利益密切相关的法律、法规,制定残疾人康复条例"等内容,为残疾人康复立法指明了方向。

在残疾人康复立法中必须强调的一个观点是:残疾,对一个人来讲是偶然的,但对人类社会的发展却是必然的,残疾的后果不应当让残疾人个人或其家庭全部承担,而应当成为全社会的共同责任。加大对残疾人康复服务的保障能力,不但能够解除残疾人的痛苦和家庭负担,增强其服务和奉献社会的能力,从经济学角度看也具有很好的投入产出效益。完善中国特色的残疾人康复法律法规体系,不仅是落实"以人为本"的科学发展观、建设社会主义和谐社会的根本要求,而且是国家保障和改善残疾人人权的具体措施。目前,一些有条件的地方已经开展了残疾人康复立法,如广东省已经开始着手残疾儿童义务康复的立法。借鉴西方发达国家关于残疾人康复的立法,制定"残疾人康复条例",可以使残疾人康复工作真正步入法制轨道。

复习题

1. 为什么说残疾人事业法律体系已初步建立?
2. 我国残疾人事业法律体系有哪些特点?
3. 国家对残疾人实行特殊扶助和保护有哪些规定?
4. 联合国《残疾人权利公约》的意义何在?
5. 我国的残疾人康复立法取得了哪些进展?
6. 我国在残疾人康复立法方面存在哪些问题?

（杨洪明）

附　录

附录一　我国宪法和法律中有关保障残疾人合法权益的规定(节选)

1.《宪法》(1982 年 12 月 4 日通过,1988 年 4 月 12 日、1993 年 3 月 29 日、1999 年 3 月 15 日、2004 年 3 月 14 日修正)

第三十三条第三款　国家尊重和保障人权。

第四十五条　中华人民共和国公民在年老、疾病或者丧失劳动能力的情况下,有从国家和社会获得物质帮助的权利。国家发展为公民享受这些权利所需要的社会保险、社会救济和医疗卫生事业。

国家和社会保障残废军人的生活,抚恤烈士家属,优待军人家属。

国家和社会帮助安排盲、聋、哑和其他有残疾的公民的劳动、生活和教育。

2.《全国人民代表大会和地方各级人民代表大会选举法》(1979 年 7 月 1 日通过,1982 年 12 月 10 日第一次修正,1986 年 12 月 2 日第二次修正,1995 年 2 月 28 日第三次修正,2004 年 10 月 27 日第四次修正)

第二十六条第二款　精神病患者不能行使选举权利的,经选举委员会确认,不列入选民名单。

第三十六条第二款　选民如果是文盲或者因残疾不能写选票的,可以委托他信任的人代写。

3.《民法通则》(1986 年 4 月 12 日通过,1987 年 1 月 1 日施行)

第十三条　不能自己辨认行为的精神病人是无民事行为能力人,由他的法定代理人代理民事活动。

不能完全辨认自己行为的精神病人是限制民事行为能力人,可以进行与他的精神健康状况相适应的民事活动;其他民事活动由他的法定代理人代理,或者征得他的法定代理人的同意。

第十四条　无民事行为能力人、限制民事行为能力人的监护人是他的法定代理人。

第十七条　无民事行为能力或者限制民事行为能力的精神病人,由下列人员担任监护人:

(一)配偶;

(二)父母;

(三)成年子女;

(四)其他近亲属;

(五)关系密切的其他亲属、朋友愿意承担监护责任,经精神病人的所在单位或者住所地的居民委员会、村民委员会同意的。

对担任监护人有争议的,由精神病人的所在单位或者住所地的居民委员会、村民委员会在近亲属中指定。对指定不服提起诉讼的,由人民法院裁决。

没有第一款规定的监护人的,由精神病人的所在单位或者住所地的居民委员会、村民委员会或者民政部门担任监护人。

第十九条　精神病人的利害关系人,可以向人民法院申请宣告精神病人为无民事行为能力人或者限制民事行为能力人。

被人民法院宣告为无民事行为能力人或者限制民事行为能力人的,根据他健康恢复的状况,经本人或者利害关系人申请,人民法院可以宣告他为限制民事行为能力人或者完全民事行为能力人。

第一百零四条第二款　残疾人的合法权利受法律保护。

第一百一十九条　侵害公民身体造成伤害的,应当赔偿医疗费、因误工减少的收入、残疾者生活补助费等费用;造成死亡的,并应当支付丧葬费、死者生前扶养的人必要的生活费等费用。

4.《民事诉讼法》(1991 年 4 月 9 日通过)

第五十七条　无诉讼行为能力人由他的监护人作为法定代理人代为诉讼。法定代理人之间互相推诿代理责任的,由人民法院指定其中一人代为诉讼。

第一百七十条 申请认定公民无民事行为能力或者限制民事行为能力,由其近亲属或者其他利害关系人向该公民住所地基层人民法院提出。

申请书应当写明该公民无民事行为能力或者限制民事行为能力的事实和根据。

第一百七十一条 人民法院受理申请后,必要时应当对被请求认定为无民事行为能力或者限制民事行为能力的公民进行鉴定。申请人已提供鉴定结论的,应当对鉴定结论进行审查。

第一百七十二条 人民法院审理认定公民无民事行为能力或者限制民事行为能力的案件,应当由该公民的近亲属为代理人,但申请人除外。近亲属互相推诿的,由人民法院指定其中一人为代理人。该公民健康情况许可的,还应当询问本人的意见。

人民法院经审理认定申请有事实根据的,判决该公民为无民事行为能力或者限制民事行为能力人;认定申请没有事实根据的,应当判决予以驳回。

第一百七十三条 人民法院根据被认定为无民事行为能力人、限制民事行为能力人或者他的监护人的申请,证实该公民无民事行为能力或者限制民事行为能力的原因已经消除的,应当作出新判决,撤销原判决。

第二百三十五条 有下列情形之一的,人民法院裁定终结执行:

(一) 申请人撤销申请的;

……

(五) 作为被执行人的公民因生活困难无力偿还借款,无收入来源,又丧失劳动能力的;

……

5.《刑法》(1979 年 7 月 1 日通过,1997 年 3 月 14 日修订,1999 年 12 月 25 日、2001 年 8 月 31 日、2001 年 12 月 29 日、2002 年 12 月 28 日、2005 年 2 月 28 日、2006 年 6 月 29 日修正)

第十八条 精神病人在不能辨认或者不能控制自己行为的时候造成危害结果,经法定程序鉴定确认的,不负刑事责任,但是应当责令他的家属或者监护人严加看管和医疗;在必要的时候,由政府强制医疗。

间歇性的精神病人在精神正常的时候犯罪,应当负刑事责任。

尚未完全丧失辨认或者控制自己行为能力的精神病人犯罪的,应当负刑事责任,但是可以从轻或者减轻处罚。

第十九条 又聋又哑的人或者盲人犯罪,可以从轻、减轻或者免除处罚。

第一百一十五条第一款 放火、决水、爆炸以及投放毒害性、放射性、传染病病原体等物质或者以其他危险方法致人重伤、死亡或者使公私财产遭受重大损失的,处 10 年以上有期徒刑、无期徒刑或者死刑。

第一百四十五条 生产不符合保障人体健康的国家标准、行业标准的医疗器械、医用卫生材料,或者销售明知是不符合保障人体健康的国家标准、行业标准的医疗器械、医用卫生材料,足以严重危害人体健康的,处三年以下有期徒刑或者拘役,并处销售金额百分之五十以上二倍以下罚金;对人体健康造成严重危害的,处三年以上十年以下有期徒刑,并处销售金额百分之五十以上二倍以下罚金;后果特别严重的,处十年以上有期徒刑或者无期徒刑,并处销售金额百分之五十以上二倍以下罚金或者没收财产。

第二百三十四条 故意伤害他人身体的,处三年以下有期徒刑、拘役或者管制。

犯前款罪,致人重伤的,处三年以上十年以下有期徒刑;致人死亡或者以特别残忍手段致人重伤造成严重残疾的,处十年以上有期徒刑、无期徒刑或者死刑。本法另有规定的,依照规定。

第二百六十一条 对于年老、年幼、患病或者其他没有独立生活能力的人,负有扶养义务而拒绝扶养,情节恶劣的,处五年以下有期徒刑、拘役或者管制。

第二百六十二条之一 "以暴力、胁迫手段组织残疾人或者不满十四周岁的未成年人乞讨的,处三年以下有期徒刑或者拘役,并处罚金;情节严重的,处三年以上七年以下有期徒刑,并处罚金。"

第二百八十九条 聚众"打砸抢",致人伤残、死亡的,依照本法第二百三十四条、第二百三十二条的规定定罪处罚。

第四百四十五条 战时在救护治疗职位上,有条件救治而拒不救治危重伤病军人的,处五年以下有期徒刑或者拘役;造成伤病军人重残、死亡或者有其他严重情节的,处五年以上十年以下有期徒刑。

6.《刑事诉讼法》(1979 年 7 月 1 日通过,1996 年 3 月 17 日修正)

第三十四条 被告人是盲、聋、哑或者未成年人而没有委托辩护人的,人民法院应当指定承担法律援助义务的律师为其提供辩护。

第四十八条 生理上、精神上有缺陷或者年幼,不能辨别是非、不能正确表达的人,不能作证人。

7.《治安管理处罚法》(2005 年 8 月 28 日通过,2006 年 3 月 1 日施行)

第十三条 精神病人在不能辨认或者不能控制自己行为的时候违反治安管理的,不予处罚,但是应当责令其监护人严加看管和治疗。间歇性的精神病人在精神正常的时候违反治安管理的,应当给予处罚。

第十四条 盲人或者又聋又哑的人违反治安管理的,可以从轻、减轻或者不予处罚。

第四十条 有下列行为之一的,处十日以上十五日以下拘留,并处五百元以上一千元以下罚款;情节较轻的,处五日以上十日以下拘留,并处二百元以上五百元以下罚款:

(一)组织、胁迫、诱骗不满十六周岁的人或者残疾人进行恐怖、残忍表演的;

(二)以暴力、威胁或者其他手段强迫他人劳动的;

(三)非法限制他人人身自由、非法侵入他人住宅或者非法搜查他人身体的。

第四十一条 胁迫、诱骗或者利用他人乞讨的,处十日以上十五日以下拘留,可以并处一千元以下罚款。

反复纠缠、强行讨要或者以其他滋扰他人的方式乞讨的,处五日以下拘留或者警告。

第四十三条 殴打他人的,或者故意伤害他人身体的,处五日以上十日以下拘留,并处二百元以上五百元以下罚款;情节较轻的,处五日以下拘留或者五百元以下罚款:

有下列情形之一的,处十日以上十五日以下拘留,并处五百元以上一千元以下罚款:

(一)结伙殴打、伤害他人的;

(二)殴打、伤害残疾人、孕妇、不满十四周岁的人或者六十周岁以上的人的;

(三)多次殴打、伤害他人或者一次殴打、伤害多人的。

第四十四条 猥亵他人的,或者在公共场所故意裸露身体,情节恶劣的,处五日以上十日以下拘留;猥亵智力残疾人、精神病人、不满十四周岁的人或者有其他严重情节的,处十日以上十五日以下拘留。

第四十五条 有下列行为之一的,处五日以下拘留或者警告:

(一)虐待家庭成员,被虐待人要求处理的;

(二)遗弃没有独立生活能力的被扶养人的。

第八十六条 询问聋哑的违反治安管理行为人、被侵害人或者其他证人,应当有通晓手语的人提供帮助,并在笔录上注明。

询问不通晓当地通用的语言文字的违反治安管理行为人、被侵害人或者其他证人,应当配备翻译人员,并在笔录上注明。

8.《劳动法》(1994 年 7 月 5 日通过)

第十四条 残疾人、少数民族人员、退出现役的军人的就业,法律、法规有特别规定的,从其规定。

第二十九条 劳动者有下列情形之一的,用人单位不得依据本法第二十六条、二十七条的规定解除劳动合同:

(一)患职业病或者因工负伤并被确认丧失或者部分丧失劳动能力的;

......

第七十条 国家发展社会保险事业,建立社会保险制度,设立社会保险基金,使劳动者在年老、患病、工伤、失业、生育等情况下获得帮助和补偿。

第七十三条 劳动者在下列情形下,依法享受社会保险待遇:

(一)退休;

(二)患病、负伤;

(三)因工致残或者患职业病;

......

9.《合同法》(1999 年 3 月 15 日通过,1999 年 10 月 1 日施行)

第四十七条　限制民事行为能力人订立的合同,经法定代理人追认后,该合同有效,但纯获利益的合同或者与其年龄、智力、精神健康状况相适应而订立的合同,不必经法定代理人追认。相对人可以催告法定代理人在一个月内予以追认。法定代理人未作表示的,视为拒绝追认。合同被追认之前,善意相对人有撤销的权利。撤销应当以通知的方式作出。第一百零一条　有下列情形之一,难以履行债务的,债务人可以将标的物提存:

......

(三)债权人死亡未确定继承人或者丧失民事行为能力未确定监护人;

......

第一百九十三条　因受赠人的违法行为致使赠与人死亡或者丧失民事行为能力的,赠与人的继承人或者法定代理人可以撤销赠与。赠与人的继承人或者法定代理人的撤销权,自知道或者应当知道撤销原因之日起六个月内行使。

第四百一十一条　委托人或者受托人死亡、丧失民事行为能力或者破产的,委托合同终止,但当事人另有约定或者根据委托事务的性质不宜终止的除外。

第四百一十二条　因委托人死亡、丧失民事行为能力或者破产,致使委托合同终止将损害委托人利益的,在委托人的继承人、法定代理人或者清算组织承受委托事务之前,受托人应当继续处理委托事务。

第四百一十三条　因受托人死亡、丧失民事行为能力或者破产,致使委托合同终止的,受托人的继承人、法定代理人或者清算组织应当及时通知委托人。因委托合同终止将损害委托人利益的,在委托人作出善后处理之前,受托人的继承人、法定代理人或者清算组织应当采取必要措施。

10.《婚姻法》(1980 年 9 月 10 日通过,2001 年 4 月 28 日修正)

第七条　有下列情形之一的,禁止结婚:

一、直系血亲和三代以内的旁系血亲;

二、患有医学上认为不应当结婚的疾病。

第十八条　有下列情形之一的,为夫妻一方的财产:

......

(二)一方因身体受到伤害获得的医疗费,残疾人生活补助费等费用;

......

第四十四条　对遗弃家庭成员,受害人有权提出请求,居民委员会、村民委员会以及所在单位应当予以劝阻、调解。

对遗弃家庭成员,受害人提出请求的,人民法院应当依法作出支付扶养费、抚养费、赡养费的判决。

第四十五条　对重婚的,对实施家庭暴力或虐待、遗弃家庭成员构成犯罪的,依法追究刑事责任。受害人可以依照刑事诉讼法的有关规定,向人民法院自诉;公安机关应当依法侦查,人民检察院应当依法提起公诉。

第四十六条　有下列情形之一,导致离婚的,无过错方有权请求损害赔偿:

......

(四)虐待、遗弃家庭成员的。

11.《收养法》(1991 年 12 月 29 日通过,1998 年 11 月 4 日修订)

第八条　收养人只能收养一名子女。

收养孤儿、残疾儿童或者社会福利机构抚养的查找不到生父母的弃婴和儿童,可以不受收养人无子女和收养一名的限制。

第十二条　未成年人的父母均不具备完全民事行为能力的,该未成年人的监护人不得将其送养,但父母对该未成年人有严重危害可能的除外。

第三十条　收养关系解除后,经养父母抚养的成年养子女,对缺乏劳动能力又缺乏生活来源的养父母,应当给付生活费。因养子女成年后虐待、遗弃养父母而解除收养关系的,养父母可以要求养子女补偿收养期间支出的生活费和教育费。

生父母要求解除收养关系的,养父母可以要求生父母适当补偿收养期间支出的生活费和教育费,但因养父母虐待、遗弃养子女而解除收养关系的除外。

12.《继承法》(1985 年 4 月 10 日通过,1985 年 10 月 1 日施行)

第六条 无行为能力人的继承权、受遗赠权,由他的法定代理人代为行使。

限制行为能力人的继承权、受遗赠权,由他的法定代理人代为行使,或者征得法定代理人同意后行使。

第十三条第二款 对生活有特殊困难的缺乏劳动能力的继承人,分配遗产时,应当予以照顾。

第十四条 对继承人以外的依靠被继承人扶养的缺乏劳动能力又没有生活来源的人,或者继承人以外的对被继承人扶养较多的人,可以分给他们适当的遗产

第十八条 下列人员不能作为遗嘱见证人:

(一)无行为能力人、限制行为能力人;

(二)继承人、受遗赠人;

(三)与继承人、受遗赠人有利害关系的人。

第十九条 遗嘱应当对缺乏劳动能力又没有生活来源的继承人保留必要的遗产份额。

第二十二条第一款 无行为能力人或者限制行为能力人所立的遗嘱无效。

13.《母婴保健法》(1994 年 10 月 27 日通过,1995 年 6 月 1 日施行)

第九条 经婚前医学检查,对患指定传染病 在传染期内或者有关精神病在发病期内的,医师应当提出医学意见;准备结婚的男女双方应 当暂缓结婚。

第十条 经婚前医学检查,对诊断患医学上认为不宜生育的严重遗传性疾病的,医师应当向男女双方说明情况,提出医学意见;经男女双方同意,采取长效避孕措施或者施行结扎手术后不生育的,可以结婚。但《中华人民共和国婚姻法》规定禁止结婚的除外。

第十四条 医疗保健机构应当为育龄妇女和孕产妇提供孕产期保健服务。

孕产期保健服务包括下列内容:

(一)母婴保健指导:对孕育健康后代以及严重遗传性疾病和碘缺乏病等地方病的发病原因、治疗和预防提供医学意见;

(二)孕妇、产妇保健:为孕妇、产妇提供卫生、营养、心理等方面的咨询和指导以及产前定期检查等医疗保健服务;

(三)胎儿保健:为胎儿生长发育进行监护,提供咨询和医学指导;

(四)新生儿保健:为新生儿生长发育、哺乳和护理提供医疗保健服务。

第十五条 对患严重疾病或者接触致畸物质,妊娠可能危及孕妇生命安全或者可能严重影响孕妇健康和胎儿正常发育的,医疗保健机构应当予以医学指导。

第十六条 医师发现或者怀疑患严重遗传性疾病的育龄夫妻,应当提出医学意见。育龄夫妻应当根据医师的医学意见采取相应的措施。

第十七条 经产前检查,医师发现或者怀疑胎儿异常的,应当对孕妇进行产前诊断。

第十八条 经产前诊断,有下列情形之一的,医师应当向夫妻双方说明情况,并提出终止妊娠的医学意见:

(一)胎儿患严重遗传性疾病的;

(二)胎儿有严重缺陷的;

(三)因患严重疾病,继续妊娠可能危及孕妇生命安全或者严重危害孕妇健康的。

第十九条 依照本法规定施行终止妊娠或者结扎手术,应当经本人同意,并签署意见。本人无行为能力的,应当经其监护人同意,并签署意见。

第二十条 生育过严重缺陷患儿的妇女再次妊娠前,夫妻双方应当到县级以上医疗保 健机构接受医学检查。

第二十一条 医师和助产人员应当严格遵守有关操作规程,提高助产技术和服务质量,预防和减少产伤。

第二十二条 不能住院分娩的孕妇应当由经过培训合格的接生人员实行消毒接生。

第二十三条 医疗保健机构和从事家庭接生的人员按照国务院卫生行政部门的规定,出具统一制发的新生儿出生医学证明;有产妇和婴儿死亡以及新生儿出生缺陷情况的,应当向卫生行政部门报告。

第二十四条 医疗保健机构为产妇提供科学育儿、合理营养和母乳喂养的指导。

医疗保健机构对婴儿进行体格检查和预防接种,逐步开展新生儿疾病筛查、婴儿多发病和常见病防治等医疗保健服务。

第二十八条 各级人民政府应当采取措施,加强母婴保健工作,提高医疗保健服务水平,积极防治由环境因素所致严重危害母亲和婴儿健康的地方性高发性疾病,促进母婴保健事业的发展。

第三十二条 医疗保健机构依照本法规定开展婚前医学检查、遗传病诊断、产前诊断以及施行结扎手术和终止妊娠手术的,必须符合国务院卫生行政部门规定的条件和技术标准,并经县级以上地方人民政府卫生行政部门许可。

第三十六条 未取得国家颁发的有关合格证书,施行终止妊娠手术或者采取其他方法终止妊娠,致人死亡、残疾、丧失或者基本丧失劳动能力的,依照刑法第一百三十四条、第一百三十五条的规定追究刑事责任。

14.《义务教育法》(1986 年 4 月 12 日通过,2006 年 6 月 29 日修订)

第六条第一款 国务院和县级以上地方人民政府应当合理配置教育资源,促进义务教育均衡发展,改善薄弱学校的办学条件,并采取措施,保障农村地区、民族地区实施义务教育,保障家庭经济困难的和残疾的适龄儿童、少年接受义务教育。

第十一条 凡年满六周岁的儿童,其父母或者其他法定监护人应当送其入学接受并完成义务教育;条件不具备的地区的儿童,可以推迟到七周岁。

适龄儿童、少年因身体状况需要延缓入学或者休学的,其父母或者其他法定监护人应当提出申请,由当地乡镇人民政府或者县级人民政府教育行政部门批准。

第十九条 县级以上地方人民政府根据需要设置相应的实施特殊教育的学校(班),对视力残疾、听力语言残疾和智力残疾的适龄儿童、少年实施义务教育。特殊教育学校(班)应当具备适应残疾儿童、少年学习、康复、生活特点的场所和设施。

普通学校应当接收具有接受普通教育能力的残疾适龄儿童、少年随班就读,并为其学习、康复提供帮助。

第三十一条第三款 特殊教育教师享有特殊岗位补助津贴。在民族地区和边远贫困地区工作的教师享有艰苦贫困地区补助津贴。

第四十三条 学校的学生人均公用经费基本标准由国务院财政部门会同教育行政部门制定,并根据经济和社会发展状况适时调整。制定、调整学生人均公用经费基本标准,应当满足教育教学基本需要。

省、自治区、直辖市人民政府可以根据本行政区域的实际情况,制定不低于国家标准的学校学生人均公用经费标准。

特殊教育学校(班)学生人均公用经费标准应当高于普通学校学生人均公用经费标准。

15.《妇女权益保障法》(1992 年 4 月 3 日通过,2005 年 8 月 28 日修正)

第十八条第三款 政府、社会、学校应当采取有效措施,解决适龄女性儿童少年就学存在的实际困难,并创造条件,保证贫困、残疾和流动人口中的适龄女性儿童少年完成义务教育。

第三十八条 妇女的生命健康权不受侵犯。禁止溺、弃、残害女婴;禁止歧视、虐待生育女婴的妇女和不育的妇女;禁止用迷信、暴力等手段残害妇女;禁止虐待、遗弃病、残妇女和老年妇女。

16.《未成年人保护法》(1991 年 9 月 4 日通过,2006 年 12 月 29 日修订)

第十条第二款 禁止对未成年人实施家庭暴力,禁止虐待、遗弃未成年人,禁止溺婴和其他残害婴儿的行为,不得歧视女性未成年人或者有残疾的未成年人。

第二十八条 各级人民政府应当保障未成年人受教育的权利,并采取措施保障家庭经济困难的、残疾的和流动人口中的未成年人等接受义务教育。

第七十条　未成年人救助机构、儿童福利机构及其工作人员不依法履行对未成年人的救助保护职责,或者虐待、歧视未成年人,或者在办理收留抚养工作中牟取利益的,由主管部门责令改正,依法给予行政处分。

17.《老年人权益保障法》(1996年8月29日通过,1996年10月1日施行)

第二十三条　城市的老年人,无劳动能力、无生活来源、无赡养人和扶养人的,或者其赡养人和扶养人确无赡养能力或者扶养能力的,由当地人民政府给予救济。

农村的老年人,无劳动能力、无生活来源、无赡养人和扶养人的,或者其赡养人和扶养人确无赡养能力或者扶养能力的,由农村集体经济组织负担保吃、保穿、保住、保医、保葬的 五保供养,乡、民族乡、镇人民政府负责组织实施。

18.《个人所得税法》(1980年9月10日通过,1993年10月31日、1999年8月30日、2005年10月27日修正)

第四条　下列各项个人所得,免纳个人所得税:

……

四、福利费、抚恤金、救济金;

……

第五条　有下列情形之一的,经批准可以减征个人所得税:

一、残疾、孤老人员和烈属的所得;

二、因严重自然灾害造成重大损失的;

三、经国务院财政部门批准减税的。

19.《保险法》(1995年6月30日通过,1995年10月1日施行)

第二条　本法所称保险,是指投保人根据合同约定,向保险人支付保险费,保险人对于合同约定的可能发生的事故因其发生所造成的财产损失 承担赔偿保险金责任,或者当被保险人死亡、伤残、疾病或者达到合同约定的年龄、期限时 承担给付保险金责任的商业保险行为。

第五十四条　投保人不得为无民事行为能力人投保以死亡为给付保险金条件的人身保险,保险人也不得承保。

父母为其未成年子女投保的人身保险,不受前款规定限制,但是死亡给付保险金额总和不得超过金融监督管理部门规定的限额。

第六十条第三款　被保险人为无民事行为能力人或者限制民事行为能力人的,可以由其监护人指定受益人。

第六十四条　投保人、受益人故意造成被保险人死亡、伤残或者疾病的,保险人不承担给付保险金的责任。投保人已交足二年以上保险费的,保险人应当按照合同约定向其他享有权利的受益人退还保险单的现金价值。

受益人故意造成被保险人死亡或者伤残的,或者故意杀害被保险人未遂的,丧失受益权。

第六十七条　人身保险的被保险人因第三者的行为而发生死亡、伤残或者疾病等保险事故的,保险人向被保险人或者受益人给付保险金后,不得享有向第三者追偿的权利。

第一百三十一条　投保人、被保险人或者受益人有下列行为之一,进行保险欺诈活动,构成犯罪的,依法追究刑事责任:

(一) 投保人故意虚构保险标的,骗取保险金的;

……

(四) 故意造成被保险人死亡、伤残或者疾病等人身保险事故,骗取保险金的;

……

有前款所列行为之一,情节轻微,不构成犯罪的,依照国家有关规定给予行政处罚。

第一百四十一条　违反本法规定,有下列行为之一的,由金融监督管理部门责令改正,处以五万元以上三十万元以下的罚款;

（一）超额承保,情节严重的;

（二）为无民事行为能力人承保以死亡为给付保险金条件的保险的。

20.《兵役法》（1984 年 5 月 31 日通过,1998 年 12 月 29 日修正）

第三条　有严重生理缺陷或者严重残疾不适合服兵役的人,免服兵役。

第五十一条　现役军人,革命残废军人,退出现役的军人,革命烈士家属,牺牲、病故军人家属,现役军人家属,应当受到社会的尊重,受到国家和人民群众的优待

第五十二条　革命残废军人乘坐火车、轮船、飞机、长途汽车,优先购票,并按照规定享受减价待遇。

第五十三条　现役军人参战或者因公负伤致残的,由部队评定残废等级,发给革命残废军人抚恤证。退出现役的特等、一等革命残废军人,由国家供养终身。二等、二等革命残废军人,家居城镇的,由本人所在地的县、自治县、市、市辖区的人民政府安排力所能及的工作;家居农村的,其所在地区有条件的,可以在企业事业单位安排适当工作,不能安排的,按照规定增发残疾抚恤金,保障他们的生活。

第五十七条　在服现役期间患精神病的义务兵退出现役后,视病情轻重,送地方医院收容治疗或者回家休养,所需医疗和生活费用,由县、自治县、市、市辖区的人民政府负责。

在服现役期间患过慢性病的义务兵退出现役后,旧病复发需要治疗的,由当地医疗机构负责给予治疗,所需医疗和生活费用,本人经济困难的,由县、自治县、市、市辖区的人民政府给予补助。

第五十八条第二款　志愿兵在服现役期间,参战或者因公致残、积劳成疾基本丧失工作能力的,办理退休手续,由原征集的县、自治县、市、市辖区的人民政府或者其直系亲属所在地的县、自治县、市、市辖区的人民政府接收安置。

21.《教育法》（1995 年 3 月 18 日通过,1995 年 9 月 1 日施行）

第十条第三款　国家扶持和发展残疾人教育事业。

第三十八条　国家、社会、学校及其他教育机构应当根据残疾人身心特性和需要实施教育,并为其提供帮助和便利。

22.《高等教育法》（1998 年 8 月 29 日通过,1999 年 1 月 1 日施行）

第九条第三款　高等学校必须招收符合国家规定的录取标准的残疾学生入学,不得因其残疾而拒绝招收。

23.《职业教育法》（1996 年 5 月 15 日通过,1996 年 9 月 1 日施行）

第七条第二款　国家采取措施,帮助妇女接受职业教育,组织失业人员接受各种形式的职业教育,扶持残疾人职业教育的发展。

第十五条　残疾人职业教育除由残疾人教育机构实施外,各级各类职业学校和职业培训机构及其他教育机构应当按照国家有关规定接纳残疾学生。

第三十二条　职业学校、职业培训机构可以对接受中等、高等职业学校教育和职业培训的学生适当收取学费,对经济困难的学生和残疾学生应当酌情减免。收费办法由省、自治区、直辖市人民政府规定。

24.《律师法》（1996 年 5 月 15 日通过）

第四十一条　公民在赡养、工伤、刑事诉讼、请求国家赔偿和请求依法发给抚恤金等方面需要获得律师帮助,但是无力支付律师费用的,可以按照国家规定获得法律援助。

25.《体育法》（1995 年 8 月 29 日通过,1995 年 10 月 1 日施行）

第十六条　全社会应当关心、支 老年人、残疾 参加体育活动。各级人民政府应当采取措施,为老年人、残疾人参加体育活动提供方便。

第十八条　学校应当创造条件为病残学生组织适合其特点的体育活动。

第四十六条　公共体育设施应当向社会开放,方便群众开展体育活动,对学生、老年人、残疾人实行优惠办法,提高体育设施的利用率。

26.《产品质量法》（1993 年 2 月 22 日通过,2000 年 7 月 8 日修正）

第四十四条　因产品存在缺陷造成受害人人身伤害的,侵害人应当赔偿医疗费、治疗期间的护理费、因误

工减少的收入等费用;造成残疾的,还应当支付残疾者生活自助具费、生活补助费、残疾赔偿金以及由其扶养的人所必需的生活费等费用;造成受害人死亡的,并应当支付丧葬费、死亡赔偿金以及由死者生前扶养的人所必需的生活费等费用。

因产品存在缺陷造成受害人财产损失的,侵害人应当恢复原状或者折价赔偿。受害人因此遭受其他重大损失的,侵害人应当赔偿损失。

27.《国家赔偿法》(1994 年 5 月 12 日通过,1995 年 1 月 1 日施行)

第二十七条 侵犯公民生命健康权的,赔偿金按照下列规定计算:

(一)造成身体伤害的,应当支付医疗费,以及赔偿因误工减少的收入。减少的收入每日的赔偿金按照国家上年度职工日平均工资计算,最高额为国家上年度职工年平均工资的五倍;

(二)造成部分或者全部丧失劳动能力的,应当支付医疗费,以及残疾赔偿金,残疾赔偿金根据丧失劳动能力的程度确定,部分丧失劳动能力的最高额为国家上年度职工年平均工资的十倍,全部丧失劳动能力的为国家上年度职工年平均工资的二十倍。造成全部丧失劳动能力的,对其扶养的无劳动能力的人,还应当支付生活费;

(三)造成死亡的,应当支付死亡赔偿金、丧葬费,总额为国家上年度职工年平均工资的二十倍。对死者生前扶养的无劳动能力的人,还应当支付生活费。

前款第(二)、(三)项规定的生活费的发放标准参照当地民政部门有关生活救济的规定办理。被扶养的人是未成年人的,生活费给付至十八周岁止;其他无劳动能力的人,生活费给付至死亡时止。

28.《广告法》(1994 年 10 月 27 日通过,1995 年 2 月 1 日施行)

第八条 广告不得损害未成年人和残疾人的身心健康。

第四十七条 广告主、广告经营者、广告发布者违反本法规定,有下列侵权行为之一的,依法承担民事责任:

(一)在广告中损害未成年人或者残疾人的身心健康的;

……

29.《消费者权益保护法》(1993 年 10 月 31 日通过,1994 年 1 月 1 日施行)

第四十一条 经营者提供商品或者服务,造成消费者或者其他受害人人身伤害的,应当支付医疗费、治疗期间的护理费、因误工减少的收入等费用,造成残疾的,还应当支付残疾者生活自助具费、生活补助费、残疾赔偿金以及由其扶养的人所必需的生活费等费用;构成犯罪的,依法追究刑事责任。

30.《公益事业捐赠法》(1999 年 6 月 28 日通过)

第三条 本法所称公益事业是指非营利的下列事项:

(一)救助灾害、救济贫困、扶助残疾人等困难的社会群体和个人的活动;

……

第七条 公益性社会团体受赠的财产及其增值为社会公共财产,受国家法律保护,任何单位和个人不得侵占、挪用和损毁。

第八条 国家鼓励公益事业的发展,对公益性社会团体和公益性非营利的事业单位给予扶持和优待。

国家鼓励自然人、法人或者其他组织对公益事业进行捐赠。

31.《预备役军官法》(1995 年 5 月 10 日通过,1996 年 1 月 1 日施行)

第四十六条 预备役军官在参加军事训练、执行军事勤务等军事活动中牺牲、伤残的,参照国家关于军人抚恤优待的规定办理。

第五十条 未达到平时服预备役最高年龄的预备役军官,由于伤病残或者其他原因不能继续服预备役的,应当退出预备役。

32.《国防法》(1997 年 3 月 14 日通过)

第六十二条 国家和社会抚恤优待残疾军人,对残疾军人的生活和医疗依法给予特别保障。

因战、因公致残或者致病的残疾军人退出现役后,县级以上人民政府应当及时接收安置,并保障其生活不低于当地平均生活水平。

33.《归侨侨眷权益保护法》(1990年9月7日通过,2000年10月31日修正)

第十条第二款 对丧失劳动能力又无经济来源或者生活确有困难的归侨、侨眷,当地人民政府应当给予救济。

34.《消防法》(1998年4月29日通过,1998年9月1日施行)

第三十八条 对因参加扑救火灾受伤、致残或者死亡的人员,按照国家有关规定给予医疗、抚恤。

35.《人民警察法》(1995年2月28日通过)

第四十一条 人民警察因公致残的,与因公致残的现役军人享受国家同样的抚恤和优待。

36.《监狱法》(1994年12月29日通过)

第三十七条第二款 刑满释放人员丧失劳动能力又无法定赡养人、扶养人和基本生活来源的,由当地人民政府予以救济。

第七十三条 罪犯在劳动中致伤、致残或者死亡的,由监狱参照国家劳动保险的有关规定处理。

37.《澳门特别行政区基本法》(1993年3月31日通过,1999年12月20日实施)

第三十八条第三款 未成年人、老年人和残疾人受澳门特别行政区的关怀和保护。

38.《行政处罚法》(1996年3月17日通过,1996年10月1日施行)

第二十六条 精神病人在不能辨认或者不能控制自己行为时有违法行为的,不予行政处罚,但应当责令其监护人严加看管和治疗。间歇性精神病人在精神正常时有违法行为的,应当给予行政处罚。

39.《行政复议法》(1999年4月29日通过,1999年10月1日施行)

第十条第二款 有权申请行政复议的公民死亡的,其近亲属可以申请行政复议。有权申请行政复议的公民为无民事行为能力人或者限制民事行为能力人的,其法定代理人可以代为申请行政复议。有权申请行政复议的法人或者其他组织终止的,承受其权利的法人或者其他组织可以申请行政复议。

40.《森林法》(1984年9月20日通过,1998年4月29日修正)

第二十一条 地方各级人民政府应当切实做好森林火灾的预防和扑救工作:

……

(四)因扑救森林火灾负伤、致残、牺牲的,国家职工由所在单位给予医疗、抚恤;非国家职工由起火单位按照国务院有关主管部门的规定给予医疗、抚恤,起火单位对起火没有责任或者确实无力负担的,由当地人民政府给予医疗、抚恤。

41.《信托法》(2001年4月28日通过,2001年10月1日施行)

第十三条 设立遗嘱信托,应当遵守继承法关于遗嘱的规定。遗嘱指定的人拒绝或者无能力担任受托人的,由受益人另行选任受托人;受益人为无民事行为能力人或者限制民事行为能力人的,依法由其监护人代行选任。遗嘱对选任受托人另有规定的,从其规定。

第三十九条 受托人有下列情形之一的,其职责终止:

……

(二)被依法宣告为无民事行为能力人或者限制民事行为能力人;

……

受托人职责终止时,其继承人或者遗产管理人、监护人、清算人应当妥善保管信托财产,协助新受托人接管信托事务。

第四十条 受托人职责终止的,依照信托文件规定选任新受托人;信托文件未规定的,由委托人选任;委托人不指定或者无能力指定的,由受益人选任;受益人为无民事行为能力人或者限制民事行为能力人的,依法由其监护人代行选任。原受托人处理信托事务的权利和义务,由新受托人承继。

第五十二条 信托不因委托人或者受托人的死亡、丧失民事行为能力、依法解散、被依法撤销或者被宣告破产而终止,也不因受托人的辞任而终止。但本法或者信托文件另有规定的除外。

第六十条　为了下列公共利益目的之一而设立的信托,属于公益信托:

(一)救济贫困;

(二)救助灾民;

(三)扶助残疾人;

……

42.《人口与计划生育法》(2001年12月29日通过,2002年9月1日施行)

第二十七条第三款　独生子女发生意外伤残、死亡,其父母不再生育和收养子女的,地方人民政府应当给予必要的帮助。

43.《职业病防治法》(2001年10月27日通过,2002年5月1日施行)

第五十条　职业病病人依法享受国家规定的职业病待遇。

用人单位应当按照国家有关规定,安排职业病病人进行治疗、康复和定期检查。

用人单位对不适宜继续从事原工作的职业病病人,应当调离原岗位,并妥善安置。

用人单位对从事接触职业病危害的作业的劳动者,应当给予适当岗位津贴。

第五十一条　职业病病人的诊疗、康复费用,伤残以及丧失劳动能力的职业病病人的社会保障,按照国家有关工伤社会保险的规定执行。

44.《现役军官法》(1988年9月5日通过,1994年5月12日、2000年12月28日修正)

第四十一条　军官的家属随军、就业、工作调动和子女教育,享受国家和社会优待。

军官具备家属随军条件的,经师(旅)级以上单位的政治机关批准,其配偶和未成年子女、无独立生活能力的子女可以随军,是农村户口的,转为城镇户口。

部队移防或者军官工作调动的,随军家属可以随调。

军官年满50岁、身边无子女的,可以调一名有工作的子女到军官所在地。所调子女已婚的,其配偶和未成年子女、无独立生活能力的子女可以随调。

随军的军官家属、随调的军官子女及其配偶的就业和工作调动,按照国务院和中央军事委员会的有关规定办理。

第四十七条　军官未达到平时服现役的最高年龄,有下列情形之一的,应当退出现役:

……

(二)伤病残不能坚持正常工作的;

……

第四十九条第四款　未达到服现役的最高年龄,基本丧失工作能力的军官,退出现役后作退休安置。

45.《农业法》(1993年7月2日通过,2002年12月28日修订)

第八十三条　国家逐步完善农村社会救济制度,保障农村五保户、贫困残疾农民、贫困老年农民和其他丧失劳动能力的农民的基本生活。

46.《道路交通安全法》(2003年10月28日通过,2004年5月1日施行)

第三十四条　学校、幼儿园、医院、养老院门前的道路没有行人过街设施的,应当施划人行横道线,设置提示标志。

城市主要道路的人行道,应当按照规划设置盲道。盲道的设置应当符合国家标准。

第五十八条　残疾人机动轮椅车、电动自行车在非机动车道内行驶时,最高时速不得超过十五公里。

第六十四条　学龄前儿童以及不能辨认或者不能控制自己行为的精神疾病患者、智力障碍者在道路上通行,应当由其监护人、监护人委托的人或者对其负有管理、保护职责的人带领。

盲人在道路上通行,应当使用盲杖或者采取其他导盲手段,车辆应当避让盲人。

47.《合伙企业法》(1997年2月23日通过,2006年8月27日修订)

第四十八条第二款　合伙人被依法认定为无民事行为能力人或者限制民事行为能力人的,经其他合伙人一致同意,可以依法转为有限合伙人,普通合伙企业依法转为有限合伙企业。其他合伙人未能一致同意的,该无民事行为能力或者限制民事行为能力的合伙人退伙。

第五十条第三款　合伙人的继承人为无民事行为能力人或者限制民事行为能力人的,经全体合伙人一致同意,可以依法成为有限合伙人,普通合伙企业依法转为有限合伙企业。全体合伙人未能一致同意的,合伙企业应当将被继承合伙人的财产份额退还该继承人。

48.《公司法》(1993 年 12 月 29 日通过,1999 年 12 月 25 日、2004 年 8 月 28 日修正,2005 年 10 月 27 日修订)

第一百四十七条　有下列情形之一的,不得担任公司的董事、监事、高级管理人员:

(一)无民事行为能力或者限制民事行为能力;

……

49.《票据法》(1995 年 5 月 10 日通过,2004 年 8 月 28 日修正)

第六条　无民事行为能力人或者限制民事行为能力人在票据上签章的,其签章无效,但是不影响其他签章的效力。

第九十六条　票据债务人的民事行为能力,适用其本国法律。

票据债务人的民事行为能力,依照其本国法律为无民事行为能力或者限制民事行为能力而依照行为地法律为完全民事行为能力的,适用行为地法律。

50.《仲裁法》(1994 年 8 月 31 日通过,1995 年 9 月 1 日施行)

第十七条　有下列情形之一的,仲裁协议无效:

(一)约定的仲裁事项超出法律规定的仲裁范围的;

(二)无民事行为能力人或者限制民事行为能力人订立的仲裁协议;

(三)一方采取胁迫手段,迫使对方订立仲裁协议的。

51.《著作权法》(1990 年 9 月 7 日通过,2001 年 10 月 27 修正)

第二十二条第一款　在下列情况下使用作品,可以不经著作权人许可,不向其支付报酬,但应当指明作者姓名、作品名称,并且不得侵犯著作权人依照本法享有的其他权利:

(一)为个人学习、研究或者欣赏,使用他人已经发表的作品;

……

(十二)将已经发表的作品改成盲文出版。

52.《就业促进法》(2007 年 8 月 30 日通过,2008 年 1 月 1 日施行)

第九条　工会、共产主义青年团、妇女联合会、残疾人联合会以及其他社会组织,协助人民政府开展促进就业工作,依法维护劳动者的劳动权利。

第十七条　国家鼓励企业增加就业岗位,扶持失业人员和残疾人就业,对下列企业、人员依法给予税收优惠:

(一)吸纳符合国家规定条件的失业人员达到规定要求的企业;

(二)失业人员创办的中小企业;

(三)安置残疾人员达到规定比例或者集中使用残疾人的企业;

(四)从事个体经营的符合国家规定条件的失业人员;

(五)从事个体经营的残疾人;

(六)国务院规定给予税收优惠的其他企业、人员。

第十八条　对本法第十七条第四项、第五项规定的人员,有关部门应当在经营场地等方面给予照顾,免除行政事业性收费。

第二十九条　国家保障残疾人的劳动权利。

各级人民政府应当对残疾人就业统筹规划,为残疾人创造就业条件。

用人单位招用人员,不得歧视残疾人。

第三十条 用人单位招用人员,不得以是传染病病原携带者为由拒绝录用。但是,经医学鉴定传染病病原携带者在治愈前或者排除传染嫌疑前,不得从事法律、行政法规和国务院卫生行政部门规定禁止从事的易使传染病扩散的工作。

第五十二条 各级人民政府建立健全就业援助制度,采取税费减免、贷款贴息、社会保险补贴、岗位补贴等办法,通过公益性岗位安置等途径,对就业困难人员实行优先扶持和重点帮助。

就业困难人员是指因身体状况、技能水平、家庭因素、失去土地等原因难以实现就业,以及连续失业一定时间仍未能实现就业的人员。就业困难人员的具体范围,由省、自治区、直辖市人民政府根据本行政区域的实际情况规定。

第五十五条 各级人民政府采取特别扶助措施,促进残疾人就业。

用人单位应当按照国家规定安排残疾人就业,具体办法由国务院规定。

注:以上内容选自我国宪法和51部法律

附录二 中华人民共和国残疾人保障法

(1990年12月28日第七届全国人民代表大会常务委员会第十七次会议通过,2008年4月24日第十一届全国人民代表大会常务委员会第二次会议修订)

第一章 总 则

第一条 为了维护残疾人的合法权益,发展残疾人事业,保障残疾人平等地充分参与社会生活,共享社会物质文化成果,根据宪法,制定本法。

第二条 残疾人是指在心理、生理、人体结构上,某种组织、功能丧失或者不正常,全部或者部分丧失以正常方式从事某种活动能力的人。

残疾人包括视力残疾、听力残疾、言语残疾、肢体残疾、智力残疾、精神残疾、多重残疾和其他残疾的人。

残疾标准由国务院规定。

第三条 残疾人在政治、经济、文化、社会和家庭生活等方面享有同其他公民平等的权利。

残疾人的公民权利和人格尊严受法律保护。

禁止基于残疾的歧视。禁止侮辱、侵害残疾人。禁止通过大众传播媒介或者其他方式贬低损害残疾人人格。

第四条 国家采取辅助方法和扶持措施,对残疾人给予特别扶助,减轻或者消除残疾影响和外界障碍,保障残疾人权利的实现。

第五条 县级以上人民政府应当将残疾人事业纳入国民经济和社会发展规划,加强领导,综合协调,并将残疾人事业经费列入财政预算,建立稳定的经费保障机制。

国务院制定中国残疾人事业发展纲要,县级以上地方人民政府根据中国残疾人事业发展纲要,制定本行政区域的残疾人事业发展规划和年度计划,使残疾人事业与经济、社会协调发展。

县级以上人民政府负责残疾人工作的机构,负责组织、协调、指导、督促有关部门做好残疾人事业的工作。

各级人民政府和有关部门,应当密切联系残疾人,听取残疾人的意见,按照各自的职责,做好残疾人工作。

第六条 国家采取措施,保障残疾人依照法律规定,通过各种途径和形式,管理国家事务,管理经济和文化事业,管理社会事务。

制定法律、法规、规章和公共政策,对涉及残疾人权益和残疾人事业的重大问题,应当听取残疾人和残疾人组织的意见。

残疾人和残疾人组织有权向各级国家机关提出残疾人权益保障、残疾人事业发展等方面的意见和建议。

第七条 全社会应当发扬人道主义精神,理解、尊重、关心、帮助残疾人,支持残疾人事业。

国家鼓励社会组织和个人为残疾人提供捐助和服务。

国家机关、社会团体、企业事业单位和城乡基层群众性自治组织,应当做好所属范围内的残疾人工作。

从事残疾人工作的国家工作人员和其他人员,应当依法履行职责,努力为残疾人服务。

第八条　中国残疾人联合会及其地方组织,代表残疾人的共同利益,维护残疾人的合法权益,团结教育残疾人,为残疾人服务。

中国残疾人联合会及其地方组织依照法律、法规、章程或者接受政府委托,开展残疾人工作,动员社会力量,发展残疾人事业。

第九条　残疾人的扶养人必须对残疾人履行扶养义务。

残疾人的监护人必须履行监护职责,尊重被监护人的意愿,维护被监护人的合法权益。

残疾人的亲属、监护人应当鼓励和帮助残疾人增强自立能力。

禁止对残疾人实施家庭暴力,禁止虐待、遗弃残疾人。

第十条　国家鼓励残疾人自尊、自信、自强、自立,为社会主义建设贡献力量。

残疾人应当遵守法律、法规,履行应尽的义务,遵守公共秩序,尊重社会公德。

第十一条　国家有计划地开展残疾预防工作,加强对残疾预防工作的领导,宣传、普及母婴保健和预防残疾的知识,建立健全出生缺陷预防和早期发现、早期治疗机制,针对遗传、疾病、药物、事故、灾害、环境污染和其他致残因素,组织和动员社会力量,采取措施,预防残疾的发生,减轻残疾程度。

国家建立健全残疾人统计调查制度,开展残疾人状况的统计调查和分析。

第十二条　国家和社会对残疾军人、因公致残人员以及其他为维护国家和人民利益致残的人员实行特别保障,给予抚恤和优待。

第十三条　对在社会主义建设中做出显著成绩的残疾人,对维护残疾人合法权益、发展残疾人事业、为残疾人服务做出显著成绩的单位和个人,各级人民政府和有关部门给予表彰和奖励。

第十四条　每年5月的第三个星期日为全国助残日。

第二章　康　复

第十五条　国家保障残疾人享有康复服务的权利。

各级人民政府和有关部门应当采取措施,为残疾人康复创造条件,建立和完善残疾人康复服务体系,并分阶段实施重点康复项目,帮助残疾人恢复或者补偿功能,增强其参与社会生活的能力。

第十六条　康复工作应当从实际出发,将现代康复技术与我国传统康复技术相结合;以社区康复为基础,康复机构为骨干,残疾人家庭为依托;以实用、易行、受益广的康复内容为重点,优先开展残疾儿童抢救性治疗和康复;发展符合康复要求的科学技术,鼓励自主创新,加强康复新技术的研究、开发和应用,为残疾人提供有效的康复服务。

第十七条　各级人民政府鼓励和扶持社会力量兴办残疾人康复机构。

地方各级人民政府和有关部门,应当组织和指导城乡社区服务组织、医疗预防保健机构、残疾人组织、残疾人家庭和其他社会力量,开展社区康复工作。

残疾人教育机构、福利性单位和其他为残疾人服务的机构,应当创造条件,开展康复训练活动。

残疾人在专业人员的指导和有关工作人员、志愿工作者及亲属的帮助下,应当努力进行功能、自理能力和劳动技能的训练。

第十八条　地方各级人民政府和有关部门应当根据需要有计划地在医疗机构设立康复医学科室,举办残疾人康复机构,开展康复医疗与训练、人员培训、技术指导、科学研究等工作。

第十九条　医学院校和其他有关院校应当有计划地开设康复课程,设置相关专业,培养各类康复专业人才。

政府和社会采取多种形式对从事康复工作的人员进行技术培训;向残疾人、残疾人亲属、有关工作人员和志愿工作者普及康复知识,传授康复方法。

第二十条　政府有关部门应当组织和扶持残疾人康复器械、辅助器具的研制、生产、供应、维修服务。

第三章　教　育

第二十一条　国家保障残疾人享有平等接受教育的权利。

各级人民政府应当将残疾人教育作为国家教育事业的组成部分,统一规划,加强领导,为残疾人接受教育创造条件。

政府、社会、学校应当采取有效措施,解决残疾儿童、少年就学存在的实际困难,帮助其完成义务教育。

各级人民政府对接受义务教育的残疾学生、贫困残疾人家庭的学生提供免费教科书,并给予寄宿生活费等费用补助;对接受义务教育以外其他教育的残疾学生、贫困残疾人家庭的学生按照国家有关规定给予资助。

第二十二条 残疾人教育,实行普及与提高相结合、以普及为重点的方针,保障义务教育,着重发展职业教育,积极开展学前教育,逐步发展高级中等以上教育。

第二十三条 残疾人教育应当根据残疾人的身心特性和需要,按照下列要求实施:

(一)在进行思想教育、文化教育的同时,加强身心补偿和职业教育;

(二)依据残疾类别和接受能力,采取普通教育方式或者特殊教育方式;

(三)特殊教育的课程设置、教材、教学方法、入学和在校年龄,可以有适度弹性。

第二十四条 县级以上人民政府应当根据残疾人的数量、分布状况和残疾类别等因素,合理设置残疾人教育机构,并鼓励社会力量办学、捐资助学。

第二十五条 普通教育机构对具有接受普通教育能力的残疾人实施教育,并为其学习提供便利和帮助。

普通小学、初级中等学校,必须招收能适应其学习生活的残疾儿童、少年入学;普通高级中等学校、中等职业学校和高等学校,必须招收符合国家规定的录取要求的残疾考生入学,不得因其残疾而拒绝招收;拒绝招收的,当事人或者其亲属、监护人可以要求有关部门处理,有关部门应当责令该学校招收。

普通幼儿教育机构应当接收能适应其生活的残疾幼儿。

第二十六条 残疾幼儿教育机构、普通幼儿教育机构附设的残疾儿童班、特殊教育机构的学前班、残疾儿童福利机构、残疾儿童家庭,对残疾儿童实施学前教育。

初级中等以下特殊教育机构和普通教育机构附设的特殊教育班,对不具有接受普通教育能力的残疾儿童、少年实施义务教育。

高级中等以上特殊教育机构、普通教育机构附设的特殊教育班和残疾人职业教育机构,对符合条件的残疾人实施高级中等以上文化教育、职业教育。

提供特殊教育的机构应当具备适合残疾人学习、康复、生活特点的场所和设施。

第二十七条 政府有关部门、残疾人所在单位和有关社会组织应当对残疾人开展扫除文盲、职业培训、创业培训和其他成人教育,鼓励残疾人自学成才。

第二十八条 国家有计划地举办各级各类特殊教育师范院校、专业,在普通师范院校附设特殊教育班,培养、培训特殊教育师资。普通师范院校开设特殊教育课程或者讲授有关内容,使普通教师掌握必要的特殊教育知识。

特殊教育教师和手语翻译,享受特殊教育津贴。

第二十九条 政府有关部门应当组织和扶持盲文、手语的研究和应用,特殊教育教材的编写和出版,特殊教育教学用具及其他辅助用品的研制、生产和供应。

第四章 劳动就业

第三十条 国家保障残疾人劳动的权利。

各级人民政府应当对残疾人劳动就业统筹规划,为残疾人创造劳动就业条件。

第三十一条 残疾人劳动就业,实行集中与分散相结合的方针,采取优惠政策和扶持保护措施,通过多渠道、多层次、多种形式,使残疾人劳动就业逐步普及、稳定、合理。

第三十二条 政府和社会举办残疾人福利企业、盲人按摩机构和其他福利性单位,集中安排残疾人就业。

第三十三条 国家实行按比例安排残疾人就业制度。

国家机关、社会团体、企业事业单位、民办非企业单位应当按照规定的比例安排残疾人就业,并为其选择适当的工种和岗位。达不到规定比例的,按照国家有关规定履行保障残疾人就业义务。国家鼓励用人单位超过规定比例安排残疾人就业。

残疾人就业的具体办法由国务院规定。

第三十四条　国家鼓励和扶持残疾人自主择业、自主创业。

第三十五条　地方各级人民政府和农村基层组织,应当组织和扶持农村残疾人从事种植业、养殖业、手工业和其他形式的生产劳动。

第三十六条　国家对安排残疾人就业达到、超过规定比例或者集中安排残疾人就业的用人单位和从事个体经营的残疾人,依法给予税收优惠,并在生产、经营、技术、资金、物资、场地等方面给予扶持。国家对从事个体经营的残疾人,免除行政事业性收费。

县级以上地方人民政府及其有关部门应当确定适合残疾人生产、经营的产品、项目,优先安排残疾人福利性单位生产或者经营,并根据残疾人福利性单位的生产特点确定某些产品由其专产。

政府采购,在同等条件下应当优先购买残疾人福利性单位的产品或者服务。

地方各级人民政府应当开发适合残疾人就业的公益性岗位。

对申请从事个体经营的残疾人,有关部门应当优先核发营业执照。

对从事各类生产劳动的农村残疾人,有关部门应当在生产服务、技术指导、农用物资供应、农副产品购销和信贷等方面,给予帮助。

第三十七条　政府有关部门设立的公共就业服务机构,应当为残疾人免费提供就业服务。

残疾人联合会举办的残疾人就业服务机构,应当组织开展免费的职业指导、职业介绍和职业培训,为残疾人就业和用人单位招用残疾人提供服务和帮助。

第三十八条　国家保护残疾人福利性单位的财产所有权和经营自主权,其合法权益不受侵犯。

在职工的招用、转正、晋级、职称评定、劳动报酬、生活福利、休息休假、社会保险等方面,不得歧视残疾人。

残疾职工所在单位应当根据残疾职工的特点,提供适当的劳动条件和劳动保护,并根据实际需要对劳动场所、劳动设备和生活设施进行改造。

国家采取措施,保障盲人保健和医疗按摩人员从业的合法权益。

第三十九条　残疾职工所在单位应当对残疾职工进行岗位技术培训,提高其劳动技能和技术水平。

第四十条　任何单位和个人不得以暴力、威胁或者非法限制人身自由的手段强迫残疾人劳动。

第五章　文化生活

第四十一条　国家保障残疾人享有平等参与文化生活的权利。

各级人民政府和有关部门鼓励、帮助残疾人参加各种文化、体育、娱乐活动,积极创造条件,丰富残疾人精神文化生活。

第四十二条　残疾人文化、体育、娱乐活动应当面向基层,融于社会公共文化生活,适应各类残疾人的不同特点和需要,使残疾人广泛参与。

第四十三条　政府和社会采取下列措施,丰富残疾人的精神文化生活:

(一)通过广播、电影、电视、报刊、图书、网络等形式,及时宣传报道残疾人的工作、生活等情况,为残疾人服务;

(二)组织和扶持盲文读物、盲人有声读物及其他残疾人读物的编写和出版,根据盲人的实际需要,在公共图书馆设立盲文读物、盲人有声读物图书室;

(三)开办电视手语节目,开办残疾人专题广播栏目,推进电视栏目、影视作品加配字幕、解说;

(四)组织和扶持残疾人开展群众性文化、体育、娱乐活动,举办特殊艺术演出和残疾人体育运动会,参加国际性比赛和交流;

(五)文化、体育、娱乐和其他公共活动场所,为残疾人提供方便和照顾。有计划地兴办残疾人活动场所。

第四十四条　政府和社会鼓励、帮助残疾人从事文学、艺术、教育、科学、技术和其他有益于人民的创造性劳动。

第四十五条　政府和社会促进残疾人与其他公民之间的相互理解和交流,宣传残疾人事业和扶助残疾人的事迹,弘扬残疾人自强不息的精神,倡导团结、友爱、互助的社会风尚。

第六章　社会保障

第四十六条　国家保障残疾人享有各项社会保障的权利。

政府和社会采取措施,完善对残疾人的社会保障,保障和改善残疾人的生活。

第四十七条　残疾人及其所在单位应当按照国家有关规定参加社会保险。

残疾人所在城乡基层群众性自治组织、残疾人家庭,应当鼓励、帮助残疾人参加社会保险。

对生活确有困难的残疾人,按照国家有关规定给予社会保险补贴。

第四十八条　各级人民政府对生活确有困难的残疾人,通过多种渠道给予生活、教育、住房和其他社会救助。

县级以上地方人民政府对享受最低生活保障待遇后生活仍有特别困难的残疾人家庭,应当采取其他措施保障其基本生活。

各级人民政府对贫困残疾人的基本医疗、康复服务、必要的辅助器具的配置和更换,应当按照规定给予救助。

对生活不能自理的残疾人,地方各级人民政府应当根据情况给予护理补贴。

第四十九条　地方各级人民政府对无劳动能力、无扶养人或者扶养人不具有扶养能力、无生活来源的残疾人,按照规定予以供养。

国家鼓励和扶持社会力量举办残疾人供养、托养机构。

残疾人供养、托养机构及其工作人员不得侮辱、虐待、遗弃残疾人。

第五十条　县级以上人民政府对残疾人搭乘公共交通工具,应当根据实际情况给予便利和优惠。残疾人可以免费携带随身必备的辅助器具。

盲人持有效证件免费乘坐市内公共汽车、电车、地铁、渡船等公共交通工具。盲人读物邮件免费寄递。

国家鼓励和支持提供电信、广播电视服务的单位对盲人、听力残疾人、言语残疾人给予优惠。

各级人民政府应当逐步增加对残疾人的其他照顾和扶助。

第五十一条　政府有关部门和残疾人组织应当建立和完善社会各界为残疾人捐助和服务的渠道,鼓励和支持发展残疾人慈善事业,开展志愿者助残等公益活动。

第七章　无障碍环境

第五十二条　国家和社会应当采取措施,逐步完善无障碍设施,推进信息交流无障碍,为残疾人平等参与社会生活创造无障碍环境。

各级人民政府应当对无障碍环境建设进行统筹规划,综合协调,加强监督管理。

第五十三条　无障碍设施的建设和改造,应当符合残疾人的实际需要。

新建、改建和扩建建筑物、道路、交通设施等,应当符合国家有关无障碍设施工程建设标准。

各级人民政府和有关部门应当按照国家无障碍设施工程建设规定,逐步推进已建成设施的改造,优先推进与残疾人日常工作、生活密切相关的公共服务设施的改造。

对无障碍设施应当及时维修和保护。

第五十四条　国家采取措施,为残疾人信息交流无障碍创造条件。

各级人民政府和有关部门应当采取措施,为残疾人获取公共信息提供便利。

国家和社会研制、开发适合残疾人使用的信息交流技术和产品。

国家举办的各类升学考试、职业资格考试和任职考试,有盲人参加的,应当为盲人提供盲文试卷、电子试卷或者由专门的工作人员予以协助。

第五十五条　公共服务机构和公共场所应当创造条件,为残疾人提供语音和文字提示、手语、盲文等信息交流服务,并提供优先服务和辅助性服务。

公共交通工具应当逐步达到无障碍设施的要求。有条件的公共停车场应当为残疾人设置专用停车位。

第五十六条　组织选举的部门应当为残疾人参加选举提供便利;有条件的,应当为盲人提供盲文选票。

第五十七条　国家鼓励和扶持无障碍辅助设备、无障碍交通工具的研制和开发。

第五十八条　盲人携带导盲犬出入公共场所,应当遵守国家有关规定。

第八章　法律责任

第五十九条　残疾人的合法权益受到侵害的,可以向残疾人组织投诉,残疾人组织应当维护残疾人的合法权益,有权要求有关部门或者单位查处。有关部门或者单位应当依法查处,并予以答复。

残疾人组织对残疾人通过诉讼维护其合法权益需要帮助的,应当给予支持。

残疾人组织对侵害特定残疾人群体利益的行为,有权要求有关部门依法查处。

第六十条　残疾人的合法权益受到侵害的,有权要求有关部门依法处理,或者依法向仲裁机构申请仲裁,或者依法向人民法院提起诉讼。

对有经济困难或者其他原因确需法律援助或者司法救助的残疾人,当地法律援助机构或者人民法院应当给予帮助,依法为其提供法律援助或者司法救助。

第六十一条　违反本法规定,对侵害残疾人权益行为的申诉、控告、检举,推诿、拖延、压制不予查处,或者对提出申诉、控告、检举的人进行打击报复的,由其所在单位、主管部门或者上级机关责令改正,并依法对直接负责的主管人员和其他直接责任人员给予处分。

国家工作人员未依法履行职责,对侵害残疾人权益的行为未及时制止或者未给予受害残疾人必要帮助,造成严重后果的,由其所在单位或者上级机关依法对直接负责的主管人员和其他直接责任人员给予处分。

第六十二条　违反本法规定,通过大众传播媒介或者其他方式贬低损害残疾人人格的,由文化、广播电影电视、新闻出版或者其他有关主管部门依据各自的职权责令改正,并依法给予行政处罚。

第六十三条　违反本法规定,有关教育机构拒不接收残疾学生入学,或者在国家规定的录取要求以外附加条件限制残疾学生就学的,由有关主管部门责令改正,并依法对直接负责的主管人员和其他直接责任人员给予处分。

第六十四条　违反本法规定,在职工的招用等方面歧视残疾人的,由有关主管部门责令改正;残疾人劳动者可以依法向人民法院提起诉讼。

第六十五条　违反本法规定,供养、托养机构及其工作人员侮辱、虐待、遗弃残疾人的,对直接负责的主管人员和其他直接责任人员依法给予处分;构成违反治安管理行为的,依法给予行政处罚。

第六十六条　违反本法规定,新建、改建和扩建建筑物、道路、交通设施,不符合国家有关无障碍设施工程建设标准,或者对无障碍设施未进行及时维修和保护造成后果的,由有关主管部门依法处理。

第六十七条　违反本法规定,侵害残疾人的合法权益,其他法律、法规规定行政处罚的,从其规定;造成财产损失或者其他损害的,依法承担民事责任;构成犯罪的,依法追究刑事责任。

第九章　附　则

第六十八条　本法自 2008 年 7 月 1 日起施行。

附录三　联合国残疾人权利公约

序　言

本公约缔约国

(一)回顾《联合国宪章》宣告的各项原则确认人类大家庭所有成员的固有尊严和价值以及平等和不可剥夺的权利,是世界自由、正义与和平的基础;

(二)确认联合国在《世界人权宣言》和国际人权公约中宣告并认定人人有权享有这些文书所载的一切权利和自由,不得有任何区别;

(三)重申一切人权和基本自由都是普遍、不可分割、相互依存和相互关联的,必须保障残疾人不受歧视地充分享有这些权利和自由;

(四)回顾《经济、社会、文化权利国际公约》、《公民及政治权利国际公约》、《消除一切形式种族歧视国际公约》、《消除对妇女一切形式歧视公约》、《禁止酷刑和其他残忍、不人道或有辱人格的待遇或处罚公约》、《儿童权利公约》和《保护所有移徙工人及其家庭成员权利国际公约》;

（五）确认残疾是一个演变中的概念，残疾是伤残者和阻碍他们在与其他人平等的基础上充分和切实地参与社会的各种态度和环境障碍相互作用所产生的结果；

（六）确认《关于残疾人的世界行动纲领》和《残疾人机会均等标准规则》所载原则和政策导则在影响国家、区域和国际各级推行、制定和评价进一步增加残疾人均等机会的政策、计划、方案和行动方面的重要性；

（七）强调必须使残疾问题成为相关可持续发展战略的重要组成部分；

（八）又确认因残疾而歧视任何人是对人的固有尊严和价值的侵犯；

（九）还确认残疾人的多样性；

（十）确认必须促进和保护所有残疾人的人权，包括需要加强支助的残疾人的人权；

（十一）关注尽管有上述各项文书和承诺，残疾人作为平等社会成员参与方面继续面临各种障碍，残疾人的人权在世界各地继续受到侵犯；

（十二）确认国际合作对改善各国残疾人，尤其是发展中国家残疾人的生活条件至关重要；

（十三）确认残疾人对其社区的全面福祉和多样性作出的和可能作出的宝贵贡献，并确认促进残疾人充分享有其人权和基本自由以及促进残疾人充分参与，将增强其归属感，大大推进整个社会的人的发展和社会经济发展以及除贫工作；

（十四）确认个人的自主和自立，包括自由作出自己的选择，对残疾人至关重要；

（十五）认为残疾人应有机会积极参与政策和方案的决策过程，包括与残疾人直接有关的政策和方案的决策过程；

（十六）关注因种族、肤色、性别、语言、宗教、政治或其他见解、民族本源、族裔、土著身份或社会出身、财产、出生、年龄或其他身份而受到多重或加重形式歧视的残疾人所面临的困难处境；

（十七）确认残疾妇女和残疾女孩在家庭内外往往面临更大的风险，更易遭受暴力、伤害或凌虐、忽视或疏忽、虐待或剥削；

（十八）确认残疾儿童应在与其他儿童平等的基础上充分享有一切人权和基本自由，并回顾《儿童权利公约》缔约国为此目的承担的义务；

（十九）强调必须将两性平等观点纳入促进残疾人充分享有人权和基本自由的一切努力之中；

（二十）着重指出大多数残疾人生活贫困，确认在这方面亟需消除贫穷对残疾人的不利影响；

（二十一）铭记在恪守《联合国宪章》宗旨和原则并遵守适用的人权文书的基础上实现和平与安全，是充分保护残疾人，特别是在武装冲突和外国占领期间充分保护残疾人的必要条件；

（二十二）确认无障碍的物质、社会、经济和文化环境、医疗卫生和教育以及信息和交流，对残疾人能够充分享有一切人权和基本自由至关重要；

（二十三）认识到个人对他人和对本人所属社区负有义务，有责任努力促进和遵守《国际人权宪章》确认的权利；

（二十四）深信家庭是自然和基本的社会组合单元，有权获得社会和国家的保护，残疾人及其家庭成员应获得必要的保护和援助，使家庭能够为残疾人充分和平等地享有其权利作出贡献；

（二十五）深信一项促进和保护残疾人权利和尊严的全面综合国际公约将大有助于在发展中国家和发达国家改变残疾人在社会上的严重不利处境，促使残疾人有平等机会参与公民、政治、经济、社会和文化生活。

议定如下：

第一条　宗旨

本公约的宗旨是促进、保护和确保所有残疾人充分和平等地享有一切人权和基本自由，并促进对残疾人固有尊严的尊重。

残疾人包括肢体、精神、智力或感官有长期损伤的人，这些损伤与各种障碍相互作用，可能阻碍残疾人在与他人平等的基础上充分和切实地参与社会。

第二条　定义

为本公约的目的：

"交流"包括语言、字幕、盲文、触觉交流、大字本、无障碍多媒体以及书面语言、听力语言、浅白语言、朗读员和其他辅助或替代性交流方式、手段和模式,包括无障碍信息和通信技术;

"语言"包括口语和手语及其他形式的非语音语言;

"基于残疾的歧视"是指基于残疾而作出的任何区别、排斥或限制,其目的或效果是在政治、经济、社会、文化、公民或任何其他领域,损害或取消在与其他人平等的基础上,对一切人权和基本自由的认可、享有或行使。基于残疾的歧视包括一切形式的歧视,包括拒绝提供合理便利;

"合理便利"是指根据具体需要,在不造成过度或不当负担的情况下,进行必要和适当的修改和调整,以确保残疾人在与其他人平等的基础上享有或行使一切人权和基本自由;

"通用设计"是指尽最大可能让所有人可以使用,无需作出调整或特别设计的产品、环境、方案和服务设计。"通用设计"不排除在必要时为某些残疾人群体提供辅助用具。

第三条 一般原则

本公约的原则是:

(一)尊重固有尊严和个人自主,包括自由作出自己的选择,以及个人的自立;

(二)不歧视;

(三)充分和切实地参与和融入社会;

(四)尊重差异,接受残疾人是人的多样性的一部分和人类的一份子;

(五)机会均等;

(六)无障碍;

(七)男女平等;

(八)尊重残疾儿童逐渐发展的能力并尊重残疾儿童保持其身份特性的权利。

第四条 一般义务

一、缔约国承诺确保并促进充分实现所有残疾人的一切人权和基本自由,使其不受任何基于残疾的歧视。为此目的,缔约国承诺:

(一)采取一切适当的立法、行政和其他措施实施本公约确认的权利;

(二)采取一切适当措施,包括立法,以修订或废止构成歧视残疾人的现行法律、法规、习惯和做法;

(三)在一切政策和方案中考虑保护和促进残疾人的人权;

(四)不实施任何与本公约不符的行为或做法,确保公共当局和机构遵循本公约的规定行事;

(五)采取一切适当措施,消除任何个人、组织或私营企业基于残疾的歧视;

(六)从事或促进研究和开发本公约第二条所界定的通用设计的货物、服务、设备和设施,以便仅需尽可能小的调整和最低的费用即可满足残疾人的具体需要,促进这些货物、服务、设备和设施的提供和使用,并在拟订标准和导则方面提倡通用设计;

(七)从事或促进研究和开发适合残疾人的新技术,并促进提供和使用这些新技术,包括信息和通信技术、助行器具、用品、辅助技术,优先考虑价格低廉的技术;

(八)向残疾人提供无障碍信息,介绍助行器具、用品和辅助技术,包括新技术,并介绍其他形式的协助、支助服务和设施;

(九)促进培训协助残疾人的专业人员和工作人员,使他们了解本公约确认的权利,以便更好地提供这些权利所保障的协助和服务。

二、关于经济、社会和文化权利,各缔约国承诺尽量利用现有资源并于必要时在国际合作框架内采取措施,以期逐步充分实现这些权利,但不妨碍本公约中依国际法立即适用的义务。

三、缔约国应当在为实施本公约而拟订和施行立法和政策时以及在涉及残疾人问题的其他决策过程中,通过代表残疾人的组织,与残疾人,包括残疾儿童,密切协商,使他们积极参与。

四、本公约的规定不影响任何缔约国法律或对该缔约国生效的国际法中任何更有利于实现残疾人权利的规定。对于根据法律、公约、法规或习惯而在本公约任何缔约国内获得承认或存在的任何人权和基本自由,不得以本公约未予承认或未予充分承认这些权利或自由为借口而加以限制或减损。

五、本公约的规定应当无任何限制或例外地适用于联邦制国家各组成部分。

第五条 平等和不歧视

一、缔约国确认,在法律面前,人人平等,有权不受任何歧视地享有法律给予的平等保护和平等权益。

二、缔约国应当禁止一切基于残疾的歧视,保证残疾人获得平等和有效的法律保护,使其不受基于任何原因的歧视。

三、为促进平等和消除歧视,缔约国应当采取一切适当步骤,确保提供合理便利。

四、为加速或实现残疾人事实上的平等而必须采取的具体措施,不得视为本公约所指的歧视。

第六条 残疾妇女

一、缔约国确认残疾妇女和残疾女孩受到多重歧视,在这方面,应当采取措施,确保她们充分和平等地享有一切人权和基本自由。

二、缔约国应当采取一切适当措施,确保妇女充分发展,地位得到提高,能力得到增强,目的是保证妇女能行使和享有本公约所规定的人权和基本自由。

第七条 残疾儿童

一、缔约国应当采取一切必要措施,确保残疾儿童在与其他儿童平等的基础上,充分享有一切人权和基本自由。

二、在一切关于残疾儿童的行动中,应当以儿童的最佳利益为一项首要考虑。

三、缔约国应当确保,残疾儿童有权在与其他儿童平等的基础上,就一切影响本人的事项自由表达意见,并获得适合其残疾状况和年龄的辅助手段以实现这项权利,残疾儿童的意见应当按其年龄和成熟程度适当予以考虑。

第八条 提高认识

一、缔约国承诺立即采取有效和适当的措施,以便:

(一)提高整个社会,包括家庭,对残疾人的认识,促进对残疾人权利和尊严的尊重;

(二)在生活的各个方面消除对残疾人的定见、偏见和有害做法,包括基于性别和年龄的定见、偏见和有害做法;

(三)提高对残疾人的能力和贡献的认识。

二、为此目的采取的措施包括:

(一)发起和持续进行有效的宣传运动,提高公众认识,以便:

1. 培养接受残疾人权利的态度;

2. 促进积极看待残疾人,提高社会对残疾人的了解;

3. 促进承认残疾人的技能、才华和能力以及他们对工作场所和劳动力市场的贡献;

(二)在各级教育系统中培养尊重残疾人权利的态度,包括从小在所有儿童中培养这种态度;

(三)鼓励所有媒体机构以符合本公约宗旨的方式报道残疾人;

(四)推行了解残疾人和残疾人权利的培训方案。

第九条 无障碍

一、为了使残疾人能够独立生活和充分参与生活的各个方面,缔约国应当采取适当措施,确保残疾人在与其他人平等的基础上,无障碍地进出物质环境,使用交通工具,利用信息和通信,包括信息和通信技术和系统,以及享用在城市和农村地区向公众开放或提供的其他设施和服务。这些措施应当包括查明和消除阻碍实现无障碍环境的因素,并除其他外,应当适用于:

(一)建筑、道路、交通和其他室内外设施,包括学校、住房、医疗设施和工作场所;

(二)信息、通信和其他服务,包括电子服务和应急服务。

二、缔约国还应当采取适当措施,以便:

(一)拟订和公布无障碍使用向公众开放或提供的设施和服务的最低标准和导则,并监测其实施情况;

（二）确保向公众开放或为公众提供设施和服务的私营实体在各个方面考虑为残疾人创造无障碍环境；

（三）就残疾人面临的无障碍问题向各有关方面提供培训；

（四）在向公众开放的建筑和其他设施中提供盲文标志及易读易懂的标志；

（五）提供各种形式的现场协助和中介，包括提供向导、朗读员和专业手语译员，以利向公众开放的建筑和其他设施的无障碍；

（六）促进向残疾人提供其他适当形式的协助和支助，以确保残疾人获得信息；

（七）促使残疾人有机会使用新的信息和通信技术和系统，包括因特网；

（八）促进在早期阶段设计、开发、生产、推行无障碍信息和通信技术和系统，以便能以最低成本使这些技术和系统无障碍。

第十条 生命权

缔约国重申人人享有固有的生命权，并应当采取一切必要措施，确保残疾人在与其他人平等的基础上切实享有这一权利。

第十一条 危难情况和人道主义紧急情况

缔约国应当依照国际法包括国际人道主义法和国际人权法规定的义务，采取一切必要措施，确保在危难情况下，包括在发生武装冲突、人道主义紧急情况和自然灾害时，残疾人获得保护和安全。

第十二条 在法律面前获得平等承认

一、缔约国重申残疾人享有在法律面前的人格在任何地方均获得承认的权利。

二、缔约国应当确认残疾人在生活的各方面在与其他人平等的基础上享有法律权利能力。

三、缔约国应当采取适当措施，便利残疾人获得他们在行使其法律权利能力时可能需要的协助。

四、缔约国应当确保，与行使法律权利能力有关的一切措施，均依照国际人权法提供适当和有效的防止滥用保障。这些保障应当确保与行使法律权利能力有关的措施尊重本人的权利、意愿和选择，无利益冲突和不当影响，适应本人情况，适用时间尽可能短，并定期由一个有资格、独立、公正的当局或司法机构复核。提供的保障应当与这些措施影响个人权益的程度相称。

五、在符合本条的规定的情况下，缔约国应当采取一切适当和有效的措施，确保残疾人享有平等权利拥有或继承财产，掌管自己的财务，有平等机会获得银行贷款、抵押贷款和其他形式的金融信贷，并应当确保残疾人的财产不被任意剥夺。

第十三条 获得司法保护

一、缔约国应当确保残疾人在与其他人平等的基础上有效获得司法保护，包括通过提供程序便利和适龄措施，以便利他们在所有法律诉讼程序中，包括在调查和其他初步阶段中，切实发挥其作为直接和间接参与方，包括其作为证人的作用。

二、为了协助确保残疾人有效获得司法保护，缔约国应当促进对司法领域工作人员，包括警察和监狱工作人员进行适当的培训。

第十四条 自由和人身安全

一、缔约国应当确保残疾人在与其他人平等的基础上：

（一）享有自由和人身安全的权利；

（二）不被非法或任意剥夺自由，任何对自由的剥夺均须符合法律规定，而且在任何情况下均不得以残疾作为剥夺自由的理由。

二、缔约国应当确保，在任何程序中被剥夺自由的残疾人，在与其他人平等的基础上，有权获得国际人权法规定的保障，并应当享有符合本公约宗旨和原则的待遇，包括提供合理便利的待遇。

第十五条 免于酷刑或残忍、不人道或有辱人格的待遇或处罚

一、不得对任何人实施酷刑或残忍、不人道或有辱人格的待遇或处罚。特别是不得在未经本人自由同意的情况下，对任何人进行医学或科学试验。

二、缔约国应当采取一切有效的立法、行政、司法或其他措施，在与其他人平等的基础上，防止残疾人遭受

酷刑或残忍、不人道或有辱人格的待遇或处罚。

第十六条 免于剥削、暴力和凌虐

一、缔约国应当采取一切适当的立法、行政、社会、教育和其他措施,保护残疾人在家庭内外免遭一切形式的剥削、暴力和凌虐,包括基于性别的剥削、暴力和凌虐。

二、缔约国还应当采取一切适当措施防止一切形式的剥削、暴力和凌虐,除其他外,确保向残疾人及其家属和照护人提供考虑到性别和年龄的适当协助和支助,包括提供信息和教育,说明如何避免、识别和报告剥削、暴力和凌虐事件。缔约国应当确保保护服务考虑到年龄、性别和残疾因素。

三、为了防止发生任何形式的剥削、暴力和凌虐,缔约国应当确保所有用于为残疾人服务的设施和方案受到独立当局的有效监测。

四、残疾人受到任何形式的剥削、暴力或凌虐时,缔约国应当采取一切适当措施,包括提供保护服务,促进被害人的身体、认知功能和心理的恢复、康复及回归社会。上述恢复措施和回归社会措施应当在有利于本人的健康、福祉、自尊、尊严和自主的环境中进行,并应当考虑到因性别和年龄而异的具体需要。

五、缔约国应当制定有效的立法和政策,包括以妇女和儿童为重点的立法和政策,确保查明、调查和酌情起诉对残疾人的剥削、暴力和凌虐事件。

第十七条 保护人身完整性

每个残疾人的身心完整性有权在与其他人平等的基础上获得尊重。

第十八条 迁徙自由和国籍

一、缔约国应当确认残疾人在与其他人平等的基础上有权自由迁徙、自由选择居所和享有国籍,包括确保残疾人:

(一)有权获得和变更国籍,国籍不被任意剥夺或因残疾而被剥夺;

(二)不因残疾而被剥夺获得、拥有和使用国籍证件或其他身份证件的能力,或利用相关程序,如移民程序的能力,这些能力可能是便利行使迁徙自由权所必要的;

(三)可以自由离开任何国家,包括本国在内;

(四)不被任意剥夺或因残疾而被剥夺进入本国的权利。

二、残疾儿童出生后应当立即予以登记,从出生起即应当享有姓名权利,享有获得国籍的权利,并尽可能享有知悉父母并得到父母照顾的权利。

第十九条 独立生活和融入社区

本公约缔约国确认所有残疾人享有在社区中生活的平等权利以及与其他人同等的选择,并应当采取有效和适当的措施,以便利残疾人充分享有这项权利以及充分融入和参与社区,包括确保:

(一)残疾人有机会在与其他人平等的基础上选择居所,选择在何处、与何人一起生活,不被迫在特定的居住安排中生活;

(二)残疾人获得各种居家、住所和其他社区支助服务,包括必要的个人援助,以便在社区生活和融入社区,避免同社区隔绝或隔离;

(三)残疾人可以在平等基础上享用为公众提供的社区服务和设施,并确保这些服务和设施符合他们的需要。

第二十条 个人行动能力

缔约国应当采取有效措施,确保残疾人尽可能独立地享有个人行动能力,包括:

(一)便利残疾人按自己选择的方式和时间,以低廉费用享有个人行动能力;

(二)便利残疾人获得优质的助行器具、用品、辅助技术以及各种形式的现场协助和中介,包括以低廉费用提供这些服务;

(三)向残疾人和专门协助残疾人的工作人员提供行动技能培训;

(四)鼓励生产助行器具、用品和辅助技术的实体考虑残疾人行动能力的各个方面。

第二十一条　表达意见的自由和获得信息的机会

缔约国应当采取一切适当措施,包括下列措施,确保残疾人能够行使自由表达意见的权利,包括在与其他人平等的基础上,通过自行选择本公约第二条所界定的一切交流形式,寻求、接受、传递信息和思想的自由:

(一)以无障碍模式和适合不同类别残疾的技术,及时向残疾人提供公共信息,不另收费;

(二)在政府事务中允许和便利使用手语、盲文、辅助和替代性交流方式及残疾人选用的其他一切无障碍交流手段、方式和模式;

(三)敦促向公众提供服务,包括通过因特网提供服务的私营实体,以无障碍和残疾人可以使用的模式提供信息和服务;

(四)鼓励包括因特网信息提供商在内的大众媒体向残疾人提供无障碍服务;

(五)承认和推动手语的使用。

第二十二条　尊重隐私

一、残疾人,不论其居所地或居住安排为何,其隐私、家庭、家居和通信以及其他形式的交流,不得受到任意或非法的干预,其荣誉和名誉也不得受到非法攻击。残疾人有权获得法律的保护,不受这种干预或攻击。

二、缔约国应当在与其他人平等的基础上保护残疾人的个人、健康和康复资料的隐私。

第二十三条　尊重家居和家庭

一、缔约国应当采取有效和适当的措施,在涉及婚姻、家庭、生育和个人关系的一切事项中,在与其他人平等的基础上,消除对残疾人的歧视,以确保:

(一)所有适婚年龄的残疾人根据未婚配偶双方自由表示的充分同意结婚和建立家庭的权利获得承认;

(二)残疾人自由、负责任地决定子女人数和生育间隔,获得适龄信息、生殖教育和计划生育教育的权利获得承认,并提供必要手段使残疾人能够行使这些权利;

(三)残疾人,包括残疾儿童,在与其他人平等的基础上,保留其生育力。

二、如果本国立法中有监护、监管、托管和领养儿童或类似的制度,缔约国应当确保残疾人在这些方面的权利和责任;在任何情况下均应当以儿童的最佳利益为重。缔约国应当适当协助残疾人履行其养育子女的责任。

三、缔约国应当确保残疾儿童在家庭生活方面享有平等权利。为了实现这些权利,并为了防止隐藏、遗弃、忽视和隔离残疾儿童,缔约国应当承诺及早向残疾儿童及其家属提供全面的信息、服务和支助。

四、缔约国应当确保不违背儿童父母的意愿使子女与父母分离,除非主管当局依照适用的法律和程序,经司法复核断定这种分离确有必要,符合儿童本人的最佳利益。在任何情况下均不得以子女残疾或父母一方或双方残疾为理由,使子女与父母分离。

五、缔约国应当在近亲属不能照顾残疾儿童的情况下,尽一切努力在大家庭范围内提供替代性照顾,并在无法提供这种照顾时,在社区内提供家庭式照顾。

第二十四条　教育

一、缔约国确认残疾人享有受教育的权利。为了在不受歧视和机会均等的情况下实现这一权利,缔约国应当确保在各级教育实行包容性教育制度和终生学习,以便:

(一)充分开发人的潜力,培养自尊自重精神,加强对人权、基本自由和人的多样性的尊重;

(二)最充分地发展残疾人的个性、才华和创造力以及智能和体能;

(三)使所有残疾人能切实参与一个自由的社会。

二、为了实现这一权利,缔约国应当确保:

(一)残疾人不因残疾而被排拒于普通教育系统之外,残疾儿童不因残疾而被排拒于免费和义务初等教育或中等教育之外;

(二)残疾人可以在自己生活的社区内,在与其他人平等的基础上,获得包容性的优质免费初等教育和中等教育;

(三)提供合理便利以满足个人的需要;

（四）残疾人在普通教育系统中获得必要的支助,便利他们切实获得教育;

（五）按照有教无类的包容性目标,在最有利于发展学习和社交能力的环境中,提供适合个人情况的有效支助措施。

三、缔约国应当使残疾人能够学习生活和社交技能,便利他们充分和平等地参与教育和融入社区。为此目的,缔约国应当采取适当措施,包括:

（一）为学习盲文,替代文字,辅助和替代性交流方式、手段和模式,定向和行动技能提供便利,并为残疾人之间的相互支持和指导提供便利;

（二）为学习手语和宣传聋人的语言特性提供便利;

（三）确保以最适合个人情况的语文及交流方式和手段,在最有利于发展学习和社交能力的环境中,向盲、聋或聋盲人,特别是盲、聋或聋盲儿童提供教育。

四、为了帮助确保实现这项权利,缔约国应当采取适当措施,聘用有资格以手语和(或)盲文教学的教师,包括残疾教师,并对各级教育的专业人员和工作人员进行培训。这种培训应当包括对残疾的了解和学习使用适当的辅助和替代性交流方式、手段和模式、教育技巧和材料以协助残疾人。

五、缔约国应当确保,残疾人能够在不受歧视和与其他人平等的基础上,获得普通高等教育、职业培训、成人教育和终生学习。为此目的,缔约国应当确保向残疾人提供合理便利。

第二十五条 健康

缔约国确认,残疾人有权享有可达到的最高健康标准,不受基于残疾的歧视。缔约国应当采取一切适当措施,确保残疾人获得考虑到性别因素的医疗卫生服务,包括与健康有关的康复服务。缔约国尤其应当:

（一）向残疾人提供其他人享有的,在范围、质量和标准方面相同的免费或费用低廉的医疗保健服务和方案,包括在性健康和生殖健康及全民公共卫生方案方面;

（二）向残疾人提供残疾特需医疗卫生服务,包括酌情提供早期诊断和干预,并提供旨在尽量减轻残疾和预防残疾恶化的服务,包括向儿童和老年人提供这些服务;

（三）尽量就近在残疾人所在社区,包括在农村地区,提供这些医疗卫生服务;

（四）要求医护人员,包括在征得残疾人自由表示的知情同意基础上,向残疾人提供在质量上与其他人所得相同的护理,特别是通过提供培训和颁布公共和私营医疗保健服务职业道德标准,提高对残疾人人权、尊严、自主和需要的认识;

（五）在提供医疗保险和国家法律允许的人寿保险方面禁止歧视残疾人,这些保险应当以公平合理的方式提供;

（六）防止基于残疾而歧视性地拒绝提供医疗保健或医疗卫生服务,或拒绝提供食物和液体。

第二十六条 适应训练和康复

一、缔约国应当采取有效和适当的措施,包括通过残疾人相互支持,使残疾人能够实现和保持最大程度的自立,充分发挥和维持体能、智能、社会和职业能力,充分融入和参与生活的各个方面。为此目的,缔约国应当组织、加强和推广综合性适应训练和康复服务和方案,尤其是在医疗卫生、就业、教育和社会服务方面,这些服务和方案应当:

（一）根据对个人需要和体能的综合评估尽早开始;

（二）有助于残疾人参与和融入社区和社会的各个方面,属自愿性质,并尽量在残疾人所在社区,包括农村地区就近安排。

二、缔约国应当促进为从事适应训练和康复服务的专业人员和工作人员制订基础培训和进修培训计划。

三．在适应训练和康复方面,缔约国应当促进提供为残疾人设计的辅助用具和技术以及对这些用具和技术的了解和使用。

第二十七条 工作和就业

一、缔约国确认残疾人在与其他人平等的基础上享有工作权,包括有机会在开放、具有包容性和对残疾人不构成障碍的劳动力市场和工作环境中,为谋生自由选择或接受工作的权利。为保障和促进工作权的实现,包括在就业期间致残者的工作权的实现,缔约国应当采取适当步骤,包括通过立法,除其他外:

(一)在一切形式就业的一切事项上,包括在征聘、雇用和就业条件、继续就业、职业提升以及安全和健康的工作条件方面,禁止基于残疾的歧视;

(二)保护残疾人在与其他人平等的基础上享有公平和良好的工作条件,包括机会均等和同值工作同等报酬的权利,享有安全和健康的工作环境,包括不受搔扰的权利,并享有申诉的权利;

(三)确保残疾人能够在与其他人平等的基础上行使工会权;

(四)使残疾人能够切实参加一般技术和职业指导方案,获得职业介绍服务、职业培训和进修培训;

(五)在劳动力市场上促进残疾人的就业机会和职业提升机会,协助残疾人寻找、获得、保持和恢复工作;

(六)促进自营就业、创业经营、创建合作社和个体开业的机会;

(七)在公共部门雇用残疾人;

(八)以适当的政策和措施,其中可以包括平权行动方案、奖励和其他措施,促进私营部门雇用残疾人;

(九)确保在工作场所为残疾人提供合理便利;

(十)促进残疾人在开放劳动力市场上获得工作经验;

(十一)促进残疾人的职业和专业康复服务、保留工作和恢复工作方案。

二、缔约国应当确保残疾人不被奴役或驱役,并在与其他人平等的基础上受到保护,不被强迫或强制劳动。

第二十八条　适足的生活水平和社会保护

一、缔约国确认残疾人有权为自己及其家属获得适足的生活水平,包括适足的食物、衣物、住房,以及不断改善生活条件;缔约国应当采取适当步骤,保障和促进在不受基于残疾的歧视的情况下实现这项权利。

二、缔约国确认残疾人有权获得社会保护,并有权在不受基于残疾的歧视的情况下享有这项权利;缔约国应当采取适当步骤,保障和促进这项权利的实现,包括采取措施:

(一)确保残疾人平等地获得洁净供水,并且确保他们获得适当和价格低廉的服务、用具和其他协助,以满足与残疾有关的需要;

(二)确保残疾人,尤其是残疾妇女、女孩和老年人,可以利用社会保护方案和减贫方案;

(三)确保生活贫困的残疾人及其家属,在与残疾有关的费用支出,包括适足的培训、辅导、经济援助和临时护理方面,可以获得国家援助;

(四)确保残疾人可以参加公共住房方案;

(五)确保残疾人可以平等享受退休福利和参加退休方案。

第二十九条　参与政治和公共生活

缔约国应当保证残疾人享有政治权利,有机会在与其他人平等的基础上享受这些权利,并应当承诺:

(一)确保残疾人能够在与其他人平等的基础上,直接或通过其自由选择的代表,有效和充分地参与政治和公共生活,包括确保残疾人享有选举和被选举的权利和机会,除其他外,采取措施:

1. 确保投票程序、设施和材料适当、无障碍、易懂易用;

2. 保护残疾人的权利,使其可以在选举或公投中不受威吓地采用无记名方式投票、参选、在各级政府实际担任公职和履行一切公共职务,并酌情提供使用辅助技术和新技术的便利;

3. 保证残疾人作为选民能够自由表达意愿,并在必要时根据残疾人的要求,为此目的允许残疾人自行选择的人协助投票;

(二)积极创造环境,使残疾人能够不受歧视地在与其他人平等的基础上有效和充分地参与处理公共事务,并鼓励残疾人参与公共事务,包括:

1. 参与涉及本国公共和政治生活的非政府组织和社团,参加政党的活动和管理;

2. 建立和加入残疾人组织,在国际、全国、地区和地方各级代表残疾人。

第三十条　参与文化生活、娱乐、休闲和体育活动

一、缔约国确认残疾人有权在与其他人平等的基础上参与文化生活,并应当采取一切适当措施,确保残疾人:

(一)获得以无障碍模式提供的文化材料;

(二)获得以无障碍模式提供的电视节目、电影、戏剧和其他文化活动;

(三)进出文化表演或文化服务场所,例如剧院、博物馆、电影院、图书馆、旅游服务场所,并尽可能地可以进出在本国文化中具有重要意义的纪念物和纪念地。

二、缔约国应当采取适当措施,使残疾人能够有机会为自身利益并为充实社会,发展和利用自己的创造、艺术和智力潜力。

三、缔约国应当采取一切适当步骤,依照国际法的规定,确保保护知识产权的法律不构成不合理或歧视性障碍,阻碍残疾人获得文化材料。

四、残疾人特有的文化和语言特性,包括手语和聋文化,应当有权在与其他人平等的基础上获得承认和支持。

五、为了使残疾人能够在与其他人平等的基础上参加娱乐、休闲和体育活动,缔约国应当采取适当措施,以便:

(一)鼓励和促进残疾人尽可能充分地参加各级主流体育活动;

(二)确保残疾人有机会组织、发展和参加残疾人专项体育、娱乐活动,并为此鼓励在与其他人平等的基础上提供适当指导、训练和资源;

(三)确保残疾人可以使用体育、娱乐和旅游场所;

(四)确保残疾儿童享有与其他儿童一样的平等机会参加游戏、娱乐和休闲以及体育活动,包括在学校系统参加这类活动;

(五)确保残疾人可以获得娱乐、旅游、休闲和体育活动的组织人提供的服务。

第三十一条　统计和数据收集

一、缔约国承诺收集适当的信息,包括统计和研究数据,以便制定和实施政策,落实本公约。收集和维持这些信息的工作应当:

(一)遵行法定保障措施,包括保护数据的立法,实行保密和尊重残疾人的隐私;

(二)遵行保护人权和基本自由的国际公认规范以及收集和使用统计数据的道德原则。

二、依照本条规定收集的信息应当酌情分组,用于协助评估本公约规定的缔约国义务的履行情况,查明和清除残疾人在行使其权利时遇到的障碍。

三、缔约国应当负责传播这些统计数据,确保残疾人和其他人可以使用这些统计数据。

第三十二条　国际合作

一、缔约国确认必须开展和促进国际合作,支持国家为实现本公约的宗旨和目的而作出的努力,并将为此在双边和多边的范围内采取适当和有效的措施,并酌情与相关国际和区域组织及民间社会,特别是与残疾人组织,合作采取这些措施。除其他外,这些措施可包括:

(一)确保包容和便利残疾人参与国际合作,包括国际发展方案;

(二)促进和支持能力建设,如交流和分享信息、经验、培训方案和最佳做法;

(三)促进研究方面的合作,便利科学技术知识的获取;

(四)酌情提供技术和经济援助,包括便利获取和分享无障碍技术和辅助技术以及通过技术转让提供这些援助。

二、本条的规定不妨害各缔约国履行其在本公约下承担的义务。

第三十三条　国家实施和监测

一、缔约国应当按照本国建制,在政府内指定一个或多个协调中心,负责有关实施本公约的事项,并应当适当考虑在政府内设立或指定一个协调机制,以便利在不同部门和不同级别采取有关行动。

二、缔约国应当按照本国法律制度和行政制度,酌情在国内维持、加强、指定或设立一个框架,包括一个或多个独立机制,以促进、保护和监测本公约的实施。在指定或建立这一机制时,缔约国应当考虑与保护和促进人权的国家机构的地位和运作有关的原则。

三、民间社会,特别是残疾人及其代表组织,应当获邀参加并充分参与监测进程。

第三十四条　残疾人权利委员会

一、应当设立一个残疾人权利委员会(以下称"委员会"),履行下文规定的职能。

二、在本公约生效时,委员会应当由十二名专家组成。在公约获得另外六十份批准书或加入书后,委员会应当增加六名成员,以足十八名成员之数。

三、委员会成员应当以个人身份任职,品德高尚,在本公约所涉领域具有公认的能力和经验。缔约国在提名候选人时,务请适当考虑本公约第四条第三款的规定。

四、委员会成员由缔约国选举,选举须顾及公平地域分配原则,各大文化和各主要法系的代表性,男女成员人数的均衡性以及残疾人专家的参加。

五、应当在缔约国会议上,根据缔约国提名的本国国民名单,以无记名投票选举委员会成员。这些会议以三分之二的缔约国构成法定人数,得票最多和获得出席并参加表决的缔约国代表的绝对多数票者,当选为委员会成员。

六、首次选举至迟应当在本公约生效之日后六个月内举行。每次选举,联合国秘书长至迟应当在选举之日前四个月函请缔约国在两个月内递交提名人选。秘书长随后应当按英文字母次序编制全体被提名人名单,注明提名缔约国,分送本公约缔约国。

七、当选的委员会成员任期四年,可以连选连任一次。但是,在第一次选举当选的成员中,六名成员的任期应当在两年后届满;本条第五款所述会议的主席应当在第一次选举后,立即抽签决定这六名成员。

八、委员会另外六名成员的选举应当依照本条的相关规定,在正常选举时举行。

九、如果委员会成员死亡或辞职或因任何其他理由而宣称无法继续履行其职责,提名该成员的缔约国应当指定一名具备本条相关规定所列资格并符合有关要求的专家,完成所余任期。

十、委员会应当自行制定议事规则。

十一、联合国秘书长应当为委员会有效履行本公约规定的职能提供必要的工作人员和便利,并应当召开委员会的首次会议。

十二、考虑到委员会责任重大,经大会核准,本公约设立的委员会的成员,应当按大会所定条件,从联合国资源领取薪酬。

十三、委员会成员应当有权享有联合国特派专家根据《联合国特权和豁免公约》相关章节规定享有的便利、特权和豁免。

第三十五条　缔约国提交的报告

一、各缔约国在本公约对其生效后两年内,应当通过联合国秘书长,向委员会提交一份全面报告,说明为履行本公约规定的义务而采取的措施和在这方面取得的进展。

二、其后,缔约国至少应当每四年提交一次报告,并在委员会提出要求时另外提交报告。

三、委员会应当决定适用于报告内容的导则。

四、已经向委员会提交全面的初次报告的缔约国,在其后提交的报告中,不必重复以前提交的资料。缔约国在编写给委员会的报告时,务请采用公开、透明的程序,并适当考虑本公约第四条第三款的规定。

五、报告可以指出影响本公约所定义务履行程度的因素和困难。

第三十六条　报告的审议

一、委员会应当审议每一份报告,并在委员会认为适当时,对报告提出提议和一般建议,将其送交有关缔约国。缔约国可以自行决定向委员会提供任何资料作为回复。委员会可以请缔约国提供与实施本公约相关的进一步资料。

二、对于严重逾期未交报告的缔约国,委员会可以通知有关缔约国,如果在发出通知后的三个月内仍未提交报告,委员会必须根据手头的可靠资料,审查该缔约国实施本公约的情况。委员会应当邀请有关缔约国参加这项审查工作。如果缔约国作出回复,提交相关报告,则适用本条第一款的规定。

三、联合国秘书长应当向所有缔约国提供上述报告。

四、缔约国应当向国内公众广泛提供本国报告,并便利获取有关这些报告的提议和一般建议。

五、委员会应当在其认为适当时,把缔约国的报告转交联合国专门机构、基金和方案以及其他主管机构,以便处理报告中就技术咨询或协助提出的请求或表示的需要,同时附上委员会可能对这些请求或需要提出的意见和建议。

第三十七条　缔约国与委员会的合作

一、各缔约国应当与委员会合作,协助委员会成员履行其任务。

二、在与缔约国的关系方面,委员会应当适当考虑提高各国实施本公约的能力的途径和手段,包括为此开展国际合作。

第三十八条　委员会与其他机构的关系

为了促进本公约的有效实施和鼓励在本公约所涉领域开展国际合作:

(一)各专门机构和其他联合国机构应当有权派代表列席审议本公约中属于其职权范围的规定的实施情况。委员会可以在其认为适当时,邀请专门机构和其他主管机构就公约在各自职权范围所涉领域的实施情况提供专家咨询意见。委员会可以邀请专门机构和其他联合国机构提交报告,说明公约在其活动范围所涉领域的实施情况;

(二)委员会在履行任务时,应当酌情咨询各国际人权条约设立的其他相关机构的意见,以便确保各自的报告编写导则、提议和一般建议的一致性,避免在履行职能时出现重复和重叠。

第三十九条　委员会报告

委员会应当每两年一次向大会和经济及社会理事会提出关于其活动的报告,并可以在审查缔约国提交的报告和资料的基础上,提出提议和一般建议。这些提议和一般建议应当连同缔约国可能作出的任何评论,一并列入委员会报告。

第四十条　缔约国会议

一、缔约国应当定期举行缔约国会议,以审议与实施本公约有关的任何事项。

二、联合国秘书长至迟应当在本公约生效后六个月内召开缔约国会议。其后,联合国秘书长应当每两年一次,或根据缔约国会议的决定,召开会议。

第四十一条　保存人

联合国秘书长为本公约的保存人。

第四十二条　签署

本公约自二〇〇七年三月三十日起在纽约联合国总部开放给所有国家和区域一体化组织签署。

第四十三条　同意接受约束

本公约应当经签署国批准和经签署区域一体化组织正式确认,并应当开放给任何没有签署公约的国家或区域一体化组织加入。

第四十四条　区域一体化组织

一、"区域一体化组织"是指由某一区域的主权国家组成的组织,其成员国已将本公约所涉事项方面的权限移交该组织。这些组织应当在其正式确认书或加入书中声明其有关本公约所涉事项的权限范围。此后,这些组织应当将其权限范围的任何重大变更通知保存人。

二、本公约提及"缔约国"之处,在上述组织的权限范围内,应当适用于这些组织。

三、为第四十五条第一款和第四十七条第二款和第三款的目的,区域一体化组织交存的任何文书均不在计算之列。

四、区域经济一体化组织可以在缔约国会议上,对其权限范围内的事项行使表决权,其票数相当于已成为本公约缔约国的组织成员国的数目。如果区域一体化组织的任何成员国行使表决权,则该组织不得行使表决权,反之亦然。

第四十五条　生效

一、本公约应当在第二十份批准书或加入书交存后的第三十天生效。

二、对于在第二十份批准书或加入书交存后批准、正式确认或加入的国家或区域一体化组织,本公约应当在该国或组织交存各自的批准书、正式确认书或加入书后的第三十天生效。

第四十六条　保留

一、保留不得与本公约的目的和宗旨不符。

二、保留可随时撤回。

第四十七条　修正

一、任何缔约国均可以对本公约提出修正案,提交联合国秘书长。秘书长应当将任何提议修正案通告缔约国,请缔约国通知是否赞成召开缔约国会议以审议提案并就提案作出决定。在上述通告发出之日后的四个月内,如果有至少三分之一的缔约国赞成召开缔约国会议,秘书长应当在联合国主持下召开会议。经出席并参加表决的缔约国三分之二多数通过的任何修正案应当由秘书长提交大会核可,然后提交所有缔约国接受。

二、依照本条第一款的规定通过和核可的修正案,应当在交存的接受书数目达到修正案通过之日缔约国数目的三分之二后的第三十天生效。此后,修正案应当在任何缔约国交存其接受书后的第三十天对该国生效。修正案只对接受该项修正案的缔约国具有约束力。

三、经缔约国会议协商一致决定,依照本条第一款的规定通过和核可但仅涉及第三十四条、第三十八条、第三十九条和第四十条的修正案,应当在交存的接受书数目达到修正案通过之日缔约国数目的三分之二后的第三十天对所有缔约国生效。

第四十八条　退约

缔约国可以书面通知联合国秘书长退出本公约。退约应当在秘书长收到通知之日起一年后生效。

第四十九条　无障碍模式

应当以无障碍模式提供本公约文本。

第五十条　作准文本

本公约的阿拉伯文、中文、英文、法文、俄文和西班牙文文本同等作准。

下列签署人经各自政府正式授权在本公约上签字,以昭信守。

主要参考文献

1. 相自成,郭成伟.残疾人维权法律知识手册.中国法制出版社,2001年1月

2. 王利明,马玉娥,安守廉.残疾人保障法律机制研究.华夏出版社,2007年11月

3. 中国残联网站:www.cdpf.org.cn.

4. 赵悌尊.社区康复学.华夏出版社,2005

5. 中国残联人联合会.社区康复知识.华夏出版社,2005

6. 全国残疾人康复工作办公室.社区康复工作上岗培训教材.华夏出版社,2006

7. 第二次全国残疾人抽样调查办公室编.第二次全国残疾人抽样调查主要数据手册.华夏出版社,2007年7月

8. 郭建模主编.残疾人工作基本知识读本.华夏出版社,2002年1月

9. 中国残疾人联合会编.中国残疾人事业年鉴(1949~1993).华夏出版社,1996年12月

10. 中国残疾人联合会编.中国残疾人事业年鉴(1994~2000).华夏出版社,2002年10月

11. 邓朴方著.人道主义的呼唤.华夏出版社,2006年12月

12. 丁启文主编.中国残疾人.华夏出版社,1990年12月

13. 全国人大常委会法制工作委员会国家法行政法室等编.中华人民共和国残疾人保障法立法报告书.华夏出版社,1991年2月

14. 相自成著.中国残疾人保护法律问题史论.中国法制出版社,2003年2月

15. 田宝主编.管理技能,中国科学院心理研究所研究生班培训教材.2007

16. 李宝元主编.人力资源管理案例教程.人民邮电出版社,2003

17. 李建伟等译.当代管理学.人民邮电出版社,2003

18. 朱永新主编.管理心智.经济管理出版社,2005

19. 张颐等译.管理技能实战训练手册.机械工业出版社,2003

20. 卓大宏主编.中国残疾预防学.华夏出版社,2003年第2版

21. Robert B. Taylor主编;周惠民,赵西丁等译.全科医学理论与实践(第五版).华夏出版社,2003年

22. 陈云英.智力落后心理、教育、康复.高等教育出版社,2007

23. 肖非、王雁.智力落后教育通论.华夏出版社,2000

24. 朴永馨.特殊教育辞典.华夏出版社,2006

25. 杨凤池.焦点咨询对话录.人民卫生出版社,2006

26. 杨凤池.咨询心理学.人民卫生出版社,2007

27. 戴红主编.康复医学.北大医学出版社,2004年2月

28. 卓大宏,王茂斌,戴红.新崛起的康复医学.山东友谊出版社,2002

29. 卓大宏主编.中国康复医学,第2版.华夏出版社,2003年10月

30. 戴红主编,残疾预防知识.华夏出版社,2005年12月

31. 中国残疾人联合会主编.康复普及读物.华夏出版社,2005

32. 方俊明主编.特殊教育学.人民教育出版社,2005年,P501~506

33. 教育部.盲校义务教育课程设置实验方案、聋校义务教育课程设置实验方案和培智学校义务教育课程设置实验方案的试行通知.2007年.

34. 肖非,王雁著.智力落后教育通论.华夏出版社,2000年,P129~132

35. 陈云英,扬希杰等译.全纳教育共享手册.华夏出版社,2004年,P4~7,12~16,66~67

36. 何青.职业康复概论.华夏出版社,1995.

37. 何华国. 伤残职业复健. 台湾复文图书出版社,1991

38. 王敏行. 身心障碍者职业重建的原理与系统. http://steacher. nknu. edu. tw/dlcareer/course/1992 年职训局职业辅导评量手册/上课讲义/身心障碍者职业重建的原理与系统. pdf, 2007

39. 王敏行等. 身心障碍者职业辅导评量工作手册. http://steacher. nknu. edu. tw/dlcareer/course/1992 年职训局职业辅导评量手册/职评工作手册/基本理念总合. pdf,2007

40. 中华人民共和国国务院令第 488 号. 残疾人就业条例.

41. 马洪路主编. 社会康复学. 华夏出版社,2003 年 12 月

42. 王思斌主编. 社会工作概论. 高等教育出版社,2006 年 5 月第 2 版

43. 马洪路主编. 残障社会工作. 高等教育出版社,2007 年 9 月

44. 曾家达等主编.21 世纪中国社会工作发展国际研讨会论文集. 中国社会科学出版社,2001 年 8 月

45. 程凯主编. 第二次全国残疾人抽样调查数据分析报告. 华夏出版社,2008

46. (美)哈肯著,石新辉译. 项目管理 24 原则. 中信出版社,2005 年 6 月

47. 刘运国. 项目建议书的基本结构与撰写要求,中国护理管理杂志　2004 年 02 期

48. 方俊明主编. 特殊教育学. 人民教育出版社,2005 年,P501~506

49. (美)K. E. 艾伦,J. S. 施瓦兹著;张旭,李伟亚译. 特殊儿童的早期融合教育. 华东师范大学出版社,2005 年,P13~14,98~99,102,328~329

50. 联合国教科文组织编;陈云英,杨希杰等译. 全纳教育共享手册. 华夏出版社,2004 年,P4~7,12~16,66~67

51. 陈云英等著. 中国特殊教育学基础. 教育科学出版社,2004 年,P428~429

52. 柳树森主编. 全纳教育导论. 华中师范大学出版社,2007 年,P21,190~191

53. 彭霞光著. 视力残疾儿童的教育理论与实践. 华夏出版社,1997 年,P130~154

54. Helander E. ,Prejudice and dignity：an introduction to community – based rehabilitation,1999

55. ILO, UNESCO and WHO,Community – based Rehabilitation for and with people with disabilities, Joint Position paper, 2004

56. Stanford, E. Rubin, Richard T. Roessler. (2000). Foundations of the Vocational Rehabilitation Process. Austin, Texas：Pro Ed. 5th edition.

57. Brodwin, M. G. , Tellez, F. , & Brodwin, S. K. (2002). Medical, Psychosocial, and Vocation Aspects of Disability. (p. 1). 2nd edition.

58. Leahy, M. J. & Szymanski, E. M. (1995). Rehabilitation Counseling：Evolution and Current Status. Journal of Counseling and Development, (74,2).

59. Lee Ann Grubbs, Jack L. Cassell,; S. Wayne Mulkey, (2005). Rehabilitation Caseload Management：Concepts And Practice. New York：Springer Pub Co.

60. T. F. Riggar; Dennis R. Maki,(2003). Handbook of RRehabilitation Counseling. New York：Springer Pub Co.

61. Fred Orelove, Dick Sobsey (2004)：Educating Children with Multiple Disabilities. Paul H. Brookes Publishing Co. ,Inc , P67~70

62. Perkins Activity and Resource Guide：A Handbook for Teachers and Parents of Students with Visual and Multiple Disabilities(2006),P4~10

63. King PM. Sourcebook of occupational rehabilitation [M]. New York and London：plenum press, 1998.

64. Marilyn Friend William Bursuck (2002)：Including Students with Special Needs. A Pearson Education Company, P14~17

65. Coen G. A. Jong, Alana Zambone (2002)：Learning by Doing Together – A Functional Curriculum Approach for Children and Youth with Multiple Impairments, ICEVI Publication.

图书在版编目(CIP)数据

残疾人康复咨询教材/全国残疾人康复工作办公室,中国残疾人康复协会编.
－北京:华夏出版社,2008.6
ISBN 978－7－5080－4835－2

Ⅰ.残… Ⅱ.①全… ②中… Ⅲ.残疾人－康复－教材 Ⅳ.R49

中国版本图书馆 CIP 数据核字(2008)第 075145 号

华 夏 出 版 社 出 版 发 行
(北京东直门外香河园北里 4 号 邮编:100028)
新 华 书 店 经 销
世 界 知 识 印 刷 厂 印 刷
三河市李旗庄少明装订厂装订
880×1230 1/16 开本 24.75 印张 762 千字.插页 1
2008 年 6 月北京第 1 版 2008 年 8 月北京第 1 次印刷
定价:56.00 元